Jeanine Cummins

TIERRA
AMERICANA

Jeanine Cummins es la autora bestseller de las memorias
A Rip in Heaven y de las aclamadas novelas *The Outside
Boy* y *The Crooked Branch.* Trabajó en el mundo editorial
por diez años antes de dedicarse a escribir a tiempo completo. Jeanine nació en España, y ha vivido en California,
Maryland, Belfast (Irlanda) y Nueva York, donde reside
con su esposo irlandés y su joven familia.

TAMBIÉN DE JEANINE CUMMINS

A Rip in Heaven: A Memoir of Murder and Its Aftermath

The Outside Boy

The Crooked Branch

TIERRA
AMERICANA

Una novela

Jeanine Cummins

Traducción de María Laura Paz Abasolo

VINTAGE ESPAÑOL
Una división de Penguin Random House LLC
Nueva York

PRIMERA EDICIÓN VINTAGE ESPAÑOL, ENERO 2020

Copyright de la traducción © 2019 por María Laura Paz Abasolo

Todos los derechos reservados. Publicado en los Estados Unidos de América por Vintage Español, una división de Penguin Random House LLC, Nueva York, y distribuido en Canadá por Penguin Random House Canada Limited, Toronto. Originalmente publicado en inglés como *American Dirt* por Flatiron Books, Nueva York, en 2020. Copyright © 2020 por Jeanine Cummins.

Vintage es una marca registrada y Vintage Español y su colofón son marcas de Penguin Random House LLC.

Información de catalogación de publicaciones disponible en la Biblioteca del Congreso de los Estados Unidos.

Vintage Español ISBN en tapa blanda: 978-1-9848-9802-9
eBook ISBN: 978-1-9848-9803-6

Para venta exclusiva en EE.UU., Canadá, Puerto Rico y Filipinas.

www.vintageespanol.com

Impreso en los Estados Unidos de América
10 9 8 7 6 5 4

Para Joe

Era la sed y el hambre, y tú fuiste la fruta.
Era el duelo y las ruinas, y tú fuiste el milagro.
—Pablo Neruda, "La canción desesperada"

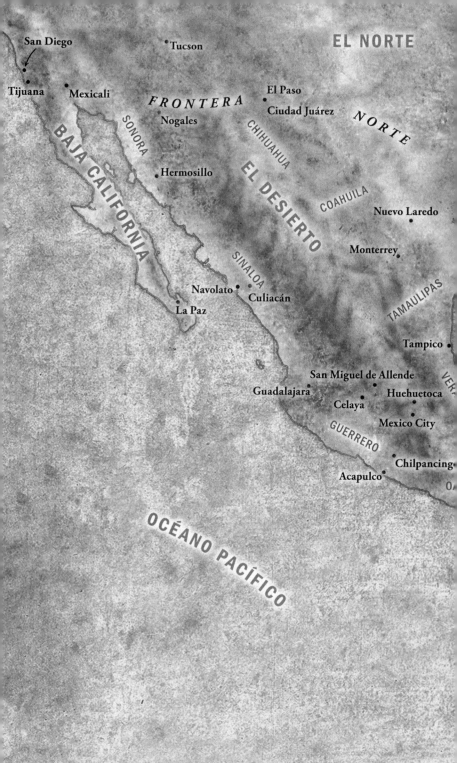

Houston
New Orleans
Tampa
Matamoros / Brownsville
GOLFO DE MÉXICO
Miami
CUBA
Cancún
YUCATÁN
FRONTERA SUR
MAR CARIBE
CHIAPAS
San Pedro Sula
GUATEMALA
HONDURAS
Guatemala
EL SALVADOR
San Salvador
Tegucigalpa
EL SUR

CAPÍTULO 1

Una de las primeras balas entra por la ventana abierta que está justo arriba del inodoro. Luca no se da cuenta enseguida de que se trata de una bala, y es mera suerte que no le atraviese la cabeza. Apenas percibe el leve sonido de su trayectoria al clavarse en la pared de azulejos a su espalda, pero la ráfaga de balas que le sigue es estridente: un clac-clac de estallidos continuos que retumban con la velocidad de un helicóptero. Se escuchan gritos que pronto se apagan, aniquilados por el tiroteo. Antes de que Luca tenga tiempo de abrocharse los pantalones, bajar la tapa y subirse en ella para mirar, antes de que pueda confirmar la fuente del terrible clamor, Mami abre la puerta del baño.

—Mijo, ven —dice tan bajito que Luca no la escucha.

Sus manos no actúan con delicadeza. Lo empuja hacia la ducha. Luca tropieza con el borde de azulejo y cae de manos. Mami se tira encima de él y Luca siente que sus dientes se entierran en los labios. Nota el sabor de la sangre. Una gota oscura dibuja un pequeño círculo rojo contra el azulejo verde claro del piso. Mami lo avienta hacia la esquina. La ducha no tiene puerta ni cortina. Ocupa un rincón en el baño de la abuela, y tiene una tercera pared de azulejos que mide cerca de un metro y medio de alto por un metro de ancho y que da forma a un cubículo. Con un poco de suerte, será lo suficientemente grande para ocultar a Luca y a su madre.

La espalda de Luca está encajada en la esquina; sus pequeños hombros tocan ambas paredes. Tiene las rodillas bajo el mentón y Mami se agazapa sobre él, protegiéndolo como si fuera el caparazón de una tortuga. La puerta del baño sigue abierta y eso preocupa a Luca, aunque no puede ver qué hay más allá del escudo creado por el cuerpo de su madre, detrás de la especie de barricada que es la ducha de la abuela. Quisiera escabullirse y empujar ligeramente la puerta con un dedo. Quisiera cerrarla por completo. No sabe que su madre la dejó abierta a propósito, que una puerta cerrada solo incita una inspección más exhaustiva.

Siguen escuchando el ruido de los disparos, acompañado de un olor a carbón y carne quemada. Papi está preparando carne asada y patas de pollo, las favoritas de Luca. Le gustan un poco quemadas, para sentir el fuerte sabor de la piel crujiente. Su madre levanta la cabeza lo suficiente para mirarlo a los ojos y cubre sus oídos con ambas manos. Afuera los disparos merman. Cesan y vuelven en breves ráfagas, imitando, piensa Luca, el ritmo salvaje y errático de su corazón. En medio de todo el alboroto, aún puede escuchar la radio. Una voz femenina anuncia "¡Mejor FM Acapulco, 100.1!" y luego la Banda MS canta sobre la alegría de estar enamorado. Alguien le dispara a la radio y se escuchan risas. Voces de hombres. Dos o tres, pero Luca no está seguro. Luego siente pisadas fuertes de botas en el patio de la abuela.

—¿Lo ves? —dice una de las voces justo afuera de la ventana.

—Aquí.

—¿Y el niño?

—Mira, ahí hay un niño. ¿Es ese?

El primo de Luca, Adrián, trae puestos sus tacos y su playera de Hernández. Adrián puede golpear el balón de fútbol con la rodilla cuarenta y siete veces seguidas.

—No sé. Parece de su edad. Tómale una foto.

—¡Mira, pollo! —dice otra voz—. Se ve bueno. ¿Quieres?

La cabeza de Luca está bajo la barbilla de Mami, y su cuerpo, enredado firmemente a su alrededor.

—Olvida el pollo, pendejo. Revisa la casa.

Mami se agacha más, presionando a Lucas contra la pared de azulejos. Pega su cuerpo al de él y ambos escuchan el chirrido de la puerta trasera, seguido de un golpe. Luego escuchan los pasos en la cocina y el ruido intermitente de las balas dentro de la casa. Mami gira la cabeza y repara en el vívido contraste de la gota de sangre que derramó Luca en el piso, iluminada por un sesgo de luz. Luca siente cómo se detiene la respiración en el pecho de su madre. La casa está en silencio ahora. El pasillo frente al baño está alfombrado. Mami estira una de sus mangas para cubrirse la mano y Luca ve con terror cómo se aleja de él hacia la delatora mancha de sangre. Pasa la manga por encima, dejando solo un leve rastro, y regresa junto a Luca en el momento en que el hombre abre por completo la puerta del baño con la culata de su AK-47.

Deben ser tres hombres, porque Luca todavía escucha dos voces en el patio. Detrás de la pared de la ducha, el tercer hombre desabrocha su pantalón y orina en el inodoro de la abuela. Luca no respira. Mami no respira. Sus ojos están cerrados, sus cuerpos inmóviles; incluso la adrenalina está suspendida en la calcificada voluntad de su quietud. El hombre eructa, jala la cadena y se lava las manos. Se seca con la toalla buena de la abuela, la amarilla, la que solo pone cuando hay fiesta.

No se mueven después de que el hombre se va. Ni siquiera después de escuchar de nuevo el chirrido y el golpe de la puerta de la cocina. Se quedan así, hechos un amasijo de brazos, piernas, rodillas, mentones, párpados apretados y puños cerrados, incluso después de oír que el hombre ha regresado con sus compañeros, después de escucharlo anunciar que la casa está vacía y ahora sí va a comer pollo, porque no hay motivos para desperdiciar una buena comida cuando hay niños muriéndose de hambre en África. El hombre está tan cerca de la ventana que Luca puede escuchar los chasquidos de su boca al masticar el pollo. Luca se concentra en su respiración, en inhalar y exhalar sin hacer ruido. Se dice a sí mismo que se trata de apenas una pesadilla, un sueño terrible, como los que ha tenido antes. Siempre despierta con el corazón acelerado y siente cómo lo inunda el alivio. "Solo fue un sueño", suele decirse.

Porque esos hombres son la versión moderna del Coco en el México urbano. Porque incluso los padres que no hablan de violencia frente a sus hijos, los que cambian la estación de radio cuando se escuchan noticias de un nuevo tiroteo y ocultan sus miedos más profundos, no pueden evitar que sus hijos hablen con otros niños. En los columpios, en el campo de fútbol, en el baño de la escuela, esas historias grotescas se acumulan y agrandan. Cualquier niño, ya sea rico, pobre o de clase media, ha visto cadáveres en las calles y homicidios casuales. Y, gracias a lo que se cuentan, sabe que hay una jerarquía de peligro y que algunas familias corren más riesgo que otras. A pesar de que Luca nunca notó en sus padres la menor evidencia de peligro, a pesar de que estos siempre se mostraron seguros ante él, Luca sabía... sabía que ese día iba a llegar. Pero eso no lo preparó para su llegada. Pasa mucho, mucho tiempo antes de que Mami retire la mano que mantiene apretada contra la nuca de Luca, antes de que se aleje lo suficiente para que él pueda ver cómo cambió el ángulo de la luz que entra por la ventana.

Hay cierta gracia divina en los instantes después del terror, antes de su confirmación. Cuando por fin mueve su cuerpo, Luca experimenta una breve, vacilante euforia por el hecho de estar vivo. Por un momento disfruta el áspero paso del aire a través de su pecho. Deja sus palmas estiradas para sentir el suelo frío bajo su piel. Mami se desploma contra la pared frente a él y se soba la mandíbula de manera que resalta su hoyuelo en la mejilla izquierda. Le parece extraño ver sus zapatos buenos, los que usa para ir a la iglesia, en la ducha. Luca se toca la herida del labio. La sangre ya se secó, pero se quita la postilla con los dientes y la herida se vuelve a abrir. Comprende que, si hubiera sido un sueño, la boca no le sabría a sangre.

Después de mucho tiempo, Mami se levanta.

—Quédate aquí —le dice en un susurro—. No te muevas hasta que regrese por ti. No hagas ruido. ¿Entiendes?

Luca se abalanza para agarrar su mano.

—Mami, no te vayas.

—Mijo, no me tardo, ¿sí? Quédate aquí. —Mami zafa los dedos de Luca de su mano—. No te muevas —le dice de nuevo—. Sé bueno.

Luca no tiene problema alguno con hacer lo que Mami le dice, no tanto porque sea un niño obediente como porque no quiere ver. Toda su familia está allá afuera, en el patio de la abuela. Es sábado, 7 de abril, y celebran los quince de su prima Yénifer. Ella lleva puesto un vestido largo de color blanco. Su papá y su mamá, el tío Alex y la tía Yemi, el hermano menor de Yénifer, Adrián, que ya cumplió nueve años y le gusta decir que es un año mayor que Luca, aunque solo se lleven cuatro meses, todos están ahí.

Antes de que Luca tuviera ganas de orinar, Adrián y él estaban pateando el balón con los demás primos y las mamás estaban sentadas en la mesa del patio, con sus palomas heladas sudando sobre las servilletas. La última vez que se reunieron en la casa de la abuela, Yénifer entró sin darse cuenta al baño cuando Luca estaba adentro, y eso lo había mortificado tanto que hoy le había pedido a Mami que lo acompañara y montara guardia en la puerta. A la abuela no le gustó; le dijo a Mami que estaba consintiéndolo, que un niño de su edad ya debía poder ir al baño solo, pero Luca es hijo único y se sale con la suya en cosas que otros niños no pueden.

Sea como sea, Luca está solo en el baño ahora, intentando no pensar, pero una idea lo invade de repente: esa conversación molesta entre Mami y la abuela quizá fuera la última que tendrían. Luca se había acercado a la mesa, retorciéndose, y le había dicho algo a su madre, susurrándole al oído. Al verlo, la abuela había negado con la cabeza y los había señalado acusadoramente con el dedo, mientras soltaba sus comentarios. Sonreía de una forma peculiar cuando criticaba algo. Pero Mami siempre estaba del lado de Luca. Había subido los ojos y se había levantado de la mesa, ignorando la desaprobación de su madre. ¿Cuándo fue eso...? ¿Hace diez minutos? ¿Dos horas? Luca se siente a la deriva, lejos de los límites temporales de siempre.

A través de la ventana, escucha los pasos inseguros de Mami, el sonido rasposo y lento de sus zapatos caminando sobre los restos de algo roto. Se escucha un jadeo que nunca se convierte en sollozo. Ahora los sonidos se aceleran mientras Mami cruza el patio con firmeza, presionando los números de su teléfono. Cuando habla, en su voz hay un estrés que Luca no ha escuchado antes, y esta brota aguda y tensa desde el fondo de su garganta.

—Necesitamos ayuda.

CAPÍTULO 2

*Cuando Mami regresa para sacar a Luca de la rega-*dera, está hecho un ovillo, meciéndose. Le dice que se levante, pero Luca sacude la cabeza y aprieta más los brazos y las piernas. Su cuerpo se agita, renuente, por el pánico. Mientras se quede ahí, en la regadera, con el rostro escondido entre los ángulos oscuros de sus codos, mientras no mire a Mami a la cara, puede seguir ignorando lo que sabe. Puede prolongar el momento y conservar esa esperanza irracional de que, tal vez, haya quedado intacto algún pedazo de su mundo de ayer.

Quizá hubiera sido mejor que mirara, que viera las nítidas manchas en el vestido blanco de Yénifer, los ojos de Adrián, abiertos hacia el cielo, el cabello canoso de la abuela, apelmazado con cosas que nunca deberían salirse del resguardo del cráneo. Quizá hubiera sido bueno que Luca mirara los restos tibios del que hasta hace poco era su padre, la espátula doblada bajo el peso de su cuerpo, su sangre todavía corriendo a lo largo del patio de cemento. Porque nada de eso, por muy espantoso que fuera, sería peor que las imágenes que conjuraría, con todo lujo de detalles, en su imaginación.

Cuando al fin logra que se levante, Mami saca a Luca por la puerta principal, lo que puede o no ser una buena idea. Si los sicarios volvieran, ¿qué sería peor, estar en la calle, a la vista de todos, o adentro, donde nadie los viera llegar? Una pregunta imposible de responder. En ese momento, nada es mejor ni peor. Cruzan caminando el jardín de la abuela y Mami abre la reja. Se sientan en el borde amarillo de la acera, con los pies sobre el pavimento. En el otro extremo de la calle hay sombra, pero donde ellos están, no, y el sol quema la frente de Luca. Después de unos minutos que parecen siglos, escuchan sirenas que se acercan. Mami, cuyo nombre es Lydia, se da cuenta de que le castañetean los dientes, pero no tiene frío. Sus axilas están empapadas y tiene erizada la piel de los brazos. Luca se inclina hacia adelante y hace una arcada. Vomita una masa de ensalada de papa de color rosa, por el ponche de frutas, que salpica contra el pavimento entre sus pies, pero ni su madre ni él se mueven. Ni siquiera parecen darse cuenta. Tampoco notan el reacomodo de cortinas y persianas en las ventanas aledañas, de los vecinos que se preparan para negar haber sido testigos de algo.

Lo que Luca sí observa son los muros que se extienden a lo largo de la calle de su abuela. Los ha visto miles de veces, pero hoy nota algo nuevo: cada casa tiene un pequeño jardín enfrente, como el de su abuela, oculto tras un muro, como el de su abuela, rematado con alambre de púas o de cuchillas, o con una reja con picos, como la de su abuela, y solo se puede entrar por una puerta que siempre permanece cerrada, como la de su abuela. Acapulco es una ciudad peligrosa. La gente toma precauciones, incluso en vecindarios buenos como ese, especialmente en vecindarios buenos como ese. Pero, ¿de qué sirven tales protecciones cuando llegan los hombres? Luca recarga su cabeza contra el hombro de su madre y ella lo abraza. No le pregunta si está bien porque, de ahora en adelante, esa pregunta tendrá el peso de un doloroso absurdo. Lydia intenta no considerar todas las palabras que ya no saldrán de su boca, el repentino y monstruoso vacío de las palabras que nunca dirá.

Cuando llega la policía, extienden la cinta amarilla de las escenas de crimen, cerrando la calle por ambos extremos y redirigiendo el tránsito, para hacer espacio para la macabra caravana de vehículos de emergencia. Hay muchos policías, todo un ejército, y se mueven alrededor de Luca y Lydia con una reverencia coreografiada. Cuando el inspector en jefe se acerca y empieza a hacer preguntas, Lydia duda un momento mientras piensa qué hacer con Luca. Es demasiado pequeño para escuchar todo lo que necesita decir. Debe dejarlo al cuidado de alguien durante algunos minutos, para poder responder directamente esas terribles preguntas. Lo habría enviado con su padre, o con su abuela, o con su tía Yemi. Pero todos están muertos, en el patio, sus cuerpos amontonados muy cerca uno de otro como fichas de dominó. Da lo mismo. La policía no fue a ayudar. Lydia empieza a sollozar. Luca se levanta y coloca la palma de su mano fría sobre la nuca de su mamá.

—Dele un minuto —dice, como si fuera un hombre.

Cuando el inspector regresa, viene con una mujer, la forense, que se dirige a Luca. Le pone una mano sobre el hombro y le pregunta si quiere sentarse un rato en su camioneta. Tiene escrito SEMEFO en un costado, y las puertas de atrás están abiertas. Mami asiente y Luca va con ella. Se sienta en el interior y deja los pies colgando sobre el parachoques trasero. Ella le ofrece una lata húmeda de refresco frío.

El cerebro de Lydia, suspendido temporalmente por la impresión, comienza a trabajar de nuevo, arrastrándose como en el fango. Sigue sentada en la acera, frente al inspector, que está de pie, interponiéndose entre ella y su hijo.

—¿Vio al que disparó? —pregunta.

—A los que dispararon, en plural. Creo que eran tres.

Le gustaría que el inspector se hiciera a un lado para no perder a Luca de vista. Solo está a unos cuantos pasos.

—¿Los vio?

—No, los escuchamos. Estábamos escondidos en la regadera. Uno entró y orinó mientras estábamos ahí. Tal vez pueda sacar huellas digitales de la llave. Se lavó las manos. ¿Puede creerlo? —Lydia da una palmada con fuerza, como intentando espantar el recuerdo—. Había por lo menos dos voces más afuera.

—¿Hicieron o dijeron algo que pudiera servir para identifi-carlos?

Lydia sacude la cabeza.

—Uno comió pollo.

El inspector escribe pollo en su cuaderno.

—Uno preguntó si *él* estaba aquí.

—¿Un blanco específico? ¿Dijeron quién era? ¿Un nombre?

—No era necesario. Era mi esposo.

El inspector deja de escribir y la mira expectante.

—¿Y su marido es...?

—Sebastián Pérez Delgado.

—¿El periodista?

Lydia asiente y el inspector silba entre dientes.

—¿Está aquí?

Lydia asiente otra vez.

—En el patio. Con la espátula. El del letrero.

—Lo siento, señora. Su marido recibió muchas amenazas, ¿verdad?

—Sí, pero no últimamente.

—¿Y cuál era exactamente la naturaleza de las amenazas?

—Le dijeron que dejara de escribir sobre los cárteles.

—¿O?

—O matarían a toda su familia. —No hay sentimiento en su voz.

El inspector respira hondo y mira a Lydia con lo que podría ser compasión.

—¿Cuándo fue la última vez que lo amenazaron?

Lydia sacude la cabeza.

—No sé. Hace tiempo. Esto no tenía que pasar. No tenía que pasar.

El inspector aprieta los labios hasta formar una delgada línea y no dice nada.

—Me van a matar a mí también —dice Lydia, y al escuchar sus palabras comprende que es verdad.

El inspector no la contradice. A diferencia de varios de sus colegas —no sabe quiénes, pero da lo mismo— él no está en la nómina del cártel. No confía en nadie. De hecho, entre los más de veinte miembros de la policía y el personal médico que en ese momento deambulan por la casa y el patio de la abuela para señalar la ubicación de los casquillos, examinar pisadas, analizar manchas de sangre, tomar fotografías, buscar pulsos y hacer la señal de la cruz sobre los cadáveres de la familia de Lydia, hay siete que reciben dinero del cártel local con regularidad. El pago ilícito es tres veces mayor del que reciben del gobierno. De hecho, uno ya le envió un mensaje al jefe para informarle que Lydia y Luca sobrevivieron. Los demás no hacen nada porque es justamente para eso para lo que el cártel les paga, para llenar informes y actuar como si estuvieran al mando. Parte del personal tiene un conflicto moral al respecto; otros no. Ninguno tiene opción, de todas maneras, así que sus sentimientos son irrelevantes. El índice de crímenes sin resolver en México supera el noventa por ciento. La existencia disfrazada de la policía provee la ilusión necesaria para contrarrestar la impunidad real del cártel. Lydia lo sabe. Todos lo saben. Decide entonces que tiene que salir de ahí. Se levanta de la acera y le sorprende la fuerza que siente en las piernas. El inspector se hace a un lado para darle espacio.

—Van a volver cuando se den cuenta de que sobreviví. —Y es entonces que, como una punzada, recuerda la voz que preguntó en el patio por el niño y siente las rodillas como si fueran de agua—. Va a matar a mi hijo.

—¿Quién? —pregunta el inspector—. ¿Sabe específicamente quién hizo esto?

—¿Es una broma? —responde Lydia.

Solo hay un posible perpetrador para un baño de sangre de esa magnitud en Acapulco y todos saben quién es: Javier Crespo Fuentes, su amigo. ¿Para qué decir el nombre en voz alta? El inspector está fingiendo o la está probando. Él sigue escribiendo en su cuaderno. Escribe "¿La Lechuza?" y "¿Los Jardineros?". Luego le enseña el cuaderno a Lydia.

—No puedo hacer esto ahora —lo aparta de su camino.

—Por favor, solo unas preguntas más.

—No. No más preguntas. Cero preguntas.

Hay dieciséis cuerpos en el patio, casi todas las personas que Lydia ama en el mundo, pero todavía no ha procesado esa información. Sabe que sucedió porque los escuchó morir y vio sus cuerpos. Tocó la mano de su madre, aún tibia, y sintió la ausencia de pulso cuando levantó la muñeca de su esposo. No obstante, su mente sigue intentando regresar, deshacerlo todo. Porque no puede ser cierto. Es demasiado espeluznante para ser cierto. El pánico es inminente, pero no llega.

—Luca, vámonos. —Le da la mano y Luca salta de la camioneta. Deja la lata de refresco, todavía llena, sobre el parachoques.

Caminan de la mano, calle abajo, hacia donde Sebastián estacionó el auto, cerca del final de la acera. El inspector los sigue, intentando hablar con ella. No acepta que la conversación termine. ¿Acaso no fue lo suficientemente clara? Se detiene de manera tan abrupta que el inspector casi choca contra ella. Se detiene en puntas de pie, para evitar la colisión. Lydia gira sobre sus talones.

—Necesito sus llaves —dice.

—¿Llaves?

—Las llaves del coche de mi esposo.

El inspector sigue hablando, pero Lydia lo hace a un lado de nuevo, jalando a Luca tras ella. Vuelve a cruzar la reja del jardín de la abuela y le dice a Luca que espere. Luego lo piensa mejor y lo lleva hacia el interior de la casa. Lo deja sentado en el sofá de pana dorada y le dice que no se mueva.

—¿Se puede quedar con él, por favor?

El inspector asiente.

Lydia se detiene un momento ante la puerta trasera y endereza los hombros antes de abrirla y salir. En la sombra del patio se percibe el dulce olor de limones y salsa quemada, y Lydia sabe que nunca volverá a comer carne asada. Algunos miembros de su familia ya han sido tapados, y hay pequeñas placas amarillas con letras negras y números por todo el patio. Las placas señalan los lugares donde hay evidencia que nunca será usada en un juicio. Las placas empeoran todo. Su presencia significa que es real. Lydia está consciente de sus pulmones en el interior de su cuerpo; se sienten desgarrados, en carne viva, cosa que nunca había experimentado antes. Camina hacia Sebastián, que no se ha movido y todavía tiene el brazo izquierdo doblado incómodamente bajo el cuerpo, y la espátula sobresaliendo por debajo de su cadera. La posición en que yace hace que Lydia recuerde cómo se ve su cuerpo, vívidamente animado, cuando lucha con Luca en la sala después de cenar. Gritan. Rugen. Golpean los muebles. En la cocina, enjuagando el jabón de los platos, Lydia sube los ojos. Ese alboroto se ha ido. La rigidez late ahora bajo la piel de Sebastián. Tiene ganas de hablar con él antes de que pierda su color. Quiere contarle lo que pasó, apresuradamente, desesperadamente. Una parte maníaca de sí misma todavía cree que, si le hace bien el cuento, podrá convencerlo de que no muera, de que lo necesita, de la inmensa necesidad que tiene Luca de él. Hay una especie de demencia paralizada en su garganta.

Alguien ha quitado el letrero de cartón que los asesinos dejaron sobre el pecho de Sebastián, sostenido con una simple piedra. Escrito con marcador verde, el letrero decía: "Toda mi familia está muerta por mi culpa".

Lydia se agacha a los pies de su esposo, pero no quiere sentir su piel pálida y fría. Para probar, toca el talón de un zapato y cierra los ojos. Sebastián está casi intacto y ella lo agradece. Sabe que el letrero de cartón pudo haber estado anclado a su corazón con un machete. Sabe que la relativa prolijidad de su muerte es una grotesca gentileza. Lydia ha visto otras escenas de crímenes que parecen de pesadilla: cuerpos que ya no son cuerpos, que están hechos pedazos; cuerpos mutilados. Cuando el cártel mata, es para dar un ejemplo, una demostración grotesca y exagerada. Una mañana, cuando Lydia abría su tienda, vio calle abajo a un muchacho conocido, arrodillado e intentando abrir la reja vertical que protegía la zapatería de su padre con una llave que llevaba colgando del cuello con una agujeta. Tenía dieciséis años. Cuando el auto se acercó, no pudo correr porque la llave estaba enganchada en el candado. Los sicarios levantaron la reja y colgaron al muchacho por el cuello con la agujeta. Luego lo golpearon hasta que ya solo podía retorcerse. Lydia se metió a su tienda de prisa y cerró la puerta, así que no vio cuando le bajaron los pantalones y añadieron la decoración, pero se enteró después. Todos se enteraron. Los dueños de todas las tiendas del vecindario sabían que el padre del muchacho se había negado a pagar mordidas al cártel.

Así que, sí, Lydia agradece que dieciséis de sus seres queridos hubieran muerto rápidamente, con la celeridad clínica de las balas. Los oficiales en el patio desvían la mirada para no verla, y también se siente agradecida por eso. El fotógrafo forense deja su cámara en la mesa, junto a la bebida que todavía tiene marcado en el borde un poco del lápiz labial color trufa de Lydia. Los hielos ya se derritieron y queda un rastro de condensación en la servilleta que rodea su vaso. Sigue húmeda, y a Lydia le parece imposible que su vida se destroce en menos de lo que se evapora un aro de condensación en el ambiente. Está consciente de que un murmullo deferente recorre el patio. Se mueve hacia el costado de Sebastián, sin levantarse, gateando sobre sus manos y sus rodillas. Luego se detiene ante la mano extendida de su esposo, ante los pliegues y las líneas de los nudillos y las perfectas medias lunas de sus uñas. Los dedos no se mueven. Su argolla de matrimonio está inerte. Sus ojos están cerrados y Lydia se pregunta absurdamente si los cerró a propósito, para ella, como un acto final de ternura, para que al encontrarlo no tuviera que mirar su vacío. Lydia se cubre la boca con una mano para someter la sensación de que una parte esencial de sí podría escapar. Acuna sus dedos en la palma de la mano inerte y se permite recargarse suavemente sobre el pecho de Sebastián. Ya está frío. Sebastián está frío. Se ha ido y lo que queda es solo su figura familiar y querida, vacía de aliento.

Lydia coloca la mano sobre la quijada de Sebastián, sobre su barbilla. Cierra su propia boca con fuerza y coloca la palma de su mano contra el frío de la frente de él. La primera vez que lo vio, estaba inclinado sobre una libreta en una biblioteca de la Ciudad de México, pluma en mano. Le gustaron la inclinación de sus hombros, la carnosidad de su boca. Llevaba una playera morada de una banda que ella no conocía. Ahora comprende que no la emocionó su cuerpo, sino la manera en que Sebastián le daba vida. Los adoquines presionan contra las rodillas de Lydia mientras lo cubre de oraciones. Sus lágrimas son espasmódicas. La espátula doblada está en medio de un charco de sangre coagulada, y la parte plana todavía tiene restos de carne cruda. Lydia pelea contra las náuseas, mete la mano en un bolsillo del pantalón de su esposo y saca las llaves. ¿Cuántas veces, durante su vida juntos, ha metido la mano en su bolsillo? "No pienses, no pienses, no pienses", se dice. Le cuesta trabajo sacarle la argolla de matrimonio. La piel flácida del nudillo de Sebastián se arruga alrededor de la argolla, así que tiene que girarla. Usa una mano para estirar el dedo y la otra para girar el anillo, y así logra zafar al fin la argolla, que ella misma le puso en la catedral de Nuestra Señora de la Soledad más de diez años atrás. La desliza por su pulgar, coloca ambas manos sobre el pecho de Sebastián y se impulsa para levantarse. Se aleja poco a poco, esperando que alguien la cuestione por los objetos que tomó. Casi quiere que alguien le diga que no puede llevárselos, que está manipulando evidencia o alguna estupidez parecida. Piensa qué satisfactorio sería, momentáneamente, tener un receptáculo donde descargar un poco de su ira. Pero nadie se atreve.

Lydia está de pie, con los hombros caídos. Su madre. Se dirige hacia ella. Su cuerpo es uno de los que está ligeramente cubierto con un plástico negro. Un policía le corta el paso.

—Señora, por favor —dice simplemente.

Lydia lo mira con rabia.

—Necesito un último momento con mi madre.

El oficial niega una vez con la cabeza; un movimiento casi imperceptible.

—Le aseguro —dice con voz suave—, esa no es su madre.

Lydia parpadea, inmóvil, con las llaves del auto de su esposo en la mano. Tiene razón. Podría pasar más tiempo en ese escenario de masacre, pero ¿para qué? Todos se han ido. No es lo que quiere recordar de ellos. Se aleja de los dieciséis cuerpos que yacen en el patio y atraviesa la puerta de la cocina, que suena con un chillido y un golpe. Afuera, los policías reanudan su labor.

Lydia abre el armario en la recámara de su madre y saca la única maleta de la abuela: un pequeño bolso de viaje rojo con correa. Lydia abre la cremallera y se da cuenta de que está llena de bolsos más pequeños. Es un bolso de bolsos. Lydia los tira sobre la cama. Luego abre el cajón de la mesa de noche de su madre y saca su rosario y un pequeño libro de oraciones, y los guarda en la maleta, junto con las llaves de Sebastián. Luego se inclina y mete la mano bajo el colchón. La mueve de un lado a otro hasta que sus dedos rozan un sobre de papel. Saca el fajo de billetes: casi quince mil pesos. Los mete en la maleta. Guarda los bolsos pequeños en el armario de su madre y se lleva la maleta al baño.

Abre el gabinete y toma lo que puede: un cepillo para el cabello, un cepillo de dientes, pasta dental, crema hidratante, un tubo de crema para los labios y unas pinzas para las cejas. Todo va a la maleta. Actúa sin pensar, sin considerar realmente qué objetos pueden ser de utilidad y cuáles no. Lo hace porque no sabe qué otra cosa puede hacer. Lydia y su madre calzan el mismo número, una pequeña bendición. Saca del armario el único par de zapatos cómodos que ve: unos tenis de lamé dorado, con cremallera en un costado, que la abuela usaba para trabajar en el jardín. Luego continúa saqueando en la cocina: un paquete de galletas, una lata de cacahuates, dos bolsas de papas fritas. Lo guarda todo, disimuladamente, en la maleta. La cartera de su madre cuelga de un gancho detrás de la puerta de la cocina, junto a otros dos ganchos que sostienen su delantal y su suéter favorito, color turqués. Lydia la revisa. Siente que está abriendo la boca de su madre; es demasiado personal. Se lleva todo el contenido y dobla la suave piel marrón, la mete en el bolsillo exterior de la maleta y cierra la cremallera.

Cuando Lydia regresa, el inspector está sentado en el sofá, junto a Luca, pero no hace preguntas. El cuaderno y el lápiz están en la mesa de centro.

—Nos tenemos que ir —dice Lydia.

Luca se levanta sin que se lo pida.

El inspector también se levanta.

—Debo advertirle, señora, que es mejor si no regresa a su casa ahora —dice—. Puede que no sea seguro. Si espera aquí, quizá uno de mis hombres la pueda llevar. Quizás podamos encontrar un lugar seguro para usted y su hijo.

Lydia sonríe y, por un momento, se asombra de que todavía pueda hacerlo. Luego suelta un breve jadeo de risa.

—Me gustan más las opciones que tenemos sin su asistencia.

El inspector frunce el ceño, pero asiente.

—¿Tienen algún lugar seguro dónde ir?

—Por favor, no se preocupe por nosotros —dice Lydia—. Haga justicia. Preocúpese por eso.

Está consciente de que las palabras salen de su boca como pequeños dardos sin veneno, tan molestos como fútiles. Pero no hace el menor intento por contenerse.

El inspector se queda de pie, con las manos en los bolsillos, y arruga la frente hacia el piso.

—Lamento mucho su pérdida. En verdad... Sé cómo se ve, todos los asesinatos sin resolver, pero hay personas que todavía se preocupan, que están horrorizadas por esta violencia. Por favor, sepa que lo intentaré.

Él también comprende la inutilidad de sus palabras; no obstante, se siente obligado a expresarlas. Del bolsillo del pecho saca una tarjeta con su nombre y su número de teléfono.

—Necesitaremos una declaración oficial cuando tenga ánimo. Tómese algunos días si es necesario.

Le ofrece la tarjeta, pero Lydia no hace ademán de tomarla, así que Luca se estira y la recibe. Se ha acomodado cerca de su madre, con un brazo anclado a su espalda por debajo de la correa de la maleta roja.

Esta vez, el inspector no los sigue. Sus sombras se mueven como una bestia jorobada por la acera. Bajo del limpiaparabrisas de su auto, un Volkswagen Beetle de color anaranjado, modelo

1974, que no pasa desapercibido, hay un pequeño papel, tan pequeño que ni siquiera se mueve con la brisa que sube por la calle.

—Carajo —dice Lydia y automáticamente pone a Luca detrás de ella.

—¿Qué pasa, Mami?

—Quédate aquí... No. Ve y párate allá.

Señala en la dirección de donde venían y, por una vez, Luca no le discute. Corre de prisa una docena de pasos, quizás más. Lydia deja la maleta a sus pies, en la acera, da un paso hacia atrás, lejos del auto, y mira a un lado y a otro de la calle. Su corazón no se acelera; se siente de plomo en su pecho.

El permiso de estacionamiento de su esposo está pegado al parabrisas, y hay una mancha de óxido en el parachoques trasero. Lydia baja a la calle y se inclina para leer el papel. La camioneta de un noticiero está estacionada justo detrás de la cinta amarilla que demarca la escena del crimen, en el extremo de la calle, pero el reportero y el camarógrafo están ocupados y no los ven. Les da la espalda y libera el papel del limpiaparabrisas. Tiene una sola palabra escrita, con marcador verde: "¡Bu!". Inhala tan rápido que siente cómo el aire atraviesa su cuerpo. Voltea a ver a Luca, arruga el papel en el puño y lo guarda en el bolsillo.

Tienen que desaparecer. Tienen que irse de Acapulco, lo más lejos que puedan, para que Javier Crespo Fuentes nunca los encuentre. Y no pueden usar el auto.

CAPÍTULO 3

Lydia le da dos vueltas al Beetle anaranjado. **Mira a** través de las ventanas, inspecciona las llantas, el tanque de gas, lo que logra ver de la parte inferior, inclinándose sin tocar nada. Todo se ve igual, como lo dejaron, aunque no prestó mucha atención en ese momento. Se aparta y cruza los brazos sobre su pecho. No se atreve a conducir, pero lo tiene que abrir para sacar algunas pertenencias. Es una necesidad imperiosa, aunque su mente no puede ir más allá del presente inmediato y no piensa en la palabra *recuerdos*.

Mira por la ventana y ve la mochila de Sebastián en el piso del lado del pasajero, sus propios lentes de sol, brillando encima del tablero, y la sudadera amarilla y azul de Luca, en el asiento trasero. Sería demasiado peligroso ir a su casa, al lugar donde vivieron juntos. Necesita apresurarse y sacar a Luca de ahí. Por un instante, piensa que si hubiera una bomba en el auto tal vez sería más humano llevarse a Luca con ella, llamarlo para que se acerque antes de abrir la puerta, pero su instinto maternal derrota esa idea macabra.

Se acerca con la llave temblando en la mano. Con la otra mano intenta contener el movimiento. Mira a Luca, que levanta el pulgar. "No habrá una bomba", se dice. "Una bomba sería demasiado, después de todas esas balas". Mete la llave en la cerradura.

Respira hondo. Dos veces. Gira la llave. *Clac*. El sonido del seguro de la puerta casi basta para acabar con ella. No se escucha ningún tic-tac, no hay pitidos, ni ráfagas de aire asesino. Cierra los ojos, se voltea y le levanta el pulgar a Luca. Abre la puerta con un chirrido y empieza a hurgar dentro. ¿Qué necesita? Se para en seco y su confusión la paraliza momentáneamente. "No puede ser verdad", piensa. Su mente se siente tensa y confundida. Recuerda cuando murió su papá, cómo su madre pasó semanas caminando en círculos: del fregadero al refrigerador, del refrigerador al fregadero. Se quedaba con la mano sobre el grifo y olvidaba abrirlo. Lydia no puede dar vueltas de esa manera. Hay peligro. Deben moverse.

La mochila de Sebastián está ahí. Tiene que levantarla y completar las tareas inmediatas que tiene ante sí. Más adelante tendrá tiempo para empezar a comprender cómo pudo suceder algo así, por qué. Abre la mochila de su esposo, saca un termo, sus lentes, las llaves de su oficina, sus audífonos, tres cuadernos pequeños y un puñado de plumas baratas, una grabadora de mano y sus pases de prensa. Coloca todo en el asiento del pasajero. Conserva su tableta Samsung Galaxy y el cargador, aunque apaga la tableta antes de guardarla en la mochila, ya vacía. No comprende cómo funciona el GPS en esos aparatos, pero no quiere que la rastreen. Toma sus lentes del tablero y se los pone, y casi se saca un ojo. Mueve el asiento hacia adelante para ver qué hay detrás. Los zapatos de Luca de ir a la iglesia están en el piso, donde los dejó cuando se puso los tenis para jugar fútbol con Adrián. "Oh, por Dios, Adrián", piensa, y la grieta que siente en el pecho se hace más profunda, como si tuviera un hacha clavada en el esternón. Cierra los ojos con fuerza, solo por un momento, y se obliga a respirar. Toma los zapatos de Luca y los mete en la mochila. En el asiento de atrás también está la gorra roja de Sebastián con el logo de los Yankees de Nueva York. La toma, sale del auto y se la entrega a Luca para que se la ponga. En la cajuela encuentra el suéter bueno de Sebastián, el marrón, y lo guarda en la mochila. También hay una pelota de basquetbol, que deja, y una playera sucia que decide conservar. Cierra la cajuela y toma del asiento delantero uno de los cuadernos de Sebastián, aunque todavía no se permite considerar por qué lo hace: para guardar un registro personal de su caligrafía extinta. Elige uno al azar, lo guarda en la mochila y cierra las puertas.

Luca se acerca y se detiene a su lado sin que ella lo haya llamado. "Mi hijo ya no es el mismo", piensa. La mira e interpreta sus deseos sin necesidad de indicaciones.

—¿Adónde vamos, Mami?

Lydia lo mira de reojo. Ocho años. Necesita ver más allá de la destrucción actual y encontrar la fuerza necesaria para salvar lo que pueda. Besa la cabeza de Luca y empiezan a caminar, alejándose de los reporteros, del auto anaranjado, de la casa de la abuela, de su vida aniquilada.

—No sé, mijo —dice—. Ya veremos. Será una aventura.

—¿Como en las películas?

—Sí, mijo. Igual que en las películas.

Lydia se cuelga la mochila a la espalda y se ajusta ambas correas antes de colgarse también la maleta. Caminan varias calles con rumbo norte y luego giran a la izquierda, hacia la playa. Después se dirigen al sur nuevamente, porque Lydia no puede decidir si es mejor estar en una zona abarrotada de turistas u ocultarse. Mira a menudo por encima del hombro, estudia a los conductores que pasan a su lado y aprieta la mano de Luca. Desde una reja abierta, un chucho les ladra y amenaza con morderlos. Una mujer con un vestido corriente de flores sale de la casa para callar al perro, pero antes de que alcance a llegar Lydia lo patea salvajemente sin sentir culpa alguna. La mujer le grita, pero Lydia sigue caminando, con Luca de la mano.

Luca ajusta la visera de la gorra de su padre, que le queda demasiado grande. Tiene impregnado el sudor de Papi y puede sentir el aroma de él cuando mueve la gorra hacia los lados, cosa que hace a intervalos regulares para oler a su padre. Luego se le ocurre que quizá el aroma sea finito y teme gastarlo todo, por lo que deja de tocarla. Alcanzan a ver un autobús a lo lejos y deciden subirse.

Es ya la media tarde del sábado y el autobús no está lleno. Luca se alegra de poder sentarse, hasta que se da cuenta de que el movimiento de sus piernas cargando el peso de su pequeño cuerpo por las calles de la ciudad había sido lo único que mantenía a raya el horror aplastante que amenazaba con descender sobre él. En cuanto se sienta junto a Mami en el asiento de plástico azul y deja caer sus piernas cansadas, se pone a pensar. Empieza a temblar y Mami lo abraza con fuerza.

—No puedes llorar aquí, mijito —dice Mami—. Todavía no.

Luca asiente y, sin más, deja de temblar y el llanto se evapora. Recarga la cabeza contra el vidrio tibio de la ventana del autobús y mira hacia afuera. Se concentra en los colores de caricatura de su ciudad, el verde de las palmeras, los troncos de los árboles pintados de blanco para repeler a los escarabajos, los colores estridentes de los letreros que publicitan tiendas, hoteles y zapatos. En El Rollo, Luca mira a los niños y adolescentes que hacen fila en la taquilla. Llevan sandalias de plástico y toallas alrededor del cuello. Atrás se alcanzan a ver los toboganes rojos y amarillos que se elevan y caen. Luca pone un dedo contra la ventana y aplasta a los niños en la fila, uno a uno. El autobús frena en la esquina y se suben tres muchachos con el cabello mojado. Pasan junto a Luca y Lydia sin siquiera mirarlos y se sientan en la parte de atrás, con los codos en las rodillas, platicando tranquilos de un lado a otro del pasillo.

—Papi me va a llevar en el verano —dice Luca.

—¿Qué?

—Al Rollo. Dijo que podíamos ir este verano. Se va a tomar un día libre del trabajo cuando yo no esté en la escuela.

Lydia se muerde las mejillas por dentro. Un reflejo desleal: está enojada con su esposo. El conductor cierra la puerta y el autobús se incorpora al tránsito. Lydia abre la maleta roja a sus pies, se quita los tacones y se calza los tenis dorados de su madre. No tiene un plan, raro en ella, y le parece difícil formular uno porque su mente se siente frenética y aletargada a la vez. Pero no olvida que cada quince o veinte minutos deben bajarse y cambiar de autobús. A veces cambian de dirección; a veces, no. Uno de los autobuses se detiene enfrente de una iglesia y entran un momento, pero la parte de Lydia que suele estar dispuesta a orar se ha cerrado. Ya ha experimentado antes esa clase de adormecimiento: cuando tenía diecisiete años y su padre murió de cáncer, cuando perdió un bebé casi de término dos años antes de que naciera Luca, cuando los médicos le dijeron que ya no podría tener más hijos... así que no lo considera una crisis de fe, sino una gentileza divina. Como con las instituciones del gobierno, Dios pone en pausa sus agencias no esenciales. Afuera, Luca vomita en la calle una vez más mientras esperan el siguiente autobús.

Lydia lleva en el cuello una cadena de oro delgada, adornada con tres aros que se entrelazan. Es una pieza discreta, la única alhaja que usa además de la argolla de matrimonio, en el cuarto dedo de la mano izquierda. Sebastián le regaló el collar la primera Navidad después de nacer Luca, y a Lydia le encantó de inmediato por su simbolismo. Lo había usado todos los días desde entonces, al punto de que se había convertido en parte de sí misma, de sus ademanes. Cuando está aburrida, desliza el pulgar por la cadena de un lado a otro. Cuando está nerviosa, pasa los tres aros por la punta de su meñique, donde producen un ligero tintineo. Ahora no toca los aros. Su mano se dirige, sin pensarlo, hacia su cuello, pero está consciente del gesto. Empieza a entrenarse para ocultar sus viejos hábitos. Debe volverse completamente irreconocible si desea sobrevivir. Abre el seguro de la cadena y desliza la argolla de Sebastián. Luego vuelve a cerrarlo y esconde la cadena bajo la blusa.

Deben evitar llamar la atención de los conductores de autobús, pues se sabe que trabajan como halcones, vigilando para el cártel. Lydia comprende que su apariencia de mujer moderadamente atractiva, aunque no hermosa, de edad indeterminada, que pasea por la ciudad con un niño común y corriente, puede proveerles cierto camuflaje si se aseguran de dar la impresión de que van de compras o de visita a casa de unos amigos del otro lado de la ciudad. De hecho, Luca y Lydia fácilmente podrían confundirse con varios de los pasajeros, algo que Lydia considera en verdad absurdo: que la gente a su alrededor no pueda ver con claridad la abominación que acaban de vivir. Para Lydia, es tan evidente como si llevara un letrero de neón encima. Lucha a cada instante contra el grito que pulsa en su interior como un ser viviente. Se estira y patea su estómago como lo hacía Luca cuando era bebé. Con mucho autocontrol, lo estrangula y lo suprime.

Cuando finalmente comienza a surgir un plan detrás del violento caos de su mente, Lydia duda de que sea un plan bueno, pero decide seguirlo porque no tiene otro. Quince minutos antes de las cuatro de la tarde, la hora de cierre en playa Caletilla, Lydia y Luca bajan del autobús, entran a la sucursal de un banco y esperan en la fila. Lydia enciende su teléfono para revisar el saldo de su cuenta y lo vuelve a apagar antes de llenar un formulario de retiro por casi la totalidad: 234,803 pesos, alrededor de 12,500 dólares que recibió, en su mayoría, como herencia del padrino de Sebastián, que era dueño de una embotelladora y nunca tuvo hijos. Pide el dinero en billetes grandes.

Minutos después, Luca y Lydia suben a otro autobús con los ahorros en tres sobres escondidos en el fondo de la maleta de la abuela. Tres autobuses y más de una hora después, se bajan en el Wal-Mart de Diamante. Compran una mochila para Luca y, para cada uno, un paquete de ropa interior, dos pares de pantalones de mezclilla, dos paquetes de tres playeras blancas, una sudadera con capucha, además de otros dos cepillos de dientes, toallitas húmedas desechables, curitas, bloqueador solar, crema para labios, un estuche de primeros auxilios, dos cantimploras, dos linternas, algunas pilas y un mapa de México. Lydia pasa mucho tiempo eligiendo un machete en el mostrador del departamento de artículos del hogar y se decide por uno pequeño con cuchilla retráctil y funda negra y lisa que puede atar a su pierna. No es una pistola, pero es mejor que nada. Pagan en efectivo y caminan por el paso a desnivel bajo la autopista, hacia los hoteles de la playa. Luca lleva puesta la gorra de Papi y Lydia no toca su collar. Mira a todos mientras caminan, a los demás peatones, a los conductores en sus autos, incluso a los muchachos delgados en sus patinetas, porque sabe que los halcones están en todas partes. Llevan prisa. Lydia elige el Hotel Duquesa Imperial, por su tamaño. Es lo suficientemente grande como para ofrecerles cierto anonimato, pero no tan nuevo como para estar de moda. Pide una habitación con vista a la calle y, una vez más, paga en efectivo.

—Ahora solo necesito registrar una tarjeta de crédito para cubrir cualquier contingencia —dice el conserje mientras guarda dos tarjetas llave en un sobre de papel.

Lydia mira las llaves y considera agarrarlas y correr hacia el elevador. Luego abre la maleta y hace como si buscara su tarjeta de crédito.

—Caray, seguro la dejé en el auto —dice—. ¿De cuánto es el cargo?

—Cuatro mil pesos. —El conserje le ofrece una sonrisa cínica—. Totalmente reembolsables, por supuesto.

—Por supuesto —dice Lydia. Sostiene la maleta sobre la rodilla y abre uno de los sobres. Toma cuatro mil pesos sin sacar el sobre—. ¿Efectivo está bien?

—Ah. —El conserje se ve un poco alarmado y mira al gerente, que está ocupado con otro cliente.

—Efectivo está bien —dice el gerente sin siquiera levantar la vista.

El conserje asiente mientras Lydia le entrega los cuatro billetes de color rosado, los guarda en un sobre y lo sella.

—Su nombre, por favor. —Su pluma negra descansa encima del sobre cerrado.

Lydia duda por un momento.

—Fermina Daza —dice el primer nombre que le viene a la mente.

El conserje le entrega la llave del cuarto.

—Disfrute su estadía, Sra. Daza.

El viaje en el elevador hacia el décimo piso es el minuto y medio más largo de la vida de Luca. Le duelen los pies, le duele la es-

palda, le duele el cuello y todavía no ha llorado. En el cuarto piso
entra una familia al ascensor, y luego se dan cuenta de que el
elevador va hacia arriba y salen de él. El matrimonio ríe, tomados
de la mano, mientras sus hijos parlotean. El niño mira a Luca y
le saca la lengua justo cuando la puerta se cierra. Luca sabe por
instinto y por las indicaciones sutiles de Mami que debe comportarse
como si todo estuviera normal, y hasta ahora ha cumplido
con esa tarea descomunal. Pero hay una elegante mujer mayor en
el elevador que está admirando los zapatos dorados de Mami. Los
zapatos de la abuela. Luca parpadea rápidamente.

—Qué hermosos tus zapatos, tan inusuales —dice la mujer,
rozando ligeramente el hombro de Lydia—. ¿Dónde los compraste?

Lydia mira sus pies en lugar de a la mujer.

—Ah, no me acuerdo —contesta—. Son muy viejos.

Lydia aprieta repetidamente el botón del número diez, lo que
no acelera el elevador, pero sí tiene el efecto previsto de silenciar
cualquier intento de conversación. La mujer se baja en el sexto
piso y Mami aprieta los botones del piso quince, el dieciocho y
el diecinueve. Se bajan en el diez y toman la escalera hasta el piso
séptimo.

A Luca le sucede algo sorprendente cuando Mami finalmente
abre la puerta del cuarto con la tarjeta llave, después de mirar a
un lado y a otro del corredor alfombrado y apresurarlo a entrar,
cerrar la puerta, poner la cadena, arrastrar una silla y atorarla bajo
la manija de la puerta. Lo que le sucede a Luca es: nada. La tormenta
de angustia con la que había estado luchando no llega.
Tampoco se va. Permanece ahí, contenida como su aliento, suspendida
en la periferia de su mente. Tiene la sensación de que,
si gira la cabeza, si logra apuntar hacia esa pesadilla, aunque sea
ligeramente con un dedo, desataría una tempestad tan colosal
que lo haría desaparecer para siempre. Por eso, se esfuerza por
permanecer quieto. Luego se saca los zapatos y se sube al borde
de la única cama. Hay una toalla doblada en forma de cisne. Lo

toma por el cuello y lo avienta contra el suelo. Toma el control remoto como si fuera un salvavidas y enciende el televisor.

Mami lleva las bolsas de Wal-Mart, las mochilas y la maleta de la abuela hacia la mesa, y saca todo. Empieza a quitar etiquetas, acomoda los objetos en pilas y se deja caer con fuerza en una de las sillas. Se queda así, sin moverse, por lo menos diez minutos. Luca no la mira. Tiene los ojos pegados a Nickelodeon y sube el volumen de *Henry Danger*. Cuando por fin se mueve, Mami se acerca a él y besa su frente con brusquedad. Cruza la habitación y abre la puerta del balcón. Duda que exista suficiente aire fresco para aclarar su mente, pero tiene que intentarlo. Deja la puerta abierta y sale.

Si hay algo bueno sobre el terror, comprende Lydia, es que es más inmediato que la pena. Sabe que muy pronto deberá enfrentar lo que pasó, pero por el momento la posibilidad de lo que puede pasar anestesia lo peor de su angustia. Se asoma por el borde del balcón y mira hacia abajo, hacia la calle. Se dice a sí misma que no hay nadie, que están a salvo.

En la recepción del hotel, el conserje se retira por un momento de su puesto y se dirige al salón de empleados. En el segundo cubículo del baño, saca un teléfono desechable del bolsillo interior de su saco y manda el siguiente mensaje: "Dos huéspedes especiales acaban de registrarse en el Hotel Duquesa Imperial".

CAPÍTULO 4

En su primer encuentro, Javier Crespo Fuentes llegó solo a la librería de Lydia un martes en la mañana, justo cuando ella acomodaba el pizarrón sobre la acera. Esa semana Lydia había elegido diez libros de lugares lejanos, y los promovía con un letrero escrito con tiza que rezaba: "Libros: son más baratos que los boletos de avión". Lydia mantenía la puerta abierta con una pierna, mientras sacaba el letrero, y entonces él se acercó para ayudarla a detener la puerta. La campanilla que colgaba sonó encima de ellos como una sentencia.

—Gracias —dijo Lydia.

Él asintió.

—Pero más peligrosos —dijo.

Lydia frunció el ceño y abrió el pizarrón.

—¿Perdón?

—El letrero —dijo, señalándolo, y se alejó un poco para apreciarlo—. Los libros *son* más baratos que viajar, pero también, más peligrosos.

Lydia sonrió.

—Bueno, supongo que depende de adónde viajes.

Entraron a la tienda y Lydia lo dejó curiosear por los estantes solo. Cuando por fin se acercó al mostrador y dejó unos libros junto a la caja registradora, le sorprendió su selección.

Hacía casi diez años que Lydia tenía la librería, y la había llenado con libros que le encantaban y con otros que no apreciaba tanto, pero que se vendían bien. Tenía también un buen inventario de tarjetas, plumas, calendarios, juguetes, juegos, lentes para leer, imanes y llaveros, y gracias a esa clase de mercancía, junto con los pomposos libros de más venta, su tienda era rentable. Sin embargo, desde hacía mucho tiempo disfrutaba en secreto del placer de esconder, entre los tomos más populares, algunos de sus tesoros más íntimos y queridos, joyas que habían abierto su mente y cambiado su vida, libros que en algunos casos ni siquiera se habían traducido al español, pero que ella conservaba en su inventario no porque esperara venderlos, sino porque saber que estaban ahí la hacía feliz. Eran quizá una docena, en los estantes de siempre, entre un repertorio cambiante de vecinos. A veces, cuando un libro la conmovía, cuando abría una ventana inexplorada en su mente y cambiaba su percepción del mundo, lo agregaba a esas filas secretas. Muy de vez en cuando, incluso se atrevía a recomendar alguno a un cliente. Lo hacía solo con alguien conocido, que le agradara y que creyera que podía valorar el tesoro que le ofrecía. Casi siempre la decepcionaban. En los diez años que llevaba ahí, solo dos veces había tenido el placer de que un cliente se acercara al mostrador con alguno de sus libros en la mano, sin que ella lo recomendara. Dos veces en diez años se había dado ese destello de emoción en que la campanilla de la puerta hacía las veces de muérdago... la posibilidad de algo mágico.

Cuando Javier se acercó a Lydia, que esperaba detrás del mostrador ojeando catálogos, y ella levantó la selección para marcarla, se asombró al encontrar no uno, sino dos de sus tesoros secretos: *Heart, You Bully, You Punk*, de Leah Hager Cohen, y *Los paraderos de Eneas McNulty*, de Sebastian Barry.

—Por Dios —murmuró Lydia.

—¿Pasa algo?

Se volteó para verlo, dándose cuenta de que no lo había mirado realmente hasta ese momento, a pesar del intercambio anterior. Vestía de manera elegante para ser martes en la mañana, con pantalón azul oscuro y guayabera blanca, atuendo que era más apropiado para la misa de domingo que para un día de trabajo, y su cabello negro y espeso estaba peinado al lado con una línea perfecta, como se usaba antes. El armazón de plástico negro y grueso de sus lentes era también anticuado, tan pasado de moda que casi se veía chic otra vez. Sus ojos nadaban inmensos detrás de los lentes gruesos, y él agitaba su bigote mientras ella lo observaba.

—Los libros —dijo—. Son dos de mis favoritos. —Era una explicación a medias, pero fue todo lo que pudo decir.

—También míos —dijo el hombre frente a ella. Su bigote subió levemente con su sonrisa tímida.

—¿Ya los leyó? —Sostenía *Heart, You Bully, You Punk* con ambas manos.

—Solo este. —Él señaló el libro que ella aferraba.

Lydia miró la portada.

—*You read in English?* —preguntó en inglés.

—Lo intento, sí —dijo—. Mi inglés no es fluido, pero casi. Y la historia es tan delicada. Seguro hay cosas que no comprendí en la primera lectura. Quiero intentarlo otra vez.

—Claro. —Lydia sonrió, sintiéndose un poco fuera de sí, pero ignoró la sensación y dijo con imprudencia—: Cuando termine de leerlo, puede volver y lo discutimos.

—Oh —asintió—. ¿Tiene un club de lectura?

Lydia abrió ligeramente la boca.

—No —rio—. ¡Solo yo!

—Qué mejor.

Él sonrió y Lydia frunció el ceño, ansiosa de preservar ese momento. ¿Estaba coqueteando con ella? Cuando el comportamiento de un hombre es inescrutable, la respuesta suele ser sí. Lydia puso el libro sobre el mostrador y extendió la mano sobre la portada. Él notó el gesto de precaución y se corrigió de inmediato.

—Me refiero a que a veces se puede corromper la experiencia

de la lectura si hay demasiadas opiniones. —Miró el libro bajo la mano de Lydia—. Un libro extraordinario. Extraordinario.

Lydia le concedió una sonrisa, levantando el escáner del pedestal y apuntándolo hacia el libro.

Cuando regresó, el lunes siguiente, Javier fue directo hacia el mostrador, pese a que Lydia estaba ocupada con una persona. Esperó a un costado, con las manos entrelazadas al frente, y en cuanto el cliente se fue se sonrieron ampliamente uno al otro.

—¿Y bien? —preguntó Lydia.

—Todavía más increíble la segunda vez.

—¡Sí! —Lydia aplaudió.

Uno de los personajes principales del libro tenía una enfermedad que le impedía contener el impulso de saltar desde lugares altos. No quería morir, pero se lastimaba constantemente por culpa de su peligroso impulso.

—Yo tengo la misma enfermedad —comentó Javier inesperadamente.

—¿Qué? ¡No!

La enfermedad era cosa de ficción. Sin embargo, Lydia también la tenía. Cada vez que se acercaba demasiado al barandal en el balcón de su casa tenía que apretar los dedos con fuerza y presionar los talones contra el piso. Le daba miedo saltar un día sin siquiera pensarlo, sin que hubiera un motivo. Quedaría esparcida sobre el pavimento y el tránsito de Acapulco se frenaría con un chirrido estruendoso, desviándose innecesariamente alrededor de ella. La ambulancia llegaría demasiado tarde. Luca quedaría huérfano y todos malinterpretarían el acto como un suicidio. Lydia había recreado la escena en su mente miles de veces como si fuera un antídoto. "No debo saltar", se decía.

—Pensé que era el único en el mundo —confesó Javier—. Pensé que era una invención demente de mi cabeza. Y de pronto ahí estaba, en el libro.

Lydia no se dio cuenta de que tenía la boca abierta hasta que la cerró. Se dejó caer con fuerza sobre el banco.

—Pero es que yo pensé que era la única —dijo.

Javier enderezó su cuerpo para alejarse del mostrador.

—¿Tú también?

Lydia asintió.

—*Well, my God* —dijo en inglés. Y entonces rio—. Organizaremos un grupo de apoyo.

Y después se quedó ahí, platicando con ella durante tanto tiempo que Lydia al final le ofreció una taza de café que él aceptó. Lydia sacó un banco y lo puso del otro lado del mostrador para que pudiera beber cómodo. Javier tenía cuidado de no dejar espuma en su bigote. Hablaron sobre literatura, poesía, economía, política y la música que ambos adoraban, y se quedó con ella por casi dos horas hasta que Lydia expresó su preocupación de que tuviera algo que hacer, pero Javier agitó la mano, rechazando la idea.

—No hay nada más importante que esto.

Era exactamente como Lydia siempre había esperado que fuera en su librería. Entre la monotonía rutinaria de cuidar un negocio, podría atender clientes tan vivaces e interesantes como los libros a su alrededor.

—Si tuviera tres clientes más como tú, tendría todo en la vida —dijo Lydia, terminando su café.

Javier puso una mano sobre su pecho e inclinó la cabeza ligeramente.

—Haré todo lo posible por ser suficiente —dijo, y añadió en voz baja, como de casualidad—: Si nos hubiéramos conocido en otra vida, te pediría que te casaras conmigo.

Lydia se levantó abruptamente de su banco y sacudió la cabeza.

—Lo siento —dijo Javier—. No te quise incomodar.

Lydia recogió las tazas en silencio. Su traición no fue recibir esa confesión, sino la respuesta que calló: en otra vida, quizá hubiera dicho que sí.

—Debo seguir trabajando —dijo en cambio—. Tengo que hacer un pedido en la tarde. Necesito preparar unos paquetes para mandarlos por correo.

Javier se llevó otros siete libros ese día, incluyendo tres recomendaciones de Lydia.

En la mañana del viernes siguiente, una lluvia veraniega corría por la calle y dos hombres robustos e inquietantes se guarecían bajo el toldo que cubría la puerta de la tienda. Momentos después, Javier apareció y Lydia sintió una gran felicidad. ¡Nuevos libros que comentar! Intentó comportarse con naturalidad, pero miraba a los hombres en la puerta y su respiración le oprimía el pecho.

—Te ponen nerviosa —observó Javier.

—Solo que no sé qué quieren. —Lydia salió de su puesto usual, detrás del mostrador. Al igual que todos los demás dueños de las tiendas de esa calle, pagaba las mordidas mensuales impuestas por el cártel. No podía pagar más.

—Les diré que se vayan —dijo Javier.

Lydia protestó, tomándolo del brazo y subiendo la voz, aun cuando Javier bajó la suya hasta un reconfortante susurro. La esquivó cuando ella intentó cortarle el paso.

—Te van a lastimar —murmuró con tanta severidad como pudo, sin alarmarlo.

Él sonrió de una manera que torció su bigote, y le aseguró:

—No lo harán.

Lydia se escondió detrás del mostrador y bajó la cabeza cuando Javier abrió la puerta y salió. Vio asombrada cómo se dirigía a los dos maleantes fornidos bajo el toldo. Ambos señalaron la lluvia, pero Javier estiró un dedo e hizo el ademán de dispararles con la mano, así que los hombres se internaron en el aguacero.

Lydia se rehusaba a comprender. A medida que sus visitas se volvían más regulares y duraban más, y que sus conversaciones profundizaban en temas personales, incluso cuando vio a los mismos hombres en otras dos breves ocasiones, Lydia olvidó deliberadamente el poder que Javier había demostrado esa mañana lluviosa. Cuando por fin este le habló con cierta adoración sobre su esposa, a quien llamó "la reina de mi corazón", Lydia sintió que sus defensas se relajaban. Los escudos cayeron todavía más cuando le reveló la existencia de una amante joven, a quien llamó "la reina de mis pantalones".

—Qué asco —dijo, pero se sorprendió a sí misma riendo también.

No era inusual que un hombre tuviera un amorío, pero hablar tan abiertamente de eso con otra mujer era distinto. Por ese motivo, la confesión sirvió para curar a Lydia de cualquier apego halagador y, conforme Javier revelaba más y más de su vida secreta, abrió el candado íntimo de la amistad. Se volvieron confidentes, compartían bromas, observaciones y decepciones. También hablaban de lo que les irritaba de sus parejas.

—Si estuvieras casada conmigo, yo nunca me portaría así —dijo Javier cuando Lydia se quejó de que Sebastián dejaba los calcetines sucios en la barra de la cocina.

—Por supuesto que no. —Rio—. Serías el marido ideal.

—Yo lavaría todos los calcetines que hubiera en la casa.

—Claro.

—Los quemaría y compraría calcetines nuevos cada semana.

—Ajá.

—Me olvidaría de usar calcetines por completo si eso te hiciera feliz.

Lydia no pudo contener la risa. Ya había aprendido a subir los ojos cuando Javier hacía esa clase de comentarios porque, en el clima de su amistad, esos flirteos eran nubes pasajeras. Había tormentas mucho más importantes entre ellos. Descubrieron, por ejemplo, que los papás de ambos habían muerto prematuramente de cáncer, cosa que habría sido suficiente para unirlos. Ambos tuvieron buenos padres, y los habían perdido.

—Es como ser miembro del club más horrible del mundo —dijo Javier.

Para Lydia ya habían pasado casi quince años y, si bien su pena era irregular, cuando se enfrentaba a ella seguía siendo tan aguda como el día en que su padre murió.

—Lo sé —dijo Javier, aunque Lydia no había hablado en voz alta.

Así que Lydia aguantaba la intensidad de sus flirteos y él, a cambio, aceptaba, o incluso tal vez disfrutaba, su rechazo total. Para Lydia ya era parte de su encanto.

—Pero, Lydia —le dijo con veneración, llevándose ambas manos al corazón—, independientemente de mis otros amores, tú eres en verdad la reina de mi alma.

—¿Y qué diría de eso tu pobre esposa? —replicó.

—Mi magnífica esposa solo quiere que sea feliz.

—¡Es una santa!

Javier hablaba con frecuencia de su única hija, una jovencita de dieciséis años que estudiaba en un internado en Barcelona. Todo en él cambiaba cuando hablaba sobre su hija: su voz, su expresión, sus ademanes. Su amor era tan grande que incluso manejaba el tema con mucho cuidado. El nombre de ella era como una esfera de cristal que le daba miedo dejar caer.

—Yo bromeo sobre mis muchos amores, pero la verdad es que ella es la única. —Le sonrió a Lydia—. Marta. Es mi tierra, mi cielo y todas mis estrellas.

—Soy madre. —Lydia asintió—. Conozco esa clase de amor.

Javier estaba sentado frente a ella, en el banco que Lydia ya consideraba suyo.

—Ese amor es tan grande, que a veces me da miedo —dijo él—. No puedo esperar merecerlo, y temo que desaparezca, que me consuma. Pero al mismo tiempo es lo único bueno que he hecho en la vida.

—Ay, Javier… no creo que sea cierto —dijo Lydia.

El tema lo puso de mal humor. Sacudió la cabeza y se restregó los ojos con fuerza bajo los lentes.

—Es solo que mi vida no resultó como yo quería —dijo—. Ya sabes.

Pero no, no lo sabía. Después de semanas conociéndose, aquí es donde comenzaba a flaquear su lenguaje común. Con la excepción de haber tenido solo un hijo, la vida de Lydia había resultado justo como ella había deseado. Ya no esperaba la hija que no iba a tener, y aceptaba su ausencia porque había trabajado en ello.

Estaba contenta con sus decisiones. Más que contenta, Lydia era feliz. Pero Javier la miraba a través de sus lentes y ella veía el anhelo en su rostro, la necesidad de ser comprendido. Lydia apretó los labios.

—Cuéntame —dijo.

Javier se quitó los lentes y cerró las patitas. Los guardó en el bolsillo del pecho de la camisa y parpadeó. Sus ojos eran pequeños y francos sin su escudo usual.

—¡Pensaba ser poeta! —dijo, y rio—. Ridículo, ¿cierto? ¿En estos tiempos?

Lydia puso una mano encima de la suya.

—Pensé que sería un académico y tendría una vida tranquila. Creo que me la hubiera pasado bien en la pobreza.

Lydia torció la boca, tocando el reloj elegante que él llevaba en la muñeca.

—Lo dudo.

Javier se encogió de hombros.

—Creo que sí me gustan mucho los zapatos.

—Y la carne —le recordó Lydia.

Él rio.

—Sí, la carne. ¿A quién no le gusta la carne?

—Solo tu hábito de lectura sería suficiente para llevar a cualquiera a la bancarrota.

—Dios mío, tienes razón, Lydia. Sería un pésimo pobre.

—El peor —afirmó. Después de un momento, añadió—: Nunca es demasiado tarde, Javier. Si realmente eres infeliz. Eres joven.

—¡Tengo cincuenta y uno!

Todavía más joven de lo que pensó.

—Eres prácticamente un bebé. Y a todo esto, ¿qué te impide ser feliz?

Javier bajó la mirada hacia el mostrador y Lydia se sorprendió al ver un tormento genuino dibujado en sus facciones. Bajó la voz y se acercó a él.

—Podrías elegir otro camino, Javier. Sí que puedes. Eres una persona tan talentosa, tan capaz. ¿Qué te detiene?

—Ay. —Sacudió la cabeza en silencio y se puso los lentes. Lydia lo vio recuperar su expresión común—. Es un sueño romántico nada más. Se acabó. Tomé mis decisiones hace tiempo y me han traído hasta aquí.

Lydia apretó su mano.

—No está tan mal, ¿o sí? —Era algo que le hubiera dicho a Luca para inclinarlo hacia el optimismo.

Javier parpadeó lentamente y ladeó la cabeza. Un gesto ambiguo.

—Tendré que conformarme.

Lydia se enderezó detrás del mostrador y tomó un sorbo de su café tibio.

—Tus decisiones te llevaron hacia Marta.

Los ojos de Javier brillaron.

—Sí, a Marta —dijo—. Y a ti.

La próxima vez que fue a la librería, llevó una caja de conchas y ocupó su asiento de siempre. Había varios clientes en la tienda, así que abrió la caja y colocó dos de los panes en unas servilletas, mientras Lydia recorría los pasillos ayudando a los lectores en su búsqueda. Cuando se acercaron al mostrador para pagar, Javier los saludó como si trabajara también ahí y les ofreció conchas. Cuando al fin se quedaron solos, Javier sacó un cuadernillo molesquín del bolsillo interior de su saco y lo puso sobre el mostrador.

—¿Y esto? —preguntó Lydia.

Javier tragó con nerviosismo.

—Mi poesía.

Lydia abrió los ojos con deleite.

—No la he compartido con nadie más que con Marta —dijo—. Está estudiando poesía en la escuela. Y francés y matemáticas. Es mucho más inteligente que su viejo padre.

—Oh, Javier.

Tocó la esquina de su cuaderno nerviosamente.

—He escrito poemas toda mi vida. Desde que era niño. Pensé que tal vez te gustaría escuchar uno.

Lydia acercó su banco al mostrador y se inclinó hacia él, descansando la barbilla sobre sus manos entrelazadas. Entre los dos, las conchas manchaban las servilletas de grasa. Javier abrió el cuaderno; las páginas se sentían suaves por el desgaste. Pasó las hojas con cuidado hasta llegar a la que tenía en mente. Se aclaró la garganta antes de empezar.

Ay, el poema era horrible. Era soso y frívolo, tan malo que Lydia lo amó mucho, mucho más, por lo vulnerable que había sido al compartirlo con ella. Cuando terminó de leer y levantó la vista para ver su reacción, su rostro parecía preocupado, pero los ojos de Lydia brillaban tranquilos, y lo que dijo en ese momento fue genuino.

—Qué hermoso. Realmente hermoso.

La amistad floreciente con Javier la sorprendía por la rapidez y por la intensidad. Él ya casi no flirteaba con ella y, en cambio, Lydia descubrió una intimidad que rara vez experimentaba fuera de su familia. No sentía nada romántico, pero el vínculo que había entre ellos era refrescante. Javier le recordaba que, a pesar de su maternidad, la vida podía ser emocionante, que siempre existía la posibilidad de encontrar algo o a alguien nuevo.

En su cumpleaños, una fecha que Lydia no recordaba haberle revelado, Javier llegó con un paquete plateado del tamaño de un libro. El listón decía *Jacques Genin.*

—Es el mejor *chocolatier* de París —explicó.

Lydia se opuso, pero no fue nada convincente, le encanta el chocolate. Y accidentalmente se comió cada una de esas pequeñas obras de arte antes de que Sebastián y Luca llegaran a la tienda en la noche para llevarla a cenar.

Debido al aumento de la violencia entre los cárteles rivales en Acapulco, Lydia y su familia —de hecho, casi todas las familias de la ciudad— ya no frecuentaban sus cafés favoritos. El adversario del cártel local era un nuevo grupo que se hacía llamar Los Jardineros, un nombre que, inicialmente, no logró inspirar suficiente miedo entre la población. Pero ese fue un problema momentáneo. Al poco tiempo, la ciudad entera sabía que Los Jardineros solo usaban armas de fuego cuando no tenían tiempo de dar rienda suelta a su creatividad. Sus herramientas preferidas eran de naturaleza más íntima: pala, hacha, hoz, garfio, machete. Cualquier instrumento sencillo para cortar y cavar. Con ellos, Los Jardineros removieron la tierra; con ellos, derrocaron y enterraron a sus rivales. Unos cuantos sobrevivientes del cártel vencido lograron incorporarse a las filas de sus conquistadores; la mayoría huyó de la ciudad.

Conforme el ganador emergente cubría los hombros de Acapulco con un sosiego inestable, disminuyeron las matanzas. Tras casi cuatro meses de relativa calma, los ciudadanos de Acapulco regresaron cautelosamente a las calles, a los restaurantes y a las tiendas. Estaban ansiosos por reparar el daño a la economía local. Estaban listos para unos cocteles. Así que, en el distrito más seguro, donde el dinero de los turistas siempre había alentado un poco de prudencia, en un restaurante elegido más por su seguridad que por su menú, y rodeada de los rostros resplandecientes de su familia, Lydia apagó las velas de su cumpleaños número treinta y dos.

Más tarde esa noche, después de que Luca se fuera a dormir y Sebastián abriera una botella de vino sentado en el sofá, su conversación giró inevitablemente en torno a la vida en Acapulco. Lydia estaba de pie, inclinada sobre la barra de la cocina, de espaldas a Sebastián, con una copa de vino junto a su codo.

—Me gustó poder salir a cenar hoy —dijo.

—Fue casi normal, ¿verdad? —Sebastián estaba en la sala y descansaba las piernas, cruzadas, sobre la mesa de centro.

—Había mucha gente afuera.

Era la primera vez que llevaban a Luca a comer fuera desde el verano anterior.

—Lo que sigue es recuperar a los turistas —dijo Sebastián.

Lydia respiró hondo. El turismo siempre había sido el sustento de Acapulco y la violencia los había alejado. Lydia no sabía cuánto tiempo más podría conservar la librería si no regresaban a la ciudad. Era tentador esperar que la paz actual implicara un cambio de rumbo.

—¿En serio crees que todo puede mejorar?

Le preguntó porque el conocimiento de Sebastián sobre los cárteles era exhaustivo, algo que la impresionaba e incomodaba a la vez. Él sabía muchas cosas. La mayoría de las personas eran como Lydia: no querían saber. Intentaban aislarse del horror de la violencia del narco porque no podían soportarlo. Pero Sebastián estaba hambriento de noticias. La prensa libre era la última línea de defensa, decía, lo último que quedaba de pie entre el pueblo de México y la aniquilación total. Era su vocación y, cuando eran más jóvenes, Lydia admiraba su idealismo. Imaginaba que cualquier hijo de Sebastián nacería honorable, con un código moral completo e intachable. Ni siquiera tendría que enseñarle a distinguir el bien del mal. Pero ahora los cárteles asesinaban a un periodista mexicano cada cierto tiempo, y a Lydia le repugnaba la integridad de su marido. Le parecía hipócrita, egoísta. Ella quería a Sebastián vivo más de lo que apreciaba sus firmes principios. Quería que renunciara, que hiciera algo más sencillo, más seguro. Intentaba apoyarlo, pero a veces la enfurecía que eligiera el peligro. Cuando su rabia se encendía y se interponía en la vida de ambos, la esquivaban como un mueble demasiado grande en la habitación.

—Ya es mejor —dijo Sebastián, pensativo, tomando un sorbo de vino.

—Sí, es más callado —dijo Lydia—, pero ¿realmente es *mejor*?

—Supongo que depende de tus estándares. —Alzó la mirada para verla—. Si te gusta salir a cenar, entonces sí, las cosas están mejor.

Lydia frunció el ceño. Realmente le gustaba mucho salir a cenar. ¿En serio era tan superficial?

—El nuevo jefe es listo —dijo Sebastián—. Sabe que la estabilidad es la clave y quiere que haya paz. Así que ya veremos. Tal vez todo sea mejor que antes con Los Jardineros.

—¿Mejor cómo? ¿Crees que pueden arreglar la economía? ¿Traer el turismo de vuelta?

—No lo sé. Tal vez. —Sebastián se encogió de hombros—. No sé si realmente podrán contener la violencia a largo plazo. Por ahora, al menos se limita a otros narcos. No van por ahí asesinando a inocentes por diversión.

—¿Y ese niño en la playa, la semana pasada?

—Daño colateral.

Lydia se estremeció y tomó un largo trago de vino. Su esposo no era un hombre insensible. Odiaba cuando hablaba así. Sebastián notó su sobresalto y se levantó para estrechar sus manos a través de la barra.

—Sé que es horrible —dijo—, pero lo de la playa fue un accidente. Lo único que quise decir es que estaba en medio del fuego cruzado. No andaban tras él. —Tiró suavemente de una de sus manos—. ¿Te sientas conmigo?

Lydia rodeó la barra y se sentó en el sofá a su lado.

—Sé que no te gusta verlo así, pero a fin de cuentas estos tipos son hombres de negocios, y este último es más inteligente que muchos. —Pasó un brazo alrededor de Lydia—. No es el típico narco. En otra vida pudo haber sido Bill Gates o algo así. Un emprendedor.

—Genial —dijo Lydia, extendiendo un brazo sobre el torso de Sebastián mientras descansaba la cabeza en su pecho—. Entonces tal vez debería postularse para gobernador.

—Creo que encajaría mejor en la Cámara de Comercio. —Sebastián rio, pero Lydia no. Estuvieron en silencio un momento y luego Sebastián dijo—: La Lechuza.

—¿Cómo?

—Así se llama.

Ahora sí podía reírse.

—¿Es una broma? —Lydia se enderezó para verlo a la cara y descifrar si se estaba burlando de ella. A veces le decía un montón de disparates para probar su ingenuidad. En esta ocasión, su expresión era inocente—. ¿La Lechuza? ¡Es un pésimo nombre! —Lydia rio de nuevo—. Las lechuzas no dan miedo.

—¿A qué te refieres? Las lechuzas son aterradoras —dijo Sebastián.

Lydia sacudió la cabeza.

—Uh-uh-uh —dijo él.

—Ay, Dios, basta.

Sebastián metió los dedos entre el cabello de Lydia y se sintió contenta de estar ahí, recargada en su pecho. Podía oler el aroma dulce del vino tinto en su aliento.

—Te amo, Sebastián.

—Uh-uh-uh —dijo de nuevo.

Ambos se rieron. Se besaron. Dejaron el vino en la mesa.

Más tarde esa noche, mientras Lydia intentaba leer bajo el círculo de luz que iluminaba su lado de la cama, cuando Sebastián llevaba un rato dormido, con la cabeza sobre la piel desnuda de su brazo y sus ronquidos dibujando un velo suave de familiaridad en la habitación, Lydia sintió una punzada de inquietud. Algo que Sebastián había dicho: "En otra vida pudo haber sido Bill Gates". Cerró el libro y lo dejó sobre la mesa de noche.

"En otra vida". Las palabras creaban un eco incómodo en su mente.

Quitó las cobijas y se levantó de la cama. Sebastián se movió un poco, pero no se despertó. Su playera holgada a duras penas le cubría el trasero y sentía los pies fríos contra las baldosas del pasillo iluminado por la luna. Siguió hasta la cocina, a la mesa donde los tres cenaban juntos casi siempre. La mochila de Sebastián estaba ahí, con la cremallera medio abierta. Sacó su laptop y encendió el foco de la estufa. Había cuadernos en la mochila también, y varios expedientes llenos de fotografías y documentos.

Lydia esperaba equivocarse, pero de alguna manera sabía lo que iba a encontrar antes de verlo. Casi al final de una pila de fotografías en el segundo expediente, ahí estaba, en una veranda, sentado a la mesa con varios hombres, el rostro tan querido para ella. El bigote amplio, los lentes distintivos. No había duda alguna de quién era La Lechuza. Más allá del vino, el pastel y la cena, aún tenía el sabor de sus chocolates en la lengua.

CAPÍTULO 5

En la casa, la pequeña habitación de Luca tiene una lámpara de noche con la forma del arca de Noé. No ilumina mucho, solo lo suficiente para que pueda ver por dónde camina cuando tiene una pesadilla y se levanta para ir corriendo con Papi. Por eso se siente desorientado cuando despierta en la habitación oscura del Hotel Duquesa Imperial. No puede distinguir ninguna forma en la negrura. Se endereza en la cama desconocida y baja las piernas.

—¿Papi?

Siempre llama a Papi primero. Se acerca a la cama por el lado donde duerme Papi y es su hombro el que toca. Él lo acuesta sobre su brazo y no lo obliga a volver a su habitación. La almohada de Papi huele vagamente al líquido ámbar que toma antes de dormir. Mami es genial para hacer cosas por el día, pero Papi es mejor, infinitamente mejor para tolerar que interrumpan su sueño.

—Papi —Luca lo llama por segunda vez, y su voz suena extraña entre las paredes.

Luca se aferra al borde de la colcha.

—¿Mami? —intenta ahora. Siente una respiración cercana, que cesa y luego reinicia.

—Aquí estoy, mi amor. Ven.

Mami. Luca mete de nuevo las piernas bajo las cobijas y se recarga contra la montaña de almohadas que tiene a su espalda. Entonces todo regresa de golpe; el recuerdo de lo que pasó, la verdad sobre dónde están. El pequeño cuerpo de Luca exhala un aliento ahogado y se lleva las rodillas al rostro. Se cubre la cara con los brazos y grita sin querer... El sonido sale huyendo de él. Mami se arrodilla de prisa y busca el interruptor de la lámpara. Ahora la habitación está iluminada, pero Luca puede percibir el recuerdo a través de las contraventanas selladas de sus párpados. Mami lo atrae hacia sí y lo carga sobre sus piernas para que el ovillo en que se ha convertido Luca descanse en su regazo. Se quedan así por mucho tiempo. Lydia no intenta detener sus gritos ni su llanto, solo resiste y lo envuelve con su cuerpo lo mejor que puede, como si esperara a que pase un huracán. Cuando lo peor ha terminado, tal vez quince minutos después, Luca siente los ojos como lija, pero todavía no encuentra la manera de relajar su cuerpo. Por lo menos, respira de nuevo. Adentro y afuera, adentro y afuera. Su rostro está hinchado.

Lydia sale de la cama, vistiendo una de las playeras largas que compró en Wal-Mart, y Luca se retuerce como si fuera una agonía. Hay un dolor físico en esa pequeña separación. Lydia toma una botella de agua de la cómoda y regresa con él.

—Aquí estoy —dice—. No me voy a ir.

Luca se acuesta sobre un costado y se acurruca. Lydia abre la botella, toma un trago y se la entrega a Luca. El cabello de Lydia parece un remolino negro. Luca sacude la cabeza, pero ella insiste.

—Siéntate. Bebe.

Luca se yergue con dificultad y Lydia le pone la botella en los labios, ladeándola para que beba como cuando era bebé.

—Alguien me dijo que el único buen consejo para el dolor es hidratarse. Que todo lo demás solo son chingaderas.

¡Su Mami dijo otra grosería! Por segunda vez desde el día anterior. Luca cierra los labios para quitar la botella de su boca, pero Lydia se la entrega.

—Bebe más —dice.

Su rostro está contraído, pero seco, y tiene círculos negros bajo los ojos. Luca nunca ha visto esa expresión en su rostro y tiene miedo de que sea permanente. Parece que siete pescadores le hubieran clavado sus garfios y la estuvieran jalando al mismo tiempo en distintas direcciones. Uno de la ceja, otro del labio, otro de la nariz, otro de la mejilla. Mami está desfigurada. Lydia gira el reloj despertador para ver la hora. Cuando se inclina sobre la mesa de noche, el peso del anillo de Papi tensa la cadena de oro que cuelga de su cuello y los tres aros que siempre han estado ahí de pronto se ven pequeños. Mami guarda la cadena dentro de su playera.

—4:48 —dice—. Ya no vamos a dormir, ¿verdad?

Luca no responde. Bebe agua de la botella. Lydia recoge su tumultuoso cabello en una cola de caballo. Se levanta de la cama otra vez, enciende el televisor y encuentra un dibujo animado en inglés.

—Mira —dice—, practica. —Pero él no necesita practicar. Su inglés es excelente.

Pide servicio a la habitación: huevos, pan tostado y fruta. La idea de comer hace que a Luca se le revuelva el estómago, así que no piensa en ello. Deja que sus ojos se fijen en el televisor y su cuerpo se relaja. Su cabeza se siente como si fuera de hormigón y tiene la nariz tapada. Abre un poco la boca para respirar, pero cuando Mami entra al baño y abre la llave de la regadera, Luca se levanta de la cama y atraviesa la habitación para ir con ella. Mami está sentada en el inodoro, de modo que Luca se sienta en la orilla de la bañera hasta que termina. Luego lo usa él. No porque lo necesite, sino porque no quiere estar solo en el otro cuarto. Se queda sentado ahí, con el calzoncillo alrededor de los tobillos, hasta que escucha que Lydia cierra la llave de la regadera y el agua deja de salir. Se levanta y jala la cadena cuando Lydia abre la cortina.

—También deberías bañarte —dice al salir, envolviéndose con una toalla—. Tal vez pasen algunos días antes de que haya otra oportunidad.

Luca la mira a través del espejo y niega con la cabeza. Le

es imposible bañarse, estar solo ahí, atrapado entre las paredes de azulejo con el sonido de las balas arrasando en el patio de la abuela. Sacude la cabeza otra vez y aprieta los ojos con fuerza, pero no sirve de nada. Lo revive otra vez. Su cuerpo está frenético, su aliento es un látigo de pánico. El sonido que brota de él ahora parece entre un gemido y un chillido. Intenta opacar el sonido de las balas en su cabeza.

—Está bien, está bien, está bien —dice Mami, abrazándolo.

Y aun cuando Luca sabe que sus palabras no son estrictamente ciertas, se aferra a ellas de todas maneras.

Lydia lo baña en el lavabo con agua jabonosa y una toalla, como cuando era bebé. El cuello, las orejas, las axilas, el abdomen, la espalda, las nalgas, la parte de abajo, las piernas y los pies. Limpia la suciedad, las gotas de sangre seca, las manchas pegajosas de vómito. Lo deja limpio y seco. Seca su piel con una toalla blanca que se siente suave y tibia contra su piel.

A pesar de estar esperando el servicio de habitaciones, ambos se espantan cuando escuchan la puerta. Están nerviosos por la pena y hay una ligereza en el aire que amplifica los sonidos. No quiere, pero Luca espera en el baño con la puerta cerrada mientras su madre recibe el pedido. Tararea en voz baja tan pronto como se ve solo, pero no es música. No hay melodía. Lydia duda, dividida entre las dos puertas cerradas. Detrás de la puerta del baño puede escuchar el tarareo discordante. Detrás de la otra, una voz masculina anuncia de nuevo el desayuno. Está descalza en la alfombra y le tiemblan las manos mientras aparta la silla de escritorio y se acerca a la puerta. Quiere pararse de puntas y asomarse por la mirilla para asegurarse, pero ¿podría? ¿Cómo mirar cuando lo único que espera ver es el túnel oscuro del cañón de una pistola, justo antes de no ver nada nunca más? Pero si ese es el destino que le espera, se dice a sí misma, al menos no abrirá la puerta para invitarlo a entrar. Contiene la respiración conforme se acerca silenciosamente y coloca ambas manos a los lados de la mirilla.

El joven trae un carrito cargado con bandejas plateadas. Lleva puesto un uniforme. Su rostro tiene marcas de acné. Su gafete dice "Ikal". Nada indica que sea seguro. Lydia baja los talones al piso, camina hacia la cómoda y saca el machete del primer cajón.

—¡Un momento, no tardo! —dice.

Lleva puesta la bata gruesa que encontró en el armario y guarda el machete en el amplio bolsillo. Deja la mano adentro y con la otra aprieta la manija. Se dice a sí misma en voz alta que todo estará bien y luego abre la puerta.

Es evidente de inmediato que Ikal no es un sicario. A duras penas está entrenado para llevar el servicio a la habitación. Ikal baja la cabeza y carraspea; parece apenado de estar en una habitación con una mujer en bata. Mira hacia otra parte cuando pasa junto a Lydia y deja la bandeja sobre el escritorio, casi disculpándose. Regresa después junto al carrito de la entrada y le entrega la cuenta para que firme. Lydia se siente bastante segura como para dejar el machete en su bolsillo un momento. Le da las gracias y le devuelve la nota. Es entonces, justo cuando iba a cerrar la puerta, que Ikal habla de nuevo.

—Espere, casi se me olvida. —Lydia mete la mano en el bolsillo de inmediato, pero Ikal le entrega los cubiertos envueltos con dos servilletas—. Y esto —dice, sacando un sobre acolchado de una repisa inferior—. Me pidieron que se lo entregara de parte de la recepción.

Lydia da un paso atrás.

—¿Qué es?

—Una entrega —dice Ikal—. Llegó anoche para usted.

Lydia sacude la cabeza. "Nadie sabe que estamos aquí, nadie lo sabe". Intenta contener el pánico.

Ikal le extiende el sobre, pero Lydia no hace ademán de tomarlo. Mira fijamente el papel marrón. No puede ver ninguna marca, ni siquiera su nombre.

—¿Quiere que lo deje sobre el escritorio junto con la comida? —pregunta.

Ikal hace un gesto señalando el interior, pero no quiere volver a entrar sin que se lo indiquen.

—No —dice Lydia. Sabe que su comportamiento es demente y no le importa—. No lo quiero.

—¿Señora?

Sacude la cabeza de nuevo.

—No lo quiero —repite—. Deshazte de él.

Ikal intenta reprimir la confusión que se asoma a su rostro, asintiendo firmemente con la cabeza. Devuelve el sobre al carrito, pero cuando el ruido amortiguado de las ruedas se acerca al elevador, al final del pasillo, Lydia cambia de opinión. Abre la puerta y corre hacia él.

—¡Espera!

Cuando regresa a la habitación, Luca ya ha salido del baño y está parado junto a la bandeja de comida, destapando los platos. Lydia mantiene el pequeño paquete lejos de su cuerpo mientras lo lleva al baño y lo pone con cuidado encima de una toalla, dentro de la bañera. Sale y cierra la puerta, dejando el sobre en el interior. Se sirve café y lo bebe de un largo trago. Se viste apresurada, subiéndose los pantalones de mezclilla nuevos y rasposos bajo la bata.

Luca come de pie; solo tiene puesto el calzoncillo. Está hambriento y su hambre se siente como una traición. ¿Cómo es posible que su cuerpo quiera alimento? Se mete una rebanada de pan tostado a la boca. ¿Cómo es posible que la mantequilla sepa tan rica? Mastica largo rato antes de tragar. Mira a su madre con el rabillo del ojo, sin desviar la mirada del televisor. Ve la manera en que Mami tuerce la boca hacia un lado, y decide que cuidará de ella. Ya no será un bebé. Lo decide con naturalidad, en un instante, y sabe que así será.

—Deberíamos irnos al norte —dice, porque sospecha que eso planea ella de todas maneras y quiere confirmar que es una buena idea, la única, irse a un planeta donde nadie los pueda alcanzar.

—Sí.

Mami está de pie junto a la cama, con los pantalones de mezclilla y la bata. Parece haber olvidado que se estaba vistiendo. Luce apurada e incapaz de moverse al mismo tiempo.

—Iremos a Denver —dice después de un momento.

Lydia tiene un tío que vive ahí. Se pone una playera blanca lisa y deja caer la bata a sus pies. Siente la piel tan irritada y sensible, que incluso el roce del algodón de la playera hace que se le erice la piel de los brazos. Se los restriega y le dice a Luca que se apresure a vestirse cuando termine de comer.

Regresa al baño y mira el sobre marrón en el fondo de la bañera. No sabe si hizo bien en meterlo a la habitación o no. Tal vez no importa. Alguien sabe que están ahí, así que tienen que irse de inmediato, sin importar lo que haya adentro. No alcanzó al muchacho en el elevador por curiosidad. No es una mujer curiosa. No quiere saber qué contiene el sobre. Pero sabe que el desinterés no es un lujo que se pueda costear. Si espera sobrevivir esa pesadilla con Luca, necesita poner atención a todos los detalles. Necesita estar alerta a cualquier posible indicio de información que surja. Levanta el sobre por una esquina, con cuidado, y examina el sello negro. No ve nada fuera de lo normal. Tiene que abrirlo. ¿Ahí en el baño? ¿Tal vez debería sacarlo al balcón, por si explota?

—Carajo —dice en voz alta.

—¿Me hablas, Mami? —se escucha la voz de Luca a través de la puerta.

—No, mijo. ¡Vístete!

Se lleva el sobre al oído, pero no escucha nada. No escucha un tic-tac. Ningún pitido. Se lleva el sobre a la nariz y lo huele, pero no siente ningún aroma en particular. Con cuidado, mete un dedo bajo el borde sellado, cierra los ojos y lo desliza suavemente, levantando la solapa. En su mente, el martilleo del miedo retumba con mucha más fuerza que el papel que se rasga, pero ahí está el sobre, abierto entre sus manos. Un sobre marrón común y corriente. No sale ningún polvo tóxico. No asciende ninguna nube venenosa que la mate.

Dentro, atada con una cinta azul claro, hay una copia en inglés de *El amor en los tiempos del cólera*, un libro que había comentado con Javier, uno de los muchos favoritos de ambos. Hay algo metido entre las páginas. Jala la cinta, que cede y cae al piso, junto a sus pies descalzos. Su cuerpo es una flecha disparada que todavía no encuentra el blanco. Siente como si volara en arco, sometida a la ley de la gravedad. Abre la página donde ve un sobre abierto, encajado en la espina del libro. Por supuesto sabe que Javier es responsable de la masacre de su familia, lo supo desde que empezó a escuchar el caos en el jardín. Parece tan imposible como cierto. Pero hasta ese momento había evitado reconocerlo. Porque, una vez que acepte esa indiscutible verdad, debe reconocer su propia culpa. Ella lo conocía. Lo *conocía*. Sin embargo, subestimó el peligro que representaba. No pudo proteger a su familia. Lydia no puede pensar en nada de eso aún, no está lista. Debe encontrar la forma de retrasar su dolor. Luca es lo único que importa ahora. Luca, todavía está en peligro.

—¡Vístete! —le grita de nuevo, en un tono de voz que le parece extraño.

Mira el libro en sus manos. Hay un fragmento subrayado, el momento cuando Fermina Daza, la heroína, ya viuda, apenas recuperándose después de la muerte de su marido, encuentra a Florentino Ariza, el hombre que rechazó cincuenta años atrás:

"Fermina", le dijo, "he esperado esta ocasión durante más de medio siglo para repetirle una vez más el juramento de mi fidelidad eterna y mi amor para siempre".

Lydia arroja el libro lejos y este cae dentro de la bañera, dando vueltas. El sobre sigue en su mano. Considera soltarlo también y dejarlo ahí, pero necesita saber qué dice. Le brinca el estómago. Saca la tarjeta del sobre grueso, que tiene lirios blancos en el frente. *Mis más sinceras condolencias*. La caligrafía en el interior le es inmediatamente familiar.

Lydia:

*Hay sangre en tus manos también. Lo siento por tu dolor
y el mío. Ahora estamos destinados a permanecer eternamente
unidos por este pesar. Jamás imaginé este capítulo para nosotros. Pero no te preocupes, mi reina del alma, tu sufrimiento
será breve.*

Javier

Suelta la tarjeta, que cae en el inodoro y se oscurece de inmediato. Lydia no sabe qué esperaba encontrar cuando la abrió.
Nada escrito ahí hubiera cambiado lo que sucedió. Ningún trazo
suave de tinta en un papel hubiera podido resucitar a su madre y
a su esposo muertos. Ninguna disculpa o explicación hubiera podido reanimar el cerebro de Yénifer, devolver el alma a su cuerpo.
Esa niña que olía a toronja y a azúcar se había ido. Lydia se traga
un sollozo utilizando una expresión que nunca le ha gustado.

—¡Chingada madre!

Funciona, así que la dice una y otra vez. Quizá esperaba que
la tarjeta iluminara algo. La lee una vez más, flotando. La tinta
empieza a sangrar y se siente atormentada por lo familiar de la caligrafía. ¿Qué fue lo que no vio? ¿Cómo es posible? Intenta, pero
no logra encontrarle sentido, y el esfuerzo la aturde.

Hay una cosa clara: Javier sabe dónde están. No tiene tiempo
para entrar en pánico ni para reflexionar. Tiene que sacar a Luca
de ahí. Ya. Tienen que correr. Abre con fuerza la puerta del baño
y le grita a Luca de nuevo que se vista. No le contesta. Cuando
levanta la mirada, Lydia ve que ya está vestido con los pantalones
nuevos y la gorra de su padre, y está sentado en la silla junto al
escritorio, poniéndose los calcetines nuevos.

—Ah, ándale —dice—. Bien.

En ese momento, Luca se estira para tomar un poco más de
pan tostado de la bandeja antes de ponerse el otro calcetín, y
Lydia se abalanza sobre él. De un manotazo, le tira el pan al suelo.

—¡Mami! —Luca está escandalizado.

Lydia solo sacude la cabeza.

—No te lo comas. Ya no comas nada más. —Luca permanece en silencio—. No sé si es seguro.

Lydia piensa en llevarlo al baño y meterle un dedo en la garganta, pero ya no hay tiempo. Mete todas sus cosas en la maleta de su madre y las dos mochilas. Ni siquiera se ha puesto un sujetador. No hay tiempo. Su cabello está húmedo y deja un círculo mojado en los hombros de su playera. Mete los pies descalzos en los tenis de su madre, se cuelga una mochila y toma la maleta.

—¿Estás listo?

Luca asiente y recoge la segunda mochila, la que compraron en Wal-Mart.

—Muy calladito —dice—. No hagas ruido.

Luca cierra la boca.

Lydia se detiene un momento en la puerta y acerca la oreja contra la madera antes de abrir. Pega a Luca a la pared junto a ella y entreabre la puerta. El corredor está vacío, el único sonido que se escucha proviene de un televisor en la habitación de enfrente. Toma la mano de Luca y tira de él para que salga, atorando una toalla en la puerta para que no chasquee al cerrar. Corren en silencio hacia las escaleras de servicio y, cuando Lydia escucha el tintineo del elevador en el otro extremo del pasillo, empuja a Luca por la puerta. Bajan siete pisos. Luca corre delante. Los pies de Lydia tocan el suelo cada tres o cuatro escalones.

CAPÍTULO 6

Emergen de la escalera hacia un pequeño estaciona-miento, detrás de la cocina, justo en medio del hedor de un contenedor de basura caliente. Lydia le dice a Luca que estarán bien, pero que deben permanecer tranquilos y apresurarse. Necesitan conservar la calma. Un seto aísla la parte de servicio de la de los huéspedes, y lo atraviesan para salir a un sendero bien cuidado que serpentea alrededor de las piscinas cristalinas hasta llegar a la playa. Lydia está al tanto de cualquier sonido que delate persecución, pero hasta ahora no ha sentido nada más que el murmullo del oleaje en la costa. Todavía no está abierto el módulo donde se piden las toallas, pero un hombre que empuja un carrito con toallas limpias y dobladas cerca de la piscina le ofrece una a Lydia, que sonríe y se la cuelga al cuello.

—Gracias —dice, y toma otra para Luca.

En la arena se quitan los zapatos e intentan que sus siluetas parezcan dos figuras casuales paseando por la playa. En cuestión de minutos llegan sanos y salvos al edificio que está al lado del hotel. Se calzan de nuevo, desechan las toallas en un camastro que encuentran en el camino y atraviesan velozmente la recepción de atrás hacia adelante. Pasan macetas con palmeras, se cruzan con meseros con bandejas de jugo de naranja, sienten el aroma del café recién hecho, y Lydia toma dos panecillos de una bandeja de comida olvidada en un soporte. Cuando llegan a la puerta principal, encuentran un autobús del hotel. Suben. Pronto están en movimiento y pasan frente a la entrada del Hotel Duquesa Imperial. Lydia puede ver tres camionetas en el estacionamiento. Aprieta en su puño la argolla de matrimonio de Sebastián, que cuelga de la cadena de oro en su cuello, y busca los tres aros entrelazados.

No sabe cómo los encontró Javier. Ni por qué. ¿Solo quería darle un susto? ¿Aterrorizarla para agrandar su pena? ¿Darle una advertencia, manchar la pureza de su angustia con su extraña y repugnante compasión? Sus motivos son incongruentes; Lydia no puede siquiera empezar a comprenderlos. El fragmento subrayado: el esposo muerto, la vulgar declaración de amor. ¿Javier no recuerda lo que pasa después, que Fermina Daza se siente asqueada por la declaración, que lo maldice y lo echa a la calle, que desea su muerte y le ordena no volver nunca? Lydia no entiende nada.

Por un instante, solo un instante, considera decirle al conductor que se detenga. Se imagina caminando hacia las camionetas y golpeando en una de las ventanas. Piensa en ir hasta donde está Javier, encontrarse con él fuera de los confines de la librería por primera vez. Podría abrazarlo, arrojarse a él pidiendo clemencia, exigir una explicación. Podría rogarle que acabara con todo. Podría pegarle, patearlo, sacar el machete de su pantalón, cortar su cara, rebanar su garganta. Pero luego mira a Luca y todo pensamiento se evapora. Lydia está en un autobús sofocante y hay algo pegajoso en el asiento: los restos de un caramelo derretido que algún niño olvidó. Está ahí con Luca y lo va a proteger a toda costa. Es lo único que todavía le importa. Más adelante, una camioneta negra cruza lentamente la intersección.

—¿Puede llevarnos hasta la estación de autobuses? —pregunta Lydia al conductor.

—No me puedo salir de la ruta.

—Pero no hay más pasajeros, y solo son unas calles. ¿Quién se va a dar cuenta?

—El GPS. —El conductor señala la pantalla anclada a su tablero—. Hay otro transporte que llega a la estación. Yo voy a la zona comercial. ¿Quiere volver al hotel para tomar el otro transporte?

—Por favor —dice Lydia—. Le puedo pagar.

Como respuesta, el conductor frena y abre la puerta. Lydia lo mira con odio, pero junta sus cosas y le dice a Luca que baje primero. Es demasiado temprano para comprar algo y las calles están desiertas. El conductor cierra la puerta y se va. La avenida es amplia y abierta. Se trata de una caminata de media milla hasta la estación de autobuses, pero parece imposible de franquear estando tan expuestos; sería como cruzar un campo de batalla sin armadura ni arsenal. Lydia oculta su miedo muy bien, pero Luca puede sentirlo en la fría humedad de su mano.

Llegar a la estación de autobuses parece una versión del juego Crossy Road, donde en lugar de esquivar taxis, camiones y trenes, Luca y Mami deben abrirse camino entre los narcos que puedan estar escondidos en sus camionetas con vidrios tintados. La amenaza omnipresente de disparos resuena en la mente de Luca como un inesperado tren.

—No te preocupes —le dice a Mami—. Si nos estuviera buscando alguien, irían a la estación del centro, ¿no? No esperarían que estuviéramos acá, en Diamante.

Luca no sabe del sobre, pero su lógica es suficiente para que Lydia sonría por un momento.

—Eso pensé yo también. Chico listo.

Lydia baja la visera de la gorra de béisbol de Papi sobre el rostro de Luca. Nota que están caminando demasiado rápido.

—Tenemos que caminar de manera normal —dice después—. No tan rápido.

—Las personas normales a veces van tarde para tomar el autobús. —Luca siente sus extremidades tensas.

—Siempre hay otro autobús —dice Lydia.

Siete minutos después de las seis de la mañana, Mami compra boletos de ida a la Ciudad de México. Tienen trece minutos antes de partir. La estación es una estructura moderna, casi toda de cristal, y aun cuando el sol no ha salido completamente todavía el cielo empieza a clarear y Luca puede distinguir los autos en el estacionamiento. Solo hay una camioneta con las luces apagadas y parece vacía. Pero alguien podría estar adentro, esperando, con el asiento reclinado, habiéndose dormido haciendo su trabajo. Luca estudia la camioneta mientras Mami toma el cambio que le entrega la señorita detrás del mostrador. Es domingo, así que los autobuses hacia la Ciudad de México estarán llenos con familias que regresan a casa después de unas pequeñas vacaciones. Luca y Mami parecen una de esas familias. Ya hay un puñado de niños inquietos en la estación, parloteando y dando vueltas alrededor de padres adormilados que beben café.

Mami guía a Luca hacia el cubículo de discapacitados en el baño de damas y hace que se suba al asiento del inodoro. Es algo que Mami no toleraría en otras circunstancias. Luca no cree que los hayan visto en la estación y se siente seguro porque estuvo estudiando los rostros de la gente a su alrededor. Sin embargo, si alguien los ha estado buscando ahí, si los siguieron hasta la estación, luego al sanitario de mujeres y finalmente al cubículo de discapacitados, pararse sobre un inodoro con la espalda hacia la pared no parece una forma muy efectiva de sobrevivir. Luca apoya las manos en las rodillas e intenta no temblar. Observa que Mami se quita la mochila y la deja en una esquina antes de colgar la maleta de la correa en el gancho detrás de la puerta. Tiene que hurgar hasta el fondo para encontrar un par de calcetines. Todavía están unidos con una lengüeta de plástico que Mami rompe antes de ponérselos. Luca no sabe cómo lo hace. Él siempre tiene que cortarlas con tijeras. Mami no se ve tan fuerte, pero Luca sabe que es poderosa porque siempre rompe como si nada las lengüetas de plástico. También saca un sujetador y se lo pone por debajo de la playera. Luego se pone los tenis dorados de la abuela y le da la espalda a Luca, para que sus pies queden apuntando en la dirección correcta en caso de que alguien se asome a la parte de abajo del cubículo. Están solos en el baño, pero Luca le habla muy bajito de todas maneras para que puedan oír si se abre la puerta y entra alguien.

—Entonces, ¿vamos a Colorado?

Lydia asiente y Luca abraza su cuello y posa su barbilla sobre el hombro de Lydia.

—Buen plan.

—Nadie pensará en Colorado.

Lydia mira fijamente la maleta que cuelga de la puerta frente a ellos e intenta recordar si alguna vez le mencionó Denver a Javier. ¿Por qué lo haría? Nunca ha ido y no ha visto a su tío desde que era niña.

—Además, está lejos —dice Luca.

—Sí —dice Mami—, muy lejos de aquí.

De hecho, Luca sabe con bastante precisión qué tan lejos queda Denver de Acapulco (casi 3,200 kilómetros en auto). Lo sabe porque Luca tiene muy buen sentido de orientación, igual que ciertos prodigios tienen un oído perfecto. Nació así, con la capacidad intrínseca de posicionarse en el mundo, como si fuera un GPS humano que ubica su posición en el universo. Cuando ve algo en un mapa, se queda en su memoria para siempre.

—Me voy a perder el concurso de geografía —dice.

Ha estado estudiando durante meses. En septiembre, su colegio pagó seiscientos pesos para que hiciera la prueba internacional de aptitudes porque su maestro estaba convencido de que ganaría el gran premio de 10,000.

—Lo siento, mijo —dice Lydia, besando su brazo.

Luca se encoge de hombros.

—No importa.

Dos días antes, el concurso de geografía era muy importante para todos; ahora parecía la cosa más trivial del mundo, junto con casi todo lo que Lydia anotaba en la lista de pendientes que tenía junto a la caja registradora de la librería: llenar los formularios de la iglesia para la primera comunión de Luca; pagar el recibo del agua; llevar a la abuela a su cita con el cardiólogo; comprar un regalo para los quince años de Yénifer. Qué desperdicio de tiempo. Lydia se sentía molesta porque su sobrina nunca vería la caja de música que le había comprado para ese día tan especial. ¡Y lo cara que le había salido! Se da cuenta de inmediato, mientras se le ocurre esa idea, lo extraña y espantosa que es, pero no puede evitar que se cuele en su pensamiento. No se reprocha por ello; se regala un poco de amabilidad y perdona su lógica disfuncional.

—Con una población de casi 700,000 habitantes, Denver, conocida como "La ciudad a una milla de altura" por su elevación, se localiza al este, en las faldas de las montañas Rocallosas —murmura Luca en su oído, recitando la información de memoria—. Es la capital del estado de Colorado, y un cuarto de su población es de ascendencia mexicana.

Lydia aprieta su brazo y se estira para pasar la mano por su cabello negro. Dos veranos atrás, cuando el persistente interés de Luca por los mapas empezó a mutar de fascinación a obsesión, Lydia lo mantenía ocupado en la librería con libros de viaje y atlas. Parecía imposible que, en ese entonces, hacía tan poco tiempo, Acapulco estuviera tan vivo con la presencia de turistas, música y tiendas a la orilla del mar. Las palomas se pavoneaban por la arena. Los cruceros extranjeros inundaban las calles con pasajeros en tenis, con bolsillos rebosantes de dólares y la piel brillosa de bloqueador solar con aroma a coco. Los dólares llenaban bares, restaurantes y la caja registradora de la librería de Lydia. Los turistas compraban guías de viaje y atlas, novelas serias y frívolas, llaveros de recuerdo y pequeños frascos con arena y tapones de corcho que Lydia tenía en una pecera grande junto a la caja registradora. Y, ay, Dios mío, los turistas no podían dejar de admirar a Luca. Lydia lo sentaba en un banco, como a un muñeco, y él les contaba, en perfecto inglés, cómo eran los lugares de donde provenían. Tenía seis años. Un niño prodigio.

—Con una población de 640,000 habitantes, Portland se localiza en la confluencia de los ríos Columbia y Willamette, y es la ciudad más grande del estado de Oregón. La ciudad se incorporó en 1851, sesenta y cinco años después de su homónima del este, en la costa de Maine.

Henry, un turista de Portland, Oregón, estaba parado frente a Luca con la boca abierta.

—Marge, ven, ¡tienes que ver esto! Hazlo otra vez.

Marge llegó junto a su esposo y Luca repitió su discurso.

—Increíble. Pequeño, eres increíble. Marge, dale algo de dinero.

—¿Inventaste todo eso? —preguntó Marge, escéptica, buscando el dinero en su bolso de todas maneras.

—No, sabía el nombre de los ríos —lo defendió Henry—. ¿Cómo iba a inventar eso?

—Es verdad —dijo Luca—. Recuerdo cosas nada más. Sobre todo, de mapas y lugares.

—Pues Henry tiene razón, es increíble —dijo Marge, y le dio un dólar—. ¡Y en un inglés perfecto! ¿Dónde aprendiste a hablar un inglés tan perfecto?

—En Acapulco —dijo Luca simplemente—. Y en YouTube.

Lydia miraba en silencio y se sentía obscenamente orgullosa. Arrogante, incluso. Su hijo era perfecto: listo y talentoso, guapo y feliz. Le había estado enseñando inglés durante casi el mismo tiempo que llevaba hablando español. Lydia sabía que, al crecer en una ciudad turística, esa sería una habilidad útil para Luca. Pero Luca rebasó muy pronto su conocimiento del idioma, así que siguieron aprendiendo juntos, por lo general a través del teléfono o la computadora: YouTube, Rosetta Stone, series. Conversaban en inglés cuando Sebastián no estaba, o cuando fingían hablar en secreto. A veces probaban algunos modismos. Lydia lo llamaba *dude* y él la llamaba *shorty*. Marge y Henry rieron ante el encanto pragmático de Luca y luego reunieron a sus amigos del crucero y regresaron para verlo en acción. Le ofrecieron un dólar por cada ciudad que comentara. Ganó treinta y siete dólares ese día, y hubiera podido seguir, pero los turistas tenían que volver al barco.

De modo que, sí, Luca llevaba casi dos años preparándose para el concurso de geografía, pero Lydia no podía pensar en los detalles ahora, en la logística anulada de su vida. Su cerebro no lo resistía. Incluso los hechos más grandes y fundamentales parecían imposibles de comprender. Afuera del cubículo se abre la puerta del baño. No escuchan ningún rechinido, pero saben que alguien ha entrado porque escuchan los sonidos del exterior, primero con más fuerza y después más leves, al cerrarse la puerta. Ambos dejan de respirar. Luca sigue colgado sobre la espalda de Mami, abrazando su cuello, y ella lo toma de los brazos. Las yemas de los dedos de Luca se ponen amarillas al clavarse en las muñecas de Mami. Ella no se mueve. Luca aprieta los ojos. Pronto escuchan el seguro de la puerta del cubículo contiguo. Una mujer mayor se aclara la garganta ruidosamente. Luca puede sentir que Mami exhala con la fuerza con la que escapa el aire de un globo desinflado. Luca lleva sus labios a su cuello.

Después de que la señora del cubículo contiguo termina, se lava las manos y se piropea a sí misma ante el espejo del baño, se aventuran a salir. Luca sabe que no pueden quedarse en el baño para siempre, pero su corazón late estrepitosamente cuando Mami abre la puerta. Es hora de ir al autobús. Cuando cruzan la estación, registra las caras de la gente: la mujer inmaculada detrás del mostrador, con la boca delineada en un tono más oscuro que sus labios; el hombre que vende café, con su gorro de papel; la pareja con el bebé inquieto, que espera hasta el último minuto para abordar. En el televisor de la pared, Luca ve a un reportero elegante y, luego, claramente, la casa de la abuela. La cinta amarilla de la escena del crimen se agita, suelta. La cámara se enfoca en la reja abierta del jardín y luego en el patio de atrás, en los cuerpos de la familia de Luca, cubiertos con lonas de plástico, y en los rostros apenados de los policías que caminan, se agachan, se levantan, se rascan, respiran y hacen todas las cosas que las personas vivas hacen cuando caminan entre cadáveres. Luca aprieta la mano de su madre. Ella lo jala por las baldosas relucientes del piso, pero Luca siente que camina sobre la arena húmeda de la marea alta. Espera que una bala se clave en la fachada de la estación. Espera una lluvia de vidrios. Pero ahora sus pies están sobre el pavimento de afuera, que parece de color morado oscuro bajo la luz creciente del amanecer. Mami lo empuja, lo pone delante y luego entra, caminando pegada a la mochila que él carga, empujándolo por el pasillo entre codos y rodillas que sobresalen. Se deja caer contra la tela suave del asiento y Mami de desploma junto a él. Se siente más agradecido y aliviado que nunca en su vida.

—Lo logramos —dice discretamente.

Mami abre los labios sin mover los dientes. No se ve aliviada.

—Está bien, mijo —dice.

Lleva la cabeza de Luca a su regazo y le acaricia el cabello hasta que se queda dormido, mientras el autobús se dirige hacia el norte, hacia viaducto Diamante, y acelera.

CAPÍTULO 7

Es un triunfo que hayan salido vivos de Acapulco, y Lydia lo sabe. Sí, brincaron el primer obstáculo significativo. Le gustaría compartir el arranque de alivio optimista de su hijo, pero sabe demasiado sobre el alcance y la determinación de Los Jardineros y de su jefe como para experimentar un respiro real de su miedo. Mira por la ventana y mantiene la cabeza baja.

Al principio de su matrimonio, Lydia y Sebastián viajaban con frecuencia a la Ciudad de México, cambiando su ciudad por la de los turistas. Los dos habían ido a la universidad allí. Fue allí donde se conocieron y, aunque ninguno de los dos deseaba vivir en la capital, les gustaba sentirse lo suficientemente cerca como para poder ir de visita. Por aquellos días, el estado de Guerrero parecía seguro, aislado. En aquel entonces, su país tenía su buena cuota de narcotraficantes, pero estos parecían tan lejanos como Hollywood o Al Qaeda. La violencia se desataba, concentrada, en lugares remotos: primero, Ciudad Juárez; luego, Sinaloa; luego, Michoacán. Acapulco, rodeado de montañas y mar, conservaba su burbuja soleada de turismo protector. La brisa salada del océano, el grito de las gaviotas, los grandes lentes de sol, el viento que golpea la avenida y enreda el cabello de las mujeres alrededor de sus rostros bronceados... todo intensificaba esa inflamada ilusión de inmunidad.

Por lo general, les tomaba poco más de cuatro horas conducir desde Acapulco hasta la Ciudad de México en su Beetle anaranjado, porque a Sebastián, como un lunático, le gustaba ir de prisa por las suaves curvas de las montañas, pendiente arriba y pendiente abajo en la autopista escénica. Pero, a pesar de su dudosa manera de conducir, el camino era amplio y liso. Lydia contemplaba el paisaje, la luz del sol entre los picos lejanos, las terrazas de nubes que bajaban hacia la tierra irregular, los tejados y las torres de los fugaces pueblos, y se sentía segura con su nuevo esposo, en su pequeño auto anaranjado. Solían detenerse en Chilpancingo para tomar un café o comer un sándwich. A veces se reunían con amigos. El compañero de cuarto de Sebastián en la universidad vivía ahí con su esposa y su bebé, el ahijado de Sebastián. Un par de horas más tarde, en la Ciudad de México, rentaban un hotel barato y caminaban por la ciudad durante horas. Museos, espectáculos, restaurantes, bailes, paseos por las vidrieras de las tiendas, el Bosque de Chapultepec. A veces no salían del hotel, y Sebastián, sudado, riendo y enredado en las sábanas, acariciaba el cabello de su esposa y susurraba que mejor se hubieran quedado en Acapulco para ahorrarse el dinero.

Lydia recarga la cabeza en el asiento del autobús. Le parece inconcebible que esos recuerdos sean de diez años atrás, que Sebastián se haya ido. Siente una sacudida monstruosa adentro y acaricia la curva de la oreja de Luca, sin despertarlo. Todo cambió tan rápido en los últimos años. Acapulco siempre había tenido un aire de extravagancia, así que, cuando cayó en desgracia, lo hizo con esa espectacular magnificencia que el mundo esperaba. Los cárteles pintaron de rojo la ciudad.

Mientras el autobús avanza entre los hombros torcidos de los árboles y las paredes rocosas abiertas donde el camino se impone a la naturaleza, Lydia nota que han llegado a Ocotito. Reza porque no haya ningún retén entre ese punto y la Ciudad de México, pero sabe que es imposible. Incluso antes de que Acapulco cayera, los retenes en Guerrero, y en todo el país, se habían vuelto una amenaza. Estaban regulados por pandillas, narcotraficantes, policías que también podían ser narcotraficantes, soldados que también podían ser narcotraficantes o, en tiempos recientes, autodefensas, una milicia armada formada por habitantes de ciertos pueblos para proteger a sus comunidades de los cárteles. Y estas autodefensas, por supuesto, también podían ser narcotraficantes.

Los retenes varían desde los que son apenas un inconveniente hasta los que son realmente amenazantes. Debido a estos últimos, Lydia y Sebastián dejaron de viajar con regularidad a la capital poco después de que Luca naciera, motivo por el cual Luca solo ha visto la Ciudad de México una vez, demasiado chico para recordarlo, y Lydia permitió que su licencia de conducción expirara casi dos años atrás. Rara vez dejaban Acapulco y Lydia, como la mayoría de las mujeres en los estados más precarios de México, nunca viajaba sola en auto. En el último par de años, esa realidad se convirtió en una irritación creciente, aunque teórica, para Lydia, una afrenta a su autonomía femenina contemporánea. Pero ahora la sentía como una soga muy real alrededor de su cuello. Tal vez consiguió escapar de Acapulco, pero sabe que todavía están atrapados en el estado de Guerrero, y puede sentir los retenes en la periferia de su mente, acorralándolos.

Sin despertar a Luca, Lydia extiende el mapa y lo sostiene con una mano contra el asiento de enfrente. Estudia las extensas venas de los caminos y siente la inutilidad latente de su acto. Desea tan solo que sus cuerpos puedan pasar sin impedimentos por esas autopistas, tan rápido y seguro como su dedo traza la ruta sobre el mapa. Si los retenes se representaran en el mapa, su icono podría ser una minúscula AK-47. Pero no aparecen, porque siempre se desplazan para mantener el factor sorpresa. Lydia sabe que todo camino entre el punto donde se encuentra y la Ciudad de México tendrá por lo menos un retén de Los Jardineros, y sabe que los hombres encargados de esos retenes los buscan a Luca y a ella. Imagina que algunos de esos hombres son ambiciosos y violentos, y estarán ansiosos por reconocerla. Se pregunta qué recibirán de recompensa por entregarla a su amigo, ya sea entera o en pedazos.

Lydia intenta doblar de nuevo el mapa, pero su paciencia es

poca y lo mete arrugado en el bolsillo del asiento de enfrente. Intenta pensar con claridad, considerar sus opciones. La mayoría de las personas a quienes llamaría para pedir ayuda están muertas y, si no lo estuvieran, pedirles ayuda sería lo mismo que entrar a la cocina de un amigo con un chaleco de explosivos. El riesgo que supone su presencia hace que esa opción sea demasiado egoísta como para considerarla. Aunque está consciente de que Chilpancingo es una ciudad atestada de Jardineros, también sabe que deben salir de ahí si quieren evitar un retén. Haberse subido al autobús parecía una tremenda victoria solo minutos atrás, pero tal vez hubiera sido un error. Es posible que se estuvieran dirigiendo directo a una trampa. Observa a Luca. Su pecho sube y baja mientras duerme, e intenta seguir el ritmo de su respiración.

Cuando era niña, a Lydia le encantaba la serie de libros *Elige tu propia aventura*. Al final de cada capítulo, debías decidir qué hacer después. Si querías ir en bicicleta al parque, te decía, por ejemplo, que fueras a la página 23. Para seguir al misterioso extraño, que fueras a la página 42. Cuando a Lydia no le gustaba el desenlace de su trama, y a veces incluso cuando sí le gustaba, se regresaba algunas páginas para tomar una decisión distinta. Le gustaba tener la capacidad de reevaluar sus decisiones, saber que nada es duradero, que siempre podía volver a empezar e intentarlo de nuevo. Pero también era cierto que algunas veces daba lo mismo lo que decidiera, pues el laberinto del libro siempre parecía llevarla al mismo punto. Esa mañana, Luca y ella eligieron tomar el autobús de las 6:20 a.m. que salía de Diamante, y ahora viajaban hacia el norte sin dilación. Cierra los ojos y ruega que haya tomado la decisión correcta.

Luca despierta cuando el autobús ya está cerca de Chilpancingo. Lydia no puede ver mucho desde sus asientos en la parte de atrás, pero lo intenta. Se inclina hacia el pasillo y busca algún retén en el camino. Luca recarga la frente en la ventana y presiona un dedo contra el vidrio sucio.

—¡Mami, mira! —dice con un bostezo—. ¿Qué son?

En la cima de un risco, se ven hileras de casas de colores, serpenteando por toda la colina en grupos iguales: rojo, azul, verde, morado.

—Solo casas, amorcito.

—¿Solo casas?

Es una mañana soleada. Llevan dos horas en camino.

—¿Por qué tienen esos colores?

—Supongo que por decoración.

—Parecen de LEGO.

A Lydia se le atora el aliento en el pecho cada vez que el autobús frena, gira o cambia de velocidad, pero no se ha detenido. No hay hombres armados en el camino, y muy pronto ve edificios a ambos lados de la estrecha calle. Lo lograron. Están en Chilpancingo. Se persigna y dibuja una versión pequeña de la cruz en la frente de Luca. Se encuentran frente a un edificio familiar, una versión en miniatura de la estación de donde salieron en la mañana. El conductor detiene el autobús y se siente un estremecimiento cuando frena. Se pone de pie.

—Parada de cinco minutos —anuncia bajo el bigote.

Un par de pasajeros se levantan de sus asientos para estirarse. En la parte de adelante, alguien sale a fumar. Lydia y Luca son los únicos que empiezan a juntar sus cosas para bajar. Todos los demás van a la capital.

—¿Nos vamos a bajar, Mami?

—Sí, mi amor.

De pie junto a su asiento, en el estrecho pasillo, Lydia se cuelga la mochila, mira a su hijo somnoliento, con el cabello alborotado, y desea poder huir. Quisiera que pudieran resguardarse ahí, camuflados entre los demás pasajeros, y aguantar la respiración hasta la Ciudad de México. Tal vez logren llegar. Quizá el retén del camino sea inocuo. Una breve parada, un puñado de billetes, un lánguido saludo. Pas-pas, dos palmadas en el costado del autobús al retomar su camino alegremente. Lydia se imagina todo eso con ligera esperanza. El conductor sale de la estación y sube al autobús. Los pasajeros empiezan a abordar y el conductor recibe sus boletos uno por uno.

—¿Mami?

—Vamos.

Cuando la sombra del autobús se aleja de la acera, Lydia y Luca emergen a la luz deslumbrante de Chilpancingo. Lydia se siente a la vez aliviada y descorazonada por bajarse del autobús, pero recuerda que ha logrado llegar hasta ahí: diecinueve horas después y a 100 kilómetros de distancia del epicentro de la calamidad. Cada minuto que pasa y cada milla que recorren, sabe que incrementan sus posibilidades de supervivencia. Necesita impulsarse a sí misma. No debe perder la esperanza ante la enormidad de lo que les espera. Debe enfocarse solamente en los pasos inmediatos. Encontrar al compañero de cuarto que tenía Sebastián en la universidad.

En la acera, Lydia aprieta las correas de la mochila de Luca para que no se resbalen de sus pequeños hombros. Luca parece una tortuga con un caparazón inadecuado, pero de alguna manera logra guardar muy adentro sus partes más vulnerables. Lydia se pregunta cuáles serán los efectos a largo plazo de ese retraimiento.

—¿Y ahora qué, Mami? —pregunta Luca en el mismo tono de voz plano que parece ser su única inflexión en esos momentos.

—Busquemos un café internet —dice.

—Pero tenemos la tableta de Papi, ¿no?

Está guardada en la mochila, apagada, y no la va a encender. También dejó la tarjeta SIM de su celular en un basurero afuera del banco en playa Caletilla. Se sintió al borde de la locura y de la paranoia cuando la sacó a la fuerza con la uña, pero no quería ser un punto azul parpadeando en alguna pantalla remota y hostil. Lydia baja un poco más la gorra de Sebastián sobre la frente de su hijo. "Debería comprar una para mí", piensa.

—Vamos —dice ella.

El Cascabelito Café Internet acaba de abrir cuando Lydia paga un café y quince minutos de internet para ver con detenimiento los mapas en línea. También compra una bolsa de platanitos para Luca, pero la deja encima de la mesa. Lydia elige una computadora con dos sillas, en un rincón, tras la privacidad de una mampara que los oculta a la vista desde la entrada. Luca recoge sus piernas encima de la silla y apoya el mentón sobre sus rodillas, pero sus ojos miran en dirección a los platanitos mientras Lydia observa la pantalla. Solo hay dos rutas viables hasta la Ciudad de México desde Chilpancingo, y casi podría asegurar que en ambas habrá retenes. Lydia muerde el interior de su mejilla y comienza a mover nerviosamente una rodilla bajo el escritorio. No es que puedan caminar hasta la Ciudad de México desde ahí. Lydia nunca ha padecido claustrofobia, pero se siente atrapada, lo percibe en las manos y las piernas, en la necesidad de estirarse. No logra ver una salida. "La desesperanza no ayudará", piensa.

Abre Facebook y encuentra al amigo de Sebastián. Es abogado y la información de su perfil incluye el nombre de su firma, pero es domingo y no estará abierta. Revisa su muro y las páginas que le gustan: un periódico local, un par de organizaciones sin fines de lucro, un perfil de amantes de los tenis Adidas, mucho fútbol, y entonces... ¡Bingo! Una iglesia pentecostal en Chilpancingo. Hay una misa a las nueve. Busca la dirección y se da cuenta de que está a tres kilómetros de distancia. Hay un autobús que pasa por la avenida principal y, diez minutos después, Luca y Lydia se suben.

Lydia teme haber escrito mal la dirección porque, cuando se bajan del autobús, la calle está flanqueada por tiendas cerradas. Es domingo en la mañana. El número que buscan se encuentra entre una tienda de aparatos electrónicos y una joyería y, justo cuando Lydia revisa de nuevo la dirección escrita en el papel, un joven que empuja una carriola abre la puerta para que pase su esposa embarazada. Lydia se asoma antes de que se cierre la puerta y ve hileras de sillas plegables frente a un escenario. Luca jala de su manga para atraer su atención hacia un letrero que Lydia no ha notado, pegado en la ventana: Iglesia Pentecostal Tabernáculo de la Victoria. No tiene campanario ni tiene vitrales, pero es ahí.

El interior es más amplio de lo que pensó. Tiene el techo bajo y ventiladores en las paredes. Hay una batería completa y un amplificador, y bocinas enormes detrás del púlpito. No hay una cruz ni una pila de agua bendita a la entrada, pero Lydia se persigna por costumbre y Luca la imita. Lydia espera sentir emoción, el murmullo de la legión de ángeles recién nacidos, o quizá una despreciable ira contra Dios. Pero nada sucede: es un yermo espiritual. Su alma es un desierto donde solo tiene cabida el terror.

Se sientan en la última fila, cerca de la pared, y Lydia pone las mochilas debajo de las sillas. Se cubre la cara con las manos y le indica a Luca que haga lo mismo. No se trata de un acto de veneración. Pretende ocultarse, por si alguno de Los Jardineros es cristiano pentecostal y, tras vender drogas el lunes y apuñalar a alguien el jueves, decide ir el domingo a la iglesia a arrepentirse. No sería más insólito que todo lo que le ha sucedido.

A través de los dedos entrelazados, Lydia observa cómo crece el cuadrado de luz sobre el piso cada vez que alguien abre la puerta. Algunos miembros de la congregación los ven sentados en la parte de atrás y les dan la bienvenida con una sonrisa o una inclinación de cabeza, pero la mayoría pasa de largo hasta encontrar su lugar de siempre.

La iglesia está casi llena cuando aparece Carlos, caminando detrás de su esposa y sus hijos. Su mujer saluda a todos y los abraza. Tiene una voz potente de gabacha que se alza por encima de las conversaciones solemnes en el recinto. Lydia se levanta de su asiento y alza una mano para saludar a Carlos, pero este no la ve. Su hijo menor llama entonces su atención y señala hacia Lydia, que está sentada en la esquina. Carlos se da vuelta.

—Lydia, por Dios, ¿qué estás haciendo aquí? —Su voz llega a ellos antes que él, pero pronto atraviesa las filas de sillas hasta donde se encuentran y la abraza—. Es maravilloso verte. ¡Qué sorpresa!

Luca mira a Carlos besar a Mami en ambas mejillas y sostener sus manos entre las suyas.

—Este debe ser Luca —dice, inclinándose hacia él, que to-

davía está sentado en la silla—. Guau, te pareces tanto a tu papi.
—Carlos se endereza—. ¿Dónde está Sebastián, vino con ustedes?

—No te has enterado. —La voz de Mami suena distante.
Luca se da cuenta, sin que tenga que mirarlo, de que el rostro de
Carlos ha cambiado, de que se ha puesto repentinamente pálido
y ha empezado a construir en su interior las murallas necesarias
para soportar la espantosa historia que Mami está a punto de
contarle.

—Vengan —dice Carlos—, podemos hablar arriba.

Suben a una oficina. No sería del todo preciso decir que Luca
evade la conversación de Carlos y su madre, pues tal descripción
indicaría que Luca ha tomado parte activa en la evasión. En cambio, su conciencia, como un globo de helio atado a su persona con
un hilo tenso y frágil, flota lejos momentáneamente. Su cuerpo
permanece sentado ante una mesa, con la mochila a los pies. Sus
piernas cuelgan de la silla, sus manos juegan con una cajita de
clips que encontró cerca, enganchándolos para hacer una cadena,
pero internamente está de vacaciones. Los adultos lo miran de vez
en vez, más allá de la barricada de sus voces calladas y sus rostros
cenizos, y su cuerpo responde a sus preguntas asintiendo o subiendo los hombros cuando es apropiado. Alguien coloca ante él
un vaso desechable con agua y toma un trago, obediente. Abajo,
alguien toca la batería. Se escucha una guitarra eléctrica. Luca
puede sentir el bajo vibrando a través del piso. Después están en
el auto de Carlos, cruzando la ciudad hacia su casa. Mami está
sentada en la parte de atrás e intenta tomar la mano de Luca. Él
lo ve, ve la mano de Mami cubriendo la suya, y la calidez y la
presión de sus dedos lo traen de vuelta.

Una vez que salen de la zona centro, Luca nota que Chilpancingo no es tan distinto de Acapulco. No hay gaviotas ni turistas,
y las calles no son tan amplias, pero hay muchas tiendas colo-
ridas, taxis y gente caminando con su ropa de domingo bajo el
sol. Hay mujeres con los bolsos al hombro, hombres con tatuajes
chapuceros y grafiti, esponjoso y colorido. Todas las casas están
pintadas con tonos brillantes. Luca las ve pasar como las cartas de

un juego de barajas. Después de escuchar tres canciones y media en la radio, Carlos toma una calle ligeramente más ancha que las demás. Las copas de los árboles forman una bóveda, como si entraran a un lugar secreto, una guarida oculta. En medio de la calle se alza una hermosa iglesia blanca con dos campanarios gemelos al frente. Es el tipo de iglesias a las que están acostumbrados. Católica. Los demás edificios de la calle se aglomeran lejos de la iglesia, dándole espacio. Carlos estaciona.

La casa de Carlos es color azul turquesa, exactamente del tono de la franja media del océano en Acapulco, entre la franja arenosa y clara de la orilla y el azul más oscuro del horizonte cuando lo miras desde los escalones de la plaza España en un día soleado. La casa parece grande y moderna, y está adherida por el costado derecho a una casa morada idéntica y, a la izquierda, con otra de color durazno. Carlos lleva las maletas adentro.

Su esposa, que aún no ha llegado, se llama Meredith y es blanca, estadounidense, detalle que Luca supo sin que se lo dijeran, solo con verla en la iglesia antes de que hablaran con Carlos, por su voz, su ropa, su forma de tomar a las personas por los hombros y sacudirlas un poco al dirigirse a ellas. Luca investiga la casa vacía, las fotografías. Examina de cerca a los tres niños, todos con la complexión rosada de Meredith y los hoyuelos de Carlos. El del medio parece de la edad de Luca. Meredith llega por fin, sin sus hijos, que se quedan en la iglesia un poco más, y con ella llega para Luca la primera experiencia de duelo.

Duelo es una palabra que Luca conoce en español, no en inglés, pues sabe muchas palabras que otros niños de ocho años no conocen, como *viscoso*, *bombástico* y *serendipia*. Pero nunca antes había comprendido realmente el significado de la palabra *duelo*. Jamás había tenido esa sensación que ahora se mueve en su interior como una aplanadora inmensa y aplastante. Porque, ¿quién es esa mujer que está llorando por Papi? ¿Quién es esa señora, con sus facciones temblorosas, sus ojos goteando, sus manos trémulas y la necesidad de ser consolada?

A Luca le sorprende su interpretación tan poco generosa de

una emoción tan cruda. Después de todo, fue amiga de Papi alguna vez. O, al menos, se casó con el amigo de Papi. Y Papi le caía tan bien como para hacerlo padrino de su hijo mayor. Entonces, ¿por qué no debería estar triste, incluso traumatizada por la noticia de su muerte inesperada y violenta? ¿Por qué no debería llorar y lamentarse, y exhibir su devastación? Luca no puede explicar por qué la demostración lo irrita tanto. Cuando Meredith intenta abrazarlo, no puede soportarlo y Mami no lo obliga. Lo intercepta, se lo lleva al baño y le echa agua en la cara. Cuando regresan, Meredith se ha calmado. Le indica a Mami que se siente mientras prepara té para todos. El té se queda en las tazas, pero la conversación dura mucho tiempo, y Luca permite que la mayor parte tenga lugar mientras él está en las nubes.

Meredith conoció a Carlos cuando era una joven misionera de Indiana, y todavía sigue involucrada con esa iglesia rural. Ese, el primer verano en que fue a México, se enamoró de Carlos y de su país. Le gustaba la apertura de los mexicanos hacia su fe. Le gustaba estar en un país donde no era controversial o raro expresarse abiertamente sobre Dios. En México, en ese entonces la oración era normal, pública, esperada. Para Meredith, tales convenciones culturales eran casi un milagro. Carlos y ella se casaron siendo jóvenes, y ella dedicó su vida a conservar el vínculo entre Chilpancingo y la comunidad eclesiástica de Indiana, para compartir la cultura de ese lugar.

De hecho, en ese momento había catorce misioneros de Indiana pasando sus vacaciones de verano ahí. Los misioneros se hospedaban en la iglesia de Chilpancingo, a la que asistían Carlos y Meredith. Ella es la coordinadora principal de esa visita anual y de otras dos visitas más cada verano. Se trata de un ciclo incesante de misioneros rubios de Indiana que se extienden por todo Guerrero. El grupo actual volará a Estados Unidos el miércoles siguiente por la tarde, por lo que está programado que las tres camionetas de pasajeros de la iglesia salgan hacia la Ciudad de

México a las siete de la mañana de ese día. En ese punto, la conversación adquiere una urgencia amplificada. Luca se endereza en la silla y juega con el asa de la taza de té de Mami.

—Por supuesto, pueden ir en la camioneta. Es perfecto —dice Carlos.

Meredith no dice nada con la boca, pero expresa bastante con los ojos, y no parece amable.

—Atravesaríamos los retenes sin ningún riesgo si vamos en la camioneta de la iglesia —dice Mami.

—Nunca pensarían encontrarlos entre los misioneros —agrega Carlos.

Mami sacude la cabeza.

—Ni siquiera nos buscarían.

Entonces Meredith abre la boca.

—¿Sin riesgo para quién? Tal vez para ustedes. Lo siento, no puedo poner en peligro a esos niños. —Sacude la cabeza y Luca siente que no se parece en nada a la mujer que estaba llorando por Papi hace unos minutos. Su aspecto es diferente y sus facciones fofas lucen endurecidas, dibujando nuevos rasgos.

Mami abre la boca, pero la cierra otra vez sin hablar. Se está pasando el pulgar por los aros de oro que cuelgan de su cuello.

Carlos golpea la mesa con el dedo índice. Todos miran ese dedo.

—Meredith, no tienen otra opción. Entiendo tu preocupación, pero es la única manera de sacarlos de Guerrero sanos y salvos. Si no los ayudamos, podrían morir.

—*Podrían* es un eufemismo —dice Mami.

Pero Meredith cruza los brazos y sacude la cabeza de nuevo. Su cabello es de un tono entre castaño y dorado, y lo lleva recogido con una diadema negra. Su nariz es roja, sus mejillas son rojas, sus ojos son azules. Mami levanta su taza de té e intenta sorber un poco, pero cuando la vuelve a dejar en la mesa Luca sabe que no ha tragado nada.

—Lo siento, es un riesgo muy grande —dice Meredith—. No es justo para los niños ni para sus padres en Indiana. Esto es exactamente lo que esas familias temen cuando mandan a sus hijos a México. ¿Tienen idea de lo que se necesita para calmar esos miedos? Nosotros les prometemos que sus hijos estarán a salvo. Yo, personalmente, garantizo su seguridad. Les digo que esta clase de cosas nunca pasarán.

Mami se aclara la garganta y su rostro parece una bomba a punto de estallar, pero respira hondo para calmarse.

—¿Esta *clase de cosas*?

Meredith cierra los ojos con fuerza.

—Lo siento. No quise decir... Ni siquiera sé lo que digo.

—Sebastián está muerto, Meredith —dice Carlos—. Mi amigo, tu amigo. Se fue. Y quince más con él. No es la clase de cosas que suceden, nunca. Ni siquiera aquí. ¿Conoces a otra persona que haya perdido a dieciséis miembros de su familia en un día? —Meredith lo fulmina con la mirada, pero él continúa—. Tenemos que ayudarlos. Si el sufrimiento de nuestros amigos no significa nada, si no está permitido que esos niños nos vean, que vean a México como realmente es, ¿entonces qué están haciendo aquí? ¿Son samaritanos de paso?

—Carlos, no empieces —dice Meredith, y Luca tiene la sensación de que se trata de una conversación muy añeja entre ellos.

—¿Solo quieren hacer panqueques y tomarse selfis con niños morenos y flacos? —pregunta Carlos.

Meredith golpea la mesa con la palma de la mano y el té se tambalea en las tazas. Pero Mami intercepta la ira creciente entre los dos. Habla en un tono vacío, como si ya hubiera dejado la conversación por completo y su voz se hubiera quedado rezagada.

—Sebastián, Yemi, Alex, Yénifer, Adrián, Paula, Arturo, Estéfani, Nico, Joaquín, Diana, Vicente, Rafael, Lucía y Rafaelito, mamá. Todos se han ido. Todos —enumera, sin expresión alguna.

Luca siente un nudo en la garganta, que crece con cada nombre que sale de la boca de Mami. Observa a Meredith para ver cómo responderá, pero su expresión es una mezcla ilegible de rosa y azul. En cambio, Carlos responde, colocando las palmas de sus manos sobre la mesa.

—Los vamos a ayudar —murmura—. Por supuesto que sí.

Meredith se levanta y camina de un lado a otro detrás de su silla, con los brazos cruzados.

—Lydia, no pretendo saber por lo que estás pasando. Es inimaginable. Y sí, por supuesto que haremos todo lo posible por ayudar, pero, por favor, comprende. También tengo una responsabilidad moral. A veces no hay respuestas fáciles.

Mami se cubre la frente con las manos.

—No quiero causar problemas. Solo quiero sacar a Luca de aquí. Tengo que hacerlo.

Por primera vez, desde que todo comenzó, Luca cree que se va a desmoronar. La mira fijamente y la voz de ella se quiebra.

—Por favor, estamos desesperados —dice.

Carlos mira a su esposa.

—Cariño, escucha. Comprendo tu reticencia, en serio. Pero a veces *sí* hay respuestas fáciles. Y esta es muy fácil: si no los ayudamos, si se suben a un autobús ellos solos, si los detienen y los matan en un retén porque no tuvimos el valor de salvarlos, ¿podrías vivir con eso? ¿Podríamos?

Meredith suspira y se recarga en el respaldo de la silla.

—No lo sé. No sé.

—Solo reza —dice Carlos—. Déjaselo a Dios.

Meredith se da la vuelta y enciende la tetera eléctrica, aunque nadie haya podido tomar siquiera la primera taza de té.

—¿Estás segura de que te están buscando? —dice, con la espalda hacia la mesa, antes de darse vuelta y recargarse contra la barra de la cocina—. ¿Sebastián no era el ejemplo que querían? Ya está hecho. Tal vez ya terminó.

Luca se voltea para ver a Meredith, y luego a Mami. Lydia encuentra su mirada y se detiene, casi considerando qué decir enfrente de él. Quizás haya pensado que el miedo era bueno para Luca en ese momento, que debería tener miedo.

—No —dice Mami en voz baja—. No se detendrá hasta que nos encuentre.

CAPÍTULO 8

La noche que descubrió que Javier y La Lechuza eran la misma persona, Lydia se acostó y apagó la luz de la lámpara, pero no cerró los ojos. Sebastián y ella creían que los matrimonios tenían derecho a cierto grado de privacidad, que no necesitaban contárselo todo. Era una de las razones por las que se había enamorado de él: no la presionaba sobre nada personal, rara vez se ponía celoso y no tenía ningún interés en adjudicarse o dirigir sus amistades con otros hombres.

—Eres una persona adulta —le dijo antes de que se comprometieran—, y yo soy tu amante. Si nos casamos, es porque me eliges a mí. Espero que me sigas eligiendo cada día.

Lydia se había reído porque había usado la palabra "amante", tan anticuada, pero la idea la emocionó. Antes de Sebastián, siempre pensó que el matrimonio conllevaría un sacrificio de su libertad, el hecho de que no fuera así le encantaba. Ambos eran personas en las que se podía confiar, y se consideraban modernos. No se ocultaban nada importante, pero a Lydia le gustaba tener un gabinete sagrado dentro de sí misma, al que solo ella tenía acceso.

De manera que no había nada inapropiado en el hecho de que no hubiera mencionado antes a Javier. Eso, por supuesto, cambió esa noche. Cuando Sebastián se levantó en la mañana y le besó la frente de camino al baño, Lydia seguía despierta. Se sentó en la cama y el estómago le dio un vuelco por el movimiento.

—Sebastián —dijo. No había pensado en contarle, sino en hacerle preguntas. Sabía que, una vez que las palabras salieran de su boca, su amistad con Javier terminaría y, en el fondo, le dolía esa pérdida inminente. Quería haberse equivocado, que todo fuera un malentendido.

Su esposo volteó a verla bajo la luz grisácea de la habitación.

—¿Qué pasa? —Supo inmediatamente que algo andaba mal, por el tono de su voz. Salvó la distancia entre los dos y se sentó en la cama, a su lado.

—Es mi amigo —confesó.

Sebastián no fue a trabajar esa mañana. Llamó a su editor y le dejó un mensaje diciendo que estaba siguiendo una pista y llegaría más tarde. Lydia y él se sentaron en la cama, sin hacer, y hablaron durante horas mientras afuera la luz cambiaba de gris a rosa y a un amarillo brillante. Cuando llegó el momento de despertar a Luca y llevarlo a la escuela, se apegaron a la rutina, distraídos.

—Yo lo llevo hoy —insistió Sebastián—. Espérame aquí.

Lydia lloró en la regadera.

Cuando Sebastián regresó, continuaron hablando en la mesa de la cocina. Lydia tenía el cabello húmedo enrollado en la cabeza y sentía el rostro inflamado.

—¿Hay alguna posibilidad de que te equivoques? —le preguntó a Sebastián con los brazos cruzados. Sabía la respuesta, pero no le encontraba sentido. Estaba desorientada.

Sebastián la miró a los ojos y respondió en el tono más deliberado posible.

—No.

Lydia asintió.

—El artículo que estás escribiendo sobre Los Jardineros... ¿lo menciona?

—Sí, se trata de él, de su gran debut. Es una exposición de todo su "Hola, mundo, soy un gran mafioso".

Lydia inclinó la cabeza hacia un costado y se puso una mano en la frente.

—No sé qué hacer —murmuró—. Me parece imposible.

—No hay nada que *hacer*, Lydia.

—Pero es que no lo entiendo. Yo lo *conozco*.

—Lo sé, Lydia, sé lo encantador y lo erudito que puede ser. Pero también es increíblemente peligroso.

Lydia recordó los ojos de Javier, cómo se exponían cada vez que se quitaba los lentes. La palabra *peligroso* parecía incompatible.

—Sé que es difícil que lo asimiles —dijo Sebastián—. Puedo ver que te hace daño, y lo lamento. —Hizo una pausa antes de cambiar de tono—. Pero es un asesino, Lydia. Ha matado muchas veces. Ese tipo está bañado en sangre.

Ese tipo. Lydia sacudió la cabeza de nuevo. Sebastián se levantó y empujó la silla bajo la mesa.

—No es quien tú crees.

—Pero tú mismo lo dijiste anoche, que él, que Los Jardineros no son tan violentos como los otros cárteles.

Sí lo dijo, demonios. Lydia abrió la ventana de la cocina y entró el ruido de la calle.

—Lydia, te amo. Amo tu lealtad y tu bondad. Pero estamos hablando de quién es más o menos asesino. Menos violento o no, sigue siendo un narco poderoso. Y, cuando has matado a tantas personas, el acto mismo de matar se vuelve un trámite. ¿Importa que haya matado *menos* niños que otros asesinos? No se trata de una moderación que nace de la virtud. Es una pinche decisión de negocios. Ese tipo mataría a *cualquiera* si considerara que es la decisión más acertada.

—No a cualquiera. —Su voz parecía un débil ruego—. Tiene una hija.

Sebastián posó las manos en el respaldo de la silla y dejó caer la cabeza entre los brazos estirados.

—Sebastián, escucha —dijo—, sé que todo suena absurdo, pero no soy una ingenua. No soy idiota, ¿sí?

—Eres la mujer más inteligente que conozco.

—Solo estoy... intento asimilarlo, reconciliar todo lo que me estás diciendo y empatarlo con la persona que es Javier.

—Lo sé, lo sé.

—Es difícil.

—Ni me lo imagino.

—Porque sí, Sebastián, lo conozco. Y, como dices, *es* listo. En otra vida pudo haber sido alguien bueno...

—Pero esta no es otra vida, Lydia. No es una buena persona.

—Pero quizá todavía pueda serlo. Eso es lo que te estoy diciendo. Porque las personas son complejas y, por malo que te parezca, también es esta otra persona. Esa alma torturada, poética, llena de remordimiento. Es gracioso. Es amable. Quizá todo podría ser diferente.

—Espera.

Sebastián estudió a su esposa, que ahora estaba recargada en el marco de la puerta de la cocina. Afuera se escuchó un claxon y el viento movió un rizo casi seco de su cabello.

—Espera un segundo, Lydia. ¿Estás enamorada de él?

—¿Qué?

—¿Lo estás?

—Sebastián, no seas ridículo. No es el momento para teatros.

Sebastián sacudió la cabeza.

—¿Pero sientes algo por él?

—No así. Lo quiero...

—¿Lo *quieres*?

—¡Es mi amigo! ¡Un verdadero amigo, alguien que se volvió muy importante para mí!

Lydia recargó las manos sobre sus rodillas y levantó la mirada hacia Sebastián. La cafetera gorjeó y suspiró.

—Su padre también murió de cáncer.

Sebastián volvió a sacar la silla y se sentó.

—Ay, Lydia.

Él nunca conoció al padre de Lydia, pero su muerte fue una pérdida determinante en la vida de su esposa y, de hecho, al inicio de su noviazgo sintió una fuerte cercanía con su difunto suegro. Sebastián se sabía todas las historias. Como la de cuando Lydia tenía doce años, un poco mayor para ositos de peluche, y su oso favorito se cortó la nariz. Lydia estaba desconsolada y avergonzada. El oso había perdido relleno en una hemorragia por toda la casa. El padre de Lydia fue a la farmacia y regresó con una bolsa que colocó en la mesa de la cocina, bajo una lámpara de escritorio, y le dijo que trajera al oso. Lydia lo transportó con mucho cuidado y encontró la cocina transformada en un salón de operaciones. Había una lámina de plástico sobre la mesa. Su padre usaba tapabocas y guantes. Sus herramientas quirúrgicas estaban acomodadas bajo la lámpara: aguja, hilo y un retazo brillante de cuero nuevo. El padre de Lydia le hizo una nariz nueva al oso.

Sebastián también sabía que la única verdura que comía su suegro eran alubias, que tenía una cicatriz de tres pulgadas en la pierna debido a un accidente que había tenido de niño en un barco, que cantaba muy fuerte en los conciertos, a veces con una harmonía que no tenía mucho que ver con lo que se presentaba en el escenario. Sabía que la única vez que Lydia lo vio llorar fue cuando Óscar de la Hoya ganó la medalla de oro en las Olimpiadas de 1992, en Barcelona, y sentía tanto aprecio por su suegro que se preguntaba si lo conocía mejor muerto de lo que tal vez lo hubiera conocido vivo. Solo llevaban ocho semanas saliendo y estaban en un partido de fútbol en El Estadio Azul, en la Ciudad de México, cuando Lydia recibió la terrible noticia. Aunque el cáncer había progresado lentamente, el final había sido rápido, inesperado. Era el 24 de octubre de 2003, exactamente una semana antes del Día de Muertos. Supuestamente, sus últimas palabras fueron, "Hay una fiesta. Me tengo que arreglar".

Lydia y Sebastián salieron del estadio inmediatamente, fueron al departamento de Lydia y luego manejaron toda la noche hasta Acapulco. Había una montaña de ropa en el asiento de atrás. Lydia no supo qué llevar y se lo llevó todo. Empacó en la canasta de la ropa sucia. Sebastián tomaba su mano en la oscuridad y se detuvo a la orilla de la autopista, cerca de Cuernavaca, cuando Lydia pensó que iba a vomitar. Esa semana manejó otras tres veces de ida y vuelta a la Ciudad de México: al día siguiente, por su ropa; dos días después, para informar a los maestros de Lydia y a los suyos la causa de su ausencia, y finalmente, para llevar a algunos amigos al funeral y ayudar a la madre de Lydia a convencerla de que regresara a la universidad.

De cierta manera, Sebastián siempre pensó que esa tragedia había cimentado su relación. Ya sabían que se estaban enamorando, pero la gravedad de esa pena actuó como la vara con que Lydia midió la profundidad del carácter de Sebastián. La muerte despertó una estabilidad que no era familiar en él. De pronto, se estaba expandiendo en un esfuerzo por llenar los huecos en la vida de Lydia. De modo que comprendió, cuando Lydia le dijo que el padre de Javier también había muerto de cáncer, lo que significaba esa experiencia compartida para su esposa.

—¿Cuántos años tenía cuando murió su papá? —preguntó Sebastián.

—Once —respondió.

Sebastián torció el gesto.

—Terrible.

Lydia fue a la alacena y sacó dos tazas que llenó de café. Dejó una frente a su esposo y se sentó junto a él. Subió las rodillas a la silla y abrazó sus piernas.

—Sebastián, creo que está enamorado de mí.

Sebastián llenó de aire sus mejillas, antes de soltarlo en la habitación.

—Maldita sea —dijo—. Por supuesto que sí.

A corto plazo, el único cambio real fue que Sebastián empezó a llamar a la tienda y a visitarla con mucha más frecuencia que antes. Enviaba mensajes de texto cuatro o cinco veces al día y, aunque estuviera ocupada, Lydia siempre contestaba, para tranquilizarlo. Todo estaba bien. Lydia se puso muy nerviosa cuando Javier llegó a la tienda la semana siguiente. Le envió un mensaje a Sebastián ocultando el teléfono bajo el mostrador. "Aquí está. Te llamo después".

Javier cargaba un pequeño paquete y sus ojos brillaban más de lo normal. Parecía ansioso de que los clientes se retiraran, pero Lydia se tomó su tiempo, renuente a estar a solas con él. Cuando la última pareja se dirigía hacia la salida, sin haber comprado nada, Lydia les dijo:

—¿Encontraron algo de su agrado?

No respondieron. El hombre solo asintió y sonó la campanilla de la puerta cuando se cerró. A Lydia le temblaban las manos mientras añadía azúcar a la taza de Javier.

Él le sonrió ampliamente desde su banco.

—Traje un regalo —dijo, y colocó el paquete envuelto sobre el mostrador.

La envoltura era de papel cartucho, y estaba sujeta con cinta adhesiva, sin adornos, pero ni siquiera esa austeridad minimizaba la intimidad de un regalo sin motivo aparente, un miércoles en la mañana. Lydia lo abrió de todas maneras. Adentro había una muñeca rusa de madera, con su característica forma de cacahuate, del tamaño del antebrazo de Lydia. La división en el medio era apenas visible. Estaba pintada con colores festivos: cabello negro, mejillas rosadas, un delantal amarillo, rosas rojas. Lydia la abrió y adentro encontró a su gemela más pequeña. La abrió de nuevo, y en cada ocasión descubrió una muñeca miniatura igual a la anterior.

—Son muñecas rusas —dijo Lydia.

—Sí. —Javier miró su rostro—. Pero, en realidad, soy yo. Sigue.

Lydia abrió la última muñeca, no más grande que su pulgar, y dentro encontró la más pequeña. Era de color turquesa y más hermosa, más exquisita y detallada que todas las demás. Lydia la tomó entre el índice y el pulgar. La sostuvo en alto y estudió la intrincada filigrana plateada de la pintura.

—Y esa eres tú. —Javier golpeó su pecho con el puño—. Muy dentro de mí.

Lydia parpadeó rápidamente, pero era demasiado tarde para ocultar las lágrimas que ya asomaban a sus ojos. Javier malinterpretó el gesto y sonrió todavía más.

—¿Te gustan?

Lydia aspiró por la nariz.

—Mucho, gracias.

Se apuró a guardar las muñecas una dentro de la otra, mientras él la observaba. Javier notó que Lydia no se preocupaba por alinear la parte de arriba con la de abajo. Fue el primer indicador de que algo no andaba bien.

—¿Qué pasa, mi reina?

Cuando terminó de ensamblar las muñecas, Lydia las envolvió de nuevo en el papel cartucho y dejó el paquete bajo el mostrador, junto a su teléfono. No había manera sencilla de decirlo. Era mejor ser directa.

—Recibí malas noticias la semana pasada —dijo.

Javier se inclinó hacia ella, frunciendo el ceño.

—Sobre ti.

Javier se enderezó en el banco, frunciendo el rostro todavía más. Creció un largo silencio entre los dos y luego entró un cliente, haciendo sonar la campanilla de la puerta. La mujer compró tres cuadernos, tres plumas elegantes y una tarjeta de cumpleaños, pero Lydia no pudo sonreírle mientras la atendía. Sentía la ansiedad de Javier como una maldición en el espacio. Se agitaba en su propio pecho. Javier tenía hombros encorvados y las palmas de las manos entre sus muslos. Cuando la clienta se fue, Lydia fue hacia la puerta, la cerró y volteó el letrero a "Cerrado".

Se estudiaron mutuamente a través del mostrador. Ella lo miró directo a los ojos y ninguno de los dos desvió la mirada.

Por fin habló.

—Supuse que sabías —dijo con voz tensa, rasposa.

Lydia sacudió la cabeza sin quitarle los ojos de encima.

—¿Cómo iba a saberlo? ¿Por qué iba a saberlo?

Sus ojos se abrieron más de lo normal detrás de los lentes. Su boca temblaba al hablar.

—Parece que casi todos lo saben. Pensé... de alguna manera esperaba que no te importara. Pensé que no te importaba porque me conocías y podías ver la persona que soy en realidad.

—Te veo, todavía te veo —dijo Lydia—. Pero, Javier, esa otra parte de ti, la parte que desconozco... es irreconciliable. Esa persona también es real, ¿no?

Él acabó por bajar la mirada. Parpadeó repetidamente, se quitó los lentes y los limpió con el borde de su camisa.

—Te amo —dijo.

—Lo sé.

—No, no lo sabes.

Lydia apretó los labios.

—Estoy enamorado de ti. *Enamorado*.

Ella sacudió la cabeza.

—Lydia, eres la única amiga verdadera que tengo. La única persona en mi vida que no quiere nada de mí excepto la alegría que hay entre nosotros.

—Eso no es cierto.

—¡Es cierto! Cuando no estoy contigo, me siento solo. No tienes idea de la luz que me das. Tú y Marta son todo lo que tengo. Nada más me importa. Si pudiera, dejaría todo.

—¡Entonces, hazlo! —Golpeó el mostrador con la palma de la mano—. ¡Déjalo!

Él sonrió con tristeza.

—No funciona así.

—¡Funciona como tú digas que funciona! Eres el jefe, ¿no?

—Sí, y si me voy, ¿qué? ¿Qué pasará con Acapulco cuando me vaya? ¿Cuánta gente va a morir mientras se pelean por mi lugar? —Tenía los codos sobre el mostrador y se pasó los dedos por el cabello, perturbado—. Sabes que nunca quise esto. Que yo terminara aquí fue un accidente del destino.

En la superficie de su conciencia, Lydia sabía que eso no podía ser totalmente cierto. Si se había sacado ese boleto de lotería,

él lo había elegido y comprado con su propio dinero. Ella lo
sabía, sabía que debió cometer atrocidades para llegar a ese nivel.
¿Cuántas? ¿De qué naturaleza? Una mezcla de miedo y tristeza le
evitaba preguntar. No se atrevía a contradecir sus justificaciones.

—Pero aquí estamos, aquí estoy. —Sus ojos eran suplican-
tes—. No hay salida, Lydia, no para mí. Pero eso no define
quién soy.

Podía sentir la disonancia palpitando en su cerebro como un
pulso errático. "Por supuesto que define quién eres", pensó, pero no
lo dijo. Cerró los ojos con fuerza y sintió que él tomaba su mano.

—Por favor, comprende —dijo—. Inténtalo.

Cuando Lydia encontró la fotografía de Javier en el expediente
de Sebastián la semana anterior, la había embargado una angustia real. Pocas veces en la vida había experimentado una amistad
tan profunda y auténtica. Le dolía la posibilidad de perder ese
vínculo. Pero con Javier sentado frente a ella, tomando su mano,
después de haber hablado con él y de confirmarlo todo, a Lydia
solo le quedaba hacer la autopsia de su amistad. Ya empezaba a
desaparecer el amor que alguna vez sintió. Podía presentirlo todavía como un fantasma en la tienda, vago e inanimado, pero no
como un sentimiento que le perteneciera. Su cariño se había ido,
drenado como la sangre de un cadáver. Cuando Javier apretó sus
dedos, a Lydia le llegó el olor a formaldehído. Cuando le clavó la
mirada, vio sus lentes manchados de sangre.

CAPÍTULO 9

En casa de Carlos y Meredith, en Chilpancingo, tiene que lidiar con otros fantasmas. El golpe espera la quietud. Lydia se siente como un huevo roto, y no sabe si es el cascarón, la yema o la clara. Se siente revuelta. Los siguientes tres días, Luca y ella se quedan solos en la casa muchas veces: cuando los niños están para a la escuela, Carlos, para el trabajo y Meredith, preparando el regreso a casa de los misioneros de Indiana. No se produce una suspensión temporal de la vida, como suele ocurrir con la muerte, porque levantaría sospechas. Lydia y Luca deben quedarse escondidos. La familia debe actuar como si nada. Gracias a Dios, los niños tienen libreros bien abastecidos en sus cuartos, y mientras están afuera, viviendo su vida, Luca puede leer, dos o tres libros diarios. Lydia también intenta leer, pero su mente no puede retener las palabras. No tiene espacio de reserva para llenar su cerebro con algo más. En cambio, intenta mantener su cuerpo ocupado. Prepara comida que ni Luca ni ella tienen ganas de comer. Limpia lavabos, ropa y tapetes que no están sucios. Observa cómo Luca se vuelve más y más callado.

Las tardes parecen durar mil horas. Luca casi no cambia de posición en el sofá mientras lee. Cuando termina un libro, se levanta para tomar otro de la repisa. Cuando se levanta para usar el baño, Lydia intenta convencerlo de que coma algo. Ella pasa el resto del tiempo en la vieja computadora IBM de escritorio que descansa en una pequeña mesa en la esquina de la sala. Revisa los encabezados de Acapulco. Hay tributos hermosos de los colegas de Sebastián, pero Lydia no puede leer los artículos. La palabra "héroe" la hace enojar, como si Sebastián hubiera elegido su muerte con valor, como si significara algo. Por Dios santo, murió con una espátula en la mano. En cambio, Lydia busca entre las noticias algún dato sobre la investigación. Como era de esperar: nada. El miedo y la corrupción trabajan juntos para censurar a la gente que de otra manera descubriría las pistas que lleven a la justicia. No hay evidencia, no hay procesos, no hay defensa. Así que Lydia revisa otras historias de violencia, buscando cualquier pista de lo que está pasando entre Los Jardineros. Un turista murió accidentalmente en un tiroteo cerca de las palapas en playa Hornos el día anterior por la tarde. Un auto incinerado con dos cuerpos adentro, uno grande y otro pequeño, fue encontrado afuera de la colonia Loma Larga esa mañana.

El puntero del mouse tiembla en la pantalla, pero logra dar clic para salir de las noticias y pensar en otra cosa. Carlos los ayudará a llegar a la Ciudad de México, y luego ¿qué? Debe intentar hacer planes. Investiga los autobuses y, sí, hay informes de más retenes en la zona y un incremento en el número de desaparecidos. Viajar dentro de las ciudades es relativamente seguro, pero entre ciudades no es recomendable en lo absoluto. Las autoridades aconsejan evitar los viajes innecesarios en las autopistas regionales de Guerrero, Colima y Michoacán. Lydia siente una nueva oleada de desesperanza que amenaza con descender sobre ella, pero no le da tiempo. Los caminos no son una opción. Incluso si su licencia de conducción no estuviera vencida, no se arriesgaría a conducir con Luca, y los autobuses no son una mejor opción. Los retenes son demasiado peligrosos. ¿Qué más queda? Busca boletos de avión, aunque no se siente atraída por la idea de que su nombre aparezca en el manifiesto de un vuelo. En el mundo digital ¿de qué sirve escapar a algún lugar a mil kilómetros de ahí si su nombre levantará una bandera roja en alguna base de datos en línea? No pueden llegar más allá de Tijuana sin su pasaporte, y ese vuelo dura tres horas y cuarenta minutos, tiempo de sobra para que Javier mande a un sicario a recibirlos cuando aterrice el avión. Imagina la carnicería en la banda para recoger el equipaje. Puede ver los encabezados.

Por otra parte, en México no hay trenes de pasajeros que recorran tan grandes distancias, así que, como último recurso, Lydia investiga los trenes de carga que los migrantes centroamericanos utilizan para cruzar el país. En el camino de Chiapas hasta Chihuahua, se suben a los techos de los coches. Le pusieron La Bestia por el terror que representa el viaje. La violencia y los secuestros son endémicos de las vías y, además de los peligros criminales, todos los días mueren migrantes o quedan mutilados cuando caen de los trenes. Solo las personas más pobres y más desesperadas eligen viajar así. Lydia se estremece con las historias de YouTube, las fotografías, las advertencias sombrías de los últimos amputados. Lydia empieza de nuevo, investiga todo otra vez, desde el principio. Autobuses, aviones, trenes. Tiene que haber algo que no ha considerado. Tiene que haber una salida. Da clic y escruta la pantalla mientras las horas pasan con una lentitud fangosa y Luca voltea una página tras otra.

Cuando cenan con los tres hijos de Carlos y Meredith, Luca lleva puesta la gorra de su papá y Lydia no le exige que se la quite, aun cuando Meredith le dice a su hijo más joven que se quite la gorra en la mesa. El mayor se limpia el bigote de leche y le sonríe a Luca, que todavía trae puesta la gorra de los Yankees.

—¿Te gusta el béisbol? —le pregunta.

Luca se encoge de hombros.

Siempre fue un niño callado. De bebé, nunca balbuceaba. De hecho, no habló hasta los cuatro años y, para entonces, Lydia ya llevaba dos años en pánico. Empezó a leerle mucho antes de que sospechara algo, solo porque amaba los libros y le encantaba leerle en voz alta a su bebé. Le gustaba la idea de que Luca, incluso antes de que pudiera comprender las palabras, comenzara su vida con las más hermosas y construyera su léxico con los cimientos de la literatura y la poesía. Empezó con García Márquez, Tolstoi y las hermanas Bronte, y llevada por una preocupación creciente le leía no como los padres les leen cuentos de hadas a sus hijos, sino como una medida frenética y urgente para salvarlo. Cuando su miedo creció y el hábito se volvió más concertado, se ayudó de Paz y Fuentes, Twain y Castellanos. Como hablaba inglés fluidamente (fue su carrera en la universidad), a veces le leía a Yeats, comunicando el verde exuberante de Irlanda con su acento mexicano.

Cuando Luca era niño, lo llevaba al trabajo metido en un canguro sobre su pecho y leían juntos entre pedidos y clientes, o cuando limpiaban y acomodaban los anaqueles. A veces pasaba mucho tiempo entre un cliente y otro, así que ambos se sumergían vívidamente en sus historias. Cuando creció, lo sentaba en una silla mecedora o en un pequeño tapete que colocaba en la esquina, detrás de la caja registradora. Cuando por fin pudo caminar por la tienda, a la hora de leer siempre se sentaba sin que ella se lo pidiera, callado y con las piernas cruzadas, la cabeza inclinada hacia un costado, como si transformara su oído en un embudo para recibir las palabras que Lydia pronunciaba. Intentó con libros ilustrados y sin ilustraciones; libros coloridos, táctiles, poesía, fotografía, arte; libros para niños, libros de cocina, la Biblia. Su hijo pasaba sus manos con cuidado sobre las páginas brillosas u opacas, pero no hablaba. A veces leía hasta que su voz no podía más, y otros días se deprimía al escuchar su voz solitaria en la tienda, pero siempre que quiso rendirse Luca empujó el libro hacia ella, con insistencia. Lo abría y lo presionaba contra su regazo.

Una semana antes de su cumpleaños número cuatro, mientras comían pozole en la mesa de la cocina, Lydia se quejó del silencio de su hijo por millonésima vez. Sebastián recargó su cuchara en el borde del tazón y estudió el rostro de Luca. Luca lo estudió a él.

—Tal vez no hablas español —dijo Sebastián.

Luca, imitando a su padre, también recargó la cuchara en el borde del tazón.

—¡Eso es! —dijo Sebastián—. ¿Qué idioma hablas, mijo? *¿English?* ¿Eres un gabacho? ¡Espera! —Sebastián chasqueó los dedos—. Eres haitiano. No... ¡árabe! ¡Hablas tagalo!

Lydia parpadeó despacio, mirando a su esposo, pero Luca sonrió e intentó chasquear los dedos también. Sebastián le mostró cómo hacerlo. *Chas, chas, chas.* Lydia estaba sola en su desesperación. Sabía que Sebastián estaba preocupado, pero su tenaz optimismo evitaba que lo demostrara. Los médicos no encontraban nada mal con Luca. Lydia sentía que iba a gritar.

En cambio, Lydia continuó su esfuerzo con paciencia. Allende, Borges, Cervantes. Leía para que las palabras que atesoraba penetraran la soledad de su hijo. Y así, un día, cuando Lydia leía la última página de una novela corta decepcionante, escrita por un joven escritor pretencioso, Luca se enderezó, sacudió la cabeza y se pasó las manos por las rodillas. Lydia cerró el libro y lo dejó en la mesa junto a la mecedora donde estaban sentados. Luca lo levantó y lo abrió en la primera página.

—Léelo otra vez, Mami, por favor, pero esta vez haz que el final sea más agradable.

Perfectamente. Como si estuviera continuando una conversación de toda la vida. Lydia estaba tan sorprendida que casi lo arroja al otro lado de la habitación. Lo bajó de su regazo, lo volteó y se quedó mirándolo fijamente.

—¿Qué?

Luca apretó los labios.

—¿Qué dijiste? —Apretó sus brazos con demasiada fuerza tal vez, temerosa de estar perdiendo la razón—. ¡Hablaste! ¡Luca! ¿Hablaste?

Después de una pausa breve y aterradora, asintió.

—¿Qué dijiste? —murmuró Lydia.

—Me gustaría leerlo otra vez.

Puso ambas manos en las mejillas de Luca, riendo y llorando al mismo tiempo.

—¡Ay, Dios mío! ¡Luca!

—Pero con un mejor final.

Lydia lo aplastó contra su pecho y lo apretó ahí, y luego saltó de la silla, tomó las manos de Luca y empezaron a dar vueltas.

—Dilo otra vez. Di algo.

—¿Qué debo decir?

—Exactamente eso —dijo Lydia—. ¡Mi niño habla!

Lydia cerró la tienda temprano ese día y llevó a Luca a casa para que lo hiciera delante de su padre. Lo recuerda con claridad, pero no confía en ese recuerdo ahora porque cuanto más se aleja de él, más fantasioso le parece. ¿Cómo es posible que estuviera callado todos esos años? Y luego, ¿cómo pudo empezar a hablar así, como un locutor, como un profesor universitario, con esas oraciones hermosas y complejas al mismo tiempo? Es imposible. Un milagro de la sintaxis.

Pero ahora, en la casa color turquesa de Carlos, después de más de cuatro años hablando bellamente en dos idiomas, la voz de Luca se retrae y el antiguo silencio regresa. Lydia lo ve y no hay nada que ninguno de los dos pueda hacer para evitarlo. Al principio desciende sobre él con suavidad, pero pronto se endurece como laca. Para el miércoles en la mañana, su mutismo es pronunciado. Luca responde preguntas directas solo con gestos o con el cuerpo. Perfecciona de nuevo el arte de la mirada vacía y Lydia siente en su interior cómo se escapa el último rescoldo de salud mental que le quedaba.

Durante esos días de silencio anquilosado, la aterrorizada mente de Lydia no cesa de trabajar, a pesar de que intenta detenerla. No se tambalea delante de Luca, pero a veces tiene que excusarse de prisa. Entra al baño y abre la llave del agua para mitigar los sonidos opacos y desgarradores de su pena. Su cuerpo está acalambrado por la miseria, y la sensación física es tan elemental que la hace sentir como un animal salvaje, un mamífero despojado de su manada. En la noche, acostada junto a Luca en la estrecha cama del ahijado de Sebastián, dirige sus pensamientos hacia la nada. Hace ese ejercicio con autoridad, y su mente obedece. Repite una y otra vez: "No pienses, no pienses, no pienses".

Y, gracias a ese autocontrol, se va quedando misericordiosamente dormida. Los recuerdos inyectan adrenalina a su torrente sanguíneo cien veces al día, así que su cuerpo está exhausto. Sus párpados se cierran. Entonces viene ese instante después de que se deja ir, la deriva momentánea cuando deja la costa, antes de que la atrape la corriente. Es en ese lapso cuando se desploma. Sus extremidades brincan, su corazón se acelera y su cerebro le devuelve el recuerdo de los disparos, el olor a carne quemada, los hermosos dieciséis rostros despojados de movimiento, apuntando vacíos hacia el cielo. Se sienta en la cama, recupera el aliento e intenta no despertar a Luca.

Cada noche lucha entre el sueño y la vigilia, en un terreno que no puede cruzar. ¿Qué clase de persona no entierra a su familia? ¿Cómo pudo dejarlos ahí, en el patio, con los ojos y la boca abiertos, y la sangre enfriándose en sus venas? Lydia ha visto viudas que se atreven a hablar, que sacan valor de su angustia. Las ha visto dar declaraciones ante las cámaras, rehusándose a guardar silencio, culpando a quien lo merece, despreciando la violencia de hombres cobardes. Las ha visto dar nombres. A esas mujeres las matan a balazos en los funerales. "No pienses, no pienses, no pienses".

El miércoles, Carlos se toma el día libre del trabajo para conducir la tercera camioneta de la iglesia hasta la Ciudad de México. Lydia deja la maleta de la abuela a los pies de la cama donde pasaron las últimas tres noches. Adentro están sus tacones y los zapatos buenos de Luca. Metió lo demás en las dos mochilas, que es todo lo que llevarán ahora. Decidió que volarán al norte desde la Ciudad de México. Es su única opción. Solo se llevarán las mochilas para moverse más ágilmente, para que no tengan que detenerse en la banda a recoger maletas, que no necesitan de todas maneras. Lydia no sabe qué les habrán dicho Carlos y Meredith a los misioneros de Indiana —si es que comentaron algo— sobre los otros dos pasajeros, pero nadie hace preguntas cuando suben a la camioneta. Las adolescentes exhiben sus empalagosas sonrisas e intentan hablarle de su Salvador, pero Lydia finge que no habla inglés. Sentados en la parte trasera, tiene un brazo alrededor de Luca e intenta actuar como una persona normal. Le cuesta trabajo recordar qué es eso. Las misioneras tienen maletas de mano y mochilas elegantes, y cada una lleva el cabello (rizado o lacio, reseco o sedoso) recogido en dos trenzas francesas. Lydia se da cuenta de que es un código de las misiones y toca su cola de caballo. La muchacha que está sentada en el asiento que se encuentra junto a ella se da cuenta.

—¿Quieres que te peine? —Le sonríe a Lydia—. Todas nos peinamos entre nosotras.

Lydia duda, porque ni siquiera las mejores trenzas francesas del mundo la harían parecer una misionera adolescente de Indiana, pero incluso una armadura ridícula es mejor que nada. La niña confunde la reticencia de Lydia con una barrera de lenguaje, así que señala sus propias trenzas, las de las dos muchachas en los asientos de enfrente y luego el cabello de Lydia.

—¿Te gustaría? ¿Trenzas francesas?

Lydia asiente. Se quita la liga de su cola de caballo, liberando su espeso cabello negro, y le da la espalda a la muchacha, que empieza a pasar los dedos por el cuero cabelludo de Lydia. Hace calor en la camioneta. Cuando termina, pregunta si alguien tiene un espejo. Hay cinco jovencitas adolescentes en el vehículo y ninguna es tan vanidosa como para cargar un espejo de mano. Finalmente, una de ellas abre la cámara de su iPhone, gira el lente como para tomar un selfi y le entrega el teléfono a Lydia.

—¡Se te ven tan bonitas! —le dice, hablando muy alto y señalando las trenzas—. ¡Me gusta!

Lydia se mira en la pantalla, inclinando la cabeza ligeramente para inspeccionar las trenzas. "Se ve más joven", piensa; un poco. Sonríe y devuelve el teléfono. Lydia se siente aliviada cuando empiezan a cantar, porque el clamor que llena la camioneta no deja espacio para pensar. Todas las misioneras cantan fuerte y alegremente, y Carlos se une.

—Deberías tomar una siesta —le dice a Luca al oído mientras se acercan a Axaxacualco, y él la mira sin parpadear—. Hay tránsito más adelante. Deberías tomar una siesta en el piso, aquí. Está cómodo.

Lydia se agacha hacia el asiento lateral y hace espacio entre dos de las maletas más grandes. Luca se mete y se hace pequeño. Una de las mochilas le sirve de almohada. Cierra los ojos conforme el tránsito empieza a detenerse y, con él, la respiración de Lydia. Las muchachas cantan más fuerte "¡Jesús, toma el timón!". Carlos mira a Lydia por el espejo retrovisor. Parpadea una vez, que es todo el consuelo que puede ofrecerle. La fila de autos se detiene. Son la segunda camioneta de tres. Meredith conduce la primera.

Más adelante, en el camino, dos jóvenes, en realidad dos adolescentes, están armados con fusiles AR-15. Quizá precisamente porque ese tipo de arma no es tan prolífica ni tan sexy como la ubicua AK-47, Lydia le tiene todavía más miedo. Es ridículo, lo sabe. Un arma puede matarte tanto como la otra. Pero hay algo utilitario en la AR-15 negra y lustrosa que la hace más real.

Algunas veces, el cañón de una de las armas entra por las ventanas de los autos que esperan, con los vidrios abajo, pero por lo general apuntan hacia el cielo. Los jóvenes sostienen sus armas con ambas manos. La mayoría de los conductores no se atreve a moverse. Alimentan los egos inflados y la arrogancia falsa de los muchachos porque, si bien nadie espera que abran fuego, todos saben que el único camino hacia el valor verdadero pasa por aparentarlo primero. Es cuestión de tiempo y nadie quiere averiguar si ese será el día en que la cosa sea seria. Uno a uno, los conductores abren sus billeteras, bolsos o cajuelas de guantes para sacar las mordidas. Entregan el dinero sin quejarse, con bendiciones reales, porque esos jóvenes podrían ser sus hermanos, sus hijos o sus nietos. En cualquier caso, son los hijos de alguien.

Carlos avanza y frena, avanza y frena. Luca mantiene los ojos cerrados y las misioneras cantan. Lydia ruega porque no sea una autodefensa corrupta, aun sabiendo que es muy poca la poca probabilidad de que así sea.

El canto de las misioneras es la manera que tienen de expresar su valor, pues aunque el retén sea emocionante para ellas, aunque el pastor, que viaja en la camioneta de atrás, les haya explicado que los retenes son comunes y que no hay motivo para alarmarse, que se trata casi como de una caseta de peaje, las muchachas saben que los operadores de las casetas de peaje de Indiana no llevan armas automáticas. En secreto, en los compartimentos pecaminosos y ocultos de su corazón, habían querido experimentar un retén... para vivir la emoción exótica y la adrenalina ¡y luego contarlo de regreso en Indiana! En el trayecto desde la Ciudad de México, habían pasado por uno sin que los detuvieran. Una decepción culposa. Pero, llegado el momento, cuando al fin vieron a los jóvenes en el camino, casi de su misma edad y armados, cuando su sistema nervioso misionero e inexperto inundó su torrente sanguíneo con hormonas caóticas, cada una de esas muchachas con trenzas se sintió enferma de miedo. Algunas desearon tener valor para dirigirse a esos muchachos y salvarlos a través de Jesús, pero la mayoría solo quería irse a casa. Una de las que está sentada en los asientos de adelante, la del iPhone, intenta cantar de nuevo, pero nadie se le une y su esfuerzo flaquea después de un par de versos. Carlos baja su ventana.

Los muchachos se colocan uno a cada lado de la camioneta de enfrente. Lydia alcanza a distinguir la silueta de Meredith en el asiento del conductor, hablando con el joven desde su ventana. Debe ser el que está al mando. Meredith señala con el dedo las otras dos camionetas y los jóvenes miran hacia atrás. Lydia se congela en su asiento. No hay manera de que la vean en el asiento trasero del interior oscuro del vehículo. El que parece el jefe está parado del lado del conductor y lleva una gorra azul sin adornos. Le indica a su colega que investigue las otras camionetas. El muchacho pasa entre los parachoques de los vehículos y se acerca a la ventana de Carlos mientras con el cañón de su AR-15 recorre las líneas del pavimento. Lydia mira a Luca en el piso y ve que tiene los ojos abiertos, tan grandes como cucharas soperas. Se mueve un poco en el asiento para que sus piernas lo cubran casi por completo.

—¿A dónde van hoy? —pregunta el joven a Carlos, para asegurarse de que su historia concuerda con la de Meredith.

—Solo al aeropuerto de la Ciudad de México. Nuestras visitas vuelan hoy a casa.

—¿De dónde eres? —le pregunta a la muchacha que está sentada detrás de Carlos.

—No hablan mucho español —dice Carlos—. Son de Indiana.

El muchacho asoma un poco la cabeza por la ventana y estudia a las niñas calladas y sonrientes. Si pudiera sentir sus feromonas, se sabría bombardeado. Sus ojos se detienen en Lydia, y tuerce la boca.

—¿Quién es la mujer?

—Una de nuestras consejeras.

—¿Es estadounidense? —El muchacho tiene un rostro atractivo y escéptico.

—No, es de aquí. Es una de nosotros.

—¿Por qué está sentada atrás?

Lydia sabe que no debe mirar a Luca, pero es su única ancla en el mundo y sus ojos quieren posarse en él, así que fija la mirada en el asiento de Carlos.

—Una de las niñas se mareó —dice Carlos—. Se pasó atrás para ayudarla.

Lydia levanta la mano y la coloca, maternal y mecánicamente, entre los omóplatos de la muchacha que tiene a su lado, la que le trenzó el cabello. Le soba la espalda en círculos y la chica se pregunta cómo supo Lydia que estaba asustada. Se siente agradecida por la pequeña demostración de consuelo y le sonríe a Lydia con lágrimas en los ojos. El joven en la ventana pone la mano en el borde de la puerta y le habla directamente a Lydia.

—¿Cómo se llama, doña?

—Mariana —miente.

—¿Todavía está mareada, Mariana? —Señala con la barbilla a la niña.

—Creo que se siente mejor —dice Lydia, sobando todavía su espalda—, aunque no del todo.

La niña, sin saberlo, corrobora la historia al palidecer. Se inclina un poco hacia adelante y Lydia piensa que tal vez va a vomitar.

El joven se toma su tiempo, su AR-15 justo afuera de la ventana, sus ojos escudriñando las líneas de su rostro. Mete la cabeza por la ventana de nuevo.

—¿Solo van muchachas en esta camioneta? ¿Ningún hombre? —pregunta.

En el piso, entre los pies de Mami, Luca abre los ojos y su boca permanece sellada. Ni siquiera respira. Ya se volvió experto en esconderse, en estar perfectamente quieto dentro de su cuerpo.

—Todos los chicos van en la camioneta de atrás —dice Carlos.

El joven da un golpe en la puerta con la palma de su mano. Carlos le entrega un fajo pequeño de billetes.

—Ten cuidado, y que Dios te bendiga —dice Carlos.

El joven asiente, guarda los billetes en el bolsillo trasero de sus pantalones de mezclilla y camina hacia la camioneta de atrás, pasando junto a la ventana de Lydia. Es entonces que ve el pequeño y sencillo tatuaje de un machete en su cuello, detrás de la oreja izquierda. Confirmado: son hombres de Javier, Los Jardineros. Todos respiran, aliviados, a la misma vez, pero no Lydia, que se permite mirar brevemente el pequeño rostro de Luca. Tiene los ojos cerrados y ella los cierra también, quedándose un momento suspendida en el alivio. Puede sentir su pulso en los párpados.

—¿Todos bien? —pregunta Carlos en inglés, girándose para mirar a cada una de las muchachas a la cara.

Se ríen como respuesta. Lydia asiente, bajando la mano a su regazo. Parece una eternidad el tiempo que el joven tarda en completar su entrevista en la ventana de la tercera camioneta. Saluda cuando pasa de nuevo, para unirse a su compatriota al principio de la fila. Ambos se cuelgan las armas a la espalda para quitar del camino el tronco que hace de valla improvisada. Solo hacen espacio para que pase la comitiva de misioneros.

Media hora después, mientras cruzan el puente Mezcala Solidaridad, sobre el río Balsas, las muchachas sueltan un grito ahogado y pegan sus cámaras a las ventanas para fotografiar los cañones de un verde exuberante que hay debajo. Cuando Luca sale de su nido para acurrucarse bajo su brazo, Lydia finalmente empieza a respirar.

CAPÍTULO 10

Han sobrevivido el tiempo suficiente para ver las ca-lles soleadas y los vivos colores de la Ciudad de México. No es cualquier cosa. Están a cuatro días y 380 kilómetros de su muerte. Pero Lydia sabe que se trata de algo más. Porque el anonimato de la capital representa su precario boleto hacia el porvenir. Allí puede sentir un poco de esperanza; tal vez sea posible desaparecer. Lydia decidió que la opción menos angustiosa era volar. Algo parecido a una superstición le impidió seleccionar un destino, pero investigó todas las ciudades de la frontera norte y compiló una pequeña lista con las que le parecieron más factibles. De oeste a este: Tijuana, Mexicali, Nogales, Ciudad Juárez, Nuevo Laredo. Cualquiera de esos aeropuertos le serviría como puerta trasera, oculta e íntima. Desde cualquiera de esas ciudades se pueden oler las tartas recién horneadas que se enfrían en las ventanas del norte.

Cuando Carlos abre la puerta trasera de la camioneta de la iglesia y las niñas de trenzas salen al pavimento deslumbrante con sus mochilas atestadas, Luca y Lydia hacen lo mismo.

Junto a la puerta abierta de la camioneta, Carlos toma las manos de Lydia y susurra intensamente en su oído.

—Todavía está contigo —dice—. Puedo sentirlo. Los cuidará a ti y a tu hijo. Estarán bien.

Lydia envidia su certeza. Se abrazan sin derramar lágrimas mientras las niñas de trenzas y sus contrapartes masculinas de la otra camioneta desvían sus rostros escandalizados. Meredith está parada junto a Luca, incómoda, tratando de ajustar su mochila mientras él la esquiva sutilmente. Cuando Carlos suelta a Lydia, Meredith se adelanta para abrazarla también, pero la calidez que alguna vez existió entre las dos mujeres, sobre todo por el vínculo entre sus maridos, se ha extinguido. Aun así, la gratitud de Lydia es auténtica. Mira a Meredith a los ojos.

—Sé lo problemático que fue para ti —dice— arriesgarte por nosotros.

Meredith sacude la cabeza, pero su gesto de negación es poco convincente.

—Estoy muy agradecida, Meredith. Probablemente salvaron nuestra vida. Gracias.

—Que Dios esté contigo —dice Meredith.

El parloteo cada vez más alto de los adolescentes que comparten sus historias del retén consume todas las demás conversaciones.

Ambas mujeres se sienten aliviadas de despedirse. Las puertas automáticas de la terminal se abren con un ruido sordo cuando los primeros misioneros se marchan. Mientras Carlos y Meredith se despiden del pastor de Indiana y de su esposa, Lydia y Luca se esconden bajo la sombra de un toldo y se abren camino hacia el tren que los llevará hacia la terminal de vuelos nacionales.

Luca nunca se ha subido a un tren. Intenta no sentirse interesado, pero es sorprendente cómo esa cosa llamativa y de vidrio llega sin hacer ruido y descarga a sus pasajeros en la plataforma. Luca toma la mano de su mamá y se aparta de la gente que entra empujando su equipaje. Mira sus pies mientras su madre y él cruzan el pequeño espacio entre lo móvil y lo inmóvil. Mami lo jala hacia el tren sin resistencia y van hacia el primer vagón. ¿Cómo evitar poner las manos y la frente contra el vidrio inclinado? Cualquier niño sentiría una ligera emoción en el estómago al mirar cómo la vía gana velocidad y escapa bajo sus pies, hasta perderse. Parece una montaña rusa, deslizándose silenciosamente sobre el cruce de vehículos, autobuses, taxis y postes de luz, los parches de la pista, los aviones en espera y los camiones con escaleras raras a su espalda. Un avión baja frente a ellos, inmenso, y Luca se aleja del cristal con un grito ahogado.

—¡Mami! —dice.

Es la primera palabra que ha dicho en tres días y se arrepiente inmediatamente de su sonido, de la felicidad sencilla y desleal. Mami le sonríe, pero no como siempre, y no hay manera de creer que siente alegría de verdad. ¿Por qué él no está roto de la misma manera? ¿Qué le pasa que puede comportarse con tanta normalidad? Mami pasa los dedos por su cabeza y Luca vuelve a pegar el rostro a la ventana. Observa cómo el tren devora la vía.

Dentro de la terminal, el zumbido mecánico del aire acondicionado es como un velo detrás de todos los demás ruidos: una niña toma la mano de su mamá y jala la correa de su maleta en forma de perro, un hombre grita hablando por teléfono en un idioma desconocido y gutural, una mujer taconea molesta y apurada. Percibe el olor a limón y freón. Luca sigue a Mami hasta un pequeño quiosco con una pantalla y observa mientras da clic algunas veces durante varios minutos. Piensa que no debería estar mirándola, sino a las demás personas, para asegurarse de que nadie los ha visto, así que se gira y observa. No hay nadie mirándolos, excepto la niña con la maleta de perro. Está de pie, haciendo fila con su mamá, o más bien, sentada sobre su maleta. Cuando su mamá camina hacia adelante, ella se empuja con los pies para alcanzarla. Luca quisiera una maleta así.

—No podemos hacer la reserva desde aquí. —Mami interrumpe sus pensamientos—. No me permite comprar un boleto para el mismo día. Tenemos que hacer la fila.

Mami recoge la mochila que había dejado a sus pies y Luca la sigue a la fila. Está feliz de poder ver la maleta de perro más de cerca, y ahora nota que tiene orejas y cola afelpadas.

La niña lo ve admirar su maleta y sonríe. Tiene más o menos la misma edad que Luca, quizá menos.

—Puedes acariciarlo si quieres —dice—. No muerde.

Luca da un paso atrás y esconde su cara detrás de Mami. Pero un momento después extiende la mano y toca la cola del perro con los dedos. La niña ríe.

—Anda, Naya —le dice su mamá y la niña se despide y se empuja con los tenis hasta el mostrador.

Luca y Mami son los próximos y pronto están frente a una señorita vestida con un traje azul y una mascada de seda roja. Su cara redonda aparece en miniatura en el gafete de plástico que cuelga de su cuello. Le sonríe a Luca.

—¡Hola, viajero! —le dice—. ¿Es la primera vez que vuelas?

Mira a Mami y ella asiente, así que él también lo hace. ¡Volar! No puede creer que vaya a volar. No está seguro de querer hacerlo, pero es posible que *realmente* sí quiera volar. No se decide.

—Estamos tomando unas vacaciones improvisadas —le dice Mami a la agente.

La mujer tiene las manos sobre el tablero.

—Muy bien. ¿Destino?

—Estaba pensando Nuevo Laredo.

La mujer teclea a una velocidad cómica. "No es posible que esté escribiendo a esa velocidad", piensa Luca. Está actuando. Frunce el ceño.

—No hay vuelos hasta el viernes. ¿Quieren salir hoy?

—Sí. —Mami recarga los codos en el mostrador—. ¿Y Ciudad Juárez?

Clac, clac, clac.

—Sí, podría ser. Hay un vuelo a las tres de la tarde que hace escala en Guadalajara. Llega a Juárez a las 7:04 p.m.

Mami se muerde el labio.

—¿No hay nada directo?

Clac, clac.

—Hay un vuelo directo a las 11:10 a.m. mañana.

Mami sacude la cabeza.

—Bien, probemos Tijuana.

Esta vez la mujer opaca el sonido del teclado con su voz. Ni siquiera mira la pantalla o sus manos. Estas se mueven frente a ella como dos animales, independientes de su cuerpo. Dirige su mirada hacia Mami.

—Es divertido. ¿Ha ido alguna vez?

Mami sacude la cabeza.

—Yo solía volar. Era auxiliar de vuelo antes de tener a los bebés. Hice la ruta de Tijuana, así que de vez en cuando nos quedábamos a pasar la noche. —Le guiña un ojo a Luca—. ¡Espero que te guste la fiesta!

Luca se clava las uñas en las palmas de las manos para evitar pensar en fiestas y la mujer regresa la mirada a la pantalla que tiene frente a ella.

—Hay un vuelo directo a Tijuana a las 3:27 p.m. Llega a las 5:13 p.m. Están dos horas antes que nosotros.

—Perfecto —dice Mami—. ¿Dos boletos?

—Seguro. ¿Cuándo quiere regresar?

Mami baja la mirada hacia sus tenis dorados. Luca no comprende su indecisión, no sabe que Lydia está enfrascada en un algoritmo calamitoso en su mente. Tienen exactamente 226,243 pesos porque ella los contó en el piso del baño de Carlos, en Chilpancingo. Ya gastaron más de ocho mil pesos en el hotel, las cosas y los boletos de autobús. También tiene el bolso de su madre con una tarjeta de débito que le da miedo usar. La abuela tenía una cuenta de ahorros y van a necesitar lo que hay ahí. Van a tener que pagar a un coyote cuando lleguen a la frontera y, si tienen suerte, quedará una pequeña cantidad para mantenerse hasta que Lydia decida qué hacer después. No pueden desperdiciar dinero en un boleto de avión de regreso que no van a usar. Pero tampoco puede decirle a esa mujer amigable, a esa extraña, a ese posible halcón, que solo viajan de ida. Luca aprieta la mano de Mami.

—Regresamos el mismo día, la próxima semana —dice.

—Muy bien —dice la mujer alegremente, pero a Luca le preocupa que su sonrisa se ha endurecido un poco—. Podemos conseguirle un vuelo de regreso, veamos... ¿Qué tal las 12:55 p.m.? Llega a las 6:28 p.m., sin escalas.

Mami asiente.

—Sí, bien, bien. ¿Cuánto es?

La mujer ajusta su mascada roja mientras baja la pantalla. Tiene las uñas cuadradas y pintadas de color cemento, y hacen ruido cuando toca la pantalla.

—3,610 pesos cada uno.

Mami asiente de nuevo y sostiene la mochila, equilibrándola en la rodilla. Saca su cartera del bolsillo lateral mientras la mujer sigue golpeando su teclado.

—¿Puedo pagar en efectivo?

—Sí, por supuesto —dice la mujer—. Solo necesito una identificación con foto.

Mami separó el dinero en varios lugares y dejó alrededor de diez mil pesos en la cartera. Luca la observa mientras cuenta los billetes para los boletos, siete rosados, dos anaranjados y uno azul. Deja el dinero en el mostrador y la mujer lo toma para empezar a contar. Mami saca su credencial de votante de la solapa de la cartera, y esta hace un pequeño chasquido cuando la deja sobre el mostrador. La agente deja el dinero frente a su teclado y toma la identificación de Mami. La sostiene con una mano y teclea con la otra.

—Gracias. —Le devuelve la credencial a Mami y mira a Luca.

—¿Y qué hay de ti? —Sonríe— ¿Trajiste tu credencial para votar?

Luca menea la cabeza. Obviamente no puede votar.

La agente dirige su atención a Mami.

—Solo necesito un acta de nacimiento o algún documento que verifique la custodia legal.

—¿De mi hijo? —pregunta Mami.

—Sí.

Mami sacude la cabeza y la piel alrededor de sus ojos toma un color rosa. Luca cree que va a llorar.

—No tengo —dice—. No la traje.

—Oh. —La mujer junta las manos y se aleja de su teclado—. Me temo que no puede volar sin el documento.

—Pero puede hacer una excepción. Obviamente es mi hijo.

Luca asiente.

—Lo siento —dice la agente—. No es política nuestra, es la ley. Pasa lo mismo con todas las aerolíneas.

Acomoda el fajo de billetes de colores y se lo extiende a Mami, pero Mami no lo toma, lo deja en el mostrador, entre ellas.

—Por favor —dice Mami, bajando la voz y acercándose a ella—. Por favor, estamos desesperados. Tenemos que salir de la ciudad. Es la única manera. Por favor.

—Señora, lo siento. Ojalá pudiera ayudarla. Tendrá que visitar la Oficina Central del Registro Civil y pedir una copia del acta de nacimiento o no podrá volar. No hay nada que pueda hacer. Incluso si le diera un boleto, no la dejarían abordar.

Mami agarra el dinero y lo mete molesta en el bolsillo de atrás de su pantalón, junto con su identificación. Su rostro sigue cambiando de colores y ahora está blanco, deslavado.

—Lo siento —dice de nuevo la mujer, pero Mami ya está dándole la espalda.

Luca la sigue y no pregunta adónde van, pero pronto están en el metro. Cuando salen en la estación Isabel la Católica, el conflicto de Luca se intensifica, porque estar en la Ciudad de México es una auténtica aventura. Ahí todo es distinto a Acapulco y Luca intenta asimilar los colores, las banderas ondeantes, los vendedores de fruta, los edificios coloniales que se alzan junto a sus vecinos modernos, la música desde balcones de hierro forjado, los vendedores que ofrecen hileras de refrescos luminosos, y por todas partes arte, arte, arte. Murales, pinturas, esculturas, grafiti. En una esquina hay una colorida estatua de un Jesús alto —eso piensa Luca, porque es demasiado pequeña como estatua, pero muy alta para ser una persona adulta— y un pliegue de su manto verde le cuelga casualmente del brazo. Bajo ese genuino embate de estimulación sensorial, Luca logra enterrar temporalmente su culpa. Su boca cuelga ligeramente abierta mientras camina junto a Mami, absorbiendo el paisaje.

En un puesto, Mami compra tamales y una bolsa de pepinos

picados. Son casi las dos y Luca tiene hambre, así que se sientan a comer bajo una sombrilla. Luca piensa lo extraño que es que ciertas cosas no cambien. Por ejemplo, sus uñas, el ancho de los hombros de Mami. Luca mastica sin hablar. Cuando terminan de comer, Mami lo lleva a un edificio cuadrado de concreto que tiene una estatua con danzantes desnudos enfrente, donde un hombre detrás de un mostrador les dice que, para obtener una copia del acta de nacimiento de Luca, tienen que ir a la oficina del registro civil del estado donde nació.

—¿Nació en la Ciudad de México?

—No.

—¿En el estado de México?

—No, en Guerrero.

—No la puedo ayudar —dice.

Hay un sándwich a un lado de su mostrador y se ve ansioso por seguir comiendo. Afuera, en la acera, Mami y Luca se detienen para que ella pueda pensar. Se sientan junto a la sombra del edificio cuadrado. Se recargan en la pared y, después de un rato, Mami se levanta.

—Bien —dice, y su cara recupera su coloración normal y sus manos lucen firmes en los costados. Tiene los puños cerrados—. Bien —dice de nuevo.

Caminan unas cuadras hasta un edificio inmenso de piedra que tiene una fachada blanca labrada que ha perdido su color con el tiempo, el clima y la contaminación. Tiene una puerta de madera gigantesca que termina en arco, rematada con unos botones dorados inmensos. Luca mira hacia arriba y se siente casi asustado por el tamaño, diez veces más grande que él. Pero Mami lo lleva de la mano y pasan juntos bajo las flores lilas de las jacarandas. Atraviesan una puerta más pequeña, recortada en la puerta gigante, y penetran en el ambiente frío del interior.

Es la Biblioteca Miguel Lerdo de Tejada, y aun cuando es un centro especializado en finanzas, es absurdamente hermosa. Era el lugar favorito de Lydia para estudiar cuando cursaba la carrera de inglés y literatura en la universidad. Allí conoció a Sebastián, cuando ambos pensaron que el otro era estudiante de economía. Conforme evolucionó su romance, bromeaban diciendo que ambos habían estado en el mercado buscando una pareja económicamente más confiable que la persona con la que terminaron accidentalmente.

Con la excepción de computadoras nuevas en las mesas a lo largo de la pared del fondo, la sala principal de la biblioteca luce exactamente igual a como la recuerda Lydia. Los techos, tan altos como en una catedral; el espacio cavernoso, saturado de luz natural, y las paredes, cubiertas por los coloridos murales de Vlady. Sebastián le advirtió a Lydia una vez que reprobaría los exámenes si insistía en estudiar ahí; pasaba casi todo el tiempo mirando las paredes. Muchas veces soñó con llevar a Luca para que la viera, pero nunca imaginó que sería de esa manera. Siempre pensó que le contaría todas las historias, pero ahora que estaba ahí, con el brutal peso de haberse despedido de la vida real, era incapaz de conjurar los recuerdos en sus labios: Sebastián metiendo botana de contrabando mientras ella estudiaba para sus finales; Sebastián haciéndola reír con tanta fuerza que el bibliotecario les pidió que se fueran; Sebastián en ese cubículo de ahí, encorvado sobre *El laberinto de la soledad* solo porque sabía que era el libro favorito del padre de Lydia y quería saber algunas de las cosas que sabía su padre, para conocerlo.

¡Qué monumental había sido su dolor cuando murió su padre! Le aterra pensar lo formativa que fue esa única pérdida al inicio de su vida. Ahora tiene dieciséis más. Cuando lo piensa, se siente como un encaje roto, definida no por lo que es, sino por las formas que le faltan. Ni siquiera puede imaginar cómo esa pérdida moldeará al hombre en que se convertirá Luca. Necesitan hacer un funeral tan pronto como estén a salvo. Luca necesita un ritual, transformar su pena en algo que pueda controlar de alguna forma. El golpe arremete contra ella de nuevo, pero regresa a su mantra, "no pienses, no pienses, no pienses". Mira a su hijo juzgar la magnitud de ese lugar, echar la cabeza hacia atrás y recorrer con los ojos toda la superficie, lo ve tratar de eliminar esa sonrisa accidental en su rostro.

—Está bien, mijo, ve a ver —dice, pero Luca aprieta su mano con más fuerza—. Bueno, vamos a sentarnos.

Lo lleva hacia la mesa de una computadora que está vacía y se sientan.

Cuando se le ocurrió la idea, cuando estaban sentados a la sombra de la Oficina Central del Registro Civil, había pensado solo en camuflarse: podrían disfrazarse de inmigrantes. Pero ahora que estaba sentada en esa biblioteca silenciosa, con su hijo y sus mochilas retacadas, Lydia comprende que no se trataba de un disfraz. Luca y ella son migrantes. Y ese simple hecho, entre todas las demás realidades nuevas en su vida, le sacó el aire. Siempre había compadecido a esas pobres personas. Había donado dinero y desde su confort elitista se había preguntado con fascinación indiferente qué tan precaria debía ser la vida en el lugar de donde venían esas personas para que su vida actual les pareciera una mejor opción y se arriesgaran a dejar su hogar, su cultura, su familia, incluso su idioma, para aventurarse en una situación tremendamente peligrosa, arriesgando su propia vida para llegar a un país lejano que ni siquiera los quería recibir.

Lydia se recarga en su silla y mira a su hijo, que no puede quitar los ojos de la figura fucsia que flota sobre su cabeza. Migrante. La palabra no le queda. Pero eso es lo que son. Así es como sucede. No son los primeros en irse, Acapulco se está vaciando. ¿Cuántos de sus vecinos huyeron el año anterior? ¿Cuántos han desaparecido? Lydia se da cuenta de que, después de todos esos años mirando lo que pasaba en otros lados, permitiéndose sentir una compasión remota, sacudiendo la cabeza ante el flujo de migrantes a lo lejos, viajando de sur a norte, Acapulco se había unido finalmente a la procesión. Nadie puede quedarse en un lugar brutal y manchado de sangre.

Lydia quita la mirada de Luca y se concentra en la pantalla que tiene delante. Su búsqueda ya no nace del pánico, sino de la desesperación. No quedan más opciones. Abre el buscador y encuentra la ruta que lleva a La Bestia cerca de la Ciudad de México. Toma los audífonos del gancho junto a la computadora y se los pone. Primero va a YouTube y lo que ve es horrible. Más horrible de lo que pensó. Pero es mejor saber, estar preparado. Se obliga a verlo e ignora cómo se aceleran su pulso y su respiración mientras escucha los recuentos.

Cualquier muerte en La Bestia es espantosa. Puedes quedar aplastado entre dos vagones en movimiento cuando el tren gira en una curva. Puedes quedarte dormido y caer, y quedar atorado entre las ruedas y perder las piernas, rebanadas. Cuando eso sucede, si el migrante no muere instantáneamente, por lo general se desangra al borde de un sembrado antes de que alguien lo encuentre. O puedes morir a manos de la omnipresente y ordinaria violencia humana: a golpes, cuchilladas o balazos. El robo se da por sentado. Los secuestros en masa para pedir rescate son comunes. Muchas veces, los secuestradores torturan a sus víctimas para persuadir a las familias. En los trenes, un uniforme rara vez representa lo que debe representar. La mitad de las personas que pasan por inmigrantes, coyotes, ingenieros, policías o la migra trabajan para el cártel. Todo el mundo acepta sobornos. Escucha a un joven guatemalteco de veintidós años que perdió ambas piernas tres días antes de que lo entrevistaran. También le falta un diente.

—Alguien me dijo, antes de subirnos al tren —dice—, "si te caes, si ves que se te atora el brazo o la pierna ahí abajo, tienes un segundo para decidir si metes la cabeza también". —El joven parpadea ante la cámara—. Decidí mal —dice.

Cuando ya ha visto suficientes historias de terror, Lydia inclina la cabeza un momento para analizar su salud mental. Porque, a pesar de todo lo que acaba de ver, sabe que, al igual que todas las operaciones criminales en México, los cárteles controlan La Bestia. O, mejor dicho, un cártel en específico, el padre de todos los cárteles, una organización tan infernal que la gente ni siquiera dice su nombre, pero que en ese momento es un factor clave para Lydia... porque ese cártel no es el de Los Jardineros.

Gracias a la investigación de Sebastián, sabe que la influencia de Javier se ha extendido mucho más allá de las fronteras de Guerrero, que ha hecho aliados en los cárteles de todo México, que controla plazas hasta Coahuila, junto a la frontera con Texas. Pero también sabe que su alcance no llega a La Bestia. Javier no es el jefe de los trenes. Así que su opción es escapar a un monstruo metiéndose en la cueva de otro.

"Medio millón de personas sobreviven el viaje cada año", se dice a sí misma. "Nos dará anonimato". Nadie los buscará en La Bestia. Javier nunca se imaginaría que ella optara por viajar así; y ella tampoco. Tal vez Luca y ella tengan tantas probabilidades como cualquiera de sobrevivir el trayecto en el tren. Quizá tengan más probabilidades, de hecho, porque tienen los medios para prepararse y han demostrado que saben sobrevivir. La realidad es la siguiente: su miedo a La Bestia, la violencia, el secuestro y la muerte son teóricos; no se comparan con el terror helado que le tiene a Javier, el recuerdo de la regadera de azulejos verdes de su madre, el sicario comiéndose los muslos de pollo de Sebastián mientras pasaba por encima de los cadáveres de su familia.

Lydia decide que su plan es lógico, aunque demente. Abre una ventana nueva para investigar la ruta con más detenimiento. En la Ciudad de México parece que los migrantes se reúnen en Lechería, dentro de los límites de la zona norte de la ciudad. Desde ahí, la línea viaja cientos de kilómetros rumbo al norte antes de separarse en tres direcciones. Hay un tren suburbano que llega a Lechería y sale cerca de donde están, en Buenavista. El estómago de Lydia da un vuelco acrobático.

—Es una locura —dice en voz alta.

Luca la mira de golpe, pero no dice nada. Lydia deja los audífonos en el gancho junto a la computadora y se levanta para juntar sus cosas.

—No.

Se cuelga la mochila al hombro y le indica a Luca que haga lo mismo.

—No —dice de nuevo.

Porque la madre y esposa devota y sensible, dueña de una librería una semana atrás, está peleando contra la nueva Lydia, la demente, la que piensa que es buena idea arrastrar a su hijo de ocho años al techo de un tren de carga en movimiento. Ninguna de las dos tiene una idea mejor.

—No —dice por última vez, y salen al tumulto soleado de la ciudad, sin nada más por hacer.

En el mercado de La Ciudadela, Lydia compra una cobija y cuatro cinturones de tela, y parten en busca del tren suburbano que los llevará a Lechería.

CAPÍTULO 11

La estación del tren suburbano está en el extremo de una plaza comercial que tiene una tienda Sephora y un Panda Express, e incluso una pista de hielo. La avenida de enfrente está atestada de taxis de color rosado y autobuses rojos. Los compradores y vendedores llevan mejor ropa de la que se ve en Acapulco. Todos tienen tenis limpios. En la ventana de la librería, Lydia se detiene a admirar el arcoíris escalonado de libros en exhibición: las novedades de temporada, algunas de las cuales también están en su propio escaparate en Acapulco. Piensa en el conductor que hace las entregas a la tienda, parado afuera de su librería, tratando de asomarse por la reja y las ventanas hacia la oscuridad. Piensa en sus dos empleadas de medio tiempo: Kiki, de lentes, que nunca puede acomodar los anaqueles porque se detiene a leer cada libro que tocan sus manos, y Gloria, que nunca ha leído un libro para adultos en su vida, pero tiene muy buen gusto para la literatura infantil y es una empleada diligente. Se pregunta qué harán ahora, sin el ingreso de la librería, para mantener a sus familias. Lydia piensa en su almacén, acumulando polvo, en los paquetes que no entregó. Cuando se aleja de la ventana de la librería, su mano deja una huella fantasmal en el vidrio.

Lydia y Luca tienen que hacer fila frente al Banamex que está en el tercer piso. Una niña vende cerca postales que guarda en

una gran bolsa de tela: El Zócalo al atardecer, El Palacio de Be-
llas Artes iluminado como un árbol de Navidad. Lydia piensa
comprar una y mandársela a Javier. ¿Qué le escribiría? ¿Apelaría
a su antigua humanidad, aceptaría sus extrañas condolencias, ro-
garía por sus vidas? ¿Haría el intento inútil de articular su odio
y su pena? A pesar de cuánto ama las palabras, a veces son insu-
ficientes.

En el fondo de su mochila, la cartera de su madre está doblada
en un compartimento que no ha abierto desde que salieron de
Acapulco. Adentro, metida en su monedero, está la tarjeta de débito. Lydia sabe cuál es el NIP de su madre porque ella le ayudó
a crearlo y a usarlo. Su madre ha usado ese pequeño bolso marrón desde que Lydia tiene memoria. Su piel gruesa era más dura
cuando Lydia era joven, pero se ablandó con los años de uso. El
broche se rompió hace mucho, así que la lengüeta que se cierra
sobre la abertura es lo único que impide que se salgan las cosas.
Lydia no se detiene a recordar. Recarga su mochila contra la pared
de vidrio a su lado y abre la cartera de su madre.

Luca no mira. Está parado junto a ella, despegando la esquina de una calcomanía grande que está adherida al vidrio y
que ofrece préstamos con bajos intereses. No hace mucho Lydia
lo hubiera reprendido, le hubiera dicho que alguien pagó dinero
por esa calcomanía y no debe despegarla del vidrio. Ahora no.
Mira fijamente la cartera de su madre. Tiene un olor particular,
más bien un conglomerado de aromas que la asaltan, incluso ahí,
entre McDonald's y Crepe Factory. El aroma le trae recuerdos
instantáneamente, pero Lydia se rehúsa a disfrutarlos. Es olor a
piel vieja, a Kleenex (usados y nuevos), al chicle con sabor a canela que su madre siempre compra, a los caramelos de regaliz que
le gustan y que vienen envueltos en una pequeña bolsa de papel
blanco, al tubo pequeño de crema para las manos con extracto de
durazno, el olor limpio, a bebé, de su maquillaje en polvo, todo
mezclado con el aroma íntimo e inconfundible de la niñez de
Lydia. "Mamá".

Luca también lo huele. Dice su nombre en silencio sin quitar

la cara del vidrio. "Abuela". Y continúa su ataque contra la calcomanía.

Lydia respira por la boca. Cuando llega su turno, se para frente
al cajero automático con el detritus de su vida saliéndose de la
mochila a sus pies. Una mujer joven en el cajero contiguo tiene
el cuidado de no voltearse a verlos. Lydia se siente avergonzada.
Además de pelear contra sus recuerdos, también está asustada.
Le preocupa que esa única transacción electrónica dispare una
bengala que indique su localización. Le tiembla la mano al meter
la tarjeta de su madre en la máquina y teclear el código. El cajero
pita con fuerza y escupe la tarjeta.

—¡Me lleva la chingada! —dice y Luca la voltea a ver—. Está
bien —miente.

Inserta la tarjeta en la máquina una segunda vez. Lo hace con
mucho cuidado. Mira sus dedos mientras presiona el código.
Sabe cuál es. Es el cumpleaños de Luca. Tiene que funcionar.

Funciona. Gracias a Dios.

Es inusual, en una cultura donde los hijos adultos cuidan de
sus padres viejos, que la mamá de Lydia tuviera una cuenta de
ahorros. De hecho, tener una tarjeta de débito es una anomalía
entre los contemporáneos de la abuela, aun en una economía urbana fuerte como la de Acapulco, aun entre la clase media sólida
y creciente de México. Pero la madre de Lydia siempre había sido
una anomalía. Siempre había hecho cosas un poco diferentes a su
generación. Rechazó a los dos primeros jóvenes que le pidieron
matrimonio, por ejemplo. Y, para consternación de su madre,
cuando finalmente aceptó casarse, mucho después de su mayoría
de edad, a los veinticuatro años, no renunció a su trabajo como
administradora de un hospital local, sino que regresó a la escuela
para seguir estudiando. Ya llevaba tres años de casada cuando se
certificó como contadora pública y consiguió un trabajo en el
gobierno.

Su padre y sus coetáneos a veces subían las cejas por las decisiones de la abuela, pero al padre de Lydia le encantaba estar
casado con una vanguardista, incluso después de que nacieran

sus dos hijas y tuviera que cambiar más pañales de los que había pensado. Así pues, Lydia creció con una madre que creía en la importancia de ser independiente y ahorrar para el futuro. Una madre que le había prestado el dinero para abrir la librería. Lydia se sentía agradecida, pero nunca imaginó que la excentricidad de su madre le salvaría la vida algún día.

La cifra que aparece en la pantalla es más dinero del que Lydia había esperado. 212,871 pesos; más de 10,000 dólares. Lydia respira algo que podría llamarse alivio, pero en realidad es alegría. Es mucho dinero. Las señoras en el club de jardinería de la abuela se escandalizarían por la cantidad. Lydia saca la tarjeta y la devuelve con reverencia al bolso de su madre, sin hacer ningún retiro. Es más seguro dejarlo en el banco hasta que lo necesite. Si el dinero pudiera resolver todos sus problemas, Luca y ella estarían a salvo. Sin embargo, no hay manera de que puedan comprar su salida de la Ciudad de México, y ahora, con esa pequeña transacción electrónica, sabe que tal vez puso un alfiler en el mapa de Javier. Sabe que en la enormidad de la Ciudad de México es donde único podría hacer esa transacción sin revelarse inmediatamente y sabe que, ahora que lo ha hecho, se tienen que ir. Piden tacos en la zona de los negocios de comida y Luca ordena más crema, lo que a Lydia le parece en extremo reconfortante. Se los comen en el tren de las 6:32 p.m. rumbo a Lechería.

Todavía hay luz afuera, con largas sombras inclinándose sobre el pavimento, cuando llegan a la dirección que Mami encontró en la biblioteca, pero las puertas de la Casa del Migrante están cerradas y en las ventanas no se ve luz. Mami se acerca al vidrio para mirar hacia el interior, y Luca hace lo mismo. No ve a nadie adentro. Una mujer pasa junto a ellos por la acera, jalando un carrito de metal lleno de comida.

—Está cerrado —dice.

—¿Cerrado? —Mami la voltea a ver—. ¿Por hoy?

—No, para siempre. Hace unos meses. Los vecinos se quejaron. Eran muchos problemas para la comunidad. Mire.

La mujer deja su carrito y abre el buzón de metal que cuelga de la puerta. Saca un panfleto y se lo entrega a Lydia.

—"Amigo migrante" —lee Lydia en voz alta—, "los vecinos de Lechería te invitan a continuar tu viaje hasta la Casa del Migrante en su nueva localización, en Huehuetoca". —Lydia resopla—. Qué hospitalario de su parte.

La mujer sube las manos.

—No es culpa de los migrantes, pobrecitos de ustedes, pero ahí lo tiene, los problemas los persiguen.

Toma su carrito de nuevo y lo inclina sobre las llantas.

—Pero, oiga —dice Lydia—, ¿dónde es Huehuetoca?

La mujer empieza a caminar.

—Al norte —dice, despidiéndose por encima del hombro.

Lydia mira a Luca, que se encoge de hombros. Podría decirle que Huehuetoca está a 27 kilómetros, porque lo vio en el mapa cuando Mami estaba buscando Lechería en la computadora de la biblioteca, pero su lengua no tiene la capacidad de formular las palabras "Mami, está muy lejos para caminar en la noche", así que sigue a su madre, que camina tres calles en dirección contraria, de vuelta a la estación de trenes y hacia el atardecer, hasta que ven un grupo de hombres con mochilas y gorras de béisbol. Luca sabe que su ansiedad se incrementa con la longitud de sus sombras. Pronto estará oscuro. Los hombres la miran mientras se acercan y saludan a Mami.

—Saludos, señora. ¿Cómo le va?

—Bien, gracias. ¿Puede decirnos cómo llegar a Huehuetoca? —pregunta—. Acabamos de encontrar este mensaje... el albergue de migrantes está cerrado.

—Sí, está cerrado. Es una caminata de subida hacia el otro lugar, señora —dice el más joven de ellos. Su aliento es agrio.

—¿Está muy lejos?

—Bastante. Está como a 15 o 20 kilómetros de aquí.

—Caray.

Todos asienten. Uno de los hombres tiene un palillo en la boca y está recargado en una barda pequeña.

—¿Hay algún autobús?

—No, pero puede tomar el tren desde aquí hasta el final de la línea, en Cuautitlán. La deja más cerca. Puede caminar desde ahí, quizá unas cuatro o cinco horas.

Solo habla el más joven. Los otros observan la conversación como si fuera un partido de tenis. Luca los contempla mirar el juego de tenis.

—Es muy lejos para caminar en la noche —dice Mami.

—Puede acampar con nosotros. —Sonríe el hombre—. Vaya en la mañana, señora. —Su cuerpo se mueve como un fideo y el ofrecimiento parece abrupto y dudoso. Luca se mete entre su madre y los hombres, no por sentirse mártir, sino porque ha notado que, a veces, la presencia de niños inhibe el mal comportamiento de la gente. Jala a Mami de la mano y empiezan a caminar juntos.

De regreso en la estación de Lechería, toman el siguiente tren hacia el norte, hasta el final de la línea, en Cuautitlán, donde Mami renta una habitación en un motel barato. Le dice a Luca que en mucho tiempo no se quedarán en un hotel.

Por la mañana lo despierta al alba y enfilan rumbo al norte, hacia Huehuetoca, no porque necesiten encontrar el albergue de migrantes, sino porque necesitan encontrar a los migrantes.

Cuautitlán es la última parada del tren suburbano, pero las vías siguen hacia el norte. Una reja nueva de un millón de dólares separa la calle de las vías; es parte del Programa Frontera Sur del gobierno de México, financiado en gran medida por Estados Unidos, que busca mantener a los migrantes lejos de las vías. La gente no puede subirse a los trenes porque la reja se lo impide, pero más o menos a una milla al norte de la estación la reja termina abruptamente, así que Luca y Lydia toman el pequeño arcén de pasto y caminan junto a las vías.

Luca no comprende por qué tienen que caminar. Sabe que

tienen suficiente dinero para comprar un boleto. Quiere preguntarle a Mami, pero sella su voz en el interior. Brinca sobre los rieles, al borde de las vías, y Lydia mira que no venga ningún tren. Luca todavía tiene en el bolsillo la tarjeta del tren que tomaron el día anterior, de Lechería a Cuautitlán. Mami lo había dejado a cargo de su propia tarjeta, aun cuando debían pasarla dos veces: una al subir al tren y otra al bajar. Hurga en su bolsillo, saca la tarjeta, y jala a Mami por la manga. Lydia lo mira. Luca agita la tarjeta frente a ella y Mami comprende lo que quiere saber, porque ella comprende todo.

—No se pueden comprar boletos para estos trenes —explica—. Esa era la última parada.

Luca arruga la frente en un pequeño surco. Inclina la cabeza hacia arriba y entrecierra los ojos. Puede ver las vías. Traza las vías en el aire, con los dedos, recordando las líneas del mapa en su memoria.

—Esas vías que tienes bajo los pies siguen y siguen —confirma Mami—. Llegan hasta el norte.

La mirada de Luca se expande y casi puede sentir las vías contra las plantas de los pies, recorriendo miles de kilómetros hacia adelante, extendiéndose bajo el cielo del día y el cielo de la noche hasta llegar a Texas. Entonces, ¿por qué no pueden comprar un boleto?

—Los trenes que llegan al norte son de carga —dice Mami—. No son para transportar gente.

Con esfuerzo, Luca consigue articular un par de palabras.

—¿Por qué?

Lydia sacude la cabeza.

—No sé, amorcito.

Parece tan simple cuando él pregunta "¿por qué?". ¿No había trenes de pasajeros en México, además de los de carga? Lydia tiene un vago recuerdo de su infancia, cuando los trenes trasladaban no solamente carga a través del territorio. Recuerda plataformas llenas de gente con maletas, el silbido alegre de la locomotora. Pero los trenes dejaron de llevar pasajeros hace mucho tiempo, y aunque Lydia intenta encontrar respuestas en su mente, no sirve de nada. No puede recordar por qué, y ya no importa.

A su lado, Luca sigue brincando entre los rieles. Mira cómo las puntas de sus tenis presionan la madera. Lydia se da cuenta de que Luca a veces dice "por qué" solo porque está programado para hacer esa pregunta. No le importa realmente no obtener respuesta mientras ella tenga algo que decirle.

—Algunas personas se suben a los trenes de todas maneras —dice, mirándolo de soslayo—. Aun sin boleto. Y sin asientos.

Luca deja de mirar sus tenis y estudia el rostro de Mami. No dice nada, pero sus ojos están muy abiertos.

—Se suben en el techo —dice Lydia—. ¿Te imaginas?

Luca no puede imaginarlo.

A Lydia la anima su progreso. Se siente muy bien acrecentar la distancia entre Javier y ellos, pero también tiene miedo de aventurarse lejos de la inmensidad de la Ciudad de México, de vuelta a los distritos modestos donde puede sentir cómo empieza a disiparse la niebla urbana de su invisibilidad. Es difícil pasar desapercibida cuando eres una extraña en un lugar pequeño, así que Lydia conserva la cabeza baja y permanece alerta. Caminan de prisa y Luca no se queja, ni siquiera cuando pasan un pequeño taller de reparación de bicicletas y quiere tomar el manubrio de una bicicleta que está recargada afuera, en la pared. Es verde y tiene un timbre dorado, y Luca piensa que es suficientemente pequeña para él. Pero siguen caminando y menos de una hora después encuentran un grupo de jóvenes migrantes junto a las vías. Todos son hombres, tal vez dos docenas, reunidos en un claro detrás de un almacén, justo donde la mancha urbana comienza a desaparecer y brota la naturaleza. Un lugar entre dos mundos.

La mayoría de los migrantes tienen mochilas y expresiones sombrías. Ya han recorrido miles de kilómetros durante semanas, desde Tegucigalpa, San Salvador o las montañas de Guatemala. Vienen de ciudades o pueblos, o del campo. Algunos hablan otros idiomas, como quiché, ixil, mam o náhuatl. A Luca le gusta escuchar los sonidos extraños, agudos y graves, de las palabras que no comprende. Le agrada que las voces suenen igual en todos los idiomas, y poder darles un significado a los sonidos si entrena el oído para escuchar, más allá de las palabras, el cambio de inflexión. Muchos de los hombres hablan inglés también, pero ahí, mientras esperan el tren hacia el norte, afuera de la Ciudad de México, todos hablan español. La mayoría son católicos y ponen su vida en las manos de Dios. Se dirigen a Él con frecuencia y con fe. Invocan las bendiciones de Su hijo y de todos los santos. Han pasado dos días desde que tomaron el último tren y están cansados de esperar.

Cerca de ahí, una mujer vende comida en un puesto. Toma tortillas de una cuba y las llena con frijoles de una segunda cuba. Las sirve sin sonreír ni hablar. Luca y Mami compran el desayuno y encuentran sombra bajo un árbol, en un pedazo sin maleza. Mami saca la manta de colores brillantes que compró en La Ciudadela, después de salir de la biblioteca, y se sientan. No muy lejos, hay dos hombres recostados con la cabeza en sus mochilas. Uno se endereza sobre un codo, hacia ellos.

—Buen día, hermana, que Dios la bendiga en su camino —los saluda.

—Gracias —dice Lydia—, y que Dios bendiga el tuyo también.

El hombre se vuelve a recostar mientras Luca y Mami comen.

—Parece que acaban de empezar el viaje —dice después—. Tienen mucha energía. Mi hermano y yo ya llevamos catorce días viajando.

—¿Dónde empezaron? —pregunta Lydia.

—Honduras. Me llamo Nando.

—Hola, Nando —dice, sin ofrecer su nombre a cambio. Él no pregunta.

—Nando, ¿te puedo hacer una pregunta? —Él se vuelve a recargar en el codo—. ¿Dónde están todos? —dice.

—¿Eh?

—¿Dónde están todos los migrantes? Esperaba que hubiera mucha gente esperando los trenes.

—Bueno, el albergue de migrantes se fue de Lechería, y ahora, con las nuevas rejas, supongo que muchos ya no se paran aquí. Por eso nada más hay hombres jóvenes, hermana —dice—. Los atletas.

—¡Los olímpicos! —dice su hermano sin levantar la cabeza ni abrir los ojos.

El hermano es delgado, excepto por una pancita, y Luca no cree que se parezca mucho a un atleta olímpico. Un sombrero le cubre el rostro del sol.

—¿En serio? ¿La reja evita que la gente se detenga? —pregunta Lydia. Le parece un obstáculo improbable.

—No es solo esta reja —dice—, sino todas las rejas de todas las estaciones.

—¿Hay en todas?

El hombre se encoge de hombros.

—En la mayoría, sí. Al menos en el sur.

—¿Y todas esas rejas tan caras solo son para que evitar que la gente se suba a los trenes?

—Sí. Se supone que son por seguridad —dice—, pero verás, solo ponen las rejas donde paran los trenes.

Hace un gesto hacia las vías, por donde vinieron, y Lydia recuerda el punto donde el metal terminó y la vía quedó abierta. Las camionetas de la migra estaban ahí, viendo pasar el desfile de tránsito peatonal.

—Para cuando el tren llega aquí, ya viene rápido. Así que tienes que subirte en movimiento.

Luca ahoga un grito, haciendo que Lydia y Nando lo volteen a ver, así que devuelve su atención a la tortilla rellena.

—¿No viste los letreros del gobierno en las rejas? ¡La seguridad está primero! —Ríe Nando—. ¿Te vas a subir a un tren andando, hermana?

—Tal vez no. —Lydia frunce el ceño—. Tal vez sí.

El hombre encoge las piernas y las cruza, mirando a Luca.

—¿Y qué hay de ti, chiquito? ¿Te vas a subir a La Bestia? ¿Como un vaquero montando un toro en un rodeo?

Luca nunca ha visto un rodeo y ni siquiera está seguro de haber visto un vaquero en la vida real. Se encoge de hombros.

—¿Así que eso es todo? ¿Ponen rejas y la gente deja de venir como por arte de magia?

—¿Quién dijo que dejaron de venir? De mi país hay más gente que nunca, más y más todo el tiempo.

—Entonces, si no están en el tren, ¿dónde están?

Nando se encoge de hombros.

—La mayoría se van con los coyotes desde mi país. De un refugio a otro. Toda una red hasta el norte. Pero es caro, y a veces los coyotes no son mejores que los criminales. Así que la gente que no puede pagar su pasaje, o no confía en los coyotes, vienen a La Bestia.

—¿Y cuando llegan aquí y ven la reja? ¿Qué hacen si no se pueden subir al tren?

Nando arranca una hoja de hierba y se la cuelga de la comisura de la boca.

—Ay, hermanita mía, odio decírtelo —dice—, pero se van caminando.

Lydia no lo cree.

—¿Caminan hasta Estados Unidos desde Honduras?

Luca hace algunos cálculos en su cabeza. Aun si esos hondureños llegaran hasta el punto más al sur de la frontera norte, habrían viajado en total cerca de 2,600 kilómetros. Luca se pregunta si es posible que un humano camine tanto.

—A menos que la migra los alcance primero y los regrese —dice Nando—. Entonces descansan un poco en un autobús con aire acondicionado en dirección opuesta. Y empiezan otra vez desde el principio.

Lydia come el último bocado de su comida.

—Pero a ti no te preocupa la migra... —Se limpia las moronas de la boca.

—No. —Sonríe—. No hay que ganarle a la migra. Solo hay que ser más rápido que tu hermano. Y yo lo soy.

—En tus sueños, gordo —dice su hermano.

—¿Y qué hay de ti, hermana? ¿Y de tu hijo? ¿Qué vas a hacer si viene la migra?

Ahora es el turno de Lydia de recostarse en la mochila. Técnicamente, la migra no los puede mandar a ningún lado porque son mexicanos y, a diferencia de Nando y muchos de los otros migrantes, viajan dentro de su propio país. No los pueden deportar. Pero Lydia sabe que, técnicamente, eso no los va a ayudar si la migra trabaja para Los Jardineros. Siente un estremecimiento.

—Sobreviviremos —dice.

Nando asiente y le sonríe a Luca para animarlo.

—Eso, sin duda —dice Nando.

Más tarde, los migrantes sentados o recostados en las vías se levantan y anuncian que sienten las vibraciones en los rieles. Ya viene el tren. Luca pone la mano en el rail, pero no siente nada.

—Se detuvo en algún punto de la línea, chiquito —dice Nando—. No tarda.

Pasados unos minutos, otro hombre llama a Luca.

—Siéntelo ahora —dice, y Luca obedece, poniendo la mano sobre el metal caliente.

Puede sentir la energía del tren a través del acero que lo espera. Quita la mano instintivamente y se aleja de las vías para volver con Mami. En el claro hay mucha actividad entre los migrantes que intentarán subirse. Todos juntan sus pertenencias y se extienden por la zona, reclamando un pedazo de terreno, dándose espacio para correr junto al tren. También se cuidan de la migra, que tiende a hacer sus redadas en el momento en que llega el tren. Después de dos días de esperar escondidos, de pronto aparecen más migrantes que salen de sus escondites para intentar comenzar el viaje con el pie derecho.

Lydia enrolla la cobija rápidamente y la ata a la parte de abajo de su mochila. Luego se gira para apretar las correas de la mochila de Luca tanto como puede. Las correas cuelgan hasta sus piernas.

Las ata en un nudo y mete las puntas en su pantalón. Cambia el peso de un pie a otro, nerviosa.

—¿Quieres hacerlo, mijo? —le pregunta. Espera que diga que no, espera que diga "Mami, es una locura, no me quiero morir, tengo miedo", pero Luca solo la mira. No contesta nada—. Tal vez lo vamos a intentar —dice—. Miremos primero. Veamos qué pasa. —Se siente enferma de preocupación.

Cuando el tren rodea la curva, a lo lejos, y aparece a la vista, cuando Lydia puede ver su nariz acercándose sobre la vía, luce como si avanzara en cámara lenta. "Podemos hacerlo", se dice a sí misma. "No va tan rápido". Pero el ruido es estridente cuando llega al claro; puede sentir la vibración en sus huesos, en su esternón. Muchos de los hombres empiezan a trotar junto al tren. Es un reto de detalles concurrentes, todos de igual importancia, y Lydia se queda absorta mirándolos, intentando aprender la técnica.

Debes igualar tu velocidad a la del tren, ajustándola mientras corres. Debes encontrar el punto de acceso ideal, una protuberancia, una escalera, un punto con agarre, y tratar de subirte rápidamente al techo. Debes quedarte en tu lugar cuando ya lo hayas elegido, y defenderlo de otros migrantes que tienen la misma urgencia que tú. Bajo ninguna circunstancia puedes intentar cambiar de rumbo una vez que estás corriendo. Pero también debes cuidarte de ramas y otros riesgos que amenazan tu carrera. Debes poner atención a lo que está delante de ti en el camino. Debes tener cuidado de no caerte en un hoyo o tropezar con una piedra, para no acabar entre las ruedas trituradoras de La Bestia. Nunca, jamás, debes olvidar el poder que tienen esas ruedas estrepitosas que giran, gruñen y retumban. Chillan para recordártelo.

—¡Que Dios los bendiga! —grita su nuevo amigo mientras los deja y empieza a correr junto al tren.

Su hermano corre a su lado, su paso es más un trote que una carrera de velocidad. Nando corre, girando la cabeza para ver al mismo tiempo por dónde va y revisar los vagones del tren para decidir a cuál va a subir. Ve una escalera dos vagones más atrás. Baja la velocidad. Un vagón atrás. Acelera el paso. Mira hacia atrás, se agacha cuando lo golpea la rama de un arbusto frondoso. Estira la mano para aferrarse a la escalera y agarra el tercer barrote. Da dos zancadas, tres, cuatro, con la mano derecha en las costillas de La Bestia, y de un salto carga todo su peso en ese brazo. Sube el brazo izquierdo y su mano tiembla en un breve minuto de pánico, hasta que sus dedos encuentran la escalera y se adhieren al barrote. Ahora su cuerpo está suspendido. Ese... ese es el momento de mayor riesgo. Los brazos aferrados, colgando, cargando. El cuerpo como bandera. Las piernas colgando, bajas, peligrosamente cerca de las ruedas.

—Súbete —grita el hermano con la pancita—. ¡Sube los pies! —Él corre.

El instinto te lleva a querer tocar algo con los pies, sentir qué hay abajo, tantear hasta encontrar dónde impulsar tu peso. Pero no. Debes enconcharte, subir los pies. Arriba. ¡Arriba! Los pies de Nando encuentran el primer barrote. Sus brazos se estiran al siguiente, y ahora está subiendo. Fuerte. Sólido. Unos segundos más y, ¡puf!, la rama de un árbol en el camino amenaza su ascenso, rasguña su costado, pero ahora está seguro, está subiendo por el borde y se acuesta encima, ofreciéndole una mano a su hermano que sigue corriendo abajo.

Los ojos de Lydia están muy abiertos y ahora los hermanos se han ido y los demás migrantes se reducen en número conforme suben, uno a uno, de dos en dos. Lydia estrangula los dedos de Luca, atenazados entre los suyos, pero no se da cuenta de lo fuerte que aprieta, y él no protesta. Están anclados, inmóviles, hasta que desaparece el eco del tren.

Se van caminando.

Siente una nueva admiración después de ver con sus propios ojos la presión de las ruedas sobre los rieles y los hombres escalando el exoesqueleto como escarabajos en un mosquitero.

En el asiento de atrás del Beetle anaranjado de Papi, en Acapulco, Luca tiene su propio asiento de seguridad. Es una silla con un cojín azul claro con chimpancés que Papi armó y que de alguna manera está fijada permanentemente al asiento. Cuando era pequeño, a Luca le gustaban los chimpancés y las tiras acolchadas que pasaban por su cabeza y alrededor de su cintura. Se sentía cómodo. Pero el verano anterior pidió que se lo quitaran. Era para bebés, insistió. Ya estaba grande y podía usar el cinturón de seguridad, dijo. Luca ve cómo desaparece la última punta del tren —ahora silencioso— por una curva a lo lejos, y no entiende nada.

CAPÍTULO 12

Incluso si supieran cuánto falta para el siguiente tren, no pueden concebir la idea de abordar La Bestia, ahora que vieron cómo se hace. Lydia lo medita mientras caminan los diez kilómetros que los separan de Huehuetoca. ¿Pondría a Luca en la escalera primero? Tendría que hacerlo. De ninguna manera brincaría y lo dejaría solo, abajo del tren. ¿Podría correr y subirse si Luca se colgara de su cuello con las piernas enroscadas en su cintura? Parece físicamente imposible. Cada vez que intenta imaginarlo, la fantasía termina de la misma manera. Una carnicería. Luca se distrae mirando el paisaje desconocido para no pensar en lo cansadas que siente las piernas.

Pasan por un lugar lleno de toda clase de estatuas: osos, leones, vaqueros, delfines, ángeles, cocodrilos. Pasan por delante de unos hombres que acomodan ladrillos para construir una pared. Pasan por delante de una mujer que limpia la entrada de su casa con una aspiradora, en lugar de barrerla, lo que hace que Luca apriete la mano de Mami para que también lo vea. Cuando pasan por frente de una escuela y Luca ve a unos niños jugando fútbol en el patio, se da cuenta de que es jueves y él debería estar en el colegio en Acapulco, y Papi debería recogerlo en la tarde, porque los jueves es el día que le toca ir por él, y a veces Papi le compra galletas y se las comen de camino a casa si promete no decirle a Mami. Después, Luca ya no mira el paisaje. Se concentra en sus pies, a pesar de sentir el sol caliente en la nuca. Les toma casi tres horas llegar a Huehuetoca.

Cuando llegan, encuentran sin dificultad el lugar que buscan, pues está justo al lado de las vías del tren, detrás de una reja verde azotada por el viento. La Casa del Migrante es un conjunto de tiendas y estructuras sencillas sobre una parcela plana y extensa que sería hermosa de no ser por el carácter utilitario de sus espacios. El amplio camino que separa la casa de las vías del tren es de tierra y piedras, y está vacío hasta donde Luca alcanza a ver. Es plano ahí y durante un largo trecho, pero a lo lejos, si sigue con sus ojos las vías hasta el horizonte, Luca puede ver que el paisaje se alza a ambos lados. Las nubes, esponjosas y brillantes, bajan para saludarlo. Hay campos vacíos alrededor, detrás de la casa y del otro lado de las vías, pero Luca puede ver que la tierra está usada, removida y surcada por grandes franjas de tierra donde los granjeros plantarán las cosechas cuando sea la temporada. Hay un fuerte olor a mineral en el viento.

Luca y Lydia cruzan el camino de tierra tomados de la mano y se acercan a la reja, una valla metálica con tiras verdes de plástico entretejidas que la cubren. Tres líneas de alambre de púas cortan el aire en la parte superior de la reja y dos letreros cuelgan de esta. El primero es de un azul borroso, desteñido por el sol, y tiene un dibujo de Jesús y la Virgen María. Luca piensa que será una bendición, pero dice: "Amigo migrante, te cuidaremos y protegeremos de polleros, guías y coyotes para que puedas disfrutar un tiempo de felicidad con nuestra hospitalidad. Cualquiera que transgreda estas especificaciones será entregado a las autoridades competentes. ¡Que Dios te proteja en tu viaje!".

El segundo letrero es mucho menos florido. Se trata de una lista de reglas, escritas con tinta negra, cuya única decoración es una franja roja en el borde inferior, casi en contacto con el suelo, que dice: "¡Bienvenidos hermanos y hermanas viajeros!". Luca lee algunas reglas al azar:

- Las personas que soliciten acceso a la casa deben ser migrantes, de este país o de otros países, o deportados de Estados Unidos.
- Se prohíbe consumir alcohol y drogas. Se negará la entrada a cualquier persona que presente síntomas de consumo.
- Por favor, recuerda que este lugar es un santuario. Aquí puedes descansar mientras Dios restituye tu fuerza para el viaje que tienes frente a ti. Tu estadía debe ser transitoria y limitarse a un máximo de tres noches.

Antes de que pueda terminar de leer la lista, dos hombres los saludan desde el otro lado de la reja. Solo se ven sus cabezas por encima de las tiras verdes de plástico. Uno es un hombre mayor, con lentes oscuros y cabello canoso, y es quien habla.

—¡Bienvenida, hermana! —dice, acercándose a la reja.

Luca ahora puede ver sus hombros también entre el alambre de púas. Lleva puesto un suéter azul marino y les sonríe.

—¿Necesitan refugio?

Luca asiente.

—¿Son migrantes?

Lydia asiente, renuente a asumir la palabra.

—Vengan —dice el hombre con amabilidad, indicándole a su compañero más joven y fornido que abra la reja—. Por favor, pasen.

Del otro lado de la reja hay un edificio de hormigón sin pintar, con las ventanas cubiertas con lona negra. Es feo, y su sombra lúgubre se apodera de Luca y le roba el alivio.

El hombre mayor cruza las manos y habla con suavidad.

—¿Están en peligro inmediato?

Lydia medita antes de responder.

—No, no lo creo. No ahora.

—¿Tienen alguna necesidad médica inmediata?

—No, estamos sanos.

—Gracias a Dios —dice el hombre.

—Gracias a Dios —corrobora Lydia.

—¿Tienen sed? —Comienza a caminar, indicando que lo sigan.

—Sí, un poco.

Rodean el horrible edificio gris y el espacio se abre repentinamente a su alrededor. Los pulmones de Luca se llenan con la ansiedad esperada. La reja que rodea el complejo solo está cubierta en la parte del frente, así que puede ver ahora, más allá de los confines del fondo, a través de los maizales, el cercano pueblo de Huehuetoca con sus casas agrupadas alegremente sobre la colina. Hay cúmulos de nopales espinosos justo detrás de la reja, y sus anchas hojas verdes adquieren una forma caricaturesca con la luz dorada de la tarde. El complejo es mucho más grande de lo que se apreciaba desde el camino. Hay una camioneta blanca, una casa pequeña, una capilla, una hilera de baños portátiles y dos almacenes gigantescos.

—Bienvenidos a La Casa del Migrante San Marco D'Aviano. Yo soy el padre Rey. Este es uno de mis ayudantes, Néstor.

Néstor alza una mano para saludar, pero no se voltea a verlos. Su mirada se mantiene fija en las sandalias negras del padre Rey.

—Les daremos algo de beber ahora mismo, y pueden refrescarse unos minutos.

Luca mete los pulgares, nervioso, bajo las correas de su mochila.

—La hermana Cecilia los registrará después de que descansen un poco.

—Gracias, padre —dice Lydia—. Dios lo bendiga por su generosidad.

Entran en la primera de las naves y, aunque está bien iluminada, a Luca le toma unos cuantos minutos que sus ojos se adapten. Es la primera vez en todo el día que no está bajo los rayos directos del sol. En una mesa, un niño y una niña, más chicos que Luca, dibujan. La niña inclina la cabeza a un lado y a otro, admirando su obra. Un grupo de hombres y mujeres están sentados en otra mesa, algunos limpiando y escogiendo frijoles, otros pelando zanahorias. Tiras de color anaranjado se acumulan sobre la mesa.

En el rincón más alejado de la amplia habitación, otros hombres miran un partido de fútbol. Luca y Lydia eligen una mesa vacía y se sientan en sillas verdes de plástico. Una mujer con delantal rojo les lleva dos vasos de limonada fría. Es de un color oscuro, pero Luca la bebe, agradecido.

—La cena es a las siete —explica la mujer, disculpándose—. No podemos hacer excepciones a menos que sea una emergencia médica.

Son más de las tres de la tarde y no han comido nada desde las tortillas junto a las vías en la mañana.

—Está bien, estamos bien —dice Lydia—. Gracias.

Cuando la mujer regresa a la cocina, Lydia sucumbe a la emoción y se la bebe junto con la limonada. Examina los rostros en las demás mesas; nadie la mira. La hermana Cecilia aparece poco después y los acompaña hasta una oficina pequeña. Es una mujer pulcra, de corta estatura, y su oficina está decorada con los dibujos de los niños. Encima de su escritorio hay una maceta con una flor de color rosa, de plástico. Hay sillas verdes iguales a las del cuarto grande. La voz de la hermana Cecilia es el sonido más relajante que Luca haya escuchado. Parece un murmullo tranquilo sin otra inflexión que una protección determinante, de modo que todo lo que Luca escucha es, "Estás a salvo aquí, estás a salvo aquí, estás a salvo". De una repisa detrás de su escritorio, saca una cuba de crayones y un pequeño fajo de hojas blancas.

—¿Quieres quedarte aquí y dibujar? —le pregunta a Luca con su voz de murmullo—. ¿O prefieres sentarte con los otros niños en el cuarto grande?

La mano de Luca sale disparada en busca de la de Mami.

—Está bien —dice la hermana Cecilia—. Puedes quedarte con tu mami.

Lydia se levanta para quitarle la mochila y lo invita a sentarse en el otro escritorio, junto a la puerta.

—Así puedes dibujar —dice—. No tendrás que sostener el papel en tus piernas.

Luca se sienta y Lydia regresa y se sienta frente a la monja, que ya tiene unos papeles y un expediente frente a ella.

—Antes de comenzar, quiero que sepas que no tienes que responder nada que te incomode. Te pido que lo intentes porque las respuestas que nos des nos servirán para ayudar a más personas en el futuro, nos prepararán para nuevos patrones en las visitas. Pero toda la información que recabamos es anónima. No necesitas darme tu nombre real, a menos que quieras hacerlo.

Lydia asiente y la monja le quita la tapa al bolígrafo y comienza.

—¿Nombres y edades?

Lydia se truena el cuello ligeramente antes de responder.

—Tengo treinta y dos, y mi hijo, ocho.

La hermana Cecilia escribe "María, 32 y José, 8".

—¿De dónde viajan?

Lydia duda y luego pregunta:

—¿Alguien tiene acceso a estos expedientes?

La hermana Cecilia junta sus manos y se inclina ligeramente hacia adelante.

—Le aseguro, hermana, que lo que sea, o quien sea, que la preocupe nunca verá estos expedientes. La única copia se guarda en ese archivero bajo llave, en esta oficina también bajo llave cuando yo no estoy. —Sus ojos son azules y brillan cuando sonríe—. Siempre estoy aquí.

Lydia asiente.

—Venimos de Acapulco.

La monja sigue escribiendo.

—¿Cuál es su destino?

—Vamos a Estados Unidos.

—¿Qué ciudad?

—Denver.

—Una ciudad amigable —dice la monja—. Muy bonita. ¿Viajan para reunirse con algún miembro de su familia inmediata?

—No.

—¿Tienen familiares viviendo actualmente en Estados Unidos?

—Sí, un tío y dos primos.

No ha visto a su tío, el hermano menor de la abuela, desde que era niña, y nunca conoció a sus hijos.

—¿Están en Denver? —pregunta la hermana Cecilia.

—Sí.

—¿Los están esperando?

—No.

—¿Tu decisión de emigrar fue planeada o espontánea?

—Espontánea.

Lydia aprieta sus manos juntas entre los muslos.

—¿La razón principal de su viaje fue de naturaleza económica?

—No.

—¿La razón principal de su viaje fue de naturaleza médica?

—No.

—¿La razón principal de su viaje fue por violencia doméstica?

—No.

—¿La razón principal de su viaje está relacionada con la violencia o el reclutamiento de pandillas?

—No. —Lydia sacude la cabeza.

—¿La razón principal de su viaje está relacionada con la violencia de un cártel o de narcotraficantes en su lugar de origen?

Lydia se aclara la garganta.

—Sí —dice en voz baja.

Puede escuchar el crayón de Luca moviéndose con rapidez sobre el papel en notas suaves.

—¿Actualmente temes por tu vida o por la de algún individuo o individuos en específico?

—Sí.

—¿Has recibido amenazas directas a tu seguridad?

Lydia asiente.

—Sí.

—¿Las amenazas fueron de naturaleza violenta?

—Sí.

—¿Puedes describir las amenazas?

Lydia arrastra su silla más cerca y pone los codos sobre la orilla del escritorio. Enlaza sus dedos y baja la cabeza y la voz.

—El cártel mató a dieciséis miembros de nuestra familia —dice, con la vista en el bolígrafo.

La monja no levanta la suya del papel.

—Fueron a una fiesta familiar y mataron a todos. Mi esposo, mi madre, mi hermana y su hijo. Todos. Nosotros escapamos.

El bolígrafo de la hermana Cecilia deja de moverse un momento. Queda suspendido sobre la página antes de que la monja empiece a moverlo otra vez. Escribe todo y luego pregunta de nuevo.

—¿Su migración espontánea resolvió la amenaza inmediata a su seguridad y bienestar?

Lydia duda, porque todo lo que había pensado respecto a la seguridad de Luca ha cambiado. No quiere que tenga miedo, pero necesita que tenga mucho miedo. Y, en cualquier caso, ¿cómo podría influir de alguna manera algo que diga ahora después de lo que ha pasado? Sacude la cabeza.

—No —admite—. Todavía estamos en peligro.

—¿Sientes que la amenaza te siguió hasta aquí?

Lydia asiente levemente.

—Sí. Quiero decir, no sabe dónde estamos ahora, pero es un hombre muy poderoso el que hizo esto. Su influencia se extiende hasta el norte. Y no se va a detener hasta que nos encuentre.

—¿Sabes qué plazas le pertenecen o qué aliados tiene en otras organizaciones? —pregunta la monja—. ¿Sabes qué rutas son seguras para que viajes sin sus halcones?

Lydia siente que la oficina tiene la santidad de un confesionario.

—No —susurra—. No lo sé. No sé.

—Estás muy lejos de casa —dice la monja—. Aquí no puede encontrarte. Estás a salvo aquí.

El crayón de Luca deja de hacer ruido detrás de Lydia. La monja deja el bolígrafo en la taza que está junto al teléfono y guarda los papeles en el expediente. Luego estira las manos a través del escritorio, hacia Lydia, que le da las suyas e inclina la cabeza. Cuando Lydia cierra los ojos, se da cuenta de que le tiemblan las manos. Los dedos de la hermana Cecilia se sienten fríos al tacto.

—Padre nuestro, bendice a tus hijos con tu amor y gracia. Protégelos del mal, Dios, y dales tu consuelo en este tiempo de inconmensurable dolor. Que Jesús camine con ellos y repare sus corazones rotos. Que la Madre María barra todos los peligros de su camino y los lleve seguros a su destino. Padre nuestro, estos dos sirvientes fieles ya han sufrido demasiado. Por favor, Dios, libéralos, si es tu voluntad, de cualquier tormento futuro, no por voluntad nuestra, sino por voluntad tuya. En nombre de Jesús, Amén.

—Amén —dice Lydia.

Detrás de Lydia, en el pequeño escritorio, Luca tiene los ojos cerrados y aprieta el crayón entre sus manos mientras mueve los labios.

La hermana Cecilia se inclina hacia ella una última vez.

—Ten cuidado con quién hablas —dice.

Esa noche, Lydia despierta con el sonido de voces en el corredor. Se endereza en la media luz del dormitorio y nota que varias mujeres también están sentadas en sus camas. Se incorporan en silencio para comprobar que sus hijos, que duermen en medio del alboroto, se encuentran bien. Luca duerme en la litera de arriba y Lydia tiene que desenredar la correa de la mochila que se amarró a la pierna antes de dormir. Se levanta, siente el frío del piso en los pies descalzos y toca las cobijas de Luca. No está. El pánico sube por su garganta.

—¡Luca!

Revisa su cama mecánicamente y luego los alrededores. Como

si su hijo fuera un objeto que hubiera perdido. Un teléfono, un libro, unos lentes. Hay una ventana en la puerta que lleva al corredor y un rectángulo de luz entra a través de ella. Lydia, sin zapatos ni sostén, sale disparada hacia la luz.

Es el tercer viaje de Luca al baño desde que se acostaron hace horas para expulsar otra limonada marrón. Dormir en la litera de arriba hace sus frecuentes carreras al baño todavía más desafiantes, pero Mami está tan exhausta que no se despierta cuando casi le pisa el hombro mientras baja, ni cuando cae con un golpe seco a meras pulgadas de su cabeza, ni cuando corre —hormigueante y desbalanceado por el mal de estómago— del dormitorio al baño, y de regreso.

Acaba de lavarse las manos y regresa a la luz fluorescente del pasillo cuando ve al padre Rey y a Néstor hablando con un joven en la puerta del dormitorio de hombres. Luca reconoce al joven como el migrante que llegó tarde esa noche, antes de la cena. Trae puestas unas bermudas rojas y una playera blanca, calcetines, pero no zapatos, y tiene su mochila frente a él, abierta. Hay un par de tenis blancos, limpios, caros, en el piso, a su lado.

—Al menos deje que me vista primero —dice—. Hombre, son chingaderas. Se supone que deben ayudar a la gente.

Néstor se para atrás de él en el interior oscuro del dormitorio, entre el hombre y los migrantes dormidos.

—Podemos hablar, pero no aquí. Estás perturbando a todos —dice el padre Rey con calma—. Por favor, ven con nosotros al cuarto principal para que hablemos sin despertar a nadie.

—Son chingaderas, padre, esa puta está mintiendo —dice el hombre, gritando—. ¡Chingaderas!

Adentro del dormitorio, varios hombres se levantan de la cama y se paran junto a Néstor, creando una clase de muralla. Cruzan los brazos y abren las piernas, plantándose con firmeza. Luca está petrificado junto a la puerta del baño. Debería darse la vuelta e ir hacia el otro lado. Debería recorrer a gatas el pasillo y volver al dormitorio de mujeres y niños, escalar más allá de la cabeza de Mami, meterse en las cobijas y permitir que su cuerpo descanse, ahora que se ha aliviado temporalmente del dolor de estómago. Pero está paralizado, perplejo. No tiene conciencia de su pulso acelerado, de su respiración superficial, de sus dedos escarbando en las juntas de los ladrillos de hormigón de la pared pintada que tiene detrás.

—¡Chingue su madre! —grita el joven.

—Vamos, hermano. —Es la primera vez que Luca escucha la voz de Néstor. Es de una constitución tan sólida como su cuerpo—. No lo hagas más difícil.

El joven se agacha y levanta sus tenis con una mano mientras Néstor y los demás hombres acortan la distancia detrás de él, animándolo a avanzar por el pasillo, pero sin tocarlo. Cuando se endereza para seguir al padre Rey por el corredor, Luca ve un tatuaje en forma de hoz con tres gotas de sangre en la hoja que asoma por el calcetín del hombre, en la pantorrilla derecha. Luca no sabe lo que el tatuaje significa exactamente, pero no necesita comprenderlo para que amplifique su miedo. La visión de la hoz sangrienta hace que Luca se despegue de la pared y salga corriendo por el pasillo hacia el dormitorio de mujeres. Se estampa contra Mami cuando entra por la puerta.

—Luca —dice—, por Dios, ¿dónde estabas?

No espera una respuesta. Tiene las manos sobre sus hombros y lo empuja adentro de la habitación antes de asomar la cabeza para mirar el pasillo y tratar de enterarse del motivo del escándalo, pero solo ve a Néstor y a otros hombres siguiendo al padre Rey hacia la parte de enfrente del edificio. Vuelve a entrar y deja que la puerta se cierre detrás. Luca está temblando.

—¿Qué pasó? —susurra.

Él sacude la cabeza.

—¿Por qué estaban gritando?

Sacude la cabeza de nuevo, con expresión desencajada por la preocupación.

—Está bien —dice—. Está bien, está bien.

Lo abraza y él pega su cabeza al pecho de ella. Sus pequeños brazos la circundan. Se quedan así hasta que ella lo levanta por las axilas. Está muy grande y pesa lo suficiente como para que le cueste trabajo, pero Luca enrosca sus piernas alrededor de la cintura de Mami y ella lo carga de regreso a la litera. Esta vez no lo acuesta en la cama de arriba. Lydia hace de su cuerpo un escudo alrededor de él. Pasa un brazo y una pierna sobre su pequeña figura y respira profundo y lento para que Luca la siga, para que descanse y duerma. Pero Lydia permanece vigilante hasta el día siguiente.

CAPÍTULO 13

La primera vez que apareció una cabeza en las calles de Acapulco, fue todo un acontecimiento. Era una cabeza de veintidós años, con cabello negro rizado, rapado en los costados y largo en el medio. Tenía una pequeña argolla de oro en la oreja derecha. Sus párpados estaban hinchados y la lengua salía de la boca. La dejaron encima de un teléfono público, frente a un Pizza Hut, justo al lado de la fuente de Diana Cazadora. Enrollada y metida en la comisura de la boca, como un cigarro, había una nota que decía "Me gusta hablar".

La mujer que encontró la cabeza, cuando caminaba de regreso a su casa después de haber hecho el turno de noche como enfermera en el Hospital del Pacífico, no era una mujer que se impresionara con la sangre. Pero ese día, cuando el amanecer asomaba su luz occidental por las calles de Acapulco, lanzando las sombras de la extraña cabeza incorpórea que estaba encima de la cabina a los pies de la cansada enfermera, esta dio un grito, soltó el bolso y corrió tres calles antes de sacar el teléfono del bolsillo y llamar a la policía. Los oficiales llegaron; los medios inundaron el lugar. La gente que pasaba, de camino al trabajo o a la escuela, se impactaba. Se arrodillaban, persignaban, y ofrecían alguna clase de oración por el alma anónima que alguna vez había pertenecido a esa cabeza. Fue sonado.

Hasta que apareció la segunda.

Para cuando el conteo de cabezas llegó a doce, una apatía vergonzosa y autoprotectora empezó a extenderse por la ciudad. En las mañanas, cuando llamaban para reportar que habían encontrado una cabeza en una banca, en el zócalo o cerca del noveno hoyo del club de golf, el operador que contestaba el teléfono a veces hacía bromas.

—Ve por tu palo de golf. Ese hoyo es un par tres fácil.

Sebastián fue el primero en reconocer lo que estaba pasando: el descenso masivo y pronunciado de la ciudad hacia las fauces de la guerra de cárteles. Mientras otros periodistas se negaban a aceptar la verdad del colapso de su realidad, Sebastián la gritaba desde sus encabezados:

Los cárteles provocan un auge brutal de la violencia

Terror e impunidad: los cárteles matan y se salen con la suya

Y el más dramático, tras una semana particularmente mala en que asesinaron a dos periodistas, una concejal, tres comerciantes, dos conductores de autobús, un sacerdote, un contador y un niño que cargaba una cuba de palomitas de maíz en la playa y tenía los pies llenos de arena y todavía húmedos del mar, en letras de dos pulgadas:

ACAPULCO CAE

El lunes en la mañana, Lydia estaba sentada detrás de la caja registradora en la librería, leyendo el tenaz recuento que su esposo había hecho de los asesinatos del fin de semana, mientras su té se enfriaba y se tornaba amargo en la taza. Le pareció particularmente difícil dejar a Luca en la puerta de la escuela esa mañana. Había tomado su pequeña mano con ferocidad, sobándole los nudillos con el pulgar mientras caminaban. Luca pretendía no darse cuenta, pero balanceaba su lonchera con más fuerza de lo usual. Cuando le dio un beso para despedirse, notó una mancha blanca de pasta dental seca en su labio inferior. Lamió su propio pulgar y la limpió. Luca protestó y dijo que era asqueroso. Tal vez tenía razón. Pero le devolvió el beso de todas maneras, con sus labios blandos y húmedos y, por primera vez, Lydia no se limpió discretamente el rastro de saliva que dejó en su mejilla. Por primera vez, no se fue apurada cuando Luca pasó frente al director, rumbo al patio. Esperó, con una mano sobre la pared de hormigón, y lo siguió con la mirada. No se fue hasta que su pequeño uniforme verde y blanco ya no fue visible entre el mar de niños.

Para Lydia, el cambio había sido repentino, brusco. Se había acostado la noche anterior en la ciudad donde nació y creció, donde vivió toda su vida, con la excepción de sus años de universidad en la Ciudad de México. Sus sueños estaban poblados por el mismo azote de brisa marina, los mismos colores brillantes y líquidos, los mismos ritmos y aromas de su niñez, el mismo contoneo lánguido de cadera que siempre definió el paso de la vida en ese lugar que conocía tan bien. Sí, había surgido una nueva clase de violencia y había crecido la ansiedad. Sí, el crimen iba en aumento. Pero, hasta esa mañana, esa verdad había permanecido sepultada bajo la antigua ilusión de inmunidad de Acapulco. El titular de Sebastián arrancó ese velo protector. De un golpe, la gente tuvo que abrir los ojos. Ya no podían seguir fingiendo. "Acapulco cae". Por un instante, Lydia odió a su marido por ese titular. Odió a su editor.

—Quiero decir, es un poco melodramático, ¿no crees? —Lo encaró cuando pasó por la tienda para llevarla a comer.

Lydia volteó el letrero para indicar "Cerrado" y luego cerró la puerta. Sebastián frunció el ceño.

—En realidad, no creo que sea lo suficientemente melodramático. No creo que existan palabras que puedan describir las atrocidades que están sucediendo.

Metió las manos en los bolsillos y miró a su esposa mientras caminaban. Sebastián hablaba con cuidado, buscando suprimir cualquier nota acusatoria en su voz, pero ahí estaba. Lydia podía oírla.

—¿No estás de acuerdo en que es indescriptiblemente atroz? —dijo eso con una ligera superioridad reprimida.

—Por supuesto que sí, Sebastián. Es una locura. —Dejó caer las llaves en el bolso y se negó a mirarlo a los ojos—. Pero ¿"Acapulco cae"? ¿Como "Arde Roma"? O sea, mira a tu alrededor. Es un día normal, el sol está brillando. Mira, ahí hay turistas. —Hizo un gesto hacia un café en una esquina donde un grupo de estadounidenses revoltosos estaban sentados en una mesa en el exterior, bajo la sombra de un toldo.

Había varias jarras de vino casi vacías encima de la mesa.

—Deberíamos tomar una de esas —dijo Sebastián.

Y aunque aún no era mediodía, Lydia estuvo de acuerdo, así que, por almuerzo, ese día bebieron en lugar de comer. Lydia le clavó la mirada a través de la mesa y no dijo lo que realmente quería decir, que era estúpido de su parte escribir cosas así, que se estaba convirtiendo en un blanco, que ella no quería ser parte de su campaña moralista por la verdad, que ojalá estuviera satisfecho con su titular y valiera la pena el riesgo. Lydia no dijo: "Eres padre. Eres marido". Pero él lo sintió de todas maneras, en el ángulo de su mirada del otro lado de la mesa. Y no respondió condenando la falta de valor de ella. No se molestó por el resentimiento de ella ni removió lo que había debajo. Sabía que la preocupación de ella no era una deficiencia. Sebastián tomó su mano a través de la mesa y estudió el menú en silencio.

—Creo que comeré sopa —dijo.

Eso fue más de año y medio antes de conocer a Javier. Pero, recordándolo ahora, en la litera de abajo del dormitorio de mujeres en La Casa del Migrante en Huehuetoca, con Luca durmiendo bajo su brazo, se preguntaba si Javier había tenido algo que ver con esas primeras cabezas, si las había visto o las había aprobado, si había blandido el arma responsable de separar alguna de su cuerpo. "Por supuesto que sí", piensa. "Seguramente". Lo que antes era una idea inconcebible, ahora le parece estúpidamente obvio. Por Dios, ¿qué tan distinta sería su vida en ese momento si hubiera aceptado esa verdad?

Una vez, quizá un año atrás, un día ventoso entró un cliente en la librería con el cabello enmarañado y las mejillas rosadas. Lucía emocionado. Estaba exaltado y hablaba con rapidez. Había habido un tiroteo en una calle cercana. Unos hombres se acercaron en motocicletas y le dispararon a un periodista local doce veces en la cabeza. El hombre todavía estaba tirado en la calle.

—¿Quién? ¿Quién era?

El cliente sacudió la cabeza.

—No sé. Un reportero.

Lydia tomó el teléfono y echó a correr. Dejó al hombre parado en el mostrador desatendido. Salió sin siquiera marcar las compras que el cliente iba a hacer. Llamó a Sebastián mientras corría por la calle. Entró el buzón de voz. Sintió pánico y gritó. Cuando llegó a la esquina, se dio cuenta de que no sabía qué dirección debía tomar. ¿Dónde fue el tiroteo? ¿En qué calle? Corrió en círculos. Marcó de nuevo. Directo al buzón. Los comerciantes estaban de pie en la entrada de sus tiendas.

—¿Dónde fue? —le preguntó al dueño de una zapatería y marcó el número de Sebastián por tercera vez.

Buzón. El vendedor señaló hacia una dirección, y Lydia corrió. Giró en una esquina y luego en otra, presionando la tecla de remarcado sin cesar. Pedía indicaciones mientras corría y la gente señalaba, y ella seguía corriendo, remarcando y corriendo, hasta que se detuvo cuando salió a una calle donde estaba llegando la policía y una multitud de mirones se había reunido alrededor del cuerpo. Se detuvo porque no quería acercarse. No quería ver. Su esposo ahí, en un charco de vida drenada. Su pulgar estaba frío cuando marcó el número de Sebastián tres veces más. Buzón. Ya estaba llorando, antes de acercarse con el cabello enredado por el viento, húmedo por sus lágrimas. Apretó el celular con ambas manos frente a ella. Caminó por la doble línea amarilla como si fuera el trampolín de un barco pirata; sentía debilidad en las piernas.

Y no era él. Había tanta sangre que al principio fue difícil identificarlo, pero pasado un momento, cuando lo vio claramente, no, no eran sus zapatos. No, el cabello de Sebastián no era tan largo, sus piernas no eran tan gruesas. Ay, Dios, qué alivio. No era él. Lloró todavía más. No era él. Una extraña la tomó entre sus grandes brazos gordos y la abrazó mientras lloraba. La mujer era enorme y olía a talco, y Lydia no se resistió a su empático abrazo ni le quitó la idea de que lloraba porque tenía algún parentesco con el reportero difunto. Después de todo, eso era más o menos cierto. Lydia dejó que la extraña la consolara, que murmurara por encima de su llanto, que tuviera la gentileza de ofrecerle un pañuelo desechable que sacó del bolsillo de su suéter, y pasados unos minutos todo acabó. Para Lydia. Era el turno de otra viuda ese día. Y, cuando finalmente se separó de los brazos de la extraña, Lydia sintió espasmos de adrenalina en su cuerpo mientras recorría las calles de vuelta a su tienda, donde encontró que el cliente había dejado el dinero, y algo extra, sobre el mostrador, junto a la caja registradora.

Todavía tiene miedo de que le llegue el turno a Sebastián. Ha sentido ese temor durante tanto tiempo, que ahora no puede actualizarlo con la realidad: ya le tocó el turno, y al resto de la familia. Sí sucedió; todos esos años preocupándose no lo evitaron. Y no solo Sebastián, sino mamá y Yemi, y sus hermosos hijos, ninguno de los cuales había elegido casarse con Sebastián o asumir los riesgos de su profesión. Ella era la única que lo había hecho, y su familia había pagado por su decisión. Los miedos del pasado y el horror del presente se confunden de tal manera que parecen piezas desiguales de un rompecabezas, como si intentara unir cosas que nunca debieron estar juntas.

Tal vez no está lista. Lydia conoce las etapas del duelo, y sabe que se encuentra en la de negación. En lugar de aceptarlo, quiere recordar el rostro de Sebastián, esa comida en el café, lo infantil de su postura en esa mesita después de la primera copa de vino. Rieron juntos y Sebastián jugó con ella mirando discretamente su escote, acariciando su muslo bajo la mesa, preguntándole si quería regresar antes a la librería para que él la ayudara a "revisar el inventario". Pero en los recuerdos posteriores no puede conjurar su rostro. La ausencia absoluta de Sebastián se siente como un terror implacable.

————

Cuando abre los ojos y ve tanta luz, Lydia se espanta por lo tarde que es. Por un momento, no sabe dónde está. Luca ya se despertó y está a su lado, mirándola con sus ojos negros y brillantes bajo las pestañas pegadas por el sueño. Puede oler que cocinan algo y se escucha el ruido distante de platos y cubiertos.

—Anda, vamos a por algo de comer.

Se endereza, pero luego se vuelve a recostar y presiona los labios contra la mejilla tibia de Luca. Siente tanto consuelo al hacerlo que se queda ahí por un minuto, sintiendo en sus manos la suavidad de su piel. Luca se endereza de golpe en la cama y estira las manos de prisa hacia la cabeza, para confirmar lo que ya sabe: la gorra de Papi no está ahí.

La usa hasta para dormir y, cuando se la tiene que quitar para bañarse, hace que Lydia la sostenga en sus manos hasta que él salga. No le permite a Lydia que la ponga en otra parte o que se la ponga, pues debe conservar el olor preciso de Papi mezclado con el suyo, una combinación que, por fortuna, no ha mermado, sino que se ha intensificado con el tiempo. Tal vez el olor de Papi también sea el suyo y pueda seguir incrementándolo si la sigue usando. Por eso no deben introducirse nuevos ingredientes que puedan por accidente corromper la pureza de la gorra. Seguro se le cayó anoche, cuando estaba dormido, o en uno de sus múltiples viajes al baño.

—No te preocupes, mijo —dice Lydia, sentándose también.

Se ha dado cuenta de inmediato de lo que Luca está buscando. Él deja el nido cálido de la cama y se sube a la litera de arriba. La cama cruje mientras busca entre las cobijas. Se escucha un suspiro de alivio y Luca asoma la gorra por el borde de la cama, aferrándola triunfalmente.

Hay muchos jóvenes adolescentes en el albergue, pero solo unos cuantos niños, y en el desayuno se sientan todos juntos en una mesa redonda en el centro del cuarto. Una niña se levanta de la mesa cuando Luca entra y lo jala del codo hasta un asiento vacío. Lydia sirve un plato para él y otro para ella, y se sienta en una mesa cercana con otras dos mujeres. Neli y Julia, ambas en sus veinte, ambas de Guatemala. Neli es gordita y tiene el cabello rizado. Julia es delgada, con la piel oscura y ojos almendrados. Lydia asiente y sonríe al presentarse, pero guarda silencio, temerosa de su propia voz, de poder delatarse de alguna manera. Su acento, alguna frase, una costumbre inconsciente que pueda identificarla. No toca los aros en su cuello. Neli y Julia reconocen su precaución y la comprenden. No insisten. Lydia dirige la mirada a su plato, cierra brevemente los ojos y se persigna. Neli y Julia continúan conversando.

—¿Ni siquiera le iba a decir a nadie? —pregunta Neli—. Bendita sea.

—Dijo que no quería armar relajo. Fue solo porque yo salí al pasillo en ese momento —dice Julia—. ¡Y lo vi con mis propios ojos! Vi lo que le hizo. Lo correteé y fui a por el padre.

—¿Y qué hizo el padre? —Neli quiere un recuento con lujo de detalles. Se toma el tiempo con su comida, partiendo una tortilla en trocitos que se lleva a la boca uno a la vez.

—El padre estuvo chulo. Entró y sacó a ese cholo de la cama y lo mandó a empacar.

—¡Y yo dormida! —Neli parece decepcionada—. Escuché que también dio pelea.

Del otro lado del cuarto, la mujer que fue el centro del escándalo de la noche anterior, una jovencita de dieciséis años, de San Salvador, mantiene la cabeza metida en el plato. Sus hombros están tan caídos que parece como si su cuerpo quisiera tragarse a sí mismo. Lydia mastica, aun cuando los huevos están revueltos y masticar es innecesario. Su boca necesita algo que hacer. Otra mujer se acerca a la mesa y señala la silla vacía junto a Lydia. Neli hace un ademán para indicarle que está libre. La mujer deja su plato y saca la silla. Trae puestas una falda rosa y sandalias, y lleva una cinta multicolor tejida entre sus largas trenzas. Si la ropa no la señalaba como una mujer indígena, su pesado acento al hablar español, sí. Neli y Julia se miran cuando la mujer se sienta. Esta les sonríe y dice que su nombre es Ixchel, pero Neli y Julia continúan conversando y alejan sus cuerpos de ella casi imperceptiblemente. Es una grosería que Lydia hubiera corregido con una sonrisa y una palabra amable en su vida anterior. Quizá, incluso, hubiera regañado a las otras mujeres. Lydia percibe que las guatemaltecas ignoran a la recién llegada por prejuicios, porque es una "india", y se siente ofendida en nombre de Ixchel, pero cualquier acto de decoro pudiera delatarla, así que mantiene los ojos en el plato y sirve un poco de huevo en una tortilla.

—Los vi anoche, después de la cena —dice Julia—. Vi cómo la miraba y supuse que eran pareja. Pero con lo que vi después, me di cuenta de que el interés era solo de él.

—¿Se defendió? —pregunta Neli, llevándose un cuadrado de tortilla a la boca.

—Peor, se resistió al principio, pero luego pareció resignarse.

Julia sacude la cabeza con pena, pero hay un tono de ira en su voz.

—Como si supiera que no iba a poder impedirlo. Qué chingadera.

—Deberían castrarlos a todos —dice Neli, sacudiendo su cabeza llena de rizos negros.

Julia mira a la joven a través de las mesas.

—Es tan bonita. Su viaje será muy duro.

—Tendrá que recurrir muchas veces al cuerpomático —reconoce Neli.

—¿Al qué? —pregunta Ixchel.

—¿El cuerpomático? —repite Neli.

Ixchel sacude la cabeza. Tiene acento, pero su español es excelente y nunca ha escuchado esa palabra. Tal vez sea un modismo. Tal vez la estén inventando. Lydia tampoco sabe.

—¿No sabes qué significa? —pregunta Julia.

Ixchel sacude la cabeza por segunda vez. Lydia mira a Luca en la mesa redonda mientras escucha hablar a las mujeres.

—Pensé que todas las guatemaltecas la conocían. —Neli deja que el resto de su tortilla caiga en el plato.

—Y las guanacas y las catrachas.

Julia se inclina hacia adelante, se apoya sobre los codos y aleja el plato.

—Significa que tu cuerpo es un cajero automático —dice.

Lydia intenta tragar, pero el huevo y la tortilla forman una pasta en su boca. Su tenedor, lleno de arroz, con una rodaja de plátano frito crujiente clavada en la punta, se queda suspendido.

—Es el precio de llegar al norte —dice Neli.

Después de algunos segundos espantosos, Ixchel encuentra su voz, la palabra en español que sí le es familiar: Violación.

—¿Que te violen es el precio?

Ambas mujeres la miran fijamente. No pueden creer que ella no sepa de lo que están hablando. ¿Ha estado viviendo abajo de una piedra o qué?

—¿Cómo acabaste aquí, mamita? —pregunta Neli, mirando de nuevo su comida.

Ixchel no responde.

Julia se acerca y baja la voz.

—Yo ya pagué dos veces.

Esa confesión, compartida con una mujer a la que acaba de despreciar hace un momento, es un acto tan inesperado de intimidad, que Lydia hace ruido con la garganta sin querer. El sonido de una herida. Las tres mujeres la miran mientras toma un trago de jugo de fruta y pone el tenedor, todavía lleno, en la orilla del plato.

—¿Y tú? —Julia se dirige a Neli—. ¿Ya pagaste?

—Todavía no —dice Neli, sombría.

—¿Tú? —Todas miran expectantes a Lydia.

Sacude la cabeza.

Una mujer joven y sonriente se acerca a la mesa donde Luca está sentado con los otros niños.

—¿Quién está listo para una función de títeres? —pregunta.

La niña sentada junto a Luca salta de su silla, levantando los brazos.

—¡Yo, yo! —dice.

—¡Muy bien, necesito muchos ayudantes!

—Escuché que era sicario.

Esa información hace que Lydia vuelva a dirigir su atención a la mesa.

—¿Qué? —dice, accidentalmente.

—Eso dicen. —Julia se encoge de hombros—. Deberían tener más cuidado y no dejar entrar narcos aquí.

—Pero le dijo al padre que ya se iba a salir —Neli intercede—. Le dijo que el cártel lo había reclutado cuando era niño y no tuvo otra opción. Ya sabes cómo es eso. Se cansó de esa vida y se quería ir al norte.

—¿Qué cártel? —pregunta Ixchel, porque como la mayoría de la gente por experiencia personal tiene más miedo de algunos cárteles que de otros.

—¿Importa? —dice Neli—. Todos son iguales. Animales.

—No —insiste Julia—. Algunos son peores que otros.

Neli pone una expresión escéptica, pero no discute.

—Como Los Jardineros —dice Julia—. Escuché que han donado dinero para construir un nuevo hospital para tratar enfermos de cáncer en Acapulco.

Lydia inhala con fuerza, pero Neli hace un gesto, descartando la idea.

—Eso es para comprar la lealtad de la gente —dice—. Propaganda.

—Pero a veces la razón es menos importante que el hecho —dice Julia. Luego habla en un murmullo y se inclina de nuevo hacia la mesa, cerrando más el círculo de mujeres, y pronuncia el nombre del cártel innombrable—. Los Zetas hacen que la gente se coma partes de su propio cuerpo. Los Zetas cuelgan bebés de los puentes.

Lydia se tapa la boca con la mano. Sus dedos están fríos y tiesos, y a su lado Ixchel se persigna. Lydia hará una pregunta, pero su voz saldrá tranquila, neutral.

—Y el tipo que sacaron anoche... ¿De qué cártel era?

Julia se encoge de hombros.

—No sé —dice—. Pero si realmente se quiere salir, más vale que corra. Lejos y rápido, ¿verdad? Esa gente no deja ir a nadie.

Lydia empuja su plato. "Lejos y rápido", piensa. Algunas cosas son tan simples.

CAPÍTULO 14

A seis días y 454 kilómetros de la calamidad absoluta, Lydia y Luca salen de Huehuetoca rumbo al norte, siguiendo las vías de La Bestia. Cuando Lydia reflexiona sobre cómo han logrado sobrevivir la última semana, cómo han logrado mantenerse vivos y llegar tan lejos, desde Acapulco, su mente se detiene. Sabe que ha tomado buenas y malas decisiones en esos seis días, y solo por la gracia de Dios ninguna de ellas les ha traído mala suerte o ha resultado en una catástrofe. Cobrar conciencia de ello la incapacita. No puede concebir un plan para subir al tren, que es lo que deben hacer. Deben subir al tren. Mientras tanto, caminar le dará tiempo para pensar.

Llenaron sus cantimploras antes de salir del albergue, pero paran en una tiendita en el camino y Lydia llena su mochila con comida. Dado que es una tienda acostumbrada a recibir migrantes, tienen toda clase de productos que los migrantes pueden necesitar: nueces, manzanas, dulces, granola, papas fritas, carne seca. Lydia compra todo lo que puede meter en su mochila. También compra un sombrero, blando, de color rosa, con flores blancas, para proteger su cuello del sol. Le recuerda al sombrero horrible que se ponía su mamá para arreglar el jardín, y cada vez que Lydia y Yemi la veían con él, se reían y le hacían burla.

—¡Ríanse, pero este sombrero es la razón de que tenga el cutis de una veinteañera! —las reprendía.

Afuera de la tienda, las vías del tren se extienden por el paisaje mexicano como un gigante al que los migrantes deben treparse, y Luca y Mami van paso a paso, rail tras rail, hoja por hoja. El sol brilla, pero como es temprano en la mañana no hace demasiado calor. Se toman de la mano un momento, luego sudan y se separan, y el ciclo se repite. Toman la ruta más hacia el oeste porque, según su mapa mental, Luca está convencido de que, aun cuando es un camino más largo que los demás, la relativa topografía será más amable si recorren gran parte del viaje a pie, como parece que será. Está contento de que Mami no lo haya presionado para que le explicara el por qué de su instinto y simplemente cediera ante el gesto de su mano y empezaran a andar.

Lydia sabe que su plan de ir a Denver es inadecuado, que podría ser difícil rastrear a su tío Gustavo. La abuela solía quejarse de que su hermano se había vuelto un gringo cuando se fue para el norte hacía muchos años, cuando todavía era joven, y nunca miró atrás. Lydia solo sabe que su tío se casó con una mujer blanca, se cambió el nombre a Gus y abrió su propio negocio, algo de construcción. ¿Era plomero o electricista? ¿Y si se cambió el nombre también? Nunca ha visto a sus hijos, sus primos yanquis. Ni siquiera sabe sus nombres. Cuando piensa detenidamente en todo eso, le empieza a entrar el pánico, así que regresa a la modalidad manejable, paso a paso: "Ir al norte. Llegar a la frontera. Encontrar un coyote. Cruzar. Tomar un autobús a Denver". Habrá iglesias, bibliotecas, acceso a internet, comunidades de inmigrantes, gente dispuesta a ayudar. Por ahora, solo tiene que moverse hacia el norte. Alejar a Luca del peligro.

Un par de horas después, caminando en dirección noroeste, lejos del albergue de migrantes, Luca y Mami se encuentran con dos hermanas adolescentes que llevan puestas dos pulseras de arcoíris iguales en sus delgados brazos izquierdos. Están sentadas en un puente sobre las vías del tren con los pies colgando hacia el vacío. Ambas son muy bonitas, pero la que es un poco mayor es peligrosamente bonita. Usa ropa holgada y hace muecas exageradas en un intento fallido de suprimir la calamidad de su belleza. La más joven se recarga en su mochila llena, pero ambas se enderezan cuando ven a Luca. La dureza estudiada de sus expresiones se derrite. Juntas hacen el "oh" de ternura que las adolescentes suelen emitir cuando ven niños pequeños.

—¡Mira qué guapo! —canta la hermana más joven en un acento extraño.

—Tan lindo —concuerda la mayor.

Ambas tienen una cabellera negra abundante, cejas expresivas y ojos oscuros y penetrantes, con dientes perfectamente alineados, labios carnosos y mejillas rellenas. La mayor tiene algo más, algo indefinible que la vuelve enteramente cautivadora. Luca fija sus ojos en ella accidentalmente y no puede desviar la mirada una vez que encuentra la suya. Mami tampoco. La chica es tan hermosa, que casi brilla con más color que el paisaje donde se encuentra. El gris sucio del puente de concreto, el marrón de las vías y de la tierra, el azul deslavado de sus vaqueros holgados, el blanco sucio de la playera que le queda grande, el arco descolorido del cielo, todo se borra tras ella. Su presencia es una pulsación vívida de color que desinfla todo lo demás a su alrededor. Un accidente de la biología. El esplendor de un milagro viviente. Es un verdadero problema.

—Oigan, ¿a dónde van, amigos? —les grita la menos bonita cuando están directamente abajo de sus pies.

—A donde van todos —dice Lydia, escudando sus ojos para poder mirar hacia arriba—. Al norte. —Se quita el horrible sombrero rosa de la cabeza y lo usa para abanicarse. Su cabello sudado se pega a su frente.

—Nosotras también —dice, balanceando los pies—. ¡Tu hijo es tan lindo!

Lydia mira a Luca, que les sonríe a las niñas, la sonrisa más genuina que se ha asomado a su rostro desde la celebración de los quince años de Yénifer.

—Me llamo Rebeca y ella es mi hermana, Soledad. —La chica le habla a Luca—. ¿Cómo te llamas, chiquito?

Lydia, acostumbrada a responder por su hijo ante su silencio, abre la boca para contestar, pero...

—Luca —dice él.

Su voz se escucha clara, como el sonido de una campana, sin ningún rastro del óxido de todos esos días sin uso.

Lydia cierra la boca sorprendida.

—¿Cuántos años tienes, Luca? —pregunta Rebeca.

—Tengo ocho.

Las hermanas se miran animadas y la más joven da una palmada.

—¡Lo sabía! Exactamente la misma edad que nuestro primo. Se llama Juanito. ¡Se parece a ti! ¿No crees que se parece a Juanito, Sole?

Soledad, la bella, sonríe con reticencia.

—Sí —admite—. Como gemelos.

—¿Quieres ver su foto? —pregunta Rebeca.

Luca mira a Mami, que ha tenido mucho cuidado de no detenerse a hablar con la gente. Pero esas niñas le devolvieron la voz a Luca. Asiente.

—¡Sube! —dice Rebeca.

Saca una bolsita de plástico frágil llena de fotografías del bolsillo delantero de la mochila de su hermana y las va pasando. Luca sube para unirse a las chicas en el puente mientras Mami lo mira desde abajo. Intenta inspeccionar el puente, pero desde la senda que dejan las vías del tren tiene un pésimo ángulo de visibilidad, así que sube tras Luca por la pequeña colina arenosa. Las chicas no están sentadas en el puente, sino en una reja de metal que sobresale por debajo de la carretera hacia uno de los costados del puente, como una pasarela peligrosa. Lydia la prueba con un pie antes de subirse. Luca se acuclilla sobre el pavimento y recarga el hombro en la valla de contención. Rebeca se reclina hacia atrás y miran juntos las fotografías.

—¿Ves? —dice —. Guapo como tú.

Luca sonríe de nuevo y asiente.

—Sí se parece a mí, Mami, mira —dice—. Pero sin dientes.

Rebeca sostiene la fotografía para que Lydia la pueda ver.

—Se le cayeron los dos dientes el mismo día y parecía un vampiro —le dice la chica a Luca—. ¿A ti ya se te cayeron?

Un recuerdo potente brota espontáneamente: Papi sacándole su primer diente... de abajo, en el medio. El diente llevaba semanas flojo y una noche, en la cena, Luca mordió un pedazo de su carne tampiqueña y sintió una punzada de dolor en las encías. Soltó el tenedor, movió la comida hacia el fondo de su boca, se tragó el trozo sin masticar y luego examinó el daño. El diente, descubrió, estaba chueco. Se inclinaba como una tumba antigua en tierra suave. Lo tocó ligeramente con un dedo y quedó horrorizado al sentirlo suelto. Mami y Papi dejaron sus tenedores también para mirarlo. Pero Luca tenía tanto miedo de que le doliera que no pudo hacer nada. Durante unos veinte minutos, Mami intentó convencerlo de que abriera la boca un poco para poder ver. Pero Luca se mantenía firme y mudo, sus labios sellados.

Cuando Mami finalmente perdió la paciencia, Papi se sentó junto a Luca. Le hizo caras chistosas que pretendían ilustrar lo que les pasaba a los niños que no permitían la salida pronta de sus dientes. Y Luca se rio a pesar del miedo, y en medio de la risa finalmente accedió a abrir su pequeña boca mientras Mami miraba del otro lado de la mesa. Papi se acercó tan tierno, que Luca ni siquiera sintió la presencia de sus dedos contra el diente. Sí recuerda sus manos en la cara, una asegurando la barbilla de Luca y la otra metiéndose en su boca. Y recuerda el sabor salado de los dedos de Papi y la sonrisa triunfante cuando esos dedos emergieron con el pequeño diente como botín. Luca abrió los ojos cuando lo vio y soltó un grito ahogado. No podía creer que no le hubiera dolido, que no hubiera sentido nada. Papi simplemente había llegado y había sacado la cosita. Y luego todos rieron y se carcajearon en la mesa, y Luca saltó de su silla, incrédulo, y sus padres lo abrazaron y besaron. Se comió el resto de la tampiqueña con un nuevo hoyo en la boca, donde se le juntaba la comida y tenía que pasarla con un poco de leche. Esa noche dejó el diente bajo su almohada y el Ratoncito Pérez vino por él y le dejó un poema y un nuevo cepillo de dientes a cambio.

Luca se lleva una mano a la boca y chupa uno de sus nudillos, pero no es lo mismo y tiene que espantar ese recuerdo como un insecto latoso, una libélula. El sabor de las manos de su padre se ha ido. Mami lo ve, estira la mano y aprieta uno de los dedos del pie de Luca a través del tenis, con una ligera presión que lo devuelve al puente polvoriento. Luca respira de nuevo en su cuerpo.

—No se pudieron subir al tren, ¿eh?

Entre otras cosas, Soledad tiene un don para cambiar el tema en el momento preciso. Es más cautelosa que su hermana, pero es difícil seguir siendo reservada con Luca ahí, con esas pestañas y esos hoyuelos.

Lydia hurga en su mochila y saca una botella de agua.

—Todavía no.

—Ya es más difícil. ¡La seguridad es primero!

Rebeca expulsa una bocanada de aire que, en otro escenario, podría pasar por risa.

—Sí. —Mami sacude la cabeza—. Seguridad.

—¿Ustedes han estado en los trenes? —pregunta Luca.

Soledad se da vuelta para mirarlo y descansa la barbilla sobre el hombro.

—Desde Tapachula, más o menos.

Luca piensa en los hombres que corrían junto al tren en el claro afuera de Lechería, cómo subían, uno a uno, y desaparecían, mientras Mami y él miraban, incapaces de moverse. Piensa en el rugido ensordecedor y el traqueteo de La Bestia, que eran como advertencias que llegaban a sus corazones y huesos que se encontraban de pie, mirando, y siente admiración por esas dos poderosas hermanas.

—¿Cómo? —pregunta.

Soledad se encoge de hombros.

—Aprendimos algunos trucos.

Mami le entrega la cantimplora a Luca, que bebe.

—¿Como qué? —pregunta Mami—. Nosotros necesitamos algunos trucos.

Soledad sube sus piernas y se sienta en posición de loto, enderezando su columna y sus hombros, y Lydia ve, incluso en ese mínimo movimiento de su cuerpo, el peligro que la chica exuda incesantemente. Las hermanas no han hecho amigos desde que salieron de casa; ellas también se han mantenido aisladas tanto como han podido. Pero no habían conocido a nadie tan joven como Luca. Tampoco habían visto a nadie tan maternal como Lydia. Sienten un gran placer al encontrar esa normalidad por un momento, al habitar la suavidad de una conversación amigable. No puede haber nada malo en compartir algunos consejos con sus compañeros de viaje.

—Como esto —dice Soledad, señalando a las vías abajo—. Me he dado cuenta de que han gastado todo ese dinero en rejas alrededor de las estaciones de tren, pero nadie ha pensado en poner rejas en los puentes.

Luca mira el rostro de Mami, que evalúa la situación incorporando la nueva información. Mami se inclina ligeramente hacia adelante y calcula la distancia hasta el suelo. No es tan lejos. Pero luego intenta imaginar cómo cambiaría ese espacio con el ruido, el peso y la presencia de La Bestia arremetiendo contra él.

—¿Ustedes se suben desde aquí? —pregunta, incrédula.

—No desde aquí —la corrige Soledad—, porque te golpearías la cabeza tan pronto caigas. El puente te noquearía antes de que recuperaras el equilibrio. Nos sentamos en este lado a vigilar cuándo viene. Pero te subes por el otro lado.

Soledad señala hacia allá. Luca sigue la dirección del gesto, del otro lado de la carretera, y ve, amarrada a la valla de contención, una cruz blanca con un ramo de flores anaranjadas descoloridas en el centro, en honor, piensa, de alguien que intentó subir al tren en ese lugar y no lo logró. Se muerde el labio.

—¿Solo brincas? —pregunta.

—Bueno, no siempre —dice Soledad—. Pero, sí. Si las condiciones son buenas, solo brincas.

—¿Y cuáles son las condiciones buenas? —pregunta Lydia—
¿O las malas?

—Bueno, lo primero es que debes elegir muy bien dónde hacerlo. Así que este lugar es bueno porque, verás... —dice, levan-
tándose y señalando del otro lado del camino, a lo lejos, hacia las
vías—. ¿Ves la curva ahí adelante?

Lydia se levanta también para poder ver lo que señala la chica.

—El tren siempre reduce la velocidad en las curvas. Si la curva
es muy grande, baja mucho la velocidad. Así que sabemos que
este vendrá lento cuando pase. Lo siguiente es asegurarte de que
no haya otros peligros más adelante. Por eso elegimos este puente
y no el primero.

Lydia mira hacia el sur, por el camino que ya recorrieron. Ni
siquiera notó ese primer puente cuando pasaron por abajo. Solo
agradeció el momento de sombra, un somero respiro del sol.

—Si brincas de ese —añade Rebeca para continuar la explicación de su hermana—, solo tienes un momento para recuperar el
equilibrio y acostarte sobre el techo antes de llegar a este puente.
Es difícil.

Lydia parpadea y sacude la cabeza. No puede imaginarlo.

—Entonces, nos sentamos aquí —continúa Soledad—. Mi-
ramos. Esperamos el tren. Y, cuando vemos uno que nos gusta,
cruzamos el camino, calculamos la velocidad, tomamos la decisión de subir y saltamos.

—¿Como de un trampolín? —pregunta Luca, pensando en el
parque acuático de El Rollo.

—No exactamente —dice Soledad—. Primero bajas tu mochila, porque hace que peses más y te tambalees. Así que la lanzas
primero. Luego te pones en cuclillas, muy bajito. No te puedes
colgar de la orilla, porque si lo haces tus pies tocarán primero el
tren y la parte de arriba de tu cuerpo se quedará atrás y te estira-
rás como una resortera. Tienes que enconchar el cuerpo y saltar
como una rana. Agachado y con fuerza. Y asegurarte de agarrarte
a algo enseguida.

El corazón de Luca martillea su pecho con solo pensarlo. Se

dice que debe respirar. Mira a Mami, que está asimilándolo todo, considerando las probabilidades de supervivencia, y siente una repentina corriente de energía frenética recorrer su cuerpo, así que se levanta para saltar y patear y dejarla salir al mundo.

—Si tienes suerte, a veces el tren incluso se detiene —dice Rebeca—. Y solo tienes que subirte. Simple.

—Pero muchas veces dejamos que los trenes se vayan —dice Soledad—. Si se mueve demasiado rápido, ni siquiera lo intentamos. Ya hemos visto a dos personas que intentaron subir y no lo lograron.

Lydia mira a Luca y ve que esa información lo afecta, pero no delata nada.

—¿Esas personas intentaron subir al tren como ustedes? ¿Desde arriba?

—¡No! —Rebeca casi suena orgullosa—. Somos las únicas que nos hemos subido así. No he visto a nadie más hacerlo.

Lydia tuerce la boca. Esas niñas son brillantes, o están dementes.

—¿Cuántas veces lo han hecho? —pregunta.

Las hermanas se miran una a la otra y Soledad es quien responde.

—Cinco, tal vez. ¿Seis?

Lydia respira hondo. Asiente.

—Bueno.

—¿Quieren venir con nosotros? —pregunta Rebeca.

Solo mira a su hermana después de dejar salir las palabras de su boca, al recordar que siempre deben consultar todo entre ellas. Soledad toca la cabeza de Rebeca y el gesto la reconforta en el lenguaje íntimo que han compartido toda la vida. Está bien.

—Tal vez —responde Lydia, ignorando el nudo que siente en el pecho al decirlo.

Hablan un poco mientras esperan y Lydia se entera de que las chicas tienen quince y catorce años, que han viajado dos mil kilómetros, que extrañan mucho a su familia y que nunca han estado por su cuenta. No dicen por qué se fueron de casa y Lydia no pregunta. Ambas le recuerdan a Yénifer, aunque probablemente sea solo por la edad. Las hermanas son más altas y más delgadas que Yénifer, de piel más oscura que su sobrina, y ambas son luminosas y graciosas. Yénifer era estudiosa y solemne. Incluso de bebé tenía cierta sobriedad.

Su hermana mayor, Yemi, eligió a Lydia para que fuera su madrina, aunque solo tenía diecisiete el año en que murió su padre y Yénifer nació. Lydia recuerda haber sostenido a la bebé sobre la pila bautismal y llorar. Se aseguró de no usar rímel ese día para no manchar el ropón de la niña. Sabía que iba a llorar, no solo por la alegría y el honor de ser su madrina, o por la emoción del momento, sino porque su padre no iba a verlo. Así que las propias lágrimas de Lydia cayeron sobre la frente de la niña junto con el agua bendita, y Lydia se sorprendió al ver, con sus ojos borrosos, que la bebé en sus brazos no lloraba con ella. Los ojos de Yénifer estaban muy abiertos y parpadeaban. Su boca, un arco rosa perfecto y apretado. Lydia amaba tanto a esa bebé que no podía concebir que pudiera amar más ni siquiera a su propio hijo. Por supuesto, cuando Luca nació, años después, aprendió ese otro amor incomparable. Pero Yénifer, esa niña seria y brillante, había aliviado su pena cuando perdió al segundo bebé. Yénifer, sabia a sus nueve años, lloró con ella y le acarició la frente para consolarla.

—Pero tienes una hija, tía. Me tienes a mí.

La enormidad de la pérdida de Lydia es incomprensible. Son tantos duelos simultáneos, que no puede aislarlos. No puede sentirlos. A su lado, las hermanas hablan tranquilamente con Luca y él responde con sus palabras reanimadas. Hay una efervescencia entre ellos que es extraordinaria. La voz de Luca es un elixir.

El sol se siente más caluroso cuando están sentados, y Lydia nota que sus brazos están tan bronceados como cuando era niña. Luca también es un tono más moreno de lo usual, y tiene gotas de transpiración por todo el cuero cabelludo, bajo la gorra de Sebastián. "Pero la espera bajo el sol abrasador es demasiado breve", piensa Lydia, que hubiera querido tener más tiempo para convencerse de lo que piensa hacer. Ni siquiera han pasado dos horas cuando el bramido distante del tren se registra en su conciencia y los cuatro se levantan sin hablar y empiezan a alistarse.

En su interior, Lydia no está convencida de que puedan hacerlo. Espera que sí, porque necesitan subirse a ese tren. Y espera que no, porque no quiere morir y no quiere que Luca muera. Siente que está fuera de su cuerpo, escuchando al tren cada vez más cercano, moviendo su mochila hacia el otro lado de la carretera, colocando a Luca frente a ella. Guarda la cantimplora en el bolsillo de enfrente de su mochila y lo cierra. Aun cuando se sienta segura de poder saltar a un tren en movimiento, ¿cómo puede pedirle a su hijo que haga una locura así? Sus hombros se sienten débiles, sus piernas erráticas. La adrenalina corre por todo su cuerpo tembloroso.

A su lado, Luca sigue una línea del pavimento con sus tenis. Mantiene los ojos y el pensamiento enfocados en nimiedades. Deja que sea Mami la que calcule el alcance tan grande de la tarea frente a ellos: el pasto opaco y los árboles raquíticos alrededor, el domo azul sobre sus cabezas, el puente y las vías del tren que forman una cruz. El viento alborota el cabello de Luca mientras el ruido del tren se escucha cada vez más cerca, el sonido estridente y las vibraciones de sus ruedas monstruosas aúllan sobre el metal. El rugido es como una advertencia que entra por los oídos, pero se aloja en el esternón: "aléjate, aléjate, aléjate, no seas loco, no seas loco, no seas loco". Luca sostiene su mochila por la correa de arriba y la coloca enfrente de él con ambas manos.

Hay una niña en la escuela que es muy temeraria. Se llama Pilar y siempre está haciendo acrobacias locas. Salta desde arriba del pasamanos. Se avienta desde lo más alto del columpio. Una vez se subió a un árbol junto a la puerta de la escuela y se contoneó por una rama, desde donde escaló hasta el techo, donde hizo vueltas de carro hasta que el director llamó a su abuela para que la bajara. "Pero ni siquiera Pilar saltaría a un tren en movimiento desde un puente", piensa Luca. Y nunca se imaginaría, ni en un millón de años, que el tranquilo y obediente Luca sería capaz de participar en una locura así. Luca mira la nariz del tren acercarse y desaparecer bajo el borde sur del puente. Se vuelve entonces y ve cómo emerge bajo sus pies. Mami se asoma por el borde de la valla de contención justo cuando el tren sale a la vista.

—Está bien. —Les sonríe Rebeca—. Va lento.

—¿Lista? —dice Soledad.

Su hermana menor asiente. El rostro de Lydia parece sombrío mientras observa a las chicas. Luca estudia la longitud del tren y ve algunos migrantes agrupados cerca de la cola, en los últimos cinco o seis vagones. Uno está de pie, formando una X con el cuerpo, y los saluda. Luca saluda de vuelta.

—Vamos —dice Soledad.

Su hermana y ella se paran lado a lado, justo en el centro de la vía. Se agachan, con las mochilas debajo, y esperan el vagón correcto. Buscan uno que tenga el techo plano. Uno que tenga una rejilla sobre la que puedan caminar, sentarse, agarrarse. La primera mitad del tren son vagones redondos de carga, así que esperan. Y finalmente, muy despacio, Soledad deja caer su mochila y salta. Con un movimiento grácil, caótico y suicida, mueve su cuerpo de un punto fijo a otro en movimiento. Cae. Lydia no sabe qué tan alto es, ¿dos, tres metros? Y se hace más pequeña a medida que se aleja.

—¡Anda! —le grita a su hermana—. ¡Ahora!

Y entonces Rebeca también desaparece, y Lydia se da cuenta de lo rápido que tiene que suceder, de que no hay tiempo para sopesar opciones o para considerar la mejor manera. Rechaza la conciencia de que toda la vida ha temido saltar accidentalmente, como el personaje de su novela favorita, de un acantilado, de balcones, de puentes. Ahora sabe, con toda seguridad, que nunca hubiera saltado, que el miedo siempre ha sido un truco de su mente. Sus talones están pegados al camino. Una semana antes le hubiera gritado a Luca que se hiciera para atrás, que no se acercara a la orilla. Lo hubiera agarrado por el brazo para convencerse de que estaba seguro, de que se quedaría ahí. Ahora tiene que lanzar a su hijo a ese tren en movimiento que pasa bajo sus pies. Se acerca el pequeño grupo de migrantes de los últimos vagones. Se agachan para pasar por abajo y, cuando salen del otro lado, están frente a Lydia con los brazos extendidos y le indican que aviente las mochilas. Lo hace. Luego agarra a Luca de los dos hombros y se para detrás de él.

—Pásate del otro lado —le indica.

Luca cruza la valla sin duda ni objeción. Sus talones están sobre el pavimento. Las punteras de sus pequeños tenis azules sobresalen y, por debajo, se ve pasar el tren. Luca tararea para mitigar el terrible ruido de este.

—Agáchate —le dice—, como hicieron las chicas.

Luca se agacha. Si salta de ese lugar y muere, será porque hizo exactamente lo que Lydia le dijo. Ella se siente como si se estuviera observando hacer cosas monstruosas en una pesadilla que la hace entrar en pánico. Cosas que, gracias a Dios, nunca haría en la vida real. Y, justo cuando está a punto de apartar a Luca, de presionar su cabeza contra su pecho, de envolverlo en sus brazos y llorar de alivio porque se acobardó a tiempo, escucha, con convicción, la voz de Sebastián por encima de todo el ruido externo e interno.

La voz que sale de su boca y grita en el oído de Luca casi no es la suya.

—¡Anda, Luca! ¡Salta!

Luca salta. Y cada molécula del cuerpo de Lydia salta con él. Lo ve, el ovillo que es, lo pequeño que se ve, lo absurdamente valiente que es, sus músculos y huesos, su piel y su cabello, sus pensamientos, palabras e ideas, la propia grandeza de su alma, lo ve por completo cuando su cuerpo deja la seguridad del puente y vuela un instante, elevándose por el esfuerzo del impulso, hasta que la gravedad lo alcanza y desciende sobre el techo de La Bestia. Lydia lo ve saltar con ojos desorbitados de miedo que casi se salen de su cuerpo. Luca cae como un gato en cuatro patas, y la velocidad de su salto choca con la velocidad del tren, y se desploma y gira, y una pierna sale por el borde del tren, jalándolo con su peso. Lydia intenta gritar su nombre, pero su voz se atora y desaparece, y entonces uno de los migrantes lo agarra. Tiene una mano grande y ruda en el brazo de Luca y otra en la cintura de su pantalón. Y Luca, asido, seguro en los brazos fuertes de ese extraño encima del tren, levanta su rostro para buscar el de Lydia. Sus ojos se encuentran.

—¡Lo hice, Mami! —grita—. ¡Mami! ¡Salta!

Sin pensar en nada más que Luca, Lydia salta.

CAPÍTULO 15

Un año antes del asesinato de Sebastián, México era el país más peligroso del mundo para los periodistas, tanto como un campo de batalla. Tanto como Siria o Iraq. En todas las ciudades del país morían periodistas: Tijuana, Ciudad Juárez, Chihuahua. Pero como Los Jardineros no se ensañaban con los reporteros, como sí hacía la mayoría de los cárteles, Sebastián no había recibido una amenaza de muerte en casi dos años. De todos modos, no es justo decir que Sebastián y Lydia sentían una falsa sensación de seguridad; en Acapulco nadie se sentía seguro. La prensa libre se hallaba en extinción. Pero, tras descubrir que el amigo de Lydia era La Lechuza, el no haber recibido ninguna advertencia explícita de su parte y el apego tenso pero genuino que ella sentía por Javier funcionaron como una suerte de analgésicos a corto plazo para la mayoría de sus miedos.

Sebastián siguió tomando sus precauciones usuales: evitaba adherirse demasiado a una rutina diaria, no llevaba su Beetle anaranjado, tan fácil de reconocer, a las escenas del crimen, y cuando escribía un artículo particularmente riesgoso firmaba con el anónimo título de "Redactor" para esconder su identidad. En esos casos, el periódico les pagaba un cuarto de hotel en la zona turística, a donde se iba con Lydia y Luca y se quedaban unos cuantos días fuera de vista. Cuando parecía que nadie estaba interesado en vengarse, reemergían y continuaban con sus vidas. Pero esas salvaguardas eran ilusorias. Sebastián sabía que cualquier investigación que realizara, cualquier crimen que investigara, cualquier fuente que contactara era una bomba potencial. Tenía tanto cuidado como cualquier otro periodista mexicano comprometido con la verdad.

Por su parte, Lydia se volvió hipervigilante con cualquier señal de peligro. Javier continuó visitándola en la librería casi semanalmente, y el tormento que sintió la primera noche que descubrió la verdad sobre él poco a poco cedió lugar a otra cosa. Todavía se sentaba con él, le servía café, platicaban sobre una gran variedad de temas. Escuchó sus poemas en dos ocasiones más. Incluso le sonreía con autenticidad y, a pesar de la sensación enfermiza de culpabilidad y de su reticencia a admitirlo, seguía encantada con él. Su intelecto, su candidez, su vulnerabilidad y su sentido del humor... nada de eso había cambiado. No obstante, cuando tenía noticias de un asesinato nuevo, cosa que sucedía con menos frecuencia que antes, pero no con tan poca frecuencia como debería, Lydia experimentaba una fuerte punzada emocional y sabía que su alejamiento cauteloso de él no solo era necesario, sino inevitable. Su comportamiento tenía que emular lo que su corazón ya había logrado.

—¿Y si le decimos? —Lydia le preguntó a Sebastián una semana antes de los quince de Yénifer.

Habían dejado a Luca en la casa de su hermana Yemi porque iba a quedarse a dormir con Adrián.

—¿Decirle qué a quién?

—Decirle a Javier sobre el artículo. Antes de que salga.

Sebastián cerró su menú y lo dejó encima del plato.

—¿Estás loca, mujer?

Lydia le untaba mantequilla a un bollo caliente que había tomado de la canasta tapada, y no levantó la mirada.

—Sí. Pero también creo que hablo en serio.

Presionó la mantequilla contra el pan y esperó que se suavizara.

Sebastián miró por encima de ella, hacia el mar. El restaurante estaba en una colina sobre la bahía, y era el atardecer. Podía ver las luces parpadeando a lo ancho del valle y sus ecos titilantes como fantasmas sobre el agua. No quería considerar la idea. Quería disfrutar la vista, el menú y a su hermosa mujer. Tras años de hacer periodismo sobre el narco, se había vuelto muy bueno para compartimentar y alejar toda la fealdad. Sebastián tenía la capacidad de disfrutar. No obstante, respetaba a Lydia y no quería ser despectivo.

—Si hablamos de esto dos minutos, ¿me prometes que no tocaremos más el tema el resto de la noche? —preguntó.

—Sí —dijo sonriendo, y mordió su pan.

—Está bien —dijo—. ¿Por qué le diríamos? ¿Cuál es el beneficio?

Lydia tomó un sorbo de agua.

—Calibrar su respuesta con tiempo, saber a qué nos enfrentamos.

Sebastián estaba muy quieto mientras la escuchaba.

—Quizá incluso se encuentre contigo. Podrías entrevistarlo oficialmente —continuó.

—¿Crees que lo haría?

—No lo sé. Tal vez. Sabemos que es listo. Puede que lo vea como una oportunidad para controlar el mensaje, tener buena publicidad, adelantarse.

—Todo narco tiene un complejo de Robin Hood.

—Cierto, y tú apelas a eso. Quizá incluso le guste.

—Pero eso es exactamente lo que temo. No puedo quedarle a deber.

—No, ya lo sé.

—Pero, quizá *él* no lo sepa. Quizá piense que soy su nuevo agente de relaciones públicas y yo termine en su nómina después de esto.

—Ay... —Lydia torció el gesto.

—Es mucho riesgo —dijo Sebastián, abriendo su menú—. ¿Qué vas a cenar?

Lydia leyó el artículo el lunes en la noche, antes de que fuera a imprenta. Sebastián y ella habían calculado el nivel de riesgo, determinando el curso de acción más seguro durante los días siguientes. El periódico había ofrecido llevarlos a un hotel, para alejarlos de la mirada pública. El artículo no se publicaría bajo su nombre, pero sería muy fácil descubrir quién lo había escrito. Cualquiera de las fuentes podía decírselo a Javier. Tal vez ya lo habían hecho.

Sebastián caminaba de un lado a otro detrás de Lydia mientras ella leía, sentada en la mesa de la cocina, en la pantalla de su laptop: "La Lechuza al descubierto: retrato de un narcotraficante". La historia iba acompañada de varias fotografías. Sebastián y su editor habían elegido una fotografía halagadora de Javier, en la que se veía sentado elegantemente con las piernas cruzadas a la altura de la rodilla y un brazo sobre el respaldo de un sofá de terciopelo. Llevaba pantalones de mezclilla oscuros y un saco de lana, y parecía un profesor dedicado con sus ojos cálidos detrás del armazón grueso de sus lentes y su rostro sonriente, sin engreimiento. Lydia pensó de nuevo en la primera vez que entró en la librería, en qué tan profundamente la había afectado su amistad, y en su vulnerabilidad los meses antes de comprender quién era en realidad. Todavía se sentía renuente a enterarse de más cosas desagradables sobre él. Todavía conservaba el recuerdo de su cariño por él, y eso la desesperaba. Cerró los ojos con fuerza y respiró hondo antes de comenzar.

Estaba impactada por lo familiarizado que estaba Sebastián con el tema: conocía a un Javier muy distinto, aunque el texto era a la vez objetivo y compasivo. En las palabras de su esposo reconocía la intensidad de su amigo, pero también descubrió por vez primera los detalles grotescos de su capacidad para ejercer la crueldad. Las decapitaciones habían sido solo el principio. Los Jardineros eran conocidos por desmembrar a sus víctimas y reordenar sus miembros en cuadros horrendos. De acuerdo con el

informe de Sebastián, se rumoraba que, durante la guerra de Los
Jardineros con el antiguo cártel, Javier había matado al hijo de
dos años de su rival delante de su padre y había pintado el rostro
del hombre con la sangre del hijo. Esos detalles eran solo mitos y
no existían pruebas de tal brutalidad, pero cuando Lydia lo leyó
tuvo que cerrar los ojos durante casi tres minutos antes de poder
continuar.

El artículo también subrayaba las espeluznantes estadísticas
que acompañaron el ascenso de Javier: mientras consolidaba su
poder, el índice de asesinatos en Acapulco se convirtió en el más
alto de México y uno de los más altos del mundo. La ciudad
sufrió una hemorragia de turismo, inversión y juventud, una pérdida que fue difícil de contener pese a que después el nivel de
violencia bajó. También era cierto que, aunque el derramamiento
de sangre hubiera sido menos visible en los últimos meses para los
ciudadanos comunes, seguía habiendo una docena o más de asesinatos a la semana en la ciudad. Además de las muertes, incontables personas habían desaparecido. La propia esencia de Acapulco
había cambiado; su gente era diferente. Vecindarios enteros habían sido abandonados conforme la gente huía de la ruina de sus
vidas y se dirigía al norte. Para quienes se marchaban, el norte era
el único destino. Si una meca turística como Acapulco podía caer,
ningún lugar de México podía considerarse seguro.

El texto relacionaba el ascenso de Javier con la ruina en que
había caído la ciudad. Se había convertido en una metrópoli diferente y brutal, y esa fealdad contrastaba con el recuerdo del pasado
glorioso de Acapulco. El recuento de Sebastián era desgarrador,
crudo y totalmente convincente. Pero también le daba crédito a
Javier por la paz floreciente, alababa el control que ejercía sobre
sus hombres y apelaba a que continuara así. Terminaba con un
perfil psicológico del hombre y, mientras Lydia lo leía, sabía que
era preciso. A diferencia de sus contemporáneos y predecesores,
La Lechuza no era ostentoso, extrovertido o particularmente carismático. Parecía inteligente. Pero, como todos los demás narco-

traficantes que alguna vez llegaron a tener igual poder, también era astuto y despiadado. Es decir, una ilusión engañosa. Se trataba de un genocida despiadado que se creía un caballero; un criminal que se creía poeta. El artículo terminaba con un poema escrito por Javier, y a Lydia se le cayó la mandíbula cuando lo vio. Ella lo conocía. Era el primero que él le había leído.

—¿Cómo lo conseguiste? —susurró.

Sebastián dejó de caminar para mirar por encima de su hombro. Lydia leyó el poema de nuevo; era peor en la pantalla que cuando Javier se lo leyó.

—Ah, sí —dijo Sebastián—. Fue muy loco. Sabes que tenemos un concurso anual de poesía. Su hija, la hija de Javier, lo mandó. Lo registró a su nombre. Supongo que quería sorprenderlo.

—Caramba —dijo Lydia—. Marta.

La inclusión del poema era humillante. Unía todos los hechos en un retrato vívido y corroboraba la descripción precisa de Sebastián. Cuando cerró la ventana del artículo y se recargó en su silla, Lydia descubrió que había muchas formas de sentirse horrorizada al mismo tiempo.

—¿Y bien?

Sebastián metió las manos en los bolsillos de sus pantalones de mezclilla y se recargó contra la barra de la cocina. Estaba descalzo y sus calcetines estaban enrollados sobre la barra, detrás de él. Lydia se quedó mirando los calcetines.

—¿Qué opinas?

Cerró la laptop, la empujó lejos y juntó las manos bajo su barbilla. Sacudió la cabeza.

—Creo que está bien.

—¿Bien? ¿No es bueno?

—No, quiero decir, sí, es bueno. Es muy bueno, Sebastián. No estoy hablando de eso. O sea, creo que a Javier no le molestará.

Sebastián asintió.

—Bien.

Se quedaron en silencio mientras Lydia seguía meditando las cosas.

—De hecho, creo que no solo no le molestará. Creo que le va a gustar. Es justo. Más que justo, es casi halagador.

Sebastián asintió de nuevo.

—¿Estás segura?

De nuevo, dispuso de un momento para asegurarse de que su respuesta fuera cierta antes de hablar.

—Sí.

Sebastián fue al refrigerador, sacó dos cervezas, las destapó y puso una frente a su esposa.

—No te voy a mentir, estoy un poco nervioso.

Se llevó la botella a los labios y bebió la mitad de un trago.

—Me tranquiliza que estés de acuerdo. ¿Estás segura de que está bien?

Miró a Lydia mover su botella en círculos sobre la mesa.

—¿No crees que deberíamos desaparecer unos cuantos días, solo para estar seguros?

Lydia sabía qué tan importante era esa seguridad. Calculó muy bien su respuesta.

—No, creo que estamos bien —dijo.

—¿Cien por ciento?

—Sí, cien por ciento.

Lydia cerró la laptop y la empujó hacia el centro de la mesa. Sebastián se recargó de nuevo contra la barra de la cocina. No se había rasurado esa mañana y ya mostraba un rastro de barba en la cara.

—¿Te sorprendió? ¿Crees que es demasiado compasivo? —preguntó Sebastián.

—No. O sea, sigue siendo aterrador. —dijo Lydia y bebió un sorbo de la botella—. Pero conciso. Muestras que es humano. En cuanto a la verdad, creo que le gustará.

Eso fue el lunes en la noche, menos de dos semanas atrás. Lydia recuerda que era lunes porque acababa de recoger a Luca del entrenamiento de fútbol y tenía hambre, así que le dio una rebanada de pan tostado y un plátano, aun cuando ya era tarde para que fuera a dormir. Luca había metido tierra al pasillo porque se había olvidado de quitarse los tacos en la puerta, y Lydia se había enojado porque acababa de limpiar. Menos de dos semanas atrás, ver tierra en el piso del pasillo la hacía enojar. Es inimaginable. Lo que sucedió fue mucho peor de lo que alguna vez elucubró desde sus temores más oscuros.

Pero aún puede ser peor.

Porque todavía queda Luca.

Encima del tren, Lydia saca dos cinturones de tela de su mochila y mete uno por la trabilla trasera de los pantalones de mezclilla de Luca y lo amarra a un aro de metal que hay encima de la rejilla donde van sentados. Luego se amarra de igual manera. No sabe si esa pequeña tira de tela sea suficiente para salvar a Luca si se cae, pero tiene que intentarlo. De todos modos, se consuela pensando que la mayoría de los accidentes ocurren cuando los migrantes intentan subir y bajar de los trenes.

Le escuecen los pies como no ha sentido desde que era niña y saltaba del columpio en pleno vuelo para caer con un golpe seco. Entonces sentía el choque reverberar por sus piernas sensibles. Le duelen, pero no es un dolor insoportable. Es un recordatorio de que vive, de que sus piernas pueden ser pistones y resortes, de que sus pies todavía hacen ruido. Flexiona una pierna y luego la otra, y golpea las plantas de los pies contra el metal para aliviar la molestia.

Rebeca y Soledad están algunos vagones más adelante porque saltaron antes, pero pronto llegan hasta ellos, caminan encima de los vagones de carga, brincan las separaciones, se recuestan cuando el tren pasa por abajo de un puente. Lydia se estremece mientras las observa.

Poco después están todos sentados, incluyendo los cuatro hombres que ya estaban ahí, entre ellos el que agarró a Luca cuando saltó. Lydia observa cómo reaccionan con la llegada de las chicas. Estudia sus rostros mientras, uno por uno, se dan cuenta de la extrema belleza de ambas y separan sus cuerpos ligeramente de las hermanas adolescentes. Son hombres respetuosos. Saben qué dificultades les esperan a las chicas en el camino y sienten compasión por eso. Pronto se acostumbran. Miran a Luca y tocan su hombro para enseñarle las cosas interesantes que ven: una vaca con su becerro, un cúmulo de árboles que parece una melé de *rugby*, una austera cruz blanca encima de una colina. Se persignan cuando pasan una iglesia o una tumba junto al camino, y rezan.

Las primeras horas sobre La Bestia son exultantes. El tren se dirige hacia el oeste y después hacia el noroeste, y Luca tiene la sensación vertiginosa de que ahora sí se están *moviendo*. Se siente maravilloso ser un pasajero y avanzar gracias al trabajo de la maquinaria. Beben agua de su cantimplora y comen barritas de granola. Lydia les da una a las hermanas para que la compartan. Soledad y Rebeca se recargan espalda con espalda, sus rodillas abiertas como pilares. Soledad come la mitad de un bocado. Rebeca saborea la suya, mordiendo pedacitos de las esquinas y permitiendo que se disuelvan en su boca antes de tragar.

El paisaje corre a sus pies, cambiando de color. A veces los árboles se acercan a las vías, pequeños e insignificantes. Otras, se yerguen a lo lejos y perforan el cielo. A veces hay obstáculos que se ciernen sobre el techo del tren y amenazan con tirar a los pasajeros: ramas de árboles, la estructura estrecha de un puente sobre un barranco o, peor aún, túneles estrechos con bóvedas apenas separadas de sus cabezas por escasas pulgadas de distancia, en los que el eco ensordecedor del ruido amplifica el miedo a caer. Los migrantes están pendientes de los peligros: se agachan, se acuestan, se inclinan. Juntan brazos y piernas, y aguantan la respiración.

Periódicamente, el tren se detiene, y después de un tiempo Luca aprende a predecir esas interrupciones. Primero habrá un abrupto cambio de dirección. Eso significa que hay un pueblo cerca lo bastante grande como para que quien diseñó las vías determinara que el tren debía pasar por ahí. El tren gira y da un bandazo, reduciendo la velocidad para poder cambiar de dirección primero y, después, más aún a medida que el tren se acerca al pueblo. Los migrantes se ponen en alerta y se acuestan sobre el techo de los vagones, así que Luca y Lydia hacen lo mismo. Vigilan las camionetas oscuras con estrellas blancas de la policía federal, cuyo trabajo es sacar a los migrantes de los trenes.

—¿Qué pasa si vemos a la policía? —pregunta Luca.

Está acostado boca abajo, estirado entre Mami y Soledad. Soledad está de cara a él y descansa su oreja sobre el codo.

—Corres por tu vida, chiquito —dice.

A veces las paradas son breves, unos pocos minutos; otras, duran una hora o más. Los migrantes aguardan con los músculos tensos y los sentidos alerta. Sus ojos peinan el paisaje buscando algún movimiento más allá de los hombres que cargan o descargan los vagones abajo. Algunas veces, los trabajadores les arrojan comida a los migrantes o llenan sus botellas de agua con una manguera antes de que el tren se vaya. Otras, es como si les hubieran advertido que no los ayudaran, como si fueran invisibles encima del tren, y todo ese fingir no ver y no ser vistos parece una coreografía. Después, por fin, se escucha un silbido, un tirón y la gradual aceleración de alivio conforme el tren reanuda el viaje hasta la siguiente parada. Cuando la luz baja en esa hora dorada de la tarde e ilumina la piel de Soledad como un reflector inesperado, las hermanas juntan sus cabezas y hablan en voz baja unos momentos.

—No nos quedamos en los trenes de noche —le explica Soledad a Lydia.

—Nos bajamos en el pueblo siguiente —añade Rebeca—. Donde sea que se pare.

Lydia asiente. No pregunta por qué.

—Nosotros también nos vamos a bajar, ¿verdad, Mami? —pregunta Luca.

Parece que las hermanas los han invitado indirectamente a ir con ellas. Rebeca la mira con la misma esperanza que se refleja en el rostro de Luca. Soledad es más difícil de leer, pues mira de soslayo, así que Lydia solo puede ver su perfil. Lydia está renuente a dejar el tren después de subir con tanta dificultad. Ahora que finalmente se están moviendo, le gustaría quedarse hasta llegar al norte. Pero, por otra parte, fue gracias a esas chicas y sus instrucciones que Luca y ella pudieron subirse a La Bestia. Le devolvieron la voz a Luca. Saben cosas.

—Está bien —dice Lydia.

Cuando el tren se detiene en San Miguel de Allende, justo antes del atardecer, Luca y Lydia bajan con Soledad y Rebeca por la escalera. Se despiden de los hombres, que se quedan en el tren, y saludan a los que están abriendo uno de los vagones para descargar la mercancía. Se dirigen rápidamente hacia el pueblo.

San Miguel de Allende luce inmaculado con sus bardas de piedra bajas delineando las calles y flores y árboles podados en las plazas. Caminan por una avenida ancha que desciende hacia una iglesia rosada, cuyo tinte se acentúa con el sol del atardecer, que tiene banderines festivos colgando desde la fachada hasta la puerta principal del atrio. Mientras caminan, Luca siente los remanentes de la vibración del tren en los huesos. El concreto bajo sus pies se siente por primera vez de una quietud activa. Pasan una mueblería, una farmacia, un bar, una casa elegante con balcones, tres vagabundos bajo una palmera, a la vista de los cuales las hermanas caminan más rápido. Pasan casas nuevas de estuco y casas viejas de piedra, un supermercado, un campo de fútbol, una mendiga en la calle, un supermercado más grande y, finalmente, una glorieta que parece señalar el límite del centro.

Las hermanas caminan por instinto, y son buenas siguiendo los letreros y a la gente, abriéndose camino hacia las partes más densas de la ciudad en busca de la plaza principal. Se sienten más seguras donde está limpio y hay gente. Pasan un hotel, una ferretería, una estación de autobuses, la estatua de un ángel atacando a alguien con una espada. La luz del día cambia de rosa a púrpura. Junto a un vendedor de fruta, un hombre con un sombrero vaquero de color blanco se sienta a horcajadas sobre una caja de leche. Su acordeón se extiende y encoje entre sus manos como un pulmón ostentoso. Toda la calle se mueve al ritmo de su música. Cerca, una mujer está asando carne y el aroma hace que el estómago de Luca dé un vuelco de hambre, pero siguen caminando por calles que se vuelven cada vez más estrechas; de piedra, en lugar de pavimentadas. Ven linternas de papel colgadas de balcones de hierro forjado, que la brisa urbana mueve. Es distinto a Acapulco en todos los sentidos menos en uno: parece una postal sensorial de un pueblo mexicano. El sol se esconde en el oeste, detrás de ellos, y todo adquiere una especie de rubor.

Luca aprieta la mano de su mamá.

—Mami, tengo hambre.

—Justo a tiempo, chiquito —dice Soledad—. Ya llegamos.

Están en la plaza principal de San Miguel de Allende. Se agachan bajo el arco de piedra en la entrada de un edificio color canela y descansan un momento. Luca suelta la mano de Mami y recarga su mochila contra la pared a su espalda. En la plaza, la gente está comiendo tortas y bebiendo Coca-Cola. Platican y ríen. Los mariachis compiten en color unos con otros —trajes anaranjados, blancos, azul claro— a una distancia que permite que se escuchen por encima de sus rivales. Caminan por el borde de la plaza y deleitan a los turistas con la viveza de su música. Hay un conjunto de árboles raros que llena la plaza con sus troncos ligeros y compactos. De una extraña manera, sus ramas se extienden hacia arriba y mezclan su follaje para formar un techo verde y esponjoso. Unos chapiteles rosados, coronados por una cruz dorada, se elevan por encima de los árboles como si fuera el palacio de un hada. Es la parroquia de San Miguel Arcángel, y la iglesia dibuja una silueta impresionante contra el cielo del atardecer.

—Qué loco —dice Rebeca, las palabras que todos están pensando.

Es uno de los lugares más extraños que Luca ha visto. Y

cuando el último rayo de luz se alza en diagonal desde la plaza principal y recorre los chapiteles hasta perderse, los postes de luz se encienden. Las hileras de luces alrededor de los troncos de los árboles se iluminan y brillan. Es abrumador estar en un lugar tan hermoso y festivo como ese. A Lydia la invade la culpa. Siente que es incongruente y a la vez seductor e incorrecto ser testigos del sencillo encanto de un lugar hermoso. Puede ver cómo se manifiesta esa misma noción en la cara de Luca, y busca su mano. La mente de Luca hace algo terrible para evitar disfrutar del encanto: le trae el recuerdo socorrido de toda su familia muerta, de las ráfagas incesantes de balazos que entraban por la ventana del baño de la abuela, de los gritos afuera, de la presión inútil de las manos de Mami en sus oídos, de la gota de sangre que cayó sobre el azulejo verde de la regadera. Todos muertos. Luca se va con ellos un momento y no escucha cuando Mami lo llama. No ve los rostros de Soledad y de Rebeca que se inclinan hacia él con preocupación fraternal. No es consciente de sus sollozos, de la forma como sostiene su cabeza entre sus manos. No sabe cuánto tiempo se ha ido, pero cuando vuelve está acunado en el abrazo de Mami y ella lo mece. Mami pasa los dedos por su cabello, su voz es un murmullo de consuelo en su oído.

—Shhh, amorcito, está bien —dice Lydia.

Luca asiente.

—Lo siento. Lo siento. Ya estoy bien.

Pero Mami no lo suelta.

Soledad mira a Lydia a los ojos por encima de la cabeza de Luca y una comprende a la otra: los golpes callados que ambas debieron soportar, las razones para que estén ahí. Es una comunicación tan sutil y significativa como un latido.

—Rebeca, apúrate. Vamos a conseguirle algo de comer y ver dónde vamos a dormir —dice Soledad.

Lydia le transmite su gratitud con un lento parpadeo.

Las hermanas regresan pronto con la cena. Como si hubieran hecho un truco mágico, y Lydia percibe por primera vez lo beneficioso de su belleza. Es la mejor comida que Luca y Lydia han probado desde el quinceañero porque las hermanas han aprendido cosas importantes. No se molestan con los vendedores ambulantes, cuya generosidad puede verse detenida por la necesidad de alimentar a sus familias primero. Han aprendido que es mejor encontrar un restaurante elegante y hacerse amigas de algún joven que salga a fumar un cigarro o a entregar un pedido. Se quedará encantado con la belleza y la necesidad de dos jovencitas que andan solas tan lejos de casa. Las hermanas han aprendido que, muchas veces, el joven desaparecerá momentáneamente y regresará con dos contenedores llenos de espagueti, todavía caliente, mezclado con ajo, aceite y sal. Tal vez también haya una cucharada de salsa boloñesa o algunas verduras y una hogaza de pan caliente. Siempre encuentran una sonrisa, una bendición, una chispa de admiración por parte del joven trabajador que, gracias a la forma en que la belleza engendra empatía (entre otras cosas), puede ver a su propia hermana o prima o hija en el lugar de ellas. Les desea suerte en el viaje y les ruega que se cuiden. A veces también les da tenedores. Las chicas siempre agradecen efusivamente y bendicen al joven en el nombre de Dios.

En los anchos escalones de la artificiosa iglesia, Luca, Lydia, Soledad y Rebeca ingieren, agradecidos, el espagueti. Comen en silencio, compartiendo los dos tenedores, hasta que se lo terminan todo. Lydia les da las gracias, y su agradecimiento se le hace insuficiente porque lo que realmente quiere es, sí, dar las gracias por la comida, pero también porque la generosidad, la humanidad, la propia existencia de las chicas han nutrido una parte esencial y marchita de sí misma. Rebeca y Luca se van a enjuagar las manos en la fuente, pero Soledad mira directamente al rostro de Lydia.

—Quizá deberíamos quedarnos juntos por un tiempo —dice.

Lydia asiente.

—Sí.

La noche colapsa sobre la ciudad. Los bares y los restaurantes se vacían y cierran sus puertas por la noche, y finalmente incluso los mariachis se dispersan rumbo a sus hogares. Conforme las luces de San Miguel de Allende vacilan y se apagan, los cuatro viajeros mueven sus mochilas y sus cuerpos hacia el centro de la plaza y se acuestan en las bancas municipales. "Como vagabundos", piensa Luca. Es su primera noche durmiendo al aire libre, pero no se siente como una aventura en lo absoluto. Quiere su cama, su pila de libros en el suelo y su lámpara de balón de fútbol. Quiere ver la sombra cálida de Papi en la pared. Pero su estómago está lleno y su cabeza descansa en la parte gruesa del muslo de Mami, y Luca está exhausto.

Su corazón se debate entre querer recordar y la necesidad de olvidar. En los meses siguientes, Luca deseará por momentos no haber desperdiciado esos primeros días de su duelo. Deseará haber permitido que lo atravesara y lo destruyera mucho más. Porque, conforme el olvido se afianza, lo verá como una traición. Erróneamente, creerá que es su propia cobardía la que va desdibujando los detalles de Papi, el lunar sobre su ceja izquierda, los pequeños rizos de su cabello, el timbre de su voz cuando ríe, la textura de lija de su mandíbula contra la frente de Luca cuando leen juntos en la noche, en su cama. Pero Luca no sabe nada de eso todavía, y tampoco sabe que, sin importar lo que haga ahora, esa amnesia creciente es inevitable y no es su culpa. Así que, en su fatiga, rechaza los recuerdos y los aísla. Se recita las particularidades geográficas de Nairobi, Toronto, Hong Kong. Pronto está roncando con suavidad en el regazo de su madre.

A pesar del cansancio que siente hasta los huesos, Lydia es la única que no puede dormir. Se tensa cuando se acerca una pareja joven, bebidos y risueños. Se adentran bajo los árboles por un beso y luego se paran en seco cuando ven la silueta oscura de Lydia sentada en la banca, aferrando su mochila frente a ella como un escudo, y, muy cerca, las figuras de Luca y las hermanas. Los niños no se mueven y la pareja se aleja rápidamente. Detrás del sonido de los grillos, escucha el eco de sus pisadas hasta desaparecer.

Lydia siente envidia por el coro de respiraciones acompasadas a su alrededor. Qué fácil es para los jóvenes dejarse llevar por el cansancio como un baño caliente. Ella también lo hacía, recuerda, antes de ser mamá. Podía hacer cualquier cosa en ese entonces, antes de que la aprehensión maternal encendiera una precaución real en su alma. Había sido temeraria en su juventud. De adolescente, se tiraba de La Quebrada solo por diversión, por el temblor que la sacudía cuando saltaba. Ahora se estremece al recordar ese riesgo innecesario y mira a las niñas que duermen extendidas, cabeza con cabeza, en la banca contigua.

Cuando se asoma la primera insinuación de luz entre los árboles, anunciando la llegada de la seguridad del día, la mente de Lydia la libera para que pueda dormir.

CAPÍTULO 16

*En casa siempre decían, en broma, que Luca y Sebas-*tián no debían hablar con Lydia en la mañana antes de que se hubiera tomado la segunda taza de café. Siempre tomaba dos en casa y una tercera en la tienda, al abrir. Tenía el hábito de limpiar los filtros y preparar la cafetera por la noche para no tener que hacer todo eso en la mañana, todavía medio dormida. Era lo primero que hacía cada día cuando sonaba la alarma e iba de camino al baño: encender la cafetera y sentir el gorgoteo de feliz impaciencia cuando se iluminaba el indicador rojo. Los domingos, cuando tenía más tiempo, hervía leche para usar la espuma, o hervía los granos con canela y azúcar para preparar café de olla. Ahora casi nunca toma café en las mañanas, lo que le provoca un dolor de cabeza crónico, que se empeora cuando está exhausta por la falta de sueño.

Vuelven a las vías temprano y hay alrededor de una docena de migrantes reunidos esperando el tren. Cerca, un hombre que viste pantalones de mezclilla y camisa limpia está parado junto a una camioneta pick-up que tiene la tapa de la caja abierta. Adentro hay una inmensa olla de arroz y una hielera con tortillas calientes. Es el padre de la iglesia con banderines que vieron junto a las vías, y antes de alimentar a los migrantes les da la comunión y los bendice. Luego prepara tortillas con arroz y las reparte. También tiene un barril anaranjado grande que dice Gatorade, pero que está lleno de jugo de fruta. Uno de los migrantes llena vasos desechables y los reparte. Lydia y las niñas se sientan en las bancas y comen en silencio. Luca es quien lo nota.

—¿Por qué están esperando de ese lado de la vía? —señala.

—¿Eh? —dice Lydia, masticando.

Los migrantes están reunidos en el lado de la vía que va hacia el sur. Rebeca se va con su tortilla hacia donde están los hombres que esperan. Habla con ellos y luego regresa para explicarles.

—Se nos fue la ruta del Pacífico —dice.

—¿Qué? —Soledad suena alarmada.

—No por mucho, no te preocupes. —dice Rebeca y se sienta junto a su hermana—. Celaya está a una hora hacia el sur.

—Ah, la tercera ciudad más grande en el estado de Guanajuato —interviene Luca en voz baja.

Ambas chicas lo voltean a ver con admiración, y él bebe su jugo avergonzado.

—Podemos tomar el tren hacia el sur y cambiar en Celaya a la ruta del Pacífico —continúa Rebeca.

—Pero ¿por qué? —pregunta Lydia, enderezándose—. ¿No es menos distancia si seguimos desde aquí?

—No es seguro —dice Rebeca—. Nos dijo nuestro primo...

—Todos nos dijeron —la corrige Soledad.

—Todos nos dijeron que tomáramos la ruta del Pacífico. Todas las demás son súper peligrosas debido a los cárteles.

La comida se siente pastosa en la boca de Lydia.

—Todos dijeron lo mismo —concuerda Soledad—. Solo la ruta del Pacífico es segura.

Lydia no necesita que la convenzan, pero tiene una pregunta. Las chicas parecen saber mucho más que ella.

—¿Saben qué cárteles controlan qué rutas?

—No, pero Dios nos cuida —dice Rebeca, y se persigna—. Estaremos bien.

Solo para asegurarse, las hermanas entran a la iglesia y encienden una vela mientras esperan.

———

Cuando el tren que va hacia el sur cruza San Miguel de Allende, no se detiene, pero viaja lento y los hombres ahí reunidos lo abordan con calma. Luca mira a las hermanas correr a la par del tren. Su miedo las vuelve ágiles y fuertes, con movimientos precisos. Los hombres esperan arriba de las escaleras para tomar sus manos y subirlas al techo. Luca no se va a quedar atrás. Corre, y Mami corre con él, y se siente valiente hasta el momento en que se afianza a la escalera en movimiento y la vibración hace eco en la palma de su mano y de ahí se extiende a todos los huesos de su cuerpo, y esa reverberación le recuerda lo pequeño que es y el tamaño colosal del tren, y lo muerto que estaría si soltara la escalera en el momento equivocado. Mami está detrás de él y lo levanta. Luca se aferra a la escalera con tanta fuerza que sus nudillos cambian de color y casi tiene miedo de soltar una mano para subir al siguiente barrote, pero sabe que tiene que hacerlo para dejarle espacio a Mami. Así que sube, y el miedo es como un globo en su garganta, solo que ahora hay dos hombres en el techo, así que uno lo agarra de la mochila y el otro del brazo, y ahora está arriba del tren, y Rebeca le sonríe. Y ya viene Mami subiendo. Lo lograron.

—Qué macizo, chiquito. —Rebeca está impresionada.

Luca sonríe.

A Luca nunca le ha gustado una niña. Bueno, no es cierto, porque le gustaba Pilar, la niña temeraria de su escuela, porque era muy buena en el fútbol; y le gustaba su prima Yénifer porque era muy buena con él como ochenta y cinco por ciento del tiempo, incluso cuando era mala con su hermano; y le gustaba esa otra niña, Miranda, que vivía en el mismo edificio que ellos, porque usaba tenis amarillos y podía doblar la lengua en forma de trébol. Así que tal vez sea más adecuado decir que Luca nunca había estado enamorado. Arriba del tren, Luca mira a Rebeca e intenta actuar como si no la mirara. No es que alguien se fuera a dar cuenta de todas maneras, todos están demasiado ocupados mirando a Soledad como para darse cuenta de cualquier otra cosa. En la media luz que deja el halo de Soledad, Rebeca brilla como un sol secreto. Está acostada sobre su espalda, junto a Luca.

—¿Por qué se fueron de la casa? —le pregunta.

Luca aprieta los dientes e intenta formular una respuesta rápida, antes de que Rebeca se sienta mal por haber preguntado, pero no se le ocurre nada que decir.

—¿Están huyendo de tu papá? —adivina.

—No —dice Luca—. Papi era genial.

Gira sobre su costado para mirarla, aunque eso implique que su brazo ya no esté estirado junto al de Rebeca.

—¿Eres un espía? —pregunta Rebeca—. No le diré a nadie, lo prometo. —Sostiene un trozo de cartón sobre su rostro para hacer sombra y su cabello negro está metido en los hoyos de la rejilla de metal del vagón.

—Sí —dice Luca—. Soy espía. Mi gobierno recibió una pista sobre una bomba nuclear en este tren. Estoy aquí para salvar al universo.

—Gracias a Dios, ¡ya era hora! —Ríe Rebeca—. El universo sí necesita que lo salven.

El tren se mece irregularmente bajo sus cuerpos. Cerca, Mami platica en voz baja con Soledad.

—¿Y qué hay de ti? —pregunta Lucas—. ¿Por qué se fueron de casa?

—Suspiro.

Rebeca frunce el ceño. Dijo "suspiro" en lugar de "suspirar", lo que es gracioso a pesar de su expresión infeliz.

—Todo era malo al final. —dice Rebeca y se endereza—. Soledad es súper bonita, ¿sabes?

Sostiene el cartón a un costado de su rostro, donde está el sol.

—Ah, ¿sí? No me había dado cuenta —dice Luca.

—Payaso. —Rebeca ríe y usa el cartón para pegarle en la cabeza—. Como sea, venimos de un lugar muy pequeño, un pedazo de pueblo en las montañas. Ni siquiera es un pueblo realmente, por lo disperso que está. Solo una colección de diferentes construcciones donde vive la gente. Y está muy apartado... La gente de la ciudad lo llama bosque nuboso, pero nosotros lo llamamos hogar.

—¿Por qué bosque nuboso? —pregunta Luca.

Rebeca se sube de hombros.

—Supongo que por todas las nubes.

Luca se ríe.

—Pero todos los lugares tienen nubes.

—No así —dice Rebeca—. De donde yo vengo, las nubes no están en el cielo, sino en el suelo. Viven con nosotros, en el patio, a veces incluso en la casa.

—Guau.

Rebeca sonríe a medias.

—Siempre fue lindo ahí. Encantador. Y no había teléfonos ni electricidad ni cosas así en la casa, y vivíamos con Mami y Papi y la abuela, pero era imposible ganarse la vida en ese lugar porque no hay trabajo, ¿sabes?

Luca asiente.

—Así que nuestro papá casi siempre estaba lejos, viviendo todo el tiempo en la ciudad, en San Pedro Sula.

En su cabeza, Luca piensa: "San Pedro Sula, la segunda ciudad más grande de Honduras, un millón y medio de habitantes, la capital mundial del homicidio".

—Ah, eres hondureña —dice en voz baja.

—No —lo corrige Rebeca—. Chortí.

Luca la interroga con la mirada.

—Indígena —explica—. Mi gente es chortí.

Luca asiente, pero no comprende totalmente la diferencia.

—Y bueno, Papi era cocinero en un hotel grande de San Pedro Sula, y era un viaje de casi tres horas desde donde vivíamos, así que solo venía una vez cada dos meses a visitarnos. Pero estaba bien porque, aunque extrañábamos a Papi, nuestro pequeño bosque nuboso era el lugar más hermoso del mundo. No lo sabíamos entonces porque era el único lugar que habíamos visto, fuera de fotografías en libros y revistas, pero ahora que conozco otros lugares lo sé. Sé qué tan bonito era. Y nos encantaba incluso antes de saberlo. Porque los árboles tenían esas enormes hojas verdes, tan grandes como una cama, y se mecían con el viento. Y cuando llovía podías escuchar los goterones golpeando esas hojas inmensas, y solo podías ver pedazos de cielo azul brillante si caminabas muy lejos, a casa de un amigo o a la iglesia o algo, o cuando atravesabas un claro y esas hojas se abrían y dejaban entrar la luz del sol, amarilla, dorada y húmeda. Y había cascadas por todas partes, con piscinas donde podías bañarte, y el agua siempre estaba caliente y olía a luz de sol. Y en la noche se escuchaban las ranas y la música de las cascadas, y todos los cantos de las aves nocturnas, y Mami preparaba el chilate más delicioso, y la abuela nos cantaba en nuestra antigua lengua, y Soledad y yo juntábamos hierbas y las secábamos para que Papi las vendiera en el mercado en su día libre. Y así pasábamos el tiempo.

Luca puede verlo. Está ahí, muy lejos, en el bosque nuboso, en una cabaña con el piso de tierra y una brisa fresca, con Rebeca, Soledad, su mamá y la abuela, e incluso puede ver a su padre, lejos de la montaña, a través de las calles atestadas de la enorme ciudad, con un delantal largo y un sombrero de chef, y los bolsillos llenos de hierbas secas. Luca puede oler la madera del fuego, el cacao y la canela del chilate, y así es como se da cuenta de que Rebeca es mágica, porque puede transportarlo a miles de kilómetros de distancia, hacia su propio hogar en las montañas, solo con el sonido de su voz.

—Las nubes eran tan espesas que podías lavar tu cabello en ellas —dice—. Entonces, un día pasó algo horrible, porque estábamos en un lugar tan aislado que cuando llegaron los narcos y todos los hombres del pueblo estaban trabajando en la ciudad, esos hombres malos pudieron hacer lo que quisieron. Pudieron tomar a todas las niñas que quisieron y nadie los pudo detener.

Luca parpadea con fuerza. No quiere saber esa parte. De pronto ya no le gusta la magia de Rebeca, la forma como puede sentir a esos hombres irrumpiendo en el bosque, sus cuerpos ardientes vaporizando las nubes a su alrededor mientras se abren camino por la maleza. Pero no puede evitar preguntarle:

—Esos hombres malos. ¿Te agarraron?

—No. —Rebeca hace una especie de mueca que deja ver todos sus dientes blancos y rectos, pero no es una sonrisa en absoluto—. Tuvimos suerte porque escuchamos los gritos de los vecinos, por la forma como las nubes atrapan y transmiten el sonido, aun desde muy lejos. Así que apagamos el fuego sin que echara humo y nos escondimos. Nunca nos encontraron.

—Ah. —Luca siente alivio—. Y ¿entonces?

—Entonces, después de que se fueron y descubrimos qué pasó, y supimos que se habían llevado a cuatro niñas de nuestro lado de la montaña, Mami decidió ese mismo día que Soledad y yo teníamos que irnos, aun cuando era el único lugar que conocíamos en el mundo. No queríamos irnos.

Luca siente que su rostro se retuerce por ella e intenta recomponer su expresión para mostrarle consuelo y no dolor.

—Así que, al día siguiente, bajamos de la montaña con Mami y nos dejó en el autobús hacia San Pedro Sula.

—Espera, ¿qué? ¿No se fue con ustedes?

Rebeca recoge sus piernas frente a su pecho y se abanica con el cartón. Sacude la cabeza.

—Dijo que nadie molestaría a dos ancianas. Así que ella y la abuela se quedaron.

Luca traga saliva. No quiere hacer la siguiente pregunta, pero se atreve.

—¿Qué les pasó?

—No sé, no las he visto desde ese día. Fuimos a la ciudad, encontramos a nuestro Papi en el hotel y nos quedamos en su departamento, que solo tenía un cuarto. Era espantoso. Demasiado iluminado, caliente y ruidoso porque siempre había autos, radios, televisores y gente, pero Papi dijo que estábamos más seguras de todas maneras. Le gustaba tenernos ahí, aunque casi nunca lo veíamos porque trabajaba todo el tiempo y quería que fuéramos a la escuela.

—¿La escuela de ahí era igual a la de tu casa?

Rebeca sonríe con tristeza.

—No, Luca. Nada era igual. —Se da vuelta para mirar sobre su hombro a Soledad—. Pero intentamos mirar el lado positivo. No íbamos mucho a la escuela en el pueblo, solo fuimos cuando éramos pequeñas, así que nos costó trabajo ponernos al corriente. Y no había muchos indios ahí, así que nos sentíamos fuera de lugar. Esperábamos poder tomar el autobús de vuelta a la montaña algunos fines de semana con Papi para visitar a Mami, a la abuela y a nuestros amigos, y respirar las nubes y llenar nuestro espíritu otra vez, pero pasaron semanas, meses, y Papi siempre estaba trabajando. Nunca tuvo tiempo ni dinero para el autobús. Y luego Sole se consiguió un novio accidentalmente.

Luca levanta una mano.

—Espera. ¿Cómo te consigues un novio accidentalmente?

—Shhh —dice Rebeca—. Que no te oiga.

Luca baja la voz y se acerca a Rebeca.

—Pero, ¿cómo?

—Iba caminando un día sola de camino a casa y este tipo la vio y le habló. Eso le pasaba siempre adonde quiera que fuera en la ciudad, así que hizo lo de siempre, lo ignoró. Pero al tipo no le gustó, así que le gritó y la agarró de la garganta y de otras partes, y le dijo que era su novio.

Luca siente que su rostro se torna gris.

—Ay, no debería estarte contando todas estas cosas —dice Rebeca—. Lo siento.

—No, sí lo aguanto —dice Luca—. No te disculpes.

Rebeca jala un hilo anaranjado que sobresale en la costura de sus pantalones de mezclilla.

—No he podido hablar con nadie de esto desde que pasó —dice—. Nada más Soledad, y ella no quiere hablar de eso.

Luca asiente.

—Entiendo.

—Pero es que tú eres mi amigo, ¿sabes? —sonríe Rebeca.

—Lo soy —dice Luca y se siente orgulloso.

—Te ves mucho mayor de lo que eres. Como un viejo en ese cuerpo chiquito.

Luca intenta tomarlo como un cumplido. Su cuerpo no es chiquito; solo es moderadamente más pequeño que el de cualquier niño de ocho años.

—Yo también he visto cosas malas —dice.

—¿Sí?

Luca asiente.

—De lo contrario, supongo que no estarías en este tren.

—Es un prerrequisito —dice Luca.

Rebeca asiente.

—Mi Papi murió —susurra.

No ha querido decir las palabras en voz alta, admitirlo. Es la primera vez, y puede sentir cómo las palabras salen de su pecho y que algo podrido se desprende con ellas de su interior y sale. Ahora queda una herida abierta donde Luca tenía guardadas esas palabras.

—Ay, no —dice Rebeca.

Se inclina hacia él como si hubiera perdido el equilibrio de pronto, pero pega su frente a la de Luca y ambos cierran los ojos.

El resto de la historia de las hermanas emerge en momentos robados a lo largo de varios días. Cómo el "novio" indeseado de Soledad resultó ser el palabrero de la clica local de una pandilla internacional. Cómo era, pues, lo suficientemente violento y poderoso para hacerle lo que quisiera sin temer a las consecuencias, pero no tan violento ni tan poderoso como para poder tenerla solo para sí. Cómo la vida de Soledad se fue deteriorando por una serie de traumas espeluznantes. Cómo Soledad le contaba partes a Rebeca, pero hacía lo que fuera para ocultarle la situación a su Papi porque sabía que, si él se enteraba de sus circunstancias, iba a querer protegerla y lo matarían.

Rebeca sabe que Iván —así se llamaba el novio indeseado— a

veces dejaba que Soledad fuera a la escuela, pero otras veces, no. Y hay mucho que no sabe: cómo dejaba que Soledad regresara a casa por las noches porque, en la depravación de su mente, le gustaba la idea de que le impusieran una hora de llegada para que así conservara su virtud. Cómo la decencia, la resistencia moral, el asco evidente que Soledad sentía por él lo excitaban. De qué manera, cuando Soledad se dio cuenta de eso, a veces fingía que le gustaba estar en compañía de él con la esperanza de que se cansara de ella. Y cómo ahora, cuando Soledad recuerda su actuación, se siente avergonzada. Fue inútil, de cualquier manera, pues el esfuerzo del subterfugio no tenía comparación con su belleza.

Un día, Iván le mostró a Soledad una fotografía del hotel donde trabajaba su papá y le dijo su nombre. Le dio un teléfono celular, le dijo que tenía que contestar siempre que sonara, sin importar lo que estuviera haciendo y le enseñó a mandar mensajes.

—Se siente bien estar vivo, ¿no, Sole? —dijo, y ella se estremeció por la forma en que abrevió su nombre, como si fuera alguien a quien ella amara.

Durante todas esas semanas de sufrimiento, Soledad casi no veía a Rebeca, sabiendo que la única protección, aunque frágil, que podía ofrecerle a su hermana pequeña era esa distancia inusual. Cuando Iván llamaba, Soledad dejaba lo que estuviera haciendo, como él le había indicado, e iba con él. Dejaba el carrito en medio del supermercado o se salía de la fila del autobús, o se levantaba de la silla en medio de la clase y cruzaba la ciudad hasta donde estuviera él, como un imán zombi.

Dos veces, Soledad vio cómo Iván le disparaba a alguien en la cabeza. Una vez lo vio patear a un niño de nueve años en el estómago hasta escupir sangre, porque esa era una de las iniciaciones de los nuevos chequeos en la pandilla. Ese día ella le preguntó qué pasaría si no contestaba el celular alguna vez y él la abofeteó con el revés de la mano en la boca, dejándole un moretón en la quijada y un verdugón en el labio que no pudo explicarle fácilmente a Papi.

—Me refería a si estaba en la regadera o algo —le explicó a Iván—. Si mi Papi estuviera ahí y no pudiera contestar.

Y, cuando dijo eso, Iván levantó la mano otra vez como si fuera a pegarle. Soledad se agachó y se cubrió el rostro. Iván rio.

—Solo contesta tu teléfono, puta.

Después de eso, dejó que uno de sus amigos le pagara para estar a solas con ella durante una hora.

Soledad no quería morir realmente. Siempre había sido una niña feliz. Recordaba cómo se sentía cuando era feliz y no creía que pudiera volver a sentirse así de nuevo, pero en el recuerdo de la felicidad encontró cierta esperanza. Aun así, durante esas largas semanas con Iván, varias veces le pasó por la mente cortar con una cuchilla el amasijo de venas de su muñeca. O tomar el arma que Iván dejaba en su mesa de noche antes de hacer lo que hacía con ella, apuntarle y jalar el gatillo; dispararle y tener la satisfacción de ver sus sesos esparcidos en el techo, y luego dispararse ella antes de que sus amigos entraran y la castigaran; acabar con todo, librarse de esa tortura repetitiva. Después pensaba en su Papi y en el sufrimiento que le causaría. También en su mamá y su abuela, en casa, en el bosque nuboso, cuando Papi llegara a la casa en las montañas y les diera la noticia. Pero, ante todo, Soledad pensaba en Rebeca. Su hermana tenía miedo, pero seguía intacta. No la habían descubierto, y el milagro improbable de esa verdad era lo que permitía a Soledad seguir adelante. La posibilidad de salvar a su hermana menor.

Luego pasó que, una tarde, Iván estaba acostado en la cama en ropa interior, fumando un cigarro. Exhaló el humo hacia Soledad, que estaba hecha un ovillo cerca del borde de la cama, a sus pies.

—Escuché que tienes una hermana —dijo, rozando la espalda de Soledad con los dedos del pie.

Soledad agradeció no estar de cara a él cuando lo dijo, porque sabía que su rostro le hubiera revelado el terror que provocaban sus palabras.

—¿Por qué nunca la habías mencionado?

Soledad se había cubierto con una sábana, metida bajo los brazos. Dibujó en su rostro lo más cercano a una sonrisa que pudo y se volteó.

—No somos cercanas —dijo—. No es como yo.

Afuera podía escuchar a dos amigos de Iván discutiendo, pero también había niños gritando, correteándose por la calle. La luz del sol entraba con fuerza por la ventana abierta.

—No es como tú, ¿eh? —dijo, incorporándose en la cama.

Bajó la sábana hasta la cintura de Soledad. Tocó uno de sus senos y lo miró reaccionar.

—No es lo que yo escuché —dijo.

Luego dejó su cigarro casi completo en el cenicero junto a la cama y se puso de rodillas.

—Diablos, mujer. Quiero meterme otra vez.

Soledad lo soportó, sintiendo algo más inmediato y aterrador que el asco que normalmente sentía. Cuando Iván terminó, le dijo a Soledad que volviera en la mañana con su hermana. Ella se fue a casa, empacó su mochila, tomó el poco dinero que Papi había ahorrado y guardaba en una lata de café encima del refrigerador, y se sentó en la mesa a esperar a Rebeca. Le escribió una carta a su padre:

Querido Papi:

Te quiero mucho, Papi, y siento mucho tener que escribirte esto porque sé que te romperá el corazón. Y siento mucho llevarme tus ahorros, pero sé que trabajas muy duro y guardaste este dinero solo por nosotras, y sé que hubieras insistido que nos lo lleváramos y lo usáramos para irnos de aquí si supieras las cosas tan terribles que me han pasado. No te dije antes porque pensé que podía protegerte a ti y a Rebeca si me quedaba callada y hacía lo que me decían, pero hay monstruos en esta ciudad, Papi, y ahora tengo mucho miedo, y me tengo que llevar a Rebeca de aquí antes de que la lastimen también. Así que nos vamos hoy, Papi. Ya nos fuimos. Y debes andar con mucho cuidado y ver por ti, por favor. Te llevamos en nuestro corazón. Te llamaremos cuando lleguemos al norte, Papi. Y te irás con nosotras

cuando tengamos trabajo, para que también puedas llevarte a Mami
y a la abuela, y todos estemos juntos otra vez, como debe de ser.
   Dios te bendiga, Papi, hasta que nos volvamos a ver.
                     Todo mi amor, de tu devota hija llena de pena,
                                                    Soledad

Rebeca desconoce muchas de esas cosas. Pero sabe que Soledad le envió un mensaje de texto a su primo César en Maryland esa tarde mientras esperaba a Rebeca en la casa. Y sabe que César no hizo preguntas porque sabía cuáles eran las peores respuestas posibles y solo quería sacarlas de ahí. Rebeca sabe que César le preguntó si podían esperar algunos días hasta que encontrara a un coyote que las llevara desde Honduras hasta el norte, pero Soledad le dijo que no podían esperar. Se iban ese día, en ese momento. Rebeca sabe que César ya le pagó a un coyote de confianza que las encontrará en la frontera para cruzarlas, pero no sabe que su primo dio 4,000 dólares por cada una. Y, si lo supiera, esa cantidad de dinero no tendría sentido para ella. Es tan incomprensible como cuatro millones.

Conforme Rebeca le revela a Luca los retazos de la historia que conoce, él comienza a comprender que eso es precisamente lo que todos los migrantes tienen en común, la base de la solidaridad que existe entre ellos. Aunque vengan de lugares y circunstancias diferentes —urbanas, rurales, de clase media, pobres, educados, iletrados, salvadoreños, hondureños, guatemaltecos, mexicanos, indígenas—, todos llevan su propia historia de sufrimiento a bordo de ese tren rumbo al norte. Algunos, como Rebeca, comparten su historia con cuidado, eligen a quién, encuentran un oído fiel y recitan sus palabras como oraciones. Otros son como bombas de tiempo, compartiendo su angustia compulsivamente con todos los que conocen, esparciendo su dolor como granadas para un día poder sentir más ligera su carga. Luca se pregunta cómo será explotar así. Aunque, por ahora sigue sin detonar, con sus horrores sellados herméticamente en su interior y el seguro perfectamente en su lugar.

CAPÍTULO 17

Lydia y las hermanas se debaten constantemente entre la macabra sensación de que algo las persigue y deben moverse con rapidez, y la indecisión física o renuencia a dirigirse ciegamente a los demonios que posiblemente las acechan más adelante. La Casa del Migrante que encuentran en Celaya les provee un respiro de ese estira y afloja y, después de una noche en vela en la plaza, una bendición inigualable para Lydia.

Es apenas mediodía cuando llegan. Luca y Rebeca juegan basquetbol en el patio, pero no permiten que nadie más se una, pues se trata de un juego complicado con reglas confusas que ellos mismos inventaron. Lydia y Soledad se sientan en silencio a mirarlos desde una banca cercana. Ayudan en la cocina, escuchan las noticias en el televisor y luego Lydia toma una siesta. Cuando despierta, observa a su hijo jugar dominó con Rebeca. Se da cuenta de lo rápido que superaron la brecha entre sus respectivas edades, ocho y catorce. Luca parece mayor y Rebeca se ha vuelto más aniñada, así que se encuentran perfectamente en un punto medio. Da la impresión de que se conocen desde siempre, como si las chicas siempre hubieran estado ahí, aguardando el momento de ser parte de la vida de Lydia y Luca. Esa noche, Luca le pregunta si puede dormir con Rebeca.

—No es apropiado. —Lydia deja claro el límite.

Luca sabía que había pocas probabilidades de que lo dejaran, pero casi ninguna de las reglas de su otra vida parecía aplicar ahora, así que se arriesgó a preguntar. Se sube a la cama sin quejarse. Lydia mete su mochila entre las sábanas, a sus pies, y le da dos vueltas a la correa alrededor de su tobillo. Todos duermen profundamente. Es glorioso tener una puerta con seguro.

Soledad no le ha contado a Lydia de dónde vienen ella y su hermana, o las cosas que les han pasado. Lydia tampoco le contó nada de sus circunstancias familiares. Sin embargo, entre ellas existe un vínculo que les permite saber sin decirse, y que tiene que ver con una magia que surge en parte de lo maternal pero, sobre todo, de lo femenino. Así pues, a Lydia no le sorprende cuando esa chica, que parece mucho mayor que su hermana y no solo por los dieciocho meses que las separan, esa chica que normalmente no es muy abierta en cuestiones relacionadas con su propio cuerpo, le cuenta, a la mañana siguiente, que está embarazada. Lydia intenta responder a esa noticia de manera tranquila y directa, emulando la actitud de Soledad.

—Tu bebé será ciudadano estadounidense —murmura por encima de su taza de café.

Soledad sacude la cabeza y se levanta de la mesa para dejar su plato en la cocina.

—El bebé no es mío —dice.

Cuando estira los brazos por encima de la cabeza y su playera holgada roza la cintura de sus pantalones de mezclilla, su abdomen todavía se ve plano y moreno.

El día y la noche que pasan en la casa son tan significativos por su valor restaurativo que, las semanas siguientes, cuando evoquen el recuerdo feliz de ese lugar, les parecerá que estuvieron mucho más tiempo. Como todos los sacerdotes de México, el padre que dirige la casa viste con ropa de calle normal: una playera amarilla tipo polo y pantalones de mezclilla gastados, con una mancha de brea en una pierna. Su único ornamento religioso es una sencilla cruz de madera que cuelga de un cordel de cuero alrededor del cuello. Es delgado, con cabello canoso y lentes. Más de veinte migrantes reanudarán su viaje ese día, y el padre los reúne en el patio antes de que se marchen. El padre dice unas palabras que Lydia define como "plática motivacional con crisis de identidad" porque, aunque intenta animar a los migrantes, no hay nada motivacional en su discurso. Está parado frente a la multitud reunida, encaramado en una caja de leche puesta boca abajo, y en general solo pronuncia una serie de advertencias:

—Si es posible que se den la vuelta ahora, háganlo. Si pueden volver a casa y ganarse la vida en el lugar de donde vinieron, si pueden volver seguros, les ruego, por favor, háganlo ahora. Si hay otro lugar a donde puedan ir para alejarse de esos trenes, para mantenerse lejos del norte, vayan ahora.

Luca tiene su brazo alrededor de la cintura de Rebeca, y la cabeza recargada en ella. Rebeca pasa un brazo sobre los hombros de Luca. Lydia mira sus rostros; no se intimidan por la dureza de sus palabras. Algunos de los otros migrantes cambian su peso nerviosamente de un pie a otro.

—Si lo que buscan es una mejor vida, búsquenla en otra parte —continúa el padre—. Este camino solo es para personas que no tienen otra opción, que dejan violencia y miseria detrás. El viaje se volverá más peligroso de ahora en adelante. Todo irá en contra de sus propósitos y los boicoteará. Algunos de ustedes se caerán de los trenes. Muchos se mutilarán o resultarán heridos. Muchos morirán. Muchos, muchos de ustedes serán secuestrados, torturados, vendidos o pedirán un rescate por sus vidas. Algunos tendrán la suerte de sobrevivir todo eso y llegar hasta Estados Unidos solo para experimentar el privilegio de morir en el desierto, bajo el sol abrasador, abandonados por un coyote corrupto, o asesinado por un narco a quien no le guste cómo se ven. A cada uno de ustedes les robarán. A cada uno. Si llegan al norte, llegarán sin dinero, cuenten con eso. Miren a su alrededor. Adelante... mírense. Solo uno de tres llegará vivo a su destino. ¿Serás tú? —pregunta, señalando a un hombre de mediana edad con una barba bien recortada y una playera limpia.

—¡Sí, señor! —responde el hombre.

—¿Serás tú? —dice señalando a una mujer más o menos de la edad de Lydia que carga a un niño pequeño en la cadera.

—¡Sí, señor! —dice.

—¿Serás tú? —Señala a Luca.

Lydia siente cómo la embarga una aplastante sensación de desesperanza, pero Luca levanta su pequeño puño en el aire y responde:

—¡Sí, seré yo!

El discurso llena a los migrantes de energía y a la vez les quita la determinación, dejándolos inquietos e impacientes durante la larga espera en las vías del tren. En la tercera hora, algunos dejan de esperar y empiezan a caminar. Durante la cuarta y quinta horas, otros los siguen. Luca, Lydia y las niñas se dirigen hacia el borde oeste de la ciudad, en busca de un puente, pero el único que encuentran es muy alto. Saltar desde ahí sería un suicidio. Entonces buscan una curva en la que el tren reduzca la velocidad. Es media tarde cuando La Bestia finalmente llega. Lleva más gente de la que han visto antes. Incluso desde lejos, Lydia puede ver las siluetas de los migrantes encima de los vagones. Se mueve mucho más rápido que el tren que abordaron el día anterior en San Miguel de Allende.

Lydia casi les dice que esperen, que no lo van a lograr. Quiere articular su vacilación, pero se tarda y el ruido del tren se hace demasiado fuerte. Retumba en sus huesos. Todos corren y ella toma la mano de Luca con fuerza. Los hombres encima del tren les gritan instrucciones y palabras de aliento. Rebeca sube primero, luego Soledad, que se agacha para tomar a Luca. Este se extiende hacia ella con la mano que tiene libre y hay un momento aterrador cuando queda estirado entre las dos mujeres, un brazo con Soledad sobre La Bestia que ruge y el otro con Lydia corriendo abajo. Parece un caramelo suave y expuesto. Lydia lleva entonces su pequeño brazo hacia el tren y Luca sube. Soledad lo tiene y luego los hombres, arriba, lo alzan. Está a salvo, está a salvo. Lydia corre, todavía sin alivio. No lo tendrá hasta que se una a Luca allá arriba.

Corre y el tren empieza a ganar velocidad. Se empieza a quedar rezagada, lejos de la escalera y no puede acelerar más, y una explosión de pánico hace que sus piernas avancen como pistones, y se aferra de las barras de metal, aterrada ante la posibilidad de que sus piernas no puedan mantener la velocidad, de que se caiga, de acabar bajo las ruedas. Pero ese no es el día y sus pies encuentran el primer barrote, aunque sus manos estén apenas en el segundo. El tren comienza a ganar velocidad rápidamente y Lydia no puede creer lo rápido que va, pero sus cuatro extremidades ya están en el tren, y ella también, enconchada al pie de la escalera, como un insecto, y se permite un pequeño sollozo de alivio antes de desenrollarse y subir. Cuando llega al techo, busca a Luca y se atan con los cinturones. Luego lo abraza y llora en silencio escondida en su cabello, hasta que su corazón se calma.

Lydia quiere mantener a Luca y a las hermanas con ella, aislar a su pequeño grupo de los otros que están en el vagón. Pero los hombres son tan amigables, están tan ansiosos por ayudarlos. Le preocupa que estén demasiado ansiosos. No hay muchas mujeres en La Bestia, y niños, menos todavía, y Lydia siente que cada hombre que encuentra la reconoce como mujer. Está consciente de que sus compañeras y ella siempre van a *representar* algo para esos hombres. Para algunos, será el hogar. Para otros, la salvación. Para otros más, una presa. Para un halcón, podrían representar el dinero de una recompensa. Y aun si nada de eso fuera cierto, las hermanas causan alboroto adonde quiera que van solo por sus bellos rostros. Lydia está distraída con esas observaciones y, a pesar de su atención, no se da cuenta de que un joven está mirándola desde el otro lado de su vagón.

Luca lo nota. Y lo recuerda. Y en ese acto de remembranza experimenta un momento extraño de satisfacción, una breve oleada de endorfinas en la que nunca antes había reparado, pero que su cerebro ha generado durante toda su vida, un ligero placer químico de congratulación por lograr recordar casi a la perfección: Luca ha visto su cara antes. Reconoce al joven, y antes de ver el tatuaje desde donde está sentado con las piernas cruzadas, al otro lado del vagón, Luca lo ve en su mente: la hoz sangrienta que se asoma por el calcetín, las tres gotas de tinta roja cayendo de la cuchilla. Luca siente escalofríos bajo el sol abrasador. El joven está mirando a Mami. Y luego, mientras Luca lo observa, saca su teléfono del bolsillo, lo desbloquea, desplaza el contenido hacia abajo con el dedo y mira a Mami de nuevo. Bloquea el teléfono y lo vuelve a guardar. Luca está paralizado de miedo. Pasa un momento antes de que pueda tomar aire para decir algo.

—Mami —dice simplemente, y piensa que lo hace con calma, aun cuando su cuerpo, amarrado al techo del tren, siente una oleada salvaje de pánico.

Mami se inclina hacia él, pero no se acerca. Luca la llama con la mano queriéndole decir "ven, acércate, rápido". Lydia se acerca más.

—Mami, reconozco a alguien.

Esas palaras son todo lo que Lydia necesita para sentir una ráfaga helada en su columna.

—Está bien —dice, deseando que su cerebro trabaje un poco más lento. Está bien—. ¿Quién es?

Sus brazos y piernas se sienten líquidos, pero los dedos de una mano permanecen tensos aferrando la rejilla mientras lleva la otra mano automáticamente a la cadena en su cuello y mete el dedo índice en la argolla de matrimonio de Sebastián.

—No mires —dice Luca—. Te está mirando, nos está mirando.

El mantra de Lydia entra heroico a su conciencia, penetrando la violenta interferencia de esa nueva información. "No pienses, no pienses, no pienses", le dice su cerebro.

—Está bien —repite—. ¿Quién?

Luca se acerca hasta rozar su oreja.

—El joven de la primera Casa del Migrante, en Huehuetoca.

Lydia respira profundamente. *Está bien.* Es un joven con el que se cruzaron. Siente alivio en sus hombros, que son como gelatina.

—Ay, Luca —dice.

Quiere regañarlo por darle un susto de muerte, pero ¿cómo puede saber Luca lo que provocaría una estampida de miedo en el páramo confuso de su nueva vida? También quiere reírse, besarlo, decirle que no se preocupe tanto. Lo rodea con un brazo.

—Está bien —dice—, no pasa nada.

—¿No te acuerdas del joven malo, el cholo que sacaron de la casa por molestar a esa niña? ¿Le hizo algo malo?

Sí, se acuerda. Ay, mierda. La mujer en el desayuno dijo que era un sicario.

Un momento atrás, Lydia se había atrevido a sentirse cómoda en su insólito progreso. Se había permitido la indulgencia de sentir miedo por nuevas amenazas anónimas e indiscriminadas. Y ahora hay un sicario de quién sabe qué cártel que la mira a cien yardas de distancia. Lydia observa a los demás migrantes sentados a su alrededor. Cualquiera de ellos podría ser un narco. Cualquiera podría ser uno de Los Jardineros. Se agacha tanto que su rostro casi toca la rejilla o, mejor dicho, su cuerpo lo hace sin que su mente se lo indique, siguiendo el instinto de ocultarse, de perderse en la escena, de desaparecer. Luca se agacha también.

—Hay algo más —dice Luca, porque sabe, aun sin comprender cómo lo sabe ni lo que significa, que hay algo increíblemente amenazador respecto a ese tatuaje.

—¿Qué? —Lydia está lista para recibir la información, sea lo que sea. Le abre la puerta.

—Un tatuaje. Tiene un tatuaje.

Su machete está atado a su espinilla bajo la pierna de su pantalón. Puede sentir la correa de la funda contra la piel.

—¿Qué clase de tatuaje? —le susurra a Luca.

—Como un cuchillo grande y redondo, Mami —dice—, con tres gotas de sangre.

A Lydia se le seca la boca. Sus dedos están helados. Su cuerpo tiembla de adentro hacia afuera, de pies a cabeza, empezando por los pulmones. Pero Luca ve un rostro en calma e impasible.

—¿Como una hoz? —necesita esa aclaración, aunque no la quiere—. ¿Así? —Traza la forma en la palma de la mano con un dedo.

Luca asiente.

—Gracias por decírmelo, mijo —contesta, acariciándole la oreja—. Hiciste lo correcto. Bien hecho.

Antes de que Lydia pueda concebir un plan, antes de que pueda interiorizar la información, incluso antes de que siquiera logre girar la cabeza en la dirección en que Luca señaló para ver al joven con el tatuaje de Los Jardineros, se escuchan gritos y hay una terrible conmoción dos vagones más adelante. Todos se voltean instintivamente en dirección al clamor. Todos contienen la respiración y, casi de inmediato, el tren silba, entra en un túnel y todo queda en la oscuridad.

—¡Mami! —grita Luca.

—Aquí estoy. —Lydia busca su mano—. Aquí estoy, mijo.

—¿Qué pasó?

—No sé, mijo.

—Tengo miedo.

—Ya lo sé, mijo, está bien.

Lydia tantea en la oscuridad y toca el cabello suave de Luca. El túnel es corto y pronto salen a la luz. Las hermanas, que estaban durmiendo acurrucadas hasta que escucharon la conmoción, se levantan y parpadean rápidamente mirándose una a la otra, como en una clave Morse cansada.

—¿Qué pasó? —pregunta Soledad.

Se escucha un griterío dos vagones más adelante y un par de voces destaca entre las demás. Un hombre llora.

—¡Hermano, hermano, hermano!

Y luego se levanta en el techo del tren y sus compañeros lo agarran y hacen que se siente. Un momento después vuelve a intentar ponerse de pie. Parece determinado a saltar. La historia de lo que pasó viaja a lo largo del tren, hasta que llega al grupo de hombres sentados frente a las hermanas.

—Su hermano se cayó. —Un joven se voltea para decirles.

Soledad ahoga un grito y se persigna.

—Dios mío, ¿cómo? —pregunta.

El hombre señala el túnel que acaban de pasar.

—No vio el túnel. Estaba sentado sobre las rodillas, muy alto, y pum. El techo del túnel le dio en la cabeza y se cayó.

El rostro de Soledad es una maraña de compasión y horror. Se inclina más allá del joven, porque ahora puede ver que el hombre volvió a pararse por tercera vez. Las palabras vuelan de su boca por instinto, sus manos se extienden hacia él.

—¡Deténganlo! —grita—. ¡Agárrenlo!

Pero es demasiado tarde. Ya saltó. Ahora es una silueta distorsionada de brazos y piernas arqueadas contra el amarillo nublado del cielo de la mañana. Su sombra dibuja la forma de su pena mientras se precipita hacia la tierra.

—Está muy alto, está muy alto. —La voz de Soledad trabaja independiente de su cuerpo—. Ay, Dios mío. Dios mío.

Su vagón está pasando por el lugar donde el hombre rueda por el terraplén empinado para caer lejos. Luca cuenta los brazos y las piernas del hombre: uno, dos, tres, cuatro. Los vuelve a contar para asegurarse. Todavía tiene los cuatro, pero no parecen funcionar. Su cuerpo deja de moverse junto a un matorral y el tren continúa avanzando sin él y sin su hermano.

Soledad está casi catatónica después de ver saltar al hombre, como si el incidente hubiera aflojado la débil costra de su propio sufrimiento. Se recuesta de nuevo y Rebeca lleva la cabeza de su hermana hacia su regazo. Acaricia su cabello negro y largo, y canta una canción en voz baja, en un lenguaje que Lydia nunca había escuchado. Soledad se queda así, sin parpadear, y pronto su expresión se suaviza, sus oscuras cejas se relajan y cierra los párpados. Se deja llevar por algo parecido al sueño.

———

Lydia no mira al joven del otro lado del vagón, pero está hiperalerta por la atención que él le presta. Está sentado con las piernas estiradas, y sus manos sostienen su peso. Los está mirando. Lydia lo reconoce ahora, pero solo porque Luca lo mencionó. Tiene puestas las mismas bermudas rojas que le quedan grandes, y la inmensa playera blanca. Encima lleva una playera roja y negra de algún equipo profesional de basquetbol, y un brillante en cada oreja. Los aretes probablemente son falsos, mas logran que parezca un cantante de hip hop, que es exactamente lo que esperaba conseguir cuando se rasuró esas dos líneas en la ceja derecha.

Lydia no gira la cabeza. Con la precisión de una cazadora puede percibir sus movimientos con su visión periférica: cuando se quita la gorra de béisbol negra y lisa para rascarse la cabeza, cuando se inclina hacia la orilla del tren para escupir, cuando desenrosca la tapa de su botella de agua y le da un trago. Se pregunta si él puede sentir su ansiedad, si su calma estudiada es biológicamente inefectiva, si su cuerpo envía feromonas de alarma que él puede detectar. Ha surgido una conciencia primitiva entre ellos, gracias a la cual Lydia también nota la forma en que su propio cuerpo responde cuando, en un tramo recto y abierto de la vía, él se levanta de su posición y se dirige hacia ellos. El corazón de Lydia empieza a latir con más fuerza, sus pupilas se dilatan, aprieta más la mano de Luca; todos sus músculos se contraen o tiemblan, y su piel se eriza por completo. Le sudan las palmas de las manos. Suelta la mano de Luca y toca el machete atado a su pierna, bajo los pantalones.

Todos observan al joven que se abre camino alegremente entre los grupos de migrantes en el tren. Todos están atentos cuando alguien se mueve; buscan señales de embriaguez o comportamientos erráticos. Buscan el brillo de una navaja oculta. Están particularmente alerta con este joven porque es evidente lo que es. Se alejan cuando pasa.

—¿Buscas el vagón comedor, amigo? —le pregunta un hombre mayor con un sombrero de paja.

Los migrantes de alrededor se ríen, pero es una risa sospechosa. ¿Por qué está solo? ¿Adónde cree que va?

—Solo estiro las piernas —responde el joven.

Mantienen la vista fija en su tatuaje cuando pasa; la amabilidad es una fachada minúscula. La mayoría de los migrantes conoce el significado de esas tres gotas de sangre que lleva tatuadas: una por cada muerte.

Al verlo venir, Lydia saca el machete de la pequeña funda debajo de su pantalón. Presiona el botón y la cuchilla se libera, y se siente satisfecha por su aparición. Luca la mira sin decir palabra y Lydia esconde la cuchilla bajo la manga. Un ligero instinto le dice a Lydia que deje la cuchilla y busque un arbusto en el camino o algún punto suave en la tierra, y que tire a su hijo del tren tan pronto como vea un lugar donde pueda sobrevivir la caída. Se acerca a Luca y agarra brevemente su pierna para asegurarse de que su cuerpo no obedezca a ese absurdo impulso. Lydia presiona sus piernas dobladas y se siente agradecida por el cinturón de tela. La sombra del joven ya está sobre ellos. Lydia no levanta la vista.

—¡Eh!, creo que te conozco —dice él.

Mete su cuerpo en el espacio estrecho que hay entre Lydia y las hermanas y se acomoda. Si fuera posible para Lydia tensarse más, lo haría. Puede sentir que Rebeca intenta mirarla a los ojos, pero no se voltea porque no quiere meterla en eso, sea lo que sea. Rebeca se reacomoda, haciendo sitio para el recién llegado. Mientras tanto, el cerebro de Lydia ha estado tan ocupado diciéndole que huya, que no ha tenido tiempo de pensar en un plan adecuado para ese momento, así que dice las primeras palabras que se le ocurren.

—Creía que no, pero mi hijo te reconoció de otra parte del camino, afuera de la Ciudad de México. —No menciona Huehuetoca por si el recuerdo de su expulsión de la casa lo enojara. Su cuerpo está tenso como una pistola amartillada.

—Ah, ¿sí? —Se acerca para sonreírle a Luca, lo que confunde a Lydia.

Lydia no puede entender la banalidad de la conversación. Si es un sicario, ¿qué hace ahí? ¿Pasar el rato? ¿Dónde tendrá el arma bajo esa ropa holgada?

—¿Qué onda, güey? —le dice el joven a Luca y se estira para tocar la visera de la gorra de béisbol de Papi, pero Luca se aparta—. Qué padre gorra. Soy Lorenzo —dice, extendiendo su mano hacia Lydia, que nunca se ha sentido más renuente a saludar a alguien, pero aprieta levemente la mano del joven y retira la suya de inmediato para aferrar otra vez el machete que tiene bajo la manga—. ¿Y tú eres?

"No puede tener más de dieciocho años, veinte cuando mucho", piensa Lydia. ¿Cómo es posible que hable así, como si ella estuviera obligada a darle su nombre?

—Araceli —saca el nombre falso por encima de su aliento, como un surfista montado sobre una ola gigante.

Lorenzo sacude la cabeza.

—No creo.

Lydia se muerde el interior de la boca. Si alguna vez dudó de ser capaz de apuñalar a otro ser humano, esa incertidumbre ya no existe.

—¿Disculpa?

—No eres Araceli.

La única respuesta que alcanza a generar es un resoplido. Luca se recarga en ella. Cuando Lorenzo mete la mano en el bolsillo, Lydia tensa tanto el cuerpo que empieza a temblar. Meterá la cuchilla en su cuello. Pero está mal sentada; no hay punto de apoyo. ¿Sería capaz de matarlo? ¿O solo lo lastimaría, incitándolo a devolver la violencia fallida? Sería mejor saltar. Envolver a Luca como un caparazón para que al menos él sobreviva al salto desde un tren en movimiento. Pero, ¿Luca podría sobrevivir lo que sea que venga después, cuando ella no esté? Lydia solo tendrá una oportunidad de sacrificarse a sí misma... y entonces Luca estará solo para siempre. Su cuerpo se inquieta ante la indecisión. Gira el mango del machete en su mano y siente el frío contra su palma. Entonces la mano de Lorenzo saca del bolsillo un teléfono. No es una pistola, no es un cuchillo. Lo enciende y busca entre sus fotografías.

El aliento de Lydia entra y sale en un estremecimiento.

—Esta eres tú, ¿no?

Gira el teléfono para que Lydia vea. Es un selfi que Javier tomó de ellos en la librería. Están a los lados del mostrador, ambos apoyándose en él, con las cabezas juntas. Lydia mira directamente a la cámara, pero el rostro de Javier está ligeramente inclinado y sus ojos, atraídos inevitablemente hacia ella. Lydia recuerda el día que Javier tomó la foto. Le había contado que Marta le había dado clases magistrales en el arte del selfi. Cuánto se habían reído.

—Lydia Quijano Pérez, ¿no? —dice el joven a su lado.

Lydia esconde los labios en la boca y se truena el cuello una vez, pero no hay nada remotamente convincente en el gesto. Lorenzo sostiene el teléfono junto al rostro de ella para comparar los rasgos.

—Sí, qué bien te ves —dice. Y añade en un tono de voz que suena asombrosamente sincero—, lamento lo de tu familia.

Lo que en el tren equivaldría al silencio es el rugido lento del motor que arrastra incontables toneladas de metal que avanzan y resuenan por la vía. Las ruedas chillan en los rieles, metal contra metal, los acoples entre los vagones golpean, rozan y rechinan. Transcurren varios segundos de ese silencio antes de que Lydia pueda hallar al fin su voz.

—¿Qué quieres?

Lorenzo apaga el teléfono y lo guarda de nuevo en el bolsillo.

—¿Qué quiero? Diablos. —Exhala con un silbido—. Lo mismo que todos, me imagino. Una casa chida, mis joyitas, una chamaca guapa.

Se voltea y le sonríe a Rebeca, que si bien está sentada cerca de ellos no parece estar escuchando. No lo mira, y Lydia duda que pueda haber escuchado la conversación por encima del ruido del tren. En su regazo, los ojos de Soledad siguen cerrados. Lorenzo examina sus uñas, buscando morder alguna, mientras Lydia observa.

—¿Qué quieres *de mí?* —aclara.

Encuentra una pequeña esquina blanca que todavía no ha mordido y se la arranca con los dientes. La escupe hacia la orilla.

—Nada. —Se encoge de hombros—. Solo estoy siendo buen vecino.

—¿De dónde sacaste la foto? —Lydia arruga la nariz y con la barbilla señala en dirección a su teléfono.

—Mami, odio decírtelo —contesta—, pero todos en Guerrero tienen esta foto.

Lydia inhala con fuerza. No es algo que no sepa, pero corrobora sus miedos.

—¿Con qué propósito? —Necesita tener absoluta certeza.

—¿Es en serio? —responde con una media sonrisa burlona.

—Necesito saber a qué me enfrento.

Lorenzo hace una pausa y luego se encoge de hombros.

—La indicación era entregarte.

Lydia se sorprende. Tal vez los mafiosos de Hollywood sean los únicos que digan "vivo o muerto", pero eso es lo que estaba esperando. Intenta introducir esa información en su disco duro, pero no le entra.

—¿No era matarme? —pregunta—. ¿Matarnos?

Lorenzo suspira. Esa conversación no era lo que él esperaba. No se suponía que ella hiciera las preguntas.

—Güey, yo ya dije mucho. No tengo ganas de que me maten también.

Lydia se remueve incómoda a su lado, sosteniendo el mango del machete en su palma sudorosa.

—¿Así que para eso estás aquí? ¿Para entregarnos?

Quizá Javier quiera matarlos él mismo para ser testigo de su sufrimiento. Luca y ella no van a ir a ninguna parte con este hombre. Lo matará si es necesario; lo hará enfrente de Luca si es preciso.

—No —dice Lorenzo—. Yo ya dejé esa vida en Guerrero. —Manotea en dirección al sur.

Lydia no afloja la mano que sostiene el machete.

—Está bien.

—De verdad, borrón y cuenta nueva. —Sonríe—. Estoy fuera.

No se siente calificada para aseverar sus palabras. No responde.

—¿Y cómo saliste de Acapulco? —pregunta Lorenzo después de un momento—. Todos te estaban buscando. ¿Tienes poderes mágicos o algo? ¿Eres una clase de santera? ¿Una bruja?

Lydia se sorprende a sí misma riendo, pero es un sonido superficial.

—Supongo que el miedo confiere ciertos poderes mágicos.

Nunca sabrá qué tan cerca estuvieron de no escapar, ni que dos hombres de Javier abrieron la puerta de su habitación en el Hotel Duquesa Imperial justo cuando Luca y ella entraban a la recepción del hotel contiguo.

—¿Y a dónde van? —pregunta Lorenzo.

—No sé —miente—. No lo hemos decidido.

Lorenzo encoge las piernas y levanta las rodillas, así que sus bermudas caen holgadas. Abraza sus piernas.

—Yo voy a L.A. —dice—. Tengo un primo en Hollywood, haciendo lo suyo.

—Es tan buen lugar como cualquiera —dice Lydia.

Luego retorna el silencio del tren, y en esa quietud ensordecedora, Lydia se pregunta: "¿Por qué?". Si estaba bien conectado entre Los Jardineros, si estaba ganando bastante dinero para costear tenis caros y un teléfono bueno... Si estaba contento ganándose la primera gota de sangre en su tatuaje, y luego la segunda y la tercera, ¿qué lo hizo dejar Guerrero? "Hay una lista infinita de respuestas", piensa. Quizá no le gusta matar. Tal vez sintió que los actos de violencia cometidos tenían algún efecto indeseable en él. Es posible que tuviera pesadillas, que los rostros de la gente que mató flotaran ante él cuando cerraba los ojos. Puede ser un alma atormentada; atormentada y desgarrada. O quizá sea todo lo contrario. Tal vez carezca completamente de conciencia y ni siquiera sea capaz de adherirse al remedo deformado de código moral que manejan Los Jardineros. Es posible que violara a la mujer equivocada. O les robara a los jefes. O quizá asesinó tan alegremente que su depravación se convirtió en una debilidad. Es posible que esté huyendo también. O quizá nada de eso sea cierto. Tal vez no dejó a Los Jardineros y está ahí solo por ella.

Sea cual sea el caso, Lydia se siente empequeñecida por su presencia. Lorenzo es una amenaza que está sentada junto a ella, y vuelve a sentir la inminencia de un peligro que la circunda por completo. Lydia lo respira y es igual que antes: insensato, confuso, categóricamente aterrador. Puede sentir a Javier tan cerca como el primer día en que lo confrontó en la librería. Las muñecas rusas. Él tomando su mano. Lydia puede sentir sus dedos presionando las venas de su muñeca. Puede escuchar al sicario orinando en el inodoro, del otro lado de la pared de azulejos verdes de la regadera.

Lydia quisiera que el joven se alejara de ellos. Nueve días y 685 kilómetros después de escapar... no han avanzado nada.

CAPÍTULO 18

A Luca le gustan los estados en los que las casas están alineadas como soldados vestidos con el mismo uniforme: paredes indestructibles de estuco blanco, cascos de tejas españolas de color rojo, todas inclinadas en el mismo ángulo hacia el sol. Les gusta su anonimato y piensa en lo agradable que sería vivir en alguna de esas casas con Mami, donde nadie los encontrara nunca. Lo que no le gusta es que las vías del tren se dirigen temporalmente hacia el sur, porque, aunque extraña su hogar, lo único que anhela es la vida que tenían en Acapulco antes del quinceañero y comprende que esa ya no existe. Es como sentir nostalgia por un miembro amputado. Así que siente alivio cuando las vías se dirigen de nuevo hacia el oeste y, más adelante, en las inmediaciones de un pueblito muy lindo en Jalisco, el tren se acerca al río Grande de Santiago y, después, toma rumbo norte.

La ciudad aparece gradualmente, con algunos caseríos iniciales en los que Luca observa indicios familiares de metrópolis urbana: vendedores de comida que dejan de atender sus parrillas para saludar a los migrantes que pasan, el ocasional tendedero lleno de ropa de colores brillantes que ondea en el viento soleado, un grupo de niños revoltosos junto a la barda en el patio de un colegio. Y, de repente, zas, todo desaparece y son solo maizales,

maizales y maizales. Sucede dos veces. Tres. Cuatro. Y entonces, finalmente, sin duda alguna: Guadalajara.

"La segunda ciudad más grande de México. Capital del estado de Jalisco. Población, un millón y medio de habitantes", piensa Luca.

A lo largo del tren, los migrantes se preparan para bajar. Despiertan a sus amigos, guardan las chamarras arrugadas que les servían de almohada, aprietan las correas de sus mochilas. Mami desata el cinturón que la ancla al tren, pero deja a Luca afianzado a la rejilla. Lorenzo se queda sentado en el mismo lugar, en la misma posición, y observa. A Luca no le gusta la forma en que mira a Rebeca y a Soledad.

—Mami —dice Luca cuando el tren reduce la velocidad y algunos de los hombres que están en el vagón comienzan a descender por la escalera y a saltar hacia la grava.

Lydia está enrollando su cinturón de tela y mira a Luca con expresión de "¿qué?".

—No necesito el cinturón —dice.

—Necesitas el cinturón.

—Mami.

Esta vez Lydia conjura la versión más agresiva de la misma expresión.

—Si puedo subirme y bajarme de un tren en movimiento, ¿no crees que es un poco tonto amarrarme como si fuera un bebé?

Luca proyecta su mandíbula hacia ella. Lydia lo toma de la mandíbula y acerca el rostro hasta el de Luca. La naturaleza inalterada del temperamento de Lydia cuando Luca es grosero lo consuela como un baño caliente.

—No es tonto —dice—. Nos subimos a los trenes porque no tenemos otra opción, pero son extremadamente peligrosos, Luca. ¿Que no aprendiste nada cuando se cayó ese hombre...?

—Bueno —dice, irritado—. Está bien.

Luca intenta zafar su mandíbula, pero Lydia la aprieta más. Tiene, sin embargo, el control de sus ojos. Esos no los puede apretar, pero sí mover la mirada hacia la oreja izquierda.

—No me interrumpas —dice—. Y mírame cuando te estoy hablando.

Luca continúa mirando el lóbulo de la oreja.

—Luca, mírame.

Luca vuelve a mirarla a la cara por un momento y luego desvía la mirada.

—Luca, sé que todo esto es una locura: subirse a los trenes, dormir en lugares extraños, comer cosas extrañas, todo es peligroso y descabellado. Y sé que no lo he dicho antes, pero, Luca, estoy muy orgullosa de ti.

Luca la mira a los ojos un instante.

—Así es —dice—. Es increíble lo fuerte que eres, que seas capaz de hacer todas estas cosas inconcebibles.

Luca tiene una idea inesperada.

—¿Te imaginas lo que diría Papi?

Lydia suelta su mandíbula y le sonríe.

—Papi diría que los dos estamos locos.

Salen lágrimas de los ojos de Luca, pero no las quiere, así que las desaparece. Lydia baja la voz hasta volverla un murmullo.

—Papi estaría muy orgulloso de ti. Eres capaz de hacer cosas que yo no tenía idea que podías hacer, Luca. No lo sabía. —Lydia aprieta la rodilla de Luca y se estira por encima de sus piernas enredadas para tomar su mano—. Pero sigues siendo mi niño, ¿comprendes?

Luca asiente.

—Por Dios, si algo te pasara, Luca... no podría soportarlo. Sé cuánto has crecido en estos últimos días, pero tu cuerpo sigue teniendo ocho años.

—Casi nueve —dice.

—Casi nueve —concuerda—. Pero, por favor, por favor, escucha. Nunca bajes la guardia. Nunca asumas que estás seguro arriba de este tren. Nadie está seguro, ¿entiendes? Nadie. —Lydia aprieta sus manos—. El machismo te puede matar.

Luca asiente de nuevo.

El tren apenas se mueve ya, y Soledad y Rebeca se amarran el cabello para bajar. Se cuelgan las mochilas y conversan con los cuatro hombres que estuvieron sentados delante de ellas desde Celaya. Uno de ellos ya ha hecho el viaje antes; lo han deportado dos veces desde San Diego, así que es la tercera vez que pasa por Guadalajara. Les da instrucciones. Lorenzo escucha.

—Tienen que bajarse antes de El Verde —les dice el hombre a las hermanas— y caminar el siguiente tramo de vía.

—¿Por qué? —Soledad sube los brazos para recogerse el cabello.

—La gente de la ciudad es amable con los migrantes, Dios los bendiga. Se van a sentir bienvenidas aquí. Pero antes tienen que evadir a la policía. Barren las vías en El Verde y, si las agarran... —El hombre termina la idea con un sacudir de cabeza.

—No te dejes agarrar. —Soledad entiende el mensaje.

—Eso —dice él—. Y quédense en grupo. Pueden venir con nosotros si quieren. —Sus amigos, uno a uno, empiezan a moverse hacia la escalera y él los sigue.

Rebeca le da de prisa toda esa información a Lydia y le sugiere que vayan con ellos. Lydia duda. Sabe lo peligroso que es confiar en alguien en La Bestia. Hay ladrones, violadores, criminales y narcos escondidos en las filas de la policía de cada pueblo, pero la policía no es la única sospechosa. También lo es cada persona que conocen: comerciantes, vendedores de comida, filántropos, niños, sacerdotes, incluso sus compañeros migrantes. Especialmente los migrantes. Mira los tenis limpios y caros de Lorenzo. Es una táctica común de los malos actores subirse a los trenes, fingir que son migrantes y trabajar para ganarse la confianza de los viajeros para después llevarlos hasta algún lugar donde puedan cometer algún acto de violencia en contra de ellos. Lydia comprende que las hermanas tienen aun más probabilidades de que esa violencia se ejerza sobre ellas. Cualquier gesto de amabilidad, cualquier información valiosa, cualquier historia triste y miserable puede ser una trampa bien diseñada, que puede llevar al robo, a la violación o al secuestro. El cerebro de Lydia considera todo eso antes de tomar una decisión. Pero no hay tiempo. El tren avanza y los hombres se están bajando. De hecho, parece que todo el tren queda vacío.

Esos cuatro hombres parecen amables. Tienen marcado acento centroamericano. "Probablemente son centroamericanos, ¿no?", piensa Lydia, y debe decidir. Lorenzo está esperando también por su decisión. "¿Qué está esperando?", se dice Lydia. Es su presencia la que decide por ella. Desata a Luca y guarda el cinturón en la mochila.

—Vamos.

Lorenzo los sigue.

En la primera parte del trayecto solo se ven almacenes a un lado de las vías, mientras del otro solo hay tierra, pasto y cielo abierto. Luca tiene la impresión de que caminan por la parte de afuera de algo, como si los almacenes fueran una frontera o muro que delimita algo mejor que se encuentra más allá. Se quedan junto a las vías, donde docenas de migrantes caminan delante y detrás de ellos formando una caravana pequeña. Lorenzo se queda cerca. No camina con ellos exactamente, pero va detrás de ellos, al mismo paso. A Luca le preocupa, pero se distrae con el inconfundible aroma del chocolate, que se suma a la sensación de que hay algo mucho mejor más adelante.

—¿Hueles eso? —le pregunta a Rebeca.

—¿Chocolate?

Él asiente.

—No. No lo huelas —dice ella.

—Pues ya lo huelo —ríe Luca.

Continúan caminando con trabajo y pasan por delante de la fábrica de Hershey sin siquiera darse cuenta. Luca se aprieta el estómago con un puño para evitar que gruña. No han comido desde el desayuno en la casa de Celaya y ya es media tarde.

—¿Hambre? —pregunta Mami.

Luca asiente.

—Yo también.

Cuando los almacenes dan paso a las casas de ladrillo y hormigón, los migrantes se alegran al ver aparecer a dos niñas con cola de caballo y uniforme escolar, una ligeramente más alta que la otra, una con hoyuelos y la otra con una costra en la rodilla. Su madre está sentada en un banco de madera cerca de ahí, con una hielera de refrescos y una pequeña parrilla. Vende limonada y elotes asados. Un bebé gordo duerme en una carriola a su lado. Hay una canasta grande, de la que las niñas sacan, por turnos, bolsas de papel blancas que entregan a los migrantes junto con su bendición.

—Bienvenidos a Guadalajara —dicen—, y que Dios los bendiga en su viaje.

La que tiene lastimada la rodilla le da una bolsa a Luca y otra a Rebeca.

—Gracias —dice Luca.

La niña se va saltando, la bastilla de su falda azul rozando sus piernas morenas. Luca abre la bolsa.

—¡Mami! ¡Es chocolate!

Adentro hay tres besitos de Hershey.

Conforme la ciudad se vuelve más densa a su alrededor, la gente va y viene de un lado a otro de la vía, cargando loncheras y bolsas de comida. Unos niños con mochilas de colores brillantes caminan sobre los rieles de la mano de sus madres. Muchos se quedan mirando a Luca y a Mami directo a los ojos. Les dicen: "Dios te bendiga", y les sonríen. Luca quisiera sonreír, pero se siente extraño. No está acostumbrado a la compasión.

En El Verde hay una banca afuera de un jardín bardado y limpio. La banca está pintada de anaranjado, rosado y amarillo, y hay un letrero en la pared de atrás que dice: "Migrantes, pueden descansar aquí". Un hombre alto, con bigote, está sentado en la banca y, cuando ve que los migrantes se acercan, se levanta, se acomoda el sombrero vaquero que cubre su calvicie y toma del piso un machete del tamaño de un bate de béisbol. Camina hacia las vías con el machete guardado en la funda, recargado sobre un hombro.

—Amigos, hoy es su día de suerte —dice con voz fuerte para que todos puedan oírlo—. Caminaré con ustedes.

Los migrantes que están delante de Luca y de Mami aplauden, pero Rebeca y Soledad intercambian miradas de preocupación. El hombre va hacia ellas.

—Está bien que tengan miedo —les dice—, pero no de mí.

Rebeca mete los pulgares bajo las correas de su mochila y no dice nada.

—Han recorrido un largo camino, ¿cierto? ¿Honduras? ¿Guatemala?

—Honduras. —Rebeca es la primera que cede.

—¿Han tenido buen viaje hasta ahora? —pregunta.

Rebeca se encoge de hombros. Avanzan en silencio durante algunos minutos en los que solo se escucha el roce de los pantalones de mezclilla al caminar. Luca va agarrado de Mami, pero tira de ella hasta tensar su brazo, intentando escuchar lo que el hombre les dice a las hermanas.

—Bueno, pues quiero que tengan buenos recuerdos de Guadalajara. —Sonríe y ve que Luca lo observa. Es tan alto que podría usar el machete como palillo, y Luca regresa junto a Mami—. Me llamo Danilo, y cuando lleguen adonde sea que vayan, cuando encuentren un buen trabajo y tengan una casa bonita, y conozcan a un gringo guapo y se casen y tengan hijos, un día, cuando sean unas viejitas y estén arropando a sus nietos en la cama, quiero que les digan que hace mucho, mucho tiempo conocieron a un buen hombre en Guadalajara llamado Danilo, y que caminó con ustedes con su machete para asegurarse de que ningún zopenco se hiciera ideas.

Rebeca se ríe, no puede evitarlo.

—¿Ya ves? No soy tan malo.

Soledad todavía se siente aprensiva.

—¿Dónde se esconden todos esos zopencos?

—Ay, amiguita —Danilo frunce el ceño—, lamento decirte que conocerás a varios muy pronto.

Soledad levanta las cejas, pero no contesta.

—Es como *El bueno, el malo y el feo* en esta ciudad —dice Danilo.

—¡Y las guapas! —añade Lorenzo, señalando a las hermanas.

Lydia se molesta. "¿Qué hace aquí?", se pregunta. Camina justo detrás de ellos y escucha todo lo que dicen. Se estremece con su comentario, notando cómo las niñas se pegan más, por instinto. Danilo continúa como si Lorenzo no hubiera hablado en lo absoluto.

—Es un largo camino desde aquí hasta los lugares para migrantes —dice—, y hay muchos peligros.

—¿Qué clase de peligros? —pregunta Lydia.

—Los de siempre —dice Danilo—. La policía, los empleados del ferrocarril, los guardias de seguridad. Especialmente para ustedes dos. —Mira a las hermanas—. Es mejor que salgan de las vías antes de que lleguen a Las Juntas. Métanse por las calles y busquen un albergue. Hay letreros con indicaciones, o los comerciantes les dirán por dónde tomar. Si alguien les dice que las lleva, no se vayan con ellos. Si alguien les ofrece un trabajo o un lugar donde quedarse, no se vayan con ellos. Si alguien les habla primero, no hablen con ellos. Si necesitan instrucciones, solo pregúntenles a los comerciantes. Yo iré con ustedes hasta La Pedrera, unos cuantos kilómetros.

—¿Por qué? —pregunta Soledad.

—¿Por qué, qué?

—¿Por qué camina con nosotros?

—¿Por qué no? —dice Danilo—. Lo hago tres veces a la semana, caminar con los migrantes. Es mi pasatiempo. Buen ejercicio.

—Pero si es tan peligroso como dice, ¿por qué lo hace? ¿Qué gana?

Danilo tiene unos ojos que sobresalen ligeramente bajo los

párpados, así que no hay posibilidad de que esconda su expresión cuando platica. Luca puede ver que no le molesta la pregunta de Soledad. Le gusta su escepticismo.

—Te diré la verdad —dice y hace una pausa para pasarse el pulgar y el índice por el bigote—. Cuando era adolescente, me robé una camioneta. Mi padre había muerto en un accidente de trabajo y yo estaba enojado con su jefe, así que me robé su camioneta. Le rompí todas las ventanas y los faros con el martillo de mi papá. Y luego le ponché las llantas y la tiré en una acequia.

—Me parece razonable —dice Rebeca.

—Estuve bebiendo por tres meses e hice cosas terribles en mi sufrimiento. Pero nunca me atraparon, y Dios me dio una buena vida de todas maneras, a pesar de mis pecados. Así que esta es mi penitencia. Soy como el diablo guardián de los migrantes que pasan por mi pequeño vecindario. Los protejo.

Soledad lo mira entrecerrando un ojo para escudriñar su expresión, en busca de algo que delate la mentira. No encuentra nada.

—Está bien.

Danilo ríe.

—¿Está bien?

—Sí, está bien —dice Soledad.

Se quedan en silencio durante un momento.

—¿Alguna vez ha tenido algún problema? —pregunta Lorenzo a sus espaldas—. ¿Alguna vez lo han golpeado o algo?

Danilo se gira sin mover el machete de su hombro y lo mira.

—Ya no —dice.

Lorenzo asiente y mete las manos en los bolsillos.

—Qué bien, qué bien.

Luca empieza a platicar con Danilo y las hermanas, y Lydia se queda rezagada junto a Lorenzo. Siente repulsión por su presencia y a la vez se siente atraída por la información que podría darle. Quizá sepa qué cárteles tienen alianzas con Los Jardineros, en qué rutas hay más probabilidades de que la reconozcan. No sabe cómo iniciar una conversación porque todas las preguntas suenan como una acusación en su mente. Finalmente, dice una en voz alta.

—¿Cómo es que viajas solo? ¿No tienes familia en Guerrero?

—En realidad, no.

Lorenzo ha arrancado de junto a las vías una hoja de pasto seco que le cuelga de la comisura de los labios, y habla con ella en la boca.

—Mi mamá se casó hace algunos años y su marido no me quería con ellos, así que me fui.

Lydia se voltea a verlo.

—¿Cuántos años tienes?

—Diecisiete.

Más joven de lo que pensó.

—¿Y cuántos años tenías cuando te fuiste de tu casa?

Lorenzo levanta la vista y se saca la hierba de la boca.

—Uf, ni sé. Trece, catorce. Ya tenía edad para cuidar de mí mismo.

Lydia se cuida de no contradecirlo, pero él se da cuenta de todas maneras.

—No todos tienen una mami como tú, ¿sí? A algunas les vale.

Avienta el pasto a sus pies.

—Lo siento —dice Lydia.

—Da igual. No importa. —Mete las manos en los bolsillos de sus bermudas—. Estaba viajando con un amigo. Nos fuimos juntos porque también quería salirse, pero nos separamos en la Ciudad de México y no he sabido nada de él.

—Pero tienes celular —dice Lydia.

—Sí, ya no sirve.

—Ah.

Caminan en silencio unos minutos y luego continúa.

—Oye, fue muy triste lo que le pasó a la hija del jefe, pero, en serio, lo que le hizo a tu familia fue de locos.

Lydia frunce el ceño.

—¿Qué?

—La Lechuza. Lo que le hizo a tu familia, se pasó. Cuando vi a la niña en las noticias, en su vestido de quinceañera...

"La niña", piensa.

—Mi sobrina.

—Sí...

—Mi ahijada, Yénifer.

—Sí. Cuando la vi en las noticias, o sea, en serio estaba pensando salirme, pero con eso tuve. Ahí ya se fue todo al carajo.

Lydia no puede contradecirlo. Para él solo son cadáveres, extraños que salieron en las noticias, gente como la que él mató. "Esa niña en su vestido de quinceañera". Entonces la mente de Lydia se acuerda de algo que Lorenzo dijo, una salida.

—¿Qué le pasó a su hija? —pregunta. Lorenzo parece confundido y Lydia le aclara—: La hija de Javier, la hija de La Lechuza. Dijiste que fue triste lo que le pasó.

—Sí. ¿No te enteraste?

—¿Enterarme de qué? ¿Qué pasó?

El día que se publicó el artículo de Sebastián, Javier lo leyó en el asiento de atrás de su auto mientras el chofer manejaba por las calles de Acapulco en una mañana tranquila. Toda su vida, Javier había disfrutado de una capacidad casi preternatural para predecir incidentes y sus consecuencias. Cuando tenía once años y diagnosticaron a su padre con cáncer de colon, supo que su muerte sería rápida. También supo que su madre, que hasta ese momento había sido buena, devota y cariñosa, lo tomaría mal y ahogaría su pena con alcohol y un nuevo hombre. Predijo y aceptó su abandono mucho antes de que sucediera. Como resultado de esa aptitud, Javier casi siempre conservaba una compostura inmutable. Nada lo sorprendía realmente.

Así pues, fue atípico que no viera venir el artículo. Se preguntaba si su amor por Lydia lo había cegado ante la inevitabilidad del hecho, y esa posibilidad hizo que sintiera un ligero resentimiento en su contra. Incluso antes de leerlo y pese a que no estaba firmado, Javier, que leyó el artículo con su ecuanimidad habitual, supuso que era obra del marido de Lydia, cuya experiencia periodística en el ámbito del narcotráfico era conocida. Al principio no necesitó calibrar una respuesta, pues el artículo no lo había molestado grandemente. Por el contrario, Javier pensó que era una descripción un tanto precisa de su vida. Por supuesto, había errores menores, una o dos situaciones exageradas. Contenía una condena moral más fuerte que la que Javier estaba preparado para aceptar, pero era de esperar. Más allá de esos detalles, había pensado Javier, Sebastián había logrado captar un poco de la verdadera esencia de Los Jardineros en Acapulco. Y se asombró, aunque también sintió un agrado inexplicable, por la inclusión de su poema. Pensó que Lydia se lo había dado a su esposo de alguna manera. ¿Lo había memorizado? (Una noción halagadora). ¿Le había tomado una fotografía en secreto con el celular en un momento de distracción? "Aunque el poema revelaba parte de su intimidad, también iluminaba su humanidad", pensó Javier. Por ende, le pareció entonces que el artículo le ganaría el aprecio de la gente. No sonrió ni frunció el ceño cuando dobló el periódico y lo puso bajo el rayo de sol que iluminaba el asiento de piel a su lado.

En cambio, intentó anticipar el impacto que el artículo tendría en su futuro. Comprendió inmediatamente que tendría ramificaciones y que su relativo anonimato había quedado en el pasado y su libertad había sido comprometida de manera permanente. Siempre había sabido que eso ocurriría. No esperaba que fuera tan pronto, pero se podía adaptar. Si acaso, sería una molestia. Tal vez divertida. No podía recordar otra ocasión en que la prensa le dedicara tanta atención a un cártel tan joven como Los Jardineros. Había tomado años de trabajo que la gente común empezara a reconocer nombres como El Chapo Guzmán o Pablo Escobar, y mucha gente todavía amaba a esos hombres por su generosidad y el mito que los rodeaba, incluso después de su espectacular caída.

Lo único que realmente molestaba a Javier era la idea de que

Lydia, su querida Lydia, hubiera traicionado su confianza con el poema. Esa traición no la esperaba, y provocó una aceleración peligrosa en su pecho. Pero luego se le ocurrió la posibilidad de que no hubiera sido desleal en absoluto. Quizás había compartido el poema como una contribución fiel, un reconocimiento a su verdadero yo. Tal vez el poema fuera un regalo de ella.

Lydia conocía a Javier tan bien como cualquiera. Su primera respuesta al artículo fue exactamente como había predicho.

A varios kilómetros de distancia, en las afueras de la ciudad, en una extensa finca con amplias vistas al reluciente mar color turquesa, la esposa de Javier también leyó el artículo. Era una mujer que nunca había sido hermosa, pero aparentaba que lo había sido alguna vez. Su cabello era color platino, se aplicaba con elegancia rímel y labial, sostenía sus senos con la arquitectura de la lencería cara, y se pintaba las uñas cuadradas con un rosa ligeramente más oscuro que su color natural. A pesar de que hacía casi tres años que no fumaba, una espiral de humo salía de un cigarro mentolado. Tenía nombre, pero rara vez lo pronunciaban. En cambio, la llamaban *Mamá*, *Mi Reina* o *Doña*. Había llegado a una edad en la que, al tiempo que esperaba cada día recibir una nueva tristeza, creía que nada podría ya sorprenderla. Cuando apretó los labios sobre el cigarro, las delgadas arrugas que tenía alrededor de la boca se convirtieron en surcos. Manchó el filtro con un poco de labial dorado-coral y exhaló el humo sobre un hombro. Una sirvienta nerviosa se acercó silenciosamente y le sirvió más café en la taza. Afuera, las gaviotas graznaban sobre el horizonte azul y las buganvilias cantaban.

Pero ella estaba sentada, sin palabras, leyendo el artículo de Sebastián por tercera vez. Le molestaba. Es perturbador encontrar, plasmado con la certeza de la letra de molde, los conflictos más profundamente enterrados en tu acallada conciencia, impresos en el periódico, donde todo el mundo también los puede ver. La esposa de Javier no había logrado calmarse lo suficiente cuando su hija, Marta, la llamó esa tarde desde el internado en Barcelona y la destruyó con una simple pregunta: "Mamá, ¿es cierto?". Y por haber fallado en ese momento y no haber sabido tranquilizar a su hija, se culparía el resto de su vida debido a lo que sucedió después.

Tres días más tarde, un día antes de la fiesta por los quince años de Yénifer, el decano del internado llamó para informarles que habían encontrado a Marta en su dormitorio. Se había colgado del ventilador con un par de mallas tejidas que pertenecían a su compañera de cuarto. La nota que dejó estaba dirigida a su padre:

Una muerte más no debería importar mucho.

CAPÍTULO 19

Justo en las afueras de Guadalajara, inhalando la fra-
gancia del chocolate, Lydia se para en seco y se lleva una mano a
la boca. Lorenzo la encara.

—Pues sí, supongo que la hija leyó el artículo que escribió tu
marido —dice.

—Ay, Dios mío —dice Lydia.

—¿No sabías?

A Lydia le falla la voz.

—Sí, alguien le mandó el artículo y, cuando lo leyó, se volvió
loca y se mató. Le dejó una nota a su papi. Fue horrible. Por eso
fue.

La mente de Lydia se apura a unir las piezas sueltas que el
joven sicario le cuenta.

—Por eso se volvió loco. Dijo que lo habías traicionado, que
tu marido era el responsable. Dijo que todos iban a pagar. Estaba
bien jodido.

—Espera...

Su cerebro había parado. Estaba demasiado lleno.

"Marta", pensó, y en su conciencia empezaron a brotar recuerdos aislados, uno detrás del otro, que reventaron como bur-
bujas: Javier en la librería, hablando con su hija, que estaba en

Barcelona, por Skype, antes de que ella entrara a un examen; la aprehensión de ella, la motivación paternal de él. Javier riéndose cuando le contó a Lydia sobre el palo saltarín que Marta le compró en su cumpleaños número cincuenta; cómo lo había probado para complacerla y había terminado con dolor de espalda. La insistencia de que Marta era lo único bueno que había hecho en la vida; "es mi cielo, mi luna y todas mis estrellas", había dicho. Hay un desagradable y profundo dolor en el pecho de Lydia.

—¿Marta no sabía? ¿No sabía de su padre, del cártel?

—Supongo que no.

—¿Cómo es posible?

Parecía poco probable, pero Lydia enseguida se da cuenta de su propia hipocresía. Ella tampoco sabía. La primera pieza del mapa mental que la lleva a comprender se tambalea y cae.

Lorenzo se encoge de hombros.

—No sé. Pero marcó a tu familia como la diana de su venganza. Prácticamente fue un comunicado de prensa para Los Jardineros. Por lo general, cuando hay un trabajo solo te enteras de lo que necesitas enterarte, y solo las personas involucradas saben qué pasa, pero esta vez fue diferente. Toda la ciudad se enteró, todo Guerrero.

Lydia empieza a mover los pies otra vez, pero su mente zumba como un motor desconectado. Ha sido tomada por sorpresa. Todo ese tiempo, a lo largo de todos esos kilómetros, la misma frase idiota y fútil había surgido una y otra vez en sus pensamientos: "Esto no tenía que pasar. No tenía que pasar". Lo había juzgado mal. Pasaba algo por alto. Había repasado mil veces su conversación con Sebastián la noche antes de que saliera el artículo. Él le había preguntado si debían irse a un hotel por unos días, por seguridad. "No, estamos bien", le había dicho Lydia. "¿Cien por ciento?", preguntó él. "Sí, cien por ciento".

Cómo la había perseguido esa respuesta. La acosaba cada noche antes de dormir. Se retorcían en sus entrañas, sin descanso, todas las razones frívolas por las que no había querido ir al hotel: odiaba que Luca rompiera su estructura, que perdiera clases, que se afectara su negocio; odiaba la interrupción de su rutina; y creía, en verdad, que Javier no les haría daño. Cuánto daría por volver a ese momento junto a Sebastián y decir cualquier otra cosa. Comerse esas palabras y desintegrarlas. "Cien por ciento", había dicho. Qué presuntuosa había sido, ¡qué imprudente! Por supuesto, no podía responder por todas las eventualidades. ¿Por qué no se había dado cuenta antes? Nunca hubiera podido predecir lo que sucedió, pero sí pudo haber considerado que podía pasar algo impredecible. "Por qué, por qué, por qué". Siente que su cuerpo es un cristal roto, hecho añicos, que se mantiene en su lugar por un truco temporal de la gravedad. Un paso en falso y se caería en pedazos.

El suicidio de Marta cambiaba todo, por supuesto. Todo. Más allá de su conmoción, Lydia puede sentir las olas de emociones compitiendo unas con otras, pero las aparta. "De ninguna manera", se dice. No va a sentir nada por la muerte de la hija de Javier. No, Lydia ni siquiera dirá su nombre. No sentirá nada por su angustia. Recuerda la nota que le envió al Duquesa Imperial: "Lo siento por tu dolor y el mío. Ahora estamos destinados a permanecer eternamente unidos por este pesar".

No.

No.

El dolor de Javier no es igual al suyo. Lydia no sentirá empatía por él. Sentirá rabia. Habitará la furia de su propia pérdida sin sentido, que Javier inventó para ella. En cambio, caminará, dejará a Javier atrás, repetirá los dieciséis nombres de su familia asesinada. Todos inocentes. Sebastián más que todos, un hombre honorable que hacía su trabajo.

Los nombrará, los repetirá y los recordará. Sebastián, Yemi, Alex, Yénifer, Adrián, Paula, Arturo, Estéfani, Nico, Joaquín, Diana, Vicente, Rafael, Lucía y Rafaelito. Mamá. Otra vez. Su marido, su hermana, su sobrina y su sobrino, su tía, sus dos primos, todos sus hermosos hijos. Su mamá. Lydia no dejará de repetir sus nombres.

Lorenzo está diciendo algo a su lado, pero su voz se pierde tras la letanía de Lydia. Necesita estar lejos de él. Caminará junto a Luca, presionará sus dedos cálidos en la palma de su mano.

Esa lista se volverá una oración.

Llegan a vecindarios más ajetreados, con perros curiosos, niños en bicicleta y mujeres empujando carriolas. Luca ve a un hombre con un sombrero vaquero blanco montado en un caballo viejo y hablando por teléfono, y le da risa. También hay niñas que parecen de la edad de las hermanas, paradas cerca de las vías en grupos de dos y tres. Usan ropa que se parece a la ropa interior de Mami, y tacones blancos o botas hasta la rodilla. Tienen los labios pintados de rosa neón y llaman a los hombres con acentos centroamericanos cuando pasan. Los invitan a tomar una cerveza, a fumar o a descansar, pero Luca sabe que hay algo raro en su apariencia, en su forma de vestir, algo inapropiado en su postura, tan lánguida en contraste con el ajetreo del día. Pero no comprende cómo funciona. No entiende la diferencia entre los hombres que sacuden la cabeza tristemente y desvían la mirada, y los que las miran lascivamente, silban y desaparecen en portales oscuros con esas niñas tan arregladas. Cuando intenta preguntarle a Mami, ella solo sacude la cabeza y aprieta su mano.

Varias veces pasan frente a grupos de hombres uniformados que se espabilan cuando ven pasar a los migrantes, pero entonces Danilo baja el machete del hombro y, todavía en su funda, lo mece a los costados mientras camina. Danilo hace una especie de movimiento que podría tomarse por un paso de baile, y canta "¡Guadalajara, Guadalajara! Tienes el alma de provinciana, hueles a limpia rosa temprana...". Cuando los hombres en uniforme lo ven, hacen como si se interesaran en otra cosa, de modo que, cuando por fin llegan a La Pedrera, Lydia siente que Danilo les ha salvado la vida unas siete veces. Le da la mano y las gracias, pero él se encoge de hombros y les desea un viaje seguro. Gira sobre sus talones y camina de regreso por donde mismo vinieron, cantando: "¡Guadalajara, Guadalajara! Sabes a pura tierra mojada".

—Ojalá pudiera venir con nosotros hasta el norte —le dice Rebeca a Soledad al verlo partir.

—Yo te cuido —le responde Lorenzo.

Las hermanas se voltean a verlo.

—No, estamos bien —dice Rebeca—. Gracias.

Lorenzo se encoge de hombros, pero Soledad no tiene paciencia para ese cholo, y nunca ha sido buena para la sutileza de todas maneras, así que lo encara:

—¿Sigues aquí? ¿Te invitamos a ir con nosotros o algo? Porque no recuerdo haberlo hecho.

—Diablos, mujer. Cálmate. Todos vamos al mismo lugar, ¿no?

—¿En serio?

—O sea, ¿eres dueña de Guadalajara?

Soledad le da la espalda.

—Anda —le dice a Rebeca.

Las niñas empiezan a caminar y Luca va con ellas. Lydia no se mueve. Sabe que Lorenzo podría usar el teléfono que tiene en el bolsillo para llamar a Javier. Podría romperle el cuello, tomar una fotografía y cobrar una gran recompensa. Su muerte podría hacerlo un héroe entre Los Jardineros. Aun así, ¿no es posible que, detrás del escudo de su fanfarronería de narco bebé también sea un niño asustado que está solo en el mundo y anda corriendo por su vida? ¿Y no es quizás cierto también que, si Lorenzo no los asesina, Lydia pueda enterarse de muchas más cosas útiles sobre los cárteles? Ya ha sido un manantial de información y a Lydia le gustaría tener la oportunidad de interrogarlo más, sacarle más. Luca y las chicas observan a Lydia desde la esquina por donde están a punto de doblar. Luca va de la mano de Rebeca. El ritmo de su vida se ha vuelto tan rápido y tan lento; Lydia nunca tiene tiempo para tomar decisiones. Actúa por instinto, y su instinto es fuerte con relación a él. Le dice que se vaya, que se aleje de él.

—¿Te puedo preguntar algo? —dice.

Lorenzo se encoge de hombros.

—¿Crees que todavía nos está buscando?

—Sin duda alguna —dice.

No le sorprende. Sin embargo, no encuentra consuelo en la afirmación. Su cuerpo se siente de plomo.

—Pero estamos más seguros aquí, ¿cierto?

Lorenzo carga una mochila de tela. Entrecierra los ojos y mira alrededor.

—No lo sé —dice—. Pero cualquier lugar es más seguro que Acapulco.

—Pero, ¿tiene alianzas en otras plazas?

—Claro que sí, ahora hay mucha más cooperación con los otros cárteles que antes de él. Tiene contactos muy adentro de los territorios rivales.

—¿Cuáles? —pregunta.

—No sé. Pero, ¿qué crees que soy, un maldito experto?

"Pues, sí", piensa Lydia, y tuerce la boca hacia un lado.

—Solo intento determinar nuestra ruta más segura.

—Por lo que yo sé, no hay una ruta segura —dice—. Solo corre como loca.

Lydia mira su rostro, amplio y joven. Sus párpados son gruesos, un ligero brote de vello suaviza su labio superior. Tiene la marca que dejó un barro en un pómulo. Es un típico adolescente, que ya mató al menos a tres personas.

—Lorenzo, no le vas a decir a nadie, ¿verdad? —pregunta. Intenta mirarlo a los ojos, pero él desvía la mirada.

—No. Ya te dije. Ya no hago eso. Estoy fuera. —Mete las manos en los bolsillos de sus bermudas.

Lydia asiente, escéptica.

—Gracias.

—Ni modo.

Le cuesta trabajo darle la espalda, porque todavía tiene miedo. Teme sentir un cuchillo penetrando su carne, rebanando su columna. Teme que encuentren su cuerpo tirado en el camino, junto a las vías.

—Suerte, Lorenzo —dice, y se va.

Es todavía más difícil no voltearse después de reunirse con Luca y las hermanas, pero sabe que él podría interpretar cualquier mirada de ella como debilidad o como una invitación a unírseles, así que prefiere pensar que se queda atrás. En su mente, lo ve siguiéndolas desde la distancia, pero no se vuelve para confirmar su sospecha. Sigue caminando, "adelante", se dice, tiene que hacer que Luca y las niñas sigan caminando. No es sino horas después, en el umbral de un albergue para migrantes, que Lydia se permite una pausa para asegurarse. Justo antes de entrar, se da vuelta y deja que sus ojos recorran de arriba a abajo el camino vacío, que se posen y busquen en cada sombra, y le da gracias a Dios. Se ha ido.

Llegan exhaustos. Hay buenos servicios para migrantes en la ciudad, lo que junto con el modesto heroísmo de Danilo y los chocolates Hershey hace que Luca no logre reconciliar la genuina amabilidad de los extraños. Parece imposible que puedan existir buenas personas —tantas buenas personas— en el mismo mundo donde hay hombres que asesinan a familias enteras en fiestas de cumpleaños y luego se quedan a comerse el pollo. Una confusión agotadora surge en la cabeza de Luca cada vez que intenta compaginar ambos hechos.

En el albergue, Rebeca y Soledad se cuidan la puerta del baño una a la otra. Es un lujo poder lavarse el polvo del camino pegado a la piel, enjabonarse y pararse bajo el chorro de agua caliente, y verla acumularse a los pies, sucia y oscura, antes de irse por la coladera y desaparecer para siempre. A Soledad le gusta pensar en las moléculas de agua corriendo por las tuberías, entremezclándose, dispersándose, uniéndose a otras tuberías bajo las calles de la ciudad, aumentando su volumen y acelerando mientras se precipitan y caen en algún punto desconocido. Le gusta pensar en la suciedad que elimina de su piel, diluida hasta que no queda nada.

Aunque Soledad conserva el teléfono que Iván le dio, no puede usarlo para llamar o mandar mensajes porque no tiene crédito. Y, aunque tuviera crédito, Soledad no lo utilizaría por dos razones:

además de su primo César, no conoce a nadie que tenga teléfono celular, y, al igual que Lydia, tiene miedo de que Iván pueda encontrarla si lo usa. Su teléfono funciona, más que nada, como almacén de fotografías, pero también como un incentivo para recordar lo lejos que ha llegado y lo mucho que mejorará su vida cuando esté en el norte.

Es por eso que, después de bañarse, cuando el director de la casa les pregunta si quieren usar el cuarto de comunicaciones para mandar un correo electrónico o llamar a alguien, la emoción de las chicas es casi imposible de articular. Por fin pueden llamar a Papi. Rebeca nunca ha usado un teléfono, nunca se ha llevado un aparato de esos al oído y escuchado la voz familiar de un ser querido que se encuentra lejos. Soledad nunca ha marcado un número. Ese servicio moderno tan común es, para las hermanas, un milagro.

—¿Cómo se hace? —le pregunta Rebeca a su hermana cuando el director las lleva al cuarto y cierra la puerta al salir.

Soledad frunce el ceño.

—Ve por Luca.

La habitación es pequeña y tiene un escritorio con una computadora encendida, una silla de oficina con ruedas y un sofá pequeño con estampado de flores. El teléfono está en el escritorio, junto al monitor. Rebeca regresa enseguida con Luca, que se sienta frente a la computadora, les pregunta el nombre del hotel donde trabaja su padre y encuentra el número en cuestión de segundos. Lo escribe en la única librera que hay y, cuando se levanta para marcharse, Soledad le pide que marque.

—¿Cómo se llama tu papá? —pregunta Luca, cubriendo el auricular al escuchar que entra la llamada.

—Elmer —dice Soledad—. Pregunta por Elmer Abarca Lobo en la cocina principal.

Luca lo hace, pero cuando se prepara para entregarle el teléfono a Soledad, la recepcionista dice:

—Lo siento, Elmer no vino a trabajar hoy. Espere.

Luca escucha el sonido amortiguado de la voz de la recepcionista, que se ha alejado del teléfono. Luego vuelve a ponerse al habla y escucha claramente:

—¿Puedo preguntar quién llama?

—Estoy aquí con sus hijas, yo solo marqué por ellas.

—Ya veo —dice.

—Espere un momento, le paso a Soledad —dice Luca.

Le entrega el auricular a Soledad, que se sienta ahora en la silla con el rostro iluminado por la anticipación y el nerviosismo. Espera que Papi no esté enojado con ellas. Espera que comprenda por qué se tuvo que ir así, sin avisar, sin despedirse bien. Durante las semanas anteriores la ha perseguido su imagen llegando a casa solo, a su departamento oscuro, exhausto por el doble turno, para encontrarse con su carta. Intenta no pensar en la angustia que probablemente le causó. Se muerde el labio.

—¿Hola? —dice.

—Hola —se escucha la voz de una mujer en la línea. Es la recepcionista—. ¿Buscas a Elmer? ¿Habla su hija?

—Sí, soy Soledad. ¿Está ahí? ¿Puedo hablar con él?

—Me temo que Elmer no vino a trabajar hoy, Soledad.

Soledad deja caer los hombros mientras se recarga en la silla.

—De acuerdo —dice—. ¿Le puedo dejar un mensaje? Es importante y no sé cuándo tenga oportunidad de usar un teléfono de nuevo. Estoy con mi hermana, Rebeca, y queremos decirle que estamos bien.

—Soledad —dice la mujer.

Solo dice su nombre. "Soledad". Pero algo de duda se refleja en esas tres sílabas y hace que a Soledad se le hunda el estómago. Se endereza en la silla.

—Lo siento, pero tu papá no va a volver al trabajo en un tiempo.

Soledad se aferra al borde del escritorio y le da la espalda a su hermana. Luca toma la manija de la puerta, pero Soledad pone una mano en su hombro. Tiene la boca abierta, pero se rehúsa a hacer las preguntas que podrían ayudarla a comprender. No quiere saberlo.

—Lo siento, Soledad, pero tu papá tuvo un accidente. No fue un accidente. Tu papá, bueno... está en el hospital.

Soledad junta las rodillas y se levanta, y la silla rueda lejos de ella.

—¿Por qué? ¿Qué pasó?

Rebeca se levanta también y Luca se acerca a ella.

—¿Está bien? —pregunta Soledad.

—Creo que está estable, fue lo último que supimos —dice la mujer en voz baja.

Soledad inhala. "Estable", piensa.

—Pero ¿qué le pasó?

—Lo atacaron cuando venía de camino al trabajo la semana pasada.

Hace ademán de dejarse caer en la silla, pero la silla ya no está detrás de ella y casi acaba en el suelo. Luca jala la silla y la acerca rodando. Soledad se sienta.

—Lo apuñalaron —dice la mujer—. Lo siento.

—¿Qué hospital?

—El Nacional. Lo siento, Soledad.

Soledad cuelga y a Luca le toma menos de un minuto encontrar el número de El Hospital Nacional, en San Pedro Sula. Marca, pero esta vez aprieta el botón de altavoz para que todos puedan escuchar. A casi 2,200 kilómetros de distancia, en la unidad de cuidados intensivos de un edificio verde y azul de seis pisos, una enfermera con un uniforme blanco limpio y un estetoscopio azul corre hacia la estación de enfermeras y avienta un expediente sobre el escritorio atestado. Luca, Rebeca y Soledad la escuchan levantar el teléfono. Los tres se inclinan hacia adelante.

—Creo que mi papá está ahí —dice Soledad. Su voz sale gruesa y ronca—. Mi padre, Elmer Abarca Lobo. Una mujer de su trabajo nos dijo que está ahí desde la semana pasada.

Escuchan pitidos y pulsaciones al fondo. Voces. Un niño llorando. La enfermera no responde de inmediato.

—¿Hola? —dice Rebeca.

—Estoy buscando —dice la enfermera.

Hay archivos, expedientes. La enfermera está buscando entre ellos.

Soledad toma la mano de su hermana del otro lado del escritorio. Juntas, sus nudillos se vuelven duros y claros.

—La mujer de su trabajo nos dijo que lo apuñalaron.

—Ah —dice la enfermera, como si recordara de pronto—. Sí, Elmer. Aquí está. Me temo que no está muy bien, pero está estable ahora. Perdió mucha sangre.

Rebeca se cubre la boca con la otra mano. Soledad entierra los dedos en la piel de su mandíbula.

—¿Podemos hablar con él? —pregunta Soledad.

—No, está inconsciente —dice la enfermera—. ¿Puedes venir?

Rebeca sacude la cabeza, pero Soledad responde en voz alta.

—No estamos en Honduras —explica—. Estamos en México.

Rebeca insiste en un detalle.

—¿Qué quiere decir con que no está consciente? ¿Qué significa?

—Significa que lo tenemos dormido por el daño cerebral que sufrió. Necesita dormir hasta que la inflamación y el traumatismo estén bajo control.

Soledad se inclina todavía más, recargándose sobre sus rodillas.

—¿Daño cerebral? —dice Rebeca—. No entiendo.

—Sí —dice la enfermera—. Lo apuñalaron en la cara.

—Ay, Dios mío. —Las niñas empiezan a llorar.

Luca cambia el peso de un pie a otro con prisa. Se aleja del teléfono hasta recargarse en la pared, junto a la puerta.

—Lo apuñalaron una vez en el estómago y dos veces en la cara —continúa la enfermera.

No es ajena al dolor de las hermanas, pero sabe que debe contarlo todo y es mejor hacerlo rápido, como cuando se arranca una curita, para que puedan comenzar a procesar la terrible información. Continúa.

—La puñalada que provocó más daño fue en el lado derecho de la región infraorbitaria...

—¿Infraorbitaria? ¿Qué es eso? —pregunta Soledad—. Por favor hable de manera simple.

Incluso a la enfermera más endurecida, de la unidad de traumatismo de la ciudad más violenta del mundo, le habría costado trabajo comunicarle ese detalle a la familia.

—Su ojo —explica.

—¿Lo apuñalaron en el ojo? —pregunta Soledad.

—Sí —dice la enfermera.

—Ay, Dios mío —dice Rebeca de nuevo.

—Sí —dice la enfermera.

Les dice que está descansando cómodamente, que está estable, que lo tendrán en un coma inducido hasta que el doctor sienta que es seguro despertarlo. No sabe cuánto tiempo será. Les advierte que las puñaladas fueron significativas y que puede haber un daño permanente a su cerebro. Les explica que no hay manera de evaluar ese daño hasta que haya concluido el periodo inicial de reposo y curación.

—Niñas —dice la enfermera en voz baja, y escuchan que cierra una puerta tras lo cual se hace silencio del otro lado de la línea—. ¿Saben quién le hizo esto a su padre?

Soledad suelta un sollozo y responde.

—Sí, creo que sí. Yo sí.

Los ojos negros de Rebeca se ven más grandes y más oscuros. Hay una tormenta en su rostro.

—Escúchenme —les dice la enfermera—. Necesito que me escuchen con mucha atención.

Ambas chicas respiran con dificultad. Están temblando.

—No se atrevan a volver —dice la enfermera—. Ni siquiera lo piensen. ¿Me escuchan?

Sus rostros están húmedos, sus narices llenas de mocos y lágrimas. Rebeca aspira con fuerza por la nariz y deja salir un pequeño grito en el cuarto.

—Su papá está recibiendo el mejor cuidado posible, ¿sí? —les dice la enfermera, pero perciben algo más detrás de su voz—. Estamos haciendo todo lo posible para que mejore. Y si ustedes regresan para sentarse en la sala de espera, y se estrujan las manos y lloran y las apuñalan en el ojo también, no le va a servir de nada, ¿comprenden?

No responden.

—¿Cuántos años tienen?

—Quince —dice Soledad.

—Catorce —dice Rebeca.

—Bien. Su papi quiere que vivan hasta que tengan cien años, ¿sí? Eso no va a suceder si regresan. Sigan su camino.

En San Pedro Sula, en El Hospital Nacional, pueden escuchar que la enfermera se suena la nariz.

—Me llamo Ángela. Llámenme la próxima vez que tengan acceso a un teléfono y las pondré al día.

—Gracias —dice Rebeca.

La enfermera se aclara la garganta.

—Le diré a su padre que llamaron.

Después de colgar, se quedan en el cuarto, en silencio. Soledad se levanta, se sienta, y se vuelve a levantar al menos diez veces más. Rebeca está sentada en la orilla del sofá y rompe un Kleenex en pedazos. Luca no se mueve. Espera que las hermanas olviden que siquiera está ahí. Espera que no le hablen ni le pidan nada. Necesita salir de la habitación, pero no se puede mover. Su Papi está muerto. Luca levanta una mano para tocar la visera de la gorra roja de su padre muerto. Imagina a Papi en el patio trasero de la casa de la abuela, sin enfermeras ni cobijas ni máquinas que piten y puedan salvarlo. Imagina el silencio de su sangre derramada. Luca se queda de pie y se mimetiza con la pared.

Al poco rato alguien toca a la puerta. Soledad agradece la interrupción, que le da algo que hacer a su cuerpo. Abre.

—¿Ya terminaron? —Un consejero de la casa está de pie en el pasillo con otro migrante—. Hay un límite de quince minutos cuando tenemos personas esperando.

—Sí, lo siento —dice Soledad—. Ya salimos.

Luca sale justo antes de que el consejero cierre la puerta de nuevo.

En el interior, Soledad murmura:

—Lo siento.

—¿Qué? —Rebeca levanta la vista de su Kleenex.

—Lo siento, lo siento. Es mi culpa, Rebeca. Perdóname.

Rebeca cruza a toda velocidad el pequeño espacio y abraza a Soledad. Su pulsera de arcoíris resalta sobre el oscuro cabello húmedo de su hermana.

—Shhh —dice.

—Todo es mi culpa —dice Soledad una y otra vez, hasta que finalmente Rebeca retrocede y la zarandea con fuerza por los hombros.

—No seas ridícula. No es culpa de nadie. Solo de ese hijo de puta.

Soledad se deja caer en los brazos de su hermana, sintiéndose peor.

—Pero tuve que tomar una decisión horrible —llora—. Eras tú o Papi. Yo lo sabía. Yo sabía que lo estábamos poniendo en peligro si nos íbamos. Iván me lo advirtió. Simplemente, no pensé que lo fuera a hacer en serio. Pensé que si me iba...

No se molesta en terminar la oración, porque no importa lo que haya pensado. Se equivocó. Las dos hermanas inhalan temblorosas y Rebeca seca las lágrimas de Soledad con sus pulgares.

—Basta —dice Rebeca—. Basta, Sole. Papi hubiera tomado la misma decisión. Cuando se mejore, estará muy orgulloso de ti. Ya verás.

Soledad se seca el rostro con un Kleenex limpio. Se suena la nariz.

—Tienes razón.

—Estará bien —dice Rebeca.

—Tiene que mejorar.

———————

En el silencio solo roto por los pitidos de las máquinas en el cuarto de hospital de Papi, en San Pedro Sula, la enfermera Ángela entra solemnemente con sus tenis blancos. Sabía su nombre, por supuesto, gracias a la identificación que encontraron en su cartera. Pero no había recibido visitas, nadie había hecho preguntas hasta ese día. A veces es más fácil así: puedes cubrir las necesidades del paciente, calmar su dolor y atender su cuerpo roto sin el peso de una pena adicional. Ángela ha trabajado como enfermera en esa ciudad el tiempo suficiente para saber que el dolor de la familia muchas veces eclipsa el dolor del paciente.

El pabellón está relativamente tranquilo esa noche, así que después de revisar sus signos vitales y cambiar su bolsa recolectora, Ángela tiene tiempo de sentarse con él. Aún es de día, pero enciende la lámpara de su mesa porque la luz suave le parece reconfortante. Cierra los ojos por un momento antes de hablar con él. Sus colegas ya no lo hacen porque es demasiado difícil, demasiado duro. Ángela es la única que sigue haciéndolo. La violencia es abrumadora en ese lugar. Se ha vuelto un concurso macabro y sanguinario de superioridad entre pandillas. La sala de cuidados intensivos siempre está ocupada, pero no está tan sobrepoblada como la morgue. Las otras enfermeras recurren a un humor irreverente para soportarlo. Usan un sistema secreto de emoticones para clasificar las probabilidades de supervivencia de los pacientes. Ángela no las juzga. Tienen que irse a casa con sus hijos al terminar su turno. Quieren seguir casadas. Quieren cenar y tomar una cerveza en el patio con sus vecinos. Pero tras veinte años de trabajo, Ángela todavía no puede desconectarse. Y tampoco quiere hacerlo.

Jala la silla cerca de la cama de Elmer y levanta su mano, cuidando no apretar la sonda intravenosa. Le acaricia la mano con el pulgar.

—Elmer, tus hijas llamaron hoy —dice en voz baja—. Soledad y Rebeca llamaron desde México, y están bien, Elmer. Tus hijas están bien. Van rumbo al norte.

CAPÍTULO 20

Más tarde esa noche, cuando el impacto inicial ya ha perdido fuerza y las hermanas empiezan a calmarse después de la terrible noticia, Lorenzo llega al albergue. Lydia está ayudando en la cocina, revolviendo una inmensa olla de frijoles en la estufa, cuando lo ve a través de la puerta abierta del amplio comedor. Desde lejos no parece tan amenazante como en el tren. No es tan alto ni tan corpulento como le pareció al principio. Como cualquier otro migrante, se ve cansado y aliviado de tener un refugio donde lo reciba el aroma de una comida caliente. Aun así, Lydia mueve su cuerpo instintivamente fuera de su línea de visión y se le cae la larga cuchara de madera en la cuba de frijoles.

—¡Carajo! —dice en voz alta.

Aprieta los ojos y la boca durante un momento. Cuando la mujer que dirige la cocina se da cuenta, le dice que no se preocupe y le da unas pinzas para que saque la cuchara de la cazuela de frijoles.

Lydia ayuda a servir la cena sobre platos desechables, y los migrantes tienen que hacer fila para recibir su comida, como en una cafetería. Cuando llega el turno de Lorenzo y Lydia le sirve una cucharada de frijoles en el plato, este asiente sin verla a los ojos, sin hacer ningún comentario, y su comportamiento extraño incrementa el miedo de Lydia. ¿Lo ofendió, lo provocó hasta hacerlo cambiar de opinión sobre dejarlos en paz?

—¿Quieres más? —le pregunta, pero él ya se ha movido hacia la olla de arroz.

Las hermanas y Luca están detrás de él en la fila y, mientras esperan, Soledad siente que una mano se desliza por debajo de su brazo y le toca un seno. Pasa tan rápido como el aleteo de un pájaro. Todo su cuerpo reacciona, pero cuando se voltea para enfrentar a su agresor ve tres hombres conversando de pie entre ellos. Están tan metidos en su conversación, ignorando por completo su presencia, que no hay manera de determinar quién la tocó. Su desinterés no es nada convincente, así que Soledad se pregunta si imaginó la violación. "No", se dice. "No estoy loca". Aprieta los dientes, cruza los brazos sobre su pecho y mantiene el cuerpo encorvado como advertencia.

Después de la cena, todos se reúnen en la sala para ver el televisor, menos Lorenzo. Lydia no sabe si se siente aliviada o preocupada por su ausencia. En realidad, son ambas cosas. Quiere que esté donde pueda verlo y espera no volver a verlo nunca más en la vida.

En el televisor, nadie quiere ver las noticias porque son demasiado familiares, así que ponen *Los Simpson*. En casa, Mami nunca deja que Luca vea ese programa porque cree que Bart es grosero y no quiere que Luca empiece a decir cosas como "cómete mis calzoncillos", pero no sabe que Luca y Papi solían verlo juntos todo el tiempo cuando ella no estaba en casa. Papi se estiraba en el sofá, sin zapatos, moviendo los dedos dentro de los calcetines, y Luca se acostaba sobre el pecho de Papi, como una cobija. Papi sobaba la espalda de Luca mientras veían el programa. Era su ceremonia secreta. Imitaban las voces y Papi mantenía cerca el control remoto para cambiar rápidamente de canal a *El Arte Ninja* si Mami llegaba inesperadamente.

Luca no quiere ver *Los Simpson* en esa habitación, con luces fluorescentes y todos sentados en sillas plegables, con los brazos cruzados y los zapatos puestos. Lo soporta atando y desatando sus agujetas tres veces y, cuando termina, Mami les sugiere a Soledad y a Rebeca que todos recen un rosario para que su padre se recupere. También sabe que servirá para calmar sus nervios, para aliviar su agitación antes de intentar dormir. Se alejan a un rincón de la habitación, donde están las mesas, y varias mujeres se les unen. Las hermanas están agradecidas y es la primera vez en la vida de Luca que un rosario no se siente como una obligación. Escucha las recitaciones de las mujeres. Primero, la cadencia de su madre.

—Bendita seas entre todas las mujeres.

Y, luego, la respuesta a coro.

—Ruega por nosotros, los pecadores, ahora y en la hora de nuestra muerte. Amén.

Otra vez.

Luca tiene entre sus manos el rosario de piedras azules de la abuela y cuenta las oraciones. Aprieta las piedras entre sus dedos con tanta fuerza que se quedan marcadas temporalmente en su piel. Se pregunta si la abuela alguna vez lo hizo, cuántas veces tuvo esas piedras entre sus manos envejecidas, y al pensarlo casi puede escuchar la voz de la abuela entre el coro, "Santa María, Madre de Dios". Tiene un nudo en la garganta que no lo deja hablar, sumar su propia voz a la oración, pero está bien, porque escuchar es su manera de venerar y, en cualquier caso, siente la energía fluyendo de esas cuentas a sus dedos como una pulsación o un latido. El rosario es un tipo de atadura, y si se aferra a él con bastante fuerza conservará la conexión con su abuela, con Adrián y con todos los demás, con Acapulco, con su pequeña habitación y la lámpara en forma de balón de fútbol y la cobija de autos de carreras, con su hogar. Luca cierra los ojos y escucha la cadena de oraciones que lo atan a su papá.

Mientras tanto, ve que las hermanas han adoptado una nueva postura que las encorva hasta empequeñecer. Cuando Luca abre los ojos y emerge de sus propios pensamientos, reconoce esa pos-

tura porque también le es familiar. Es relativamente nueva para
Mami también, y Luca entiende que es la curva de la pena. Se
siente realmente mal por la angustia de las hermanas y por la de
Mami, así que le pide a Dios que calme su sufrimiento.

Esa noche, Luca duerme de la mejor manera: sin soñar.

Nadie ha expresado en voz alta que Lydia y Luca viajarán con Soledad y Rebeca tan lejos como puedan, pero es algo que los cuatro reconocen intuitivamente. Han pasado tantas cosas, que cada
hora les parece un año. Pero hay algo más. Se trata del vínculo del
trauma, de compartir juntos experiencias indescriptibles. Pase lo
que pase, nadie más en sus vidas comprenderá completamente la
odisea de su peregrinaje, las personas que han conocido, el miedo
que viaja con ellos, la pena y la fatiga que los consumen. La determinación colectiva de seguir rumbo al norte los mantiene juntos
y los hace sentir casi como una familia.

También, de manera egoísta y un poco estratégicamente,
Lydia espera poder confundir a quienes pudieran sospechar a primera vista de que se trata de la mujer que buscan, la viuda del
reportero muerto, al viajar con dos personas más en su grupo.
Antes de dormir, Lydia se aleja de los pensamientos más horribles
y se permite pensar en el futuro, en Estados Unidos. En lugar de
Denver, imagina una casa blanca y pequeña en el desierto, con
paredes gruesas de adobe. Ha visto algunas imágenes de Arizona:
cactus y lagartijas, el paisaje rojizo y el cielo azul. Imagina a Luca
con una mochila limpia y el cabello recortado, subiéndose a un
camión escolar grande y de color amarillo, despidiéndose desde la
ventana. Y luego conjura una tercera habitación en esa casa para
las hermanas. El nuevo bebé de Soledad, tal vez una niña. El olor
de los pañales. Una bañera en el fregadero de la cocina.

Todos están ansiosos por deshacerse de Lorenzo; Lydia más
que nadie. Así que, aun cuando el albergue es cómodo y están
cansados, y de que de no estar él ahí se habrían quedado una o

dos noches más, en la mañana Luca, Lydia, Soledad y Rebeca se levantan antes de que salga el sol. Tienen cuidado de pasar sin hacer ruido frente al dormitorio de los hombres y se marchan antes del amanecer.

Lydia siente un gran sentido de urgencia por dejar Guadalajara, y no se trata solo de Lorenzo. Esa ciudad le parece como la trampa de la Venus atrapamoscas, y Lydia ve la evidencia por todas partes mientras caminan apresurados por las calles índigo antes del amanecer. Los migrantes llegan con ímpetu, de camino al norte, y encuentran una cálida bienvenida, un poco de consuelo, cierta seguridad lejos de las vías, y terminan quedándose un día más para recuperar fuerzas. Luego, tres. Luego, cien. Sobre un pedazo de cartón en el rincón abandonado de un estacionamiento, ve a una madre descalza durmiendo con su hijo pequeño, ambos con la ropa sucia. Más allá, con los ojos vidriosos y una bolsa de papel marrón entre las manos con Dios sabe qué adentro, ve un adolescente enclenque lleno de cicatrices y moretones. Por todas partes encuentra jovencitas contoneándose en tacones y entre sombras, el blanco de sus ojos brillando en la penumbra. Lydia apura a Luca y a las hermanas lejos del refugio, hacia las vías, mientras a su alrededor aclara la luz del amanecer.

Soledad y Rebeca, por su parte, sienten mayor reticencia con relación a ese trayecto del viaje porque una mujer en el albergue les había dicho la noche anterior que pronto cruzarían al estado de Sinaloa, un lugar famoso entre los migrantes por dos cosas: la maestría con que desaparecen niñas y el poder de su cártel. Aun así, no hay manera de llegar al norte sin pasar por algún lugar famoso por esas mismas cosas, y eligieron la ruta del Pacífico porque era la más segura, de modo que están a punto de entrar en la parte más peligrosa de la ruta más segura.

En cualquier caso, saben que mientras más pronto se pongan en marcha, más rápido cruzarán. Soledad también siente una determinación más profunda ahora, decidida a que lo que le pasó a su Papi no sea en vano. Está desesperada por llegar al norte y comenzar una nueva vida, buena y brillante, que honre los sacrificios de su familia. Así que a todos los mueve una urgencia intranquila mientras caminan hacia el noroeste por las vías, prestando atención todo el tiempo a cualquier signo que indique el sonido de un tren a sus espaldas. Lydia mira sobre su hombro compulsivamente y, cuando el tren finalmente se acerca, lo abordan fácilmente, sin siquiera pensarlo ni hablar de ello. Cuando reflexiona sobre eso, Lydia se sorprende.

—Ni siquiera lo pensamos —le dice a Soledad una vez que amarra a Luca a la rejilla del tren.

—Somos profesionales —responde Soledad.

Pero Lydia sacude la cabeza.

—No, nos estamos volviendo indiferentes.

Soledad frunce el ceño.

—Es natural acostumbrarse, ¿no? Nos adaptamos.

Lydia toca un mechón del cabello de Luca que asoma bajo la gorra de béisbol de su padre. Es demasiado largo. Se enrosca uno de los gruesos rizos negros alrededor del dedo y la ternura de su acto la transporta momentáneamente al jardín de su madre, cuando estaba inclinada sobre el cuerpo inerte de Sebastián, sintiendo cómo el mango de la espátula se enterraba en su rodilla. Había puesto la mano sobre la frente de su marido y la aspereza de su cabello, que todavía crecía dentro de los folículos, le hizo cosquillas en la muñeca. Sebastián usaba un champú con aroma a menta y un sollozo solitario brota de los huesos de Lydia y se pierde entre el ruido del tren bajo su cuerpo. Desvía la mirada de Luca y posa los ojos en Soledad.

—De ahora en adelante, cuando subamos, cada vez que lo hagamos, te voy a recordar que estés aterrada —dice—, y tú me lo recordarás a mí. Esto no es normal.

—No es normal. —Soledad asiente.

El cielo empieza a brillar sobre sus cabezas. Un listón naranja pálido se extiende sobre el horizonte, pero todavía es de noche sobre las vías. Hay un puñado de migrantes sobre el tren, pero no tantos como el día anterior, y si bien quizá se deba a la hora temprana, Lydia cree que Guadalajara ha seducido a varios. Siente que su pecho se abre con algo parecido al alivio mientras el tren se aleja de la ciudad. Media hora después, el paisaje parece comandado por kilómetros de plantas achaparradas y espinosas. Se extienden en la distancia a ambos lados de la vía, con sus hojas grises y verdosas que simulan el saludo de un millón de manos.

Pronto el tren desacelera ligeramente en las inmediaciones de un pueblo con edificios pintorescos y bien cuidados. Lydia nota el aroma dulce y pegajosos de los magueyes fermentando. Tequila. En el vagón detrás de ellos, dos migrantes se bajan por una escalera lateral a la espera de un lugar seguro para saltar. Luca intenta verlos, pero el tren gira y los hombres desaparecen, y tiene que conformarse con la esperanza de que hayan caído bien y estén a salvo. Tiene que fabricar esa verdad con la determinación de su mente.

El tren ruge hacia Tepic, Acaponeta, El Rosario. Durante mucho tiempo no encuentran nada en el camino. Solo pasto, tierra, árboles y cielo. Una construcción ocasional, una vaca. Es pastoral, hermoso, y el aire de la mañana es fresco. Lydia siente la punzada traicionera de un placer asfixiante, el asombro de los migrantes que se sienten turistas de paso, como si estuvieran de vacaciones frente a un paisaje exótico. Pero es breve.

A pesar de la distancia creciente entre Lorenzo y ella, el disgusto de su presencia permanece. Es alarmante que los haya descubierto tan fácilmente, tan incidentalmente. Ni siquiera los estaba buscando. Pero Javier sí, con sus considerables recursos, con todas sus conexiones. Lydia gira su rostro hacia el sur, ridículamente, como si fuera a verlo ahí, encima del tren. Como si fuera a verlo subirse los lentes sobre la nariz y acercarse. No será así, lo sabe. Cuando Javier vaya a por ellos, no será él, sonriente y de suéter, cargando un tomo de poesía contra el pecho. Será algún asesino sin rostro, algún niño con capucha, imperturbable ante la tarea de matarla. El sicario no sentirá nada cuando dispare la bala que mate a su hijo. Lydia se siente como un hámster corriendo en una rueda. Sabe que su verdugo podría estar en el tren. No obstante, ruega con todas sus fuerzas que el tren se mueva más rápido para ganarle la carrera al selfi de Lydia y Javier que avanza de celular en celular a lo largo de todo México. Lydia se encoge entre las hermanas e introduce su dedo en la argolla de Sebastián.

Tras un pequeño pueblo rodeado de huertos de mango, La Bestia entra en Sinaloa sin ninguna señal. Soledad está estirada, su mochila le sirve de almohada bajo la cabeza y sus dedos se aferran a la rejilla. Su rostro se ve lívido, de un gris enfermizo.

—¿Cómo te sientes? —pregunta Lydia.

El vocabulario de su antigua vida se siente inadecuado ahora, pero es todo lo que tiene.

Soledad abre la boca y luego la cierra de nuevo sin responder. Solo sacude la cabeza.

—Cuando estaba embarazada de Luca, comer aceitunas me ayudaba con las náuseas —dice en voz baja. Luego su mente reúne una letanía de réplicas. "Cuando estaba embarazada de Luca no tenía quince años. Cuando estaba embarazada de Luca no tuve que viajar miles de kilómetros encima de un tren de carga. Cuando estaba embarazada de Luca no lo concebí producto de una violación".

—¿Aceitunas?

Soledad hace un gesto de repulsión, reacomoda su barbilla contra la mochila y cierra los ojos, pero no sirve de nada. Después de respirar dos veces, se acerca al borde del tren y vomita.

Rebeca la mira con ojos desorbitados por la preocupación. Luego le entrega su mochila a Luca y gatea hacia su hermana. Soba la espalda baja de Soledad y espera que la náusea pase.

Hay un toque salado en el aire conforme las vías se acercan al océano. Los huertos de mango dan paso a las palmeras y al terreno arenoso. En las afueras de un pequeño pueblo, un par de docenas de hombres migrantes han hecho un campamento. Saludan cuando ven el tren acercándose, pero La Bestia no desacelera, va demasiado rápido y no pueden subirse, así que se quedan desanimados, mirándolo pasar como relámpago. Luca saluda y algunos le devuelven el saludo. La mayoría regresa a su posición bajo la escasa sombra, para descansar mientras esperan el siguiente tren, pero un hombre decide intentarlo. Corre junto a las vías mientras los demás observan. Le gritan y le dan indicaciones. Demasiado ruido, consejos contradictorios. El hombre logra agarrar una de las escaleras con una mano, pero sus piernas no pueden seguir el paso. El brazo cuelga del tren, pero las piernas están debajo. Quienes lo observan le gritan desesperados.

—Luca.

Mami intenta desviar su atención, pero está asomado por el borde, mirando perplejo al hombre que cuelga. Todos lo están.

Está claro que no lo va a lograr, que no se puede jalar desde esa posición. Un brazo lo ata a la velocidad de La Bestia. A todos se les corta la respiración. El hombre levanta el rostro y Luca puede ver su expresión, el momento justo en que su determinación se vuelve aceptación. El hombre retrasa lo inevitable un poco más y Luca tiene la impresión de que está saboreando el momento, los segundos finales en que su vida sigue intacta. Cuando su mano cede finalmente, queda la breve esperanza de que caiga lejos de las vías. A veces sucede. Un golpe de suerte de la física y la biología. Pero no. El hombre cae instantáneamente bajo las ruedas de La Bestia.

Sus gritos se escuchan incluso por encima del movimiento del tren. Luca mira hacia atrás y ve que los migrantes se acercan a las vías para examinar los trozos cercenados del hombre. Lydia no llora por el herido, pero reza por él. Reza porque no sobreviva a su mutilación, porque la muerte misericordiosa vaya pronto por él. Y, con más fervor, reza porque el incidente no le haga más daño a Luca. Su hijo pronto llegará al límite de lo que un niño puede soportar sin desencadenar una degradación interna permanente.

—No te preocupes, amorcito —le dice—. El hombre estará bien.

Luca protesta.

—Quedó en dos pedazos, Mami.

—Para eso están los médicos —dice Lydia, con voz aguda.

Finge seguridad como todas las madres saben hacer delante de sus hijos. Lleva puesta la fuerte armadura maternal del engaño. Deja que pase un momento nada más antes de cambiar el tema y dirigirse a Rebeca.

—Y entonces, ¿qué van a hacer cuando lleguen a la frontera? ¿Tienen algún plan para cruzar?

—Sí, nuestro primo se fue el año pasado. Entró por Arizona y luego le dieron un aventón hasta Maryland. Ahí vive y nos vamos a quedar con él. Estamos siguiendo la misma ruta y vamos a usar el mismo coyote.

—¿Cómo encontró al coyote?

Lydia se da cuenta todo el tiempo de que su educación no le sirve para nada ahí, que no tiene acceso a la clase de información que realmente tiene valor en ese viaje. Cualquier migrante sabe más que ella. ¿Cómo encuentras a un coyote, te aseguras de que sea bueno y pagas tu viaje sin que te robe?

Por fortuna, Rebeca tiene toda la información.

—Muchos en nuestro pueblo lo han usado. Nos lo han recomendado. Porque no puedes escoger cualquier coyote. Muchos te roban y te venden al cártel, ¿sabes?

Lydia nunca ha conocido a un coyote. Es posible que ni siquiera conozca a alguien que haya conocido a un coyote.

—Deberías usar al nuestro —dice Rebeca—. A menos que ya tengas uno.

Lydia sacude la cabeza.

—No tenemos.

Rebeca sonríe.

—Así podemos ir juntos. Mi primo César dice que este tipo es el mejor. Solo les tomó dos días a pie y luego alguien los recogió en una camioneta del otro lado y los llevó a Phoenix. Les dio boletos de autobús de ahí hacia donde quisieran ir. Es mucho dinero, pero es seguro.

—¿Cuánto dinero pide? —pregunta Lydia.

Rebeca mira a Soledad, que sigue acostada con la cabeza descansando sobre los brazos. Rebeca continúa sobando su espalda.

—¿Cuánto, Sole?

Soledad responde sin levantar la cabeza ni abrir los ojos.

—Cuatro mil cada una.

Lydia se sorprende con la cifra.

—Pensé que sería mucho más que eso, como diez mil pesos por lo menos.

—Dólares —dice Soledad con voz ahogada por la manga de la playera—. Cuatro mil dólares.

Dios santo. Lydia inhala con prisa. Ella acepta dólares en la librería, por lo que está familiarizada con la tasa de cambio, pero no en esas cantidades. Le cuesta trabajo sacar la cuenta en la cabeza. Es mucho dinero, pero tienen de sobra. Incluso les quedará un poco para empezar una vida del otro lado. Luego recuerda el discurso del padre en Celaya. "A cada uno de ustedes los van a robar. A cada uno. Si llegan al norte, llegarán sin dinero, cuenten con eso".

Pero es bueno, de cualquier manera, tener un plan, ver más allá de lo que comerán ese día o de dónde dormirán esa noche. Lydia no se siente lista, pero ya empieza a considerar el futuro. Definitivamente, no está lista para mirar atrás y espera poder lograr una cosa sin necesidad de la otra.

—¿Y dónde se van a encontrar con el coyote? ¿Las está esperando? —le pregunta a Rebeca.

—Sí, se llama El Chacal...

"Por supuesto", piensa Lydia. "¿Por qué el coyote se llamaría Roberto, Luis o José si se puede llamar El Chacal?".

—... y trabaja afuera de Nogales. Cuando lleguemos, lo llamamos por teléfono. Mira. —Rebeca desamarra la pulsera de arcoíris que lleva en el brazo izquierdo y mete el dedo en un minúsculo agujero, de donde desenrolla un trozo de papel con el número del coyote.

—Bien. —Asiente Lydia—. Está bien.

Ahora tienen un plan sólido.

Nadie pensaría que viajar en el techo de un tren de carga pueda ser tan aburrido, pero lo es. El tedio es espectacular. El bramido del motor y el chillido del metal son tan constantes, que los migrantes ni siquiera los escuchan. En los pueblos donde el tren baja la velocidad o se detiene, los migrantes se bajan, se suben y continúan el viaje. El sol sube en el cielo, dejando caer sus rayos sobre ellos, hasta que la piel se siente tan caliente que pueden oler cómo se quema y el brillo de la luz deslava los colores del paisaje.

Pasan por Mazatlán sin detenerse. Las vías corren junto al océano durante un tiempo, y la existencia de la arena y el azul del mar le recuerdan a Luca su hogar, trayéndole tristeza en lugar de alegría. Le da gusto que el tren gire hacia el interior del estado y deje la playa detrás. Pero luego regresan las horas de tedio, mezcladas con marrón, verde y gris, así que es casi una distracción bien recibida cuando, a pocos kilómetros de Culiacán, unos gritos rompen la monotonía. Una sola voz repite las mismas palabras una y otra vez, como una sirena: "¡la migra, la migra!".

Alrededor de ellos, los migrantes recogen de prisa sus cosas. Algunos ni siquiera se molestan con eso. Cuando ven el rastro de tierra que dejan las llantas de las camionetas que se aproximan, se dirigen al lado opuesto del tren y escapan.

—Ándale, Soledad, despierta —dice Rebeca con voz tensa por el pánico—. Nos tenemos que ir.

El tren está reduciendo la velocidad, pero no se ha detenido. Los hombres que están encima no esperan. Se avientan. Huyen.

—¡A la mierda con esto! —maldice Soledad, colgándose la mochila de los hombros.

—¿Qué está pasando, Mami? —pregunta Luca.

En teoría, la migra no representa una amenaza para Lydia ni para Luca. Como son ciudadanos mexicanos, no los pueden deportar a Guatemala ni a El Salvador, a diferencia de la mayoría de sus compañeros migrantes, que sí son ilegales en el país. Lydia y Luca solo han cometido la infracción de subirse al tren. Así que tal vez se sientan así porque el pánico a su alrededor es contagioso. Pero no, Lydia lo *sabe*. Sabe que los agentes de la migra, con todo y sus uniformes, no están ahí para hacer cumplir la ley. Está segura, por el terror que nace de su instinto e invade sus huesos, que no puede confiar en su ciudadanía para protegerlos. Están en peligro mortal, puede sentirlo hasta en los poros y en el cabello.

Las camionetas convergen como manadas de animales. Los hombres están enmascarados y armados. Lydia desabrocha frenéticamente el cinturón de Luca, pero sus manos tiemblan y tiene que intentarlo tres veces antes de liberarlo al fin.

—¿Mami? —su voz asciende un tono más.

La voz de Lydia es grave.

—Tenemos que correr.

CAPÍTULO 21

Tres camionetas de color blanco y negro, con enormes barras antivuelco, se acercan por el camino de tierra que corre paralelo a las vías, escupiendo grava y polvo bajo las llantas. Al menos hay cuatro agentes parados en la parte trasera de cada camioneta, y otros más en el interior. Todos van equipados como si fueran a la guerra. Luca los mira boquiabierto. Llevan botas, rodilleras, cascos, enormes chalecos antibalas, guantes y visores negros que ocultan sus ojos. Sus rostros están completamente cubiertos por pasamontañas negros. Llevan varias armas amarradas al cuerpo y una realmente grande terciada sobre el pecho. Luca se pregunta por qué necesitan todas esas armas para atrapar a unos cuantos migrantes, y piensa también que sería imposible diferenciar, bajo todos esos accesorios, a un agente federal del INM de un narcotraficante disfrazado, y ya no está seguro de si existe diferencia alguna entre ellos, porque un arma es un arma. Luca se orina en los pantalones.

A nadie le importa. Los migrantes bajan por el costado del tren. Las escaleras están atascadas y algunos hombres ni siquiera aguardan su turno y saltan del techo. Luca se estremece al verlos caer. Un hombre no se levanta después de saltar, se queda tirado apretando su pierna rota. Muchos caen dando vueltas contra el suelo, pero tienen que levantarse pronto. Se tambalean y aceleran el paso. Luca tiene muchas preguntas en la mente, pero comprende que no es momento de hacerlas, así que escucha a Mami y hace exactamente lo que ella dice. Son los últimos en llegar a la escalera, y lo único bueno es que la encuentran vacía. Todos los hombres ya bajaron y Luca puede verlos saltar como conejos a través de los campos. Pero no sirve de nada. Luca ve que no sirve de nada.

La migra planeó la redada perfectamente: el tren donde se encuentran se halla en medio de campos, todos ya cosechados, marrones y vacíos. Los migrantes no tienen dónde meterse, no importa lo rápidos, listos o ágiles que sean. Tan pronto bajan del tren, están perdidos. No hay pueblos, edificios, árboles, arbustos, zanjas... donde esconderse. Y Luca casi abre la boca para compartir esa observación con su madre y sugerir que tal vez deberían quedarse ahí, cuando el tren frena y los sacude hacia adelante. Rebeca se suelta de la escalera. Soledad se abalanza sobre ella, pero no alcanza a tomarla de la mano. Logra pescar su cabello, que se le había aflojado en la huida, y cuando carga a su hermana por el cabello de vuelta a la escalera ambas lloran. Pueden sentir el sabor de sus corazones en la garganta y Luca no dice nada cuando el tren se detiene de un jalón.

No corren porque crean que pueden escapar realmente. Corren en contra de la futilidad innegable de huir, porque el pavor los hace correr. Corren porque cada uno de ellos comprende que, si los atrapan, cuando los atrapen, todo el arduo progreso que han logrado tendrá un abrupto final. Todo lo que han sufrido para llegar tan lejos habrá sido en vano. Comprenden que, en el mejor de los casos, los apresará un hombre que obedecerá lo que dicta su uniforme, los detendrá, procesará y anulará el viaje entero, mandándolos de vuelta al punto de partida. En el mejor de los casos. Por otra parte, saben que su captura puede no ser burocrática. Quizá nadie los procese ni les tome las huellas digitales y les regale un boleto a casa. Puede ser mucho más horrendo: secuestro, tortura, extorsión, dedos mutilados que son fotografiados para acompañar las amenazas que envíen a los familiares en el norte, una muerte lenta y dolorosa si la familia no paga. Las historias son tan comunes como las piedras en el campo. Cada migrante las ha escuchado. Todos corren.

Lydia no piensa en nada excepto en correr, mientras se impulsa a ella y a Luca por los surcos, tan rápido como pueden. Delante de ellos, las hermanas empiezan a alejarse. Luca se mueve tan rápido como es capaz, pero sus piernas son pequeñas. No importa. El tren ha avanzado hacia donde le indicaron que se detuviera y las camionetas han cruzado las vías. Un agente en una de las camionetas habla por un megáfono.

—Dejen de correr. No tienen adónde ir. Hermanos migrantes, siéntense y descansen donde estén. Estamos aquí para recogerlos. Lo vamos a hacer con o sin su cooperación. Es su decisión hacernos felices o hacernos enojar. Hermanos migrantes, tenemos comida y agua para ustedes. Siéntense y descansen donde estén.

La voz incorpórea que emana del pecho de un hombre enmascarado y viaja a través de los campos rasurados con el pitido usual del megáfono es lo más escalofriante que Luca ha escuchado alguna vez. El mensaje pretende debilitarlos, obligarlos a comprender lo impotente de su posición, y funciona en algunos hombres. Entre los grupos en fuga, algunos hombres dejan de correr. Se llevan las manos a la cadera, a las rodillas, al pecho palpitante. Miran hacia el cielo con cierta mezcla de ira desvalida, angustia y aceptación. Se sientan en la tierra con las piernas extendidas y acunan la cabeza entre las manos.

Pero la voz no debilita a Luca; al contrario, lo hace correr más rápido. Le recuerda todas esas veces en casa de la abuela, cuando ella le pedía que bajara al sótano a por otra botella de ginger-ale para meter al refrigerador. Sabía que tenía que bajar, pero el sótano de la abuela era aterrador. Incluso si encendías la luz y cantabas muy fuerte todo el tiempo, no acababas de subir la escalera de regreso cuando ya sentías esa certeza helada de que algo maligno te estaba persiguiendo y estaba justo detrás de ti, rozando tu nuca, y en cualquier momento te agarraría por el tobillo y te arrastraría a las profundidades. El megáfono le provoca esa misma sensación, solo que mil veces peor, porque es real.

Luca corre con los pantalones húmedos de orina, la mano de Mami y todos los recuerdos horribles de la regadera verde de la abuela. Y luego Mami grita y todo comienza a moverse en cámara lenta: el grito de Mami, un chillido corpóreo, burbujea fuera de ella como un ave y se va volando, pero Mami no. Ella toma otra dirección, hacia abajo, hacia la tierra. Se tropieza y cae lento, muy lento. Y Luca, ya familiarizado con las balas, porque ha visto las armas de la migra, porque todos en su familia han muerto acribillados a balazos, asume naturalmente que Mami ha muerto. ¿Por qué gritaría de esa manera si no fuera así? ¿Por qué caería? Todo se mueve tan lento. Primero sus manos. Luego su cabeza, su hombro. La velocidad que llevaba la hace dar vueltas. Su espalda, sus nalgas, sus rodillas. Termina de rodillas en la tierra y Luca ya no sostiene su mano. Mami está apoyada sobre sus manos y sus rodillas. Luca busca su brazo, mas tiene miedo de jalar. Miedo de que solo esté en esa posición por algún truco, de que si mueve el peso que descansa sobre piernas y brazos, el cuerpo colapse y no se mueva más. Luca deja su miedo atrás y la toma del brazo.

—Mami, ándale. Mami, corre.

Nota que no hay sangre. No hay sangre, gracias a Dios. Siente que puede respirar.

—No puedo correr —dice Mami—. No puedo correr. Lo siento, Luca. Mi tobillo. —Lydia se levanta. ¡Es su tobillo! Solo un tobillo. Lydia prueba recargarse en él. Una punzada de dolor. No es tan malo. Lo mueve en círculos. Puede caminar, pero no puede correr.

—Está bien —dice Luca.

Su rostro está muy húmedo. Se gira y ve que Rebeca y Soledad siguen andando, empequeñeciéndose en la distancia mientras corren, y todo le parece eufórico en ese terrible momento, porque la voz de Mami todavía funciona y las hermanas siguen corriendo. Abraza a Mami por el abdomen y ella descánsa un brazo sobre él. "Nada más importa", piensa Luca, "mientras esté bien".

Lydia deja la cabeza de Luca ahí, sobre su costado, para que no pueda ver las lágrimas que corren por sus mejillas. No sabe lo sucia que está de tierra, no sabe que las lágrimas dejan surcos en su cara que la delatarán más tarde, incluso después de que las seque.

—Está bien, mijo —dice—. Tenemos todo el derecho de estar aquí, de viajar por nuestro propio país. Somos mexicanos. No nos pueden hacer nada. Estaremos bien.

Luca le cree, pero no logra convencerse a sí misma. Las camionetas ya se extendieron para rodearlos a todos. La que está más lejos ya superó a las hermanas y las está rodeando, cercándolas.

—Hermanos migrantes, dejen de correr. Siéntense y descansen donde estén.

Un agente salta de la camioneta más cercana y se acerca a Luca y a Lydia con una mano sobre el arma más grande. Con ella les indica adónde tienen que ir, sin necesidad de usar la voz.

Cuando Lydia era una adolescente y su tío murió, su tía se casó por segunda vez con un hombre que tenía un rancho ganadero en Jalisco. Hizo un viaje de dos días desde la costa para asistir a la boda con sus padres y su hermana, y Lydia nunca olvidó cómo era estar en una hacienda, cómo el viento era estridente y los perros de su nuevo tío acarreaban al ganado. Eran incansables esos perros blancos y negros, que corrían trazando arcos amplios para cercar a las vacas nerviosas. El ganado pateaba y daba vueltas inquieto. Lydia recuerda cómo ese día todos quedaron sorprendidos, sonriendo agitados, de cómo los perros corrían trazando arcos. ¡Qué disciplinados eran! ¡Qué fácil parecía lo que estaban haciendo! Lydia fue la única que sintió lástima por las vacas asustadas. Todos los demás parecían olvidar que también eran animales. Ese recuerdo vuelve ahora cuando las camionetas dibujan sus arcos alrededor de los migrantes aterrados. Lydia nunca se ha sentido un animal, a propósito o por algún accidente metafórico de la psicología, y una desesperación aplastante acompaña esa correlación. Son animales en ese campo. Y ella se siente una presa.

Una vez que la migra los junta a todos, incluyendo a Soledad y a Rebeca, los agentes los hacen marchar hasta el camino pavimentado más cercano. Todos están sudorosos, desaliñados y agotados de correr. Soledad y Rebeca llegaron más lejos que la mayoría antes de que la camioneta las alcanzara y las obligara a volver. Rebeca se detiene y pone las manos en las rodillas para recuperar el aliento. Soledad escupe en la tierra. Todos se sienten enojados, frustrados y renuentes a obedecer, pero los agentes los empujan con fuerza si no caminan rápido.

Luca cuenta los migrantes reunidos, mas eso no le ofrece ninguna información sobre los posibles fugitivos porque no los contó antes de que se dispersaran, de modo que no tiene un número base. "No importa", piensa. Puede ver toda la extensión de los campos hasta el horizonte, el arco marrón claro de la tierra. Nadie escapó. A su lado, Lydia cojea, pero el dolor en su tobillo disminuye hasta ser solo una molestia. Esperan a un costado del camino y nadie les dice para qué o cuánto tiempo tendrán que esperar. Son veintitrés migrantes y la desesperanza se percibe en sus facciones, además del polvo. Mientras aguardan, Lydia mantiene la cabeza baja, ocultándose bajo el sombrero rosa, y observa a los agentes en busca de pistas que le permitan adivinar en qué clase de cautiverio se encuentran. Uno de los migrantes está indignado y no muestra ninguna intención de cooperar.

—¿Quién está a cargo aquí?

El hombre se levanta, pese a que les ordenaron sentarse, y habla por encima del hombro del oficial que los está custodiando, dirigiéndose a quien sospecha está a cargo, el agente que está sentado sobre la tapa de la caja de una camioneta pick-up con un pie en la tierra y otro colgando. Su postura es casual, y sorprende lo rápido que se levanta y se acerca al migrante que le habló. Lydia lo observa sin aliento, pues ese intercambio bien puede decirle todo lo que necesita saber sobre las horas que vendrán. No se da cuenta de que le está encajando las uñas en el brazo a Luca hasta que este se empieza a retorcer. Lo suelta, sobándole apenada las pequeñas marcas que dejó en su piel sin querer.

—¿Qué necesitas? —El agente está parado muy cerca del migrante y Lydia comprende que es deliberado, que espera asustar al hombre, lo que le parece inmaduro y efectivo al mismo tiempo.

—Soy ciudadano mexicano. No tiene ningún derecho de detenerme —dice el migrante—. Quiero saber quién es el comandante de esta unidad.

El agente es lo suficientemente alto para que el migrante tenga que subir la cabeza para mirarlo. Su barbilla está a la altura del chaleco antibalas.

—Yo estoy a cargo —dice el agente, y luego pone una mano sobre el hombro de su camarada—, y él está a cargo. ¿Y ves a ese tipo de ahí? ¿Con la pistola? Él también está a cargo. Todos los que se ven como yo, con este uniforme, estamos a cargo. Y tenemos todo el derecho de detener a quien queramos. Siéntate.

Después de unos minutos y algunas conversaciones aisladas, la mayoría de los agentes se suben a dos de las tres camionetas y se van. Solo quedan cinco agentes en el camino con los migrantes. Con esos dos vehículos también desaparecen las esperanzas de que sea una experiencia legal, administrativa. Menos uniformes implica menos testigos. Los cautivos se miran nerviosos unos a otros, pero nadie se mueve. Incluso si los cinco agentes restantes no estuvieran fuertemente armados y uno de los migrantes se sintiera inclinado a correr, no tendría a dónde ir. Dadas las circunstancias, cuando sacan las esposas se le hacen innecesarias y alarmantes a Lydia. No son esposas reales, sino tiras de plástico. En un inicio, Lydia espera que solo aten a los hombres. Empiezan al final de la fila, levantando a los migrantes uno a uno. Los cachean en busca de armas, teléfonos, dinero. Les quitan las mochilas y les amarran las muñecas detrás de la espalda con las tiras de plástico. Un hombre se queja cuando le quitan su dinero y el agente lo golpea en la cara con el radio. Luca abre los ojos impactado.

—Mijo, mira —dice Mami, acercándose a él—. Mira esa nube.

—Parece un elefante —dice.

—Sí, ¿y ves eso? ¿Qué lleva en la trompa?

Luca entrecierra los ojos. Sabe lo que Mami está haciendo: intentando distraerlo. No quiere que vea. Y podría decirle que ya no importa, que ya ha visto cosas mucho peores, pero comprende que la distracción le sirve tanto a ella como a él. Ella también necesita sentir que puede protegerlo, darle alguna clase de consuelo ante cualquier cosa horrible que suceda a cuatro metros de distancia. Luca puede escuchar que el hombre llora levemente. Se imagina, sin levantar los ojos para corroborarlo, que un hilillo de sangre corre por la nariz o el labio de ese hombre. Luca se enfoca en el elefante de nube porque es algo que puede hacer por Mami.

—Creo que está arrancando una flor.

Mami pega su mejilla a la de Luca.

—Creo que está dándole la mano a un ratoncito.

Cuando todos los migrantes están esposados, diecinueve según cuenta Luca, los agentes se acercan a las hermanas. Toman a Rebeca primero, pero Soledad se para frente a ella.

—Todo el mundo quiere ser héroe —murmura uno de los agentes. Su compañero ríe.

Voltean a Soledad y se toman su tiempo cachándola. Mucho más tiempo del que se tomaron con los hombres. Luca puede sentir a Mami temblando junto a él. Los oficiales jalan el borde de la playera blanca grande, inflándola con el aire, y se asoman por dentro. Meten las manos bajo su playera.

—¿Trae algo? —pregunta el compañero.

—Ni te cuento.

Cuando le amarran las manos, le jalan la playera por la espalda para que quede pegada contra el sujetador. Atan la tela sobrante junto con sus muñecas con la tira de plástico. La playera se sube dejando ver unas cuantas pulgadas de su abdomen moreno. Todos los migrantes bajan la vista en solidaridad.

—Así está mejor —dice el agente que la esposó, y avienta la mochila confiscada de Soledad a la parte trasera de la camioneta, junto con las demás. Pero, cuando Soledad se aleja para sentarse en el suelo junto con los otros migrantes, la agarra por el codo—. Tú siéntate ahí mejor —le dice señalando la tapa de la caja abierta.

Soledad mantiene el rostro impávido. Se sienta donde le indican y se asegura de no mirar mientras le hacen lo mismo a Rebeca. Pronto su hermana está sentada junto a ella y se inclinan una en la otra, consolándose con la calidez del roce de sus hombros. Después le toca a Lydia. La paran de espaldas a Luca y le quitan el sombrero para estudiar su rostro. Ella entorna los ojos bajo la luz del sol, pero le vuelven a poner el sombrero sin decir nada antes de sobarle los senos y las nalgas. Encuentran el machete amarrado a su pierna y se ríen mientras le desabrochan la funda. Uno de los hombres lo arroja a la camioneta y al caer hace *ruido*.

—No te preocupes, mijo, todo estará bien —le dice a Luca sin mirarlo.

Luca está sentado en posición de flor de loto, con los codos en las rodillas. Soledad y Rebeca lo miran en silencio, como si pudieran crear una burbuja de protección alrededor de él solo con la fuerza de la mirada.

El agente le habla a Lydia sin inflexión alguna, sin enojo ni hostilidad, exactamente con el mismo tono de voz con que ella le hablaría a una grabación para hacer una transacción bancaria por teléfono.

—Cállate —le dice.

Mete la mano entre las piernas de Lydia. Talla su dedo carnoso de atrás hacia adelante encima del pantalón de mezclilla. Lydia aprieta los labios y empieza a llorar. Luca hace ademán de levantarse, pero Rebeca le grita:

—¿Cuál es la tercera ciudad más grande de Estados Unidos?

Luca está confundido.

—¿Qué?

Rebeca repite la pregunta.

—Pues, fácil, Chicago —dice Luca—. Una vez que llegas a la quinta y sexta ciudad más grande, se vuelve más difícil porque la población cambia cada año en un porcentaje significativo, pero... espera, ¿por qué?

Sentada en la tapa de la caja, con las manos atadas a la espalda, Rebeca se encoge de los hombros.

—Curiosidad.

Los oficiales ya terminaron con Lydia y la sientan de nuevo en el suelo junto a Luca.

—Tu turno, hombrecito —le dicen.

Luca se levanta. Extiende brazos y piernas formando una X con el cuerpo. Le quitan la mochila y la avientan a la camioneta con las demás. No se queja. Voltean sus bolsillos. No se queja. Le quitan la gorra de béisbol de Papi de la cabeza.

—Linda gorra. ¿Te gustan los Yankees? —pregunta uno de ellos.

—Esa no —dice Luca—. Era de mi Papi.

—Ah ¿sí? ¿Y dónde está tu Papi ahora?

—Está muerto. —Luca blande esa verdad como un hacha en el campo de batalla.

El oficial asiente indiferente y vuelve a poner la gorra en la cabeza de Luca, que se da vuelta y junta las muñecas para que lo esposen. Los agentes se ríen.

—No, chiquito, no te vamos a esposar —dice el primero—. ¿Ella es tu Mami? Ándale, ve a sentarte con ella.

Luca no entiende por qué, pero se siente avergonzado de que no lo esposen. Minimizado. Se sonroja, pero se aleja y se sienta en el regazo de su madre de todas maneras, algo que no ha hecho por lo menos en los últimos dos años.

Cuando llegan las camionetas, los oficiales abren las puertas de atrás y meten a los migrantes. No hay asientos ni ventanas. Son camionetas de carga sin registro, y Lydia sabe que probablemente significa que los van a matar a todos. Su mente trabaja a toda velocidad y a la vez está en blanco. No recuerda los detalles, las palabras, la cantidad exacta ni las fechas, pero sabe que en el 2014 desaparecieron en Guerrero cuarenta y tres estudiantes universitarios que iban en autobús, que en el 2011 masacraron a 193 personas en San Fernando, que pocos meses atrás aparecieron 168 cráneos humanos en una fosa común en Veracruz. ¿Quién se va a dar cuenta si Luca y Lydia desaparecen? "Ya desaparecimos", piensa. "Ya no existimos". Cuando mira a Luca, ve la forma de su cráneo bajo la piel.

Suben primero a los hombres migrantes a la oscuridad de la camioneta. Estos se sientan torpemente en el interior, con las piernas extendidas y las manos atadas a la espalda, intentando no tropezar unos con otros. Algunos ya están llorando. La primera camioneta está llena; cierran las puertas. Lydia y Luca son los últimos en subirse a la última camioneta. Rebeca y Soledad siguen sentadas en la tapa de la camioneta de la migra.

—Mis hijas —le dice Lydia al oficial que la manoseó cuando la sube a la camioneta.

—¿Tus qué?

Lydia señala con la barbilla a las hermanas.

—¿Son tus hijas? —pregunta, aunque ambos saben que las dos niñas centroamericanas con acentos hondureños y piel de un color completamente distinto al de Luca no son las hijas de Lydia.

—Sí —dice—. Necesitamos quedarnos juntos.

—Ya no hay espacio —dice, subiendo a Luca a su lado—. Está llena la camioneta.

Azota la puerta izquierda, pero Lydia saca la pierna para bloquear la segunda puerta con el pie.

—Por favor —dice, mirando a las hermanas, que esperan en silencio.

Rebeca y Soledad la miran también, con expresiones de angustia en sus caras.

—Por favor, tenemos que estar juntas.

—No te preocupes —dice el hombre, empujando la pierna de Lydia adentro de la camioneta—, les daremos un aventón.

Cuando azota la puerta, Lydia casi se siente agradecida por la oscuridad.

CAPÍTULO 22

Detrás del miedo más inmediato que Lydia siente a morir asesinada en la oscuridad o, peor, a ver a Luca sufrir algún acto de brutalidad, también tiene miedo de que, sin importar para quién trabajan esos hombres, descubran quién es y la sometan a una clase distinta de asesinato. Aun si no la están buscando activamente, pueden descubrirlo por casualidad, como Lorenzo. Si trabajan para un cártel —lo que cada vez parece más irrefutable— y la reconocen, no necesariamente tendrían que ser aliados de Los Jardineros para identificarla como una mercancía valiosa. Podrían utilizarla de mil maneras: como ficha de cambio, como ofrenda de paz, como un botín humillante, como expresión de violencia competitiva.

Lydia todavía trae su credencial para votar en la cartera. ¿Por qué? ¿Por qué no se deshizo de ella? Si sobrevive el cautiverio, la destruirá antes de continuar. Dejará atrás su nombre; ya dejó todo lo demás. Lydia piensa en Marta de nuevo, colgando del ventilador de su dormitorio. Piensa en Javier, herido. Y aun cuando no puede concebir una manera de perdonarlo por lo que hizo, se pregunta, ahora que sabe lo de su hija, si cabría la posibilidad de razonar con él dada la oportunidad, de apelar a esa parte diezmada de sí mismo como padre. Apelar a su misericordia, por su vida y la de Luca.

A su lado, Luca presiona la cabeza contra el brazo de Lydia.

—Mami, tengo miedo.

—Lo sé, amorcito.

—¿A dónde se llevaron a Rebeca?

—No sé, amorcito.

Recarga su cabeza sobre la de él porque es todo el consuelo que puede darle. Intenta no pensar por lo que Soledad y Rebeca deben estar pasando. Su cuerpo se estremece con el esfuerzo por cortar de tajo ese pensamiento. Por su espalda corren gotas de sudor y el aire caliente dentro de la camioneta se siente húmedo y opresivo. El olor del miedo es pesado. Pero cuando Luca pasa la mano por debajo del cabello de Lydia y aprieta su nuca, la sensación de su palma húmeda contra la piel es como una descarga de determinación. Van a sobrevivir a eso. Tienen que hacerlo. En la oscuridad, Lydia encorva todo el cuerpo hacia él.

Cuando finalmente se abren las puertas de la camioneta, la luz les hiere los ojos después de un largo rato en la oscuridad. Los migrantes se sienten sudorosos, mareados y sedientos. Los pantalones de Luca no se han secado porque estaba muy húmedo adentro de la camioneta. La orina huele fuerte, pero nadie lo menciona. Quizá no todo ese olor venga de Luca. Los migrantes se arrastran sobre sus traseros hacia las puertas abiertas e intentan saltar sin caerse. El piso es de cemento. Hay luces fluorescentes arriba. Están adentro de un enorme almacén y los hombres a cargo ya no llevan uniformes. A Lydia le toma un momento darse cuenta. No está en una delegación ni en una cárcel ni en un centro de detención de migrantes, sino en un almacén sórdido y anónimo. Carajo.

En un rincón hay un lavadero de servicio con la llave abierta, y les permiten pasar de uno en uno a beber. El agua sabe a óxido y a huevos cocidos. Luca no alcanza.

—Por favor, ¿podría desatarme para que pueda ayudar a mi hijo? —le pregunta Lydia a uno de los guardias.

Este no responde, pero levanta a Luca para que pueda meter la boca bajo la llave.

—¿Qué es esa peste? —dice el hombre y, al darse cuenta de que se trata de Luca, lo avienta—. ¡Qué cochino!

Luca consigue aguantarse el llanto. Se para junto a su Mami. Los obligan a sentarse en el piso y, durante mucho tiempo, es lo único que hacen, alineados junto a la pared, poniendo atención a cualquier sonido que puedan escuchar: el goteo constante del lavadero sucio, el sonido de rodillos de metal en movimiento, el ocasional susurro furtivo de un migrante a otro, el eco de las voces impávidas de los guardias en un cuarto adyacente, donde hablan y ríen. Están fumando también. Luca puede olerlo. Los migrantes no preguntan ni se quejan. Nadie se mueve. Algunos rezan juntos en voz baja. Después de lo que parecen horas, se levanta una puerta y todos los migrantes entrecierran los ojos por el golpe inesperado de luz. Entra una camioneta, que trae todas las mochilas y a Rebeca y a Soledad sentadas atrás, con la espalda hacia la cabina y las muñecas todavía atadas. La puerta se cierra rápidamente.

—¡Mami! Aquí están —dice Luca, y empieza a levantarse.

Mami le dice que se siente otra vez.

—Luca, no las mires ni les hables todavía —dice Lydia—. Espera un minuto. Veamos cómo están.

Luca se sienta, aun cuando no comprende totalmente lo que Mami quiere decir con "cómo están", ¡ahí están! Le preocupaba no volver a verlas. Mami se inclina hacia adelante en la escasa luz. Pone su rostro frente al de Luca para que no tenga otra opción más que mirarla.

—Luca, estas personas son muy malas. ¿Comprendes?

Luca aprieta los labios. Observa un pedazo de goma que sobresale en la suela de uno de sus tenis.

—Debemos tener mucho cuidado de no llamar la atención, ¿sí? Tienes que estar muy calladito y quieto hasta que sepamos qué va a pasar.

Luca arranca la goma.

—¿Sí, mijo?

No responde.

Lydia está impresionada por la aparición de las niñas. Ella también pensó que nunca las volvería a ver. Cuando los hombres terminaron con las hermanas, pudieron quedárselas, venderlas o matarlas. Francamente, es lo que Lydia pensó que harían, en tanto pudo pensar algo. Lydia había enterrado esa idea en un lugar poco profundo, sin nombre, durante las últimas horas. La había alejado porque no tenía espacio para él. Las niñas no se ven bien.

Soledad tiene un ojo morado y un rasguño en la mejilla del mismo lado. Su cabello está desordenado y lleno de tierra. Rebeca está sangrando por la sien, un hilo rojo y delgado corre por su piel. Su boca está hinchada y roja. Un guardia las jala por los tobillos, una a la vez, hacia la tapa de la caja y las arroja al suelo como sacos de arroz. Soledad y Rebeca no se quejan, ni con la voz, ni con la expresión, ni con el cuerpo. Están débiles; ya se les acabaron los estremecimientos. Las hermanas caen cerca del final de la fila de migrantes y no se mueven de donde las dejan. Rebeca cierra los ojos de inmediato. Soledad los mantiene abiertos. Levanta la barbilla, se inclina hacia adelante y mira hacia el otro lado de la fila hasta que ve a Luca sobresalir un poco entre el resto de los migrantes. Asiente una vez.

—Soledad —dice Luca, lo bastante fuerte para que ella lo escuche, porque sabe sin comprender cómo que el escuchar su nombre en ese momento era todo lo que ella necesitaba para regresar a su cuerpo.

—Rebeca —dice también, pero Rebeca aprieta más los ojos. No está lista. Sube las rodillas frente a ella y entierra la cara.

Ahora los cinco hombres que iban en la camioneta con las hermanas están descargando las mochilas sin ningún cuidado. Llevan playeras blancas desfajadas sobre los pantalones azul marino del uniforme, y Lydia se pregunta si son agentes reales que también trabajan para el cártel o si los uniformes y las camionetas son disfraces y accesorios elaborados. Qué importa. Desde la caja de la camioneta amontonan todo en el suelo. Luca puede sentir cómo la fila entera de migrantes empieza a poner atención, sus columnas vertebrales tronando al enderezarse. Hay una efervescencia de nerviosismo en el aire. Salen más hombres de la oficina y pronto aparece frente a ellos el que está a cargo. Los demás lo llaman comandante.

—¿Alguien aquí es ciudadano mexicano? —pregunta.

—Yo —dice Lydia. Tres o cuatro voces más se le unen.

El comandante se acerca al primer hombre, que está sentado junto a Rebeca, y patea el zapato gastado del migrante con la punta de la bota.

—¿Eres mexicano?

—Sí, señor.

—¿No me estás mintiendo?

—No, señor.

—No me mentirías...

—No, señor.

—¿De dónde eres?

—De Oaxaca.

—¿De la ciudad?

El hombre asiente.

—¿En qué estado está la ciudad de Oaxaca? —pregunta el comandante.

El hombre duda.

—¿El estado de Oaxaca? —No parece seguro.

—Sí, amigo. La ciudad de Oaxaca está en el estado de Oaxaca. Felicidades. Seguramente te iba muy bien en la escuela en Oaxaca.

El migrante se hace un ovillo en el lugar.

—Y dime —continúa el comandante—, ¿quién es el gobernador de Oaxaca ahorita?

—¿El gobernador?

—Sí, el gobernador del estado de Oaxaca, de donde eres.

Vuelve a titubear.

—Eh... Tuvimos elecciones recientemente. El gobernador, el pasado, era, eh... —El hombre sacude la cabeza.

—Sabes cuál es el nombre del gobernador, ¿no? —dice el comandante.

—¿Esperanza?

El comandante se gira hacia un guardia parado detrás de él, que busca Oaxaca en su teléfono. Sacude la cabeza.

—El gobernador de Oaxaca es Hinojosa.

El comandante vuelve a mirar al migrante.

—¿Y ahora te gustaría decirme otra vez de dónde eres?

El hombre pasa saliva.

—Oaxaca —dice en voz baja.

El comandante saca la pistola y le dispara en medio de los ojos.

Rebeca salta, piel y huesos. Lydia grita. Todos los migrantes en la fila gritan. Luca empieza a sollozar y a gritar. Se cubre las orejas con las manos y aprieta los párpados. Se mece.

—No, no, no —repite Luca.

El comandante se aclara la garganta irritado, un sonido minúsculo que es más sonoro que todo el ruido reverberante del lugar. Con los ojos desorbitados y la mandíbula desencajada, Rebeca mira al hombre desplomado junto a ella. Sus ojos siguen abiertos cuando cae en su regazo. Sangra sobre las piernas de Rebeca. La niña no se mueve.

—Si alguien más está interesado en mentirme sobre su lugar de origen, permítanme sugerirles que reconsideren —dice el comandante—. Pregunto de nuevo: ¿quién es ciudadano mexicano?

Luca sacude frenéticamente la cabeza, pero Lydia respira hondo.

—Yo —dice.

En esta ocasión, es la única.

El comandante va hacia ella.

—¿Este es tu hijo?

Lydia no respira.

—Somos de Acapulco, en el estado de Guerrero —dice—.
El gobernador es Héctor Astudillo Flores y la capital es Chilpancingo.

Antes de que pueda detenerlo, Luca se levanta. Está temblando, pero se levanta erguido; inclina la cabeza hacia atrás y
cierra los ojos. Su voz es clara cuando dice tras su Mami.

—Aunque la zona de Acapulco tiene influencias culturales
que datan del siglo VIII, con los olmecas, no se estableció como
un puerto importante sino hasta la llegada de Cortés, en la década de 1520. La ciudad tiene una población actual de más de
seiscientos mil habitantes y un clima tropical con temporadas
secas y húmedas...

—¿Es en serio? —lo interrumpe el comandante, dirigiéndose
a Lydia.

—Sí —dice ella.

El rostro del hombre se ve muy distinto cuando sonríe, como
ahora frente a Luca. Parece un abuelo corpulento de cejas po-
bladas y desordenadas con algunas canas en las sienes. El mismo
hombre que acaba de dispararle en la frente a un hombre atado.

—El turismo es la principal actividad eco...

—Mijo, para —dice Mami.

Luca cierra la boca y se sienta de nuevo en su regazo. Se gira
de lado para que su cuerpo la cubra casi por completo. El comandante pone las manos sobre sus rodillas.

—¿Dónde aprendiste todo eso? —pregunta.

Luca se encoge de hombros.

—¿Lo inventaste?

—No.

—¿Me estás mintiendo?

—No.

Luca se orinaría de nuevo si no estuviera deshidratado. Esconde el rostro en el cuello de Mami. El comandante se endereza
de nuevo.

—Así que son de Acapulco.

Lydia duda, aunque ya sea tarde. Ya dijo la verdad porque no había otra alternativa; no puede cambiar su respuesta ahora.

—Sí —dice.

—¿Y por qué dejaron un lugar tan glorioso?

El comandante mira a Lydia a la cara y ella no ve en su expresión indicio alguno de que la haya reconocido. El rostro de Sebastián, el reportero asesinado, salió en las noticias a nivel nacional, pero el suyo, no. Tampoco el de Luca, ni el de la abuela o el de Yénifer, ni el de ninguno de sus otros dieciséis familiares. Solo el mensaje de texto puede identificarla. Lydia respira hondo. No mentirá, le dirá parte de la verdad.

—La ciudad se ha vuelto extremadamente violenta, aterradora. Ya no podía mantener mi negocio.

—Así que te fuiste.

—Sí.

—En busca de una mejor vida para tu extraordinario hijo. —El comandante le sonríe ampliamente a Luca.

—Sí.

—Qué lista.

Lydia no responde.

—Levántense pues —indica el comandante.

Luca se levanta como un cervatillo y ayuda a Lydia, a quien le cuesta trabajo con las muñecas atadas en la espalda. Se recarga en Luca y él la levanta. El dolor en el tobillo sigue ahí, pero ha mermado. Ahora es como la leve molestia de una torcedura. Si estuviera en casa, pensaría en ponerse hielo y usarlo como excusa para no cocinar la cena esa noche. Mandaría a Sebastián a por tortas.

—¿Alguien más? —pregunta el comandante.

Rebeca mira boquiabierta al hombre muerto en su regazo. Parece que Soledad está considerando hablar, pero Lydia la silencia con un giro atemorizado de su cuello.

—Desátala —le dice el comandante a uno de los guardias, que se acerca a Lydia con una cuchilla filosa.

Lydia hace un gesto de dolor cuando siente la presión desagradable contra la piel, pero un momento después se escucha un *crac* y sus brazos quedan libres. La tira de plástico sigue amarrada a un brazo, y lo extiende para que el hombre la corte y la quite de su muñeca. ¿Debería agradecerle? Lydia no hace un solo sonido.

—Junten sus cosas —le ordena el comandante.

Luca se adelanta con ella y juntos buscan sus mochilas de la pila. Lydia sabe que es inútil buscar el machete y su funda, pero lo hace de todas maneras. Ya no está, por supuesto.

—Síganme. —El comandante regresa a la oficina y Lydia y Luca van detrás de él.

Adentro, les indica que tomen asiento. Hay un cuaderno sobre un escritorio viejo de metal, detrás del cual se sienta el comandante en una silla de oficina tapizada. La pluma encima del cuaderno es dorada, con algo grabado, y la incongruencia de esa pluma, del papeleo pendiente, cuando está el cadáver de un hombre todavía caliente del otro lado de la puerta, es demasiado. Lydia siente que su mente flaquea. Seguramente ese será el peor momento de sus vidas. Un momento, no. Toda su familia fue asesinada. Nada jamás podrá ser peor que eso. De nueva cuenta, Luca y ella, al parecer, están a punto de escapar del terrible destino de todos a su alrededor. ¿Cómo es que sigue pasando? ¿Cuándo se les va a acabar la suerte? ¿Será ahí mismo? ¿La va a reconocer, tendrá su fotografía en el teléfono, le va a regalar una bala en la cabeza de parte de Javier? Lydia respira rápido y superficialmente.

—Entonces —dice el comandante.

Abre un cajón del escritorio y saca un teléfono celular, por lo que Lydia escucha el martilleo de su corazón hasta en las orejas.

—Párate ahí, contra el poster azul. —Le indica un retazo azul colgado de la pared. Lydia lo mira y se siente renuente a obedecer o a desobedecer. Se para frente al poster y el comandante le toma una fotografía—. Ahora, tú —le dice a Luca, que hace lo que le indica y luego se sienta junto a su madre otra vez.

—¿Tienes identificación? —pregunta el comandante.

—Sí.

—Enséñamela, por favor.

El eco del disparo que mató al migrante que no era oaxaqueño todavía resuena en sus oídos. Lydia abre la mochila con dedos temblorosos y encuentra su cartera. Saca la credencial para votar, demostrando al mismo tiempo que es ciudadana mexicana y la mujer que Javier Crespo Fuentes está buscando, como si fuera un bote salvavidas y un torpedo a la vez. La deja sobre la mano extendida del comandante, cuidándose de no tocar su piel. Él le hace un ademán con los dedos indicando que le entregue la cartera. Fotografía la credencial y luego la mete de nuevo en la solapa donde usualmente ella la guarda. Saca entonces el dinero y lo cuenta: poco menos de 75,000 pesos, unos 3,900 dólares.

Lydia había pensado mucho en cómo dividir y guardar su dinero anticipando un robo. En la primera Casa del Migrante, en Huehuetoca, otro migrante le recomendó guardar el dinero en distintos lugares para que, si le robaban, cuando le robaran, los ladrones no encontraran todo. Puso un tercio de todo lo que tenían en la cartera. Era una buena suma. La mayoría de la gente no esperaría que tuviera más que eso. Dividió el resto en diez partes iguales, de 15,000 pesos cada una, y las escondió en distintos lugares: un fajo está cosido a su sujetador, bajo la axila izquierda, otro está en sus calzones, contra su cadera derecha. Otro sigue en el sobre del banco dentro del compartimento secreto en el fondo de la mochila de Luca. Otro más está aplanado y metido bajo las suelas de los tenis de lamé dorado de su madre. Ahora mismo, Lydia se siente agradecida de haberlo hecho, y aterrada de que los castiguen si se encuentran alguna de esas reservas. El comandante abre otro cajón del escritorio y deja la mayor parte de los 75,000 pesos en el sobre. Devuelve el resto a la cartera.

Lydia no puede creer lo que está viendo. "¿Qué carajos es esto, ese monstruo tiene un código moral? ¿Nos va a dejar un poco de dinero?", se pregunta. Hay un guardia parado en el rincón, mirándolos. Es el mismo hombre que buscó quién era el gobernador de Oaxaca. Mira directamente a Lydia mientras el comandante escribe su nombre en el cuaderno, junto con la suma de dinero que le quitó. Frunce el ceño ante el nombre que acaba de escribir y da golpecitos a la página con su pluma. El guardia se aclara la garganta.

—¿Algo que quieras decir, Rafa?

Ha estado recargado contra la pared y ahora se endereza, sacudiendo la cabeza ligeramente.

—Se ve conocida. ¿No te parece conocida?

El comandante levanta la vista del cuaderno y mira con más detenimiento a Lydia.

—No creo... ¿Te conocemos?

La garganta de Lydia está seca.

—Tengo una de esas caras —dice.

El comandante vuelve a prestar atención al papeleo, pero Rafa no le quita los ojos de encima, y Lydia puede ver en su expresión cómo busca en el archivero de su memoria, intentando ubicarla. Ve en su boca y en sus ojos cómo la examina. "¿Dónde la ha visto?", sabe que piensa. Y Lydia siente que le tiembla el cuerpo entero de pánico. Desea que, cualquiera que sea la transacción, Dios santo, que sea rápida, antes de que ese hombre recuerde. Se retuerce en su silla en un esfuerzo sutil por ocultar el rostro. Se inclina hacia Luca, pero puede sentir el escrutinio del guardia como un reloj malévolo. El tiempo de su anonimato expira.

Pero el comandante sigue adelante.

—¿Cómo te llamas, hijo? —le pregunta a Luca.

Luca mira a su Mami.

—Dile la verdad.

—Luca Mateo Pérez Quijano.

—¿Cuántos años tienes?

—Tengo ocho.

En una línea abajo del nombre de Lydia, el comandante escribe +1 con su pluma fina, junto con el nombre y la edad de Luca.

—¿En qué ciudad piensan vivir?

—No estamos seguros todavía —dice Lydia—. Tal vez Denver.

Lo escribe también.

—¿Comprenden lo que está pasando aquí? —pregunta el comandante.

Lydia no sabe qué responder. No quiere decir "violencia, secuestro, extorsión, violación". No quiere decir "maldad, iniquidad". No quiere decir "mi muerte si no salimos de aquí rápido". No hay una respuesta adecuada.

—A veces hay consecuencias desafortunadas —dice el comandante, indicando vagamente con la mano al hombre asesinado afuera, y le sonríe a Luca, cuyo rostro está inexpresivo—. Pero ustedes recordarán esas consecuencias, y su recuerdo les servirá para guardar silencio y para su futuro bienestar.

Las palabras "futuro bienestar" perforan el corazón de Lydia como una advertencia. Se queda muy quieta. El comandante le pone la tapa a la pluma, cierra el cuaderno y se inclina con las manos cruzadas sobre él.

—La mayoría de estas personas son hombres malos de todas maneras, jovencito. Es importante que comprendas eso. No son inocentes. Son miembros de pandillas que trafican con droga. Son rateros, violadores, asesinos. Como dice el presidente norteño, "*bad hambres*". —Pronuncia mal la palabra "hombres", como hizo el presidente de Estados Unidos cuando quiso decirles "hombres malos" a los migrantes y sin querer dijo "hambre mala". Es un chiste lleno de ironía: hambre mala. El comandante dice algo parecido—. Tienen que irse de donde vinieron porque se metieron en problemas, ¿comprendes? Las personas buenas no huyen.

Luca abre la boca y Lydia ve que va a hablar. Con todas las moléculas de su cuerpo ruega por que se quede callado. Luca cierra la boca.

—Sin embargo, la mayoría estarán bien —continúa el comandante—. Algunos podrán pagar su propio rescate. Como ustedes. Los que no puedan, probablemente tengan familiares en el norte que los ayuden. Estarán aquí uno o dos días, pagarán su cuota y se irán. ¿Comprenden? Nada de qué preocuparse. —Se levanta de la silla, pero permanece detrás del escritorio—. Sé que no es necesario decirles que no comenten nada de esto.

Lydia sacude la cabeza.

—No, señor.

—No necesitan escuchar las cosas horribles que les pasan a los que andan contando historias en Sinaloa.

Lydia sacude de nuevo la cabeza. ¿A quién le podría decir?

—Bueno, entonces —dice el comandante—, nuestro negocio ha concluido. ¿Rafa? —Se gira hacia el guardia detrás de él—. Acompáñalos a la puerta y mándame al siguiente.

Rafa se voltea hacia Lydia, cuyo movimiento subraya la sobrecogedora esperanza de su salvación. Ya los dejaron ir. Casi no lo puede creer. Lydia toma la mano de Luca y se levanta temblando de la silla. En la esquina detrás del escritorio, Rafa abre una puerta de metal que Lydia no había visto antes. Está cerrada por arriba, pero él se estira y quita el seguro. Presiona la barra que abre la puerta y la luz dibuja su perímetro. Lydia mueve su cuerpo hacia esa milagrosa luz.

Pero Luca no camina y el cuerpo de Lydia se queda enganchado a un peso inmóvil.

—Luca, anda —dice con un tono un poco histérico en la voz. Se abalanza para jalarlo, pero él la esquiva.

—Luca, ¿qué estás haciendo?

Lo agarra del brazo. Está tan alterada que podría matarlo ella misma.

—No podemos irnos —dice Luca.

Luca siente que su corazón es un ave aleteando dentro de su pecho, como cuando un gorrión se metió accidentalmente en el departamento por el balcón y después no podía encontrar la salida. Se golpeó una y otra vez contra el vidrio de la ventana hasta que Papi lo tomó con una toalla y lo sacó por la puerta hacia su libertad. El corazón de Luca contiene un terror similar, siente que el cristal de su esternón puede romperse y caer en pedazos, si es que los restos de su corazón ensangrentado no se convierten en una plasta cadavérica primero.

Su madre lo mira asombrada. "¿Qué está haciendo?", piensa.

—Luca...

—No, Mami, no pueden pagar —dice—. No tienen dinero.

El comandante se sienta de nuevo. Tiene los codos apoyados en los brazos de la silla y entrelaza los dedos. Parece divertido con la escena. Luca lo encara.

—¿Qué pasa con las personas que no pueden pagar?

—Jovencito, tu lealtad es admirable...

—¿Qué les pasa?

Algo temible cruza por el rostro del comandante y, de nueva cuenta, Lydia intenta agarrar a Luca. Pero el hombre se relaja.

—Está bien, no lo voy a lastimar —le dice a Lydia—. Respeto su valor. Por favor, siéntense.

Lydia mira la puerta. Ya estaba abierta. Había visto la luz del sol descendiendo por el horizonte y odia tener que abandonar esa promesa de libertad. Pero ahí está Luca, de nuevo en su silla, más asustado de tener que dejar a las hermanas que de permanecer un poco más de tiempo en esa pesadilla. A pesar de todo lo que le ha pasado, o quizá gracias a ello, su hijo le dio preferencia a su conciencia que a su propia salvación. "Si sobrevivimos a esta", piensa Lydia, "voy a estar muy orgullosa". Se encoge dos pulgadas, todo su cuerpo colapsado, desde los pulmones hacia el interior, y se sienta junto a su hijo, cuidando que su rostro quede lejos del guardia.

—¿De quién está hablando? —pregunta el comandante.

—De las dos niñas —dice Lydia—, con las pulseras de arcoíris.

—Tu hijo es un jovencito muy impresionante —dice el comandante.

Es profundamente perturbador aceptar un cumplido de ese hombre.

—Las niñas no tienen familia que las ayude —dice Lydia.

—Solo nos tienen a nosotros —dice Luca.

El comandante respira con fuerza y gira la punta de la pluma ligeramente sobre el cuaderno.

—Esas niñas sacarán un buen precio en el mercado abierto. ¿Dos bellezas como ellas? —Silba y mira a Luca de nuevo—. Pero quiero recompensar tu valor y tu lealtad. Estoy impresionado. —Se endereza y mira a Lydia—. ¿Tienes dinero?

Lydia duda. El comandante sonríe.

—¿Una mujer que se ve como tú, que habla como tú? Tienes más dinero, ¿no?

Lydia cierra los ojos y en esa oscuridad ve a Soledad y a Rebeca como las encontraron en el puente afuera de Huehuetoca, con sus voces alegres y las piernas colgando. Recuerda la vivacidad y el espíritu de ambas. Su mente también reproduce, en ese instante, el encaje blanco, la mancha roja del vestido del quinceañero de Yénifer. Un sollozo entra en su estómago, pero no sale. Lydia abre los ojos. Asiente con la cabeza.

El comandante sube la voz.

—Rafa, trae a las niñas. —Luego se dirige a Lydia—. Setenta y cinco mil pesos.

A Lydia se le corta la respiración.

—Cada una.

La suma es casi todo el dinero que les queda. Está pidiendo más por cada hermana de lo que tomó por Luca y Lydia juntos, y comprende en ese instante nauseabundo que no ha inventado esa cifra. Es lo que valen. Si Lydia no paga, alguien comprará a las hermanas. Y también considera que su propio precio subirá hasta el cielo si el guardia logra recordar por qué le parece familiar. La posibilidad de ese recuerdo es una bomba de tiempo en esa caja de cuarto. Luca estudia su rostro y, por él, no titubea.

—Pagaremos.

CAPÍTULO 23

Todo lo que queda de los ahorros de Lydia y Sebastián es la insignificante suma que el comandante devolvió a la cartera de Lydia después de cobrar por ella y por Luca. En total, son 4,941 pesos, alrededor de 243 dólares. En la vida normal, esa cantidad de dinero sería suficiente. Comprarían comida durante semanas. Serviría para pagar la renta o el doctor, o ponerle gasolina al Beetle. Pero ahora parece ínfima. Ya no tienen nada. Si llegan al norte, tendrán que empezar de cero. Necesitan zapatos nuevos, la suela de los tenis de Luca está cada vez más gastada y los tenis de lamé de la abuela se están abriendo por un dedo. Esos 243 dólares menos zapatos nuevos... no es suficiente. Lydia se siente en la miseria. Pero gracias a Dios todavía tienen el dinero de su madre en el banco, y este alcanza para pagar un coyote que los ayude a cruzar. Es en lo único que puede pensar ahora.

Cuando el guardia finalmente abre la puerta y salen tambaleantes de su cautiverio, Lydia no piensa en el dinero, sino en el rostro del guardia, en su expresión inquisitiva buscando el rostro de Lydia en el archivo de su memoria. Sabe que el guardia sigue allá, que podría recordar en cualquier momento: "Sí, Dios mío, es ella, la que le pertenece a Los Jardineros".

Todos corren. No saben dónde están, ni qué tan lejos están del tren o de la ciudad. Salieron del almacén a un paisaje rural y no escuchan el rugido distante de ninguna locomotora o el motor de ningún auto. Corren hacia donde queda todavía un poco de luz rosa, que ya se torna púrpura, donde el sol acaba de caer en el oeste, sobre el terreno irregular, entre surcos, zanjas y hoyos creados por animales ausentes, entre piedras, raíces y pedazos de vida vegetal, con la esperanza de encontrar un camino que vaya de sur a norte. El dolor en el tobillo de Lydia solo le molesta cuando flexiona el pie, así que intenta mantenerlo derecho. Las chicas cojean también, pero Soledad parece una bola de fuego, y al correr tiene que luchar contra el dolor. Luca las anima como un porrista sin aliento.

—Ándale, Rebeca, tú puedes. Síguele, Mami, vamos.

Soledad se adelanta. Podría correr hasta el norte. Cuando llegan a un camino, se detienen. No hay autos a la vista, el atardecer aún es de color rosa a su alrededor. Soledad se acerca a Lydia y toma su mano.

—Gracias —dice temblando.

Lydia se siente culpable. Ella las iba a dejar ahí.

—Fue Luca —dice.

Soledad acaricia la cabeza de Luca. Se inclina hacia él y lo mira a la cara, sin soltar la mano de Lydia.

—Nos salvaste la vida, ¿lo sabes? Tú y tu Mami.

Luca sonríe y Rebeca empieza a llorar, un sonido tenso y agudo que lo espanta. Su rostro es una maraña de angustia, y su aliento brota del pecho entre fuertes sollozos. Sus pantalones de mezclilla están cubiertos de sangre, la del hombre muerto y la suya, y como perdieron el botón, no se mantienen en su lugar. Lydia saca uno de los cinturones de su mochila y lo pasa por las trabillas. Rebeca hace un gesto de dolor y se estremece, pero no rechaza la gentileza de Lydia. Ella misma se abrocha la hebilla. Soledad se para detrás de su hermana y recoge su cabello, y sale a la luz un moretón oscuro en el cuello. Lo toca suavemente con el dedo. Rebeca se queja y se vuelve hacia ella. Las chicas se abrazan. Rebeca tiembla y llora, y todos esperan muy juntos hasta que pueda caminar otra vez, con los brazos cruzados al frente porque ya no lleva sostenedor.

Toman hacia el norte siguiendo el camino, y la luz pasa de púrpura a índigo y luego a azul, y para cuando llegan a las afueras de un pueblo caminan ya en medio de la oscuridad. Lydia mira por encima del hombro todo el tiempo, esperando ver una luz a lo lejos, escuchar un disparo. Su extenuación no se compara con su miedo y sigue andando tan rápido como puede.

Todos tienen mucha sed porque ya se habían bebido toda el agua que llevaban, y no hay ninguna tienda, río o arroyo cerca. Parece demasiado peligroso aventurarse hacia el minúsculo pueblo. Todavía no están tan lejos de la bodega de esos hombres. No quieren exponerse. Pero tampoco han comido nada en todo el día y tienen hambre. A pesar de la adrenalina, se debilitan más y más. A veces ven los faros de un automóvil acercarse y se salen del camino para esconderse detrás de cualquier cosa que encuentran. Saben, sin decirlo, que ese nuevo miedo, esa sensación de que no han escapado realmente, de que no están seguros, es una carga que llevarán juntos. Cualquier auto que pase puede ser de alguno de los hombres que los secuestró. Esos hombres, con o sin el conocimiento de su comandante, pueden decidir perseguirlos, y repetir y repetir las cosas que les hicieron a Rebeca y a Soledad en la parte de atrás de la camioneta. Pueden decidir arrastrar a Lydia por el cabello hasta la cajuela del auto, o arrancar a Luca de sus brazos, dispararle a la orilla del camino y llevarla a través de la noche hasta Acapulco, a Javier. Él la está esperando.

Al fin, comienzan a ver el leve brillo de un pueblo al norte. Pasan un cruce de caminos y el tránsito se vuelve más continuo. Ya no pueden huir del camino cada vez que pasa un auto porque son demasiados.

—Conseguiremos agua —dice Lydia—. Pronto encontraremos algún lugar. Alguien nos dará agua.

No hay ninguna indicación realmente de qué tan cierto pueda ser, pero lo dice porque lo necesita y es estímulo suficiente para acelerar el paso. El camino es plano y las luces del pueblo pronto son visibles. Pasa un auto que baja la velocidad y se detiene a la orilla del camino. Lydia extiende una mano para evitar que Luca siga caminando. Rebeca y Soledad se petrifican. Se acercan una a la otra. El auto avanza en reversa hacia ellos y las niñas corren para alejarse del camino, pero no tienen adónde ir. Lydia no se mueve. Se agacha automáticamente para sacar el machete de su funda, olvidando que ya no lo tiene. Maldice en voz baja. Ahora tendrán que ser 243 dólares menos dos pares de zapatos y un nuevo machete. Pone a Luca detrás de ella. La puerta del lado del conductor se abre y se baja un hombre. Lleva botas vaqueras, pantalones de mezclilla y una camisa abotonada. Se queda junto a su auto sin acercarse.

—¿Están bien? —les grita en la oscuridad.

—Bien —responde Lydia.

—¿Migrantes?

Lydia no responde.

—Vemos muchos migrantes por este camino de noche. Algunos en muy malas condiciones —explica el hombre—. Y nadie sabe de dónde salen. Están muy lejos del camino de migrantes. ¿Cómo llegaron a este vecindario?

Lydia aprieta los labios, pero él sigue hablando sin inmutarse por su reticencia a contestarle.

—Soy doctor —dice—. Tengo una clínica cerca de aquí. Si quieren, los puedo llevar a un lugar seguro.

Soledad se ríe, pero Rebeca le aprieta el brazo.

—No es chistoso.

Soledad cae presa de un ataque de histeria.

—¿Pasa algo? —pregunta el hombre.

—¡Un lugar seguro! —grita Soledad entre carcajadas.

Luca se pega al costado de Lydia.

—¿De qué se ríe, Mami? ¿Qué le pasa?

—Shhh —dice Mami—. La pasó muy mal. A veces las personas se quiebran un momento. Ya se calmará, mijo.

Observan al hombre caminar hacia su cajuela y abrirla. Lydia pone una mano en la nuca de su hijo y se aleja dos pasos, pero el hombre saca un galón de agua de la cajuela y lo deja a un costado del camino.

—Escuchen, voy a dejar esto aquí —dice—. Tal vez tenga... —se interrumpe y regresa a la cajuela—. Pensé que tenía galletas también, pero parece que mi hijo se las comió. Les dejo el agua.

Tiene las llaves en la mano y Luca puede escucharlas tintinear.

—Pero si necesitan atención médica, tal vez pueda ayudarles. Si tienen hambre, les puedo conseguir comida.

Lydia mira a las hermanas en la oscuridad, a la orilla del camino. Sus ojos ya se ajustaron a la oscuridad y puede ver sus caras, aun si no alcanza a leer sus expresiones.

—¿Cuánto falta para el pueblo? —pregunta Soledad.

—No mucho —dice el doctor—. De tres a cinco kilómetros. En media hora llegarán a los límites de la ciudad.

—¿Qué ciudad es? —pregunta Luca. La palabra "ciudad" lo emocionó, pues supone un lugar más grande que el que habían esperado.

—Navolato —dice el doctor—. Unos 30 kilómetros al oeste de Culiacán.

Luca cierra los ojos para ver el mapa en su mente. Puede ver Navolato, un pequeño punto junto al inmenso Culiacán, pero no tiene información sobre ese lugar. "30 kilómetros", piensa Lydia. "¿Cómo diablos vamos a regresar a las vías del tren? Las hermanas ya no pueden seguir caminando".

—¿Hay servicios para migrantes en Navolato? —pregunta Lydia.

—No —dice el hombre—. No creo. Pero hay una iglesia. Ellos siempre ayudan.

—¿Y en Culiacán? ¿Hay servicios ahí?

—Es posible. No estoy seguro.

Lydia se permite exhalar con fuerza. Todavía puede sentir la gratitud atónita que experimentó cuando los cuatro lograron salir de la bodega vivos y juntos, pero ya empieza a diluirse detrás del cansancio y el miedo constante.

—¿Tienen hambre? —pregunta el hombre.

—Sí —dice Luca.

—¿Quieren que los lleve?

Lydia mira de nuevo a las hermanas.

—No —dice Soledad.

A Lydia le sorprende la decepción que siente y las ganas que tiene de confiar en ese hombre, pero quiere aceptar la evidencia de que todavía hay bondad en el mundo. Necesita un rayo de luz. Solo puede ver la silueta del cuerpo del hombre a lo lejos, iluminado por el brillo periférico de los faros de su auto, que señalan en dirección opuesta, detrás de él.

—Gracias de todas maneras —dice Lydia.

Se atreve a dar unos pasos hacia él y Luca la sigue. El agua está cerca del parachoques, a sus pies. Luca le quita la tapa al galón y lo levanta, pero es demasiado pesado y salpica torpemente. El hombre lo ayuda. Sostiene el galón mientras Luca bebe y bebe. Aleja un momento su rostro para respirar y sigue bebiendo. Lydia está detrás de él y espera que termine. A su espalda, escucha a las chicas acercarse, pero se quedan en las sombras.

—Escuchen, no quiero presionarlos —dice el médico—, pero no es seguro que anden por este camino de noche. Hay mucha actividad en esta área. Se cuentan historias horribles. Tal vez ya lo sepan.

Soledad resopla de nuevo, pero esta vez se trata de un sonido aislado. Ya no le ve la gracia de antes. La preocupación aumenta en el rostro del médico. De su llavero cuelga una linterna pequeña, y la enciende. Dirige el pequeño rayo de luz hacia las piernas de las chicas para confirmar lo que ya creía haber visto y olido en la oscuridad: están cubiertas por una cantidad significativa de sangre. No solo los pantalones de Rebeca, como Lydia puede ver, sino también los de Soledad, pero la de ella no está seca. Luca sigue bebiendo. El doctor apaga la linterna.

—Por favor —dice—, déjenme ayudarlos.

Soledad se cruza de brazos. Rebeca aprieta la mandíbula. Es Luca quien habla.

—¿Cómo sabemos que sí es doctor?

—Ah.

El hombre levanta un dedo en el aire y saca la cartera del bolsillo trasero de los pantalones. Hay una credencial con su fotografía. Dice "Doctor Ricardo Montañero-Alcán". Luca respira antes de devolvérsela.

—Eso no prueba nada —comenta Soledad—. Puede ser doctor y narco. Puede ser doctor, maestro, cura. Puede ser un policía federal y matar gente.

El médico asiente, guardando la cartera en el bolsillo de sus pantalones.

—Es cierto —concuerda.

—¿Y por qué nos quiere ayudar? —pregunta Soledad.

El hombre toca el crucifijo de oro que lleva al cuello.

—"Porque tuve hambre y me diste de comer; tuve sed y me diste de beber".

Lydia se persigna. "Fui forastero y me recogiste", completa el versículo en la mente, pasándole el agua a Rebeca, que solo bebe un poco antes de entregársela a Soledad.

—Deberíamos ir con él —declara Luca.

El hombre permite que Soledad revise su teléfono primero. Le muestra su página de Facebook y fotografías de su esposa e hijos. Tiene tanta hambre y está tan cansada. Acepta.

Él quiere llevarlos a su clínica, pero se rehúsan, así que los lleva a la ciudad, a un edificio descascarado de dos pisos con una tienda en la planta baja y barrotes en las ventanas de arriba. Unas letras rojas grandes dicen que es el Motel Techorojo. La tienda de los bajos tiene un toldo rojo y una cocina abierta, con dos mujeres jóvenes que llevan delantal y que los ven acercarse con creciente sospecha. Detrás de ellas hay botanas envueltas en papel aluminio y refrescos embotellados con colores neón. También hay una parrilla, aroma a carne asada y el sonido leve de una radio barata que transmite música norteña, con mucho acordeón. El doctor les compra comida y les paga una habitación.

—Si quieren que los lleve a Culiacán mañana, puedo volver

temprano —dice, y se va antes de que tengan tiempo de agradecerle.

Después de comer y encerrarse en el interior de su minúscula habitación, arreglándoselas para empujar la pesada mesa de noche por encima de la alfombra y ponerla contra la puerta para mayor seguridad, Lydia agarra todos los pantalones. El cuarto no tiene baño, pero extrañamente hay un inodoro en el rincón y un lavabo amarillo. El agua que sale de la llave es color arena, pero a Lydia no le importa porque la tonalidad ayudará a camuflar los colores que tiene que lavar en esos pantalones, el de Luca, el de Rebeca y el de Soledad. Usa el jabón que hay en el lavabo y talla y talla hasta que, finalmente, el agua que exprime de la mezclilla tiene el mismo tono arenoso original.

Para cuando termina, Luca ronca suavemente en una de las dos camas de la habitación y las hermanas también están dormidas, acurrucadas juntas. Soledad abraza la cabeza de su hermana y su cabello se extiende en una enredada onda negra sobre la almohada. Lydia busca su cepillo de dientes y raciona una pequeña porción de pasta en las cerdas. Mira el agua oscura de la llave antes de meter el cepillo y mojarlo. En casa tenía toda una rutina antes de acostarse. Algunas noches llegaba a tardarse hasta veinte minutos. Crema desmaquillante, loción tonificante, humectante, hilo dental, pasta dental, enjuague bucal, crema para labios —a veces se depilaba las cejas también o se cortaba las uñas; también había veces que se ponía exfoliante o una mascarilla—, crema de manos, calcetines gruesos, si tenía frío en los pies. Sebastián le gritaba en susurros desde la cama, intentando no despertar a Luca en su impaciencia: "Madre de Dios, mujer, ¡construyeron más rápido la Torre Eiffel!". Pero cuando ella terminaba él siempre quitaba las cobijas para que se metiera a la cama. Y, cuando al fin se acomodaba, la tapaba y se tapaba él. El aliento de Sebastián olía a limpio cuando la besaba.

Lydia evita ver su reflejo en la luz amarilla del espejo oxidado. Escupe en el lavabo y se enjuaga la boca. Se echa agua turbia en la cara y en el cuello, y se seca con la playera que ha estado usando los últimos dos días. Cuando por fin se mete a la cama junto a Luca, antes de siquiera poder invocar su mantra de "no pienses", el cansancio la anestesia y borra todo lo demás. Se duerme.

Algunas horas después, mucho antes del amanecer, Rebeca saca a Lydia de su negro sueño.

—Es Soledad —murmura Rebeca—. Algo está mal.

Lydia se desprende de Luca, que hace ruido con la boca, aún dormido, se enconcha y se vuelve hacia la pared. A través de la cortina delgada de la única ventana del cuarto, que cae justo debajo de un poste de luz demasiado eficiente, entra suficiente luz. Lydia se pasa a la otra cama individual, donde Soledad está sentada, meciéndose sobre sus piernas y apretándose el estómago.

—¿Soledad, estás bien?

Aprieta la mandíbula y mece su cuerpo hacia adelante.

—Un cólico horrible.

Lydia mira a Rebeca y ve su rostro nublado por la preocupación.

—Solo siéntate con Luca —le dice Lydia—. Asegúrate de que siga dormido.

Rebeca se sienta al pie de la cama de Luca.

—¿Te puedes parar? —pregunta Lydia.

Soledad junta todas las fuerzas y se mece para levantarse. Hay una mancha oscura en el colchón, debajo de su cuerpo, y el olor mineral de la sangre. Lydia la toma del codo y la lleva hacia la esquina del cuarto donde está el inodoro. Acomoda la cortina para darle la mayor privacidad posible mientras aborta a su bebé.

Fiel a su palabra, el doctor regresa en la mañana y los lleva a Culiacán. Los pantalones de las niñas siguen húmedos y tiesos por lo mucho que Lydia los talló, pero se los ponen de todas maneras. El sol no tarda en secarlos; se come la humedad de la ropa, del cabello y de la piel. Rebeca se mueve un poco mejor, y Soledad, con más dificultad que el día anterior. Lydia quiere comprarle un paquete de toallas sanitarias, pero son caras, así que deja de lado su vergüenza y se lo pide al doctor, que siendo doctor entiende y las compra sin dudar. También les compra algo para desayunar y un bloqueador solar, instándolos a usarlo, y un cómic para Luca. Cuando se va, lo hace abruptamente, librándolos del esfuerzo de mostrar su gratitud.

Lydia está desesperada por volver a subirse al tren y alejarse de la pesadilla de ese lugar, por volver a viajar rumbo norte a gran velocidad. Mientras atraviesan la ciudad junto a las vías, tiene terror de que los reconozcan, de que el guardia del día anterior pase en su auto rumbo al trabajo —"¿Estos hombres manejarán hacia el trabajo?", piensa "¿Le llamarán así? ¿Besarán a sus esposas e hijos antes de despedirse en la mañana y subirse al auto de la familia e ir por ahí violando y extorsionando, para luego regresar a casa exhaustos y hambrientos en la noche, listos para cenar?"—, tiene miedo de que pase rumbo al trabajo y la vea, de que los vea a los cuatro caminando hacia el norte por las vías y la información encaje al fin en su mente, de que recuerde el rostro sonriente de Lydia junto a Javier... Empuja la espalda de Luca con suavidad para que avance más rápido. Cruzan un río lodoso caminando sobre un delgado puente ferroviario de metal y descubren un depósito de trenes donde hay grandes rocas bordeando uno de los costados de las vías. Algunos grupos de migrantes esperan ahí, entre los tonos mugrientos de la basura y los desechos, el lodo y la hierba. Hay un niño entre ellos, un poco mayor que Luca, pero más joven que Rebeca. Está de pie, y los demás se sientan encorvados, de espaldas a él. Sus ojos están desenfocados y su postura tiene la forma de un signo de interrogación. Sus manos vacilantes se encuentran suspendidas en el aire frente a él, y se tambalea de forma extraña sobre sus piernas corvas.

—Mami, ¿qué le pasa? —pregunta Luca.

Es el niño más perturbador que Luca ha visto. Al parecer, no se percata de la presencia del grupo, no se percata de nada. Mami sacude la cabeza, pero Soledad le responde con una sola palabra: drogas. Caminan de prisa cuando pasan por su lado, lejos del grupo de migrantes que el niño parece orbitar. De hecho, casi están listos para irse del depósito de trenes cuando tres mujeres jóvenes bien vestidas aparecen en un cruce de vías más adelante. Agitan los brazos sobre la cabeza y gritan: "Hermanos, ¡tenemos comida!". Los hombres rompen los grupos, se sacuden el polvo de los pantalones de mezclilla y van hacia donde les ofrecen comida. Una de las tres mujeres lee en voz alta la Biblia mientras las otras dos entregan tamales y atole.

Luca no tiene hambre porque, gracias al doctor, ya desayunaron, pero ha aprendido a no rechazar nunca un regalo de calorías. Comen agradecidos y, cuando las mujeres empiezan a empacar sus ollas y juntar la basura, Lydia se pregunta si ellos también deberían irse. El lugar luce miserable y peligroso, pero corre el rumor de que están cargando uno de los trenes que están estacionados y pronto saldrá hacia el norte. Algunos hombres ya se suben por las escaleras y acomodan las mochilas en el techo del tren. Los trabajadores del ferrocarril los ven, pero no hacen nada para detenerlos. Parece insensato y arbitrario que el gobierno evite que los migrantes se suban a los trenes en algunos lugares, gastando millones de pesos y de dólares para construir rejas en Oaxaca, Chiapas y el Estado de México, mientras hacen caso omiso de otros lugares. Incluso hay un policía municipal estacionado ahí mismo, en la esquina, viendo subir a los migrantes y bebiendo su café en un vaso desechable. Parece una trampa, pero Lydia está demasiado agradecida como para darle curso a su sospecha.

Los cuerpos de las hermanas están maltrechos y débiles, sobre todo el de Soledad, por el aborto. Poder subir al tren mientras está detenido les sabe a buena fortuna, así que se suben con cuidado, y Lydia todavía percibe un poco de olor a sangre en Soledad cuando asciende por la escalera antes que ella. Caminan por el techo hasta que llegan a un vagón donde hay espacio para que los cuatro se acomoden. Justo cuando se están acomodando, cuando Lydia está sacando los cinturones de la mochila, una niña pequeña asoma la cabeza por el borde del techo. Sube de prisa y se dirige directamente a Soledad. La niña es más pequeña que Luca, quizá tenga seis años, y está sola. Su cabello negro y brillante es corto, y lleva pantalones de mezclilla y botas de piel color marrón. Se agacha muy cerca de Soledad, que se sorprende con el atrevimiento y la intimidad de la postura. Le habla muy rápido, acercándole el rostro. Soledad se aparta.

—¿Necesitas trabajo? —pregunta la niña—. Mi tía tiene un restaurante aquí y necesita una mesera. ¿Quieres trabajo? —La niña toma a Soledad del brazo y la jala—. Ven, ándale. Ven conmigo, te enseño dónde es.

La niña tira del codo de Soledad, que está tan sorprendida que casi se levanta para seguirla. Sabe que no debería, que la niña es presuntuosa, casi molesta, pero hay un conflicto entre la mente y el cuerpo de Soledad. Su mente sabe que debe desconfiar de esa niña insistente, mas su cuerpo es biológicamente susceptible a la ternura de la niña, a la hermosa inocencia de su joven rostro. Soledad se siente momentáneamente dividida entre esas dos verdades, pero el hechizo se rompe cuando el policía municipal sale de su patrulla, se para sobre un charco de lodo cerca del tren, todavía sosteniendo su café, y llama a la niña desde abajo.

—¡Jimenita, deja en paz a esa gente! Bájate de ahí.

La niña lo ve, suelta el brazo de Soledad, se descuelga por el borde del vagón, baja la escalera y se echa a correr. Reaparece un momento después en la distancia, pasando a toda velocidad entre las rocas y los desechos.

—¡Dile a tu papi que no tendrá víctimas hoy porque lo digo yo! —le grita el policía.

Soledad está ansiosa por escuchar el silbido de los frenos al soltarse y el ruido de la locomotora. Cuando por fin empiezan a moverse, en lugar de felicidad o alivio, todos sienten una suspensión de la ansiedad que saben provisional y minúscula.

Conforme viajan, Luca pone atención a los letreros para descartar lugares familiares de su mapa mental o añadir nuevos puntos: Guamúchil, Bamoa, Los Mochis, listo, listo, listo. A escasas tres horas de salir de Culiacán, en medio de la nada, llegan a un lugar donde otras vías coinciden con la suya y luego aparecen más vías, hasta hacer por lo menos doce tramos de líneas paralelas. El tren baja la velocidad y puede ver a muchos migrantes reunidos ahí, esperando. De nueva cuenta, no hay reja, no hay policías. A nadie parece importarle que estén ahí para subir a La Bestia. El tren se detiene y al menos cien hombres se suben aprovechando el momento. Pero cuando el motor de la locomotora se apaga y los trabajadores se bajan y se dispersan entre los coches estacionados en un terreno contiguo, casi todos los que están arriba del tren gruñen y maldicen. La Bestia no se mueve en tres noches.

CAPÍTULO 24

Hay campos de cultivo a ambos lados de las vías, y Luca observa al granjero atender los surcos de la cosecha que espera obtener de esas fértiles vetas de tierra, a veces manejando un tractor, otras a pie. El granjero permite que los migrantes llenen las botellas de agua, acercándoles largas mangueras, y el agua sale caliente, pero limpia. En ocasiones viene una familia a vender comida y refrescos que extraen de la parte de atrás de su camioneta, pero no siempre, y Luca tiene mucha hambre. Sobreviven gracias a la generosidad de otros migrantes, que comparten sus limitadas provisiones. Hace frío en las noches y algunos de los hombres encienden pequeñas fogatas. Otros duermen acurrucados adentro de uno de los vagones de carga, pero está atestado y huele mal, y aun cuando el vagón corta el viento, el metal parece transmitir el frío hasta los huesos de los migrantes que duermen.

Luca y Mami se quedan juntos cerca de una de las fogatas, con la ropa puesta y envueltos en la manta, como un burrito de colores. Todos están exhaustos y nerviosos, y a mitad del segundo día en ese lugar árido y desolado algunos migrantes se dan por vencidos y empiezan a caminar. Luca no puede imaginar hacia dónde se dirigen, pues anduvieron muchos kilómetros sin pasar por ningún pueblo antes de parar ahí, y no quiere pensar qué les pasará si no hay ningún pueblo más adelante. Le preocupa, y reza cuando ve a los migrantes emprender el camino por las vías.

Cuando un grupo de trabajadores del ferrocarril llega en la mañana del cuarto día y prepara el tren para partir, los vítores resuenan en el campamento y los migrantes empiezan a abordar, pero Luca presiona la mano de Mami e insiste en esperar.

—Este tren está en el extremo derecho de las vías —explica—. Seguro se dirigirá hacia el este cuando las vías se dividan.

Señala al norte de las vías, donde la docena de rieles comienzan a unirse más y más. Más allá del paso a desnivel de la autopista, las vías convergen en tres, y más adelante se convierten en dos. Rebeca y él habían caminado por ahí el día anterior, para explorar, y habían visto el lugar donde las vías toman direcciones diferentes, una hacia el este y otra hacia el oeste. Pero Lydia está ansiosa. Ya han esperado tanto, que no puede concebir la idea de no irse en ese tren. Sacude la cabeza exasperada.

—Tiene razón —dicen dos hombres que pueden ser los padres de Mami y están sentados al otro extremo de la vía vacía.

—Hay dos vías —explica uno de ellos—. Corren paralelas desde aquí hasta el pueblo y luego se separan. Ese tren va hasta Chihuahua.

—Estamos esperando el tren de la ruta del Pacífico —dice su compañero, que podría ser su gemelo; tienen las mismas caras maltratadas por los elementos, la misma forma de bigote, el mismo timbre cálido de voz—. Si quieren cruzar en Nogales o en Baja, tienen que tomar la vía de la izquierda.

—Gracias —dice Lydia.

—¿Cómo supieron? —les pregunta Soledad. Ella quiere comprender cómo puede aprender esas cosas.

—Hacemos el viaje cada cierto tiempo. Ya van ocho veces.

A Lydia se le cae la mandíbula.

—¿Por qué? —pregunta Soledad.

Los dos hombres se encogen de hombros al mismo tiempo.

—Vamos donde hay trabajo —dice el primero.

—Volvemos para visitar a nuestras esposas e hijos —añade el segundo.

—Luego regresamos. —Ambos ríen, como si fuera un acto de comedia que han estado interpretando por años.

Soledad se quita la mochila que se había colgado, preparándose para partir, y la deja caer al suelo.

—Hemos estado esperando tres días —dice—. ¿Dónde está ese tren? ¿Y si nunca viene?

Es difícil no sentirse histérico con el paso de las horas, la salida y la puesta del sol. Honduras no está más lejos hoy de lo que estaba ayer.

—Ya vendrá, mija —dice uno de los hombres—. Y tu paciencia será recompensada. —Abre el bolsillo exterior de su mochila y saca un paquete de carne seca. Le da dos tiras a Soledad y luego comparte con los demás—. El tren llegará pronto —los tranquiliza.

Luca muerde agradecido la tira dura y salada. La troza con los dientes. El segundo hombre se inclina hacia adelante y le habla en voz baja a Soledad, que está sentada sobre su mochila con los codos en las rodillas.

—Y no te preocupes, morrita. Muy pronto Sinaloa quedará atrás. Vas a sobrevivir esto. Tienes aire de sobreviviente.

Soledad baja la cabeza por un momento, y a Luca le preocupa. Cree que está llorando, que todo lo que ha sufrido finalmente la ha vencido, aplastándola contra la tierra. Pero cuando levanta la cabeza luce diferente. Las palabras del hombre se reflejan en su rostro y, sí, parece una guerrera azteca.

Mientras esperan, los gemelos les cuentan historias sobre sus hogares en Yucatán, sus esposas e hijos, las granjas donde trabajan por temporadas en el norte, y su tercer hermano trillizo, que los dos consideraban el más guapo de los tres, y que murió seis años atrás cuando la segadora combinada que manejaba en una granja en Iowa golpeó un cable de alta tensión. Ambos se persignan cuando dicen su nombre: *Eugenio*. Luca reconoce la alquimia que se produce cuando pronuncian su nombre en voz alta, y se persigna porque es el octavo mandamiento de los migrantes: repetir los nombres de los seres queridos que han muerto. Él lo intenta en voz baja: "Sebastián Pérez Delgado". Pero articular esas palabras todavía duele, son demasiado filosas. Inundan su boca con pena, y por un momento tiene que enterrar su rostro y respirar bajo el ángulo oscuro de sus codos. Tiene que llenar su mente con otras cosas. "La capital de Noruega es Oslo. Hay 6,852 islas en el archipiélago japonés".

Los hermanos son una presencia profundamente apacible. Son como pan recién hecho, un santuario. Y muy pronto, tal como dijeron, llega el tren. Se detiene brevemente, así que pueden subir con facilidad, y después de ayudarlos a subir se marchan hacia otro vagón, donde se pueden estirar, dándoles a Lydia y a los niños su propio espacio.

—Nos vemos en el norte, manito —le dice uno de los dos a Luca—. Búscame cuando llegues a Iowa. Nos comeremos una hamburguesa juntos. —Chocan palmas y luego alcanza a su hermano cruzando de un vagón a otro.

Rebeca se sienta justo en el vagón por el que subieron.

—Primera clase —bromea Soledad mientras Mami amarra a Luca a la rejilla. Con el brazo, Soledad señala el espacio que ocupan—. Nos conseguí un vagón privado.

El tren arranca y, cuando cruzan el río Fuerte, el paisaje cambia casi instantáneamente de verde a marrón. Recorren las difíciles tierras de cultivo durante hora y media, y al fin pasan un letrero que indica el cruce a un nuevo estado. Luca lo lee en voz alta.

—Bienvenido a Sonora.

—Y vete con viento fresco a Sinaloa.

Rebeca le dice hasta nunca a Sinaloa, pero esa frontera invisible sirve de poco para calmar su miedo constante, recién intensificado.

Bacabachi, Navojoa, Ciudad Obregón, listo, listo, listo. El desierto se impone. Pronto Luca puede oler el océano, pero esta vez no le recuerda a Acapulco porque no hay nada verde. No hay árboles, ni montañas, ni una tierra densa en minerales. No hay clubes nocturnos, ni cruceros, ni estadounidenses. Todo es arenoso, polvoriento y seco, y las formaciones rocosas que se elevan de la tierra son de una belleza brutal. Hasta los árboles parecen sedientos, y Mami no tiene que insistir para que Luca beba. Toma sorbos frecuentemente de su botella, mientras su cabello se humedece cada vez más bajo la gorra de Papi. Es increíble, cuando cae el atardecer están cerca de la ciudad de Hermosillo, el lugar más sediento, marrón y extraño que Luca haya visto. Pero su rareza no lo impresiona, tanta es la emoción que se acumula en su interior.

—Rebeca, ya casi llegamos —dice.

Durante los últimos días, Luca ha tratado de llenar de oxígeno la personalidad desinflada de Rebeca. Él, un pequeño fuelle humano; ella, un fuego reducido a meras brasas.

—¿Casi adónde? —dice.

El día se apaga, el tren se detiene, y en el vagón de adelante los hermanos se preparan para bajar.

—Casi en el norte —dice Luca.

Rebeca lo mira escéptica. No era la respuesta que esperaba. Suelta un resoplido y mete la barbilla en la cremallera de su sudadera, pero Mami se acerca a él y le pide que lo repita.

—Ya casi llegamos al norte —dice—. Estamos al sur de Nogales, como a 500 kilómetros.

—500 kilómetros —repite Soledad—. ¿Qué significa eso? ¿Cuánto hemos recorrido hasta ahora?

—¿Desde Honduras?

—Sí.

Luca mira al cielo y entrecierra los ojos mientras hace las cuentas.

—Yo diría que más de tres mil kilómetros.

Soledad abre los ojos muy grandes. Una sonrisa renuente se asoma en sus facciones. No intenta detenerla y asiente con la cabeza.

—Más de tres mil kilómetros. ¿Hemos recorrido más de tres mil kilómetros?

—Sí.

—¿Y ahora solo nos faltan 500?

—Sí, eso es lo que te estoy diciendo. Ya casi llegamos.

—¿Cuánto tiempo tardaremos en recorrer esos 500 kilómetros? —pregunta Soledad.

Luca sacude la cabeza.

—No sé, ¿unas horas?

—¿Por qué, te quieres quedar en el tren? —Rebeca se escucha preocupada—. Va a oscurecer pronto.

—Miren, vamos a parar —dice Mami.

Los hermanos ya se habían bajado y caminado una buena distancia, por lo que los cuatro pudieron no haber escuchado los gritos que daban en ese momento, de no haber sido porque ya estaban familiarizados con esas palabras. Son sonidos que reconocen de sus experiencias recientes y de sus pesadillas.

—¡Migra! ¡La migra! ¡Huyan, apúrense! ¡Viene la migra! —están gritando los hermanos.

Esta vez, el terror no se acumula ni crece, los aplasta de un golpe. Lydia arranca el cinturón de Luca con un movimiento tan rápido y violento que casi lo hace llorar. Las hermanas ya están en mitad de la escalera y no se ponen a buscar un lugar adecuado para saltar. El recuerdo de Sinaloa las vuelve veloces, y no a pesar de sus cuerpos malheridos, sino a causa de ellos. Saltan precipitadamente hacia el terreno desigual y las mochilas flojas golpean contra su espalda. Luca les sigue, y luego Lydia, y gracias a Dios están en la ciudad y pueden perderse por el terraplén poco profundo y encontrar, inmediatamente, callejones, caminos, paredes, jardines, casas y garajes abiertos, y una niña descalza que los mira boquiabierta mientras lame su paleta de hielo, y una mujer que tiene un carrito de comida atado a su bicicleta, y un perro con una mancha sobre un ojo, y pasto crecido alrededor de sus tobillos, y luego concreto bajo sus pies. Los hermanos se han ido en otra dirección y tres o cuatro migrantes corren detrás de ellos.

Han pasado cuatro días desde que Lydia se torció el tobillo y se siente aliviada de no sentir ninguna punzada de dolor. El tobillo se siente fuerte bajo su peso. Mira a las hermanas adelante y considera lo que pasaría si se separaran ahora, y si las podría encontrar de nuevo, y las persigue tan rápido como puede, arrastrando a Luca frenéticamente tras de sí. Corren y pasan frente a un jardín oscuro donde un niño golpea con las rodillas un balón de fútbol, y una mujer que viste pantalones de mezclilla viejos con sandalias riega las plantas. Se para en seco cuando los ve.

—¡Oye! —dice, sin mover la cabeza ni levantar la voz, tan sutilmente que Lydia casi no la escucha.

Pero el rostro de la mujer le llama la atención. De nuevo, sin mover ninguna parte de su cuerpo, señala con la mandíbula hacia la oscuridad de un cobertizo en la parte trasera del jardín.

—¡Rápido! —dice nuevamente sin levantar la voz.

Lydia no se detiene a considerar los pros y los contras. Detiene a Luca poniendo una mano en su hombro y luego grita con el tono más bajo que puede:

—Rebeca. Aquí.

Las hermanas patinan al detenerse, y se voltean a mirarlos. Lydia ya está empujando a Luca por la puerta y este corre bajo un árbol lleno de puchas de flores rosadas. Se agacha dentro del oscuro cobertizo, y Lydia entra tras él. Luego, las hermanas. Están todos juntos, hacinados en el pequeño espacio frío y mohoso, y su respiración agitada es muy ruidosa. Lydia puede escuchar el latido de su corazón en los oídos, un pulso terrible y vulgar, y baja la cabeza sobre las rodillas y entrelaza los dedos en la parte de atrás de la cabeza. Luca pasa un brazo alrededor de su espalda y todos se quedan tan quietos y callados como pueden hasta que, unos minutos después, escuchan a la madre llamar al pequeño.

—Anda, ya corté el orégano para la cena. Adentro, vamos —dice.

En el silencio que le sigue, el miedo que Lydia no había querido reconocer antes inunda el cobertizo y su garganta. "Esta mujer nos atrapó aquí y se fue a llamar a la policía, o a alguien mucho peor que la policía. Es nuestro fin, por qué confié en ella, por qué no seguimos corriendo", piensa. Es demasiado tarde para dar curso a ese miedo, por supuesto. La decisión está tomada y no pueden salir porque ya perdieron la ventaja que llevaban. Ahora están atrapados ahí mientras la migra peina el vecindario. Lydia se controla de la única manera que sabe. "No pienses, no pienses, no pienses". Luego escuchan el golpe de una puerta y la mujer llama de nuevo a su hijo.

—¡Cierra esa reja antes de entrar!

Se escucha un *cric* y un *clac* cuando azota la reja, y el eco del balón de fútbol rebotando, cuando el niño lo deja caer, y el sonido de un auto o una camioneta. Una puerta se abre, se cierra, pisadas y una nueva voz.

—¿Has visto extraños? —dice la voz—. ¿Migrantes?

El corazón de Lydia parece una maquinaria en el pecho. Rebeca y Soledad están de pie, una frente a la otra, con los dedos entrelazados en la oscuridad y las cabezas inclinadas en oración. No pueden escuchar la respuesta del niño, pero escuchan de nuevo la puerta y la voz de la mujer.

—Víctor, ya te dije que entres —dice.

—Le estamos preguntando si vio migrantes. Se bajaron del tren justo al final de la calle —dice una voz de hombre más allá de la reja.

—No vimos a nadie —dice—. Estaba aquí afuera con él hasta hace un momento. Entra.

Se escucha el golpe de la puerta.

—Una niña en la calle los vio correr hacia acá.

—Seguro se dieron vuelta en algún lado antes de llegar aquí. Estuvimos afuera toda la tarde. ¿Tiene celular, o llamo a la estación si los veo?

Baja la voz y sus palabras se vuelven momentáneamente ininteligibles. Lydia abre mucho los ojos, como si eso pudiera incrementar su capacidad auditiva. En ese momento, Lydia lo sabe, la mujer podría estar señalando la puerta del cobertizo. Podría estar diciendo "hay cuatro adentro del cobertizo". Los agentes de la migra podrían estar sacando sus armas. Lydia tiembla nada más con la idea y cierra los ojos de nuevo. Mete uno de sus dedos en la argolla de Sebastián. "No pienses, no pienses, no pienses". Y entonces se produce una suerte de milagro, una pequeña distracción: mientras su dedo se mueve mecánicamente adentro del anillo, se le ocurre que es como el anillo mágico de *El hobbit* y que, si mete el dedo por completo y agarra a Luca, los volverá invisibles. "Seguro", se consuela. Puede escuchar las palabras de la mujer otra vez, ha cambiado la dirección del viento.

—Corté demasiado orégano para la cena —dice—. Llévese un poco, por favor.

Después, las pisadas se alejan hacia el vehículo, escucha el motor, y a la mujer, abrir y cerrar la puerta de la casa otra vez. Soledad y Rebeca se unen a Lydia y a Luca, que están sentados en el piso. Lentamente, sus pulsos recuperan el ritmo normal. Lentamente, comienzan a murmurar entre ellos en medio de la oscuridad.

—¿Nos vamos? —pregunta Soledad.

—Todavía no —dice Lydia—. Siguen buscando por el vecindario. Esperemos hasta que oscurezca.

Rebeca está llorando, encorvada sobre las piernas. Luca le acaricia la mano y ella se aparta, lo que hiere sus sentimientos. Pero en lugar de alejarse, insiste, y Rebeca se relaja, se derrite en él como mantequilla sobre pan caliente. Luca acerca la cabeza de Rebeca hasta su hombro y acaricia su cabello.

—Está bien, no pasó nada malo —le dice—. Está bien.

—Ya no puedo hacer esto —dice—. Me da mucho miedo.

—Basta —dice Soledad.

—Me quiero morir. Quiero que todo acabe —dice Rebeca sin ninguna inflexión en la voz.

—Pues tú no decides eso, Rebeca —dice su hermana.

—Me quiero ir a mi casa.

—No tienes casa. Vamos a tener una casa nueva. Esta es la única manera de avanzar, así que vamos a continuar. Adelante. Ya no llores.

Soledad seca con sus pulgares las lágrimas de su hermana, viendo que la rudeza de sus palabras funciona. Rebeca se endereza y aspira con fuerza. La pena terminó.

—Ya casi estamos ahí —dice Soledad—. Escuchaste a Luca, 500 kilómetros. ¿Verdad, chiquito?

—Así es —dice Luca.

—500 kilómetros —dice Soledad—, y luego se acabó. Toda esta pesadilla, todo esto. Estaremos en el norte, donde nadie nos pueda lastimar. Tendremos una buena vida, una vida segura. Y Papi se va a mejorar y lo mandaremos a buscar. Y luego nos traemos a Mami y a la abuela. Todo será mejor, ya verás.

Rebeca no cree una sola palabra. Ni siquiera comprende cómo Soledad puede conservar esa inocencia después de todo lo que ha vivido. Rebeca ya no es inocente. Sabe que no existe lugar en el mundo que sea seguro para ellas, que el norte será lo mismo. La esperanza no puede sobrevivir al veneno de su última prueba: el mundo es un lugar terrible. San Pedro Sula era terrible, México es terrible, el norte será terrible. Incluso sus recuerdos del bosque nuboso, tintados de oro en su memoria, comienzan a pudrirse y decaer. Cuando piensa en el pasado, ya no recuerda la voz de su madre, ni el olor de las hierbas secas, ni el coro de ranas en la noche, ni el frío de las nubes en sus brazos y su cabello, sino la pobreza que llevó a su padre y a todos los hombres a emigrar a las ciudades, la amenaza de los cárteles, la necesidad de recursos, el hambre eterna. Rebeca asiente, pero solo por complacer a su hermana.

—Todo por lo que hemos pasado —dice Soledad— valdrá la pena. Lo dejaremos atrás y empezaremos de nuevo.

Rebeca mira el piso, pero sus ojos están desenfocados.

—Como si nunca hubiera pasado —dice.

———

Se quedan en el cobertizo mientras Víctor y su madre cenan en la casa, los vecinos llegan del trabajo y saludan a sus familias, las nubes en el cielo se deslizan sobre Hermosillo, y el sol se esconde en el horizonte, tiñéndolo de anaranjado. Más allá de la ciudad, el desierto de Sonora comparte su calor con el cielo. Conforme el crepúsculo enfría la tierra y la ciudad humana se prepara para dormir, el desierto rebosa y salta a la vida. Lydia y las hermanas planean descansar hasta que el vecindario esté callado, y entonces irse en las horas más oscuras de la noche. Luca tiene demasiada hambre como para dormir, así que está muy agradecido cuando la mujer aparece con una olla de frijoles fríos y una pila de tortillas secas. Las deja sobre el piso, entre ellos, y luego se aleja hacia la puerta. Luca no espera a que se vaya, usa una tortilla para cucharear los frijoles y casi se muerde un dedo en sus prisas. No hay luz, pero sus ojos ya se acostumbraron a la oscuridad.

—Pueden descansar aquí un rato. Pero, por favor, váyanse antes de que amanezca —susurra la mujer.

CAPÍTULO 25

Antes del amanecer, Lydia, Luca y las hermanas se adentran en la ciudad, donde descubren que la reja del tren es una infraestructura cara, de otro nivel —los pesos de los contribuyentes en acción. De hecho, ni siquiera es una reja, sino una pared de concreto rematada con alambre de cuchillas en espirales amenazantes. Del otro lado de la pared se escucha pasar un tren y se ven migrantes durmiendo en el techo con los brazos cruzados sobre el pecho y los sombreros cubriéndoles los rostros. Del lado del pueblo, seis hombres migrantes duermen abrazados a sus mochilas. Un séptimo hace guardia, descalzo. Cuando se acercan, los saluda.

—¿Y tus zapatos? —pregunta Lydia.

—Me los robaron —dice.

Soledad reconoce el acento hondureño.

—Ay, catracho, ¡qué barbaridad!

El hombre asiente y se rasca la barbilla.

—Por lo menos no me robaron la barba —dice.

Lydia no puede dejar de pensar en el hombre, incluso después de haberlo dejado muy atrás, mientras se interna en la ciudad para desayunar y reabastecer la reserva de agua. ¿Cómo puede un hombre en la miseria, incluso sin zapatos, porque se los robaron, tener ánimos para bromas? Lydia está racionando la pasta de dientes. Su cabello se siente grasoso, y su piel, reseca. Está consciente de esas molestias todos los días. Piensa que, si alguien le quitara los zapatos, se daría por vencida. Sería la gota que derramara el vaso. Podrá sobrevivir la muerte de dieciséis miembros de su familia mientras sus pies no estén desnudos ante el mundo.

Encuentran un parque grande con caminos anchos y pavimentados, y una fila de baños portátiles que instalaron para un concierto la noche anterior. Luca se sienta en una fuente y sumerge los brazos hasta los codos. Lydia tiene la sensación de que su humanidad está bajo un acecho cada vez mayor, y como débil defensa se permite gastar diez pesos en una taza de café que compra a un vendedor. La cafeína llega a su torrente sanguíneo como un sueño de otra vida. Bebe el café lentamente y permite que el vapor suba en espirales hasta su rostro, mientras piensa en ese hombre y sus zapatos.

El encuentro le provocó un sentido de urgencia respecto a la importancia de los zapatos y decide gastar una porción del dinero que les queda en zapatos nuevos. Ahí, en Hermosillo, ese día. Mira los pies de las niñas y se da cuenta de que sus tenis también necesitan un reemplazo. Ellas llevan Converse de corte bajo; los de Soledad son negros y los de Rebeca, grises. Los tenis están gastados y descoloridos por el sol, pero al menos son cómodos, ya los ablandaron, se dice. Desearía tener más dinero. Esperan en el parque hasta que las tiendas abren y Lydia gasta casi la mitad del dinero que le queda en dos pares de botas de senderismo de buena calidad, para Luca y para ella. Son botas de piel normales, con costuras gruesas y suelas de goma, pero parecen milagrosas, extraordinarias, como las sandalias aladas de la mitología. Con ellas cruzarán el desierto hasta el norte. Lydia siente una especie de cráter en el pecho cuando entrega el dinero.

Hay muchos migrantes reunidos junto a las vías en Hermosillo, y algunos de los campamentos parecen permanentes. Una pareja de ancianos está sentada en un sofá tapizado con estampado de cuadros bajo una lona, y la mujer atiende el fuego donde uno esperaría encontrar una mesa de centro. Del otro lado del costoso muro, a nadie parece importarle que los migrantes estén esperando a La Bestia. El muro termina en la entrada de las vías, y adentro dos guardias están sentados a la sombra de una pequeña caseta, esperando para abrir y cerrar la puerta cuando el tren esté listo. La puerta, como el muro, está rematada con alambre de navajas, pero no parece suficiente para impedir a los migrantes meterse por abajo, donde hay un espacio de medio metro por el que Luca fácilmente podría pasar. Cualquiera podría cruzar por debajo de la reja, y los guardias no parecen interesados en evitarlo, pero nadie lo intenta. Esperan a la salida, donde, según le dicen los demás migrantes a Lydia, el tren emergerá de su jaula a paso lento y todos podrán subir.

La espera se convierte en el cúmulo de horas más largo de la vida de Soledad. Desde que Luca le dijo lo cerca que estaban del norte, le parece que ya puede sentir en el horizonte el olor de los McNuggets y de los tenis Nike nuevos. Casi puede verlo brillar en la distancia, y todo su cuerpo tiembla por el anhelo. Su columna, sus ojos, sus pulmones, todo se inclina hacia el norte. Mientras otros duermen esa noche sobre la tierra fría y plana, contra el muro de hormigón de los jardines circundantes, ella camina en las vías a la luz de la luna, tensa por el miedo de que algo más pueda pasar ahora que están tan cerca, de que un nuevo horror se cierna sobre ellos y les robe el sueño que casi alcanzan. Intenta descansar, pero cuando su cabeza comienza a pulsar, se da cuenta de que ha estado aguantando la respiración.

En la mañana, un lugareño cuelga una manguera por encima de la pared del jardín para que los migrantes puedan lavarse los dientes, la cara y llenar sus cantimploras. Un contingente de ancianas camina por las vías bendiciéndolos con bolsas de sándwiches caseros y pepinillos. Un guardia de la caseta llama a Luca y le regala una paleta de uva que le entrega a través de la reja. Lydia está alerta en todo momento, buscando a Lorenzo o a cualquiera como él que la pudiera reconocer. Cuando hay un retraso de ese tipo, su preocupación aumenta al pensar que los podrá alcanzar, que aparecerá caminando hacia ellos en cualquier momento, o que alguien más tendrá tiempo suficiente para darse cuenta, y entonces escuchará un chasquido de dedos o un "¡ajá!". Mantiene el horrible sombrero rosado sobre su rostro todo el tiempo.

—Mami, ¿me puedo poner los tenis? —pregunta Luca.

Ha estado usando las botas desde el día anterior y las siente duras. Lydia quiere que las ablande, pero tiene que hacerlo en dosis pequeñas. No sirve de nada que le salgan ampollas antes de siquiera llegar al desierto. Sus tenis azules están amarrados de las agujetas y cuelgan de una de las correas de su mochila.

—Claro, cámbiate —dice.

Cuando se quita las botas, las amarra de la misma manera. Ella también se cambia los zapatos.

Después del mediodía se escucha la radio de la caseta de los guardias, y los migrantes se incorporan y prestan atención. Minutos después, los guardias abren la costosa puerta y el tren aparece a lo lejos. La jaula está abierta y ahora todo lo que tienen que hacer es esperar mientras el tren avanza lentamente hacia ellos. Los migrantes suben en grupos, mujeres y niños primero. Los hombres ayudan y los guardias miran. Un guardia incluso le avienta la mochila a un migrante cuando este se resbala y cae por la orilla.

Lydia mira a Soledad a los ojos.

—No olvides tener miedo —dice.

—Esto no es normal —responde Soledad.

Pero suben de manera rápida y con facilidad. El tren no adquiere una velocidad considerable hasta que todos los migrantes están arriba, como si el ingeniero hubiera tenido cuidado de que todos se acomodaran y estuvieran seguros, quizá para animarlos. Lydia se persigna de todas maneras. Traza también la señal de la cruz en la frente de Luca.

Y entonces sucede algo extraño en su viaje hacia el norte, cuando dejan atrás Hermosillo y se adentran cada vez más en el desierto sonorense: comienzan a ver migrantes que viajan en dirección opuesta. Al principio son pocos, dos a pie, luego otros dos, y Lydia no puede imaginar de dónde salieron, por qué caminan hacia el sur, brotando de lo que parece ser un desierto enorme y desolado solo atravesado por las vías del tren. Indiscutiblemente, son migrantes. No está segura de cómo lo sabe, pero lo sabe. Aun así, hay algo distinto en ellos, y no es solo el hecho de que viajen en dirección opuesta. Pero Lydia no logra identificar qué es.

En ese momento, a solo unos kilómetros al norte de Hermosillo, ven una segunda vía. Dado que la gran mayoría de las vías del tren en México son únicas, cada cierto intervalo existe un par o rampa de salida para que los trenes que viajan en direcciones opuestas puedan cederse el paso. Eso permite que los trenes se crucen, a pesar de usar la misma vía. En una salida de esas, ven un tren que se dirige hacia el sur, y Soledad se endereza conforme se acerca. Se cubre los ojos del sol, para asegurarse de que no se trata de un espejismo. Pero no, es cierto... el tren que va hacia el sur está retacado de migrantes. Saludan y agitan los brazos, y les dan la bienvenida conforme el tren que se dirige al norte desacelera y pasa lentamente a su lado.

—¿A dónde van? —pregunta Rebeca a nadie en particular.

La otra vía está a un metro y medio o dos, y ven a un niño no mucho mayor que Luca parado encima del tren que va hacia el sur. Parece estar calculando si puede saltar o no. Un grupo de hombres le grita y gesticula, y el niño se baja por la escalera más cercana y salta al suelo. Luego corre hacia el norte, junto al tren que viaja en esa dirección. El tren sigue su camino muy lento, y Luca se asoma por la orilla, sorprendido al ver que el niño corre abajo. Este levanta la cabeza hacia Luca y sonríe. Luego se aferra de la escalera en el vagón de Luca, y sube. Luca regresa a su lugar, y espera a que aparezca la cabeza del niño, negra y brillante en la luz del desierto. Arriba del tren que espera su turno para avanzar hacia el sur, se escuchan vítores que aplauden la transferencia exitosa del niño, que se despide con una gran sonrisa.

—¡Vayan con Dios! —les grita el niño a los hombres que deja atrás—. ¡Ya me voy pa'l otro la'o!

Más vítores.

—¡Ten cuidado y Dios te bendiga! —le grita un hombre.

Entonces el tren empieza a ganar velocidad y el bramido regresa con todos sus chillidos y traqueteos, y el niño camina hacia ellos sin siguiera agacharse, y se deja caer sin cuidado. A diferencia de los demás migrantes, este niño no lleva nada, ni siquiera un sombrero para protegerse el rostro moreno del sol. Sus facciones expuestas están secas y un tanto quemadas. Sus labios están resecos, con pellejos blancos, pero ninguna aspereza opaca el brillo de su sonrisa. Extiende el puño hacia Luca, que responde inmediatamente como haría cualquier niño de ocho años sin siquiera pensarlo.

—¿Qué onda, güey? —dice el niño, con un acento que lo distingue de inmediato como norteño.

Luca no sabe exactamente qué significa "qué onda, güey", porque no conoce a nadie que hable así, sin embargo, comprende lo justo para saber que se trata de un saludo amistoso, así que responde diciendo "Hola". Lydia, que ya consideraba agotada su capacidad de sorprenderse, está genuinamente asombrada por la llegada del niño. No sabe qué pensar. Por una parte, da la impresión de que es sociable, amigable y carismático. Por otro lado, ella desconfía de todas las personas que conoce, y aunque el niño se ve en extremo joven, sabe que los chicos de su edad son los primeros candidatos en el reclutamiento de pandillas. Y ¿por qué está solo? ¿Por qué es tan amigable con Luca? Lydia pasa un brazo alrededor de su hijo en actitud defensiva. El rostro del niño es redondo: sus ojos, su nariz y sus mejillas, todos son redondos. Jadea ligeramente, y delante de todos saca un inhalador del bolsillo de sus pantalones de mezclilla, lo agita vigorosamente, acomoda los labios e inhala. Luego respira profundamente y tose un poco.

—Está vacío —dice, encogiéndose de hombros, y guarda el inhalador en el bolsillo—. Pero el recuerdo de la medicina me ayuda.

Luca sonríe, pero Lydia arruga la frente.

—¿Vas a estar bien? —pregunta. Es natural que sea cautelosa

con los niños que se acercan a ellos, pero sigue siendo una madre y sabe que no puedes fingir un jadeo así.

El niño tose de nuevo, una, dos veces, y luego escupe algo sólido hacia la orilla del vagón.

—Se me pasa en un minuto. —Jadea.

Lo observan buscando señales de una emergencia médica, aunque no tienen muy claro cómo podrían ayudar si el episodio empeorara. El niño se sienta erguido, mira el paisaje a lo lejos, dobla las piernas en forma de pretzel y se concentra en respirar lentamente. Lydia se siente aliviada al ver un hoyo en la suela de sus tenis. Ningún niño con un inhalador vacío y un hoyo en los tenis sería parte de una pandilla o un cártel.

Cuando logra recuperar el aliento, el niño se dirige a Luca.

—Soy Beto. ¿Cómo te llamas? —dice.

—Hola, Beto. Soy Luca.

Beto asiente. El tren pasa un pueblo que parece haber brotado de las propias vías. Se trata de un cúmulo de casas del mismo color terracota de la tierra y dos taquerías que compiten, una frente a la otra, a ambos lados de la única calle.

—¿Ya puedes respirar mejor? —pregunta Luca.

—Sí, estoy bien —dice Beto—. Me pasa cuando corro muy rápido, pero aprendes a calmarte hasta que pasa porque, si te espantas, se pone peor.

Luca asiente.

—Es padre conocer a otro niño —anuncia Beto—. No se ven muchos por aquí. ¿Cuántos años tienes?

—Ocho.

—Yo diez. Casi once —dice, como si fuera ya un hombre viejo y sabio.

Luca tiene más o menos mil preguntas que hacerle a Beto, pero el resultado de tenerlas comprimidas en su cerebro es que ninguna lograba zafarse y llegar al exterior. Lydia aprovecha el silencio para intervenir.

—Beto, ¿viajas solo?

Luca se da cuenta de que su Mami no quiere sonar prejuiciosa, pero no lo consigue. A Beto no parece importarle, o notarlo siquiera.

—Sí. Solo yo. —Sonríe, mostrando la ausencia de dos dientes inferiores, un canino y un molar contiguos, por lo que el hueco es el doble de grande.

Beto saca la lengua por ahí.

Ahora es el turno de Soledad.

—¿Viajabas al sur? —pregunta.

—Sí. Temporalmente. Pero ahora voy al norte —dice, sin ironía.

Soledad no sabe exactamente qué responder, pero Beto le ahorra la dificultad cambiando de tema.

—Guau, eres muy bonita —dice.

Soledad parpadea, pero no dice nada.

—Debe de ser una joda, ¿verdad?

Soledad ríe.

Él vuelve a mirar a Luca.

—Y ¿de dónde son?

Luca mira a Mami, que responde negando con un movimiento casi imperceptible de la cabeza.

—Mami y yo somos... de Puebla —dice—. Y las hermanas son ecuatorianas.

Beto asiente. La mentira no importa. Bien podrían ser de la Antártica o de Marte, y a Beto le hubiera dado lo mismo.

—¿Y tú? —pegunta Luca—. ¿De dónde eres?

—De Tijuana —dice Beto—. Pero nosotros lo llamamos TJ. Nací ahí, en el *dompe*.

Se trata de una información enteramente insólita. Tan extraña, de hecho, que Luca no está seguro de comprender. Nuevamente, una palabra que desconoce: *dompe*. Luca mira a Mami para que le traduzca, pero ella parece confundida también.

—¿Qué es un *dompe*? —pregunta Luca.

Beto sonríe socarronamente.

—Ya sabes, un *dompe*, donde la gente tira la basura. Los camiones llegan. Ya sabes, un *dompe*.

—¿Te refieres a un vertedero? —pregunta Luca, usando la palabra en español para *dump*.

—Sí, sí, un vertedero —dice Beto.

Dado que su inglés es ligeramente más sofisticado que el de Luca, Lydia comprende que la lengua materna de este niño no es exactamente el español de México ni el inglés de Estados Unidos, sino una clase de híbrido semántico de la frontera. Aun así, eso no le sirve para poner en claro si el niño dice la verdad cuando comenta que nació en un *dompe*. Luca se rasca la cabeza, gesto que Lydia no le ha visto hacer, se da cuenta ahora, desde la matanza de su familia. Es un gesto que, de hecho, no había notado antes y, por ende, no extrañó cuando desapareció. Sin embargo, ahora que lo ve de nuevo la aplasta una revelación: ese gesto de llevarse el pulgar sobre la oreja y remover el cabello con tres dedos es indicativo de la curiosidad intelectual de Luca. Es un tic que solo se manifiesta cuando algo lo intriga o le parece interesante. Su reaparición, entonces, es evidencia para Lydia de que su hijo podría sobrevivir, de que todavía es capaz, después de quince días y 2,250 kilómetros, de perderse temporalmente en un momento de curiosidad pura. El sentimiento que golpea su esternón es *esperanza*.

—¿Entonces naciste en un vertedero de basura? —pregunta Luca con cuidado, intentando no ser grosero.

No comprende que no hay nada descortés en su pregunta porque a Beto no le da pena su origen y, en cualquier caso, tampoco está consciente de que las circunstancias de su origen podrían provocar una sensación de incomodidad en otros. Su origen simplemente es su origen y cuenta la historia sin considerar en lo absoluto el efecto que pueda generar.

—Sí, bueno, no nací *en* la basura. —Se ríe—. Solo cerca. En la Colonia Fausto González. ¿La conoces?

Luca sacude la cabeza.

—Es famosa —dice Beto orgulloso.

Lydia sabe un poco de las colonias de Tijuana porque ha leído libros al respecto. Luis Alberto Urrea es uno de sus escritores favoritos y ha escrito sobre los *dompes* y sobre los niños como Beto. Recordarlo la hace sentir como si ya lo conociera, al menos un poco, pero esa sensación es una mentira mitad sombra y mitad vacío, pues, aunque pueda comprender parte de las circunstancias de la vida de ese niño, no lo conoce en realidad. No obstante, la familiaridad tiene el efecto de ablandar una parte de sí misma que de otro modo hubiera quedado endurecida en su trato con él.

Y luego Beto les cuenta la historia de su vida, completa, sin detenerse, sin siquiera respirar: cómo no recuerda a su padre, que se fue al norte cuando Beto era un bebé, pero recuerda a su Mami, que era recolectora de basura en el *dompe* antes de que lo cerraran. Y recuerda a su hermano mayor, Ignacio, que sigue ahí en el *dompe*, enterrado bajo una cruz de color azul cielo, pintada a mano, que tiene su nombre, Ignacio, y las palabras "Mijo, 10 años".

Beto le cuenta a Luca que él ya tiene diez años, y le explica que es la misma edad que tenía su hermano cuando lo aplastó la llanta trasera de un camión de basura por querer alcanzar una milagrosa esfera inmaculada, un balón de fútbol que consiguió ver entre los desechos. Un tesoro sin precedentes. Beto, que tenía ocho entonces y estaba parado cerca, se quedó tan impresionado por los gritos de Ignacio que no tomó el balón de su hermano moribundo. En cambio, un niño con hoyuelos, llamado Omar, se lo quedó. Como el suelo bajo el camión era muy suave, explica Beto, este no aplanó a Ignacio completamente, sino que lo comprimió contra la basura que había abajo. Lo aplastó lo suficiente para que sobreviviera tres miserables días. Poco después de eso y de la cruz azul cielo, la Mami de Beto desapareció también, primero en un estupor alcohólico, luego en una confusión más rancia y, finalmente, en el éter.

Beto tiene miedo de cumplir once porque siente que es una traición hacia su hermano.

—Pero creo que sería peor no cumplirlos, ¿no? —Se ríe, y Lydia y las hermanas intentan hacer coro a su risa.

Luca no ríe, pero se siente obligado a darle algo al niño a

cambio de su historia. Baja la cremallera del bolsillo lateral de su mochila, que todavía tiene sobre las piernas, y saca su tubo de Blistex con sabor a naranja-mango. Se lo da a Beto, que lo toma sin decir nada, le quita la tapa, se lo pasa por los labios y expresa un "ah" muy fuerte. Se lo devuelve a Luca y no dice gracias, pero Luca sabe que ese *ah* fue su expresión de gratitud.

—A ver, espera —dice Soledad, finalmente girando todo el cuerpo hacia él en lugar de solo la cabeza—. ¿Tijuana no está justo en la frontera?

—Sí —dice Luca, mirando a Soledad aprobatoriamente.

Ella intercepta su mirada.

—No eres el único que puede leer un mapa —dice, y de nuevo se dirige al recién llegado—. Entonces, ¿qué estás haciendo aquí, si ya estabas en la frontera? ¿Por qué ibas al sur? Y todos esos migrantes, ¿por qué viajan al sur?

—Ah, esos son los deportados.

Soledad se desconcierta.

—¿Todos?

—Claro. —Beto se encoge de hombros—. TJ está llena de deportados. En Tijuana hay más gente yendo al sur que al norte. Sabes quiénes no son los migrantes de siempre por el uniforme.

—¿Uniforme? —pregunta Luca.

—Sí, todos los migrantes traen el mismo uniforme, ¿no? *Jeans* sucios, zapatos viejos, gorras.

—Tú no llevas gorra —observa Luca.

Beto se encoge de hombros.

—Es que yo no soy un verdadero migrante. Soy uno falso.

—¿Y cuál es la diferencia, entonces, con los deportados?

Soledad hace que retome el tema.

—Los persigue el llanto de sus hijos ausentes en el norte.

Todos lo miran con los ojos abiertos.

—Estoy bromeando —dice—. Es que no tienen mochilas.

Lydia chasquea los dedos.

—Las mochilas —dice—. Sí, eso es lo que faltaba. Las mochilas.

—¿Por qué no llevan mochilas? —pregunta Luca.

—Porque son deportados. Viven en Estados Unidos, güey. Como desde siempre, o desde hace unos diez años, o desde que eran bebés. Y luego, camino al trabajo un día, o saliendo de la escuela, o jugando fútbol en el parque, o comprando tenis nuevos en el *mall*, ¡zas!, los deportan con lo que traen puesto cuando los recogieron. Entonces, a menos que anden con una mochila cuando los agarra la migra, se vienen con las manos vacías. A veces las mujeres traen sus bolsos, o lo que sea. No los dejan ir a sus casas a empacar. Pero generalmente tienen ropa buena por lo menos, zapatos limpios.

Lydia abraza su mochila frente a ella. No quiere pensar en algo así. El sueño de llegar a Estados Unidos es lo único que la sostiene ahora. No está preparada para considerar todas las cosas horribles que pueden suceder después, si tienen la suerte suficiente de alcanzar esa primera meta fundamental.

Soledad se reclina y se muerde el labio.

—Entonces, cuando los deportan, ¿se rinden y regresan a su país? —pregunta—. ¿Por qué no vuelven a cruzar?

—Bueno, algunos lo intentan —explica Beto—, pero es imposible cruzar en Tijuana ahorita. A menos de que tengas un montón de dinero o trabajes con uno de los cárteles. Ellos tienen túneles. Hace años era fácil. Incluso supe de unos tipos del *dompe* que ganaban dinero extra cruzando migrantes. La reja estaba llena de hoyos, había escaleras, barcos, miles de formas de cruzar.

—¿Y ahora?

—Ahora parece una zona de guerra, con drones, cámaras y la migra esperando, como si fueran unos porteros bien pagados. Además, los deportados tienen dinero. Todos son ricos porque han trabajado en el norte, así que pueden pagarse unas vacaciones antes volver. Por eso van a visitar a sus familias.

Soledad se muerde nerviosa el interior del labio.

—Pero no te preocupes —dice Beto—. Se supone que Nogales es mejor. O sea, se supone que es más fácil cruzar porque nadie quiere cruzar en el desierto y esas cosas, y no hay tantas patrullas fronterizas. Por eso no intenté cruzar en TJ. Voy a Nogales para cruzar.

Beto aprieta los labios y Luca puede oler el Blistex con sabor a naranja-mango. Eso lo hace sentir bien.

—Para allá va este tren, ¿no? ¿Nogales? —pregunta Beto, reclinándose sobre sus codos y estirando las piernas.

—Esperamos que sí —dice Luca.

—Hay otro cruce grande —dice Beto—. En Benjamín Hill se separan las vías. Una va directo al norte, a Nogales, y otra al oeste, a Baja. Cuando venía hacia acá se suponía que me iba a bajar ahí y cambiar de tren, pero no nos paramos, así que me seguí hasta que llegamos al otro cruce —suspira—. Espero que no acabemos otra vez en Tijuana. ¿Se imaginan que me haya subido a La Bestia nada más que para pasear por el campo y luego regresar al *dompe*?

Soledad suelta un gemido.

—¿Quieres decir que quizá tengamos que cambiar de tren otra vez? —dice—. ¿Estando tan cerca?

—Ya veremos —dice Beto.

Mete la mano en el bolsillo para sacar un puñado de semillas de girasol. Las muerde y escupe las cáscaras afuera del tren, sin levantarse. Les ofrece a los demás, pero sus manos están sudorosas y nadie acepta su generosidad.

—¿Cuánto tiempo llevas viajando? —le pregunta Soledad.

—Unos cuantos días —dice—. Creo que este es mi tercer o cuarto día. ¿Ella es tu hermana? —Señala a Rebeca con la barbilla.

Está sentada de perfil, mirándolos a medias, contemplando el avance de ese paisaje imposible: fárragos de maleza verde brotando de la tierra polvosa, el arco de azul ardiente sobre ellos, el marrón serrano de las montañas a lo lejos, la aparición cada vez más infrecuente de autos en la autopista que corre paralela a las vías.

—Sí, es Rebeca —dice—, y yo soy Soledad.

—¿Por qué está tan callada? —pregunta Beto—. ¿No habla?

Rebeca vuelve el rostro, pero no sus ojos, hacia él.

—Antes hablaba —le dice—. Ahora ya no hablo.

Beto se sienta y se sacude la sal y los restos de semillas de los dedos.

—Está bien.

Dos horas más tarde, el tren desacelera, pero no se detiene, al pasar por el pequeño pueblo de Benjamín Hill. Luca se siente animado por el hecho de que, cuando el nudo de rieles se hace una sola vía, el tren emerge en la ruta del extremo este, que toma rumbo norte, directo hasta Nogales.

Santa Ana, Los Janos, Bambuto, listo, listo, listo. A primera hora de la tarde, Luca divisa un avión volando bajo. Este se hace cada vez más grande y vuela más bajo, hasta que parece a punto de estrellarse contra el tren. Todos se agachan y se acuestan contra el techo del tren mientras pasa por la pista del Aeropuerto Internacional de Nogales.

CAPÍTULO 26

Nogales los hace sentir casi como si hubieran llegado a Estados Unidos. El tren desacelera y avanza en medio de la ciudad. Las calles son más anchas de lo que Luca ha visto en otra parte. Los autos son más grandes. Hay una lata de Coca-Cola gigante anclada a la azotea de un edificio, e incontables antenas de radio se extienden hacia el cielo. Y entonces todos lo ven, al mismo tiempo. En la autopista, una enorme señal de tránsito tiene escrito en letras blancas sobre fondo verde, junto a una flecha, tres letras: U.S.A.

Soledad empieza a llorar. Ni siquiera intenta no hacerlo. Deja que las lágrimas caigan y que se constipe su nariz hasta gotear, y se la limpia con el dorso de la mano. Pero Rebeca pasa un brazo alrededor de ella, haciéndola llorar todavía más.

—Lo logramos —susurra a su hermana menor.

Beto está de pie arriba del tren, cosa que pone a Lydia casi histérica de inmediato.

—No, todavía no —dice Beto, sin intención de ser cruel.

Luca le pellizca una pierna.

—Au —dice Beto—. O sea... van a llegar. Van a llegar, lo van a lograr.

—No tienes idea de cuán lejos venimos —dice Soledad—, aunque solo haya sido para verlo.

El tren reduce la velocidad y se siente el movimiento brusco al que todos ya se han acostumbrado. Beto se tambalea un poco, uno o dos pasos hacia adelante, medio hacia atrás, y Lydia ya no puede soportarlo más y le grita.

—Por Dios santo, ¿te quieres sentar antes de que te mates? ¡No estás hecho de goma!

Se siente cohibida por la rudeza involuntaria de su exabrupto, pero Beto se sienta sin replicar y le sonríe. Lydia se lleva la mano al pecho.

—Gracias —dice.

Esperan a que el tren se detenga para bajar al pavimento. No hay estación, pero se detiene en un semáforo en rojo. Se encuentran lo suficientemente cerca de la frontera como para no tener que caminar kilómetros, mas lo suficientemente lejos como para evitar un encuentro con la migra.

Tan pronto pone un pie en el pavimento, Lydia siente que un temblor de entusiasmo recorre todo su cuerpo. La extenuación del viaje cae de sus hombros, y todo el daño, el sufrimiento, la culpa y el horror quedan sumergidos bajo la nueva piel de lo posible. Lydia se voltea hacia la escalera y carga a Luca por las axilas.

—Mami, basta, yo puedo —dice, y Lydia se da cuenta de que la presencia de Beto le ha devuelto a su hijo otra de sus características que había quedado temporalmente suspendida: la capacidad de sentirse avergonzado por sus padres. Le agrada verlo.

—Lo siento —dice.

—¿Tienen hambre? —pregunta Beto—. Yo me muero de hambre. Voy a buscar algo de lonche. ¿Vienen?

—¿Lonche? —dice Luca.

—Almuerzo —traduce Mami.

—Sí, quiero lonche —dice Luca.

—Yo también podría comer lonche —concuerda Soledad.

Lydia considera el dinero que les queda: poco más de cien dólares. Necesitan comer, pero el dinero no les va a durar.

Beto nota su vacilación.

—Yo invito —dice.

Caminan hacia el norte por la avenida principal, y cuando Beto ve un birriería, se detienen y piden cinco porciones del cocido picante para llevar. Cuando Beto abre su bolsillo para sacar un poco de dinero, Lydia ve el enorme fajo de billetes y de inmediato siente angustia. Piensa que fue una tontería haber confiado en ese niño tan fácilmente. Que daba igual que tuviera un hoyo en los tenis o que su inhalador estuviera vacío. Ningún niño de diez años debería andar con esa cantidad de dinero en Nogales. Hay una sola fuente potencial de ingresos para un niño así, Lydia lo sabe. Se tensa, pero el vendedor le pasa un contenedor de unicel del que sale un vapor fragante que asciende en espirales por el mango de la cuchara. No puede evitar dejarse llevar y comer con ímpetu. La última vez que comió bien fue en Culiacán. Puede dejar las sospechas para después del lonche.

—Ay, Dios mío, gracias —dice Soledad con la boca llena de comida.

Beto asiente.

—Vamos a verlo. Quiero verlo —dice Soledad.

—Entonces solo mira —dice Beto, señalando con su cuchara.

Soledad sigue la dirección que indica la cuchara de Beto y ve ondear contra la brillante luz del sol, a unos 60 metros de donde se encuentran parados con los dedos de los pies dirigidos hacia el norte, ese lienzo estrellado y azul, con franjas rojas y blancas: la bandera de Estados Unidos.

—¿Ahí está? —dice Soledad, olvidándose de la comida por un momento—. No es ahí, ¿o sí?

—Ahí. —Beto asiente, llevándose un bocado enorme a la boca.

—Pero se ve tan... —Soledad no sabe cómo terminar la oración.

La calle termina en una pecera de concreto: hay una fila de tiendas a la derecha, algunos edificios de gobierno un poco intimidantes y en forma de bloque a la izquierda, y un muro al final, rematado con un segundo muro, rematado a su vez con un tercer muro, rematado con alambre de navajas y cámaras. Detrás de este muro, alzándose hacia el cielo, la bandera de Estados Unidos ondea rígida en el leve viento. A unos cuantos metros, de este lado de la barda, ondea la bandera mexicana.

—¿Ven? —dice Beto, señalando la bandera de México—. Ese es el problema, ¿no? Miren esa bandera de allá, la americana. ¿La ven? Brillante y limpia; parece nueva. Y luego miren la nuestra. Toda jodida y rota. El rojo ya ni siquiera se ve rojo. Es rosado.

Luca y las hermanas caminan hacia la bandera de México y pasan de largo. Se acercan al muro por una sección por donde se puede ver del otro lado. Lydia se queda con Beto, que ya lo ha visto antes. Agradece poder tener un minuto a solas con él. Quiere interrogarlo sobre el dinero.

—Es como si no tuviéramos orgullo, como si ni siquiera nos importara —dice Beto—. O sea, ¿por qué la bandera de ellos tiene que estar más arriba? ¿Qué tan difícil puede ser conseguir una asta más grande?

Lydia levanta la mirada y se da cuenta de que tiene razón. La bandera mexicana se ve desgastada, descolorida, y la roja, blanca y azul parece prístina, como si la hubieran reemplazado esa mañana.

—No sé —dice Lydia—. Imagina reemplazar la bandera cada semana, lo caro que debe ser. ¿Para qué?

Beto tira su cuchara a una jardinera y sorbe el resto del caldo directamente del tazón de unicel.

—A mí me parece muy jingoísta —dice Lydia.

—¿Muy qué?

—Desperdicio de dinero.

—Supongo. —Beto se encoge de hombros—. Estos estadounidenses están obsesionados con su bandera. —Se vierte el resto del caldo en la boca y tira el tazón de unicel a la jardinera, junto a la cuchara.

—¿Te puedo preguntar algo? —dice Lydia—. ¿Hablando de dinero?

—Claro. —Pero la sola mención del dinero hace que Beto cambie el peso de su cuerpo de un pie a otro.

Lydia se aclara la garganta.

—No pude evitar darme cuenta de que traes mucho dinero.

Beto se lleva la mano al bolsillo instintivamente. Lydia mantiene un ojo en Luca y en las hermanas mientras recoge la cuchara y el tazón de Beto. Deja su propio tazón, a medio terminar, en la orilla de la jardinera y lleva los desechos de Beto hasta un bote de basura cercano. Cuando regresa, Beto está sentado en la orilla de la jardinera, junto a la birria. Lydia la levanta, se sienta junto a él y se come otra cucharada.

—Es mi dinero —dice Beto—. No lo robé.

—No —dice Lydia—, no te estoy acusando.

—Tampoco hice nada malo para conseguirlo.

Lydia sigue comiendo.

—No es asunto mío, ya lo sé —dice entre bocados—, pero sí me da curiosidad. A veces el dinero es un problema. Sobre todo aquí. Sobre todo cuando se trata de alguien tan joven con tanto dinero, sin trabajo y sin tener una familia rica.

Beto mira fijamente una bola de chicle junto a sus pies.

—Podría tener un tío rico.

Lydia frunce el ceño.

—Escucha, pareces un buen niño, pero ya tuvimos suficientes problemas —dice—. No queremos más.

Beto endereza la espalda y responde a la defensiva.

—Lo conseguí vendiendo unas cosas.

Lydia deja la cuchara en el tazón de unicel vacío y espera que continúe hablando. Como no dice nada más, es ella la que habla.

—¿Qué clase de cosas?

Beto se inclina hacia adelante y descansa los codos sobre las rodillas, lo cual no es fácil para él porque sus pies no tocan el suelo.

—Encontré una pistola —dice, y luego la mira para calibrar su respuesta antes de continuar. No parece alarmada, así que sigue hablando—. Y encontré unas drogas.

Lydia asienta.

—Está bien.

—Y ni siquiera las vendí, solo se las regresé a un tipo en el *dompe*, a quien probablemente pertenecían.

—¿Entonces el dinero fue más bien una recompensa?

—Sí, supongo. Me preguntó si quería trabajar para él y le dije que lo que realmente quería era salir del *dompe* e irme al norte, así que me dio el dinero.

—Pero, ¿tanto?

Beto se encoge de hombros.

—Creo que me tenía lástima por lo de Ignacio y eso. Todos en el *dompe* siempre me tuvieron lástima después de eso y después de que mi Mami desapareció.

Lydia se muerde el labio.

—Ni siquiera lo contó. Fue a su caja fuerte y sacó un fajo de billetes. Me dijo que me fuera a Nogales si de verdad quería cruzar.

—¿Ni siquiera lo contó?

—No.

Lydia no cree que se molestaría en mentir. Parece cándido, y no le debe una explicación de todas formas. Pero es tan inverosímil. ¿Por qué alguien le daría a un niño tanto dinero? Parece casi imposible ofender a Beto, así que insiste.

—¿Estás seguro de que no lo tomaste cuando estaba dormido o algo?

Beto ríe.

—¡Güey, necesitaría unos huevazos para hacer algo así! —Sacude la cabeza—. O querer morir.

—De acuerdo —dice Lydia.

—No me quiero morir —aclara él—. Me gusta estar vivo.

—Bien —dice ella.

—A pesar de todo.

Lydia aplasta sin querer el tazón de unicel con el puño y una gota de salsa corre a lo largo de su palma. Se limpia la mano en los pantalones y mira el rostro redondo de Beto. "Es un filósofo", piensa. Es rudo, pero honesto, y su franqueza es una provocación. "A pesar de todo, le gusta estar vivo". Lydia no sabe si eso es cierto para ella. Para las madres esa pregunta es insustancial de todas maneras. Su supervivencia es cuestión de instinto más que de deseo.

—Si quieres saber la verdad, creo que es más de lo que me quería dar —confiesa Beto de pronto—. Estaba muy drogado.

—Ah. —Ahora tiene sentido.

—Le dije que le pagaría cuando tuviera trabajo en el otro lado, pero me dijo: "Cuando cruces, solo sigue caminando. Nunca mires para atrás".

Lydia asiente.

—¿Y eso fue todo?

—Eso fue todo. ¡Y aquí estoy!

—Aquí estás.

Luca mira hacia ellos, como si lanzara un pequeño bumerán de tranquilidad compartida, asegurándose de que todavía están ahí. Luego vuelve a mirar hacia el norte.

—Y nadie te viene persiguiendo, ¿verdad?

—Espero que no —dice—. Pago mis impuestos, no me han metido a la cárcel, le paso la pensión a mis hijos. —Se aclara la garganta y escupe en la acera. Luego entrecierra los ojos y mira hacia el muro—. Soy un hombre libre.

Lydia ríe.

—Eres un personaje.

—Esa es la palabra que ellos siempre usan —dice—, personaje.

Lydia tira su tazón en el bote de la basura también.

—Bueno, parece que la vida te debía un poco de buena suerte de todas maneras.

—Así es —dice Beto—, me toca darle la vuelta a la tortilla.

—¿Y cómo vas a cruzar? —pregunta Lydia—. ¿Ya tienes planes?

Beto se endereza y estudia "la línea" desde donde están sentados. Parece tan impenetrable como en TJ.

—Algunos niños llegan a la caseta y se entregan —dice—. Algunos de los centroamericanos pueden pedir asilo. ¿Sabías?

—Sí, claro, sé de las caravanas.

Lydia sabía de las caravanas de migrantes que salían de Guatemala y Honduras como puede saber cualquier otra persona acomodada que disfruta de una vida segura, periféricamente consciente de la miseria. Había escuchado historias en la radio mientras preparaba la cena en la cocina. Había madres que habían empujado carriolas por miles de kilómetros, niños pequeños que habían caminado tanto que se les abrieron hoyos a sus Crocs rosados. Cientos de familias se habían unido para viajar seguras, aumentando el número de migrantes a medida que avanzaban hacia el norte. Habían estado semanas haciendo autostop, viajando en la parte trasera de camionetas, cuando podían, o montados en La Bestia, y durmiendo en estadios de fútbol y en iglesias... Habían recorrido el camino hasta el norte para pedir asilo.

Lydia picaba cebollas y cilantro en su cocina mientras escuchaba sus historias. Huían de la violencia y la pobreza, de pandillas más poderosas que sus gobiernos. Había escuchado el relato de su miedo y su determinación, de lo resignados que estaban a llegar a Estados Unidos o morir en el camino, porque quedarse en casa implicaba una probabilidad de supervivencia mucho menor. En la radio, Lydia había escuchado a esas madres que caminaban cantándoles a sus hijos, y sentía una punzada de empatía por ellas. Aventaba verduras picadas al aceite caliente y la sartén siseaba en respuesta. La punzada que Lydia sentía incluía muchas aristas: ira por la injusticia, preocupación, compasión, impotencia. Pero lo cierto es que se trataba de un sentimiento muy pequeño, y cuando se dio cuenta de que no tenía ajo, la punzada desapareció bajo la irritación doméstica. Le faltaría sabor a la cena. Sebastián no se quejaría, pero ella vería la desaprobación en su rostro y se sentiría provocada. Tendría que esforzarse para no pelear con él.

Beto sigue hablando junto a ella.

—Escuché que, si tu vida corre peligro, no importa de dónde vengas, no pueden mandarte de regreso.

A Lydia le parece un mito, pero no puede evitar preguntarle de todas formas.

—¿Tienes que ser centroamericano? ¿Para pedir asilo?

Beto se encoge de hombros.

—¿Por qué? ¿Estás en peligro?

Lydia suspira.

—¿No lo estamos todos?

CAPÍTULO 27

Las hermanas llaman al coyote desde un teléfono pú-
blico. Ya se sienten profesionales en el uso de los teléfonos y mar-
can sin la ayuda de Luca. Soledad le dice al coyote que ya llegaron
a Nogales y traen a tres personas más que también quieren cruzar.

—¿Pueden caminar? —pregunta—. Este no es un viaje de
lujo. Tienen que estar en buena forma.

—Sí —le asegura Soledad—. Están bien.

—¿Dónde están ahorita?

Soledad presiona el auricular a su oreja y observa alrededor.

—No sé, estamos justo en la frontera —dice—, por las vías
del tren.

—¿Puedes ver la bandera americana ahí, en el edificio blanco?

—Sí.

—Ya sé dónde están.

El coyote le dice que los verá en una plaza a dos calles de ahí.
Llegará en una hora. Soledad se siente emocionada cuando cuelga
el teléfono. Les da a Lydia y a los niños la noticia.

—Dice que está bien si vienen. Tenemos que esperarlo.

Las chicas quieren llamar a Papi y lo intentan tres veces, pero
es una llamada internacional y no se saben los códigos, así que
tienen que pedirle ayuda a Luca. Pero no tienen suficiente dinero,
por lo que se contentan con una oración.

—Estará bien —insiste Rebeca, creyendo que, si lo dice suficientes veces, es posible que se haga verdad.

En la plaza Niños Héroes hay bancas pintadas de un dorado brillante, pero todas las que están en la sombra ya están ocupadas, así que Luca y Beto se sientan en la orilla de otra jardinera, y Lydia, en un escalón cercano. Las hermanas caminan tranquilamente dando vueltas por la plaza. Tienen los brazos cruzados en el pecho y sus cabezas están juntas. Lydia observa que las personas notan su incomparable belleza, su visible extenuación.

A Lydia le preocupan tantas cosas que no puede aislar una para examinarla. Le preocupa estar así, al aire libre, y que la reconozcan. Cuando alguien la mira y luego saca su teléfono, una cascada de adrenalina embarga su cuerpo. Puede sentirlo sobre todo en el estómago y las articulaciones. Está sentada cerca de la pared, con la mochila a los pies, donde cree que llama menos la atención. Es el único beneficio de haberse convertido en una migrante, de haber incorporado ese disfraz: se ha vuelto prácticamente invisible. Nadie los mira y, de hecho, la gente hace todo lo posible por *no* verlos.

Lydia espera que esa indiferencia generalizada se extienda a los halcones, si es que Javier tuviera alguno ahí, en Nogales. También le preocupa el dinero. Qué tan caro será el coyote, cómo va a sacar el dinero de la cuenta de banco de su mamá y, aun si lo lograra, cuánto dinero les quedará después de cruzar. Le preocupa el coyote también. El dinero de su madre es la última esperanza que Luca y ella tienen, y la idea de entregárselo a un extraño la enloquece. ¿Qué le va a preguntar para determinar su carácter? Después de que él tenga el dinero, ¿qué incentivo tendrá para llevarlos a salvo a su destino? ¿Qué le impedirá llevarlos a lo más profundo del desierto y dejarlos morir ahí? Y, por último, ¿qué otra opción les queda?

Luca y Beto hablan en voz baja cerca de ella, con los pies colgando de la jardinera y golpeándola con los talones. Beto raya la jardinera con una ramita, como si fuera un lápiz. Luca arranca dos hojas de un arbusto y las amarra por el tallo, enredándolas entre sus dedos. Lydia se abruma con sus preocupaciones, pero sabe lo fútil que es preocuparse. Lo peor pasará o no, independientemente de cuánto se haya preocupado antes por eso. "No pienses". Recarga los codos en las rodillas.

Cuando llega, El Chacal encuentra a las hermanas sin siquiera buscarlas.

—Dios mío —dice a forma de introducción, sacudiendo la cabeza.

Soledad puede sentir cómo las observa, detallando los ángulos de sus rostros, considerando el problema de su belleza. Puede sentir la duda que provocan en él y le agrada que sea vacilación lo que le causen y no otra cosa. Se siente aliviada al verlo vencer su reticencia. Asiente ante ellas.

—¿Soledad? —dice.

—Yo —responde—. Y esta es mi hermana, Rebeca.

Soledad pellizca el codo de su hermana y Rebeca asiente.

Es un hombre de baja estatura, ligeramente más alto que las hermanas. Su cara es atractiva, con pómulos angulosos y rostro recién rasurado. Sus mejillas son un poco más rosadas que el resto de su piel, lo que le da un aire más alegre del que realmente tiene. Se ve delgado y huesudo en sus pantalones Levi's limpios y su playera GAP roja. Parece un migrante también, solo que sus tenis Adidas se ven nuevos.

—¿Dónde están los demás? —pregunta.

—Están sentados —dice Soledad—. Allá.

Soledad camina hacia ellos y el coyote la sigue.

—Ay —dice, sacudiendo la cabeza, cuando los ve—. ¿Una señora y dos niños?

Ya está a una distancia en que los niños pueden oírlo. Se bajan de la jardinera.

—No te tienes que preocupar por mí —dice Beto—. Tengo veintitrés. Solo que tengo un trastorno de crecimiento.

Beto sabe que existe el "trastorno de crecimiento" porque uno de los niños que conoció en el *dompe* lo tenía, y aunque era de la misma edad que él, dejó de crecer a los seis años, de modo que Beto llegó a crecer el doble. Uno de los sacerdotes que los visitaban de San Diego les había hablado de los trastornos de crecimiento, pero daba igual, pues las palabras no hicieron crecer al niño. Beto le sonríe al coyote.

—¿Veintitrés de verdad? —dice El Chacal.

—Además, tengo la voz de un ángel —dice Beto, poniendo una mano sobre su corazón antes de empezar a cantar.

Les ofrece una versión a todo pulmón, y no enteramente desafinada, de una canción pop que Luca conoce, pero no sabe cómo se llama. Cuando llega a la parte de rap, El Chacal levanta una mano y lo calla.

—Impresionante, ¿no? —dice Beto—. Me llamaban el J Balvin del *dompe*.

El coyote mira a Beto sin parpadear, y este improvisa un baile de zapateo ahí mismo, en medio de la plaza.

—Está bien, está bien, siéntate.

Al Chacal no le gusta llamar la atención.

Beto se vuelve a subir a la jardinera.

Lydia se levanta.

—Mi hijo y yo venimos desde Guerrero. Nos subimos a La Bestia. Tenemos buena condición, no los vamos a retrasar.

Rebeca habla.

—No creerías las cosas que este chiquito puede hacer. Podría caminar una semana en el desierto si es necesario.

El coyote frunce el ceño. Se dirige a Soledad.

—Tu primo te dijo que tengo un buen récord de cruces, ¿no?

—Sí.

—¿Sabes por qué?

Soledad sacude la cabeza.

—Porque no llevo niños. No me gusta dejar gente atrás. No me gusta abandonar gente para que se muera en el desierto. Así que solo llevo gente que no se va a morir.

Luca toma la mano de su mamá.

—Yo no tengo ninguna intención de morir —dice.

El Chacal observa a Luca.

—Nadie tiene *intención* de morir —dice El Chacal.

—Sí, pero yo tengo la intención de *no* morir —concede Luca, y Lydia aguanta la respiración. Puede ver que Luca lo está impresionando—. Hay una diferencia.

—Ah, ¿sí?

El coyote se agacha para verle mejor la cara bajo la gorra de Papi.

—Sí —dice Luca—. Lo he pensado mucho.

—¡Lo has pensado mucho! —El Chacal se ríe—. ¿Has pensado en morirte?

—Por supuesto —dice Luca.

—¿Y?

—Y no me interesa morirme todavía.

El coyote asiente.

—Ya veo.

—Así que viviré.

—Bueno.

—Con o sin su ayuda —dice Luca. Lydia pellizca ligeramente su nuca—. Pero, por supuesto, su ayuda sería una gran ventaja.

Ahora el coyote ríe a carcajadas.

—¡Órale! —dice, levantando las manos frente a sí—. Está bien, está bien.

Beto brinca de la jardinera. El niño sabe cuándo estar callado. No dice una palabra.

—Bueno —dice el coyote otra vez y mira a Lydia—. ¿Puedes pagar?

Lydia intenta que su rostro parezca impávido y su voz plana.

—¿Cuál es el precio?

—Cinco mil por ti. Seis por cada niño.

—¿Dólares? —A Lydia se le cae la mandíbula.

—Claro.

Las hermanas solo pagaron cuatro por cada una.

—Pero pensé...

El coyote sabe lo que va a decir.

—No es una negociación. Tengo suficientes pollitos que cruzar sin ustedes. No necesito el dinero. Si quieren venir, ese es el precio.

Lydia cierra la boca. No le alcanza. No sabe exactamente cuánto le falta, pero no tiene dinero suficiente. Se le vacía el estómago y, por primera vez en días, tiene ganas de llorar. La constipación en la nariz, el fluido que llena sus fosas nasales es casi un alivio. No estaba segura de poder llorar todavía.

—¿Cuánto es en pesos? —Beto saca el fajo de billetes de su bolsillo y lo empieza a contar.

El coyote le tapa las manos.

—Guarda eso —dice—. ¿Intentas que te maten, o solo quieres que te roben? —Beto vuelve a meter el dinero en el bolsillo mientras el coyote se voltea a ver si alguien los observa—. Escuchen, si vamos a hacer esto, lo primero es que no sean idiotas, ¿sí?

Beto parece avergonzado y no se hace el payaso.

—Está bien —dice, con genuino remordimiento—. Lo siento.

El coyote asiente.

—No hagan nada hasta que les diga que lo hagan, ¿sí?

Beto asiente de nuevo.

—Ni siquiera pueden orinar ni estornudar sin mi permiso. Y, por Dios santo, no saques un fajo de billetes y los empieces a contar en medio de la calle.

—De acuerdo.

El Chacal se dirige ahora a Soledad.

—Van a estar un poco apretados en el departamento con esta gente de más, pero son solo un par de días.

—¿Departamento? —pregunta. Se ha quitado la mochila para beber agua. Luca y Beto juntan sus cosas.

—Sí, el lugar que uso para preparar todo. Estarán ahí un día o dos, hasta que los demás lleguen.

El Chacal empieza a andar y Lydia agarra su mochila y camina tras él.

—Necesito ir al banco primero —dice.

Él se da vuelta y la mira con las cejas levantadas.

—¿Al banco? —dice, como si le hubieran pedido que pararan primero en la Luna.

—Sí, para sacar nuestro dinero —dice.

—¡Al banco! —dice de nuevo El Chacal—. ¡Te debí haber cobrado más! —Se ríe cuando lo dice, y aunque Lydia se alegra por su inesperada simpatía y por su risa fácil, no puede reírse con él.

Lydia se siente aliviada cuando encuentran muy cerca una franquicia del banco de su madre, y deja a Luca afuera con las hermanas. El edificio parece recién pintado y toma conciencia de lo sucia y desaliñada que se ve. Se detiene a mirar su reflejo en la ventana. Ha estado usando la misma blusa azul de botones por tres días. Sus axilas se sienten húmedas y su cabello es un desastre. Espera no oler mal, aunque ya no percibe la diferencia.

Lydia nunca había usado maquillaje cuando era joven, pero desde que cumplió treinta empezó a usar un poco de polvo casi todas las mañanas, una ligera capa para cubrir las arrugas en la frente. Para ir a trabajar se ponía una ligera capa de rímel y un labial color carne. Se lavaba el cabello cada dos días y, por lo general, usaba cola de caballo cuando acomodaba los anaqueles. La mujer que se refleja en la ventana no se parece en nada a esa Lydia. Es más delgada y más morena, y tiene músculos marcados en el cuello y en los brazos. Esa mujer sucia tiene ojeras y un semblante melancólico, y esa impresión es casi reconfortante; es posible que nadie la reconozca a partir de la fotografía de Javier, después de todo.

Añora su pequeño estuche de maquillaje, que colgaba de un gancho de madera en el baño familiar de su departamento.

También quisiera quitarse el sombrero y guardarlo en la mochila, porque se siente ridícula, como si hubiera ido a la iglesia en traje de baño, pero aun con los evidentes cambios en su apariencia se sentiría demasiado conspicua sin él. "Basta de sueños", piensa. Hay una cámara de seguridad montada en un soporte encima de su cabeza y Lydia no quiere que la vean. Baja la cabeza cuando abre la puerta del banco y entra.

En el vestíbulo con aire acondicionado y luz fluorescente, los brazos de Lydia se erizan instantáneamente. Su cuerpo ya no está acostumbrado a las comodidades eléctricas. Se frota ambos brazos, saca la tarjeta del bolso de su madre y revisa nuevamente el saldo de la cuenta en el cajero automático. Sigue ahí, completo: 212,871 pesos. Lydia exhala por la boca. Hay un límite de retiro de 6,000 pesos por día.

Lydia ha retrasado ese momento por muchas razones, entre ellas que no sabe cómo va a obtener el dinero sin la documentación necesaria. Sabía que era más seguro dejar el dinero en el banco mientras viajaba, pero también retrasar el retiro fue más fácil para Lydia; no estaba lista para ratificar la terrible verdad de que su madre estaba muerta. Sabe que sentirá que le está robando, y quiere que sea así. Como no ha podido vivir el duelo, prefiere sentir como si Luca y ella se hubieran marchado y el resto de la familia estuviera intacta y feliz, haciendo su vida en Acapulco. Imagina a Sebastián tropezando con su estuche de maquillaje cada vez que sale del baño en la mañana, húmedo por la regadera, con el cuerpo desnudo envuelto en la toalla azul. Desea poder retrasar el momento en que le ponga fin a ese artificio.

Pero la existencia de ese dinero electrónico es un milagro. Un paracaídas que solo puede accionar una vez. Escribe el nombre de su madre en una carpeta que hay sobre el mostrador y espera en una silla hasta que la llaman a un cubículo privado. Lydia se sienta y deja su mochila en la silla vacía a su lado. Frente a ella se sienta una mujer y Lydia aprecia su suerte. La mujer lleva puesto un saco azul marino y tiene una sola franja de canas en el cabello. Su rostro es amable. Lydia estudia sus rasgos por un momento y toma una decisión inmediata. Le va a contar todo. Todo. Va a suplicar la misericordia de esta mujer de rostro amable.

Es la tercera vez que Lydia cuenta su historia. La primera fue a Carlos, en la iglesia de Chilpancingo, y la segunda a la hermana Cecilia, en la primera Casa del Migrante, en Huehuetoca. En ambas ocasiones fue duro para ella hacer el cuento; sin embargo, en ambas recibió algo a cambio con el sabor de la salvación.

—¿Qué puedo hacer por usted hoy? —pregunta la gerente de cuenta, entrelazando las manos encima del escritorio.

No se aleja ni mira recelosa la mochila. Es gentil y se llama Paola, según indica la plaquita marrón en su saco.

—Yo... —comienza Lydia, pero su nariz se constipa y todas las palabras se le atoran en la garganta.

Lydia cierra los ojos una vez, lentamente, y empieza de nuevo.

—Necesito cerrar la cuenta de mi mamá.

—Muy bien —dice Paola—. La puedo ayudar con eso. Su mamá... puede venir con usted para hacerlo o...

—Falleció —dice Lydia.

—Oh, lamento su pérdida —dice Paola, no de una manera poco amable, pero sí mecánica, porque es lo que la gente dice.

No es como Lydia quería que se dieran las cosas, tan formales, tan frías. Sacude la cabeza y acerca su silla al escritorio. Paola no se aleja.

—Necesito tu ayuda —dice Lydia.

Paola asiente.

—Por supuesto —dice, dando una palmada en la mano de Lydia antes de volver a entrelazar las suyas sobre el escritorio—. Todo lo que necesitamos es su acta de defunción y una copia de su testamento, si los tiene...

Lydia la interrumpe aclarándose la garganta. No mira a Paola a los ojos, sino a sus manos sobre el escritorio y su sencilla argolla de matrimonio. Habla sin levantar la cabeza.

—Mi madre fue asesinada. El cártel de Acapulco mató a toda mi familia. Mi esposo, mi hermana. Dieciséis miembros de mi familia —dice en voz muy baja, inclinándose hacia Paola.

Lydia puede escuchar el cambio del ritmo de la respiración de Paola. Más que cambiar el ritmo, el corazón de Paola se detiene. Lydia levanta la vista y ve la misma inmovilidad en el rostro de la mujer. Es la parálisis que nace de la empatía, así que apura el resto de las palabras antes de que vaya a perder el valor o el hilo de la conversación, antes de que vaya a empezar a llorar.

—Mi hijo y yo escapamos —continúa—. Está ahí afuera. Teníamos dinero, pero nos secuestraron en Sinaloa y nos robaron. Necesito el dinero de mi mamá para pagar al coyote, para cruzar. Soy la única hija viva de mi madre.

Solo queda una mano en el escritorio, la que tiene la argolla de matrimonio. La otra mano está en el rostro de Paola, sobre su boca, donde su presencia pretende evitar que escape una parte de su primera reacción informal.

—Ay, Dios mío —dice Paola. ¿Qué otra cosa podría decir? Abre un cajón y saca una caja de pañuelos desechables, que deja sobre el escritorio, entre ambas—. La masacre en la fiesta de cumpleaños en Acapulco. Leí la noticia. Tu familia, ay, Dios mío. Lo siento mucho.

—Gracias —dice Lydia—. Eran los quince años de mi sobrina, Yénifer.

Paola saca un pañuelo de la caja y lo detiene bajo su nariz. Lydia toma uno también. Se miran a los ojos.

—¿Tienes hijos? —murmura Lydia.

Paola asiente.

—Tres.

—Tengo miedo de que nos maten. Este dinero es la única forma de salvar a mi hijo.

Paola empuja su silla hacia atrás.

—Espera aquí —dice.

Se marcha por un tiempo que parece una eternidad, y cuando regresa trae consigo un expediente lleno de documentos. Se sienta de nuevo y Lydia endereza su espalda. Paola abre el expediente y enciende el monitor de la computadora con el ratón.

—¿Tienes alguna identificación?

—Sí. —Lydia hurga en la mochila y encuentra su credencial para votar. Se la entrega a Paola, que la estudia un momento, mirando con más detenimiento el rostro de Lydia, y la deja encima del expediente.

—¿La tarjeta del banco?

—Sí. —La saca también.

—¿Eres beneficiaria de la cuenta de tu madre?

—No.

—Y, por supuesto, no tienes un acta de defunción —dice Paola.

—No.

—¿Ni una copia de su testamento?

—No. —Lydia intenta no entrar en pánico.

Sin duda esta mujer intentará ayudarla. Ella comprende. Sabe que Lydia no tiene los documentos, que no tiene manera de obtenerlos sin volver a Guerrero y acabar muerta también. Pero, ¿y si es imposible? ¿Y si Paola está intentando encontrar una salida para ayudar a Lydia, para al final confirmarle la inevitable mala noticia de que no tiene ningún derecho legal sobre el dinero? Lydia intenta respirar profundamente, pero le tiembla todo.

—¿En qué trabajas? —pregunta Paola.

—Tengo una librería en Acapulco. O tenía. Bueno, supongo que todavía la tengo.

Paola escribe en la computadora.

—¿Cómo se llama tu negocio?

—Palabras y Páginas.

Teclea un poco más y luego gira el monitor para que Lydia lo vea. Se da cuenta de que no está llenando ningún formato. La está buscando en Google, verificando su historia. Se asegura de que no sea una estafa.

—¿Eres tú?

Abre la página web que Lydia ha querido actualizar desde hace tiempo. Hay una fotografía suya en la página de "Contacto". Lleva mallas negras y un suéter holgado. Es un atuendo que jamás volverá a usar. Está en la canasta de la ropa sucia en Acapulco.

Lydia se queda sin aliento cuando ve su anodina felicidad en la fotografía y se le escapa un sollozo en el cubículo. Quisiera que las paredes llegaran hasta el techo. Sus ojos son dos líneas nada más, y su boca, una sola. Mueve la cabeza afirmativamente y Paola se acerca y aprieta su mano a través del escritorio. Después se levanta y rodea el escritorio. Quita la mochila de Lydia de la silla y se sienta a su lado.

—Mi sobrino desapareció el pasado agosto —susurra Paola—. Estuvo tres días desaparecido. Cuando lo encontraron, su cabeza... —Se detiene por un largo momento y Lydia llega a creer que no le contará más, pero solo trata de juntar fuerzas—. Su cabeza estaba separada del cuerpo.

La mano de Paola tiembla sobre la de Lydia. Ambas se aprietan las manos, reconfortándose.

—Era un niño hermoso.

Ahora es Lydia la que experimenta la parálisis de la empatía. La profundidad de su sentimiento la toma por sorpresa, porque no sabe cómo es posible que todavía pueda sentir pena por otras personas, por el sobrino asesinado de Paola. Pero ahí está... es una angustia que la hace sentir hueca, desesperada por el hermoso niño que nunca conocerá, por los incontables lutos de todos esos niños secuestrados, que se extienden de familia en familia, como uno de los dibujos de Luca en que une los puntos hasta formar una figura. Es tan grande el dolor, que es exponencial. Cada muerte violenta se amplifica cien, mil veces. Todos en ese banco conocen una porción grande o pequeña del mismo sufrimiento. Todos en Nogales. Todos los que viven en lugares con plazas dominadas por hombres como Javier. "¿Para qué?".

Lydia se deja ir... Todo el torrente de emociones que ha estado acorralando durante semanas intenta escapar al mismo tiempo. Se hace un ovillo y solloza en silencio sentada en la silla de madera. Su cuerpo es un nudo de miseria y Paola es una extraña, pero sus manos en la espalda de Lydia son las manos de Dios. Son las manos de Sebastián y las de Yemi, y las de Yénifer. Son las manos de su madre. Lydia llora en el regazo de Paola y Paola llora con ella. Derraman lágrimas una por la otra y por sí mismas. Y cuando terminan se limpian con los Kleenex del escritorio.

Paola soba la rodilla de Lydia con fuerza y se suena la nariz con un pañuelo. Lo avienta al bote de basura del otro lado del cubículo y encesta.

—Es posible que me quede sin trabajo —dice en voz baja—, pero te voy a conseguir ese dinero.

A Lydia le palpita la cabeza. Cierra los ojos en agradecimiento, porque no da crédito. Lo que sigue es como si hubiera recibido un martillazo que destupe su nariz.

Le toma unos minutos, pero pronto Paola regresa con un sobre lleno de dinero. Luego saca su bolso de un cajón bajo llave en su archivero y le entrega a Lydia un billete de quinientos pesos.

—Para tu hijo —dice.

Lydia la abraza, y no hay manera de agradecerle. Es imposible.

CAPÍTULO 28

El departamento es extrañamente agradable, aunque impersonal, y está casi vacío. Es el primer piso de una casa construida en una colina, y se encuentra bajo el nivel de la calle. Tiene cuatro habitaciones grandes: una sala con dos sillones negros de piel, un televisor de pantalla plana y algunos cuadros sombríos; una cocina cuyo refrigerador solo tiene un frasco de mayonesa y dos huevos, y dos recámaras totalmente vacías, excepto por un gancho de fierro en el piso de uno de los cuartos y un Raid en aerosol en la cornisa del otro. En la barra lisa de la cocina, Lydia le entrega el dinero.

El precio que exigió El Chacal eran 11,000 dólares. Le da la mitad en pesos y la mitad en dólares porque el banco no tenía suficiente dinero para darle todo en una sola moneda. Los dos fajos de billetes que le entrega incluyen todo el dinero de la cuenta de su madre, los 500 pesos que le dio Paola y cada centavo que quedaba en su cartera. El tipo de cambio es deplorable, así que el dinero suma apenas 10,628 dólares. Unas semanas atrás, cuando el peso estaba más fuerte, hubiera sido suficiente. Hoy le faltan 372 dólares. El coyote cuenta el dinero, calcula el tipo de cambio en el teléfono, y cuando se da cuenta de que falta dinero empuja los fajos y sacude la cabeza.

—No es suficiente.

—Pero nos falta muy poco. Te podríamos pagar cuando estemos del otro lado, cuando tenga trabajo y junte la diferencia.

—Así no funciona.

Es inconcebible, solo faltan 372 dólares.

—Teníamos más, pero nos robaron en el camino.

Lydia escucha su propia desesperación.

—A todos les roban en el camino —dice, indiferente.

—No —dice Soledad—. Ella pagó nuestro rescate.

—Ella nos salvó la vida con ese dinero —le dice Rebeca a su hermana—. Podemos pedirle a César. Tenemos que hacerlo.

A Soledad le preocupa pedirle más dinero a su primo, pero asiente. La histeria se percibe en la habitación, saltando de un rostro a otro. Solo el coyote es inmune a ella.

—Van a estar aquí por lo menos un día o dos —dice—. Puedes quedarte aquí con tu hijo. Si consigues el dinero antes, pueden venir.

"Dos días", piensa Lydia. Vivían frugalmente en Acapulco, nunca tocaban sus ahorros, llevaban el almuerzo al trabajo casi todos los días, solo compraban ropa cuando ya no se podía remendar la vieja. Cenaban fuera o iban al cine de manera excepcional. Ese era su gran derroche. Para el aniversario de bodas del año anterior, Sebastián le había comprado una botellita de aceite de lavanda para que pusiera una gota en su almohada todas las noches antes de dormir. ¡Qué lujo había sido eso!

Pero cuando piensa ahora en su pequeño y luminoso departamento de dos recámaras, ambas llenas de zapatos y libros empolvándose; en su cocina, con la alacena llena de harina de nixtamal, frijoles secos y cereales que nunca se comieron; en las sábanas dobladas en el armario del pasillo; en las dos copas de vino tinto secándose en la rejilla junto al fregadero... todo parece tan extravagante. Ya no tiene nada. ¿Qué podría vender? ¿Cómo va a juntar 400 dólares en dos días? Intenta pensar en quién le puede prestar dinero. "Están muertos. Todos están muertos". Si tuviera el número de su tío en Denver, podría llamarlo. Piensa locamente, vergonzosamente, en su cuerpo. ¿Cuánto le darían por sexo? Es asqueroso y obsceno, y se siente agradecida cuando logra desechar el pensamiento sin considerarlo realmente. Encontrará la manera.

Beto y Luca están sentados en uno de los sillones de piel detrás de ellos, jugando un juego de autos, pero pueden sentir la extraña agitación en el ambiente, y se acercan. Aparecen de manera magnética, uno a cada lado de Lydia.

—¿Qué pasa, Mami? —pregunta Luca.

—Nada, amorcito, no te preocupes.

Pero Beto, que está acostumbrado a tener que resolver cosas sin que la gente se las explique, mira el dinero en la barra y la cara de Lydia, luego al Chacal, y dice:

—¿Cuánto le falta?

El Chacal levanta el celular de la barra, lee la cantidad en la pantalla, 372 dólares, y vuelve a dejar el teléfono.

—¿Cuánto es en pesos? —pregunta Beto.

El coyote hace las cuentas.

—Como 7,500.

Beto saca el fajo de billetes del bolsillo mientras Lydia lo observa. Ya pagó su pasaje y todavía le queda dinero. "Acabamos de conocer a este niño hoy en la mañana", piensa Lydia. "Ni siquiera comprende cuánto dinero es". Pero rechaza sus objeciones al instante. Beto paga.

Lydia lo toma por los hombros y lo abraza.

—Gracias.

El Chacal les dice que cruzarán cuando los otros pollitos lleguen y descansen. No les da más instrucciones y, cuando se va, Lydia se pregunta si realmente volverá. Le ha entregado todo, la última posibilidad de escapar al norte. No parece un ladrón, pero ¿y si lo es? ¿Y si lo atropella un autobús? Lydia aprieta los puños y se dice a sí misma "Cállate. No pienses".

Todos se quitan los zapatos tan pronto como el coyote se va, y la sensación es maravillosa. ¡Qué placer sienten al andar descalzos

y mover los dedos libremente! Hay un olor a queso. Luca y Beto
corren de un lado a otro del pasillo, entre la cocina y las recámaras, dejando en las baldosas frías que pisan sus pies pegajosos
pequeñas huellas fantasmas por la condensación. Soledad se amarra la playera y les muestra un truco que sabe hacer: pararse de
manos contra la pared, sosteniéndose solo con sus brazos fuertes.
Los niños aplauden.

Cuando intentan mirar el televisor, descubren que la pantalla
no sirve. Lydia encuentra un libro de tapa blanda muy maltra-
tado en uno de los cajones de la cocina y lee mientras los niños y
las hermanas duermen la siesta. Es una novela vieja, un libro de
Stephen King que Lydia leyó muchos años atrás. Se deja transportar brevemente, como si pudiera regresar el tiempo y relacionarse
con la persona que era cuando lo leyó por primera vez. Ese acto
de comunión se le hace afortunado y sagrado a la vez. Cuando los
demás despiertan, Lydia abandona el libro con reticencia y lo deja
boca abajo en el sofá, abierto en la página 73. Todos esperan con
ansia poder bañarse y se sienten decepcionados al descubrir que
no hay agua caliente. Tampoco hay comida ni ollas, aparte de una
sartén en la cocina. Lydia calienta la poca agua que cabe en ella
para que se enjabonen y se quiten el sudor y la tierra. No comen
nada, contentándose con el recuerdo relativamente reciente de la
birria, y se quedan dormidos al caer la tarde.

A la mañana siguiente, justo mientras discuten cómo y qué
comer, la puerta se abre y Lydia se siente aliviada cuando El Chacal desciende los cuatro escalones seguido de dos hombres y una
mujer mayor. Sigue ahí. No los abandonó. A su alivio pronto le
sigue el miedo. ¿Quiénes son esas personas? Lydia los observa
en busca de pistas, algo que los identifique. Los hombres parecen conocerse entre ellos. Son jóvenes y llevan gorras de béisbol
sobre los ojos, y hablan en voz baja ignorando a los demás. Sus
mangas largas y sus pantalones de mezclilla esconden cualquier
tatuaje. Lydia experimenta una oleada de náuseas, pero su hambre la calma.

—No se vayan muy lejos —dice el coyote—. Si no están aquí cuando sea tiempo de irnos, no los vamos a esperar.

Hay tensión en el departamento cuando El Chacal se va. Las hermanas y Luca se quedan en la recámara donde durmieron la noche anterior, y la nueva mujer se encierra en el baño. Lydia quiere saber tanto como pueda sobre los recién llegados, pero también quiere mantener distancia y pasar inadvertida. Y, de todas maneras, tiene hambre. Luca tiene hambre.

—¿Tienen hambre? —les pregunta a los hombres, que están sentados en el sofá.

Sí, tienen.

—Yo cocinaré, si tienen dinero para comida.

Preparará tortilla española. Un plato que a Luca le es familiar. Los hombres le dan unos pesos y Luca y ella salen a buscar una tienda.

—Ponte tus botas nuevas —le dice—. Vamos a ablandarlas.

Solo han recorrido la mitad de la calle cuando escuchan que alguien los llama a sus espaldas.

—¡Hola! Perdón, señora. ¡Disculpe!

Lydia se gira trepidante y ve a la mujer recién llegada que corre hacia ellos.

—Pensé en acompañarlos, si no les importa —dice la mujer—. Necesito comprar unas cosas yo también.

Carga consigo un bolso morado y está vestida como si fuera a ir a una cena elegante: pantalones negros, un blusón y sandalias. Es delgada y de piel oscura, y tiene el cabello muy corto, negro y plateado. El brazalete dorado que lleva en la muñeca es demasiado discreto para ser bisutería. "No parece una migrante", piensa Lydia, y recuerda que ella tampoco. O al menos no se veía así cuando empezó el viaje.

—Soy Marisol.

El brazalete baila en la muñeca cuando la mujer le extiende la mano a Lydia.

—Lydia.

—Mucho gusto.

—Y él es mi hijo, Luca.

—Hola, Luca.

En la esquina hay un hombre mayor sentado en el umbral de una puerta, y Lydia le pide indicaciones sobre cómo llegar a la tienda más cercana.

—Necesito comprar fruta —dice Marisol mientras caminan—. Estoy acostumbrada a comer ensalada todos los días y mi estómago es un desastre desde que regresé.

—¿Regresaste? —pregunta Lydia.

—De California.

—¡Ah! ¿Ya estabas en California?

—Sí, dieciséis años —dice—. Prácticamente ya soy gabacha.

Ambas se ríen.

—Pero, ¿por qué volviste entonces? —pregunta Lydia.

—No fue mi decisión.

Lydia hace un gesto de dolor.

—Mis hijas siguen ahí, en San Diego.

Marisol mete la mano en el bolsillo exterior de su bolso y saca un iPhone protegido por una funda brillante. Lo desbloquea con el pulgar y busca una fotografía de dos jovencitas hermosas, quizá de la misma edad que Rebeca y Soledad. Se la muestra orgullosa a Lydia. La más joven lleva puesto un vestido de quinceañera.

—Ella es mi Daisy —dice—. Quería usar un vestido de Chiapas para su cumpleaños, aunque nació en San Diego. ¡Ni siquiera habla español! —Bloquea el teléfono y lo guarda en el bolso—. Y mi hija mayor, América, está en la universidad, tratando de cuidar de su hermana menor, tratando de cuidar la casa.

La voz de Marisol suena grave y cansada.

—¿Hace cuánto estás aquí?

—Casi tres semanas —dice Marisol—. Pero antes estuve en un centro de detención más de dos meses.

Sacude la cabeza y aprieta los labios en un gesto que Lydia reconoce. Es el gesto de cuando estás resuelto a controlarte, a pesar de que tu voz se quiebra y sientes el pecho hendido de pena. Luca no parece estar escuchando, pero Lydia lo conoce bien. Ahora siempre escucha. Camina unos cuantos pasos delante de ellas y observa los autos ir y venir.

—¿Qué pasó? —pregunta Lydia.

Marisol inhala profundamente antes de responder.

—Nos fuimos legalmente, cuando América solo tenía cuatro años. Mi esposo era ingeniero y había conseguido trabajo ahí, así que nos fuimos con visas. Luego nació Daisy y pasaron años y años. Ni cuenta te das del paso del tiempo.

Lydia se va acercando instintivamente a Marisol mientras caminan por las calles empinadas, doblando esquinas y cruzando intersecciones tranquilas. Luca da zancadas pesadas con sus botas nuevas.

—Hace cinco años, Rogelio, mi esposo, murió.

Marisol se persigna y a Lydia se le corta la respiración involuntariamente.

—Lo siento mucho —dice Lydia.

Marisol asiente.

—Fue de repente, un accidente de tránsito cuando regresaba a casa del trabajo.

Algo pérfido y desagradable surge en el interior de Lydia, casi un celo por esa clase de viudez. Una muerte normal, no horripilante. Pero se contradice a sí misma: Rogelio no está menos muerto que Sebastián. Para cuando aprieta el brazo de Marisol, su compasión es genuina.

—Nuestras visas expiraron cuando él murió. Supuestamente teníamos que regresar a Oaxaca. Solo se podía quedar Daisy, porque ella es ciudadana.

—Pero es absurdo —dice Lydia—. ¿Cuántos años tenía?

—Quince.

—Ay.

Ha escuchado historias así, por supuesto, pero es diferente cuando hablas con una madre que lo está viviendo. Lydia no puede imaginar que la separen de Luca, encima de todo el sufrimiento. Ahí está, caminando delante de ellas, y aún así Lydia tiene que pelear contra la urgencia de agarrarlo, de apretarlo contra su pecho.

Lydia siempre había sido una madre devota, pero nunca co-dependiente, como esas madres que extrañan a sus hijos cuando están en la escuela o cuando duermen. Siempre atesoró ese tiempo para sí, para habitar sus propios pensamientos y descansar del incesante clamor emocional de la maternidad. En ocasiones, estando en Acapulco, experimentaba un hilo de resentimiento por la forma en que Luca acaparaba su corazón y su mente cuando se hallaba cerca, cómo su energía usurpaba todo lo demás en la habitación. Amaba a ese niño con toda su alma, pero, por Dios, había días en que no podía respirar hasta que lo dejaba en la escuela.

Todo eso terminó; ahora lo engraparía a su cuerpo, lo cosería a su piel, estaría siempre pegada a él, si pudiera. Dejaría que su propio cabello creciera en la cabeza de Luca, se volvería, además de su madre, su gemela siamesa. Abandonaría la idea de tener pensamientos privados por el resto de su vida si con eso lo pudiera mantener a salvo. Luca espera en la esquina y Lydia mira más allá de su cuerpo, hacia el otro lado de la calle, donde un edificio está pintado con grafiti. Hay un signo de interrogación enorme. No. No es un signo de interrogación. Lydia se para en seco. Extiende la mano hacia Luca.

—Mijo.

—¿Estás bien? —pregunta Marisol.

No es un signo de interrogación. Es una hoz. Y abajo, en pintura negra fresca, una advertencia en letras sesgadas: "Vienen Los Jardineros". Hay un búho posado en la hoja curva. "La Lechuza". Y algo nuevo, algo que Lydia no había visto antes: la representación perfecta y sin rostro de los lentes de Javier. La forma exacta la lleva a recordar al hombre. Donde deberían estar los cristales, alguien garabateó: "Aún te está buscando".

"A mí. Me está buscando a mí, Madre de Dios". Lydia da media vuelta.

—Luca, ven.

—Pero, Mami...

—¡Ven! —grita con voz de látigo.

Marisol trota unos pasos para alcanzarla.

—¿Estás bien? —pregunta de nuevo.

Después de diecisiete días y 2,580 kilómetros, en el umbral del norte, los pinches Jardineros. ¡Qué bien dibujaron los lentes de Javier! Como si estuvieran familiarizados con ellos. Como si lo hubieran visto en persona ahí en Nogales. Lydia se va a caer en la calle. Sus rodillas se doblan. El viento atraviesa su cuerpo como si estuviera llena de huecos, como si ya fuera un fantasma. Marisol la toma del brazo para ayudarla.

—No podemos ir por ahí —dice Lydia.

Camina de prisa, pero no demasiado, no tanto como para llamar la atención de esos tres niños recargados contra la pared de una bodega. Las articulaciones de sus brazos se sienten rígidas, y sus rodillas, de agua, debido al pánico.

—Está bien, está bien. —Marisol le pasa un brazo por los hombros a Lydia y caminan juntas al mismo paso, accidentalmente.

Y ahí está Luca, acurrucado bajo su otro brazo. Y ya casi van por la mitad de la calle, en dirección opuesta, y ahora doblan una esquina hacia una calle más oscura, y Lydia no sabe si la dirección que toman es más segura que por donde vinieron. ¿Y Marisol siquiera sabe a dónde van? ¿Los está llevando a alguna parte? Lydia se sacude el brazo de Marisol de los hombros.

—Gracias, ya estoy bien —dice—. Estoy bien, estoy bien. —Toma la mano de Luca—. Solo recordé que tenemos que hacer algo. Te vemos en el departamento.

Marisol se detiene, confundida.

—Oh.

—Volveremos pronto —dice.

Arrastra a Luca hacia el otro lado de la calle y dejan a Marisol parada ahí, sola.

———

Tienen que alejarse de esa calle, esconderse. Alejarse de todos los que podrían reconocerla. Los Jardineros están ahí, en Nogales. Es posible que se trate de una alianza. Quizá estén probando el mercado o peleando por él. Tal vez solo vienen a cazarla, a encontrarla, a llevarla de vuelta con Javier para que pueda terminar el trabajo de erradicar a toda la familia de Sebastián en represalia por la muerte de Marta. Lydia puede verla como si hubiera estado ahí, en ese dormitorio en Barcelona. Un crujido en el techo, los pies de Marta meciéndose levemente en sus mallas azul marino, un zapato negro todavía colgando de su pie izquierdo, mientras que el derecho yace en el suelo. Lydia bloquea por completo esa imagen, la certeza de que Javier la seguirá hasta ahí, la seguirá indefinidamente, a través de cualquier territorio, hasta encontrarla. Solo en el norte perderá poder. En el norte, donde no hay impunidad para los hombres violentos. "Al menos, no para ese tipo de hombres violentos", piensa.

No hay aceras. Las rejas de los jardines y las puertas de las tiendas terminan justo en el borde de las calles. Los autos tienen que pasar esquivando peatones. No hay donde esconderse. Doblan en la siguiente esquina y regresan por donde vinieron. Lydia no lleva puesto su sombrero. ¿Por qué no lleva el sombrero? Odia esa cosa blanda y rosada. Le gustó la idea de liberarse de su presencia mientras compraba la comida, fingir durante esa hora que llevaba una vida normal. Antes de ver el grafiti se había sentido como de excursión. Todo había salido bien en el banco el día anterior. El departamento era cómodo. ¡Estaban tan cerca! Había bajado la guardia. "Estúpida".

Una anciana se recarga en el umbral de una puerta y les grita al verlos pasar.

—¿Fruta, pan, leche, huevos?

No es el supermercado que Lydia estaba buscando, pero tal vez sea mejor: una mujer vendiendo lo básico desde una tienda improvisada en el portal oscuro de su casa. Entran y Lydia vigila la calle a través de la puerta abierta. Compran huevos, tortillas, cebollas, un aguacate y algo de fruta.

—¿Tiene un sombrero? —le pregunta Lydia.

—¿Un sombrero? —La mujer sacude la cabeza.

—O una bufanda. Cualquier cosa para mi cabello.

—No, lo siento.

—No se preocupe, gracias de todas maneras.

—Espere.

La mujer truena los dedos y va hacia la cocina. Regresa con un trapo de cocina azul con un diseño de flores y colibríes. Se lo enseña a Lydia como una botella de vino y le dice que podría usarlo para cubrir el cabello.

—¿Cuánto? —pregunta Lydia.

—Cien pesos.

Lydia asiente y ata el trapo sobre su cabeza, como un pañuelo.

—¿Y qué hay de él? —La mujer señala hacia Luca con la barbilla y Lydia lo mira confundida—. ¿Van a cruzar? —pregunta, y ahora señala con la barbilla el norte, la frontera.

Lydia duda un momento, pero confiesa.

—Sí, vamos a cruzar.

—Necesita una chamarra —dice la mujer—. Se pone muy frío.

—Tiene una sudadera y una chamarra gruesa.

—Espere.

La mujer desaparece en la cocina nuevamente y Lydia y Luca la escuchan abrir y cerrar armarios o alacenas, remover cosas, arrastrar una caja por el piso. Luca se ríe cuando cesa el ruido, pero Lydia se siente demasiado alterada para reír también. Mira ambas puertas, la de adentro y la de la calle. Cuando la señora regresa, tiene en los brazos un bulto de lana azul tejida, que extiende sobre el mostrador para que Lydia vea: un sombrero y una bufanda. Tal vez demasiado grandes para Luca, pero la lana es gruesa y abriga. Lydia toca su suave textura con los dedos y asiente.

—¿Cuánto?

La mujer agita una mano hacia Luca.

—Un regalito —dice—. Para la suerte.

Recorren las calles tan rápido y cuidadosamente como pueden. Cada ventana y cada puerta que pasan les parece que encierra la posibilidad de una trampa. Lydia cuenta los pasos en un intento por calmarse. Luca carga los huevos y las tortillas. Lydia carga la bolsa con las verduras y el resto de la comida. Piensa en Marisol mientras avanza, en su aparente amabilidad y pena. Detrás del miedo, Lydia puede encontrar espacio para sentirse mal por haber dejado de manera tan abrupta a Marisol en la calle. De hecho, no los siguió, ni siquiera insistió o hizo el intento de guiarlos hacia otra parte. Eso indica que quizás no sea una infame actriz. Probablemente es lo que dice ser: una madre deportada, desesperada por volver a California con sus hijas. Lydia mira hacia atrás. Solo hay un auto en la calle. Se acerca lentamente y Lydia no exhala hasta que se adelanta. La pareja de ancianos que viajan en él saluda amablemente a Luca al pasar.

—Gracias, Dios —dice Lydia en voz alta cuando cruzan la puerta y la cierran tras de sí.

Se inclina contra ella un momento, para respirar, antes de bajar con Luca los escalones hacia el departamento. Abajo se escuchan voces y risas. Hace más calor adentro que en la calle, un calor húmedo de personas. Lydia entra y, cuando llega al último escalón, tira la bolsa de comida al piso.

—¡Sorpresa!

Lorenzo está sentado en el sofá de piel. Lydia no puede responder de inmediato. Un aguacate rueda fuera de la bolsa. Su terror la deja sin habla. Intenta superarlo.

—¿Qué estás haciendo aquí? —pregunta mientras recoge el aguacate.

—Lo mismo que tú, cruzar al norte.

El aguacate parece una naturaleza muerta en su mano.

—Pero, ¿cómo nos encontraste?

—Puta, no te creas tanto —dice—. No los encontré a ustedes.

Encontré al Chacal. Y fue una linda sorpresa entrar y ver que las sexis gemelas estaban aquí.

Marisol está en la cocina con un vaso de agua y los dos hombres con sombrero están sentados en la barra jugando cartas. Lydia se para detrás del otro sofá, frente a Lorenzo, que está echado en el sofá que está al frente.

—Este tipo es el mejor coyote de Nogales —dice Lorenzo—. ¿Crees que nadie más lo sabe?

—¿No nos estás...?

No sabe cómo terminar la pregunta, así que no lo hace. La deja a medias, colgando.

Lorenzo lleva bermudas negras y su piel es más oscura, pero todo lo demás sigue igual: los aretes de brillantes, la gorra de béisbol con la visera plana, ligeramente descolorida, pero todavía limpia. Sus calcetines están demasiado blancos para ser los de un migrante, pero sus tenis caros se ven algo gastados. Se endereza y baja los pies al piso.

—Mira, ya sé que te incomodo y me vale madres. No es mi problema —dice—. Pero te juro que no te seguí, ni siquiera te estaba buscando. Como te dije, ya terminé con Los Jardineros. Estoy fuera.

Lydia lo estudia por un momento, porque en general no hay nada que pueda hacer, ni con relación al grafiti que anuncia la presencia de Javier, ni con relación a la repugnante proximidad de Lorenzo, ni con relación a la aguda sensación de desconfianza que siente hacia todas las personas que conoce: Marisol, que sale de la cocina para quitarle las bolsas y desempacar la comida; los hombres que juegan cartas en la barra; Lorenzo, que sonríe en el sofá. Cualquiera de ellos podría ser una amenaza. Cualquiera de ellos podría matar a Luca mientras duerme. Todavía no lo han hecho, así que tal vez no lo hagan. Lydia se soba los muslos sobre el pantalón. Es posible que su presencia sea una coincidencia. El grafiti.

—Está bien —dice Lydia.

—Así que tranquila.

Lo observa un momento.

—Pero, si es cierto —dice—, si en serio estás afuera —se concentra y mide sus palabras—, hay algo que deberías saber.

—Ah ¿sí? ¿Qué?

—Los Jardineros están aquí.

Fue una revelación calculada. Compartir esa información puede beneficiarla de muchas formas.

—¿En Nogales? —pregunta.

Lydia asiente. Tal vez Lorenzo se sienta en deuda con ella o, en cualquier caso, tendrá la oportunidad de ver su reacción. Y vaya que reacciona. Palidece. Desaparece la sonrisa, la postura arrogante. Se endereza en el sofá y se aclara la garganta. Sus hombros caen automáticamente. Lydia comprueba que es honesto. Lorenzo tiene miedo.

—¿Cómo sabes? —pregunta.

—Vi su grafiti. —Lydia se sienta en el brazo del otro sofá. Está consciente de que los otros dos hombres escuchan desde la barra. Sus cartas no se han movido en sus manos.

—¿Cerca?

—A unas calles de aquí. —se voltea hacia Luca y le dice—: ¿Por qué no vas con las chicas? Ve a ver qué está tramando Beto.

Luca se va por el pasillo hacia la recámara donde todos habían dormido la noche anterior. Lydia se dirige de nuevo a Lorenzo:

—¿Quieres una tortilla española?

Mientras las dos mujeres cocinan, Soledad se escapa del departamento. Antes se sentía espacioso para los cinco, pero ahora es incómodo con nueve personas, sobre todo después de que reapareció el naco asqueroso de Lorenzo.

Se hallan en el extremo oeste de la ciudad, a unos cuantos pasos de la frontera, y Soledad va y viene por la calle de la colina, mirando el vacío del otro lado. La frontera es antinatural ahí. Es una línea nítida y arbitraria que corta el desierto, limitando el crecimiento de la ciudad de este lado del muro, que se extiende hacia el sur. Soledad casi no puede ver nada hacia el lado norte de la línea; es posible que no haya nada del otro lado, o tal vez esté oculto por las ondulaciones del paisaje.

En su tercer viaje colina abajo llega un poco más lejos y encuentra un lugar extraordinario donde el paisaje parece que se traga a sí mismo. Hay un pedazo de tierra agreste junto al camino y un pequeño terraplén que parece una rampa. De hecho, el terraplén está más alto que la reja porque hay una caída que hace que el muro quede más bajo que el camino. Soledad se para en esa rampa y su corazón vuela hacia el otro lado como un ave. Casi podría correr y lanzarse al otro lado. Podría saltar desde ahí. Baja los pocos metros hasta el banco pedregoso donde la reja oxidada se encaja en la tierra y agarra dos de sus gruesos postes rojos. Descansa la frente contra los barrotes y se da cuenta de que la reja solo es una barrera psicológica.

El verdadero obstáculo que impide cruzar por ahí es la tecnología que hay del otro lado. Hay un camino de tierra más adelante que recorre todo el terreno. El camino está desgastado por el paso constante de las llantas de la patrulla fronteriza de Estados Unidos. Soledad no puede verlos, pero los presiente. Ve la evidencia de su proximidad en el zumbido de los aparatos electrónicos montados en postes que puntean las colinas. No sabe si son cámaras, sensores, luces o altoparlantes, pero, sean lo que sean, sabe que están conscientes de su presencia. Mete la cabeza entre los barrotes y mueve los dedos del otro lado. Sus dedos están en el norte. Escupe a través de la reja para dejar un pedazo de sí en tierra americana.

CAPÍTULO 29

Lydia usa el machete de uno de los hombres para picar las cebollas y el aguacate porque no hay ni un cuchillo en la cocina. Hay platos desechables en uno de los cajones, pero no tenedores, así que sirven los huevos encima de tortillas y se los comen como tacos. Lorenzo parece preocupado.

—Tienes que comer —le dice Lydia cuando devuelve el plato medio lleno a la barra de la cocina—. Necesitas muchas calorías si vas cruzar el desierto caminando.

Él está de pie, con una mano colgando a un costado, y la mira. Parece extrañado. Lydia le quita el plato y le sirve otra cucharada de huevos y una rebanada de aguacate.

—Toma. —Se lo devuelve—. ¿Quieres un plátano?

Lorenzo recarga los codos en la barra, arranca un pedazo de tortilla y por fin come un bocado.

—¿Por qué tan amable? —dice con la boca llena.

Lydia junta los platos vacíos de los otros hombres y elige un plátano para ella. Rompe la punta y comienza a pelarlo.

—Sé lo que es huir de ellos —dice simplemente—. Sé lo que es tener miedo.

———————

Después de comer, pasan el día con una impaciencia insoportable. Lydia intenta platicar con los hombres, pero se comportan de manera hosca y siguen jugando cartas casi todo el tiempo. Cuando hablan, cosa que sucede rara vez, Lydia lucha por distinguir sus acentos, pero deja de esforzarse. Piensa, de nueva cuenta, "¿Para qué?". Si son hombres violentos, si saben quién es ella, o si la reconocen y deciden intercambiar su vida por una pequeña fortuna, ya lo descubrirá.

Todos se van a dormir temprano para acumular tanto descanso como puedan. Lydia, las hermanas y los dos niños comparten el cuarto donde durmieron la noche anterior. Marisol se une a ellos y todos apilan sus mochilas contra la puerta cerrada. Se acurrucan en las esquinas o se extienden, usando sus pantalones enrollados como almohada. Rebeca pasa un brazo alrededor de Luca, abrazándolo como un osito de peluche, y los dos roncan suavemente juntos. Beto duerme formando una X, sobre su espalda, con las piernas extendidas y la boca abierta. Los dos hombres se quedan en la otra habitación, y Lorenzo, en el sofá.

Luca sueña con un pozo de piedra muy profundo. En el fondo se encuentran los dieciséis cuerpos acribillados de su familia. No lo sabe por haber mirado —de hecho, se cuida de dar un amplio rodeo cada vez que debe pasar cerca del pozo durante el día—, sino porque los escucha hablar ahí abajo. Escucha el eco de la risa y la conversación animada. Escucha a Papi contarle chistes a Yénifer y a la tía Yemi. Escucha al tío Alex jugar a las luchas con Adrián; escucha a su primo gritar y reír mientras su padre le hace cosquillas. Luca incluso escucha a la abuela regañarlos a todos, y no porque desapruebe realmente lo que hacen, se da cuenta Luca, sino porque una reprimenda casual es su forma de participar, y eso le da a entender que el sueño es real. Porque esa percepción de la abuela es nueva, nunca lo había visto así cuando estaba viva. Así que siguen ahí, Luca concluye. Están en el fondo del pozo, y Luca quiere ir con ellos. Quiere estar con ellos. Sabe que el agua bendita del pozo es la vida, que es esencial y bastará para satisfacer todas sus necesidades, pues los ha revivido. Va hacia el pozo sin miedo, sin vacilación. Pero cuando se acerca cesan sus voces y sus risas. Solo se escucha el eco de gotas que no ve, golpeando la profundidad oscura. Luca tira de la soga con la intensión de subir la cuba para bajar al fondo del pozo. Así todos podrían estar juntos. Pero sabe por el olor que algo anda mal. Antes de alcanzar a ver la cuba, lo sabe. Algo está podrido. Saca la cuba a la luz y hay un destello de sangre. Dedos, ojos, dientes, la oreja de Papi, un mechón del cabello de Yénifer, todo flotando en la pútrida cuba de sangre.

Luca se despierta de la pesadilla y su corazón late con fuerza, pero no tiene miedo. Es decir, no está más asustado que de costumbre. Lo que siente es irritación porque Beto está dormido junto a él, tirándose un pedo. Deja salir otro mientras Luca está inmóvil, parpadeando en medio de la peste. Era un sueño bonito hasta que el olor lo convirtió en otra cosa. "Papi", dice Luca en voz alta en la oscuridad. Se gira sobre un costado y se tapa la nariz con la manga.

Todos despiertan al amanecer, al escuchar la llave en la puerta y pisadas en las escaleras de madera. El Chacal llega con cinco migrantes más: dos hermanos de Veracruz llamados Choncho y Slim, y sus dos hijos adolescentes, David y Ricardín. Los hermanos son hombres altos y fornidos, y sus hijos adolescentes, también. Es imposible distinguir quién es hijo de quién, porque todos se parecen mucho. Tienen voces graves, antebrazos gruesos y cuellos sólidos. Todos llevan pantalones de mezclilla, camisas a cuadros y botas de trabajo enormes. Tienen que agachar la cabeza cuando llegan al último escalón. Los cuatro llenan el departamento más allá de su capacidad. Y aún hay un quinto hombre, llamado Nicolás, de estatura promedio, pero que se ve diminuto al lado de los otros. Al igual que Marisol, es un deportado, y sus cejas son dos líneas contundentes. "Parecen dibujadas sobre su rostro con marcador permanente", piensa Luca. Lleva una playera de los Wildcats, de Arizona, y lentes de armazón grueso. Estudiaba un doctorado en la Universidad de Arizona.

El Chacal les dice a todos que duerman, que descansen tanto como puedan y se hidraten.

—Asegúrense de reunir las provisiones que necesiten. Una chamarra que abrigue bien para las noches, y buenos zapatos para caminar. Nada de colores brillantes. Solo cosas que no se vean en el desierto, camuflaje. Si no tienen el equipo correcto, no van —dice.

Lydia no había pensado en los colores. Hace un inventario rápido de su ropa. Cree que estarán bien. El coyote continúa hablando.

—Yo les daré agua. Nos vamos antes del atardecer.

El departamento es asfixiante, atestado de cuerpos e impaciencia. En la recámara, Lydia y Marisol están de rodillas, desempacando y empacando sus pertenencias para el viaje.

—No sé para qué les dije a mis hijas que mandaran toda esta ropa —dice Marisol, revisando el contenido de su pequeña maleta negra—. Voy a acabar dejándolo todo y tendré que comprar ropa en San Diego.

Parece que ya olvidó el comportamiento extraño de Lydia en la calle, o al menos finge que no le molestó.

—Lamento lo de ayer.

Lydia quiere darle una explicación, pero es muy poco lo que puede decir sin revelar quién es.

—Me asusté. He visto, hemos visto demasiada atrocidad, y a veces ya no sé qué es real, en quién confiar...

—Por favor —la interrumpe Marisol—, no te disculpes. Estoy segura de que tienes una buena razón para ser cautelosa.

Lydia respira hondo.

—Si quieres seguir con vida, tienes que serlo.

Marisol deja de enrollar la playera que estaba guardando y mira a Lydia. Asiente.

Esta vez, Marisol va sola a comprar la comida, y cuando regresa guarda la mitad en el refrigerador para más tarde y Lydia

368   JEANINE CUMMINS

y ella preparan juntas lo que les parece bastante cantidad. Hay huevos otra vez, arroz, frijoles y tortillas, y ahora añaden plátano macho y más aguacate, e incluso un trozo pequeño de queso, algunas nueces y yogurt. Todo es caro, pero contiene la proteína que sus cuerpos necesitarán para el viaje. Los hermanos y sus robustos hijos están felices con la comida y son caballerosos al asegurarse de que todos coman suficiente, pero, cuando queda claro que los demás han terminado, devoran cada bocado sobrante. Soledad y Beto recogen mientras los demás se sientan a platicar en los sillones y los bancos.

Luca se sienta en el piso, entre las piernas de su madre, y escucha las historias que cuentan los adultos. Aun cuando se trata de un montón de extraños, hay una atmósfera de fiesta. Eso hace que Luca se quede quieto y esté atento. Los hermanos de Veracruz son sociables. Cuentan su historia y cantan, y sus voces resuenan por toda la habitación a pesar del volumen que intentan mantener. Les demuestran a sus hijos cómo estar en el mundo, cómo ocupar más espacio del que sus cuerpos necesitan para no dejar huecos para malentendidos, cómo hacer que la gente se sienta bien a su alrededor a pesar de su inusual tamaño.

Cuentan historias de la década que pasaron trabajando en el norte, cosechando maíz y coliflor en Indiana, trabajando como empacadores de línea en una planta de lácteos en Vermont, enviando el sueldo entero a casa, en Veracruz. El hijo de Slim, Ricardín, tiene una armónica en el bolsillo del pecho, y cuando la saca para tocar su padre le da una palmada en la pierna y empieza a cantar, lo que atrae a Beto desde la cocina hacia el centro de la habitación, donde empuja la mesa de centro y hace espacio para bailar. Rebeca se va hacia la habitación para descansar y los dos hombres callados que llegaron primero desaparecen también, pero el resto sigue ahí, hablando y bebiendo café instantáneo en vasos desechables. Luca se siente atraído por Ricardín, por su sonrisa fácil y su armónica. Ricardín nota que Luca lo mira y le extiende la armónica.

—¿Quieres probar? —pregunta.

Luca asiente y se levanta. Primero mira a Mami para asegurarse de que está bien, y después, con su venia, se acerca a Ricardín para estudiar cómo toca el instrumento, cómo lo usa para hacer música de la nada. Cuando sostiene la armónica contra la boca, su mano es tan grande que desaparece en ella, como si la escondiera bajo un guante de béisbol. Sus dedos se mueven de arriba a abajo, mostrando destellos del metal liso. Luca lo mira con cuidado y luego Ricardín le entrega la armónica.

—Adelante —dice—. Inténtalo.

Luca la toma y la sostiene contra la boca. Sopla. Y se sorprende de poder crear un sonido tan hermoso de inmediato.

—¡Eh! —Ricardín le sonríe. Luca sonríe también e intenta entregársela, pero Ricardín se rehúsa a tomarla—. Sigue. ¡Hazlo otra vez!

Ricardín aplaude con sus manos gigantescas mientras Luca desliza el instrumento metálico por sus labios, probando los diferentes sonidos que produce. Es fácil.

—Chido, güey —dice Beto—. ¿Puedo probar?

Luca le entrega la armónica. Mientras los niños comparten el instrumento, Choncho le pregunta a Marisol sobre su familia en California. Ella le cuenta que la arrestaron durante un chequeo rutinario de inmigración casi tres meses atrás.

—Espera, ¿en serio vas a esas cosas? —preguntó Nicolás, el estudiante de doctorado.

—¡Por supuesto! —dice Marisol—. ¡Yo sigo las reglas!

—¿Qué es eso? —dice Lydia.

—¿El chequeo rutinario de inmigración? —pregunta Marisol.

—Sí.

—Es una cita, por lo general una vez al año, donde tengo que ir y registrarme con un oficial del ICE —explica Marisol—, para que revisen mi caso.

—Pero, ¿para qué? ¿Para que te den tus papeles?

—No, solo para que sepan que sigo ahí —dice Marisol.

Lydia está confundida.

—¿Y el ICE es...?

—Immigration and Customs Enforcement —Nicolás explica el acrónimo—. Yo nunca fui a ninguno.

—Supongo que ya no importa —dice Marisol—. Los dos acabamos en el mismo lugar. Ahora pienso en todo lo que me pude haber ahorrado en transporte.

—Pero, no entiendo —dice Lydia—. ¿Siempre supieron que estabas ahí?

—Claro, por años —dice Marisol—. Cuando murió mi marido y no me fui antes del tiempo límite que me dieron, recibí la notificación de ir al registro. Iba cada año. Nunca falté.

—¿Y no te deportaban? ¿Aun siendo indocumentada?

—No, hasta ahora.

—Pero, ¿por qué no?

Marisol se encoge de hombros.

—Nunca cometí un delito. Tengo una hija que es ciudadana.

—Lo dejan a discreción de los agentes —dice Nicolás—. Se supone que evalúan cada caso, para poder concentrar los recursos en la deportación de los tipos malos. Pandilleros, criminales.

—Pero ahora, de pronto, están deportando a la gente solo por presentarse al chequeo —dice Marisol.

—¿Y eso es lo que te pasó? —pregunta Lydia.

Marisol asiente. Estaba vestida con su uniforme rojo oscuro porque planeaba ir directo a su trabajo de técnica de diálisis después de la cita. Era martes en la mañana y sus dos hijas estaban en la escuela. Llevaban meses preocupadas por la cita, por supuesto. Todos se preocupan ahora. Las citas solían ser solo un trámite, la manera más fácil que el gobierno tenía de mantener bajo cierto control un sistema que estaba sobrecargado, y una oportunidad que los migrantes tenían de mejorar su estatus legal demostrando su cooperación. Pero ahora todos están alarmados por el incremento de los arrestos, y algunas personas han dejado de ir a los chequeos. Marisol no. No quería condenar a sus hijas a una vida en las sombras. San Diego era el único hogar que conocían, y ella nunca pensó que fueran a deportar a una persona como ella, una mujer de clase media que habla inglés perfectamente, que había entrado legalmente al país, que es dueña de su casa, y que es un profesional de la salud. Tres meses después, sigue sin poderlo creer. Ricardín toca un riff de blues en la armónica como conclusión de su historia, lo que la torna graciosa en lugar de conmovedora. Todos se ríen.

—Entonces, ¿estuviste dos meses detenida? —pregunta Nicolás.

Marisol asiente.

—¿Cómo era?

Ella medita la pregunta, y el recuerdo la hace estremecer.

—Bueno...

Busca una palabra que describa sus recuerdos del lugar, pero no puede encontrar una de peso.

—¿Horrible? —dice—. Lo que uno esperaría, supongo. Dormí en un tapete, en una celda fría. Me congelaba todo el tiempo. Era una hielera. Sin cobija, sin almohada, solo esas cosas de papel aluminio. Despertaba entumecida y adolorida cada mañana, con una punzada en el cuello. No me dieron la solución para los lentes de contacto, así que cuando se me acabó tuve la suerte de no tener que ver más mi encierro.

Nicolás tiembla mientras Marisol habla.

—Yo no podría soportarlo. Soy claustrofóbico.

—Sí, era totalmente deshumanizante. —Suspira Marisol—. Pero mi abogado creyó que tenía muchas posibilidades de salir, así que me impuse ser fuerte, pensando que al final valdría la pena.

—Qué bueno que pudiste aguantar —dice Nicolás—. Yo me fui a los dos días. Me iban a transferir a El Paso, pero pedí que me deportaran. Sabía que era mejor cruzar el desierto que pasar otro día en ese lugar.

—¡Pero fue una pérdida de tiempo! —dice Marisol—. Dos meses sentada en esa celda sin mis hijas.

Cierra los ojos con fuerza y luego los abre.

—Había tantas madres ahí sin sus hijas, sin sus hijos.

Baja la mirada al piso y su voz termina en un murmullo, pero todos la escuchan en el silencio de la habitación.

—A la mayor parte de ellas las separaron de sus hijos en la frontera —dice—. Cuando las atraparon entrando. A algunas les quitaron a sus bebés de los brazos. Yo pensé que se volverían locas. Ni siquiera sabían dónde estaban sus hijos, y algunos eran tan chiquitos que todavía no podían hablar, ni siquiera recordar su nombre.

Lydia se inclina sobre Luca, que de nuevo está sentado entre sus piernas, y pellizca su playera con el dedo índice y el pulgar. Es demasiado. Todos la miran sin querer. No quieren que piense lo mismo que cruza por sus mentes, de modo que desvían la mirada. Marisol intenta cambiar el tema y se dirige a Nicolás.

—¿No podías solicitar una visa siendo estudiante de doctorado?

—Había tomado un sabático de un semestre. —Se encoge de hombros—. No sabía que tenía que hacer otro trámite para eso.

—¿Fue por eso? —pregunta Marisol—. ¿Te deportaron por un trámite?

—Sí. —Asiente.

Endereza la espalda y extiende las palmas abiertas hacia afuera, como si su situación fuera producto de un acto de magia y su deportación, una ridiculez mágica.

Lydia no va a pensar en eso. Sobre todo, no pensará en las familias que separan en la frontera, en los niños que arrancan de los brazos de sus madres. No puede, de ninguna manera. No es posible haber llegado tan lejos para luego perderlo. No. Pasa sus dedos por el cabello de Luca. Hace la forma de una tijera con los dedos y piensa en el corte de cabello que le hará cuando lleguen a Arizona. Eso es lo que su cerebro puede soportar.

A mediodía toman una siesta. Dormirán durante la tarde y se levantarán para una última comida en México, antes de emprender el viaje por la noche. Estiran sus cuerpos en los espacios que han escogido para dormir. Choncho y Slim se incorporan a los hombres callados en la habitación de atrás. Sus hijos, David y Ricardín, encuentran espacio en el pasillo y en el piso de la cocina. Lorenzo y Nicolás se quedan en los sofás de piel. Soledad es la única que no puede descansar. Sale de nuevo a la calle, a caminar. Lorenzo se acerca a la ventana, mientras todos duermen, y la observa.

Cuando Soledad regresa al departamento caliente y silencioso, se sorprende al ver a Lorenzo sentado en el sofá, mirándola. Se había quitado los zapatos, pero no parece que hubiera estado durmiendo. Pasa por su lado de prisa y se mete a la cocina, donde llena su botella con agua de la llave y bebe un largo trago. Puede sentir que la está mirando, pero no se da vuelta para comprobar. Vuelve a llenar la botella y se encamina al dormitorio donde están durmiendo su hermana y los demás.

—Eh, ¿cuál es la prisa?

Lorenzo habla en voz baja, cuidando no despertar a Nicolás, que respira acompasadamente en el sofá de enfrente. Quería ser insinuante, pero su voz suena amenazadora. Soledad no le tiene miedo. Hay una docena de personas más en el departamento, no le puede hacer nada ahí. Y, después de lo que ha soportado en los últimos meses, es dura como una piedra. Casi nada la puede asustar. Se gira y entrecierra los ojos cuando lo ve. Su voz no deja dudas.

—Tengo prisa por descansar. Y tú también deberías.

Lorenzo cambia de posición en el sofá, estira el torso y luego se recuesta contra los cojines.

—Sí. Como sea —dice.

Soledad se da cuenta de que tiene un teléfono celular en la mano. Lorenzo se inclina hacia adelante y lo deja en el brazo del sofá, junto a sus pies. Soledad no se mueve. Luego le da la espalda de nuevo y se dirige hacia la habitación, pero cambia de opinión. Se gira y lo encara.

—¿Ese teléfono funciona?

Lorenzo levanta la cabeza del sofá.

—Pus, sí. ¿Qué crees, que es de adorno?

Soledad da dos pasos hacia la sala, deja su botella de agua en la barra y se queda ahí por un momento. No quiere deberle nada a una persona como él, pero podrían pasar días antes de que tenga otra oportunidad.

—¿Puedo hacer una llamada?

Lorenzo hace una mueca socarrona.

—¿Qué me das a cambio?

Soledad siente que algo amargo se acumula en su boca. No contesta, pero finge que le hace gracia. Su sonrisa es hueca, pero ve el efecto que provoca en él... así de simple... una sonrisa falsa lo torna empalagoso y optimista. En su mente, la ve desnuda. "Qué cabrón", piensa.

Lorenzo le extiende el teléfono.

—Ándale.

Soledad se estira para tomar el teléfono sin acercarse mucho a él.

—Gracias —dice.

La puerta de la habitación está abierta para que circule el aire y las luces están apagadas. Rebeca y Luca duermen cerca de la puerta, abrazados, soñando. La reticencia inicial de Lydia a ese tipo de cercanía había desaparecido hacía tantos días, que ya ni siquiera la recuerdan. Sole da dos pasos dentro de la habitación y se agacha junto a su hermana. Duda si debe despertarla o no.

—Rebeca —susurra, tocando levemente el hombro de su hermana.

Los ojos de Luca se abren, pero Rebeca sigue dormida.

—Lo siento —le dice a Luca, pero este ya se volvió a dormir—. Rebeca —dice de nuevo, moviendo a su hermana con más fuerza.

Rebeca respira profundamente y no se mueve. Soledad se levanta y cruza el departamento de prisa, sube las escaleras y sale a la calle.

Saca de su bolsillo el pedazo de papel, que había doblado

hasta hacerlo muy pequeño, donde tiene anotado el número del hospital. Marca el teléfono. Le toma dos intentos, pero por fin el teléfono de El Hospital Nacional en San Pedro Sula da timbre.

—¿Diga?

Hacen varias transferencias de línea antes de que Soledad pueda escuchar la voz familiar de la enfermera Ángela. Puede sentir la adrenalina correr por sus hombros y su cuello.

Cuando Soledad recuerde este momento a lo largo de su vida, cuando lo reviva, llegará a creer que ya sabía lo que la enfermera iba a decir, que lo sabía desde mucho antes de que las palabras brotaran de su boca y llegaran a ese teléfono lejano, antes de que saltaran de una torre de telefonía a otra, de un satélite a otro, y resonaran en ese teléfono celular prestado, ahí, en la frontera con Estados Unidos, y entraran a su oído expectante. Llegará a creer que lo supo desde que Lorenzo le dio el teléfono; incluso antes, desde que pisó el suelo de Nogales y rodeó con sus dedos los barrotes de la frontera que demarca el territorio de Estados Unidos, desde que se sentó en ese inodoro frío y sucio en Navolato, cuando su cuerpo expulsaba el bebé que no quería y amaba de todas maneras, desde el primer día que sintió el bramido y la vibración de La Bestia en sus huesos, desde la primera vez que Iván la violó, o mucho antes de eso, antes de que ella siquiera posara los ojos en la ciudad de San Pedro Sula, desde los días en que su padre solía subirla a los hombros y ella rodeaba su cabeza sudorosa con sus pequeños brazos mientras él abría camino con su machete para cruzar el bosque nuboso. Llegará a creer que cargaba consigo esa verdad desde el día en que nació, cuando su padre la sostuvo por primera vez entre sus brazos y miró su hermoso rostro con amor... y la amó... y la amó.

—Lo siento mucho —dice Ángela.

Sola en la calle, Soledad se dobla hacia adelante y recarga las palmas de sus manos contra las rodillas. No llora, pero tiembla mucho. Camina de un lado a otro, pero no puede encontrar dónde descargar su pánico. Repite la palabra "no" en voz alta más de cien veces, y esta brota tensa de su garganta apretada. Sacude las manos en un intento por sacar la adrenalina de su cuerpo, pero la pena se ha apoderado de ella como una bestia endemoniada, y de inmediato se da cuenta de que la carga de ese sufrimiento debe ser solo suya. Rebeca debe sobrevivir el desierto y es posible que no pueda hacerlo con ese monstruo a cuestas. No le dirá nada a su hermana. "Mi culpa", se dice, y se arrodilla ahí en la calle, donde siente las duras piedras bajo sus pantalones, y reza. Reza para que Dios se lleve a Papi al cielo con Él, para que su padre logre perdonarla por haber causado su muerte.

—Lo siento tanto, Papi. Perdóname, Papi, por favor —dice una y otra vez.

Sus piernas se sienten débiles y se sienta en la acera, preguntándose vagamente cómo viajará la noticia hasta el pueblo en la montaña. Se pregunta si Mami y la abuela ya lo saben, si las volverá a ver o a escuchar su voz. Porque Papi, que era su conexión con ellas, se ha ido. Algún otro hombre que trabaja en la ciudad se enterará, piensa, y con pena llevará la mala noticia en el autobús que durante tres horas subirá por los caminos estrechos que se pierden en las nubes. Él les dirá a Mami y a la abuela. Soledad aprieta los ojos ante ese pensamiento. Lo aparta de su mente porque ya ha pasado por mucho y sabe que ha llegado al límite, que ya no puede adentrarse más en esa angustia sin desaparecer para siempre. Lo único que importa ahora es Rebeca. Todavía puede salvar a Rebeca.

Cuando se levanta de la acera, Soledad es el fantasma de lo que alguna vez fue. Quizá muy dentro de sí todavía quede algún rescoldo encendido del fuego que solía tener en su interior, pero ya no puede sentirlo. Abre la puerta del departamento y desciende.

CAPÍTULO 30

Ya han empacado sus escasas pertenencias, preparado y comido el resto de la comida, y bebido café instantáneo cuando el sol comienza a bajar hacia el horizonte y El Chacal regresa. Beto no tiene nada que empacar. Marisol se deshizo de las sandalias negras y lleva unos tenis de senderismo de Adidas. Nadie habla mientras suben la escalera del departamento por última vez. Dos camionetas pick-up, abiertas, están estacionadas afuera. La mitad de una está llena con varias docenas de galones de agua, pintados de negro. Lorenzo se acerca a la camioneta blanca, y Lydia guía a Luca hacia la azul. Beto, las hermanas y Marisol se suben detrás de ellos, entre los galones de agua. Nicolás también. Se sienta junto a Marisol.

—¿Y tienes novia en la universidad? —pregunta.

Nicolás sacude la cabeza.

—¿Sabes? Mi hija está en la universidad, en San Diego. Estudia sociología. ¿Cuál es tu campo de estudio?

Las cejas de Nicolás se mueven hacia su frente.

—Estudio biología evolutiva y biodiversidad en el desierto —dice.

—Ah. —No se le ocurre ninguna pregunta que hacerle.

—¿Qué diablos es eso? —pregunta Beto.

Nicolás ríe.

—Significa que estudio cómo evolucionan los organismos y qué factores medioambientales influyen en esa evolución, y viceversa.

Beto lo mira sin comprender.

—Específicamente, estudio los patrones de migración de ciertas mariposas del desierto, y el efecto que el cambio en su patrón migratorio tiene en ciertos arbustos con flores.

—Mariposas del desierto, ¿eh? —dice Beto con tono de sospecha.

—Sí.

—Estudias... como... ¿a dónde van?

—Sí.

—¿Y eso es un trabajo? ¿Eso es todo lo que haces?

Nicolás le sonríe.

—Caray, yo quiero ir a la universidad —dice Beto.

El Chacal asegura la tapa de la caja en la otra camioneta y se dirige a la de ellos. Mira a cada uno, revisando sus provisiones. Trae botas de senderismo, sólidas y ligeras, lo suficientemente empolvadas como para parecer un migrante, uno con los medios para comprarse botas de senderismo. Está vestido igual que el día en que se encontraron con él en la plaza: pantalones de mezclilla ajustados y una playera Under Armour, en esta ocasión, gris. Su mochila, en el asiento de la cabina, es minúscula. Su chamarra es Gore-Tex, impermeable y lo suficientemente ligera como para amarrársela a la cintura. Sus mejillas, como siempre, le imprimen un alegre tono rosado a la expansión morena clara de su rostro. Todo en su cuerpo parece diseñado para estar en la naturaleza. Es delgado, musculoso, compacto, y se mueve con eficacia cuando avanza de migrante en migrante, examinando sus zapatos, sus estados de ánimo, el peso de sus mochilas. No permite que nadie con resfriado o alergias haga el viaje. Se detiene cuando llega a Beto.

—¿Dónde está tu mochila? —pregunta.

Todos los demás tienen sus mochilas frente a ellos. Beto no tiene nada.

—No necesito una mochila, güey. Todo lo que necesito está aquí —dice, tocándose la cabeza con un dedo.

—¿Ese cerebro loco que tienes te va a calentar en la noche?

—¿De qué estás hablando? ¿Calentar? —dice Beto—. Estamos en medio de una ola de calor. Hace un millón de grados afuera.

Es abril en el desierto de Sonora, y una semana particularmente calurosa. El día anterior, la temperatura había llegado a noventa y siete grados Fahrenheit.

—¿Entonces no tienes chamarra? ¿Saco, suéter, nada? —pregunta El Chacal.

—¡Estaré bien! —dice Beto.

—Bájate de la camioneta. —El Chacal abre y baja la tapa.

—No manches, güey —dice Beto—. En serio, estoy bien, no necesito una chamarra.

—Bájate —repite El Chacal—. Lo dije muy claro. Les dije lo que necesitaban y les dije lo que pasaría si no estaban preparados.

—Pero...

—Y si te encuentras a un coyote que diga que te cruza sin el equipo necesario, no le pinches pagues. Porque le vales madre y te vas a morir, ¿entiendes? Así que ándale, bájate.

—¡Pero conseguiré una! ¡Conseguiré una chamarra!

La voz de Beto se eleva hacia un grito desesperado.

—Es muy tarde —dice el coyote, golpeando impacientemente la camioneta con la palma de la mano—. Consigue una chamarra y te llevo en la próxima vuelta.

Beto se levanta y comienza a moverse hacia la tapa de la caja con lentitud. Cada célula de su cuerpo está renuente a hacerlo. Luca jala el brazo de Mami, pero no responde. Debió haberle preguntado. Actúa como si tuviera mil años, pero en realidad solo tiene diez, y él los salvó, pagó su cruce. ¿Le costaba mucho trabajo preguntarle, "Oye, Beto, ¿ya tienes chamarra?". Pero no lo hizo, y ahora es demasiado tarde. Y no hay nada que hacer. Lydia aprieta la mano de Luca, una mísera disculpa por su falta de previsión, por su escasez de heroísmo. El resto de los migrantes mira, impotentes, a Beto. Nicolás abre su mochila. Beto se deja caer en la tapa, con los pies colgando por el borde, procrastinando. Busca en su cerebro un argumento o una súplica que, quizá...

—Ten. —Nicolás le avienta una sudadera gruesa forrada de lana.

El rostro de Beto se ilumina al instante y Lydia dibuja una sonrisa de alivio. Luca sonríe también. Beto agarra la sudadera gruesa, color café, se levanta y se amarra las mangas a la cintura. Nicolás cierra la mochila.

El Chacal mira al estudiante de posgrado.

—¿Tienes otra para ti?

—Y ropa térmica, más un poncho para la lluvia.

El coyote asiente y azota la tapa de la caja. Beto ya está sentado de nuevo en su lugar, junto a Luca, pero El Chacal rodea la camioneta y le habla en voz baja al oído. Tiene las manos en la orilla de la camioneta y Beto gira su rostro hacia él, mientras mantiene una rodilla estirada y la otra flexionada.

—Tuviste suerte de que Nicolás te ayudara —le dice el coyote al niño—. Por eso nunca llevo niños. No soy niñera y no quiero que nadie se muera por estúpido. No hagas que me arrepienta de traerte.

El rostro de Beto exhibe una rara contención, y ante la sinceridad de esta, Lydia teme perder su controlada compostura.

—Cuando te diga que algo es importante, me haces caso, ¿entiendes? —dice El Chacal, y Beto asiente, serio—. Porque, cuando digo "importante", significa que te morirás si no escuchas. El viaje no es broma. Si yo digo que saltes, saltas. Si te digo que te calles, cierras la boca. Y si te digo que necesitas una chamarra, necesitas una pinche chamarra.

El Chacal da un paso hacia atrás y se da vuelta para mirar a los migrantes que están en ambas camionetas. Levanta la voz para que todos lo escuchen.

—Lo mismo va para ustedes. ¿Me oyen? Es un viaje muy pesado. Son dos noches y media a campo traviesa, y yo soy su único salvavidas. Si tienen algún problema con eso, o si no creen que puedan lograrlo, esta es la última oportunidad que tienen para decirlo.

El coyote lleva siempre una pistola cuando cruza, con la que convence a los migrantes que se resisten a aceptar su autoridad absoluta. Se asegura de que los migrantes sepan que lleva un arma, pues está a la vista, en una funda que cuelga de sus pantalones. Es, más que todo, un accesorio útil en términos psicológicos, y rara vez la utiliza en realidad. Beto no se siente impresionado con la pistola. La había visto desde que el coyote se paró junto a la otra camioneta, pero sí se conmueve con la sutil vehemencia de sus palabras. Beto sabe reconocer la verdad cuando la escucha.

—Oye —dice el niño—, lo siento.

Beto es como una luna llena que brilla ante el coyote, y algo en su intensidad hace que el recuerdo de Sebastián atraviese la mente de Lydia como una regla que golpea los nudillos de una mano extendida. ¿Por cuánto tiempo el recuerdo de su propio padre podrá sostener a su hijo? ¿Cuándo será el día en que Luca mire a los extraños de esa misma manera? La adrenalina liberada por el sufrimiento inunda su cuerpo, pero Lydia cierra los ojos y espera a que pase.

El Chacal asiente, abre la puerta del lado del pasajero y sube.

Van en dirección suroeste, hacia el lugar donde se pone el sol en el desierto. No hay nada inusual en dos camionetas llenas de migrantes que se dirigen al desierto desde Nogales. Nadie intentará detenerlos. Cualquiera que los mire, sabrá qué traman, pero a nadie le importa. Lydia es la única interesada en ocultar el rostro. Se encorva hacia el piso de la camioneta y escuda su rostro con el sombrero cuando otros vehículos se acercan o los rebasan.

—¿Por qué vamos al sur? —pregunta Luca cuando giran a la izquierda fuera del pueblo, pero nadie sabe responder.

Lydia se siente aliviada cuando el conductor toma caminos apenas pavimentados, que después se convierten en caminos de tierra y, más adelante, ya ni siquiera se pueden llamar caminos. Están llenos de baches y surcos, y la gravilla se siente poco compacta debajo de las ruedas de la camioneta. Se encuentran solos en el desierto. Ya no hay autos. Los migrantes se agarran del borde de la camioneta cuando rebotan con incomodidad y se sacuden sus huesos al bajar una pendiente de imprevisto. Lydia sujeta a Luca para evitar que salga volando, aunque avanzan de manera lenta y con cautela.

Cuando las camionetas finalmente se dirigen al oeste, y luego al noroeste, Luca se pregunta si avanzan de manera perpendicular a la frontera, al lugar donde la reja desaparece y lo único que queda para delimitar un país de otro es una línea que pintó un tipo cualquiera en un mapa muchos, muchos años atrás. No han visto otro vehículo durante casi una hora, y para matar el tiempo Nicolás nombra algunas de las especies de animales que viven en el desierto y que podrían encontrar en el viaje: ocelotes, linces, coatíes, pecaríes, lagartos huicos, pumas, coyotes, serpientes de cascabel.

—¿Serpientes de cascabel? —dice Marisol.

Conejos, codornices, venados, colibríes, jaguares.

—¡Jaguares! —dice Beto.

—Son raros, pero, sí, todavía no están extintos en Sonora. También zorros, zorrillos —continúa Nicolás—. Y no hablemos de la cantidad de mariposas.

Luca piensa en todos esos animales corriendo libremente de un lado a otro de la frontera, sin pasaporte. Es una noción reconfortante. Rebeca escucha a medias. No tiene ganas de considerar qué clase de vida silvestre pueden encontrar en el viaje. No le preocupa de ninguna manera. Piensa en su propio lugar salvaje, remoto, lleno de criaturas ruidosas de ojos grandes. Casi parece imposible que el bosque nuboso todavía exista. Quiere cerrar los ojos y volver. Quiere sentir la suavidad fresca de las nubes contra sus mejillas y pestañas. Quiere escuchar el eco de las gotas de lluvia golpeando contra las inmensas hojas gruesas.

El recuerdo de ese lugar brillante, líquido y etéreo cada vez se difumina más. Cuando cierra los ojos, ya no puede recordar el canto de su abuela ni el olor del chilate. Todo quedó aniquilado en su interior, y carga el peso de esa pena en sus extremidades.

Cuando respira ahora, en el desierto, el aire no tiene agua. Su cuero cabelludo está quemado por el sol donde el cabello se divide. Rebeca recuesta la cabeza en el hombro de su hermana y ve cómo cambia de color el paisaje.

El sol se esconde frente a ellos y pinta la arena de un color anaranjado y rosa. El cielo también está surcado por colores vívidos e increíbles: tonos de rosado, morado, azul, amarillo. Y cada vez se apagan más, hasta volverse, lentamente, oscuridad. Cuando al fin se han ido, se abre la noche más profunda y vasta que Luca haya visto alguna vez. No puede siquiera distinguir sus rodillas. No percibe sus propios dedos moviéndose ante sus ojos. Busca la mano de Mami en la negrura y, cuando ella lo siente, lo acerca más a su cuerpo y lo abraza. Nadie habla mucho después de que el sol desaparece. Todos mantienen los ojos abiertos en busca de cualquier simulacro de luz. Cada uno se queda dentro de su propia mente, considerando las horas que vendrán.

Lydia recuerda un programa de su infancia, que no se parece en nada a los súper producidos dibujos animados que ve Luca, todos muy parecidos y transmitidos en todo el mundo, todos con monstruos de ojos grandes y voces chillonas que replican por cualquier cosa; este era un programa que hizo época, aunque había sido producido con muy poco presupuesto, con marionetas hechas a mano y la magia real de un depósito de chatarra. Lydia recuerda el tema musical, cuando todos los personajes revoloteaban alrededor de la tierra del basurero escandaloso, que se convertía en una especie de carroza solo cuando todos se habían subido a ella, y que mientras faltara aunque fuera uno solo seguía siendo un basurero común y corriente, con sus moscas y sus charcos viscosos. Sin embargo, cuando todos los amigos se reunían allí, el basurero brillaba y despegaba hacia el cielo, y luego soltaba estrellas por el tubo de escape. Lydia no sabe por qué un depósito de chatarra tenía tubo de escape —tenía solo seis años cuando pasaban el programa—, pero, Dios mío, era increíble.

No sabe por qué recuerda el programa ahora. No había pensado en él durante años, y la camioneta azul en que se mueve no es un basurero mágico. Pero Lydia tiene la misma sensación de salir volando disparada que sentía cuando miraba esa erupción de estrellas y veía a los amigos aferrarse con fuerza al borde de la nave para permanecer adentro, ajenos a la fuerza de gravedad, a la física y a las leyes de la atmósfera planetaria. Todo era posible.

—¿Recuerdas ese programa de cuando éramos niñas? —le pregunta a Marisol en la oscuridad—. ¿El del basurero volador?

Marisol recuerda.

Pasadas dos horas, ven una luz más adelante y las camionetas se detienen en un control de inmigración. Hay suficiente luz, la justa, para que Soledad reconozca el uniforme de los agentes federales del INM. Rebeca empieza a llorar. Talla los talones contra el piso de la camioneta y se retuerce cerca de los brazos de su hermana. Soledad la consuela y pasa un brazo alrededor de su frente. Acerca el rostro de Rebeca a su cuello, le dice que cierre los ojos y tararea suavemente, para consolar a su hermana, en la antigua lengua de sus padres.

—Pasará pronto. Estaremos a salvo. Cierra los ojos, hermanita.

Rebeca respira profundamente contra el cuello de Soledad y sus lágrimas humedecen en silencio la curva morena y suave de su piel. El Chacal se baja de la camioneta y camina hacia los dos guardias, que están armados con linternas y dos AR-15. Lo saludan como si lo conocieran y él les entrega un sobre. Hablan durante unos dos minutos y, cuando el coyote regresa a la camioneta, los agentes se acercan, iluminando el rostro de cada migrante con sus linternas. Rebeca no levanta la cara del hombro de Soledad cuando la luz toca su piel. Soledad aprieta la mandíbula y mira fijamente hacia la luz. Sus ojos se llenan de lágrimas, pero no parpadea.

—Oye, jefe, a lo mejor nos quedamos con esta —dice uno de los guardias al Chacal, que tiene la ventana abajo.

El coyote se asoma, pero antes de que tenga oportunidad de responder Luca se levanta de un salto, para espanto de Lydia, que se abalanza sobre él.

—¡No te la puedes llevar! —grita—. No te la puedes llevar, nadie se la puede llevar. Ella es libre, ¡y se viene con nosotros!

La linterna se mueve hacia Luca y el círculo de luz encuentra su rostro en la oscuridad. Sus ojos negros brillan y tiene los puños apretados.

—¡Mira el jefecito!

—¡Luca, siéntate! —Lydia lo agarra y forcejea con él para sentarlo sobre sus piernas.

Pero el guardia se ríe. Se acerca a la camioneta y Soledad abraza a Rebeca con más fuerza.

—No te preocupes, chaparro —le dice el guardia a Luca—, estaba bromeando.

Vuelve a iluminar a Soledad.

—Tiene mucha suerte de viajar con un guardaespaldas tan valiente y temerario, señorita.

—Sí —dice Soledad mecánicamente.

El guardia vuelve a mirar a Luca.

—Sigue peleando así, chaparro. Vas a necesitar ese carácter en el norte.

Lydia recupera el aliento, pero no suelta a Luca. Cuando es su turno de soportar la luz en el rostro, no respira. Mantiene los ojos abiertos mirando hacia abajo y ruega que esos hombres no trabajen para Javier. Ruega que su rostro no esté en algún mensaje de texto en sus teléfonos. La luz permanece unos segundos sobre ella y luego se mueve hacia Marisol. Lydia puede respirar ahora.

—¡Vayan con Dios! —grita el agente y se aleja de la camioneta.

—¡Nos vemos pronto! —grita El Chacal despidiéndose con la mano mientras siguen su camino.

Más de tres horas después de dejar el departamento en Nogales, las dos camionetas, ahora con los faros apagados y una gruesa capa de polvo, se detienen. Sin las luces de los tableros y de los faros, los migrantes quedan sumergidos en una oscuridad absoluta. Están a media milla de Estados Unidos. El Chacal los acomoda en una fila afuera de la camioneta. Les dice que solo

necesitan estar conscientes de la persona que tienen delante y de
la que tienen detrás. No se ve en la oscuridad, pero su voz tiene
un aliento cálido que es casi visible y que infunde un poco de
color al negro de la noche. Es una autoridad leal y preocupada
por su seguridad. Su energía es perfectamente contagiosa. Con su
guía, piensan todos, podrán lograrlo. Ni siquiera saben su nombre, pero le han confiado sus vidas. Él les dice que caminarán
con paso rápido y que es vital seguir el paso. Es fundamental que
nadie se separe del grupo.

—Si escuchan este sonido, párense. —dice y emite un silbido
corto y agudo—. Si hago ese sonido, significa que tienen que
quedarse absolutamente quietos y callados hasta que diga que es
hora de moverse. Esta es la señal para moverse.

Chasquea dos veces la lengua y es increíblemente sonoro.

—Si nos agarran... ¿todos me están escuchando?, esto es importante, si nos agarran, no digan quién es el coyote. ¿Entendido?

—¿Por qué? —Lorenzo es el que pregunta.

—No necesitas saber por qué, pero te lo voy a decir para que
no se te ocurran ideas pendejas —dice El Chacal—. Si nos agarran y descubren que yo soy el coyote, a ustedes los van a deportar
sin mí, ¿no? A mí me van a arrestar y a ustedes los van a mandar
a casa. Si los cárteles se enteran de quién delató al coyote y les
quitó esa entrada de dinero, le harán la vida un infierno. Ya tienes
suficientes problemas con los cárteles, ¿no?

Lorenzo hace un ruido que suena a afirmación.

—Así que mantén la boca cerrada. Si nos agarran, nos deportan juntos, regresamos y lo volvemos a intentar. Tienen tres
oportunidades por el precio de una. ¿De acuerdo?

Todos están de acuerdo y El Chacal enciende una lámpara de
luz tenue y durante los siguientes minutos se dedica a los prepa-
rativos. Destapa un frasco de ajo molido y les dice a todos que se
unten un poco en los zapatos para alejar a las serpientes de cascabel. El olor hace que Lydia recuerde su cocina y su casa, pero les
tiene más miedo a las serpientes que a la nostalgia, así que unta

una cantidad generosa en sus botas y en las de Luca. El coyote distribuye después el agua que cada uno cargará. Los galones son pesados e incómodos de llevar, pero nada es más vital. Lydia pasa uno de sus cinturones de tela por las agarraderas de las botellas y luego por las correas de su mochila.

Las botellas se mueven y golpean contra su cadera cuando camina, así que aprieta las correas para mantenerlas en su lugar. Luca solo lleva una botella y casi no puede con el peso. Los hombres llevan cuatro galones cada uno, y Nicolás también tiene una mochila muy sofisticada para hacer senderismo que se llena de agua y le permite beber a través de una manguera que pasa sobre su hombro. Todos intentan no pensar en el calor del desierto, en la distancia que deben recorrer hasta estar seguros después de cruzar, y en la cantidad de agua que llevan.

Los migrantes permanecen en las posiciones que El Chacal les asigna: el coyote primero, seguido de Choncho y Slim, después Beto y Luca, Lydia, las hermanas y luego Marisol. El resto de los hombres va al final. Caminan en dirección norte, a un paso tan rápido que es casi alarmante, y Lydia intenta ver la silueta de Luca más adelante, prácticamente imperceptible. El aire está frío cuando entra a sus pulmones, y después de tantos días de inquietud en el departamento es emocionante estar moviéndose hacia el norte, a través de la tierra iluminada por las estrellas.

Nadie habla, pero las pisadas contra el terreno desigual y los pequeños sonidos que emiten los cuerpos a causa del esfuerzo se asemejan a una conversación. Todos se concentran en no caer, no pisar mal, no chocar contra la persona que tienen enfrente. Permanecen alertas al peligro real de torcerse un tobillo. Intentan, aunque fallan, suprimir el miedo a la patrulla fronteriza que saben omnipresente, pese a que no pueden verla.

No hay reja en esa parte del desierto porque no hay necesidad de una. Se encuentran a casi 30 kilómetros al este de Sásabe y

30 kilómetros al oeste de Nogales, y la sierra El Pajarito sirve de frontera. Hace frío. Luca lleva puesta toda la ropa que compraron en el Wal-Mart de Diamante antes de salir de Acapulco: pantalones de mezclilla, playera, sudadera, chamarra y calcetines gruesos. Sus botas nuevas están amarradas con doble nudo. Guardó la gorra de Papi con cuidado en el bolsillo lateral de la mochila y lleva puesto el gorro tejido y la bufanda que le regaló la anciana en Nogales.

Pero aun con todo eso, pese a que siente la espalda húmeda de sudor, tiene la nariz y los dedos congelados. Ojalá se les hubiera ocurrido comprar guantes también. A veces, El Chacal silba y todos se quedan absolutamente quietos y callados hasta que chasquea dos veces la lengua, indicando que pueden seguir. En un lugar, Luca escucha el zumbido electrónico de cierta maquinaria invisible, y Choncho toca su hombro y señala con el dedo una luz roja parpadeante sobre un poste. Están casi directamente debajo, y gira. Cuando el ojo parpadeante mira hacia otra parte, El Chacal hace el doble chasquido y todos se mueven con prisa, casi corriendo, a través de la negrura hasta que suben y pasan un pequeño risco, más allá del alcance del ojo mecánico en movimiento.

—Felicidades —susurra en alto Choncho, dirigiéndose a Luca—. Acabas de vencer la primera cámara de la patrulla fronteriza de Estados Unidos.

Luca sonríe en la oscuridad, pero a Lydia se le revuelve el estómago; siente una angustia pasajera por lo que eso significa.

—¿Ya estamos en Estados Unidos? —susurra.

—Sí —dice Choncho.

Lydia esperaba que el cruce fuera memorable, que tuviera lugar en un instante, que con una sola pisada dejara México atrás y entrara a Estados Unidos. Esperaba poder detenerse, aunque fuera un momento, para mirar hacia atrás y reflexionar, psicológica y metafóricamente, en todo lo que dejaba a sus espaldas: la omnipresencia del miedo a Javier y sus sicarios. Después de dieciocho días y 2,600 kilómetros resistiendo, quiere sentir que al fin se le escapa de entre las manos.

Pero también quiere ver más allá de eso: su vida antes de la masacre, su alegre niñez en Acapulco. El traje de baño anaranjado que usó todos los días durante el verano, cuando cumplió seis años; los saltos en clavado desde los acantilados de La Quebrada, cuando era adolescente; los paseos a pie por Barra Vieja con su padre, cuando era lo suficientemente pequeña como para ir de su mano sin que le diera vergüenza; las miles de peleas adorables con su madre; la universidad, Sebastián, la librería; la primera vez que cargó a Luca fuera de su cuerpo. Lydia había pensado que habría un momento en el que volvería a vivir todas esas cosas, como en una muerte pequeña, como en un portal. Tenía la esperanza de cambiar de piel, como una de esas víboras de cascabel, y dejar su angustia allá, en tierra mexicana. Pero el momento del cruce había quedado atrás y ni siquiera se había dado cuenta. Nunca miró atrás, nunca realizó ninguna ceremonia que la ayudara a empezar la nueva vida al otro lado. Y no podía deshacerlo. Adelante.

El cielo está despejado y se ven estrellas en lo alto, pero hay luna nueva, de modo que, aunque se eleve, no iluminará el camino. Cuentan con condiciones ideales para cruzar, les asegura el coyote, cuando los escucha tropezar en la oscuridad. Durante una hora caminan fatigosamente por el desierto, sin hablar. A las once, se esconden bajo una saliente rocosa porque, les explica el coyote, son horas en que patrullan más la frontera y esa zona está plagada de la migra. Les dice que descansen, pero nadie lo hace. Se sientan acompañados de su miedo, con ojos parpadeantes como lámparas defectuosas. Pasan tres horas así, escuchando los sonidos extraños del desierto a su alrededor. Es aterrador oír gruñidos, resoplidos, chasquidos, chillidos, en ocasiones a lo lejos, a veces más cercanos, y no poder ver a qué clase de criaturas pertenece el escándalo. Sentarse sin armadura entre animales nocturnos, sabiendo que ellos sí pueden verte, olerte y percibir tu presencia, saberte ciego a la suya si decidieran acercarse, produce una sensación muy extraña de vulnerabilidad. Cada uno de los migrantes reza mientras esperan. Incluso Lorenzo recuerda que alguna vez creyó en Dios.

CAPÍTULO 31

Poco antes de las dos de la mañana, El Chacal reinicia
la marcha. Quiere acampar antes de que se haga de día. Ha hecho
esa ruta varias docenas de veces. Sabe exactamente a dónde van
y cuánto tiempo les tomará llegar. Sabe que pueden hacerlo con
mucha menos agua si evitan caminar bajo el calor del día. Pero se
acerca el final de la primavera y las noches se hacen más cortas.
También sabe que no tienen tiempo que perder antes de que llegue la luz. Presiona al grupo para que avancen a toda velocidad.
Se encuentran como a cinco kilómetros al norte de la frontera, a
horas de distancia del pueblo más cercano y de la total seguridad,
cuando El Chacal silba otra vez. En esta ocasión Beto, medio
dormido, se estampa contra Slim, que está delante de él, y ambos
se caen. Beto se ríe y se disculpa, pero El Chacal chasquea los
dedos y coloca uno sobre sus labios. Con un manotazo, Slim
pone su mano carnosa sobre la boca de Beto para asegurarse de
que guarde silencio.

Más adelante, al pie de la colina en mitad de la cual se encuentran, Luca alcanza a ver el leve rastro blanco de un camino, serpenteando el horizonte. Se quedan parados junto a unos pedazos
de árboles apiñados, pero más abajo ya no hay dónde refugiarse
hasta llegar al otro lado del camino. Varios cientos de metros a la
derecha, cuatro camionetas están estacionadas.

—Carajo —dice El Chacal en voz alta.

Hasta ahora, Luca ha disfrutado del único beneficio que ha sacado después de que su vida fuera completamente aniquilada: ha entrado de pronto en un mundo donde los adultos a veces dicen groserías en voz alta. Incluso ha probado a articular algunas. Pero en esta ocasión, al escuchar al Chacal decir "carajo" y ver las camionetas, Luca se siente profundamente intranquilo.

—¿Qué están haciendo aquí a esta hora? —le pregunta Choncho al coyote en voz baja.

El Chacal sacude la cabeza.

—No sé. Ahí comienza un sendero.

Señala el otro extremo del camino.

—A veces nos vamos por ahí, si no hay nadie. Es un sendero muy poco transitado. Pero estos...

El coyote escupe en la tierra a sus pies.

—Estos no son senderistas.

El Chacal tiene un par de binoculares colgados al cuello y los levanta para ver. Está demasiado oscuro para distinguir algo más que la silueta de las camionetas y la luz que dejaron prendida adentro de una. La noche aún es oscura, pero ya se comienzan a distinguir algunos tonos grises. Pronto habrá luz. El Chacal rompe la fila y reúne a los migrantes para hablarles.

—Hay cuatro camionetas estacionadas allá abajo al comienzo del sendero —dice—. Es un sendero remoto. Nunca he visto a nadie ahí. Yo diría que son del cártel y están esperando una entrega. Si es así, cuiden sus espaldas, porque pueden aparecer por detrás.

El cuerpo de Lydia se pone rígido y busca a Luca en la oscuridad. Lo acerca a ella.

—También es probable que se trate de uno de esos pinches grupos de vigilantes —continúa el coyote— que juegan a los Power Rangers en la noche. Y, si es así, cuiden el frente, porque a esos hijos de puta les encantaría disecar la cabeza de un migrante y colgarla en la pared.

Luca hace una mueca, aun cuando le parece un poco graciosa

la idea de que su cabeza termine disecada y montada en una tabla
barnizada decorando la cabaña de un yanqui en algún lugar.

Nada de eso le hace gracia a Lydia. No era tan ingenua como
para pensar que ya no estaban en peligro, pero sí creyó que la
amenaza más apremiante sería ya de otra naturaleza. Pensó que
ahí, en el norte, se tendría que preocupar más por la patrulla
fronteriza y por la posibilidad de que le quitaran a Luca, que
por hombres armados que aparecen de la nada para imponer sus
reglas. No se molesta siquiera en ordenar jerárquicamente esas
preocupaciones en términos de su peligro potencial. No importa
cuál sea el uniforme, el acento, el rostro, con quienquiera que se
encuentren ahí, en ese lugar salvaje y desolado, será el fin.

—¿Qué vamos a hacer? —pregunta Marisol

El Chacal ya se está quitando la mochila.

—Esperar aquí —dice—. Es el único lugar donde podemos
escondernos. De todas maneras, las camionetas parecen más de
vigilantes que de carteleros.

—¿Cómo sabes? —pregunta Choncho.

El coyote le pasa los binoculares sin quitárselos del cuello. El
hombre se agacha para ver.

—No se ven tan lujosas como para ser de narcos —dice El
Chacal—. Y si son vigilantes, como creo, probablemente se fueron a cazar migrantes por el sendero de allá. Esperaremos aquí.
Tendrán que regresar a las camionetas y entonces pasamos cuando
se vayan.

—Pero, ¿y si son narcos? —pregunta Marisol, y Lydia tiembla
involuntariamente mientras restriega las manos contra su cara y
se sube la capucha de la sudadera—. ¿No seremos presa fácil aquí,
entre ellos y lo que sea que esperan de cargamento?

—Mira, yo ya pagué la cuota por pasar —dice El Chacal—.
Yo sigo sus reglas.

—Pero ¿las reglas de quién?

Lydia tiene que preguntar. Necesita saber qué cartel es el
dueño autoproclamado de ese pedazo de desierto.

—¿Los Jardineros? —pregunta Lorenzo.

El coyote no responde, y en el silencio que sigue la mirada de Lorenzo se cruza con la de Lydia. Lorenzo empieza a caminar de un lado a otro como animal enjaulado. Una vez más, la terrible hipótesis presiona la conciencia de Lydia: ¿Qué es peor, que los atrapen los estadounidenses y la separen de Luca, o que los atrapen los mexicanos y los manden a Luca y a ella de regreso con Javier? Con esfuerzo, reprime la especulación. Nada de eso puede pasar. Tienen que lograrlo. Se golpea los muslos con las manos y estira las piernas para aliviar los calambres.

Choncho le devuelve los binoculares al Chacal y se quita la mochila. Slim y sus hijos hacen lo mismo. Dejan las botellas de agua en el suelo y se reclinan contra las mochilas.

El Chacal toma un pequeño trago de agua de su propia dotación.

—Encuentren dónde cubrirse en caso de que salga el sol antes de que podamos movernos.

No hay mucho resguardo en ese cúmulo de árboles, pero hay un matorral cerca y Rebeca, Soledad y Lydia se acomodan de modo que quedan de frente al camino que acaban de recorrer colina abajo, esperando que la silueta de sus pesadillas emerja entre las sombras. Luca está recargado en la espalda de Mami y tiene tiempo para considerar la extrañeza de que ser migrante implica pasar más tiempo deteniéndose que en movimiento. Sus vidas se han convertido en un ciclo errático de animación y parálisis. Beto se duerme. Nicolás se duerme. Marisol quisiera dormir. Todos están fatigados. La luz se asoma en el este y, para cuando una docena de hombres desciende por el sendero de la colina opuesta hacia las cuatro camionetas, el día clareó y El Chacal los puede distinguir con sus binoculares.

—Vigilantes —confirma.

Los hombres, vestidos con camuflaje de pies a cabeza, cargan suficientes armas como para que cualquier incauto piense que se trata de militares autorizados. Se toman su tiempo en las camionetas. Abren hieleras, sacan comida y bebidas. Se reúnen en la parte trasera de una de ellas y se pasan termos con café. Están bastante cerca, de modo que cuando el viento sopla en ciertas direcciones los migrantes pueden escuchar alguna que otra risa o un par de palabras. Esa acústica cambiante es aterradora, porque seguramente los sonidos viajan también hasta ellos. Los migrantes se vuelven conscientes de su anatomía. Nadie quiere estornudar ni tirarse un pedo. Ruegan por que los hombres se vayan. El desayuno dura una eternidad, y justo cuando parece que están empacando y que están listos para partir, descubren la luz interior de una de las camionetas que se quedó encendida. Se quedó sin batería.

Para cuando los hombres encuentran los cables para pasar corriente, maniobran las camionetas para ponerlas en posición, conectan todo, encienden la camioneta, se felicitan entre ellos por hacer funcionar la camioneta y, por fin, se marchan en caravana hasta perderse de vista, ya es de día en el desierto. Los migrantes todavía están más o menos a una milla de donde El Chacal quería acampar y ahora deben enfrentar el peligro de la luz resplandeciente. Mueve a Nicolás y a Beto para despertarlos.

—Vámonos —dice—. A paso veloz.

Las extremidades de Luca están entumecidas por el tiempo que estuvo temblando en el frío suelo. Está feliz de moverse otra vez, feliz de que el calor entre en sus piernas. El camino de abajo no se parece a los que Luca esperaba encontrar en Estados Unidos. Pensó que todos los caminos serían anchos como una avenida, pavimentados a la perfección y flanqueados por las luces fluorescentes de las tiendas, y ese camino se parecía al peor camino mexicano que hubiera visto. Tierra, tierra y más tierra.

Al noroeste hay un cúmulo de colinas más elevadas que las que han visto hasta ese momento, y después de cruzar el camino El Chacal empieza a subir por la falda de la primera. Es empinada y todos se concentran en subir sus cuerpos de manera eficiente.

—¿Por qué no la rodeamos? —se queja Lorenzo.

—Porque seguimos mi ruta —le dice El Chacal.

—Pero por ahí se ve más fácil. —Lorenzo señala al norte.

—Vete entonces.

Al Chacal no le gusta Lorenzo. Hay tensión entre los dos hombres, comprende Luca, porque hay tensión entre Lorenzo y todas las personas que encuentra. La mayoría de la gente, por decoro, intenta encubrir ese conflicto, pero el coyote ni se molesta, y a Luca le agrada eso. En cambio, cuando Lorenzo habla, El Chacal hace un gesto que es lo opuesto de subir los ojos. Sin mover las facciones, desvía la mirada de Lorenzo con los párpados entrecerrados y espera que las palabras se desvanezcan. Después de un momento, vuelve a la vida y sigue andando.

Cuando llegan a la cima de la colina y contemplan la vista del otro lado, una sensación incómoda de entusiasmo y espanto recorre el cuerpo de Luca. Es tan fuerte que Mami alcanza a ver de reojo cómo le tiemblan los miembros y se vuelve hacia él. Luca se asegura de no mirarla a los ojos. De cualquier forma, está fascinado con el panorama que provoca esa sensación, todos lo están.

Del otro lado de la colina hay cien más, y quizá otras cien después de esas, pero no las puede ver porque, en la distancia, las montañas se vuelven más altas, afiladas y majestuosas. La luz del sol penetra a través de ellas como si fueran cuchilladas de luz, y están cubiertas de pastura dorada, que el viento azota, plantas espinosas y árboles agrestes. Hay rocas inmensas por todas partes, salpicadas en los pliegues de las montañas, posadas en salientes débiles, apiladas en hondonadas, como familias intransigentes. Algunas son tan gigantescas, que empequeñecen las colinas bajo ellas.

El cielo no es misericordioso con los migrantes, moviendo las nubes que cambian la luz, haciéndoles trucos, dificultándoles calcular las distancias, pero nunca cubriendo la esfera ardiente y despiadada del sol. Luca se detiene para quitarse el gorro de la cabeza y guardarlo en el bolsillo de la chamarra. De pronto está cubierto en sudor. Se quita la bufanda y la chamarra, y abre la cremallera de su mochila para guardarlas. Saca la gorra de Papi y la huele antes de ponérsela en la cabeza. Se vuelve a colgar la mochila en los hombros, pero el coyote lo mira y sacude la cabeza.

—No puedes usar tu gorra aquí —dice—. El rojo se ve a una milla de distancia.

Luca arruga la frente y mira a Mami, pero ella asiente, así que se quita la gorra de Papi y se la entrega.

—Puedes usar mi sombrero. —Lydia se lo quita y lo extiende hacia él.

—Pero es rosado —protesta.

—Ya casi no.

—Yo sí lo acepto —dice Beto.

Lydia ríe.

—Ojalá tuviera otro para ti —dice.

Lydia le pone el sombrero a Luca en la cabeza y guarda la gorra de Papi en su mochila. La mochila está llena. Lydia saca una playera blanca del interior.

—Toma —le dice a Beto—, usa esto.

Beto mete la cabeza por el cuello de la playera y deja la tela colgando sobre su cuello, cubriéndole la nuca expuesta al sol. Le sonríe a Lydia.

—Gracias.

Todos se han detenido, conscientes de pronto del creciente ardor. Se quitan capas de ropa y se reagrupan. Slim y Choncho comparten agua de sus galones. No por gusto ese paisaje está desprovisto de habitantes y es viable cruzar por ahí sin ser atrapados. Parece imposible que cualquier criatura sobreviva en un lugar así.

—No parece real —dice Mami.

Junto a Luca, Lorenzo se quita su propia gorra y se seca la frente. Estaba prístina la primera vez que Luca la vio en el albergue de migrantes de Huehuetoca. Ahora la visera sigue plana, pero el sol cambió su color de negro a gris. Esa evolución asombra a Luca. No está acostumbrado a la potencia del sol de Sonora, a lo rápido que corroe todo lo que toca. Luca se quita el sombrero de Mami para examinarlo más detenidamente y se da cuenta de que realmente ya no es rosado. Su color actual es un recuerdo deslavado del rosa, un tono sucio de arena. A eso se refería Mami cuando dijo "Ya casi no". Lorenzo recarga las manos sobre las rodillas y contempla el horizonte imposible.

—Ay, no manches, cabrón —dice—. Estás bromeando.

—Supongo que a esto se refería con lo de "muy pesado" —jadea Beto, sacando el inhalador vacío de su bolsillo.

—¿Estás bien? —pregunta Luca, señalando el inhalador.

Beto se encoge de hombros e intenta regular su aliento, entrecerrando los ojos ante el brillo del sol.

—¿Por? ¿Tienes salbutamol ahí adentro? —Empuja la mochila de Luca—. ¡Porque me lo quedo!

Ambos niños se ríen y Beto suena como un globo desinflándose.

—Venga, mijo —dice Mami, instando a Luca a caminar frente a ella—. Tú también, Beto. ¿Puedes caminar?

Ni siquiera se toma la molestia de gastar el aliento en palabras. Asiente y empieza a caminar.

Tienen la impresión de que necesitarán medio día para subir cada montaña y medio día para bajarla. Los migrantes se enfilan colina abajo, al paso del Chacal. Ahora guardan silencio mientras descienden hacia el primer valle, luchando por fortalecer su mente después de vislumbrar la magnitud del viaje que les espera. El viento los golpea con fuerza y convierte el cabello de Rebeca en un tornado negro. Sus pies hacen crujir el pasto seco y amarillento, y el cuerpo de Luca se llena de una emoción terrible. Acaban de llegar a Estados Unidos y todo ya parece el set de una película, pero con animales desérticos reales que sí te pueden matar, como escorpiones, serpientes de cascabel y jaguares. Lo embarga una confusión nauseabunda que hormiguea por su cuerpo: emoción y amenaza al mismo tiempo.

—Luca.

Mami está justo detrás de él. A veces parece que puede oír lo que le está pensando.

—¿Estás bien?

Asiente.

—Estoy muy orgullosa de ti, mijo —murmura Lydia para que nadie más la oiga y flexiona su bíceps—. Eres muy fuerte. Papi estaría orgulloso.

El Chacal sabe de un lugar donde las organizaciones humanitarias dejan agua para los migrantes. Les ha hecho cuidar sus reservas de todos modos porque no siempre hay agua; a veces la patrulla fronteriza o los vigilantes la encuentran primero y la destruyen. Pero está ahí, señalada con un banderín azul ondeando desde un palo: tres galones inmensos sobre un palé, cubiertos con una lona. No está fría, pero es la mejor agua que Lydia ha probado en su vida. Ya le dolía la cabeza porque había estado reservando su provisión, pero ahora bebe su cantimplora completa y siente que el dolor disminuye de inmediato. Beber parece un milagro. Vuelve a llenar la cantimplora y bebe más. Luca bebe muy poco.

—Bebe todo lo que puedas, amorcito —insiste.

—Pero me va a doler el estómago. Tenemos que caminar muy rápido.

—Puedes vivir con dolor de estómago —dice—. Bebe.

Descansan junto al suministro de agua durante diez minutos. Llenan sus galones, beben y beben, y los llenan otra vez antes de ponerse en camino por el profundo valle. El Chacal les ha advertido que guarden silencio, que permanezcan atentos todo el tiempo por si escuchan el ruido de un motor, pero el sonido del viento es demasiado fuerte. Beto empieza a platicar con Choncho.

—¿De dónde son ustedes? —pregunta Beto.

Choncho se tarda en responder; no por reticencia, sino porque él es así.

—Veracruz —dice al fin.

—¿Eso está en México?

Otra pausa.

—Sí.

—No sabía que hacían mexicanos de tu tamaño.

Choncho se ríe y contagia a todos los demás.

Beto mira a Choncho y luego a su hermano Slim y sus dos hijos.

—¿Todos en Veracruz son tan altos como ustedes?

—No —dice Choncho, despacio—. Mucho más altos.

Beto está contando sobre las personas más altas que conoce en el *dompe* cuando Marisol deja de caminar y lanza un grito. Señala, del otro lado del valle, una colina lejana en la que se eleva un rastro de polvo claro a través del follaje. El Chacal silba y ordena a todos que se tiren al piso, y obedecen al instante. Se tiran como si les hubieran disparado, los quince, justo donde estaban.

—Busquen una sombra, si pueden —dice.

La luz es muy fuerte. Estar expuesto a ella es exponerse a ser descubierto; estar en las sombras es la mejor manera de ocultarse. En el desierto, cuando la luz del sol toca cualquier cosa de color que se halla en movimiento hace que irradie como si fuera un faro. Mami y Luca se apiñan juntos bajo la sombra de una roca que descansa contra un árbol de garrya. Los amentos cuelgan de sus ramas en cortinas verde pálido que dejan caer sus flores en el cabello de Mami. Dentro de esa alcoba oscura, y encogidos tras sus mochilas, son invisibles desde la colina por cuya ladera el polvo crece incesantemente en una polvareda recta. A su alrededor, los demás migrantes se arrastran para buscar refugio. Se quedan acostados sobre la pastura quemada, se tuercen siguiendo la sombra de la yuca, se joroban de acuerdo con la silueta de un ciprés. Todos se quedan perfectamente quietos y en silencio. Incluso Beto está callado, acostado entre el pasto rubio, con los pies apuntando al cielo.

Tres minutos después, escuchan el vago rugido del motor rompiendo el viento. Tras otro minuto, el vehículo aparece en una cuesta no muy lejos de donde se encuentran, en la colina contigua. Es un Chevy Tahoe blanco y verde, colores distintivos de la patrulla fronteriza de Estados Unidos.

El rostro del Chacal no revela nada.

—Nadie se mueva —dice en voz baja.

Está bien escondido entre Marisol y Nicolás, bajo la sombra de una roca. Él ya sabe que pueden tardar en volverse a mover, así que siempre se asegura de caer en una posición cómoda. Se sienta sobre su trasero, con las rodillas flexionadas, y dirige sus binoculares al asiento del pasajero del Chevy Tahoe, donde un agente dirige sus binoculares de uso militar hacia ellos.

"Somos invisibles", se dice Luca y cierra los ojos. "Somos plantas en el desierto. Somos piedras". Respira lenta y profundamente, cuidando que su pecho no suba y baje con el ciclo de la respiración. La quietud es un tipo de meditación que todos los migrantes deberían perfeccionar. "Somos piedras, somos piedras". La piel de Luca se endurece en una capa pétrea, sus brazos se vuelven inmóviles, sus piernas quedan permanentemente fijas en esa posición, las células de su trasero y de las plantas de sus pies se amalgaman con el terreno sobre el que se apoyan. Luca echa raíces en la tierra. Ni una sola parte de su cuerpo hormiguea o se contrae porque su cuerpo ya no es un cuerpo, sino una losa de piedra nativa de ese lugar. Ha estado inmóvil en ese lugar durante milenios. El árbol de garrya creció de su columna, las plantas autóctonas florecen y mueren alrededor de sus tobillos, los chingolos zorrunos y los praderos occidentales ya hicieron nido en su cabello, la lluvia, el viento y el sol han golpeado la rígida extensión de sus hombros, y Luca no se mueve. "Somos piedras". Por fin, el Chevy Tahoe termina su recorrido escandaloso e indiscreto a través de la colina, y desaparece tras un borde no muy alto en el siguiente valle.

El Chacal no pierde tiempo hablando. El sol se está acomodando cada vez más alto en el cielo ardiente y brillante, y ya deberían haber acampado hace una hora. No es seguro desgastarse bajo la luz incandescente del sol. Los va a drenar.

—Vámonos —dice—. ¡Apúrense!

Tan rápido como cayeron, todos se levantan, juntan sus cosas y emprenden de nuevo la marcha.

A media mañana, justo cuando el sol está absorbiendo toda la humedad de sus cuerpos exhaustos, cuando Rebeca está a punto de darse por vencida, detrás de la falda de una colina pronunciada, llegan a un doblez de tierra detrás de un cúmulo de árboles que esconden un buen campamento. El zumaque y la caoba se unen bajo el risco irregular, ocultando enteramente el campamento. Todo está en sombras, y es una bendición salir del sol. Por todas partes hay señales de los últimos campistas: botellas de plástico vacías, una playera negra rota y llena de manchas de sal, un tenis gastado de color rosa, mucho más pequeño que los de Luca. El Chacal se va directamente a un suave cúmulo de arena bajo un árbol donde alguien quitó todas las piedras. Coloca su mochila junto al tronco y, de inmediato, se acomoda para dormir. Los demás hacen lo mismo. Es fácil para los hombres, que parecen dormirse donde caen. Marisol está acostada boca abajo y descansa la cabeza en sus brazos. Ella también se queda dormida al instante. Las hermanas están inquietas y se mueven varias veces antes de acomodarse al fin.

Aunque exhausta, Lydia espera tener problemas para quedarse dormida. Saca su manta de todas maneras, y Luca y ella colapsan encima. El sol del desierto es tan brillante, que incluso en la profunda sombra Lydia tiene que apretar los párpados para bloquear completamente la luz. Cuando abre los ojos y mira alrededor, el paisaje detrás del límite de las sombras parece una gran extensión sepia, como si el sol hubiera decolorado todo en variedades de marrón. Choncho se da cuenta de que está despierta y asiente sombrío con la cabeza, lo que Lydia interpreta como una promesa de cuidar su sueño y el de su hijo, que ya duerme. "Tú descansa. Yo me aseguro de que nada les pase", es el significado que ella decide atribuirle a ese gesto ambiguo. Y con ese voto de protección imaginario se queda dormida de inmediato.

CAPÍTULO 32

No se esperan hasta que esté oscuro afuera para salir. Tan pronto como el sol toca el risco en el extremo oeste del valle y sus sombras se alargan hasta convertirse en franjas negras sobre el desierto, El Chacal les dice que se preparen.

—Esta noche es difícil —dice el coyote—. Son 13 kilómetros de terreno pedregoso. Tienen que mantener el paso. Si se quedan, no vamos a esperarlos. No voy a arriesgar a todo el grupo por un individuo. Escuchen, esto es importante, es de vida o muerte. —El Chacal se aclara la garganta para asegurarse de que todos están escuchando—. Al oeste de aquí, el camino que cruzamos temprano en la mañana corta hacia el norte y corre paralelo a la ruta que vamos a tomar, ¿sí?

Todos asienten.

—Si se separan del grupo... si se caen, se tuercen un tobillo o deciden que necesitan descansar, orinar, rascarse o dormir, si por algún motivo no pueden seguir, busquen ese camino. Se llama Ruby Road. La patrulla fronteriza y los lugareños pasan por ahí a menudo. No morirán si llegan a ese camino. En pocas horas alguien los encontrará.

Es una idea desagradable eso de Ruby Road, y ninguno puede concebirlo todavía, no mientras todo vaya bien. Ahora mismo se trata de evitar ese camino a toda costa; los llevaría a lo que temen.

Es imposible que puedan imaginar la desesperación que podría convencerlos, horas después, de buscar su salvación en él.

—Nosotros vamos para allá. —El Chacal señala con la mano—. Al norte. Entonces, ¿dónde está el camino? Quiero que todos lo sepan. ¡Lorenzo! ¿Dónde queda el camino?

Lorenzo no responde.

—Al oeste —repite El Chacal, exasperado—. ¿Para dónde está el oeste?

Lorenzo busca su teléfono, pero no hay señal en el desierto.

—Para allá. —Luca señala al oeste.

—Claro que sí. —El coyote despeina el cabello de Luca—. Este niño no se va a morir en el desierto.

Comen nueces y carne seca mientras caminan. El estudiante de posgrado, Nicolás, tiene un poco de pasta de proteína en tubos individuales de papel aluminio. Se ve y huele asquerosa, pero está llena de nutrientes y, de hecho, su energía es impresionante. Va detrás de Lydia esa noche y platican en voz baja mientras caminan. Ella se pregunta si los tubos de proteína tienen cafeína.

—Hagas lo que hagas, no vayas a Arivaca —dice Nicolás—. Si estás agonizando de sed, esa gente es capaz de sacar sillas al jardín para verte mientras toman limonada.

—Ah, no son tan malos —interrumpe El Chacal desde adelante—. Hay buenas personas en Arivaca también. Su vida es complicada, viviendo tan cerca de la frontera.

Nicolás sube sus impresionantes cejas. Aunque Arivaca es un pueblo pequeño y remoto, de menos de setecientos habitantes, en medio de la nada, a cuarenta y cinco minutos del pueblo más cercano, Nicolás, como la mayoría de la gente que vive al sur de Arizona, lo conoce por su fama de asentamiento fronterizo cruel, en el que la milicia vigilante asesinó a una niña de nueve años y a su padre tiempo atrás para echarles la culpa a los migrantes ilegales. Los vigilantes querían despertar el miedo y la indignación entre su comunidad e inventaron un grupo de migrantes asesinos. Entraron a la casa de la familia Flores y le dispararon a la pequeña

Brisenia en la cabeza. Llevaba su pijama color turquesa y las uñas pintadas de rojo cuando murió, acurrucada en el sofá de la sala.

Pero como Nicolás es un joven liberal que nunca ha estado en Arivaca, no ha visto cómo la vergüenza de ese asesinato todavía afecta al pequeño pueblo. Nunca ha estado cerca de una tragedia tan barbárica, nunca ha experimentado un golpe tan primitivo que lo trastorne hasta lo más hondo de sus creencias. En pocas palabras, Nicolás nunca ha vivido algo que lo haga cambiar fundamentalmente de parecer. Así que no está consciente de la forma en que la tercera ley de Newton se siente en un lugar así: por cada crueldad cometida, existe una posibilidad de redención igual de signo opuesto. En todo caso, el punto es irrelevante. Lydia no tiene ninguna intención de ir a Arivaca, un lugar donde la única salida es entregarse, pedir ayuda. Luca y ella van a ir a Tucson, donde estarán a salvo.

Caminan casi cinco kilómetros sin ningún incidente, y es casi increíble observar cómo los colores se transforman en el negro del desierto cuando termina el día. Hay un momento, observa Lydia, más que un momento un lapso de quince minutos tal vez, justo en el crepúsculo, cuando el desierto es casi el lugar más perfecto que existe. La temperatura, la luz, los colores, todos cuelgan suspendidos ante un precipicio inigualable, como los coches de una montaña rusa que suben lentamente hacia la cima, justo antes de caer. La luz baja todavía más en el cielo y Lydia puede oler el calor del día apagándose en su piel. La mochila de Luca brinca frente a ella. Por primera vez desde que se levantó de la silla en el patio de su madre en Acapulco y dejó su paloma helada sudando en la mesa, Lydia siente que pueden sobrevivir. Surge algo extraño en ella, parecido a la euforia.

Sin embargo, de pronto está muy oscuro y hace frío. Hace más frío que la noche anterior, si es que no lo está imaginando, y la temperatura hace que todos aceleren el paso. El terreno es desigual, plagado de rocas que surgen y se elevan impredeciblemente, y de los hoyos que los animales hacen para guarecerse. Lydia reza porque nadie se caiga. Las hermanas han estado inusualmente calladas, se da cuenta, y le preocupa su vitalidad, luego de que sus cuerpos resistieran esos otros traumatismos recientes. Lydia reza también por los pies de Luca dentro de sus botas nuevas, por los pies de Soledad y de Rebeca, y por sus propios pies. "Dios santo, mantenlos fuertes y sin ampollas, permite que solo se paren en lugares donde se supone que deben andar los pies humanos".

El Chacal se mueve a un paso brutal. El punto de encuentro está a casi 20 kilómetros al norte de la frontera, en línea recta, pero esos kilómetros se extienden por uno de los terrenos más escabrosos de Norteamérica, donde los desniveles pueden ser de hasta dos metros. Su viaje de dos días y medio serpentea la peor parte, la más intransitable, pasando por los tanques de agua de reserva para el ganado, por si están desesperados por encontrar agua, pero siempre manteniéndose lo más lejos posible de los senderos y rutas conocidas por la migra.

Al final de la caminata de esa noche, cerca del amanecer, cuando acampen en una formación rocosa parecida a una cueva, algunos kilómetros al oeste de Tumacacori-Carmen, Arizona, casi serán libres. Los migrantes todavía no lo saben. No conocen los detalles porque al Chacal le gusta guardarse las cosas. Si algo sale mal, si un migrante se pierde o se retrasa y lo agarra la migra, el coyote no quiere que le confiese todos los detalles a la patrulla fronteriza. Lo único que necesitan saber es que tienen que seguir al Chacal y hacer lo que él les diga. Si escuchan, si obedecen, si perseveran, él velará por que sobrevivan al viaje.

Al día siguiente, en la noche, se sorprenderán por lo corta que les pareció la caminata. Expresarán su asombro a medida que se acerquen al campamento, donde dos casas rodantes los están esperando para llevarlos a través del primitivo camino de tierra que por fin los llevará hasta una autopista como las que siempre han imaginado que existen en el norte: el pavimento ancho y liso de la Ruta 19, que los espera. El punto de control migratorio de la patrulla fronteriza cierra algunas horas cada semana. Gracias al intercambio de dinero constante por información confiable, el coyote sabe cuáles son.

Es un trayecto de cuarenta y cinco minutos en auto desde ahí hasta Tucson, donde los espera el anonimato optimista de la Arizona urbana. Está tan cerca. Los migrantes ni siquiera se dan cuenta de lo cerca que están. Pero ahora, en la quinta hora de su caminata vigorosa, mientras la grava suelta de la colina negra por la que descienden en algún cañón sin nombre se desliza traicioneramente bajo sus pies, justo cuando sus espíritus comienzan a reflejar la fatiga de los cuerpos, se abre un cráter en el cielo, seguido de un aguacero. Toma a todos por sorpresa, e incluso Nicolás y El Chacal, que están bien preparados para la lluvia, se empapan antes de siquiera alcanzar a ponerse los ponchos. Sus cuerpos quieren buscar refugio y les toma unos cuantos minutos disipar esos instintos y recuperar el paso, andando con dificultad a través de la cortina de lluvia.

Los pantalones de mezclilla de Luca pesan por el agua de lluvia y tiene que caminar con las piernas abiertas porque la mezclilla mojada raspa entre sus muslos e irrita la parte de atrás de su cadera izquierda. Ahora agradece las nuevas botas de senderismo, y le alegra que Mami hubiera insistido en que las usara los dos días que pasaron en el departamento, en Nogales, para ablandarlas. Le da gusto no haberse quejado y no haber discutido, aun cuando había querido hacerlo. Pero, a pesar de esa precaución, con cada paso se vuelve más consciente de un punto, un pequeño punto del ancho de un hilo, en la parte de atrás de su talón izquierdo, que le está dando problemas. Al principio lo ignora. Luego lo reconoce. Se dice a sí mismo que esa insignificante pizca de dolor no evitará que llegue a su destino. Se dice a sí mismo que soportará cien dolores iguales, sin parpadear. ¡Él es Luca! ¡Toda su familia fue asesinada! ¡Es imparable!

—Mami. —Su voz es suave, cortada por el dolor.

—¿Qué pasa, mijo?

—Tengo una ampolla —confiesa.

Es insoportable. No puede seguir.

Mami aprieta los labios y lo aparta del sendero, fuera de la fila. Los otros migrantes no se detienen, ni siquiera disminuyen el paso. Siguen a la misma velocidad y, para cuando Lydia se arrodilla, sube la pierna del pantalón de Luca y saca su calcetín, ya todos la han pasado. Es difícil ver en la oscuridad y en la lluvia, pero El Chacal les prohibió usar linternas, así que Lydia acerca la cara al talón de Luca para investigar. Sus calcetines están empapados y pasa la mano por la parte de atrás de su pie, donde puede sentir la burbuja. No hay nada que pueda hacer por él porque tiene la piel húmeda, los pantalones mojados, todo mojado. Ponerle una curita es imposible, pero tiene que intentar. Se quita la mochila y abre el bolsillo lateral donde metió un puñado de curitas antes de salir. Están húmedas, por supuesto, pero Lydia elige las que parecen más secas. Abre su sudadera y se inclina sobre el tobillo de Luca, intentando hacer de su cuerpo una sombrilla.

—Quítate la bota —dice.

—Pero, Mami, ya se van, no tenemos tiempo.

—Rápido —le grita.

Luca obedece. Jala las agujetas y se saca la bota, que se le cae al suelo.

—Siéntate aquí.

Señala su mochila, y Luca se sienta.

—El calcetín también —dice, y luego mira hacia donde cree que todavía puede ver a los últimos del grupo entre la lluvia, que desaparecen en la oscuridad.

Sostiene las curitas entre los labios. Luca saca el calcetín mojado y ella lo guarda en su bolsillo. Saca su playera de abajo de la sudadera y con el borde seca el pie de Luca lo mejor que puede. Sus deditos están arrugados. Mete el pie bajo su axila tibia y luego se inclina hacia la mochila que todavía trae colgada Luca. Sabe que hay dos pares de calcetines adentro, en el lado derecho, cerca del fondo. Le preocupa actuar de manera torpe, debido a la prisa; no poder encontrar los calcetines, buscando a ciegas; encontrarlos y que se le caigan; que estén empapados y sea inútil; perder al grupo por nada; morirse ahí, no por las balas del cártel en una fiesta familiar, sino solos, en el desierto. Morirían por culpa de una ampolla. Por la lluvia.

No. Ahí están. Sus dedos rozan la bola suave de los calcetines, aún secos. Gracias a Dios. Los abre y los sostiene bajo la axila, junto al pie de Luca, y cierra la mochila. Los demás migrantes ya se fueron. Ya no puede verlos ni oírlos, pero todos sus sentidos van con ellos; envía su mente tras ellos en la dirección que tomaron. "Dios, por favor déjanos encontrarlos de nuevo", suplica. Quita el papel de la curita, lo tira al suelo y seca otra vez el pie de Luca con su playera. Sopla sobre el pie húmedo y luego presiona el adhesivo contra la curva de su piel. "Por favor, Dios, que pegue". Desdobla los calcetines secos y mete en uno su pie.

Tiene la impresión de que le toma horas retorcer el tubo tejido para cubrir el pie, acomodar la costura al talón, ajustar el algodón seco alrededor del talón afectado. Piensa en ponerle el otro calcetín. Una capa extra de protección entre la bota y la piel. ¿Sería mejor o peor para la ampolla? Más acolchonado, pero más apretado. El tiempo es el factor decisivo. Guarda el otro calcetín detrás de la correa de su sostenedor y recoge la bota. Afloja las agujetas y abre la lengüeta. Limpia el interior de la bota con su playera y Luca se la pone. Ajusta las agujetas.

—Yo lo hago, Mami —dice Luca.

Lydia lo cubre con su sudadera abierta mientras amarra las agujetas de prisa, impresionantemente.

—Listo —dice—. Ya estoy bien, Mami, gracias.

Luca se levanta de su mochila y camina unos pasos de prueba.

—Mucho mejor —dice.

Lydia ya cerró la cremallera de su mochila y camina tras él, trotando, en realidad, mientras se cuelga la mochila al hombro. Los galones de agua se mueven y golpean.

—Ándale, mijo, rápido, los tenemos que alcanzar —dice.

En total, el retraso les costó tal vez dos minutos y medio. Quizá tres. Suficiente para que hayan perdido por completo al grupo. Están muy lejos para escucharlos porque todo lo que pueden oír es la lluvia torrencial golpeando todo lo que tienen alrededor. Lydia entra en pánico y sus miedos se comprimen en una bola que se aloja en su pecho. "Así es como sucede", piensa. Y su voz se vuelve frenética. Le grita a Luca que se mueva más rápido, pero él está pensando en ese día afuera de Culiacán, cuando la migra los estaba persiguiendo y Mami se torció el tobillo y se cayó. "No pueden torcerse un tobillo encima de todo", piensa Luca, y esa preocupación hace que su paso sea demasiado cauteloso. Es posible que de eso se trate, morirán por cautela.

—Apúrate, mijo, por favor.

Lydia pelea contra un grito que se expande en su garganta, y ahora le asalta una nueva duda: ¿Y si están corriendo en la dirección equivocada, alejándose ligeramente de la ruta, un poco nada más, pero suficiente para que con cada paso se alejen más y más del grupo? "Por aquí se fueron, ¿no?", trata de recordar. No hay manera de rastrearlos bajo la lluvia, en esa oscuridad. Tienen que caminar. Moverse. Seguir andando. En su desesperación, Lydia rompe la regla crucial del silencio y los llama, pero nadie responde. Caminan, tropiezan y se apuran en la oscuridad durante un tiempo, incluso algunos minutos, y vuelve a romper la regla, más fuerte, con más desesperación cada vez que grita un nombre.

Soledad.

Rebeca.

Beto.

Ayuda.

Nicolás.

Choncho.

¿Dónde están?

Luca ya no está enfrente ni detrás de ella, sino a su lado, apretando su mano, y ella mira alguna que otra vez la oscuridad de sus ojos, pero ve que está en calma. Él no comparte su pavor.

—Está bien, Mami —dice al fin—. Sí es por aquí.

Lydia le cree porque tiene que creerle. Él sabe de eso. ¿No?

Chacal.

Marisol.

Slim.

¿Hola?

La única respuesta es el látigo grueso de la lluvia golpeando sus hombros, los goterones que salpican contra sus capuchas. Sigue atravesando la negrura, y en cierta parte desconectada de su mente donde las operaciones todavía ocurren normalmente piensa en broma sobre perderse en el desierto por cuarenta días, o milenios. La idea católica del infierno que había aprendido es errónea: no hay fuego, los pecadores no arden. El infierno es húmedo, frío, negro y perdido. Su cerebro zapatea y se contrae. Entonces ve una figura que se mueve en la oscuridad. Una sombra. Un movimiento apenas discernible. Una mancha negra a lo lejos, un poco más negra que todo lo negro inmóvil que tiene alrededor. Lydia aúlla y siente un golpe de esperanza atravesar su esternón. Aprieta la mano de Luca y lo arrastra a un paso todavía más veloz, y corre desenfrenada tras esa mancha negra mientras se mueve por el paisaje invisible. No lo está imaginando. No es un espejismo. Sigue su trayectoria, bum, bum. Se mueve hacia adelante y Lydia fija sus ojos en ella y la sigue, jala a Luca, corre haciendo caso omiso del terreno traicionero bajo sus pies, hasta que la figura se vuelve más grande, está más cerca y es una mochila. Es la mochila de Ricardín. Les grita una vez más.

Ricardín.

David.

Y la figura se para. Voltea a verla. Los encontraron. Están salvados.

Salvación. Salvación. Lydia llora.

Ricardín la apura para que se ponga delante de él, delante de su primo David. Ahí están las hermanas, Rebeca y Soledad. Es fácil para Lydia creer que las niñas quizá no notaron su ausencia. Está tan oscuro y llueve tan fuerte, que es difícil ver algo más allá del borde de tu capucha, de tus manos extendidas, de tus agitados pies. Lydia no quiere saber si las hermanas notaron que no estaban, si le dijeron al Chacal, o si le pidieron que se detuviera a esperarlos. Si no lo sabe, entonces no tendrá que preguntarse a sí misma qué habría hecho ella en su lugar. Ya está bien, no importa. Está bien. Lydia se persigna en la oscuridad. Huele sus hombros. Inhala el aroma de la lluvia interminable.

CAPÍTULO 33

La tormenta se detiene tan abruptamente como em-pezó. Tras su paso, Luca escucha un nuevo coro de música incómoda entre ellos. Sus zapatos chapotean bajo los pies. La mezclilla empapada de sus pantalones murmura rígida cuando las piernas se mueven una contra la otra. A Luca le castañetean los dientes y siente tanto frío, que casi puede escuchar a su cerebro temblar adentro de su cráneo. Se pregunta si estar congelado y mojado después de la lluvia no será peor que la lluvia misma, de la misma forma en que el cuerpo, una vez que se adapta al mar frío del Pacífico en la bahía de Acapulco, puede llegar a extrañar ese cobijo cuando sale a la arena caliente de playa Condesa.

"Tu cuerpo se confunde y no sabe qué es caliente o frío", piensa Luca, pero luego empieza a llover otra vez y Luca sabe que su hipótesis es una mierda. Pasan una noche desafortunada, llena de episodios de lluvia torrencial seguida de periodos intermitentes de tregua. Lydia intenta aferrarse a la sensación de alivio, a la sensación de estar a salvo. Pero sus mochilas y pantalones de mezclilla rozan la piel hasta rasparla, y luego llueve otra vez. Cada uno de ellos, una o dos veces al menos, se deja llevar por la desesperanza. El único pensamiento que los ayuda a continuar es la noción de que cada minuto que resistan en medio de la desgracia es un minuto menos que tendrán que soportarla.

—Hay una bendición en la lluvia —dice El Chacal mientras caminan por donde se unen dos placas rocosas del cañón—. Todos la odian.

Luca y Lydia habían regresado a su lugar cerca del principio de la fila, detrás de Choncho, Slim y Beto. Rebeca y Soledad están justo detrás de ellos, seguidas de Marisol, Nicolás, Lorenzo, David y Ricardín, y los dos hombres callados que se reservan sus nombres. Las rocas en esa parte del terreno son anchas y suaves, resbalosas por el agua, y Luca nota que puede empezar a distinguirlas en la oscuridad. Llegan a un lugar donde las rocas forman una escalera natural, que los migrantes bajan, y las paredes del cañón se elevan a cada lado conforme caminan por el fondo de un barranco, donde un riachuelo de lluvia salpica sus tobillos.

Siguen de cerca al Chacal por el banco izquierdo de la hondonada, donde el sendero está más seco y unas plataformas irregulares sobresalen de la pared del cañón. "Es justo el tipo de paisaje que Pilar, la niña temeraria de su escuela, elegiría trepar si estuviera aquí", piensa Luca. Él también podría treparlo, ahora lo sabe. Puede hacer cosas que Pilar ni siquiera ha soñado hacer. Los primeros tonos de luz gris pintan de a poco las paredes del cañón mientras el coyote habla.

—Cuando llueve, los narcos se quedan en sus camionetas. Los agentes de la migra se quedan en su madriguera. Nosotros pasamos mientras ellos se guarecen.

—Solo los migrantes se aventuran bajo la lluvia —dice Choncho.

—Los locos —lo corrige Slim.

Pero la lluvia es caprichosa en el desierto, y según se aleja la noche lentamente, Luca ve las opresivas nubes moverse como las ruedas de La Bestia a través del cielo, oscuro todavía. Las nubes se acumulan, aplastan y aniquilan, y cuando pasan solo dejan un vacío gris y ningún rastro. Pronto el sol saldrá y llenará ese vacío con colores ardientes. Pronto la migra volverá.

Caminan rápido.

—¿Cuánto falta? —pregunta Beto, porque nadie ha hablado

en mucho tiempo y, más que necesitar una respuesta quiere oír el sonido reconfortante de otra voz humana.

—Una hora, tal vez menos —responde el coyote.

La mayor parte de las personas que han conocido al Chacal en esta etapa de su vida, creen que le pusieron ese apodo por su trabajo como coyote, pero lo cierto es que su familia lo llama así desde los doce años. Cuando era niño, en Tamaulipas, Juan Pedro, como le decían entonces, encontró un día un cachorro al lado de un camino. Un coche había atropellado a la madre y la había matado. Sus hermanos de camada se habían ido, o los habían recogido para cuando llegó Juan Pedro y encontró al cachorro solo, sentado junto al cuerpo frío de su madre. Juan Pedro se lo llevó a casa y, conforme crecía, a pesar de los cuidados tan meticulosos y el cariño que Juan Pedro le daba, el cachorro se hizo larguirucho y de apariencia salvaje. La gente del pueblo empezó a llamar al animal "El Chacal", lo que para Juan Pedro estaba bien porque le gustaba la connotación silvestre del apodo. Pero cuando empezaron a llamarlo a él "Madre del Chacal", ya no le gustó tanto. Aguantó el nombre un tiempo y se alegró cuando la gente se olvidó del perro y acortó su apodo a "El Chacal".

A pesar de su sobrenombre, El Chacal no tenía intención de convertirse en un coyote. Casi nadie la tiene. Él cruzó una vez, muchos años atrás, cuando todavía era un hombre joven que buscaba trabajo. Su idea era cruzar solo una vez. Era mucho más fácil entonces, pero tampoco era un pícnic... no en Arizona. A los demás migrantes con quienes iba esa primera vez les pareció extenuante y difícil. Pero El Chacal descubrió que le gustaba esa parte elevada del desierto. Descubrió que le hacía bien, abría sus pulmones y sacaba el calor de su cuerpo. Pasó algunos meses trabajando como lavaplatos en una cafetería en Phoenix, y siempre que tenía tiempo libre se iba a hacer senderismo en los cañones. No pasó mucho tiempo antes de que regresara a casa, en Tamaulipas.

Cuando cruzó por segunda vez, lo hizo solo, sin guía. Fue una locura, pero lo hizo sin dificultad. Lo hizo con un mapa y una brújula, y lo disfrutó del mismo modo en que algunas personas disfrutan las clases de entrenamiento militar y los maratones. Le gustaba el reto que suponía para sus músculos y su mente. Le gustaba el peligro subyacente y su preparación para sobrevivirlo. Así que lo hizo otra vez. Varias veces, sin compañía, y cada vez que cruzaba se hacía más fuerte y más listo, ajustaba su ruta, perfeccionaba el rumbo. Entonces cruzó a un grupo de amigos desde Tamaulipas. Estaban tan impresionados por su conocimiento del territorio, por la aparente calma con que se movía en el terreno difícil, que lo contrataron para que llevara a sus novias, hijos, primos y familiares. Casi por casualidad, El Chacal se vio con un negocio próspero de trata de personas.

Le emocionaba ser bueno en algo después de haber vivido una vida de mediocridad en Tamaulipas. Su reputación creció, y a medida que reforzaban la frontera y sus antiguas rutas se hacían intransitables, a medida que tenía que adentrarse más y más en el desierto por rutas cada vez más arduas y peligrosas, El Chacal se dio cuenta de que podía cobrar mucho dinero por su servicio. Luego llegaron los cárteles.

Ahora no gana tanto dinero y no disfruta el trabajo tanto como antes. Solía sentirse casi un héroe, un guía con el poder de trasladar a la gente a la tierra prometida. Ahora le paga a la migra y a los cárteles por el privilegio de cruzar ese pedazo de tierra binacional. Ellos se comen sus ganancias y su libertad. Cuando le exigen favores, no puede decir que no. A veces le piden que lleve algo que no quiere llevar. De vez en cuando le piden que lleve a alguien que no quiere llevar. Pronto se retirará. Ya tiene bastante dinero ahorrado, y con casi 39 años las tribulaciones de ese viaje repetitivo empiezan a pesar más que su infantil deseo de aventuras.

Se irá a casa, a Tamaulipas. Tal vez se case con Pamela, a quien quiere desde niño. Quizá ella finalmente le diga que sí. ¿Por qué no? Mientras, intenta ser duro con los migrantes. Intenta mantenerse distante, porque los lazos pueden ser fatales. Necesita tener libertad para tomar decisiones por el bien del grupo, y si llega a encariñarse demasiado con uno de sus pollitos, le será más difícil tomar las decisiones difíciles al instante, dejar a alguien atrás si ve que no lo va a lograr. Pero últimamente se le está haciendo difícil discernir cuánto de su indiferencia sigue siendo una actuación. Lleva un rosario alrededor del cuello para contrarrestar sus preocupaciones con relación al estado precario de su alma. El tatuaje de su antebrazo derecho dice "Jesús anda conmigo", y cree que todavía es así. Desea que sea así.

Cuando escuchan el sonido atrás de ellos, los migrantes instintivamente se agachan, pero El Chacal, todavía de pie, se voltea hacia el lugar de donde proviene el ruido. Por encima de las cabezas de los migrantes ve acercarse, moviéndose con la misma velocidad de una pesadilla a través de los tonos grises del cañón, una masa de agua negra que fluye rápida y desciende por la escalera a sus espaldas.

—¡Suban! —grita—. ¡Arriba!

Su voz golpea y hace eco contra las paredes del cañón. Todas sus inclinaciones furtivas se interrumpen. Les está gritando.

—¡Suban, suban!

Brinca de roca en roca hacia adelante, se estira para agarrar una saliente ancha que está a la altura de su cintura, y se impulsa hacia arriba. Los migrantes lo imitan y El Chacal se da vuelta para ayudarlos a subir: primero, Luca y Beto; luego, las hermanas y Lydia, y ahora Lorenzo ya está arriba.

—¡Ayúdalos! —le grita El Chacal, así que Lorenzo se agacha, le da la mano a Marisol y la sube.

Uno a uno, los migrantes trepan lejos de la pared de agua que avanza, y los primeros intentan subir más para dejar espacio para los demás. Hay otro borde un poco más arriba, así que siguen subiendo, y ya casi están todos lejos del fondo del barranco, y parece muy obvio desde ahí, con el agua acercándose tan rápidamente y con el descubrimiento de esa ruta alterna, de ese sendero más elevado formado por esos salientes, que se trata del antiguo lecho de un río. Jesucristo.

Aun cuando estaban cerca del principio de la fila, Choncho, Slim y sus hijos están abajo todavía, en el cañón, porque se quedaron para ayudar a los demás. Los migrantes que están en el saliente se echan para atrás y dejan espacio para que suban los rezagados. Se esparcen y se apresuran a subir otros salientes para llegar a un terreno más elevado. Slim está en el primer saliente de abajo y se agacha para jalar a su sobrino David. Sus antebrazos fuertes chocan al agarrar las muñecas, y Slim levanta al muchacho. Ahora sube Choncho, y Ricardín, el hijo de Slim, es el último. Y el agua llega tan rápido y tan alta, que no toca los tobillos de Ricardín y luego engulle sus piernas, sino que golpea su cuerpo entero por detrás, aventándolo, y se lo lleva entre sus fauces como una muñeca de trapo.

Todos gritan y aúllan al verlo, y El Chacal y los dos hermanos corren y saltan de saliente en saliente tras él, o más bien tras su mochila, que es todo lo que pueden ver, su enorme mochila flotando, la misma que había salvado a Lydia en la oscuridad. Los brazos de Ricardín se agitan fuera del agua y logra voltearse de alguna manera. La mochila se desprende de su cuerpo; sus brazos se deslizan fuera de las correas y se va. Ricardín hace un esfuerzo mecánico por alcanzarla, pero se da cuenta inmediatamente de que la mochila no es la prioridad y vuelve a concentrarse en su cuerpo, en su corpulencia inusual cuya fuerza nunca le ha fallado antes. Su Papi y su tío están en el terraplén, arriba, y el coyote también, y nadie puede creer qué tan rápido pasó, cómo el agua salió de la nada y lo rápida y fuerte y profunda que es la corriente.

Llegan a él, gritándole, y alcanza a escuchar la voz de su padre, pero no puede hacer nada porque el agua mantiene anclados sus brazos. Sus piernas se agitan y sigue escupiendo agua, pero tan pronto como escupe su boca se vuelve a llenar, y no solo es agua, sino agua y tierra y ramas y escombros, y se va a ahogar con ellos. Ricardín sabe que se está hundiendo, y piensa que sería casi gra-

cioso morir ahogado en una crecida en el desierto, y se da cuenta
de que no quiere que su muerte sea graciosa, ni siquiera medio
graciosa, así que concentra toda su energía en los músculos abdo-
minales, en doblarse por la cintura para sacar la parte superior de
su cuerpo del agua y agarrar las manos de su padre una, dos veces,
pero no alcanza y... ¡pum!... se pega en la cabeza con una roca,
y después con otra, y ahora su boca sabe a sangre y su diente...
uno de sus dientes incisivos está más filoso que de costumbre y su
labio sangra. Pero no se va a morir ahí, se rehúsa a morir ahí, de
esa forma tan estúpida e indigna, teniendo un cuerpo fuerte que
lo salve, de modo que, sin perder de vista a su padre en la saliente
de arriba, logra girarse lo suficiente para golpear la siguiente piedra con los pies, y la siguiente, y la siguiente, hasta que parece que
rebota en el agua, de roca en roca, y cuando se acerca a la roca
siguiente la usa para catapultarse, con el impulso del agua, hacia
el borde de arriba, mas tampoco alcanza a agarrar los brazos que
su tío le tiende, aunque los hombres le gritan, animándolo, y siguen el paso de su avance acelerado, adelantándose unos a otros.
Sabe que su plan es bueno, y que si pudiera repetirlo funciona-
ría, de modo que gira en el agua, pero esta vez cuando se acerca
la siguiente roca y él estira su pierna esta se atora en una grieta
sumergida, y el torrente empuja su cuerpo, pero su pierna queda
atrapada y puede sentir cómo se rompe el hueso, y grita de dolor,
pero ahora su padre y su tío están justo encima de él, y el dolor es
insoportable, pero ya lo tienen agarrado, su Papi por un brazo, y
su tío, por la capucha de su sudadera, y lo jalan a contracorriente,
hacia el ángulo en que ha quedado atrapada su pierna. Ricardín
no siente alivio cuando ve al coyote ahí también, cuando las seis
fuertes manos lo toman y juntos sacan parte de su peso del agua
y lo acercan a la orilla.

Su cuerpo está torcido de una manera extraña, pero ahora
tiene de dónde agarrarse, lo tienen. No se va a ahogar. El agua de
su cuerpo empapado oscurece la tierra, que araña con los dedos,
pero la parte inferior de su cuerpo sigue bajo el agua, atorada.

No siente alivio, porque sabe.

—Mi pierna está rota. —Ricardín no llora—. Definitivamente está rota. Me rompí la pierna.

Y fue mejor que los demás migrantes no los siguieran corriente abajo, porque nadie quiere ver ni oír lo horrible que es sacar la pierna de ese muchacho de la grieta.

La única pregunta es quién se quedará con él. Slim y Choncho ya han hecho el viaje tantas veces, que saben cómo funciona y aceptan el destino funesto sin quejarse. No le ruegan al Chacal ni a los demás migrantes. No suplican ayuda ni les piden que se queden. Aunque sería una reacción razonable en esas circunstancias, no se dejan llevar por la histeria ante la idea de quedarse solos e inmovilizados en el desierto. Es Choncho quien tiene la última palabra.

—Porque soy el mayor, por eso.

Slim asiente.

—Yo me quedo con mi ahijado —dice Choncho—. Esperaremos un rato para que se adelanten, y cuando sienta que puede hacerlo lo llevo a Ruby Road. Tú llévate a David y encuentren trabajo para que ayuden a nuestras familias.

Los hermanos se abrazan, con esa manera que tienen los hombres trabajadores de golearse duro la espalda. Luego Slim acerca la cabeza húmeda de su hijo hacia sus brazos.

—Lo siento, Papi —dice Ricardín.

Slim sacude la cabeza.

—Gracias a Dios saliste con vida. Es todo lo que importa.

Ricardín y David rezan con sus padres antes de separarse.

—Llama a Teresa cuando puedas usar el teléfono, cuando los recojan —le dice Slim a su hermano—. Yo la llamo cuando llegue a Tucson, cuídense.

Choncho asiente.

—Y ten esto.

Slim deja uno de sus galones de agua junto a su hijo.

—Papi...

—Tómalo, Ricky —dice Slim.

Slim se agacha y mira a su hijo a los ojos. Luego aprieta su hombro y se levanta con el sombrero bajo. Se voltea rápido. A su espalda, Choncho abraza a su hijo con una mano que parece un guante de béisbol sobre su nuca. Ambos miden más de seis pies. Choncho besa a su hijo en la cabeza y luego lo empuja levemente hacia su tío.

—No te metas en problemas —dice.

—Mantengan el sol saliente a su espalda —les dice El Chacal—. Ruby Road está a menos de una milla de aquí.

"Una milla", piensa Luca. "Con una pierna rota".

Cuando el coyote arrea a los demás migrantes de vuelta a la ruta, cuando ascienden el cañón hacia el amanecer rosado y tibio, Luca es el único que mira hacia atrás, desde la brecha, a Ricardín y a su tío, que permanecen sentados en el saliente de abajo. Los demás siguen caminando y Luca percibe la voluntad conjunta que los impulsa a seguir adelante, como engranajes de una maquinaria o una escalera eléctrica. No pueden detener el motor o siquiera desacelerarlo. Se mueven a pesar de la nueva podredumbre en el espíritu del grupo. Incluso la energía del coyote parece flaquear. Pero continúan avanzando. Continúan hacia adelante.

Los migrantes pasan junto a Luca, que se queda atrás ahora, en la brecha. A sus espaldas, Choncho se baja la gorra marrón hasta los ojos y el rostro de Ricardín es una mueca húmeda de dolor. "¿Cómo van a salir de ahí si no puede caminar?", se pregunta Luca. "¿Cómo van a llegar al camino?". Luego desecha ese pensamiento y reza. "Por favor, permite que lleguen al camino".

—Luca, ven —dice Mami.

Luca corre para alcanzarlos.

CAPÍTULO 34

Cuando por fin llegan, la cueva está caliente y seca, y el sol pinta el fondo de anaranjado, rosado y amarillo. No es una cueva subterránea, con una boca oscura, como Luca pensó cuando escuchó la palabra "cueva", sino un hoyo enorme que parece cavado en la tierra con una cuchara para servir helado y luego suavizado y despejado por los elementos. Hay varios clavos de cobre enterrados en la parte superior de la abertura, y El Chacal saca de su mochila una sábana pintada con rayas de tonos marrón, similares a los colores del paisaje. Cuelga la cortina de los clavos, y sobre los migrantes cae una ligera sombra.

A la luz de esa mañana, los migrantes se ven diferentes que la mañana anterior. Algunos ya sabían que eran capaces de dejar a un hombre herido atrás, de abandonar a una persona en el desierto para salvar su vida. Marisol, por ejemplo, cree que no hay vileza que no cometería con tal de volver junto a sus hijas. Lorenzo pisotearía a un bebé para llegar al norte. Para otros, el descubrimiento de esa aceptación es una sorpresa desagradable. Todos saben qué tan afortunados son de que fuera Ricardín el que se rompiera la pierna y no ellos, y reconocer esa buena fortuna los hace sentir malditos, condenados, inmorales.

—Salgan los hombres primero —ordena el coyote cuando termina de colocar la sábana.

Lorenzo gruñe, pero los demás se levantan sin quejarse. Rebeca está empapada y un olor a perro mojado se desprende de la parte de atrás de su cuello, donde la capucha de la sudadera se ha impregnado de la grasa que desprende su cuero cabelludo y el agua de lluvia. Tiene congelados los dedos de los pies, que también sabe lastimados adentro de los zapatos, pero le aterra quitarse la ropa.

—Es la única manera de secarte. —le dice Soledad, mientras se deja caer sobre su trasero y se quita los tenis empapados. Le hormiguean los dedos—. Ya me siento mejor.

Todos se quitan la ropa, sin mirarse. Beto se queda en calzones porque no tiene nada más que ponerse, así que Lydia saca la playera que le había dado para que se cubriera la cabeza el día anterior y se la entrega. La lluvia no le ha hecho bien a sus pulmones; se agita y respira con dificultad cuando levanta los brazos por encima de la cabeza para ponerse la playera. La muda de ropa que Lydia tenía como reserva, enrollada en una bolsa de plástico adentro de su mochila, está relativamente seca. La de Luca también. Soledad se levanta, se quita el suéter y lo sostiene frente a Rebeca, como cortina, para que pueda cambiarse. Todos arrancan la ropa de sus cuerpos húmedos. Se ponen playeras largas y se cambian la ropa interior. Tienen que dejar los pantalones de mezclilla secándose al sol.

Aun cuando hay una nueva solemnidad entre ellos por la ausencia de Choncho y Ricardín, el consuelo que encuentran en ese lugar y ese momento es extraordinario. El suplicio de la lluvia hace que Lydia aprecie la comodidad de sentirse seca como nunca antes la había considerado. Mientras los hombres entran y se cambian en la cueva, Luca y ella se sientan afuera, con las piernas estiradas bajo el sol. Sigue siendo muy temprano en el desierto, pero la temperatura sube rápidamente. La piedra está suave y seca bajo sus cuerpos, y el sol calienta las zonas donde sienten la piel irritada y sensible. Luca quiere preguntarle a Mami qué van a hacer cuando lleguen al norte, pero tiene miedo de que no le pueda dar una respuesta, y no quiere estropear la llegada, que sabe próxima. No obstante, hay una pregunta que no lo deja en paz.

—¿Qué pasará con Rebeca y Soledad? —dice—. ¿En serio crees que se irán a Maryland?

Lydia entrecierra los ojos por el brillo del día que despunta y jala los pies de Luca hacia su regazo para examinar su ampolla. La curita de la noche anterior sigue, para su sorpresa, pegada al talón y decide no tocarla. Puede sentir el peso cálido del anillo de Sebastián sobre el hueco en la base de su garganta. Una brisa tibia recorre sus rodillas morenas, desnudas, y Luca mueve los dedos de los pies.

—Siempre ha sido su plan —dice Lydia, cuidando sus palabras.

—Pero —dice— ¿no podrían cambiar su plan si les preguntamos?

El cielo es límpido y de un azul fresco y nítido gracias a la lluvia, y todo rastro de agua ya se evaporó de la tierra alrededor de ellos. Parece un sueño, toda esa lluvia. "Es un ciclo", piensa. Todos los días un horror nuevo y, luego, cuando termina, esa sensación de indiferencia surreal, casi escepticismo, con relación a lo que acaban de sobrevivir. La mente es mágica. El ser humano es mágico.

—Todo es posible, Luca —dice, mirando más allá de los dedos de sus pies, hacia el paisaje rocoso.

Quizá sí podrían cambiar sus planes. Lydia piensa en lo adaptables que deben ser los migrantes. Tienen que cambiar de opinión todos los días, a cada hora. Solo tienen que tener tenacidad con relación a una cosa: sobrevivir.

La luna parece un cascarón de huevo frágil contra el azul del cielo diurno.

—¿Se pueden quedar con nosotros? —pregunta Luca—. ¿Pueden vivir con nosotros?

—Sí —le responde con facilidad—. Si ellas quieren.

Lydia no puede imaginar despedirse de Soledad y Rebeca ahora. Otra separación.

—¿Y Beto? —pregunta Luca.

—¡Oh, por Dios! —Ríe Lydia—. Ya veremos.

Luca no le pregunta a Mami si cree que Choncho podrá llevar a Ricardín hasta Ruby Road. No le pregunta si cree que alguien ya los encontró, o si están bien. Ya encontró las respuestas a esas preguntas en su mente, y son las respuestas que necesita.

Las reservas de agua han bajado, lo que parece ridículo después de toda la lluvia, y el coyote les dice que beban lo que necesiten, pero que guarden tanta agua como puedan. Duermen toda la mañana en la cueva grande y para media tarde están sedientos y sudorosos, tienen hambre, y el consuelo relativo que hallaron en ese lugar se ha evanescido con el calor opresivo del día. Se esfuerzan por dormir a pesar de la incomodidad. Saben que esa será la última noche y todos están ansiosos por salir de ahí, por llegar a su destino, por bajar de esa nada sin aire, sin agua y sin color, y llegar al camino que se ve allá abajo, y seguirlo hasta donde hay vida.

La cueva se vuelve sofocante porque el camuflaje de la sábana, ahora sostenida con piedras por abajo para evitar que el viento la mueva adentro y afuera de la cueva, también impide que la brisa los refresque. Descansar es difícil, y Rebeca siente calor y frustración cuando se sienta en la cueva y descubre que todos están dormidos. Todos a su alrededor, todos los demás migrantes, hacen ruidos que denotan un sueño intranquilo. Beto es el que más se escucha, jadeando con cada inhalación, pero sin moverse. Tiene un brazo como almohada y duerme con la boca abierta, intentando tomar oxígeno del aire.

Rebeca mete sus pies desnudos en los tenis y pasa por encima de él. Los tenis se sienten rasposos y sin forma luego de haber estado mojados, pero no se molesta en atarlos. Solo tiene que encontrar dónde orinar. Lorenzo abre los ojos cuando la niña se abre camino entre los migrantes dormidos. Observa la piel morena y suave de sus piernas cuando pasa frente a él y alcanza a ver sus calzones de algodón amarillo bajo la playera blanca holgada.

Rebeca se agacha bajo la sábana y sale. Sin hacer ningún ruido, Lorenzo se sienta en su lugar, deja sus zapatos donde están y la sigue descalzo.

Rebeca rodea el costado de la cueva, deja la suavidad de la roca detrás de ella y se acerca a una áspera maraña de maleza en busca de un lugar donde descargar su vejiga. Hay algunos arbustos y se agacha bajo uno, se baja los calzones de algodón hasta las rodillas y se agacha en la sombra. Escucha a Lorenzo antes de verlo porque este gruñe al caminar sobre las plantas espinosas y las piedras. Rebeca se levanta de inmediato, indiferente al pequeño hilo de orina que se desliza por una de sus piernas. Se acomoda los calzones alrededor de la cadera y baja su playera.

Lorenzo le dirige una sonrisa torcida, en un intento de ser encantador.

—Me debía haber puesto los zapatos —dice, caminando dolorosamente hacia ella por las piedras—. Creo que no soy tan listo como tú.

Rebeca da dos pasos hacia atrás, alejándose de él. Extiende una mano hacia atrás y siente la corteza rugosa del palisandro que acaba de orinar. Sus ramas son bajas. Una pequeña rama se atora en su cabello.

—Solo estoy orinando —dice Lorenzo—, como tú.

No lleva playera, solo calzones bóxer y un pantalón corto de hacer ejercicios, con elástico en la cintura. Se los baja, justo frente a ella, y saca su pene erecto. Rebeca no quiere verlo. Mira hacia el camino que está detrás de él, el camino que rodea la cueva, y sabe que no puede volver por ahí sin pasar directamente junto a él y su asqueroso pene. Está llorando cuando se da vuelta y se agacha bajo la rama del árbol que tiene detrás, arrancándose un mechón de cabello en la huida. Lorenzo es veloz, mucho más de lo que ella pensó al verlo descalzo, y antes de que ella logre llegar muy lejos ya él la tiene, primero con un tirón violento de la muñeca y luego con la humedad de su boca sobre ella, sobre su mejilla, su cuello, su oreja.

Rebeca pelea. Le pega con el brazo libre, pero él lo agarra también, y ahora está atrapada, y sus dos muñecas están rodeadas por las cadenas de sus fuertes manos, y él deja caer su peso encima de ella. La presiona contra la superficie rocosa y Rebeca puede sentir el palo duro de su anatomía contra su abdomen. Sabe que hay lágrimas corriendo por su rostro, pero se siente completamente impotente para cambiar nada. De todas maneras, intenta golpearlo con la rodilla, solo para descubrir que sus piernas también están atrapadas por su peso. Así que golpea con lo único que tiene libre... su cabeza.

Logra pegarle una, dos veces con la cabeza, pero él se ríe y le dice que le gusta así, rudo. Rebeca pelea y llora, e intenta liberar sus manos, usar los dientes y los codos, meter los brazos entre el cuerpo de Lorenzo y el suyo para empujarlo, pero no grita, guarda todos los gritos porque están en Estados Unidos, y si grita y tiene suerte serán Choncho o Slim quienes respondan a su llamado, pero si no tiene suerte será la migra. ¿Cuándo ha tenido suerte? Su cabeza se afloja. Su cuello se afloja. Rebeca mira más allá de la amenaza retorcida que es el rostro de Lorenzo. Mira el cielo azul vacío encima de él y espera que pase lo peor. Solo quiere que termine.

Pero no sucede nada. Justo cuando la brutalidad de sus manos bajan por su cuerpo rígido y apartan la tela de sus calzones, se escucha una voz.

—Oye, naco, quítale las putas manos de encima o te vuelo tu pinche cabeza.

De inmediato desaparece la violencia. Desaparece la presión. El peso cruel del cuerpo de Lorenzo se levanta y Rebeca se pega a la pared rocosa, temblando.

Lorenzo, de pie, se acomoda los calzones.

—Qué la chingada, güey, solo nos estábamos divirtiendo, ¿sí? Relájate, hermano.

Rebeca está temblando. Se aleja tan rápido como puede de la sombra de Lorenzo. El temblor de su cuerpo produce una vibración potente y retumbante. Se siente esquelética, sacudiéndose. Tiembla y tiene escalofríos, y siente que sus piernas quizá no la sostengan, pero ya está lejos de él, de pie junto al Chacal, que apunta su pistola hacia Lorenzo. Soledad está también ahí, y Rebeca llora y se dirige hacia ella, pero Sole pasa de largo. Los ojos de Soledad son duros, más negros que la luz inmisericorde del desierto. Brillan mientras los fija en Lorenzo, en sus calzones. Observa su cuerpo alto y musculoso, la ligera sonrisa que tuerce su boca, sus pies descalzos. Ve el tatuaje de la hoz con tres gotas de sangre, visible con Lorenzo de pie, recostado con una mano a la piedra. Puede ver su erección bajo la tela, y estira la mano deliberadamente hacia el coyote, que se halla junto a ella.

El Chacal nunca ha leído teorías académicas sobre traumas psicológicos, pero ha visto mil variedades distintas ahí en el desierto. En la práctica, es un experto en el tema. Sabe muy bien que no debe darle la pistola a Soledad. Pero no siente más que asco por Lorenzo. Después de diecisiete años guiando gente a través del desierto, ha aprendido a distinguir los buenos de los malos, incluso en circunstancias difíciles. Comprende que, de vez en cuando, no vale la pena salvar a una persona. Por eso quizás no sea enteramente accidental lo que sucede; tal vez El Chacal confunde voluntariamente el gesto de Soledad con otra cosa. Cuando ella extiende la mano y la pone sobre la pistola, él lo permite y baja el arma. Se dice a sí mismo que es una intervención táctica femenina para bajar la tensión. El coyote casi no reacciona cuando ella lo desarma.

Luego todo ocurre de prisa. Soledad se adelanta de pronto, levanta la pistola y la apunta al hombre que casi viola a su hermana. "Carajo", esto no es lo que El Chacal esperaba, no realmente. Se dirige hacia a ella, hacia sus manos.

—Soledad...

Ella le apunta por apenas un segundo, el tiempo suficiente para convencerlo de que se detenga. Dirige la pistola hacia Lorenzo nuevamente, que ya no sonríe y levanta las manos frente a él.

—Eh... —dice, y es posible que fuera a decir "Lo siento".

CAPÍTULO 35

*Soledad jala el gatillo mientras Rebeca mira, sin reac-*cionar. No se asusta, ni salta, ni ahoga un grito. No desvía la mirada. Soledad quisiera dispararle una y otra vez. Se imagina llenando de agujeros de balas a todos los policías de Sinaloa, se imagina los sesos de Iván salpicando el techo, y quisiera seguir disparándole a Lorenzo toda la vida. Ni siquiera necesita dejar el desierto, porque la satisfacción de estar ahí, de pie, disparando, es todo lo que necesita por el resto de su vida.

Le parece un doblez en el tiempo, como si hubieran trans-currido horas o años en lo que ella está ahí, de pie, sosteniendo el arma. Y entonces siente que una idea se va formando poco a poco, y piensa que todavía podría usar una de esas balas para ella, para irse con Papi, pero luego se pregunta si podría llegar hasta él, al buen lugar donde él se encuentra ahora. Soledad mira el arma en su mano y la observa ahí, en el extremo de su brazo, y le parece una distancia muy grande, y al verla gira la pistola lentamente hacia ella y el hueco por donde salen las balas queda frente a ella. Pero hay otras manos, fuertes y ambles, que cubren las suyas. Juntas, las cuatro manos bajan el arma al suelo. El Chacal suelta los dedos de Soledad y le quita el metal caliente de las manos.

Cuando Soledad finalmente levanta la mirada de sus manos y la posa sobre su hermana, lo que ve en el rostro de Rebeca es un espejo de lo que siente en su interior. Nada. La ausencia de esa sábana pintada que ondea en el viento caliente del desierto. No hay alegría, ni alivio, ni remordimiento, ni incredulidad. Las hermanas se toman de las manos y caminan con cuidado de vuelta a la cueva, prestando atención a la ruta entre las piedras y las plantas espinosas, con los ojos muy abiertos.

El Chacal está de pie junto al cadáver. Se siente culpable. No es la primera vez que uno de sus pollitos se muere en el desierto. Diablos, es posible que ni siquiera sea el primero ese día. Pero esa muerte sí pudo haberla evitado. Sabe que es responsable. Hace la señal de la cruz sobre el cuerpo, pero es con Dios con quien habla.

—Perdóname, Señor.

Tienen que irse de prisa, por si alguien ha escuchado el disparo. Cuando el coyote regresa a la cueva, los migrantes ya se están poniendo la ropa seca y tiesa. Están espantados, sobre todo los dos niños. Beto agita su inhalador vacío y jala aire, pero todos pueden ver que su piel se hunde en las depresiones de las clavículas con cada respiración. Se inclina hacia adelante y deja las manos sobre las rodillas. Cierra los ojos para concentrarse en respirar lenta y profundamente. Marisol soba su espalda.

—¿Se puede mover? —dice El Chacal—. Nos tenemos que mover.

Marisol se agacha para ver a Beto. La manga de su blusa forma una pequeña cortina, parecida a la que una enfermera colocaría alrededor de su cama si estuviera en una clínica de emergencia en Tucson. Beto no responde, pero asiente con los ojos cerrados. Marisol levanta el pulgar.

—Está bien.

La respiración de Beto suena como una serpiente de cascabel.

Las hermanas se visten y empacan las cosas mecánicamente. Sus expresiones son indiferentes. Nicolás y Marisol las ayudan. Cierran sus mochilas, preparan sus zapatos. Los dos hombres ca-

llados están afuera, separados. Slim y David se ven serios y páli-
dos. La muerte cierta de alguien del grupo los obliga a enfrentar
lo que hasta ahora no han contemplado con detenimiento: que
su hermano y su hijo, su primo y su padre tal vez ya hubieran
encontrado un final parecido. O no, no tan parecido, de hecho.
Mucho peor.

Probablemente lograron salir del cañón, si Ricardín pudo
apoyar su brazo alrededor del cuello fuerte de su tío. Tal vez lograron entablillar su pierna, para que pudiera subir de saliente
en saliente y escalar fuera del barranco. Es posible que, de alguna
manera, Ricardín haya podido tolerar el dolor de caminar otra
milla sobre esa pierna torcida y hecha pedazos. Con seguridad
se bebieron toda el agua en ese viaje, que quién sabe cuán largo
habría sido, acalorados y expuestos al sol del desierto. Tal vez lograron guardar algunos tragos para el final. Si llegan hasta Ruby
Road, mientras el sol exprime toda el agua de sus cuerpos ¿cuánto
tiempo durarán ahí, sobre ese pedazo de tierra sin sombra, esperando que alguien los encuentre? ¿Cuánto tiempo le toma a una
persona deshidratarse y morir en el desierto de Sonora? Qué pasa
cuando tu cuerpo tiene tanta sed que ya no obedece las indicaciones más básicas, como "Sigue andando, agita los brazos, pide
ayuda", "No cierres los ojos", "¡Despierta! ¡Despierta!". ¿Estás
consciente, cuando tu compañero se queda dormido en la tierra
junto a ti, del momento en que su cuerpo ya no puede dar un
paso más? ¿Puedes sentir tu cerebro cocinándose adentro de tu
cráneo? ¿O pierdes la conciencia antes de todo eso?

Por piedad.

El coyote les dice a todos que se muevan rápido. Arranca la
cortina de los clavos y hace una bola con ella entre las manos.
Sabe que nunca volverá a ese lugar.

Lydia no se siente mal por la muerte de Lorenzo. Tampoco se
siente mal por que Soledad lo haya matado, más allá de las re-
percusiones emocionales que esa verdad pueda tener algún día

en la niña que ha llegado a querer tanto. Pero sí le preocupa que algo vital se haya roto en ella misma, porque Luca está alterado, como debe de ser, pero ella tiene la impresión de que la muerte —incluso repentina y violenta— ya no la escandaliza. Es un miedo que necesita presionar, como si fuera un moretón, para probar su sensibilidad. Los dos talones de Luca están envueltos en curitas y calcetines limpios, sus botas, bien atadas a sus pies, y sostiene la mano de Rebeca. La magia que existe entre ellos dos se infla y los cubre como un campo de fuerza. La presencia de Luca reanima a Rebeca, calmando su oscuridad y llenándola con un rastro de color. Esa energía, a la vez, calma a Luca y hace que vuelva a su cuerpo.

—Me tardo un segundo —le dice Lydia al Chacal mientras él dobla la cortina y la guarda—. Necesito verlo.

—Espera —dice el coyote, y se agacha hacia el espacio donde Lorenzo estaba durmiendo.

Su playera quedó ahí, sus bermudas y sus zapatos. El Chacal mete la mano en el bolsillo de las bermudas y saca una cartera negra de lienzo que tiene impresos personajes de Minecraft. Se escucha el velcro desprenderse cuando el Coyote abre la cartera, pero no trae credenciales. Esperaba encontrar algo que pudiera dejar con el cuerpo, porque ese acto de identificación, esa pequeña gentileza, es algo que El Chacal todavía puede hacer por él. En cualquier caso, quizá alguien reconozca la cartera, que seguirá intacta después de que su piel desaparezca, mucho después de que la carne se descomponga o sea devorada por los animales. Los cadáveres desaparecen con una velocidad tremenda en el desierto. Es útil encontrar algún objeto personal cerca de los huesos limpios. Le entrega la cartera a Lydia.

—Déjala ahí con él —dice.

Cuando El Chacal regresa a empacar sus cosas, Lydia ve el teléfono de Lorenzo, metido en uno de sus tenis caros. Lo levanta. Luca la mira, pero se siente tranquilo, con Rebeca. Ella le devuelve la mirada y asiente, y luego sale de la cueva hacia donde está el cuerpo de Lorenzo todavía fresco sobre la tierra. Siente que no está bien que esté así. No solo muerto, sino también sin ropa. Es embarazoso ver la vulnerabilidad de sus pies descalzos. Sus ojos están abiertos y Lydia piensa en cerrarlos, pero no se lo permite. No quiere tocarlo, pero empuja uno de los pies descalzos con su bota y mira la pierna reaccionar. Esta se bambolea y se detiene. Realmente está muerto. Y Lydia no siente nada. Cubre con su sombra el rostro de Lorenzo y dice un Ave María. Luego reza la oración de Fátima, o lo intenta.

Oh, Jesús mío, perdona nuestros pecados, líbranos del fuego del infierno y conduce a todas las almas al cielo, especialmente a las que más necesitan de tu misericordia. Amén.

No es suficiente.

No está rezando por Lorenzo. Aprieta los labios con tanta fuerza que sus dientes muerden la carne. Reza por ella, por un poco de gracia, por todo lo que perdió, por todos los errores que cometió, por la disculpa que nunca podrá darle a Sebastián, por equivocarse sobre Javier, por equivocarse en todo, por sobrevivir cuando todos los demás están muertos, por ser tan insensible. Está rezando por su hijo y por sus vidas destruidas.

Una brisa repentina mece el palisandro que está cerca y alborota el cabello de Lydia. Se agacha junto a Lorenzo y le viene de pronto el recuerdo de esa misma postura en el jardín de la abuela. Inunda primero sus hombros y luego lo siente por todo su cuerpo. El dolor agudo de la ternura, las medias lunas de las uñas rosadas de Sebastián. Había amor. Había amor. Tenía una familia, y ahora todos se han ido, al mismo tiempo. Sus cuerpos quedaron extendidos en formas grotescas por todo el jardín. El vestido blanco de Yénifer, rojo. Su hermoso cabello. El balón de fútbol de Adrián, abandonado en el pasto a sus pies.

"Mamá".

Ahí está. El pozo de dolor, intenso y profundo debajo de la herida, es la prueba de su humanidad todavía intacta. Pero necesita volver a enterrarla donde estaba. No puede sumergirse en ella todavía. Se imagina un hoyo en el desierto, con todo su dolor adentro. Se imagina que lo cubre con tierra, y la presiona con sus manos sucias. Lydia mete la cartera de lienzo de Minecraft bajo un brazo delgado y extendido. Puede ver ahora, en la desnudez del pecho de Lorenzo y la forma de sus hombros, lo que él había estado ocultando bajo la coraza de problemático. Es un niño. Lydia se pone de pie y baja la mirada hacia los restos del joven que yace a sus pies. Y ese es el momento.

Es cuando Lydia cruza al fin. Ahí, tras esa cueva en algún punto de las montañas Tumacacori, Lydia deja la piel violenta de todo lo que le ha sucedido. Esta cae desde su cuero cabelludo, hormigueante, por sus hombros y el resto de su cuerpo. Ella respira y sale de su piel. La escupe en la tierra. Javier. Marta. Todo. Su vida entera antes de ese momento. Cada persona que amó y ya no está. Su remordimiento monumental. Todo lo deja ahí.

Se detiene a los pies de Lorenzo.

Se aleja de él.

—Te perdono —dice.

Lydia ya va de regreso cuando recuerda que tiene el teléfono de Lorenzo. Se detiene y se agacha para dejarlo donde alguien lo pueda encontrar. Extiende su mano y lo mira, un artefacto inocuo y brillante, de plástico negro y metal. Cierra los dedos alrededor de él y se levanta. Presiona el botón de encendido. Sabe cómo hacerlo porque es una versión mejor y más nueva de su propio teléfono, apagado y sin la tarjeta SIM, guardado adentro de sus calcetines, en el fondo de su mochila.

A ella no la pueden rastrear. Pero ¿y a Lorenzo? ¿Alguna vez consideró que podían ubicar su señal entre las torres de telefonía, triangulando su localización? El aparato cobra vida en su mano y no está bloqueado ni necesita contraseña, solo se abre y Lydia tiene que cubrir la pantalla para verla bajo la luz del sol. Camina hacia el palisandro y se para bajo su sombra. Hay mensajes de texto, siete. No leídos. Su pulgar está suspendido sobre la pantalla, pero levanta la cabeza y mira alrededor, por encima de los hombros. Están a kilómetros de distancia de cualquier parte. Solos. ¿De qué tiene miedo? Presiona la pantalla con el pulgar y los mensajes aparecen, abriéndose uno tras otro. Son de alguien llamado El Él. Lydia se inclina hacia el teléfono y absorbe la información al instante. No le toma tiempo leer todos los mensajes y enterarse.

El Él.
L L.
La Lechuza.

Se le paraliza el estómago. La ha estado rastreando.
Diecinueve días. 2,620 kilómetros.
Solo hace segundos se sentía liberada. Era libre de él, del miedo a él. No puede seguirla a donde va. "No".
—¡No! —grita.
Casi avienta el teléfono. Casi patea las costillas muertas de Lorenzo por traicionarla, por engañarla, por su naturaleza traicionera. Le gustaría aplastarle la cabeza con una roca, matarlo de nuevo, por Dios. No serviría de nada. No hay nada que pueda aplacar la ráfaga de violencia que ahora siente en su interior. No hay groserías mágicas que puedan llevarse parte de esa violencia. Es un tornado. Una erupción. Un huracán.

Lee los mensajes de nuevo. Revisa los más antiguos. Desde Guadalajara. Hace once días. Lorenzo los había delatado a cambio de quedar libre de Los Jardineros para siempre, ofreciendo esa información como regalo de despedida para el jefe, como gesto de buena voluntad. Le había enviado a Javier una fotografía de Lydia, de perfil, que había tomado subrepticiamente. Abrazaba a Luca, los dos con los ojos entrecerrados, encima de La Bestia. "Tus amigos están en Guadalajara, jefe", decía el mensaje.

Javier estaba en la oficina del forense, en Barcelona, cuando entró el mensaje, y su esposa lo había regañado por mirar el teléfono cuando debían identificar el cuerpo de su hija y llenar los papeles que les permitieran llevarse a Marta a casa. El desprecio que sintió por su esposa en ese momento era completamente nuevo, y Javier ni siquiera se molestó en responder su reprimenda. La miró con aversión y devolvió la mirada a su pantalla. "No estás libre hasta que yo lo esté", escribió. "Tráemela".

—Ay, no —dice Lydia en voz alta bajo el palisandro—. No.

La batería del teléfono casi está llena, pero solo hay una barra de señal. Lydia levanta el teléfono y lo mueve. Sale de abajo del árbol, pasa por encima del cuerpo de Lorenzo y sube por la pared de roca con el teléfono en la mano. Ahí hay dos, tres barras. Antes de que pueda hacer algo por impedirlo, abre el contacto de El Él y aprieta el botón de video llamada. Ya está llamando. Lydia conoce su tono de llamada. Es Pavarotti cantando "Nessun Dorma". Ridículo. Pretencioso. Vulgar. Él piensa que es un aristócrata porque escribe poesía barata y escucha ópera. En realidad, es un asesino, un criminal, es burgués. Pero la tiene en el bolsillo ahora. Ella lo sabe. Está encima de esa cueva, en medio del desierto sonorense. Sin embargo, está de pie sobre el cadáver de su asesino y ahora tiene ventaja. Él no la va a seguir hasta su siguiente vida. No será un fantasma acosándola, ya no va a tener miedo, no. Luca y ella serán libres. Eso acaba ahí.

Escucha su voz antes de verlo.

—Dime —dice, ansioso de escuchar sobre su muerte.

—¿Que te diga qué? ¿Que estoy muerta? ¿Que mi hijo está muerto?

—Dios mío, Lydia —dice su nombre. "Lydia". Y suena de la misma manera que siempre había sonado al salir de su boca. "Lydia".

—Lamento decepcionarte, pero estamos vivos. Vivimos.

—Lydia —dice de nuevo.

Es muy confuso. Su odio por él es inmenso. Es el sentimiento más grande que ha tenido jamás. Es más fuerte, incluso, que el amor que sentía por Sebastián el día que se tomaron de las manos y se besaron frente al altar de la catedral de Nuestra Señora de la Soledad. Es más profundo que ese algo colosal e inimaginable que sintió el día que expulsó a Luca de su cuerpo hacia el mundo. Es más oscuro que el hueco que dejó su papá cuando murió sin despedirse. El odio es un súcubo viviente, lo suficientemente vasto, veloz y maligno como para brotar de su corazón y volar, extenderse a través de los cientos de kilómetros entre ellos y cubrir toda la ciudad de Acapulco, cubrir con un velo la habitación donde él se encuentra en ese momento, proyectar su sombra sobre él y vencerlo, meterse dentro de su boca y ahogarlo desde adentro. Lo odia tanto que podría matarlo a 2,620 kilómetros de distancia solo con desearlo. Pero ahí está, diciendo su nombre.

—Lydia.

Su rostro se ve demacrado, esquelético.

—Nunca deseé tu muerte —dice—. Por supuesto lo sabes, Lydia. Si te quisiera muerta, estarías muerta.

Ella parpadea. Aleja la cámara de su rostro. Cierra la boca y contempla el horizonte desértico. Y de pronto sabe que lo que está diciendo es verdad. Todo ese tiempo, sus planes, sus estrategias, su autocomplacencia... no fueron más que una ilusión.

—Yo nunca te podría lastimar, Lydia.

Su boca se abre en un jadeo incrédulo.

—¡Lastimar! ¿Nunca me podrías lastimar? Me lastimaste, señor. Me torturaste. Destruiste mi mundo entero, todo.

—No, Lydia. Yo no quería...

—¡Cállate la boca! —grita por encima de su voz—. ¿Crees que me importa qué *querías*? ¿O cómo justificas tus monstruosidades? Te hablo para decirte que esto ya se acabó. ¿Entiendes? Se acabó.

Javier suspira delicadamente del otro lado del teléfono. Lo ve hacerlo. Un gesto familiar que antes amaba. Y eso la parcializa de una manera que no desea.

—Pero no se puede acabar, Lydia —dice con tristeza—. Los dos perdimos todo.

No.

—Eso no es cierto, Javier. Tú perdiste una cosa. ¡Una!

Él levanta los ojos húmedos.

—La única cosa.

El corazón de Lydia es un escándalo, pero su voz es suave.

—Lo más importante —le concede—. ¡Pero no tenías derecho! ¡Ningún derecho!

Él está bajo un confortable rayo de sol, en Acapulco, el hogar de ella. Hay una taza de expreso junto a su codo. Ella está sucia, sin dinero, sin hogar, viuda, huérfana y en medio del desierto. Javier recarga el teléfono en algo frente a él y la imagen se queda quieta en la pantalla. Se quita los lentes, los limpia. Su boca es una mueca imposible.

—No sé, no sé —dice, parpadeando rápidamente.

—Voy a sobrevivir —dice—, porque todavía tengo a Luca. Tengo a Luca.

La boca de Javier dibuja una línea.

—Esto tiene que acabar ahora —dice ella.

Javier se vuelve a poner los lentes y los empuja sobre su nariz.

—Maté al sicario que enviaste.

—¿Tú qué?

—Sí. Está muerto. Mira.

Lydia se acerca al borde del pequeño barranco y gira el teléfono hacia Lorenzo. Luego tal vez se sienta mal por eso, por haber usado su cadáver para su beneficio, por celebrar la muerte de Lorenzo, aun de mentira. Después se preguntará por qué él no había leído ni contestado los últimos siete mensajes de Javier. Es posible que se pregunte también por el potencial de redención de Lorenzo, ahora extinto. Pero no en ese momento. Devuelve la pantalla hacia su rostro.

—¿Ya podemos terminar? ¿O vamos a seguir matando gente?

Javier deja escapar un sonido que es mitad sollozo y mitad risa. Quiere apelar a la razón de su pena para declararse inocente. Ella sabe que el dolor es una clase de locura. Lo sabe.

Lydia es un faro en ese risco.

El asco en su boca tiene el sabor de la bilis.

—Adiós, Javier.

Ni siquiera se molesta en colgar el teléfono. Lo avienta hacia la tierra y la cámara cae mirando al cielo vacío.

Frente a la cueva, en el calor de la tarde desértica, tres horas antes de la prevista para salir —en la seguridad del atardecer—, los demás avanzan de prisa cuesta abajo para adentrarse en el valle. Luca la está esperando junto a Rebeca. Lydia lo toma de la mano.

CAPÍTULO 36

No está lejos. El Chacal les sigue diciendo que no está lejos. Casi todo es bajada, les dice. Tres kilómetros, quizás menos.

—Ándenle, sí pueden —dice—. Ya casi llegamos.

Pero no es el terreno ni la distancia. Es el calor. La razón por la que los migrantes avanzan por el desierto solo durante la noche, el atardecer y el amanecer, no es ocultarse en la oscuridad. Después de todo, la migra en el norte tiene helicópteros, cámaras con sensores de movimiento, reflectores, lentes de visión nocturna, por favor. Es el sol homicida. Ya no pueden racionar el agua porque sus cuerpos la necesitan. Sus cuerpos no continuarán sin agua. Beben sus provisiones, y no es suficiente. El agua fluye a través de ellos hacia el exterior de su piel. Empapa su ropa, su cuello, su cabello. Beto sigue deteniéndose para inclinarse sobre sus rodillas y respirar. Es una labor extra, un precio extra. Está mareado y empieza a toser. El Chacal maldice por lo bajo. Solo tres kilómetros más. Han llegado lejos, ya casi están ahí. "Carajo, ándenle". Avanzan a un paso demasiado lento. Es una pesadilla.

Es el peor cruce que el coyote ha hecho en años. Sabía que no debía llevar a un niño. Dos niños. Cuatro mujeres. Sabía que iba a haber problemas. Sin embargo, tiene que admitir que esos seis son los que han sobrevivido el camino. Son más fuertes de lo que había pensado, incluso el asmático. "Demonios". El Chacal nunca hubiera accedido a llevarlo si hubiera sabido de su asma. Pendejito tramposo. Le gustaría torcerle el pescuezo. Pero primero tiene que llevarlos a una sombra y darles agua.

—¡Ándale! ¡Más rápido! —dice. No hay tiempo que perder.

En serio lo intenta, pero Beto no se puede mover. No puede ir *más rápido*. Tose, escupe, sacude la cabeza y se recarga en sus rodillas, y el sol golpea la parte de atrás de su cabeza. Su cabello negro se come y se traga el calor del sol, y su cabeza está muy caliente, y su cuello está muy quemado. Beto quiere hacer un chiste. Intenta pensar en algo que decir sin palabras, sin gastar su preciado aliento. Le duele. Le da miedo. Siente una presión enorme en el pecho, gigante. Un elefante, un hipopótamo, las gigantescas llantas dobles del camión que aplasta la basura en el *dompe*. Trituran sus pulmones. Una avalancha de basura. No puede respirar. "No puedo respirar". No es broma.

Marisol soba su espalda y le murmura algo al oído, porque lo ha visto antes. Su hija Daisy tenía asma cuando era más pequeña. No tan grave, pero Marisol entiende. Daisy tenía tos seca cuando era bebé, y cuando empezó a caminar, Rogelio y ella le hicieron análisis para descartar alergias. A los perros, a los gatos, al polen. Tenían que ser muy cuidadosos, porque cuando algo le provocaba tos esta le duraba días enteros. Tenían que llevarla a la sala de emergencias para que la trataran con salbutamol. Una vez le dio un ataque de asma jugando en casa de una amiga y fue aterrador, porque Marisol estaba sentada en la cocina con la otra mamá, bebiendo té, y Daisy no le dijo hasta que fue demasiado tarde. Ya estaba en problemas.

Marisol buscó frenética en su bolso y no encontró el inhalador. Lo habían dejado en el baño, en casa. Salieron corriendo tan rápido, que Marisol ni siquiera se abrochó el cinturón de seguridad. Cuando sacó el coche, le pegó al parachoques de un auto que estaba estacionado junto a la entrada de automóviles y no se detuvo siquiera a dejar una nota. En casa, abrió el agua caliente de la regadera para llenar el baño de vapor, y le dijo a Daisy tres veces que aspirara su inhalador. Luego una cuarta. Daisy estaba sentada sobre la tapa del inodoro y Marisol estaba de pie, con el teléfono en la mano, lista para marcar el 911. Fue intenso y pavoroso, pero en cuestión de minutos los jadeos de Daisy disminuyeron, hasta que por fin terminó. Respiraba.

Beto empeora. Ya no tiene esa tos suelta y húmeda que había tenido durante toda la semana. Ya no se escucha el silbido. Su tos es seca y ahogada.

Marisol sube la voz por encima de su angustia.

—Ten calma. Respira lentamente.

Pero su propio corazón está latiendo tan rápido como un conejo.

No hay sombra. El Chacal se vuelve para buscar un lugar, un pequeño refugio del sol. Si tienen que parar, tiene que ser a la sombra. Cada minuto deshidrata sus cuerpos más y más. Pero no hay nada cerca, y el niño no se puede mover.

—Intenta enderezarte —le dice Marisol.

Beto lo intenta, se desdobla. Pero esta vez, cuando tose, ya no vuelve a respirar. Sus ojos reflejan pánico, sus manos vuelan hacia su garganta y la piel de su cuello se tensa. Luego se escucha un silbido mínimo y tose otra vez. Y de nuevo no puede inhalar. Sus labios ya son azules. Las uñas de Beto son azules. Todo sucede muy rápido. Golpea su cuello con las manos.

Marisol le quita el inhalador vacío, lo agita y lo pone contra su boca. Aprieta, pero está vacío, como el cielo yermo. No hay nada. Beto se cae sobre su trasero, y es casi cómico porque siempre está payaseando, haciendo reír a todos, y se cae sobre sus nalgas como un bebé de pañales, con las piernas extendidas. Pero no tiene nada de gracia porque está agonizando, e incluso la tos seca ya cesó. Todos se reúnen alrededor de él, aterrados. Nadie respira, pero no pueden hacer nada, aun cuando a 10 kilómetros de ahí, en línea recta, en un edificio de color anaranjado brillante en la calle Frontage Road, en la pequeña comunidad de Río Rico, Arizona, hay una farmacia.

Detrás del mostrador hay un contenedor grande con inhaladores de salbutamol nuevos. Por supuesto, también hay alternativas que no necesitan prescripción, y esteroides para tratar síntomas más graves. Cuando Beto pierde el conocimiento, Nicolás comienza a darle compresiones cardíacas. No sabe si es lo correcto, pero no puede quedarse ahí sin hacer nada. Marisol se une a él, endereza la cabeza de Beto, aprieta su nariz y respira en su boca. Exhala con todo lo que tiene, pero no puede hacer que su pecho se eleve.

Todos están de rodillas en el desierto. Los migrantes rezan mientras Marisol y Nicolás tratan de revivir a Beto. Permanecen así durante largo tiempo, mucho más del que sería razonable esperar para obtener frutos. Nadie quiere reconocer que ha pasado mucho tiempo. Nadie quiere ser el que lo diga, ni siquiera El Chacal. Todos temen poner en peligro crítico sus almas inmortales si lo admiten: Beto se ha ido. Soledad y Rebeca están llorando, Lydia está llorando, Luca está llorando. Pero el llanto de ellos no tiene lágrimas. No queda agua en sus cuerpos para producir lágrimas. El Chacal pone finalmente una mano en el hombro de Nicolás.

—Suficiente —dice.

Nicolás deja de comprimir, y detiene a Marisol que se agacha de nuevo para exhalar en la boca de Beto. Se acerca a ella por encima del niño y la toma por los hombros. Se abrazan, con el niño entre los dos, formando una manta con sus cuerpos.

—No —dice Marisol.

Toca su cuerpo, su frente, la quietud de su corazón. Toma sus manos y las lleva a su pecho, todavía suave.

Es tan pequeño.

Las otras muertes, o las otras pérdidas, fueron atroces.

Pero fueron… racionales. Hubo una lógica detrás de ellas: había un riesgo, se corrió ese riesgo, y a veces se paga un precio injusto.

Pero esto. Jesús.

Marisol se desmorona sobre Beto, exhalando todo el aliento que él no pudo inhalar. Lo engulle, lo ahoga entre sus puños cerrados.

—Papá Dios.

Marisol llora sobre él, hasta que El Chacal la aparta.

Uno a uno los aparta. Se coloca entre Beto y los demás. Toca sus brazos o sus hombros, y los libera. Slim y David están junto al coyote, que tiene el rostro sombrío, cada uno con una mano sobre el hombro del otro.

—Nosotros lo cargamos —dice Slim.

El Chacal lo mira. Considera el ángulo del sol, la falta de agua, el desgaste de los cuerpos exhaustos.

—No.

Sacude la cabeza. Saca la sábana pintada de su mochila y se dirige a Slim.

—Ayúdame a envolverlo.

El Chacal saca un teléfono de su mochila, lo enciende y guarda la localización.

—Yo volveré por él.

Todos lo miran, pero nadie se mueve.

—Se los prometo —dice—. Pero nos tenemos que ir.

Esta vez, Luca no mira hacia atrás.

En un campamento remoto, del otro lado de un camino sin nombre que recorren frecuentemente las camionetas verde y blanco de la patrulla fronteriza de Estados Unidos, hay dos casas rodantes esperando. Llevan dos días ahí, con lonas extendidas sobre postes y hieleras llenas de cerveza y comida. Hay sillas de jardín alrededor de una fogata central, y se escucha música country en una radio vieja con antena retráctil y una perilla en el costado. Los hombres que están sentados en ese campamento todos los días se han asegurado de asentir y saludar a los agentes fronterizos que pasan por ahí. Los hombres que ocupan esas sillas se han esforzado en darse a conocer, ellos y sus vehículos, de manera casual y agradable. Los agentes se detuvieron un día y platicaron con ellos por casi diez minutos. Los hombres permitieron que los agentes miraran dentro de las casas rodantes. No tienen nada que esconder.

Cuando El Chacal y los diez migrantes que le quedan llegan

al campamento, dos horas y media más temprano, los hombres no están listos. El control de inmigración de la patrulla fronteriza de la Ruta 19 todavía está abierto. No pueden salir sino hasta tres horas después. ¿Y si alguien pasa antes? ¿Dónde van a esconder a once personas en medio de la nada? Hace demasiado calor adentro de las casas rodantes. No hay suficiente gasolina para tener encendido el aire acondicionado mientras esperan.

El Chacal se encoge de hombros.

—No tuvimos opción —es todo lo que dice.

Es un campamento pequeño, cómodo y acogedor, y están relativamente protegidos del incesante ruido del viento. Apagan la radio y se sientan en silencio para poder escuchar el motor de cualquier vehículo que se dirija hacia ellos, antes de que aparezca. Nadie llega. Los migrantes beben agua y más agua, bendita agua. Se sientan a la sombra de la casa y beben Gatorade también. Marisol llora mucho, sin parpadear, tan pronto como su cuerpo está lo suficientemente hidratado para producir lágrimas. No las llama, pero vienen. Corren por su rostro sin mesura, como un afluente. Se acumulan en charcos brillantes en sus manos. Luca y Lydia tienen los ojos y la boca cerrados.

Nadie habla.

A las 5:15 p.m., los dos hombres empiezan a recoger el campamento y les indican a los migrantes que entren. Marisol y las dos hermanas suben primero. Lydia quiere decirle algo al Chacal. Algo que exprese su gratitud y alivie su conciencia malherida. No hay nada. Pone una mano sobre su brazo por un instante, y él mira el suelo bajo las llantas. Asiente una vez, mirando el pasto y el destello de las piedras en la tierra. Lydia sube. Luca está en el último escalón, detrás de ella, pero no la sigue. También se detiene ante El Chacal.

—Necesita una cruz azul cielo —dice Luca.

El coyote asiente y hay lágrimas en sus ojos. Son las primeras de su tipo.

—Una cruz azul cielo —repite el coyote.

Luca asiente.

—Así será, mijo —dice.

Luca se acerca a él y murmura algo en su oído. El hombre toma a Luca en sus brazos y él envuelve los suyos alrededor del cuello del coyote. Se quedan así durante un largo tiempo, y luego se separan de prisa y Luca sube los escalones. Lydia lo mira a través de la ventana y El Chacal toma su mochila de una de las sillas de jardín, carga su reserva de agua y se dirige de nuevo al desierto.

—¿Qué le dijiste? —le pregunta Lydia a Luca cuando se sienta en la banca junto a ella.

Luca se encoge de hombros.

—Le dije que era un buen hombre por habernos traído hasta aquí.

Los hombres les muestran compartimentos vacíos bajo las bancas y las camas. Tendrán que meterse en ellos, enroscarse para entrar. Soledad ha escuchado historias de coyotes que obligan a los migrantes a desnudarse en esa parte del viaje para que no causen problemas. Al quitarles la ropa se aseguran de que no intentarán escapar antes de que el coyote esté listo para dejarlos en libertad. Ha escuchado que a veces también los obligan a usar pañales para que puedan quedarse ocultos en la oscuridad durante horas. Soledad frota sus manos contra los muslos y se siente agradecida por su armadura de mezclilla. En la segunda camioneta, el conductor observa a Slim y a David.

—¿Ustedes creen que quepan? —les pregunta.

Slim asiente.

—Lo lograremos.

—Solo son cuarenta y cinco minutos, ¿verdad? —pregunta David.

—Más o menos —dice el conductor.

David dice una frase yanqui que ha estado reservando.

—*Piece of cake.*

El corazón de Luca golpea su pecho. Escuchan el motor encenderse, sienten la vibración de la maquinaria. El conductor jala el volante y cierra la cortina detrás de su cabeza.

—Próxima parada, ¡Tucson! —les grita el conductor.

El trayecto es lento. Dolorosamente lento. Hay baches profundos y curvas cerradas, y en el camino solo cabe un vehículo a la vez, así que, si algún vehículo se dirige hacia ellos, deben parar la casa rodante y esperar que pase. Por fin toman un camino ligeramente más amplio.

—Patrulla fronteriza. Nadie se mueva —les dice en voz baja el conductor.

Saluda a los agentes que se aproximan, y que lo reconocen como uno de los campistas que andaba lejos, al sur de Lobo Tank, en los últimos días. Los agentes se llaman Ramírez y Castro, y piensan pedirle que se detenga para revisar su casa rodante en busca de mojados, pero el campista es un hombre blanco y lleva un sombrero de vaquero y un bigote que parece haberle crecido en el rostro mucho antes de que se volvieran un chiste. Además, ya casi termina su turno. Nadie quiere ponerse a llenar papeles a la hora de irse al bar. Lo saludan y pasan de largo en su Chevy Tahoe, a pocas pulgadas de ellos. En la parte de atrás, los migrantes dejan de respirar cuando escuchan el crujido de las llantas pasar a su lado, justo afuera de la ventana, y luego el clic-clic del volante cuando el conductor dirige de nuevo la casa rodante hacia el camino. Avanzan.

—Todo bien —dice el conductor.

Luca se queda quieto junto a Mami en ese lugar oscuro y pequeño. Se acurruca contra ella, aunque hay suficiente espacio. Se pega a Mami como si su vida dependiera de su proximidad, porque ahora que están ahí, ahora que están tan cerca, ahora que están a pocos minutos de iniciar una nueva vida, no quiere empezar nada. De manera instintiva sabe que, una vez que estén a salvo, los monstruos que ha logrado repeler se estrellarán contra él, y ahora habrá nuevos monstruos. Una horda. Puede sentir cómo rasguñan la puerta para entrar. Pero todavía no es el momento.

Se aprieta contra Mami. Ella pasa un brazo alrededor de él y mete los dedos bajo su cadera. Lo acomoda y se vuelve su escudo una vez más. Toma su pequeña mano y la acerca en la oscuridad. Desdobla los dedos de Luca y mete el halo dorado del anillo de Papi en su meñique estirado. El camino bajo ellos desciende y gira. Atraviesan el sorprendente rugido del ganado, y Luca presiona su cabeza contra el pecho de Lydia. Ella pasa una mano alrededor de su frente y cierra los ojos. Un último brinco de la casa rodante y sienten la promesa nivelada del pavimento bajo las llantas.

El control de inmigración de la patrulla fronteriza está cerrado, como habían anticipado. Lo atraviesan sin parar y las dos casas rodantes aceleran, en dirección norte, en medio del atardecer que se cierne sobre ellos. Soledad y Rebeca juntan las cabezas y entrelazan los dedos, exhalando juntas. Están inmóviles y se mueven, al mismo tiempo. Ahora las dos tienen secretos. Sin embargo, a pesar de todo lo que han sufrido, en ese momento, juntas, están llenas de algo mucho más grande que la esperanza.

Lydia no puede verlo desde donde está, pero puede sentirlo. Sabe que es ese momento del día que vuelve perfecto el desierto. Imagina los colores creando todo un espectáculo afuera. El pavimento gris resplandeciente, la adolorida tierra roja, los colores surcando ostentosamente el cielo. Cuando cierra los ojos, la puede ver. La pintura del firmamento. Asombroso. Morado, amarillo, anaranjado, rosado y azul. Puede ver esos colores perfectos, cálidos y brillantes, como un penacho de plumas. Más abajo, el horizonte extiende los brazos.

EPÍLOGO

Cincuenta y tres días, 4,256 kilómetros lejos de la masacre.

No es la pequeña casa de adobe en el desierto que Lydia había imaginado, pero sí hay un autobús escolar amarillo y Luca se sube a él cada mañana con una mochila limpia y un par de tenis nuevos. Ya no usa la gorra de Papi porque es demasiado especial. Ahora es un objeto de museo. Está encima de su cómoda azul, junto con sus demás tesoros: el rosario de la abuela y una goma en forma de dragón que Rebeca le regaló. Ahora Luca lleva el cabello corto, y lo lava para que huela como el de Papi, con un rastro de menta. El autobús se detiene al final de la calle flanqueada de árboles, y cuando Luca se sube también lo hacen dos niños hondureños, una niña ecuatoriana, un niño somalí y tres estadounidenses. Lydia mete su dedo en el anillo de Sebastián cada mañana cuando el autobús se aleja. "Hoy no será el último día que vea a nuestro hijo", piensa.

Consiguió trabajo limpiando casas. Su madre pensaría que es la ironía más grande, pues la casa de Lydia nunca estaba muy limpia. El dinero no es mucho, pero está bien para empezar. Viven con César, el primo de las niñas, y su novia. La tía de la novia también vive con ellos y todos contribuyen con lo que pueden. Toman turnos para ir de compras y cocinar.

El inglés de Lydia es útil, pero hay muchos idiomas en el norte. Hay códigos que Lydia todavía no aprende a descifrar, diferencias sutiles entre palabras que significan casi lo mismo, pero no del todo: *migrante, inmigrante, ilegal.* Aprende que hay señales que la gente emite, y que pueden ser una advertencia o una bienvenida. Está aprendiendo. Las librerías, sin dudas, son un refugio. Hay una en el pueblo donde viven, y la primera vez que Lydia entró se quedó sin aliento. Tuvo que agarrarse de un anaquel cuando sintió el olor a café, papel y tinta.

No se parece en nada a su pequeña librería en Acapulco. Tiene, sobre todo, libros religiosos, y en lugar de calendarios y juguetes, venden rosarios, figuras de Buda, kipás. Aun así, los lomos erguidos de los libros son como cimientos firmes. Hay una sección de poesía internacional. Hafiz. Heaney. Neruda. Lydia pasa las páginas de los veinte poemas y lee "La canción desesperada". La lee con desesperación, con hambre, inclinada sobre el libro en el pasillo de la librería, en silencio. Sus dedos están listos para pasar la página mientras devora las palabras. El libro es como agua en el desierto. Cuesta doce dólares, pero Lydia lo compra de todas maneras. Lo mete en la cintura de sus pantalones, donde puede sentirlo contra su piel.

Lydia intenta no sentir celos cuando se despiertan y Luca le dice, con ojos aún hinchados por el sueño, que Papi lo visitó otra vez durante la noche. Lydia lo abraza como si pudiera absorber esa visita con su cuerpo.

—¿Qué te dijo? —le pregunta a Luca.

—Nunca dice nada. Solo se sienta conmigo. O caminamos juntos.

El cuerpo de Lydia palpita anhelante.

—Eso es bueno, mijo.

La biblioteca está a casi una milla, y van juntos los sábados por la mañana. En la tercera visita, la bibliotecaria los invita a solicitar la membresía. Cuando Lydia declina la invitación, la mujer le habla en español y le dice que no corren peligro, que tienen derecho a leer, sin importar el estatus migratorio que tengan. Lydia duda al principio, pero cree que es el colmo no confiar en una bibliotecaria. Luca y ella obtienen la credencial de miembros y es algo milagroso, restaurativo, transformador. Rebeca a veces va con ellos, pero Soledad no va nunca.

Las hermanas también van a la escuela, pero es difícil para ellas. No porque su inglés sea mínimo, o porque hayan recibido muy poca educación en su aldea. Ambas son inteligentes y aprenden rápido. Pero han vivido vidas muy intensas, han recibido golpes muy de adultos. Ya son mujeres jóvenes y, sin embargo, se supone que ahora metan la cabeza en sus cuadernos todos los días, que cuelguen sus chamarras en los casilleros y coqueteen con los muchachos en los pasillos, que retomen un modo de vida que nunca les ha sido familiar. No comprenden las expectativas de los adolescentes en el norte.

Un día, cuando Lydia va de regreso a casa después del trabajo, un chico sentado frente a ella se levanta para jalar el cordón y pedir que el autobús se detenga y, al estirar la mano, emerge parte de su muñeca bajo la manga y Lydia nota la presencia de un tatuaje en forma de X: una hoz y una espada. El cordón suena y el autobús se detiene. Lydia se acomoda en su asiento. Cuando el autobús sisea y avanza, acelerando lejos del niño, lo mira a través de la ventana subirse la capucha para cubrir su cabeza. Casi todos los días, Lydia lucha por aceptar lo periférica que su vida se ha vuelto; ese día se siente agradecida de ser invisible. Le es imposible no pensar entonces en Javier.

Suele mantenerlo lejos de su mente, pero hay momentos en que se cuela por la cerradura con que la mantiene cerrada para él. Se pregunta si se sentirá arrepentido por lo que le hizo, o si se siente perdonado. Se pregunta si es capaz de sentir algo ahora, o si se ha cerrado a todo sentimiento, si la muerte de Marta fue tan fuerte para él que solo pudo optar, como salida, por alejarse de su humanidad. Ella es más fuerte que él. Ella sufre cada molécula de su pérdida, pero resiste. No se diluye, sino que se amplifica. Su amor por Luca es mayor, más estridente. Lydia está llena de vida.

En la escuela, Lydia tiene cita con la directora, que quiere hablarle sobre la aptitud de Luca para la geografía.

—Hay un concurso anual de geografía —le había dicho por teléfono—. Creo que deberíamos inscribirlo.

Lydia llena los papeles. Se sienta en una silla cómoda del otro lado del escritorio, frente a la directora, que es una mujer más o menos de su edad. Escucha sonar, lejana, la campana y de pronto ve por la ventana que el patio se llena de niños. Gritan, corren, escalan y juegan en los columpios, y todo ese hermoso ruido lleno de felicidad es un extraño fondo para lo que la directora le dice.

—No sabía que su hijo era indocumentado.

La mujer gira la silla en la que está sentada, intentando sacar las palabras. Lydia se da cuenta de que es incómodo para ella.

—Lo siento, no puede competir.

Lydia sabe que es absurdo sentirse destrozada por un concurso de geografía. No es nada en comparación con las otras experiencias recientes en su vida. Lydia mira por la ventana, hacia los niños. La directora la acompaña un momento en su contemplación y habla en voz baja, cruzando una línea que no debe, un límite que ha ignorado muchas veces.

—Mis padres eran inmigrantes indocumentados, de Filipinas —le dice a Lydia—. Me trajeron aún más chica que Luca.

Lydia no sabe qué decir. ¿Está siendo solidaria? ¿Debería sentirse animada? Lo que siente es cansancio. Comezón. Sus manos están agrietadas.

—Conozco buenos abogados, expertos en migración, si necesitan ayuda.

En el jardín trasero de su pequeño hogar sobre la calle flanqueada de árboles, entierran dieciocho piedras pintadas. La de Beto es azul cielo. La de Adrián es un balón de fútbol. Luca visita la piedra de Papi todos los días después que sale de la escuela. Le cuenta sobre su nueva vida en Maryland, sobre lo mucho que le gusta compartir un cuarto con Mami. Sobre cómo quiere a Rebeca más que a Soledad, y cómo a veces se siente mal por eso, pero no demasiado, porque el resto del mundo quiere a Soledad. Ella no necesita tanto de su amor como Rebeca. Le cuenta sobre su maestra, y sobre cómo y a qué juega con su nuevo amigo Eric durante el receso de la escuela: fútbol, cuatro esquinas.

Luca llora mucho. Pero también habla, ríe, lee. Vive. Soledad y Rebeca visitan la piedra de su padre con menos frecuencia, pero poco a poco empiezan a pasar más tiempo ahí también. La semana anterior, cuando Lydia estaba deshierbando el jardín, encontró una carta, el rey de corazones, recargada contra la base de la cruz de su padre. De vez en cuando Lydia está lavando los platos frente a la ventana de la cocina y ve a una de las chicas sentada en el pasto. A veces mueven los labios, como en oración.

Todavía duermen con las luces prendidas. Realmente es Luca quien lo hace, Lydia casi no duerme, sino que se sienta en la cama junto a él. Luca ocupa ahora el espacio donde dormía Sebastián. Acaricia su cabeza con una mano, deseando que sueñe de nuevo con su Papi. Espera que una noche, cercana, Sebastián salga del sueño de su hijo y entre al suyo, como si fuera una presencia física, átomos y partículas en la habitación, que pudieran migrar del cerebro de Luca hacia el suyo, de oreja a oreja. *Una frontera santificada.* Más entrada la noche, Lydia lee, y la luz de la lámpara hace un círculo suave sobre sus rodillas, sobre la cobija caliente, sobre el aliento de Luca. En su nuevo hogar, Lydia vuelve a leer *El amor en los tiempos del cólera*, primero en español, luego en inglés. Nadie puede quitárselo. Ese libro es suyo y de nadie más.

NOTA DE LA AUTORA

En el año 2017, cada 21 horas murió un migrante a lo largo de la frontera entre México y Estados Unidos. Esta cifra no incluye los muchos migrantes que simplemente desaparecen cada año. Ese mismo año, en el mundo moría, mientras yo terminaba esta novela, un migrante cada noventa minutos, en el Mediterráneo, en Centroamérica, en el cuerno de África, cada hora y media. Dieciséis migrantes murieron cada noche que arropé a mis hijas en la cama. Cuando comencé mi investigación, en el año 2013, era difícil encontrar estadísticas como estas porque nadie llevaba el registro. Incluso ahora, la Organización Internacional de Migración advierte que las estadísticas disponibles "son probablemente una fracción de la cantidad real de muertes", porque muchos de los migrantes que desaparecen nunca son reportados. La cifra de muertes pudiera ascender a doscientas por cada carga de ropa que meto a la lavadora. Actualmente hay alrededor de cuarenta mil personas reportadas desaparecidas en México, y los investigadores rutinariamente encuentran fosas comunes con docenas, a veces cientos de cadáveres.

Ese mismo año, en el 2017, México fue reportado el país más peligroso del mundo para los periodistas. El índice de asesinatos a nivel nacional alcanzó la cifra más alta registrada hasta entonces, y la mayoría de esos asesinatos, cuyas víctimas son migrantes, sacerdotes, reporteros, niños, gobernadores, activistas, sigue sin resolverse. Los cárteles operan con impunidad. No hay protección para las víctimas de la violencia.

Yo soy ciudadana de Estados Unidos. Al igual que muchas personas en este país, la familia de donde vengo es una mezcla de culturas y etnias. En el año 2005 me casé con un inmigrante indocumentado. Estuvimos saliendo durante cinco años antes de casarnos, y una de las razones por las que prolongamos nuestro noviazgo fue porque él quería tener su residencia antes de proponerme matrimonio. Mi esposo es una de las personas más inteligentes, trabajadoras y honradas que he conocido. Es universitario, tiene un negocio próspero, paga sus impuestos y gasta una fortuna en seguro médico. Sin embargo, después de años intentándolo, descubrimos que no había recurso legal para obtener su residencia si no nos casábamos. Todos los años en que fuimos novios vivimos con el miedo de que lo deportaran de un momento a otro. Una vez, en la Ruta 70, en las afueras de Baltimore, un policía nos detuvo por conducir con un faro roto. Los minutos que siguieron mientras esperábamos a que el oficial regresara a nuestro vehículo fueron de los más espantosos de mi vida. Nos tomamos de la mano en la oscuridad del asiento de adelante. Yo pensé que lo perdería.

Así que se podría decir que tengo intereses personales en esta historia. Pero la verdad es más complicada aún.

Hay otros dos factores que probablemente incidieron más que el estatus migratorio de mi esposo en despertar mi interés hacia el tema. El primero es que, cuando yo tenía dieciséis años, cuatro extraños violaron brutalmente a dos de mis primas y las arrojaron de un puente en St. Louis, Missouri. A mi hermano lo golpearon y también lo aventaron del puente. Él fue el único que sobrevivió. Escribí sobre ese espantoso crimen en mi primer libro, las memorias *A Rip in Heaven*. Dado que ese crimen y la propia redacción del libro fueron experiencias formativas en mi vida, comencé a interesarme más por las historias de las víctimas que por las de los criminales. Me interesan los personajes que sufren adversidades inconcebibles y logran sobrevivir, e incluso triunfar, más allá del trauma. Personajes como los de Lydia y Soledad.

Me interesan menos las historias violentas y de macho, con mafiosos y policías. Creo que el mundo ya tiene suficientes historias de ese tipo. La literatura sobre el mundo de los cárteles y los narcotraficantes es acuciante e importante; leí gran parte de ella durante mi primera fase de investigación. Esas novelas proporcionan a los lectores cierta comprensión del origen de parte de la violencia que afecta el sur de la frontera. Pero la representación de esa violencia puede alimentar los peores estereotipos sobre México. Así que pensé escribir una novela que se adentrara un poco más íntimamente en las historias de la gente que se encuentra en el lado de esa narrativa predominante. Personas comunes, como yo. ¿Qué haría si viviera en un lugar que empieza a desmoronarse a mi alrededor? Si mis hijas estuvieran en peligro, ¿qué haría para salvarlas? Quería escribir sobre mujeres, cuyas historias muchas veces pasan desapercibidas.

Y esto me lleva al último factor, el más significativo, que influyó en mi decisión de abordar este tema. Estuve cuatro años investigando para escribir esta novela. Empecé en el año 2013, mucho antes de que las caravanas de migrantes y la construcción del muro formaran parte del diálogo nacional y definieran el espíritu de la época. Pero incluso entonces me sentía frustrada por el tenor que estaba tomando el discurso público sobre el tema de la inmigración en el país. La conversación siempre parecía girar en torno a problemas políticos, excluyendo totalmente cuestiones morales y humanitarias. Me horrorizaba la forma en que se caracterizaba a los migrantes latinos en ese discurso público cinco años atrás —y ha empeorado exponencialmente desde entonces—. En el peor de los casos, son percibidos como una turba de criminales que drenan nuestros recursos, y en el mejor, como una masa morena, empobrecida, inútil, sin rostro, que suplica ayuda en nuestra puerta. Muy pocas veces pensamos en ellos como seres humanos, gente con la voluntad de tomar sus propias decisiones, gente que pudiera contribuir a sus propios futuros brillantes y a los nuestros, como tantas generaciones de inmigrantes, a menudo vilipendiados, han hecho antes que ellos.

Cuando mi abuela llegó a este país proveniente de Puerto Rico, en los años cuarenta, era una mujer elegante, bella, de una familia rica de la capital, la joven esposa de un apuesto oficial de la marina. Ella esperaba que la recibieran como tal. En cambio, encontró que la gente tenía un punto de vista muy reduccionista sobre lo que significaba ser puertorriqueño, o lo que implicaba ser latino. Todo lo que tenía que ver con ella confundía a sus nuevos vecinos: su tono de piel, su cabello, su acento, sus ideas. No era lo que esperaban de una boricua.

Mi abuela vivió gran parte de su vida adulta en este país, pero nunca se sintió bienvenida. Estaba resentida por las eternas ideas equivocadas que los gringos tenían de ella. Nunca logró superar ese resentimiento, y los ecos de su indignación todavía se manifiestan, de manera peculiar, en mi familia. Yo, por ejemplo, siempre me enfurezco cuando percibo menosprecio, siempre peleo contra concepciones ignorantes y generalizadas con relación a la etnicidad y la cultura. Soy consciente de que la gente que llega a nuestra frontera sur no es una masa morena sin rostro, sino individuos singulares, con historias, antecedentes y motivos únicos para venir. Esa consciencia la llevo en mis entrañas, en mi ADN.

Así que deseaba desarrollar una de esas historias personales únicas en una obra de ficción, como forma de rendir tributo a los cientos de miles de historias que quizá nunca lleguemos a escuchar. Y, al hacerlo, espero crear una pausa que permita al lector comenzar a identificar las diversas aristas del problema. Cuando vemos migrantes en las noticias, debemos siempre saber que esas personas son seres humanos.

Esas son mis razones. Sin embargo, cuando decidí escribir este libro, me preocupó que mis privilegios me cegaran ante ciertas verdades, no poder entender ciertas cosas, como es posible que haya sucedido. Me preocupaba que, no siendo migrante ni mexicana, no me tocara a mí escribir un libro que tiene lugar casi completamente en México entre migrantes. Deseaba que alguien ligeramente más moreno que yo lo escribiera. Entonces pensé que, si podía ser un puente, ¿por qué no iba a serlo? Y comencé a escribir.

En los primeros días de mi investigación, antes de convencerme completamente de que podía contar esta historia, entrevisté a Norma Iglesias-Prieto, una académica generosa, una mujer admirable, directora del Departamento de Estudios Chicanos en la Universidad de San Diego, y le comenté mis dudas. Le dije que me sentía obligada a escribir este libro, pero me sabía poco calificada para ello. Ella me dijo, "Jeanine, necesitamos de todas las voces posibles para contar esta historia". Su apoyo fue mi sustento durante los siguientes cuatro años.

Fui cuidadosa y deliberada en mi investigación. Viajé extensamente a ambos lados de la frontera y aprendí cuanto pude sobre México y los migrantes, y sobre la gente que vive a lo largo de la frontera. Las estadísticas de este libro son ciertas y, aunque cambié algunos nombres, la mayor parte de los lugares son reales también. Empero, los personajes, si bien representan a las personas que conocí en mis viajes, son ficticios. No existe un cártel llamado Los Jardineros y esa organización ficticia no está basada en ningún cártel en específico, aunque sí refleja la naturaleza general y la composición de los cárteles que conocí en mi investigación. La Lechuza no es una persona real.

Algo que tuve que aprender, mientras realizaba la investigación para este libro, fue a eliminar el gentilicio "americano" de mi vocabulario. En todo el hemisferio occidental se percibe cierta exasperación por el hecho de que Estados Unidos se haya apropiado de ese gentilicio, ignorando el hecho de que el continente americano incluye múltiples culturas y pueblos que también se consideran americanos, sin las connotaciones culturales secuestradas. En mis conversaciones con mexicanos, rara vez escuché la palabra "americano" para describir a un ciudadano de este país. Utilizan, en cambio, un gentilicio que ni siquiera tiene traducción al inglés: estadounidense. Conforme viajaba e investigaba, incluso empecé a sentir que la noción del sueño americano también era excluyente. Hay un grafiti maravilloso en una pared de la frontera con Tijuana que convertí en el motor de toda esta empresa. Le tomé una fotografía, que tengo como fondo de pantalla en mi computadora, y cada vez que me sentí desanimada o vacilante di clic en mi escritorio y la miré. Dice, "También de este lado hay sueños".

AGRADECIMIENTOS

Me siento muy agradecida con muchas personas por haberme ayudado a que esta historia se convirtiera en un libro.

Por leer los primeros borradores de esta novela y ser honestas sobre lo mala que era: Carolyn Turgeon, Mary Beth Keane, Mary McMyne. Por leer otros borradores de esta novela y animarme a ir en la dirección correcta: Pedro Ríos, Bryant Tenorio, Reynaldo Frías, Alma Ruiz. Por leer los borradores casi terminados de esta novela y compartir su invaluable conocimiento: Bob Belmont, Jenifer A. Santiago, Alejandro Duarte.

Por permitirme ser testigo de su importante labor y enseñarme pacientemente lo que no habría podido comprender sobre México y la inmigración sin su visión: Pedro Ríos (de nuevo y mil veces), de American Friends Service Committee; Laura Hunter, de Water Station; Elizabeth Camarena, de Casa Cornelia; Robert Vivar, de Unified US Deported Veterans; Norma Iglesias-Prieto, de SDSU y El Colegio de la Frontera Norte; hermana Adelia Contini, de la Casa de la Madre Assunta; Esmeralda Siu Márquez, de Coalición Pro Defensa del Migrante; Joanne Macri, de NYS Office of Indigent Legal Services; Enrique Morones, de Border Angels; César Uribe, de Rancho el Milagro; padre Óscar Torres, de Desayunador Salesiano; padre Chava y Misael Moreles Quezada, de Rancho San Juan Bosco; padre Pat Murphy, Andrew

Blakely, Kate Kissling Blakely y todo el personal de la Casa del Migrante, en Tijuana; padre Dermot Rodgers y amigos, gente de Dios. Gracias a Gilberto Martínez por mostrarme Tijuana y compartir su perspectiva cultural conmigo. Gracias a Alex Rentería, de la patrulla fronteriza de Estados Unidos, por responder a mis preguntas. Gracias a todos los valientes hombres y mujeres que conocí en distintas etapas de su viaje y que compartieron su experiencia conmigo.

Estoy muy agradecida con los siguientes escritores, cuya obra deberías leer si quieres saber más sobre México y la realidad de la migración forzosa: Luis Alberto Urrea, Óscar Martínez, Sonia Nazario, Jennifer Clement, Aída Silva Hernández, Rafael Alarcón, Valeria Luiselli y Reyna Grande.

Agradezco profundamente a mi agente, Doug Stewart, por su amistad, su entusiasmo y sus palabras perfectas. Estoy en deuda con Amy Einhorn por amar esta novela y no conformarse con que solo fuera medianamente buena. Gracias a Mary-Anne Harrington por dedicarse por completo a este libro. Gracias a mi equipo de derechos internacionales, Szilvia Molnar y Danielle Bukowski. Gracias a Caspian Dennis y Abner Stein. Gracias a todos en Flatiron por su pasión y su magnífica labor, sobre todo a Nancy Trypuc, Marlena Bittner, Conor Mintzer y Bob Miller. Gracias al equipo de Tinder Press y Hachette Australia por todo el apoyo. Asimismo, gracias a todos los trabajadores del mundo editorial que, aunque no trabajaron en este libro, creyeron en él y lo apoyaron aun cuando no era su trabajo: Megan Lynch, Sonya Cheuse, Libby Burton, Carole Baron, Emily Griffin, Asya Muchnick. A Rich Green, de The Gotham Group, y a Bradley Thomas, de Imperative Entertainment, gracias.

Gracias a mi primera familia, mamá, Tom y Kathy, por su amor y su apoyo incesante. A Joe, gracias por no insistir en que debía conseguir trabajo en un banco, por preocuparte por mí y animarme de todas maneras. Aoife y Clodagh, no podría estar más orgullosa de la clase de personas que son y en quienes se han convertido, tan llenas de compasión y fortaleza. No digamos montañas, ustedes moverán planetas. A mi querido hermano, padre Reynaldo, por resucitar mi fe rota durante el peor momento de mi vida. Y a mi padre, que murió una semana antes de que resultara electo nuestro presidente número cuarenta y cinco, cuya ausencia repentina formó el doloroso cráter de donde surgió este libro.